KNAUR

Von Anke Petersen sind folgende Titel bereits erschienen:
Hotel Inselblick – Wolken über dem Meer
Hotel Inselblick – Wind der Gezeiten
Hotel Inselblick – Stürmische See

Über die Autorin:
Anke Petersen schreibt unter anderen Namen erfolgreich historische Romane. Als sie das erste Mal auf der Insel Amrum Urlaub machte, hat sie sich sofort in die Insel verliebt und sich in ihre Geschichte vertieft. Dabei stieß sie auf das erste Hotel des Inselortes Norddorf, das sie zu ihrer ersten Insel-Trilogie inspirierte, die ein großer Erfolg wurde. Ihre neue Serie führt den Leser auf die Insel Sylt, das Traumziel vieler Reisender.

ANKE PETERSEN

SALZ im WIND

TEIL 1

Der Kaffeegarten

Ein Sylt-Roman

Besuchen Sie uns im Internet:
www.knaur.de

Aus Verantwortung für die Umwelt hat sich die Verlagsgruppe
Droemer Knaur zu einer nachhaltigen Buchproduktion verpflichtet.
Der bewusste Umgang mit unseren Ressourcen, der Schutz unseres Klimas
und der Natur gehören zu unseren obersten Unternehmenszielen.
Gemeinsam mit unseren Partnern und Lieferanten setzen wir uns
für eine klimaneutrale Buchproduktion ein, die den Erwerb von
Klimazertifikaten zur Kompensation des CO_2-Ausstoßes einschließt.
Weitere Informationen finden Sie unter: www.klimaneutralerverlag.de

Originalausgabe April 2021
Knaur Taschenbuch
© 2021 Knaur Verlag
Ein Imprint der Verlagsgruppe
Droemer Knaur GmbH & Co. KG, München
Alle Rechte vorbehalten. Das Werk darf – auch teilweise –
nur mit Genehmigung des Verlags wiedergegeben werden.
Redaktion: Clarissa Czöppan
Covergestaltung: ZERO Werbeagentur, München
Coverabbildung: Joanna Czogala/Arcangel, shutterstock.com/
Vasya Kobelev, shutterstock.com/Thorsten Schier, shutterstock.com/
Benno Hoff und shutterstock.com/Julia Paton
Illustration im Innenteil: Vasya Kobelev/Shutterstock.com
Satz: Daniela Schulz
Druck und Bindung: CPI books GmbH, Leck
ISBN 978-3-426-52658-3

1. KAPITEL

Keitum, 16. Februar 1914

»Darf es sonst noch was sein?«, fragte Moild Lorenzen und sah Matei abwartend an. Mateis Blick fiel auf die Lakritz- und Himbeerbonbons, die in großen Gläsern neben der Kasse standen. Moild grinste. »Wie viele soll ich denn abfüllen?« Die Mittfünfzigerin mit den grauen, lockigen Haaren kannte ihre Kundschaft nur zu gut. Sie und ihr Mann Carsten führten den in einem kleinen Reetdachhaus untergebrachten Kolonialwarenladen in dem an der Ostküste der Insel Sylt gelegenen Ort Keitum nun bereits seit über zehn Jahren. Der mit allerlei Waren für den täglichen Gebrauch vollgestopfte Laden strahlte eine besondere Art von Gemütlichkeit aus. Hinter dem Tresen waren die Wände mit den für die Insel üblichen blau-weiß gemusterten Kacheln verziert, die Decke durchzogen hölzerne Balken, überall standen mit allerlei Waren bestückte Körbe herum, gut gefüllte Regale reihten sich dicht an dicht. In Moilds Laden gab es nichts, was es nicht gab. Seife und Waschmittel, Lebensmittel aller Art, frisches Gemüse, Gewürze aus aller Herren Länder, von ihr selbst eingelegte Gurken, die sie in ihrem Garten zog, selbst gemachte Tees, auf die Moild besonders stolz war, und natürlich die Bonbons. Im Raum hing stets ein besonderer Geruch, der einen wie eine warme Decke wohlig einhüllte und den es nur hier gab. Matei liebte ihn.

»Von jeder Sorte zwanzig Stück«, antwortete sie. »Nein, besser fünfundzwanzig. Mama hat sie so gern.« Und Papa mochte besonders Lakritz, fügte sie in Gedanken hinzu. Doch er würde die süße Leckerei niemals wieder naschen. Der alte Kapitän Paul Hansen hatte vor drei Wochen die Augen für immer geschlossen. Es war ein Herzinfarkt gewesen, der ihn aus dem Leben gerissen hatte. Zu seiner Beerdigung auf dem Friedhof der altehrwürdigen St.-Severin-Kirche war der gesamte Ort anwesend gewesen. Es hatte in dicken weißen Flocken geschneit, und ein böiger Wind hatte an ihren Mänteln gezerrt. Matei blinzelte die aufsteigenden Tränen fort. Moilds Blick wurde mitleidig.

»Ach, min Deern«, sagte sie. »Dat wird alles schon irgendwann wieder gut werden. Als mein Knud, Gott hab ihn selig, von See nicht mehr heimkam, dachte ich auch, die Welt bricht zusammen. Und er war damals erst dreiundzwanzig. Aber dat wurde dann schon wieder. Paul hatte ein langes Leben, und er hat das Privileg genossen, auf seine geliebte Heimatinsel und in unser wunderschönes Keitum heimkehren zu dürfen. Nur dat hässliche Haus am Watt hätte es wegen mir nicht gebraucht. Passt ja so gar nicht ins Bild. Aber das ist ihm längst verziehen.« Sie winkte ab.

Eine weitere Kundin betrat den Laden. Es war Kresde Jansen, ein Keitumer Urgestein. Inzwischen hatte sie die siebzig bereits überschritten. Gleich vier Ehemänner hatte sie gehabt, drei davon waren von See nicht heimgekehrt, nur der Letzte, Nickels Jansen, war in Sylter Erde beerdigt worden. Das Haar der Kapitänswitwe war inzwischen schlohweiß, und sie sah meist etwas zerzaust aus. Aus irgendeinem unerfindlichen Grund hatte sie es stets eilig. Auch heute machte sie wieder einen recht unsteten Eindruck.

»Moin«, grüßte sie mit ihrer tiefen Stimme in die Runde. »Ich brauch nur rasch 'n büschen Mehl und Linsen, dann bin ich schon wieder weg. Wat ein Wetter heute. So kalt hatten wir es lange nicht. Dat dauert bestimmt nicht mehr lange, bis der

Fährbetrieb eingestellt wird. Ach, das Fräulein Matei ist hier. Wie geht es denn Anna? Ich hab sie neulich auf dem Friedhof gesehen. Es ist aber auch zu traurig und kam so plötzlich. Aber da kann man nichts machen. Wat mut, dat mut, hat mein Nickels immer gesagt. Gott hab ihn selig.«

Matei grüßte und bemühte sich um ein Lächeln, eine Antwort fiel ihr nicht ein.

»Moin, Kresde«, grüßte Moild. »Hektisch wie immer.« Ihre ständige Eile hatte Kresde den Ökelnamen Sausewind eingebracht. Es war auf ganz Sylt üblich, sogenannte Ökelnamen zu verteilen, denn viele Bewohner hatten ähnliche Nachnamen, was häufig für Verwechslungen sorgte: Petersen, Hansen, Martensen, Jansen. Die erfundenen Namen waren unterschiedlichen Ursprungs. Meist waren es Eigenheiten oder Angewohnheiten, die zu einem der Spitznamen führten, oder der Beruf desjenigen. Moild und Carsten waren im ganzen Ort als Kramer bekannt. Dass über ihrem Laden der Name Lorenzen stand, interessierte niemanden.

»Ich hätte dann alles«, sagte Matei und legte die Bonbonpackungen in ihren Korb.

»Anschreiben, wie immer?«, fragte Moild und holte ihr Notizbuch unter der Ladentheke hervor, in dem sämtliche Schulden ihrer Kundschaft notiert wurden. Spätestens zum Monatswechsel mussten diese beglichen werden. Da kannte Moild kein Pardon. Sie war ja schließlich ein Wirtschaftsunternehmen und nicht die Heilsarmee. Matei stimmte zu, nahm ihren Korb auf und verließ, den üblichen Abschiedsgruß auf den Lippen, den Laden.

Auf der Straße empfing sie ein eisiger Wind, der den Schnee von den Dächern der alten Kapitänshäuser und den Ästen der Bäume wehte. Zu Weihnachten und an Silvester war es noch mild gewesen, und auch die ersten Tage im Januar war es für die

Jahreszeit zu warm geblieben. Doch seit zwei Wochen war der Winter zurückgekehrt und hielt die Insel fest in seinem eisigen Griff. Wenn es so weiterginge, würden gewiss bald die Fähren nicht mehr fahren, und dann brach die Zeit der Eisschiffer an. Die Männer zogen mit kleinen Booten über das zugefrorene Watt zum Hafen nach Hoyerschleuse, um die notwendigsten Lebensmittel und die Post zu holen. Dieses Geschäft war gefährlich, und es hatte öfter Todesopfer gegeben. Doch zum Glück war in den letzten Jahren das Watt nur selten so weit zugefroren gewesen, dass sie ihren Dienst hatten tun müssen. Matei eilte die von Ulmen gesäumte C.-P.-Hansen-Allee hinunter. Die Straße war nach dem Inselchronisten Christian Peter Hansen benannt. Dessen Haus, das sogenannte Altfriesische Haus, beherbergte seit einigen Jahren ein Museum und brachte den Besuchern der Insel das private Leben der Insulaner näher. Matei beschleunigte ihre Schritte. Der kalte Wind wehte ihr die Schneeflocken in die Augen. Da half es auch nichts, den Kopf gesenkt zu halten und die Mütze tiefer in die Stirn zu ziehen. Schnellen Schrittes lief sie die Stufen zum Eingang des Herrenhauses hinauf, das Moild eben abfällig erwähnt hatte. Sie hatte schon recht mit dem, was sie gesagt hatte. Das dreistöckige, unweit des Wattufers errichtete Haus passte so gar nicht zu den alten Kapitänshäusern Keitums und wirkte deplatziert. In Westerland wäre es zwischen den vielen Hotelbauten und Gästehäusern in typischer Seebäderarchitektur, die in den letzten Jahrzehnten zwischen den Dünen aus dem Boden gewachsen waren, nicht aufgefallen. Aber im beschaulichen, noch wenig von dem stetig steigenden Tourismus betroffenen Keitum nahm es eine Sonderrolle ein.

Im Treppenhaus begegnete Matei der Grund für die Existenz des Herrenhauses. Ihrer Ziehmutter Anna Hansen. Paul Hansen hatte die Deutsch-Amerikanerin während einer seiner vielen

Reisen kennen- und lieben gelernt, und er hatte sie aus Amerika nach Sylt entführt. Nur leider hatte sich Anna, die anderen Komfort gewohnt war, in dem alten, neben dem Herrenhaus gelegenen Kapitänshaus nicht wohlgefühlt, weshalb Paul ihr zuliebe das mondäne Anwesen hatte errichten lassen.

»Matei, Liebes«, sagte Anna. »Du bist schon zurück. Siehst ja ganz durchgefroren aus. Im Salon hat Hannes gerade den Kaffeetisch eingedeckt. Es gibt auch heißen Tee. Der wird dir guttun.«

Matei schlüpfte aus ihrem Mantel, wickelte ihren Schal vom Hals und nahm ihre Mütze ab. Prüfend musterte sie sich in einem Spiegel und zupfte ihr kastanienbraunes Haar zurecht. Als klassisches Friesenmädchen konnte man sie wahrlich nicht bezeichnen. Diese waren eher blond und blauäugig wie ihre ältere Schwester Elin, die gerade die Treppe herunterkam und in ihrem hellblauen Teekleid mal wieder hinreißend aussah. Matei hatte die braunen Haare und Augen wohl von ihrer Urgroßmutter geerbt. Manche Merkmale übersprangen gern mal mehrere Generationen. So hatte es ihr Vater gesagt. Ihre Urgroßmutter hatte ebenfalls braunes Haar und dunkle Augen gehabt. Das bewies ein altes Familiengemälde, welches zu deren Hochzeit angefertigt worden war. Matei hatte es früher häufig betrachtet. Sogar ihre Nase schien sie geerbt zu haben. Sie hatte geglaubt, in einen Spiegel zu blicken. Verwandte, denen man ähnelte. Davon hatten Elin und Matei keine mehr. Alles, was ihnen von ihrer Familie geblieben war, waren wenige Fotografien und Gemälde, die sie wie einen Schatz hüteten. Sie waren im benachbarten Tinnum aufgewachsen, ihre Eltern waren einfache Bauern gewesen. Nächste Woche jährte sich deren Todestag zum neunten Mal. Der Blanke Hans war es gewesen, der sie zu Waisen gemacht hatte. Die beiden waren bei dem Versuch, ihre Schafe während einer schrecklichen Sturmflut vor dem Ertrinken zu retten, ums

Leben gekommen. Matei konnte sich noch an die letzten Worte ihrer Mutter erinnern. »Wir kommen bald wieder. Bleibt im Haus.« Eine Umarmung, ein flüchtiger Kuss auf die Wange, ihr Haar hatte nach Kamille geduftet. Die Tür hatte sich hinter ihr geschlossen, und sie waren niemals wiedergekommen. Paul Hansen, ein guter Freund ihres Vaters, hatte nicht lange gezögert und sie bei sich aufgenommen. So waren sie die Mädchen vom Herrenhaus geworden und hatten das mondäne Leben von Anna Hansen kennengelernt, das so anders war als ihr bisheriges. Anna liebte schöne Roben und den großen Auftritt. Sie veranstaltete mehrmals im Jahr Feste und Tanzabende, die auf der Insel legendär waren. Zu einem Fest im Herrenhaus am Watt eingeladen zu sein, bedeutete etwas. Anna war nicht müde darin geworden, sich zu brüsten, dass selbst Angehörige des Kaiserhauses bereits Gäste bei ihnen gewesen waren. Doch seit Pauls Tod war alles verändert. Anna trauerte. Sie trug, wie es für eine Witwe üblich war, nur noch Schwarz. Ihr dunkelbraunes Haar steckte sie mit wenigen Haarnadeln am Hinterkopf fest, erste graue Strähnen zeigten sich plötzlich darin. Sie war blass, und ihre Augen waren umschattet. Sie hatte ihre große Liebe verloren. Die Ehe zwischen ihr und Paul war nicht arrangiert und sie waren ihr ganzes Leben lang einander zugetan gewesen. Im Herrenhaus herrschte nun eine seltsame Atmosphäre. Alles schien wie gelähmt zu sein. Der Geruch von Pauls Pfeifentabak hing noch in den Räumen, seine Gegenwart war spürbar. Doch er würde niemals wieder aus dem Herrenzimmer kommen oder mit seinem geliebten Glas Branntwein am Fenster sitzen und aufs Meer hinausblicken.

Matei betrat den weitläufigen Salon, der der Familie als Aufenthaltsraum und Esszimmer diente. Gemütliche Sessel vor einem offenen Kamin luden zum Verweilen ein, Stehlampen sorgten für warmes Licht. Ein Esstisch aus massivem Eichenholz und mit grünem Stoff gepolsterte Stühle rundeten die Einrichtung ab. Besonderer Blickfang war die zur Wattseite hin gelegene große Fensterfront. Durch zwei Flügeltüren gelangte man auf die Terrasse, von dort aus über Stufen in den Garten. Das Meer war heute grau, die Äste der vor dem Haus stehenden Ulmen waren von einer Schicht aus Schnee und Eis überzogen. Noch immer schneite es. Es war, trotzdem, dass es erst zwei Uhr nachmittags war, dunkel im Raum. Ihr Hausdiener Hannes, er stellte gerade eine Platte mit Kuchenstücken auf den Tisch, hatte die Lampen entzündet. Leider mussten sie in Keitum noch immer ohne Strom auskommen. Bisher war von Westerland, dort gab es bereits seit einer Weile Elektrizität, noch keine Leitung zu ihnen verlegt worden.

Matei, Anna und Elin setzten sich an den Tisch. Es herrschte betretenes Schweigen. So war es in den letzten Wochen meistens gewesen. Niemand wusste so recht, über was gesprochen werden sollte. Es gab keine Einladungen, keine Tanzveranstaltung, kein festliches Abendessen, das organisiert werden musste. Eine Witwe feierte keine mondänen Feste. Anna saß an ihrem Platz und pickte in ihrem Kuchen herum. Wieder würde sie ihn nicht aufessen. Matei nippte an ihrem Tee und genoss die Wärme, die sich in ihrem Magen ausbreitete.

Sie sah zu Elin. Auch ihre Miene war betrübt. Matei wusste, woher die schlechte Laune ihrer Schwester kam. Otto Ballin, der Sohn eines großen Reedereiinhabers aus Hamburg, hatte sich seit der Abendveranstaltung im Hotel zum Deutschen Kaiser, die sie kurz vor Pauls Tod in Westerland besucht hatten, nicht mehr bei ihr gemeldet. Jeden Tag hoffte sie auf einen Anruf von ihm, einen Brief, ein Telegramm. Aber es traf nichts ein. Elin hatte Matei anvertraut, dass er sie an dem Abend geküsst hatte. Bis in den Himmel habe sie mit ihm tanzen können. Er sei der

Richtige. Sie hatte selig geseufzt und die nächsten Tage damit zugebracht, sich hübsch zu machen. Er könne ja jeden Augenblick kommen und sie zum Kaffee, ins Kino oder zu einem Spaziergang einladen. Elin war und blieb eine hoffnungslose Romantikerin. Sie las auch gern kitschige Liebesromane, die alle in etwa dieselbe Handlung hatten. Es trafen sich zwei junge Leute, es gab Verwicklungen, die eine oder andere Intrige, und am Ende fanden sich die Liebenden, heirateten und lebten glücklich und zufrieden. Matei hatte einen davon gelesen, einen weiteren nach den ersten drei Seiten weggelegt. Das war ihr dann doch zu realitätsfern. Geheiratet wurde auf Sylt meist nicht aus Liebe. Die jungen Frauen der besseren Gesellschaft suchten die Männer nach ihrem Stand und Vermögen aus. Einen armen Schlucker wollte keine haben, auch wenn er noch so hübsch anzusehen war. Als Anna davon gehört hatte, dass Otto Ballin Elin den Hof gemacht hatte, war sie außer sich vor Freude gewesen. Er wäre genau die richtige Partie für Elin. Ihre beiden Ziehtöchter an den gut betuchten Mann zu bringen, war neben der Organisation von Festivitäten eine Weile ihre zweite Hauptbeschäftigung gewesen, und die auserwählten Herren hatten ihr nicht reich genug sein können.

Hannes, der Hausdiener, betrat den Raum. »Herr Luckmann wäre eingetroffen.«

»Endlich«, antwortete Anna.

Johannes Luckmann trat ein. Er war ein langjähriger Freund von Paul gewesen. Die beiden hatten auf den unterschiedlichsten Handelsschiffen gemeinsam die Welt bereist. Später hatte Johannes ein eigenes Handelsunternehmen mit Sitz in Hamburg gegründet, und Paul hatte sich auf Sylt niedergelassen.

Johannes Luckmann war eine imposante Erscheinung. Hochgewachsen, mittelblond und trug einen schmalen Oberlippenbart.

Inzwischen hatte er die fünfzig überschritten, Falten lagen um seine blauen Augen, und sein Haar wurde schütter. Er trug graue Hosen und ein schwarzes Jackett.

»Johannes, mein Lieber. Es ist mir eine Freude, dich zu sehen.« Anna hatte sich erhoben. Johannes reichte ihr die Hand und deutete eine Verbeugung an.

»Meine Teuerste«, sagte er. »Mein Beileid. Es tut mir so leid, dass ich zu seiner Beerdigung nicht anwesend sein konnte. Sein Tod ist eine Tragödie.«

»Nun, die Anreise von Indien wäre aber auch zu weit gewesen«, antwortete Anna und bedeutete ihm, Platz zu nehmen. Johannes begrüßte Matei und Elin. Hannes schenkte ihm Kaffee ein.

»Ich will nicht lange um den heißen Brei herumreden«, sagte Johannes, nachdem der Hausdiener den Raum verlassen hatte. »Paul war stets ein Freund ehrlicher und offener Worte. So will ich es auch halten. Und da du nun seine Witwe und Erbin bist, will ich dich sogleich ins Bild setzen. Es sind unschöne Nachrichten, die ich bringe. Ich musste gleich nach meiner Rückkehr aus Indien meine gesamten Mitarbeiter nach Hause schicken. Mein Unternehmen ist bankrott.«

»Oh, das tut mir leid«, antwortete Anna bestürzt. Matei ahnte, was kommen würde. Sie hatte vor einer Weile eines von Pauls Telefonaten mit angehört. Er war in Rage gewesen und hatte sein Geld zurückhaben wollen. Sie hatte damals nicht zuordnen können, um was genau es gegangen war. Nun jedoch …

»Paul hat eine beträchtliche Summe in mein Unternehmen gesteckt«, sagte Johannes. Seine Stimme klang nun kleinlaut.

»Und ich muss dir leider mitteilen, dass ich das Geld nicht zurückzahlen kann.«

2. KAPITEL

Westerland, 20. März 1914

Elin hielt das vor ihr auf der Töpferscheibe liegende Stück Ton fest umfasst. Sie hatte eben erst mit ihrer Arbeit begonnen. Es sollte eine von vielen Tassen für ein Kaffeeservice werden. Konzentriert war ihr Blick auf das Werkstück gerichtet. Sämtliche Handgriffe waren ihr vertraut, und doch kam sie heute nicht, wie sonst bei dieser Tätigkeit, zur Ruhe. Sie hielt sich in der Töpferwerkstatt ihrer Freundin Antje Pott auf, die unweit von ihr ebenfalls an einer Töpferscheibe saß und gerade eine Kaffeekanne herstellte. Elin liebte es, bei Antje zu sein, die ihre Mutter hätte sein können. Antje war Mitte vierzig, ihr Haar war hellblond, lockig und widerspenstig. »Krause Haare, krauser Sinn« hieß es oft. Das traf wohl auch auf Antje zu, die mit Nachnamen eigentlich Martensen hieß, jedoch auf der ganzen Insel nur als Antje Pott bekannt war. Sie hatte nie geheiratet, die Werkstatt hatte sie von ihrer Mutter übernommen, deren Leidenschaft ebenfalls das Töpfern gewesen war. Antje hatte die Arbeit an der Töpferscheibe perfektioniert und den Zeitvertreib ihrer Mutter zum Beruf gemacht. Schon seit vielen Jahren erhielt sie Aufträge von Gästehäusern und Hotels auf der Insel. Individuelle und handgemachte Keramik war ein gefragtes Gut. Zusätzlich unterhielt sie noch ein Ladengeschäft, das, mit Keramiken aller Art vollgestopft, schon lange kein Geheimtipp mehr war. Antje Pott, ihr Großvater war noch zur See gefahren, hatte sich perfekt auf das Touristengeschäft eingestellt. Ihre im Hinterhaus in einer reetgedeckten Scheune gelegene Werkstatt war jedoch nicht mit der Zeit gegangen. Regale säumten die weiß getünchten Wände, der Boden war mit Dielen ausgelegt, die bei jedem Schritt knarrten. Licht drang durch Fenster mit Butzenscheiben in den Raum. Über den Werkbänken hingen Petroleumlampen mit weißen Porzellanschirmen. In der Ecke stand der große Brennofen. Für Elin war dieser Ort nach dem Tod ihrer Eltern wie ein Zufluchtsort gewesen. Durch Zufall war sie irgendwann einmal in Antjes Hinterhof geraten, heute wusste sie gar nicht mehr, warum eigentlich. Sie hatte sich umgesehen, war in die Werkstatt gegangen und hatte staunend die vielen unfertigen Keramiken bewundert, die in den Regalen auf ihre Weiterverarbeitung warteten. Antje war eingetreten, als sie eine von ihnen, es war eine Tasse gewesen, in Händen gehalten und näher betrachtet hatte. Sie hatte sie vor Schreck fallen gelassen. Elin hatte ein Donnerwetter erwartet, doch es war ausgeblieben. Von diesem Tag an waren sie Freundinnen. Das kleine Mädchen und die Meisterin an der Drehscheibe, die ihr all ihr Wissen mit einer Engelsgeduld weitergegeben hatte.

Elin kam bei der Betätigung des Fußpedals kurz aus dem Tritt, und sofort wurde ihre Tonarbeit unförmig und rutschte aus der Mitte der Scheibe zur Seite. Sie nahm den Fuß vom Pedal und begann zu schimpfen.

»So ein Mist«, sagte sie. »Es will mir heute einfach nichts gelingen.«

Antje, die eben ihre Kaffeekanne von der Scheibe geschnitten und auf ein Brett gestellt hatte, trat neben sie und blickte auf den unförmigen Tonklumpen.

»Ist nicht schlimm. Nicht jeder Tag ist gut für diese Arbeit. Du warst schon hektisch, als du angekommen bist. Es stimmt etwas nicht, oder? Hat es mit dem Haus zu tun?«

»Gestern war Thies von der Bank da«, antwortete Elin. Wie hatte sie nur jemals auf die Idee kommen können, dass Antje nichts von ihrem Kummer bemerken würde? »Er hat uns dazu geraten, das Herrenhaus zu verkaufen.«

»Das ist übel«, meinte Antje und wischte sich die Hände an einem Tuch ab. »Kaffee? Kekse? Reden?«

Elin stimmte zu.

Bald darauf saßen sie in Antjes gemütlicher Küche. Ihr am südlichen Rand von Westerland gelegenes Haus war zu ihrem Bedauern leider kein altes Friesenhaus. Ihr Vater hatte das aus dem 18. Jahrhundert stammende Kapitänshaus abreißen und eine Jugendstilvilla errichten lassen. Er hatte davon geträumt, seinen Anteil am aufstrebenden Bädertourismus zu haben. Antje bedauerte den Umstand, dass das Haus ihrer Vorfahren der Gier nach Wohlstand hatte weichen müssen. Dass das Dach undicht und viele Balken morsch gewesen waren, blendete sie gern aus. Auch hatte sich der Hausschwamm in die Wände gefressen. Der Neubau hatte Nickels Martensen jedoch kein Glück gebracht. Die Baufirma hatte während des Baus Konkurs angemeldet, und eine schwere Sturmflut hatte starke Schäden am Rohbau angerichtet. Am Ende des Tages hatte er zwei Hypotheken auf dem Grundstück gehabt und war kurz nach der Eröffnung seiner Villa Dünenblick, wie er über den Eingang in geschwungenen Lettern hatte schreiben lassen, verstorben. Antjes Mutter hatte das Haus in den darauffolgenden Jahren erfolgreich aus den roten Zahlen geführt. Antje, die nie gern Herbergsmutter gewesen war, hatte nach ihrem Tod das Gästehaus geschlossen und den Keramikladen im Untergeschoss eingerichtet. Die gemütliche Wohnküche, in der sie jetzt saßen, lag direkt daneben. Hier war man von friesischer Gemütlichkeit umgeben. Blau-weiß gemusterte Kacheln zierten die Wände, über dem Ofen zeichneten sie sogar ein

Segelboot. In weiß lackierten Einbauschränken stapelten sich Pötte, Teller und Kannen. Auf dem Fensterbrett standen Schiffsmodelle und Laternen, Antje liebte sie und Kerzenlicht. Auch jetzt hatte sie wieder einige entzündet. Ihr Kater, der alte Finn, er war bereits fünfzehn Jahre alt, lag auf der hölzernen Bank neben Elin. Sie streichelte ihn, was ihn genüsslich schnurren ließ. Auf dem Tisch stand auf einer grün-weiß karierten Tischdecke eine bauchige Kaffeekanne auf einem Stövchen. Im Raum hing die wunderbare Geruchsmischung von Bienenwachs und frisch aufgebrühtem Kaffee. In einer Schale lagen Unmengen an Friesenkeksen. Elins Blick wanderte aus dem Fenster. Auf der Straße war niemand zu sehen. Der Vorgarten des Nachbarhauses, ebenfalls ein Gästehaus mit dem Namen Villa Inge, sah trostlos aus. Es war ein grauer und nasskalter Tag. Am Morgen hatte es sogar noch einmal kurz geschneit, doch der Schnee war nicht liegen geblieben. Nun nieselte es.

Antje stellte eine Zuckerdose und ein Milchkännchen auf den Tisch, füllte die Kaffeepötte und setzte sich Elin gegenüber.

»Jetzt erzähl mal«, sagte sie. »Wie ist die Lage?«

»Schlecht. Papa hat einen Großteil seines Vermögens in das Unternehmen von Johannes Luckmann gesteckt. Da dieser nun pleite ist, werden wir keinen Pfennig wiedersehen. Wenn wir gut haushalten, reicht das restliche Vermögen noch bis zum Herbst. Wir werden unser gesamtes Personal entlassen müssen. Matei und ich wissen noch gar nicht, wie wir es ihnen beibringen sollen. Sie sind ja alle wie eine Familie für uns. Und Mama ist wie versteinert. Mehrfach haben wir versucht, mit ihr zu reden. Aber sie reagiert gar nicht. An vielen Tagen steht sie gar nicht erst auf, und wenn doch, läuft sie wie ein Geist durchs Haus und sitzt stundenlang in Papas Lehnstuhl am Fenster im Salon und starrt aufs Watt. Wir wissen uns mit ihr bald nicht mehr zu helfen.« Elin seufzte.

»Und jetzt plant ihr, das Haus zu verkaufen?«, fragte Antje. »Es wäre eine Option. Gewiss könnt ihr dafür einen guten Preis bekommen. Keitum wird gerade bei Künstlern immer beliebter, und es ist mit allem Komfort ausgestattet.«

»Thies hat es vorgeschlagen«, antwortete Elin. »Aber Matei und mich begeistert die Idee nicht sonderlich. Wo sollen wir denn dann wohnen? Im alten Kapitänshaus? Es liegt auf dem Gelände, also müssten wir es mit verkaufen. Wo sollen wir denn dann hin? Mama kann nirgendwo anders wohnen. Das wollen wir ihr nicht antun. Das Herrenhaus ist ihr Zuhause. Es muss sich eine andere Lösung finden lassen. Sie hat noch Familie in Amerika. Eine Schwester, ein Onkel lebt wohl auch noch. Vielleicht kann uns jemand aushelfen. Matei überlegt, sich eine Anstellung zu suchen. Es naht die Sommersaison. Da werden ja immer irgendwo Hilfskräfte benötigt.«

»Und wie ist es mit dir?«, fragte Antje. »Willst du auch arbeiten? Ich könnte dich fest anstellen. Du könntest in Zukunft nicht nur aus Spaß an der Freud bei mir in der Töpferwerkstatt arbeiten. Ich habe erst gestern wieder eine Anfrage von einem Gästehaus für ein neues Kaffeeservice bekommen. Zwanzig Tassen und Teller. Und Bente kommt nicht mehr.«

»Bente, wieso? Sie hat dir doch immer gern im Laden geholfen. Sie war ein wahres Verkaufstalent.«

»Das geheiratet hat und nun bereits im vierten Monat schwanger ist.«

»Oh, davon wusste ich gar nichts«, meinte Elin.

»Ich hab es auch erst letzte Woche erfahren. Über den Winter arbeitet sie ja nicht bei mir im Laden. Sie verlässt die Insel. Ihr Auserwählter stammt aus Husum. Ein Zimmermann, sein Vater hat einen eigenen Betrieb. Würdest du mein Angebot annehmen? Ich zahl auch nicht schlecht.«

Elin antwortete nicht sofort. Es kam ihr falsch vor, von Antje Geld für ihre Mithilfe anzunehmen. Die Arbeit in der Tonwerkstatt, aber auch im Laden, war ihr stets gut von der Hand gegangen und hatte ihr Freude gemacht. Sie waren doch Freundinnen. Und von denen nahm man kein Geld. Andererseits klang das Angebot verlockend. Sie würde darüber nachdenken.

3. KAPITEL

Keitum, 15. April 1914

Elin stand auf dem Keitumer Friedhof vor dem Grab ihres Ziehvaters, wischte sich mit einem Tuch den Schmutz von den Händen und begutachtete ihr Werk. Sie hatte sein Grab mit Frühjahrsblumen bepflanzt. Narzissen und Stiefmütterchen blühten darauf nun um die Wette. Dieses Frühjahr war es lange kalt und ungemütlich geblieben, erst Ende März war es langsam wärmer geworden, und nun schien seit einigen Tagen die warme Frühlingssonne vom Himmel, und die Insel erwachte endgültig aus ihrem Winterschlaf. In sämtlichen Häusern wurde Frühjahrsputz gemacht, in den Gärten grünte und blühte es, dass es eine Freude war, und die ersten Obstbäume trugen ihr freundliches Blütengewand. Paul Hansen hatte den Frühling auf Sylt stets besonders gerngehabt. »Er bringt neues Leben«, hatte er einmal zu Elin gesagt. »Und das kann nichts Schlechtes sein.« Und nun lag er hier auf dem Friedhof. In Elin stiegen erneut Hilflosigkeit und Verzweiflung auf, Tränen sammelten sich in ihren Augen. Es waren auch Tränen der Wut. Er hatte sich einfach so davongemacht und sie mit all den von ihm verursachten Problemen zurückgelassen, für die sie noch immer keine Lösung gefunden hatten. Sie wischte die Tränen fort und zog die Nase hoch.

»Entschuldige bitte«, sagte sie. »Ich wollte nicht weinen. Ich bin ja hier, um dir zu berichten, wie es uns geht. Hannes hat inzwischen eine Anstellung im Hotel Miramar in Westerland bekommen.« Der Berichtmodus, in den sie nun überging, dämpfte ihre aufgewühlten Gefühle. »Das freut dich bestimmt zu hören, denn ihr wart ja so viel mehr als Herr und Diener, ihr wart Freunde. Auch unsere Köchin, das Küchenmädchen und das Hausmädchen haben neue Anstellungen in Westerland gefunden. Immerhin ein schwacher Trost. Mama ist es so unendlich schwergefallen, sie alle entlassen zu müssen. Du wirst es nicht glauben, aber Matei kocht nun. Und sie macht ihre Sache gar nicht mal so übel. Hin und wieder übertreibt sie es etwas mit dem Salz, und gestern sind ihr die Fischfrikadellen angebrannt. Aber sie waren noch essbar. Ich selbst bin jetzt Herrin über die Waschküche. Ich wusste gar nicht, wie anstrengend diese Arbeit ist. Immerhin ist das Wetter freundlich, so kann ich die Wäsche bereits auf die Leine im Garten hängen. Matei hat neulich gemeint, jetzt wären wir richtige Sylterinnen, so wie früher. Die hatten ja auch keine Hausangestellten und mussten hart arbeiten. Die Männer waren auf See, eine Horde Kinder musste versorgt werden. Nur das Vieh fehlt uns noch. Wir haben sogar kurz darüber nachgedacht, uns Schafe zuzulegen, oder eine Kuh, die Milch gibt. Einen Stall gäbe es im alten Friesenhaus. Aber ich weiß nicht so recht. Jetzt auch noch Tiere halten? Und was sollten wir denn mit Schafen anstellen?« Sie lächelte, doch schnell wurde ihre Miene wieder ernst. »Mama leidet noch immer sehr. Sie sitzt die meiste Zeit im Salon und starrt aus dem Fenster. Ihr Haar ist in den letzten Wochen vollständig ergraut. Du würdest sie nicht wiedererkennen. Sie wirkt wie versteinert und schleicht abgemagert durchs Haus. Wir wissen bald nicht mehr, was wir noch tun sollen, um sie wieder ins Leben zurückzuholen. Ich vermisse dich ebenso.« Sie begann wieder zu weinen. »Du dummer alter Seemann. So war das nicht ausgemacht. Du kannst uns doch jetzt nicht allein lassen. Du hättest eine Lösung für die Geldprobleme gefunden. Da bin ich mir sicher. Du hast nie den

Kopf in den Sand gesteckt und stets nach vorne gesehen. Matei und ich, wir wissen nicht weiter. Die Stille im Haus schmerzt.« Sie zog erneut die Nase hoch und wischte sich die Tränen von den Wangen. »Wenn du jetzt da wärst, würdest du mich in den Arm nehmen. Das hast du immer gemacht, wenn ich traurig gewesen bin. Du hast nach Schnupftabak gerochen, und dein Bart kitzelte meine Wange. Du würdest sagen: ›Dat wird schon. Es wird doch immer irgendwie.‹ Nur wissen wir noch nicht, wie das Irgendwie aussehen soll.«

»Moin«, sagte plötzlich jemand hinter Elin, und sie zuckte erschrocken zusammen. Es war Wiebke Olsen, die sie angesprochen hatte. Die grauhaarige, untersetzte Frau hatte früher am Strand von Westerland in einem kleinen Pavillon ein Café betrieben. Leider war es in einer schweren Sturmnacht vor drei Jahren fortgespült worden. Seitdem wohnte sie bei ihrer Freundin Inke Habermann in Keitum und beschäftigte sich damit, im Ort spazieren zu gehen. Dieses Tun hatte ihr bei den Keitumer Bewohnern den Ökelnamen Wiebke Gehtherum eingebracht.

»Moin, Wiebke«, grüßte Elin.

Wiebkes Blick wurde mitleidig. »Bist noch arg traurig, min Deern«, sagte sie. »Wäre auch seltsam, wenn nicht. Paul Hansen war ein feiner Mann und ein großartiger Kapitän. So jemanden verliert man nicht gern. Bei manch anderem Zeitgenossen ist es eher ein Segen, wenn ihn der Herrgott zu sich nimmt. Oder der Teufel. Dat kannst du dir jetzt aussuchen.« Sie zwinkerte Elin verschmitzt grinsend zu, trat neben sie und betrachtete die Frühjahrsblüher auf dem Grab. »Hübsch hast du es bepflanzt. Narzissen hab ich besonders gern. Wenn sie blühen, dann ist der Winter endgültig vorbei. Im Café hatte ich immer welche auf den Tischen stehen.« Sie seufzte. »Jetzt um die Zeit würde ich alles wienern und zurechtmachen, wieder in der Backstube stehen, denn bald ist ja Saisonbeginn. Na ja. Vorbei ist vorbei. Da kann man nichts machen. Wie steht es denn bei euch im Herrenhaus, und wie geht es Anna?«

»Nicht so gut«, antwortete Elin.

»Kann ich mir denken«, erwiderte Wiebke. »Ich wollte ihr längst einen Kondolenzbesuch abstatten. Empfängt sie Gäste?«

»Seit der Beerdigung nicht mehr. Sie hat sich sehr zurückgezogen«, sagte Elin. »Matei und ich haben in den letzten Wochen Besucher empfangen. Wir haben auch die ganzen Briefe beantwortet. Und dann liegt ja noch vieles mehr im Argen. Du hast bestimmt von unserer finanziellen Notlage gehört.«

»Wer nicht«, erwiderte Wiebke. »Es geistern so viele Gerüchte durch Keitum, selbst in Westerland wird geredet. Ich hoffe, du hörst nicht immer alles. Sind auch üble Sachen darunter.«

Elin kannte das Gerede zur Genüge. Anna wäre arrogant und eingebildet, sie hätte Paul alle Sinne vernebelt, es wäre ihre Schuld, dass sein ganzer Wohlstand nun fort war. Verschwendungssucht wurde ihr vorgeworfen, der Amerikanerin, die es schwer gehabt hatte, in dem alten Friesendorf anzukommen und von den Einheimischen akzeptiert zu werden. Wäre wohl besser gewesen, sie hätten sich in Westerland angesiedelt. Dorthin passte sie eher. Zu den vielen Zugereisten, die sich mit ihren Hotels, Geschäften und Logierhäusern eine goldene Nase an der feinen Kundschaft verdienen wollten. Doch Keitum war nun mal Pauls Zuhause gewesen, hier stand sein Elternhaus am Wattufer, hierhin hatte er heimkehren wollen.

»Ich kenn das Gerede«, antwortete Elin und winkte ab. Sie überlegte kurz, dann fragte sie: »Möchtest du auf einen Kaffee mit zu uns kommen? Ich habe heute Morgen Friesenkekse gebacken. Es wäre schön, mal wieder einen Gast im Haus zu haben.«

Wiebke stimmte zu. »Zu Friesenkeksen sag ich nie Nein. Die hab ich besonders gern.«

Sie liefen Richtung Kirche, vorbei an jahrhundertealten, von Frühlingsblumen überzogenen Gräbern, viele von ihnen waren mit prachtvollen Grabsteinen geschmückt. Besonders schön war das Grab einer Kapitänsfrau aus dem 18. Jahrhundert. Ihr Name war Inken Knut Petersen gewesen. Auf dem Stein war zu lesen, dass sie sieben Kindern das Leben geschenkt und im Alter von vierundvierzig Jahren verstorben war. So viele Geschichten erzählte der Friedhof, aber auch das Gotteshaus, an dem sie nun vorüberliefen. Die Kirche St. Severin stand ein Stück außerhalb von Keitum auf dem sogenannten Keitumer Geest und war im 12. Jahrhundert erbaut worden. Als Schönheit war das mittelalterliche Bauwerk mitnichten zu bezeichnen. Der sechsundzwanzig Meter hohe Turm war trutzig, hatte recht eigenwillige Proportionen, und vom Westwind wirkte er arg mitgenommen. Die weiß gekalkte und mit Blei gedeckte Kirche war von außen, aber auch von innen eher schlicht gehalten. Und trotzdem übte dieses Gebäude einen besonderen Zauber auf einen aus. Es gab sogar eine alte Sage um das Gotteshaus. Der Legende nach waren es zwei reiche Jungfrauen namens Ing und Dung gewesen, die den Turmbau durch eine üppige Spende ermöglicht hatten. Sie belegten den Turm aber auch mit einem bösen Fluch. Die Kirchenglocke sollte einst den schönsten Jüngling erschlagen, und der Turm selbst sollte über einer eitlen Jungfrau zusammenbrechen. Im Jahr 1739 hatte sich ein Teil des Fluches erfüllt und ein Junge war tatsächlich von der herunterfallenden Kirchenglocke erschlagen worden. Seitdem machten die Keitumer Mädchen lieber einen großen Bogen um den Turm. Ing und Dung konnte man in Gestalt eines gespaltenen Findlings auch heute noch in der Kirchenmauer bewundern.

Sie ließen das Gotteshaus hinter sich und liefen zum nahen Wattweg hinunter. Ein sanfter Wind wehte, in dem die Gerüche von Schlick und Salz lagen. Unmengen an Seevögeln kreisten über dem Watt und suchten im seichten Wasser nach etwas Essbarem. Ihre Rufe waren ein herrlich vertrautes Geräusch. Keine Wolke war am Himmel zu sehen, der Wattweg lag verlassen vor ihnen. Die Szenerie wirkte wie verzaubert.

»Ist schon hübsch hier«, sagte Wiebke, während sie den Weg Richtung Herrenhaus hinunterliefen. »Kein Wunder, dat das immer mehr Künstler auf diese Seite der Insel verschlägt. Und hier gibt es wenigstens Bäume. Drüben in Westerland oder oben in Rantum ist es schon arg karg. Obwohl die Dünen auch ihren Reiz haben. Die Touristen rutschen sie ja gern hinunter, und selbst alte Weiber kichern dann wie kleine Lütten.«

Elin nickte. Dünenrutschen hatten sie früher auch gern gemacht. Doch das war in einer anderen Zeit gewesen, die sich wie ein anderes Leben anfühlte. Damals, als ihre Eltern noch bei ihnen gewesen waren. Der altbekannte Schmerz über ihren Verlust breitete sich in ihrem Inneren aus. Doch sie wollte ihn nicht zulassen. Der Tag war zu schön, um traurig zu sein.

»Wieso wohnst du eigentlich bei Inke und hast dir nicht Arbeit in einem der Cafés in Westerland gesucht?«, fragte Elin und wechselte das Thema. »Dort hätte sich für eine Fachkraft wie dich gewiss eine Anstellung gefunden. Gerade jetzt während der Saison werden gute Bäcker bestimmt nachgefragt.«

»Damit ich mir von irgendwem anders wieder sagen lassen muss, wat ich zu tun und zu lassen habe?«, erwiderte Wiebke und winkte ab. »Jahrelang haben sie mich in den ach so feinen Hotels und Cafés mies behandelt. Ich kann dir sagen: Da ist viel außen hui und innen pfui. Ich hab eine wahre Odyssee hinter mir. Ein Küchenchef ist sogar handgreiflich geworden. Dem hab ich eine gescheuert, dem Dösbaddel, das kannste glauben. Danach haben sie mich vor die Tür gesetzt. Ich hab lang gespart, um mir den Traum vom eigenen Café erfüllen zu können. Ich hätte nicht so dumm sein und den Pavillon am Strand kaufen sollen. Der war schon immer gefährdet. Aber im Sommer lief das Geschäft natürlich großartig. An guten Tagen war ich bereits am frühen Nachmittag ausverkauft. So viel konnten meine Hilfskraft Anne und ich gar nicht backen. Die Einnahmen waren so gut, problemlos ließ sich damit der Winter überstehen. Und dann hat der Blanke Hans alles kaputt gemacht. Es ist nicht schön, vor dem Nichts zu stehen. Mein Traum ist davongeschwommen, und jetzt fehlt mir die Kraft für einen Neuanfang. Ich bin ja auch nicht mehr die Jüngste, werde nächstes Jahr schon sechzig. Ich helfe Inke im Haus, dafür hab ich Kost und Logis frei. Und ein bisschen Erspartes hab ich auch noch.«

Elin nickte. Davon, dass in den Hotels das Personal nicht immer gut behandelt wurde, hatte sie auch schon gehört. Besonders das weibliche Personal hatte es mancherorts nicht leicht. Übergriffe von Männern kamen häufiger vor, wehrten sich die Frauen oder wurden gar schwanger, wurden sie entlassen. Danach eine erneute Anstellung zu finden, war meist unmöglich. Das war eine der vielen Schattenseiten, die die Seebäder mit sich brachten. Darüber, dass die meisten Einwohner Westerlands gar keine Sylter mehr waren, wollte Elin gar nicht nachdenken. Ihr Ziehvater hatte schon recht gehabt mit dem, was er stets gesagt hatte: Ihre Insel stand zum Ausverkauf und wurde mit jedem Jahr mehr überrannt. In der letzten Saison waren es mehr als dreißigtausend Besucher gewesen. Wo sollte das alles nur enden? Doch im beschaulichen Keitum war es bisher noch ruhig geblieben. Schlickwatt war für Touristen eben nicht sonderlich attraktiv.

Sie erreichten das Herrenhaus und liefen die wenigen Stufen zu dem Anwesen hinauf. Elin liebte den Anblick des von vielen Bäumen umgebenen Hauses von der Wattseite. Es war mit seiner Bauweise für Keitum eigenwillig, aber es hatte auch seinen ganz eigenen Charme mit seinen Giebeln und großen Fenstern, der steinernen Veranda. Daneben lag das alte Friesenhaus im Licht der Vormittagssonne. Noch trugen die Ulmen keine Blätter. Doch schon bald würden sie austreiben, und ihr Blätterdach würde ihnen an heißen Sommertagen Schatten spenden. Auf dem vor dem Haus liegenden Rasen standen zwei Schafe, die sie mit trägen Augen ansahen. Das Vieh lief auf Sylt zumeist frei herum, es gab nur wenige abgezäunte Weiden.

»Na, ihr beiden«, begrüßte Elin die Tiere lächelnd. »Schmeckt euch unser Gras?« Sie kannte die beiden und wusste, dass sie dem Bauern Hinnerk Petersen gehörten. Sie waren bereits seit einer Weile Stammgäste in ihrem Garten und kamen fast täglich. »Aber futtert mir bloß nicht die hübschen Narzissen auf.« Sie hob mahnend den Zeigefinger und ging gemeinsam mit Wiebke ins Haus. Als sie die Eingangshalle betraten, wurden deren Augen groß. Sie war noch nie im Inneren des Gebäudes gewesen.

»Meine Güte, dat nenn ich mal eine Pracht«, sagte sie und blickte sich staunend um. »Und wie geräumig es ist. Wie viele Zimmer habt ihr denn?«

»Schon einige«, antwortete Matei, die sich von dieser Frage etwas überrumpelt fühlte. »Sind ja drei Stockwerke. Unterm Dach waren bisher unsere Dienstboten untergebracht. Aber die gibt es jetzt nicht mehr.«

Matei kam die Treppe herunter und sah Wiebke verwundert an.

»Moin, Elin«, grüßte sie. »Du hast einen Gast mitgebracht.«

»Ich hab Wiebke auf dem Friedhof getroffen, und sie wollte Mama gern ihr Beileid aussprechen«, meinte Elin. »Ich habe sie spontan gefragt, ob sie einen Kaffee haben möchte. Wir haben doch noch von den Friesenkeksen, oder?«

»Haben wir. Aber ob das mit dem Beileid was wird, wage ich zu bezweifeln. Mama sitzt im Salon an ihrem üblichen Platz am Fenster und starrt vor sich hin, ihr Frühstück hat sie mal wieder kaum angerührt. Es ist ein Trauerspiel. Irgendwann muss sie doch wieder zu sich kommen.«

»Es ist eben nicht leicht für sie«, sagte Wiebke. »Sie hat ihren Mann und ihr gewohntes Leben verloren. Ihre Welt ist arg ins Wanken geraten. Dat muss sie erst einmal verdauen. Dem einen gelingt so etwas schneller, ein anderer benötigt mehr Zeit. Habt Geduld.«

»Hab Dank für deinen Trost, Wiebke«, antwortete Matei und lächelte. »Und es ist schön, dass du gekommen bist. Kommt. Wir gehen in die Küche und machen es uns gemütlich.«

Sie durchquerten die Eingangshalle und betraten durch eine Seitentür die geräumige Küche des Hauses. Regale und weiß gestrichene Schränke säumten die mit blau-weißen Kacheln gefliesten Wände. Ein großer Holzofen füllte die Mitte des Raumes, darüber hingen Pfannen, Töpfe, Suppenkellen und andere Küchenutensilien. Vor dem großen, mit Butzenscheiben versehenen Fenster standen ein Esstisch und sechs Stühle daran. Sonnenstrahlen fielen auf den Dielenboden, in ihrem Licht funkelten einige aufgewirbelte Staubpartikel. Der Raum strahlte eine ganz besondere Art von Heimeligkeit aus. Wiebkes Augen begannen zu leuchten.

»Hach, was für eine hübsche Küche. Und diese Größe. So eine habe ich mir immer für mein Café gewünscht. Endlich genug Fläche, um all die Kuchen und Torten irgendwo abzustellen. Und es gibt gleich mehrere Backöfen. Ein Traum. Ihr könntet hier glatt ein Café oder ein Restaurant aufmachen.« Ihr Blick blieb an dem auf dem Tisch stehenden Teller mit Friesenkeksen hängen. Elin hatte diese zum ersten Mal gebacken, und sie sahen etwas eigentümlich aus. Sie waren aus der Form gegangen, und viele von ihnen waren zu dunkel geworden.

»Obwohl es für ein Café noch etwas Übung bräuchte«, konstatierte Wiebke. »Aber bekanntlich ist ja noch kein Backmeister vom Himmel gefallen.«

»Ich muss erst noch mit dem Backofen klarkommen«, glaubte Elin, sich für das unperfekte Backwerk entschuldigen zu müssen. »Der macht noch nicht so recht, was ich will. Aber das wird schon. Sie schmecken besser, als sie aussehen.«

Wiebke nickte. »Ja, die Backöfen. Jeder von ihnen hat sein Eigenleben. Aber das wird bestimmt.« Sie nahm einen der nicht ganz so dunklen Kekse und probierte ihn.

»Schmecken wirklich gut. Nur büschen trocken«, sagte sie mit vollem Mund und wischte sich die Krümel vom Mundwinkel. »Noch etwas Übung, und sie sehen perfekt aus. Wenn du magst, können wir gern zusammen backen, und ich bringe dir die Tricks bei.«

»Das wäre großartig«, antwortete Elin.

Bald darauf saßen sie gemütlich bei Kaffee und Keksen am Küchentisch beisammen.

»Wie steht es eigentlich mit dem alten Kapitänshaus?«, fragte Wiebke. »Bewohnt es jemand?«

»Nein«, erwiderte Matei. »Wir haben ja im Herrenhaus genügend Platz. Im Moment dient es als Lager.«

»Was ein Jammer«, antwortete Wiebke. »Wann wurde es erbaut? Im 18. Jahrhundert? Ich mag die alten Häuser gern. Sie strahlen eine ganz eigene Art von Gemütlichkeit aus. Das Herrenhaus ist hübsch und beeindruckend, keine Frage. Aber wenn mich jemand fragen würde, wo ich lieber wohnen würde ... ich würde das Friesenhaus vorziehen.«

»Ja, es ist schon hübsch«, sagte Matei. »Aber es fehlt doch etwas der Komfort. In der Küche gibt es noch eine offene Feuerstelle, und die Räume werden über die alten Öfen beheizt, dazu ist ein Teil des Hauses noch Stall. Da ist es im Herrenhaus schon komfortabler. Obwohl wir uns Gedanken darüber machen müssen, wie lange wir noch so weitermachen wollen. Wenn wir gut haushalten, reichen unsere Ersparnisse bis zum Herbst. Kohlen zum Heizen haben wir noch Reste im Keller. Aber ob wir damit über den nächsten Winter kommen werden, wage ich zu bezweifeln. Es wird wohl darauf hinauslaufen, dass wir einige Räume gar nicht mehr nutzen können. Am Ende werden wir das Haus wohl doch verkaufen müssen.«

»Und wenn ihr Zimmer vermietet?«, fragte Wiebke. »Das wäre doch eine gute Einnahmequelle. Ihr könnt nicht so viel nehmen wie die Privatleute in Westerland, dafür ist Keitum zu abgelegen. Aber das Haus ist doch groß und hat eine einmalig schöne Lage. Erst neulich habe ich mich mit einem der neu zugezogenen Maler darüber unterhalten. Er hat gemeint, dass immer mehr Künstler Keitum Westerland gegenüber bevorzugen würden. Die Baumalleen, die alten Häuser und der traumhafte Blick aufs Wattenmeer wären zauberhafte Motive, und die Stille käme vielen Künstlern, auch Schriftstellern, entgegen. Ihr könntet Zimmer mit Frühstück anbieten. Was meint ihr? In Westerland nehmen sie meist zwischen zwei und vier Mark für die Zimmer, Frühstück kostet extra, meist eins fünfzig. Wenn ihr für ein Zimmer mit Frühstück drei Mark nehmt, klappt bestimmt eine schnelle Vermietung.«

»Darüber haben wir noch gar nicht nachgedacht«, sagte Matei. »Wir haben drei Gästezimmer im Haus, das Lesezimmer könnte ebenfalls zu einem werden, und den Salon könnten wir zu einem Frühstücks- und Aufenthaltsraum umgestalten. Das wären recht gute Einnahmen. Was meinst du, Elin? Und wir hätten etwas zu tun. Endlich hätte dieser elende Stillstand ein Ende.«

»Die Idee ist nicht schlecht«, erwiderte Elin zögerlich. »Aber was wird dann mit uns? Unser Zimmer liegt mittendrin. Das von Mama ebenfalls. Im zweiten Stock gibt es für uns und die Gäste nur ein Badezimmer. Wir würden ihnen ständig und überall über den Weg laufen und hätten keinen privaten Bereich mehr.«

»Dann lass uns doch ins alte Friesenhaus ziehen«, schlug Matei vor. »Wir entrümpeln es und richten uns häuslich ein. Mir gefiel nie, dass es ein solch nutzloses Dasein fristet.«

»Das ist eine hervorragende Idee«, sagte plötzlich Anna. Alle drei zuckten erschrocken zusammen und blickten zur Tür. Anna betrat den Raum. Sie trug eine schwarze Bluse und einen schwarzen Rock, ihr graues Haar war zu einem Dutt am Hinterkopf zusammengebunden.

»Moin, Wiebke«, sagte sie und lächelte sogar. »Schön, dich zu sehen. Entschuldigt, ihr Lieben. Aber ich habe gelauscht. Ihr habt recht: Der Stillstand muss endlich ein Ende haben. Die Idee mit den Gästezimmern hätte Paul gemocht. Künstlern war er stets zugetan. Er hätte gern selbst gemalt, aber ihm fehlte das Talent dazu. Und ihm würde gefallen, dass wir das Friesenhaus wieder bewohnbar machen. Dessen bin ich mir sicher.« In ihren Augen schimmerten Tränen. Matei und Elin sahen sie ungläubig an. Es schien wie ein Wunder. Ihre Ziehmutter reagierte, sie stand vor ihnen und redete. Sie traf Entscheidungen. Endlich war sie aus ihrer Starre erwacht. »Und jetzt hätte ich gern ein Tässchen Kaffee«, sagte Anna. »Und dann können wir das genaue Vorgehen besprechen.«

4. KAPITEL

Keitum, 3. Mai 1914

Elin stand am Fenster der kleinen Kammer im Dachgeschoss des Friesenhauses, die sie neuerdings gemeinsam mit Matei bewohnte, und blickte nach draußen. »Der Regen lässt endlich nach und es reißt auf«, sagte sie. »Wenn wir Glück haben, kommen wir trockenen Fußes nach Munkmarsch.«

»Das ist schön«, antwortete Matei, die gerade ihre Strümpfe anzog. Über dem Stuhl hing bereits ihre für den Tag gewählte Garderobe. Sie hatte sich nach einigem Hin und Her für eine hellblaue Bluse mit etwas weißer Spitze am Kragen und ihren dunkelblauen Rock entschieden. »Hach, ich bin ja schon so aufgeregt«, sagte sie. »Ich hatte nicht angenommen, dass sich auf unsere Anzeige so rasch jemand melden würde.«

»Manchmal geht es eben schneller als gedacht.« Elin entfernte einen Fussel von ihrem lindgrünen Kleid, dessen Blickfang ein breiter Taillengürtel in Dunkelgrün darstellte. Auch ihre Kleidung war eher schlicht gehalten. Die Zeit der edlen Roben war endgültig vorüber. All ihre teuren Kleider hatten sie bei der Schneiderei Martens in Westerland in Zahlung gegeben. Anna hatte arg mit der Inhaberin, Friederike Martens, gefeilscht und eine ordentliche Summe herausgeschlagen. Auch ihren gesamten Schmuck hatten sie veräußert. Das Geld war vollständig in den Umbau einiger Zimmer im Haupthaus und in das Bewohnbarmachen des alten Kapitänshauses geflossen.

»Jetzt brauche ich erst einmal einen Pott Kaffee«, sagte Elin und streckte sich gähnend. »Ich hab letzte Nacht kaum ein Auge zugetan und hoffe, er weckt die Lebensgeister. Ich muss mich erst noch an das Alkovenbett gewöhnen.« Sie deutete auf das in die Wand eingelassene Bett, das von einem dunkelblau gestrichenen Holzrahmen umgeben war, an dem blau-weiß gemusterte Vorhänge hingen. Ihre beiden Betten lagen hintereinander. Den Betten gegenüber standen ein Sekretär und ein Stuhl, daneben gab es einen zweitürigen Kleiderschrank, der ebenfalls blau gestrichen und mit einem hübschen Muster verziert war. Der alte Dielenboden knarrte bei jedem Schritt, und der weiße Holzrahmen des Fensters hatte sich etwas verzogen, was dessen Öffnen erschwerte. Aber sowohl Matei als auch Elin liebten ihre kleine Kammer. Besonders in den Abendstunden, wenn sie im Schein der auf dem Tisch stehenden Petroleumlampe noch plauderten, war es gemütlich und fühlte sich heimelig an.

»Ich auch«, antwortete Matei. »Und die Matratzen sind mit Stroh gefüllt. Das ist auf Dauer doch recht unbequem. Ich hoffe, wir können diesen Zustand bald ändern. Nicht, dass dort irgendwo Flöhe hausen.« Sofort begann sie, sich am Arm zu kratzen. »Obwohl es schön ist und Erinnerungen an unsere Kindheit weckt. Ich hab unser gemeinsames Alkovenbett damals im Elternhaus geliebt. Weißt du noch: Wir haben oft stundenlang getuschelt, uns Geschichten erzählt und uns im Winter gegenseitig gewärmt.«

»Ja, das stimmt. Obwohl es mir heute mit dir in einem Bett zu eng wäre.« Elin lächelte. »Wir kehren zu unseren Wurzeln zurück. Ich hab die Tage sogar die Schafsköttel auf der Wiese und dem Wattweg gesammelt und damit den Ofen in der Stube eingeheizt. Als Kinder sind wir stets mit großen Säcken losgezogen, um sie zu sammeln.«

»Und ich habe es stets gehasst«, antwortete Matei. »Ich fand die Köttel widerlich.« Sie begann, ihr Haar auszubürsten, und flocht es zu einem Zopf.

Elin, die ihr Haar bereits gerichtet hatte, beobachtete sie dabei. »Ich liebe dein braunes Haar«, sagte sie. »Es ist so gar nicht typisch für Sylt. Oma Bente hat einmal gesagt, bei dir hätte sich der Storch verflogen und dich auf der falschen Insel abgesetzt.«

»Oma Bente. Du liebe Güte«, meinte Matei. »Das ist lange her. Ich weiß noch, wie ich früher immer auf ihrem Schoß vor dem Haus gesessen habe und sie mir alte Geschichten erzählt hat. Oftmals waren regelrechte Schauermärchen von Widergängern dabei. Was hab ich mich gegruselt. Und jetzt gibt es keine Oma Bente mehr, und unser Elternhaus ist eine traurige Ruine. Ich weiß gar nicht, wann ich zuletzt dort gewesen bin.«

»Ich auch nicht«, antwortete Elin. Einen Moment war es still im Raum. Das wurde es jedes Mal, wenn die Erinnerungen an ihre Eltern zurückkehrten. Elins Augen wurden feucht. Sie blinzelte die Tränen fort. »Ist besser, wenn wir aufhören, darüber zu reden. Heute soll ein fröhlicher Tag sein. Wir starten einen Neubeginn, und da ist es nicht gut, über die Vergangenheit nachzudenken. Wir können die Zeit nicht zurückdrehen.«

»Hast ja recht.« Auch Mateis Augen waren feucht geworden. »Komm«, sagte sie und hielt Elin die Hand hin, »lass uns nachsehen, ob Wiebke schon in der Küche im Herrenhaus angekommen ist, Mama hab ich vorhin schon hinübergehen sehen.«

Draußen empfing sie der frische Geruch des Regens. Die Wolkenlücken waren inzwischen größer geworden, und bald würde die Sonne hervorkommen. Sie liefen rasch die Stufen zum Eingang des Haupthauses hinauf und kicherten plötzlich wie kleine Mädchen. Die Trübsal von eben schien wie weggeweht zu sein. In der Küche trafen sie auf Wiebke und Anna. Ihre Ziehmutter hatte beide Hände in einem Teig stecken. Ihr Haar hatte sie zu einem Dutt hochgebunden, doch einige Strähnen hatten sich gelöst. Ihre Wangen waren gerötet. Sie begrüßte die beiden mit einem Lächeln. »Da seid ihr ja endlich. Wir dachten schon, ihr wollt gar nicht mehr kommen.«

»Moin, ihr zwei Hübschen«, grüßte auch Wiebke. Sie holte gerade eine Schüssel aus dem Backofen. »Zur Feier des Tages hab ich uns zum Frühstück einen Mehlpudding gebacken. Dazu gibt es rote Grütze. Die habe ich noch vom letzten Jahr übrig. Ich hab gemeinsam mit Inke Unmengen davon eingekocht. Sie hat Beerensträucher im Garten, und die haben getragen wie lange nicht. Im Keller stehen noch zehn Gläser.« Wiebke, die über ihrem dunkelblauen Kleid eine schlichte weiße Küchenschürze trug, war in den letzten Wochen zu einem festen Bestandteil des Hauses geworden und ihnen bei den vielen anfallenden Arbeiten eine große Hilfe gewesen.

»Mehlpudding«, sagte Elin. »Liebe Güte. Den hab ich ewig nicht gegessen.« Sie setzten sich an den Tisch, und Wiebke stellte jeder von ihnen einen Kaffeepott vor die Nase. »Mit Milch und Zucker, wie ihr es gernhabt«, sagte sie. Es folgte der Pudding, der eher mit einem Kuchen vergleichbar war. Dessen Zubereitung war nicht sonderlich schwer. Er bestand aus Milch, Mehl, Butter, Zucker und Eiern und wurde eine Stunde lang in der Schüssel gebacken. Matei schob sich ein Stück in den Mund, und ihr Gesichtsausdruck wurde selig. »Genauso hat ihn Mama auch immer gemacht«, sagte sie. »Er schmeckt einfach himmlisch. Fehlt nur noch die selbst gemachte Preiselbeer-Tunke mit Zimt, und es wäre perfekt.«

»Gibt es an meiner roten Grütze etwa etwas auszusetzen?«, fragte Wiebke und stemmte die Hände in die Hüften. Ihr Tonfall war plötzlich ruppig.

»Nein, nein«, beeilte sich Elin zu sagen. »Sie schmeckt köstlich. Es war nur eine Kindheitserinnerung. Weiter nichts.«

»Wenn ihr Preiselbeer-Tunke haben wollt, dann müsst ihr in die Dünentäler gehen und Beeren sammeln. Dann koch ich welche ein, auch mit Zimt, wenn es denn unbedingt sein muss. Obwohl ich ja der Meinung bin, dat das Zeug darin nix zu suchen hat.«

»Ich wäre dann so weit fertig«, sagte nun Anna. Alle drei blickten in ihre Richtung. Sie hatte die Hände aus dem Teig gezogen und fragte: »Und was nun?«

»Das ist ein Hefeteig«, antwortete Wiebke. »Der muss an einem warmen Ort zum Aufgehen für eine Weile ruhen. Später machen wir dann die süßen Rosinenwecken daraus.«

Anna nickte und wusch sich die Hände. Elin grinste. Ihre Ziehmutter war nicht wiederzuerkennen. Von der damaligen Herrin des Hauses, die gern das Dienstpersonal durch die Gegend gescheucht hatte, war nichts mehr geblieben. Anna schien Freude am Haushalt gefunden zu haben und hatte eine besondere Vorliebe für das Backen entwickelt. Den lieben langen Tag verbrachte sie, eine Schürze um ihr schwarzes Kleid gebunden, in der Küche und probierte gemeinsam mit Wiebke neue Rezepte aus. Die vielen Kuchen und Plätzchen mussten dann natürlich probiert werden, was dazu geführt hatte, dass ihre Wangen wieder etwas voller geworden waren. Elin und Matei waren noch immer verwundert darüber, wie rasch Annas Veränderung zur tüchtigen Herbergsmutter vonstattengegangen war. Jede Entscheidung den Umbau betreffend ging über ihren Tisch, und sie führte streng über sämtliche Neuanschaffungen Buch. Es war schön zu sehen, wie sie mit jedem Tag mehr ins Leben zurückfand.

Ein Fuhrwerk hielt vor dem Haus. Auf dem Kutschbock saß Hinnerk Petersen. Der grauhaarige untersetzte Mann besaß unweit des Herrenhauses einen Bauernhof und war mit Paul gut befreundet gewesen. Für ihn stand es außer Frage, die drei Frauen bei ihrem Vorhaben zu unterstützen und ihnen mit Rat und Tat zur Seite zu stehen. Heute galt es, die ersten Gäste am Hafen in Munkmarsch abzuholen.

»Hinnerk ist da«, sagte Elin und stopfte sich, während sie aufstand, das restliche Stück ihres Mehlpuddings in den Mund. »Es wird Zeit. Komm, Matei. Wir wollen ihn nicht warten lassen.«

Matei leerte rasch ihren Kaffeebecher. Auf dem Weg nach draußen legten sie sich jeweils ein wollenes Tuch um die Schultern. Inzwischen hatte die Sonne den Kampf gegen die Wolken gewonnen, doch es war noch kühl und leicht windig. Auch Wiebke und Anna traten nach draußen, um Hinnerk zu begrüßen, der bester Laune war. Er blieb auf seinem Kutschbock sitzen und grinste breit.

»Moin, die Damen.« Er nahm seine Pfeife aus dem Mund. »Von so vielen Schönheiten werde ich selten in Empfang genommen. Dat nenn ich mal eine Freude.«

»Lass das Süßholzgeraspel mal nicht deine Rieke hören«, sagte Wiebke lachend. »Die reißt dir den Kopf ab.«

»Ach, meine Rieke nimmt das nicht so genau«, antwortete er. »Die weiß ganz genau, wo ich zu Hause bin. Wer fährt denn jetzt mit? Hoffentlich nicht alle vier, sonst könnte es für die Gäste eng werden. Sind drei, oder?«

»Zwei nur«, meinte Anna. »Der Dritte reist über Hörnum an und wird vermutlich heute Nachmittag mit dem Bus aus Westerland eintreffen. Und natürlich fahren wir nicht alle mit. Nur Matei und Elin werden dich begleiten. Wiebke und ich richten derweil alles für den Begrüßungskaffee. Nach der beschwerlichen Reise haben die Herren gewiss Hunger.«

»Wenn ihnen die See nicht den Magen umgedreht hat«, erwiderte Hinnerk. »Aber heute ist es eher ruhig. Obwohl. Ich hab schon Gäste ganz ohne Seegang kotzen sehen. Sind halt nix gewohnt, die Landratten. Na dann mal los, ihr Lütten. Sonst kommen wir noch zu spät. Ihr beiden seid schmal und passt noch mit auf den Kutschbock.«

Matei schmunzelte, während sie hinter Elin auf den Wagen kletterte. Als Lütte hatte sie schon länger keiner mehr bezeichnet.

Die Fahrt begann. Zuerst ging es über die verschlungenen Wege von Keitum. Vorbei an alten, von blühenden Gärten umgebenen Kapitänshäusern mit ihren Reetdächern, viele von ihnen waren mit Moos bewachsen. Die Obstbäume standen in voller Pracht. Ihre rosa und weißen Blütenblätter wurden von dem leichten, von der Wattseite kommenden Wind durch die Luft gewirbelt und legten sich auf Wege und Wiesen. Gänseblümchen, Wiesenschaumkraut und Löwenzahn blühten um die Wette, ein an einem Zaun stehender Fliederbusch betörte sie mit seinem berauschenden Duft. Sie ließen das Dorf hinter sich und fuhren über freies Feld. Auf den Wiesen standen Schafe, Kühe und Pferde. Drei Zicklein brachten Hinnerk zum abrupten Abbremsen, denn sie überquerten meckernd vor ihnen den Weg. Unmengen an Wildgänsen hatten sich auf den Wattwiesen eingefunden. Ihr Schnattern war wunderschön anzuhören. Viele von ihnen hatten Junge, die hinter ihren Müttern herliefen. Am Wegesrand blühten Strandnelken in Hülle und Fülle, Schilf und Strandhafer wiegten sich im sanften Wind, auf dem Wasser funkelte das Sonnenlicht.

»Hach, es ist so wunderschön heute«, sagte Matei und streckte die Nase der Sonne entgegen. »Endlich haben sich die Wolken und der hartnäckige Seenebel der letzten Tage verzogen. Ich dachte schon, dieses Jahr würden wir wochenlang im Grau versinken. Und seht nur die vielen Küken der Wildgänse. Wie niedlich sie aussehen. Und dort vorne sind kleine Schäfchen.«

»Ja, unser Inselchen schmeichelt uns heute«, antwortete Hinnerk. »Hat aber auch einiges wiedergutzumachen. Die letzten Tage war dat wirklich gar scheußlich.«

Sie näherten sich dem im hellen Sonnenlicht vor ihnen liegenden Hafen von Munkmarsch, der durch seine kleine Größe und mit seinen wenigen Häusern spielzeughaft anmutete. An den Landungspfählen schaukelten bunt bemalte Fischerboote und Segler. Am Hafen gab es ein Hotel und ein Restaurant, von deren Terrassen aus hatte man einen guten Blick auf die zauberhafte Kulisse, die vielen Künstlern Inspiration gab. Am Hafen selbst warteten bereits zahlreiche Fuhrwerke auf die Sommerfrischler. Zumeist waren es Gastwirte aus der Umgebung, die hier ihre Gäste in Empfang nahmen, aber auch einige Kaufleute waren unter ihnen, die ihre bestellten Waren abholten. Hinnerk lenkte ihren Wagen neben den des Kaufmanns Carsten Lorenzen und begann einen Schnack mit dem bärtigen Sechzigjährigen. »Moin, Carsten. Bekommste wieder neue Ware?«

Carsten grüßte zurück. »Ich hoffe darauf. Kommt von einem Lieferanten aus Hamburg und hätte gestern schon da sein sollen. Weißwäsche, ist eine Bestellung von einem der neuen Gästehäuser in Westerland. Moild hat es gar nicht gefallen, dass sie die Kundschaft gestern vertrösten musste. Eine unpünktliche Lieferung kommt so gar nicht gut an, und es war eine große Bestellung.«

»Bestimmt kommt es heute«, versuchte Hinnerk, Carsten aufzuheitern. »Und die in dem Gästehaus sollen sich nicht so haben. Sylt ist eben ein Inselchen, zu dem alles mit dem Boot gebracht werden muss. Da kann es schon mal vorkommen, dat etwas später geliefert wird oder eine Nacht länger im Lagerhaus am Festland liegen bleibt. Denk mal an den Winter, wenn die Dampfer gar nicht mehr fahren. Da sind wir jedes Mal froh darüber, wenn die Männer mit den Booten übers Eis ziehen und wenigstens die Post abholen.«

»Einem Sylter musst du so eine Verspätung nicht erklären«, antwortete Carsten. »Aber die Leute kommen aus Berlin. Die sind natürlich anderen Service gewohnt. Und den Winter erleben die auf unserem Inselchen bestimmt nicht. Die machen wie all die anderen Städter Ende September die Schotten dicht und verschwinden in ihr Festlanddomizil. Ist doch immer so.« Er winkte seufzend ab.

Der Dampfer näherte sich dem Anleger. Auf dem Deck standen bereits die zahlreichen Passagiere. Die meisten von ihnen würden mit der bereitstehenden Inselbahn Richtung Westerland weiterreisen. Matei konnte auf dem Schiff auch einige Schafe ausmachen. Es war nichts Ungewöhnliches, dass Tiere mit den Personenfähren vom Festland transportiert wurden. Der Dampfer legte an, und die Passagiere strömten von Bord. Kofferträger, die am Anleger gewartet hatten, meist waren es junge Burschen, die sich ein paar Pfennige dazuverdienen wollten, boten ihre Dienste an. Matei und Elin waren vom Wagen gestiegen, und Matei hielt ihr mitgebrachtes Schild, auf dem *Herrenhaus Keitum* in großen Lettern geschrieben stand, in die Höhe.

Es näherten sich ihnen zwei äußerst ungleich aussehende Herren, im Schlepptau hatten sie einen der jungen Kofferträger, der gleich fünf Koffer auf seinen Rollwagen geladen hatte und damit etwas überfordert schien. Der eine Mann war grauhaarig und trug einen platt gedrückten Hut. Ein großer, an den Enden gezwirbelter Bart zierte seine Oberlippe, seine fülligen Wangen waren gerötet. Er sah etwas mitgenommen aus. Matei schätzte ihn auf Ende fünfzig. Der andere Mann war groß und hager, trug keinen Bart, dafür lange Koteletten, und auf seiner Nase ruhte eine Nickelbrille. Sein Kleidungsstil war eigenwillig. Die braune Stoffhose war ein ganzes Stück zu kurz, ebenso die Ärmel seines Hemds, seine karierte Weste war indes zu groß. Auf dem Kopf trug er einen Strohhut mit einem braunen Hutband. Matei musste ein Grinsen unterdrücken. Anna würde groß gucken. Sie hatte so sehr geschwärmt, nachdem die ersten beiden Buchungen von Malern vorgenommen worden waren. Extra hatte sie sich am Fernsprecher nach den Beweggründen der Gäste für die Reise nach Sylt erkundigt. Künstler und Schriftsteller, gebildete Menschen, waren ihr bevorzugtes Publikum. Bei solchen Menschen konnte man auf gutes Benehmen und ein tadelloses Äußeres hoffen, schließlich waren sie Intellektuelle. Und nun standen diese beiden seltsamen Gestalten vor ihnen, die so gar nicht in das von Anna erwünschte Bild passen wollten. Aber vielleicht täuschte ja der erste Eindruck.

»Guten Tag, die Damen«, grüßte der hagere Mann und lupfte seinen Hut. Wie alt mochte er sein, überlegte Matei. Vielleicht Ende vierzig. »Friedrich Beck mein Name. Was für ein freundliches Empfangskomitee das ist. Und dann haben wir auch noch so ein schönes Wetterchen. Das ist doch eine Freude. Sie müssen die Schweigsamkeit meines Mitstreiters entschuldigen. Max ist das Schaukeln nicht so bekommen. Ich muss gestehen, dass auch ich mir die Überfahrt etwas komfortabler vorgestellt habe. Wir saßen zwischen den Schafen eingezwängt an Deck. Es war ja nicht zu ahnen, dass die Dampfer zusätzlich als Tiertransporter verwendet werden. Und dann der Tonfall von diesen Matrosen. Also von Kundenfreundlichkeit haben die auch noch nichts gehört.«

»Moin zusammen«, grüßte Hinnerk. »Muss eben alles auf die Insel, nicht nur die Touristen. Und heute haben wir doch keinen Seegang. Da sollten Sie mal andere Tage erleben.«

»Aber nun sind Sie ja gut angekommen«, sagte Elin schnell und schenkte den Herren ein Lächeln. »Ich hoffe, wenigstens die Schafe waren freundlich zu Ihnen?«

»O ja, da gab es keine Klagen«, antwortete Friedrich Beck. Ein Schmunzeln lag nun auf seinen Lippen. »Und der Anblick dieses bezaubernden kleinen Hafens macht die unkomfortable Überfahrt sogleich wett. Die bunten Boote und niedlichen Häuser. Am liebsten würde ich sogleich meine Staffelei aufstellen, um das Motiv einzufangen.«

»Das machen viele Künstler«, sagte Elin. »Aber warten Sie mal ab, bis Sie unser Keitum sehen. Sie werden beeindruckt sein. Ist Ihnen noch unwohl?«, wandte sie sich an Max Thiedemann und sah ihn besorgt an.

»Langsam geht es besser«, entgegnete er. »So arg hat es gar nicht geschaukelt. Ich hätte das Fischbrötchen in Hoyerschleuse am Hafen nicht essen sollen.«

»Ja, Fischbrötchen, Touristen und Bootsfahrten, dat verträgt sich so gar nicht«, antwortete Hinnerk, der inzwischen mit dem Kofferträger das Gepäck verstaut hatte, und schlug ihm laut auflachend auf die Schulter. Max schrumpfte unter seiner breiten Hand ein ganzes Stück. »Aber das kriegen wir mit einem anständigen Köm schon wieder hin. So ein Kümmelschnaps hat noch jedem den Magen gerichtet. Dat können Sie mir glauben.«

Sie bestiegen den Wagen. Auf der Fahrt nach Keitum war es ruhig. Die beiden Herren waren ganz von der Schönheit der Landschaft gefangen. Als sie im Ort eintrafen, wurden sie wieder gesprächiger. »Oh, welch hübsche Häuschen, und diese Gärten«, rief Friedrich Beck aus. »Wie idyllisch. Es sieht wie im Märchen aus. Und überall die Bäume. Ich dachte immer, Sylt wäre so karg. So stand es jedenfalls in meinem Reiseführer.«

»In Westerland, List und Rantum ist es das auch«, sagte Elin. »Aber hier in Keitum wurden in den letzten Jahrzehnten viele Bäume, hauptsächlich Ulmen, gepflanzt. Es ist das grünste Dorf der gesamten Insel. Manche Wege säumen richtige Alleen.«

»Ich dachte ebenfalls, es gäbe nur Dünen, Strände und das Meer«, sagte Max. »Ein Bekannter von mir hat eine Ausstellung mit seinen Gemälden von Sylt vor einigen Wochen durchgeführt. Solch hübsche Friesenhäuser und Baumalleen hat er nicht festgehalten.«

»Dann hat ihn sein Weg leider nicht in unser hübsches Keitum geführt«, antwortete Matei. Während sie die Worte aussprach, wurde es ihr ganz warm ums Herz. Ihr Keitum mit seinen vielen verschlungenen Wegen, den alten Kapitänshäusern, Gärten und unzähligen Bäumen, so herrlich am Wattufer gelegen, war schon etwas Besonderes und einmalig auf der Insel. Es galt zu hoffen, dass der Ort seinen ganz eigenen Charme behalten und sich nicht derart rasch verändern würde wie Westerland oder andere, auf der Westseite Sylts gelegene Orte.

Sie erreichten das Herrenhaus, und Hinnerk lenkte den Wagen vor das Eingangsportal.

Anna und Wiebke traten nach draußen. Die beiden hatten sich extra für die Gäste in Schale geworfen. Anna hatte ihre Trauerkleidung abgelegt und trug nun eine weiße Bluse mit Stickereien an den Ärmeln, dazu einen dunkelblauen Rock, über ihren Schultern lag ein dunkelblaues Tuch. Wiebke hatte immerhin ihre Schürze abgelegt, und ihren Kragen zierte eine silberne Brosche. Ihr Haar hatte sie gerichtet und hochgesteckt.

»Herzlich willkommen in unserem Herrenhaus am Meer«, begrüßte Anna die Gäste. Sie war die zum Eingang führenden

Stufen nach unten gekommen. Die Herren stiegen vom Wagen, deuteten beide eine Verbeugung an und betrachteten das Anwesen voller Wohlwollen. Sie waren von dem Blick aufs Watt ganz begeistert.

»Wie bezaubernd es hier ist«, sagte Max und sah sich mit großen Augen um. »Die vielen herrlichen Bäume und diese Lage direkt am Wattufer. Dieser wunderbare Blick ist bereits ein Gemälde wert.«

Die beiden Künstler liefen mit großen Augen Richtung Wattweg.

»Ich denke, unser Inselchen hat sie schon eingefangen«, sagte Wiebke und sah ihnen kopfschüttelnd nach.

»Ja, das hat es«, antwortete Anna, die neben Hinnerk stand, der den beiden ebenfalls nachsah. Längst waren sie aus ihrem Blickfeld verschwunden. Matei sah den Garten mit den Bäumen vor dem Herrenhaus, das Kapitänshaus und den alltäglichen Blick aufs Watt plötzlich mit anderen Augen. Sonnenflecken tanzten über den Rasen, sie atmete die Gerüche von Schlick und Salz tief ein, die sie oft kaum noch und nun umso intensiver wahrnahm. War es das, was die Touristen taten? Sie veränderten ihre Sicht auf ihre Heimat und ließen sie deren Schönheit erkennen. In diesem Moment wünschte sich Matei, sie könne sie ebenfalls in einem Bild festhalten. Erinnerungen wurden mit der Zeit vage und verflogen, Momente, Augenblicke, Stimmungen, ein Wimpernschlag war es meist, und sie waren vorbei. Doch ein Künstler konnte sie für immer einfangen. Er sah das Besondere in ihnen, in Dingen, die andere niemals wahrnehmen würden.

Es war Anna, die Matei aus ihren Gedanken riss.

»Na, das sieht doch nach einem guten Anfang aus«, sagte sie und legte die Arme um Elin und Matei. »Kommt, Mädchen. Lasst uns alles für den Kaffee richten.« Sie gingen zum Haus.

5. KAPITEL

Keitum, 20. Mai 1914

Matei stand am Küchenfenster des Herrenhauses und beobachtete belustigt das auf dem Rasen stattfindende Schauspiel. Friedrich Beck hatte sich einen seiner Stühle aus dem Zimmer geholt und saß nun im Schatten einer der Ulmen, eine Tasse Kaffee in Händen. Nur schien ihm seine Sitzposition nicht so recht zu gefallen. Er rutschte auf dem Stuhl herum und stellte ihn häufiger um. Gerade eben hatte er ihn wieder drei Meter weiter getragen, sich hingesetzt, war wieder aufgestanden, hatte ihn zwei Meter nach rechts, dann wieder zurück und nun an eine andere Stelle gestellt.

Anna trat neben Matei und schüttelte den Kopf. »So geht das jetzt schon über eine halbe Stunde«, sagte sie. »Was er wohl damit bezweckt?«

»Das frage ich mich auch«, antwortete Matei. »Die Aussicht ist doch immer dieselbe. Ob der Stuhl nun zwei Meter weiter links oder rechts steht, macht da keinen Unterschied.«

»Der weiß eben nicht, wo er sein Ei hinlegen soll«, sagte Wiebke. Sie hatte eben ein Blech Rosinenwecken aus dem Ofen geholt, und deren süßer Duft verbreitete sich in der Küche.

»Also wenn er auch noch Eier legt, dann setze ich ihn wieder vor die Tür«, meinte Anna. »Selten einen solch anstrengenden Zeitgenossen erlebt.«

»Wenn ihr mich fragt, hat der sie nicht alle«, erwiderte Wiebke. »Mir tut jetzt noch der Rücken weh vom Möbelrücken. Und das nur, weil dem Herrn die Position seines Bettes nicht guttut. Schlechtes Karma in der Zimmerecke. So was hab ich noch nie gehört. Und wie der immer rumläuft, da passt gar nix zusammen, und die Hosen sind ihm dauernd zu kurz. Ich dachte immer, so Künstler und Intellektuelle hätten einen guten Geschmack. Heute Morgen hat er die extra von mir frisch gebackenen Wecken nicht angerührt. Er hätte heute seinen Fastentag. Sogar den Kaffee trinkt er schwarz, ansonsten nur Wasser. Kein Wunder, dat der so dürr ist.«

»Ja, er ist schon ein recht eigenwilliger Charakter«, sagte Anna und seufzte. »Aber immerhin ist er freundlich. Und er kann hervorragend malen. Neulich durfte ich eines seiner Werke bewundern. Es war nur eine Skizze, aber ich war begeistert. Er hat das Haus von Maria Japsen gezeichnet, und es sieht großartig aus. Jedes Detail des Gartens hat er festgehalten, selbst Ole, ihr Kater, ist mit drauf. Er sitzt auf der Bank vor dem Haus. Man müsste ihr das Bild zeigen. Vielleicht kauft sie es ihm ab.«

»Jetzt setzt er sich wieder um«, sagte Matei. »Drei Meter weiter nach rechts. Es ist zu lustig.«

»Wenn der das jeden Tag macht und ihr ihm ständig dabei zuguckt, dann kommen wir zu nix mehr«, sagte Wiebke. »Wie sieht es denn mit meinen Eiern aus, Matei? Wolltest du nicht zu Jürgensen und mir welche holen?«

»Ach, das hatte ich ganz vergessen«, antwortete Matei. Sie wandte sich vom Fenster ab und griff nach dem auf dem Tisch bereitstehenden Korb. »Und zu Paul wollte ich auch noch wegen dem Räucherfisch. Den soll es doch heute mit Bratkartoffeln zu Mittag geben. Wolltest du nicht ins Fotohaus wegen der Aufnahmen des Herrenhauses für das Prospekt?«

»Es soll ein Prospekt geben?«, fragte Wiebke erstaunt.

»Ich hatte es überlegt«, gab Anna zurück. »Das haben viele Häuser in der Gegend, und am Telefon wurde ich jetzt schon mehrere Male danach gefragt. Ich dachte, eine hübsche Aufnahme des Herrenhauses darauf wäre zuträglich, dazu die Zimmerpreise mit Frühstück.«

»Für unsere vier Zimmerchen? Findest du dat nicht etwas übertrieben?«, fragte Wiebke.

»Vielleicht werden es noch mehr«, sagte Anna. »Im Erdgeschoss liegen ja noch die Bibliothek und das Herrenzimmer. Wir könnten diese beiden Räumlichkeiten ebenfalls zu Gästezimmern umbauen oder sogar eine kleine Wohnung daraus machen und sie an jemanden vermieten, der den gesamten Sommer auf der Insel bleiben möchte. Ein Ehepaar wäre nett. Aber dafür benötigen wir noch weitere finanzielle Möglichkeiten, denn es müsste einiges umgestaltet werden.«

»Ich weiß nicht recht«, antwortete Matei. »Wir könnten auch etwas anderes damit machen. Veranstaltungen anbieten, Ausstellungen der bei uns untergebrachten Künstler organisieren, Kaffeekränzchen und Lesenachmittage würden sich ebenfalls anbieten. Das wäre doch nett.«

»Hm«, erwiderte Anna. Ihr war die Enttäuschung über Mateis fehlende Begeisterung anzusehen. »Wir werden sehen. Dann lass uns mal losziehen. Wiebke, du hältst derweil die Stellung.«

»Wat sonst«, erwiderte Wiebke. »Einer muss ja den Spinner im Garten im Auge behalten. Nicht, dass sich der am Ende noch ins Schlickwatt setzt.«

»Na, so weit wird es wohl doch nicht kommen«, antwortete Anna und lachte laut auf.

Als die beiden keine Minute später nach draußen traten, war Friedrich hinter der Hausecke verschwunden. Nur sein leerer Kaffeepott stand noch einsam im Gras.

»Künstler«, murmelte Anna und schüttelte den Kopf. »Waren schon immer ein recht eigentümliches Völkchen.«

Die beiden ließen das Herrenhaus rasch hinter sich und folgten dem Uwe-Jens-Lornsen-Wai noch ein Stück gemeinsam. Viele Straßen und Wege auf der Insel, auch in Westerland, waren nach mehr oder weniger berühmten Persönlichkeiten der Insel benannt. Uwe Jens Lornsen zählte zweifelsohne zu den berühmtesten Zeitgenossen. Lornsen war einer bedeutenden Sylter Seefahrerfamilie entstammt und hatte in Keitum im Jahr 1793 das Licht der Welt erblickt. Er wäre vermutlich ebenfalls Seefahrer geworden, doch der Seekrieg zwischen Dänemark und dem Vereinigten Königreich hatte diese Ambitionen zunichtegemacht. So war er Jurist geworden und galt mit seiner Schrift *Ueber das Verfassungswerk in Schleswigholstein* heute als Vorreiter für ein vereintes und unabhängiges Schleswig-Holstein.

Ein Stück weiter, auf dem Kirchweg, trennten sich ihre Wege. Das Fotogeschäft Pförtners befand sich in der Ortsmitte gegenüber vom Postamt. Die Hühnerfarm von Jürgensen am Ende der Munkmarscher Chaussee.

Die beiden verabschiedeten sich mit einer Umarmung voneinander. Matei genoss den kurzen Moment und atmete den Duft von Annas blumigem Parfüm tief ein. Sie hatte das Gefühl, dass sie die letzten Wochen zu einer richtigen Einheit hatten werden lassen. Vielleicht lag es an der Einfachheit, die im Herrenhaus Einzug gehalten hatte. Nun galt es, zusammenzuhalten. Gemeinsam würden sie etwas Neues und Besonderes erschaffen. Der Beginn war noch etwas wackelig, aber die richtigen Ideen und Wege würden sich gewiss finden. Matei gefiel besonders, dass die Thematik Eheschließung seit Pauls Tod ins Hintertreffen geraten war. Aber welch gut betuchter Junggeselle sollte sie jetzt, da der ganze Reichtum fort war, auch noch heiraten?

Siegfried Hindrichs, der Besitzer des Obst- und Gemüseladens in Keitum, näherte sich Matei mit seinem Fuhrwerk. Der aus Kiel stammende Händler lebte seit zwanzig Jahren auf der Insel und hatte erst im letzten Jahr seinen sechzigsten Geburtstag in großer Runde gefeiert.

»Moin, Matei«, grüßte er und hielt den Wagen an. »Ich hab eben eine Lieferung der ersten Erdbeeren in diesem Jahr erhalten. Dank der warmen Tage sind sie schon richtig rot und saftig. Wenn ihr wollt, kann meine Ulla euch später welche vorbeibringen. Ihr habt doch neuerdings Gäste im Haus. Wiebke kann einen Kuchen damit belegen. Dazu Schlagsahne. Dat is' was Feines.«

»Das wäre wunderbar«, sagte Matei. »Gern kann Ulla welche bringen. Zwei Schälchen reichen bestimmt für den Anfang.«

Siegfried nickte. »Zwei Schälchen. Wird gemacht. Ich schreib dat dann auf die Rechnung.«

Er fuhr weiter. Matei sah dem Fuhrwerk lächelnd nach. Augenblicke wie diese waren es, weshalb sie Keitum so sehr liebte. Hier gab es noch so etwas wie Zusammenhalt, und man kannte einander. Natürlich war nicht jeder Bewohner des Ortes geborener Sylter, auch hier waren mit den Jahren immer mehr Festländer hinzugekommen. Aber es gab ein anderes Miteinander als in dem schnelllebigen Westerland mit seinen vielen, von Auswärtigen betriebenen Läden, Hotels und Pensionen.

Matei folgte der ungeteerten Straße und lächelte, als sie in einem der Gärten zwei Kaninchen auf dem Rasen erblickte. Die possierlichen Tiere sah man auf der Insel überall. Matei hatte sie gern. Doch viele der Bewohner mochten sie nicht sonderlich. Sie bedienten sich schamlos an den Gemüsebeeten, buddelten überall Löcher, wenn man Pech hatte, im heimischen Garten ein ganzes Tunnelsystem, und knabberten die Bäume an. Natürlich wurde Jagd auf sie gemacht, doch die Population nahm nicht ab. Sie gehörten eben zu Sylt wie das Meer und das Watt. Sie lief weiter und bog auf den schmalen Feldweg ein, der zur Keitumer Hühnerfarm führte. Heinrich Jürgensen hatte die Leitung der Farm erst im letzten Jahr von seinem Vater übernommen, den ein Schlaganfall ganz plötzlich aus dem Leben gerissen hatte. Matei wurde bereits auf dem Weg von zwei recht vorwitzigen Hennen begrüßt, die ihr gackernd entgegenkamen. Es sah aus, als würden die beiden Damen sich über irgendetwas unterhalten.

»Moin, ihr zwei Hübschen«, grüßte Matei lächelnd. »Wo wollt ihr denn hin? Habt ihr euch beim Chef abgemeldet?«

Die beiden Hühner blieben stehen. Es schien, als würden sie Matei abschätzend mustern und darüber nachdenken, was sie jetzt tun sollten. Matei grinste. »Ist schon doof, wenn man beim Abhauen erwischt wird, was? Dann seht mal zu, dass ihr rasch wieder nach Hause kommt. Sonst holt euch noch der Fuchs.« Sie wedelte mit den Armen und trieb die beiden zurück Richtung Hof, was für entrüstetes Gegacker sorgte. Auf dem Hof angekommen, wurde Matei von Gesa, Heinrichs Frau, lächelnd begrüßt. Die blonde Mittzwanzigerin hatte im Februar ihr erstes Kind, einen Jungen, bekommen.

»Moin, Matei. Hast du unsere beiden Ausreißerinnen wieder eingefangen? Die machen das immer wieder. Wie sie es schaffen, sich an uns vorbeizumogeln, bleibt ihr Geheimnis.« Sie trieb die Hühner zu der seitlich des Haupthauses gelegenen weitläufigen Hühnerwiese, die von einem Zaun umgeben war, öffnete ein Gatter, und die Hennen taperten zurück zu ihren Freundinnen. Neben der Wiese lag ein großer Hühnerstall, in den die Tiere nachts kamen, damit sie vor den Füchsen geschützt waren. »Heinrich hat erst neulich den gesamten Zaun überprüft, jedoch keine Beschädigung gefunden. Es ist und bleibt ein Rätsel.« Sie schüttelte den Kopf. »Letztens sind sie sogar über Nacht weggeblieben. Bei Sonnenaufgang sind sie fröhlich gackernd wieder heimgekommen. Es kommt einem Wunder gleich, dass sie den Ausflug überlebt haben.«

Matei grinste. Sie ließ ihren Blick über die Hühnerwiese schweifen. Es waren mehr als hundert Tiere darauf. Wie schafften es Heinrich und Gesa zu erkennen, dass stets dieselben Tiere ausbrachen?

Gesa schien ihre Gedanken zu erraten.

»Sie haben Ringe an den Beinen mit Nummern darauf. Aber die brauche ich inzwischen nicht mehr, um die beiden zu erkennen.« Sie lachte laut auf. »Aber du bist bestimmt nicht zu mir gekommen, um über ausbrechende Hühner zu schnacken. Komm mit in den Laden. Ich muss eh mal nach dem Kleinen sehen.«

Sie gingen zum Haupthaus. Es war ein typischer landwirtschaftlicher Friesenhof, der jedoch für das Geschäft umgebaut worden war. Der rechter Hand neben der grün gestrichenen und reich verzierten Doppeltür gelegene Stall war zu einem Laden ausgebaut worden, in dem man Produkte rund ums Huhn aus eigener Herstellung erwerben konnte. Hauptsächlich waren es natürlich Eier, die zum Verkauf angeboten wurden, es gab aber auch Eiernudeln, Eierpunsch und Eierlikör, der bei den Keitumern besonders beliebt war und seit jeher nach einem alten Familienrezept hergestellt wurde. Dazu boten die beiden Hühnerpastete in Dosen und frisch geschlachtete Tiere an. Letztere wurden zumeist direkt an die Gasthäuser und Restaurants geliefert.

Der Laden war hübsch eingerichtet. Gesa hatte ein Händchen für Dekoration. An den Wänden hingen Rechen und getrocknete Getreidegarben, in Nestern lagen ausgeblasene Eier hübsch dekoriert mit Blumen. Die Likörflaschen waren ordentlich beschriftet und mit Geschenkbändern versehen. Auf dem Verkaufstresen stand ein Blumenstrauß, der aussah, als wäre er eben erst auf dem Feld gepflückt worden. Dahinter hatte Gesa eine Wiege platziert. Der kleine Fiete schien wach zu sein, denn glucksende Geräusche waren zu hören. Gesa nahm ihn hoch, und er schenkte Matei sogleich ein zuckersüßes Lächeln. Der Kleine war seiner Mutter wie aus dem Gesicht geschnitten, hatte große blaue Augen, volle Wangen und einen blonden Flaum auf dem Köpfchen.

»Wie niedlich er ist«, sagte Matei. »Ein richtiger Charmeur.«

»Ja, er verdreht den Damen bereits jetzt die Köpfe«, antwortete Gesa lächelnd. »Und er ist kein anstrengendes Baby. Er schläft nachts bereits durch und weint nur wenig. Bente vom Nachbarhof beneidet mich darum. Ihre Nele ist recht anstrengend und weint viel. Es sind wohl Bauchschmerzen, die sie plagen. Seit der Geburt hat Bente keine Nacht durchgeschlafen.«

»Die Ärmste«, erwiderte Matei.

»Wie sieht es denn bei dir mit Kindern aus?«, erkundigte sich Gesa. »Oder besser gesagt mit dem passenden Vater? Hat sich denn schon ein Bewerber gefunden?«

Matei antwortete mit einem Seufzer, den Gesa zu deuten wusste. »Entschuldige, ich wollte nicht zu persönlich werden. Ist alles nicht so einfach bei euch, oder? Der Verlust von Paul schmerzt das ganze Dorf, aber euch natürlich am meisten. Und dann auch noch die finanzielle Misere.« Sie schüttelte den Kopf. »Dass er euch das antun konnte. Wie läuft es denn mit der Zimmervermietung?«

»Es ist eben, wie es ist«, erwiderte Matei. Gesas Worte sorgten dafür, dass ihre eben noch gute Stimmung sich eintrübte. »Wir machen das Beste daraus. Erste Gäste sind bereits eingetroffen. Allesamt Künstler. Mama überlegt, das Herrenzimmer und die Bibliothek ebenfalls in Gastzimmer umzubauen. Aber ich weiß nicht recht. Vielleicht könnte man die Räumlichkeiten auch anderweitig nutzen. Und es ist schön, dass Wiebke in der Küche hilft. Sie lenkt Mama von ihrem Kummer ab.«

»Ja, die gute Wiebke Gehtherum. Man merkt, dass sie beschäftigt ist. Früher kam sie öfter bei uns vorbei, nun ist sie schon länger nicht mehr hier gewesen. Wenn das so weitergeht, müssen wir uns einen neuen Ökelnamen für sie ausdenken.« Gesa zwinkerte Matei zu. »Und wenn ihr Ausstellungen organisiert? Im Ort sind ja inzwischen viele Maler, und Ausstellungsräume sind gefragt. Ihr könntet die Bilder dann auch gleich verkaufen und einen kleinen Obolus für die Nutzung der Räumlichkeiten einbehalten.«

»Daran hatte ich auch schon gedacht«, antwortete Matei. »Auch Lesenachmittage wären schön, und durch den Verkauf von Kaffee und Kuchen könnten wir zusätzlich noch etwas einnehmen.«

»Jetzt im Sommer könntet ihr auch Stühle und Tische vors Haus stellen und Kaffee und Kuchen anbieten. Wiebke hatte doch früher den Pavillon in Westerland und ist gelernte Bäckerin. Ihr habt eine solch wunderbare Lage direkt am Wattufer und dazu die schönen Ulmen. Da käme sogar ich mal auf ein Tässchen Kaffee vorbei. Und ich esse dann ein Stück von Wiebkes Friesentorte. Niemand auf der Insel kann sie besser backen. Das sag ich dir.«

»Daran haben wir noch gar nicht gedacht«, antwortete Matei. Gesas Vorschlag gefiel ihr. Das Verhalten von Friedrich Beck kam ihr in den Sinn. Er hatte es sich im Schatten der Ulmen gemütlich gemacht und die Aussicht aufs Watt genossen. Wenn auch auf eine etwas eigentümliche Weise. Die Lage ihres Anwesens war einmalig schön. Dazu gab es einen Zugang vom Wattweg, und dort wurden die Spaziergänger zahlreicher. Sie könnten ein Schild aufstellen und diese mit dem Hinweis auf leckeren Kuchen und Kaffee in ihren Garten locken.

»Matei. Bist du noch da?«, fragte Gesa und riss sie aus ihren Gedanken. Matei zuckte zusammen und sah sie erschrocken an. Gesa lachte laut auf. »Du planst wohl schon, wo du die Tische hinstellst.«

»So ähnlich.« Matei lächelte verlegen. »Die Idee klingt gut. Ich werde nachher gleich mit Mama, Elin und Wiebke darüber reden.«

»Und ich komme gern zur Einweihungsfeier eures Kaffeegartens«, sagte Gesa. »Aber nur, wenn es Friesentorte gibt. Das kannst du Wiebke von mir ausrichten.« Sie hob mahnend den Zeigefinger. Beide lachten. Die Idee klang wunderbar. Matei konnte es kaum erwarten, den anderen davon zu berichten. In ihr breitete sich ein freudiges Kribbeln aus. Es war schön, so zu fühlen.

Im nächsten Moment begann Fiete, lautstark zu schimpfen.

»O weh, was ist denn nun passiert?«, sagte Gesa und holte den Kleinen erneut aus seiner Wiege. Tröstend schockelte sie ihn ein wenig. Ihr Blick wanderte zu einer an der Wand hängenden Uhr. »Jetzt weiß ich, was los ist. Es ist Essenszeit. Da kennt unser Fiete kein Pardon. Wenn der Magen knurrt, wird er unleidig und laut.«

Matei hörte Gesas Stimme kaum noch, so sehr brüllte der Kleine. Vorbei war es mit seiner Niedlichkeit. Sein Gesichtchen war nun von der Anstrengung puterrot, seine Händchen waren zu Fäusten geballt, und dicke Tränen kullerten über seine Wangen.

»Wir müssen ein andermal weiterreden«, sagte Gesa laut. »Kannst du dir die Eier nehmen? Sind zwanzig Stück wie immer, oder? Ich schreib es auf die Rechnung. Und wärst du so lieb, wenn du gehst, die Tür zu schließen und das Schild umzudrehen?«

Matei nickte. »Mach ich. Füttere du mal den kleinen Mann, bevor er verhungert.«

Gesa bedankte sich und verschwand mit dem Kleinen durch eine Seitentür. Matei füllte ihren Korb mit den Eiern, dann verließ sie den Laden und schloss, wie gewünscht, die Tür hinter sich.

Auf dem Feldweg begegneten ihr dieses Mal keine Ausreißerhühner, sondern eine grau-weiß getigerte Katze, die jedoch recht scheu war und rasch das Weite suchte. Matei verspürte noch immer das warme Glücksgefühl in ihrem Inneren. Die Idee mit dem Kaffeegarten war so naheliegend. Wieso waren sie nicht selbst darauf gekommen? Sie lief die Munkmarscher Chaussee rasch zurück und betrat nur wenige Minuten später die Küche des Herrenhauses. Sie war so schnell gelaufen und rang nun nach Atem. Wiebke sah sie verdutzt an. »Matei, du bist ja ganz abgehetzt. Ist etwas geschehen?«, fragte sie.

»Nein, ist es nicht«, antwortete Matei. »Gesa hat mich auf eine ganz wunderbare Idee gebracht, und ich wollte sie euch sogleich erzählen. Wo steckt Elin? Ist Mama schon wieder zurück?«

»Du weißt doch, dass Elin heute in Westerland bei ihrer Freundin Antje ist. Und Anna ist noch unterwegs«, sagte Wiebke.

»Bin ich nicht«, sagte plötzlich Anna. Wiebke wandte sich verdutzt um. Unbemerkt von den beiden hatte Anna den Raum betreten. »Was ist das denn für eine wunderbare Idee von Gesa?« Sie sah ihre Ziehtochter fragend an.

»Wir könnten einen Kaffeegarten aufmachen«, sagte Matei voller Begeisterung. »Unser Garten wäre perfekt dafür. Schatten spendende Bäume, er ist ausreichend groß und dann die direkte Lage am Watt.«

»Einen Kaffeegarten«, wiederholte Anna und sah Matei verwundert an. »Aber das ist doch, ich meine …«

»Das ist eine großartige Idee«, fiel Wiebke Anna ins Wort. »Gesa hat recht. Dass wir da nicht selbst drauf gekommen sind. Und ich back meine Friesentorte für die Gäste. Hach, dat wird herrlich.« Sie klatschte freudig in die Hände und sah Anna an. Deren Miene war nicht so begeistert. Wiebkes freudige Reaktion hatte sie sichtlich überrumpelt.

»Ich weiß nicht recht«, sagte sie zögerlich. »Sollten wir darüber nicht erst einmal nachdenken?«

»Warum? Die Idee ist hervorragend«, antwortete Matei. »Wenn wir jetzt alles organisieren, können wir bald starten und diesen Sommer bereits gute Geschäfte machen. Das wird bestimmt ganz wunderbar werden.« Wiebkes rasche Zustimmung euphorisierte sie zusätzlich. Sie legte den Arm um ihre Ziehmutter. »Bald schon wird die ganze Insel wissen, dass der Kaffeegarten am Herrenhaus in Keitum der schönste der ganzen Insel ist.«

»Nur der Name klingt noch etwas sperrig. Aber das kriegen wir auch noch hin«, sagte Wiebke und grinste. »Ich finde, darauf sollten wir anstoßen. Ich bin kein Verfechter von Alkohol am Vormittag. Aber solch gute Einfälle gehören begossen.« Sie holte eine Flasche Köm und drei Schnapsgläser aus dem Küchenschrank, die rasch gefüllt waren. Sie hielt ihr Glas in die Höhe, Anna und Matei taten es ihr gleich. »Auf die Zukunft, ihr Lütten«, rief Wiebke überschwänglich und leerte ihren Köm in einem Zug. »Und was haltet ihr von Hansens Kaffeegarten? Das klingt doch gleich viel netter.«

6. KAPITEL

Keitum, 10. Juni 1914

Matei streckte sich, um an den Ast der Ulme zu gelangen, an den sie einen der bunten Lampions hängen wollte.

»Gib acht, dass du nicht fällst«, sagte unter ihr Elin, die sicherheitshalber die Leiter festhielt, auf der Matei stand.

»Ich hab es gleich«, antwortete Matei. Sie reckte sich noch ein wenig mehr und schaffte es tatsächlich, den roten Lampion zu befestigen. Nachdem dies geschehen war, kletterte sie erleichtert zurück auf festen Untergrund.

»Das war dann der letzte. So sieht es hübsch aus. Oder was meinst du?«

Die beiden ließen ihre Blicke über die geschmückten Bäume schweifen. Gut zwanzig Lampions hatten sie verteilt. Leuchten würden sie vermutlich nicht können, denn dafür hingen sie nun doch recht hoch. Aber allein ihre bunten Farben sorgten für eine hübsche Dekoration. Matei war diejenige gewesen, die nicht daran hatte vorbeigehen können. Letzte Woche war das gewesen, als sie gemeinsam mit Anna losgezogen waren, um im Kaufhaus Thiesen & Brodersen alles Notwendige an Dekorationsartikeln für ihr kleines Einweihungsfest des Kaffeegartens zu besorgen. Mit allerlei hübschem Tand bepackt waren sie nach Hause gefahren. Lampions, Servietten, Windlichter für die Tische, Kerzen in allen Formen und Größen, kleine Segelschiffe und Robben, die besonders Elin niedlich fand. Muscheln und Sand zur Dekoration hatten sich am Strand gefunden. Zehn Sitzgruppen hatten sie im Garten aufgestellt. Bei der Organisation der Tische hatte ihnen der Gemüsehändler Siegfried geholfen, der alles und jeden kannte. Die Gartenmöbel stammten von irgendwem aus seiner Verwandtschaft. Der Schwager mütterlicherseits, dessen Schwester, von ihr der Cousin oder so ähnlich. Elin hatte die ellenlange Aufzählung der Familienverhältnisse schon wieder vergessen. Die Sitzflächen der klappbaren Stühle waren aus Holz, und die grüne Farbe war bereits abgeblättert. Ähnlich sahen die Tische aus. Alles hatte abgeschliffen und neu gestrichen werden müssen. Aber nun erstrahlten die Stühle wieder in frischem Glanz. Sie waren nun nicht mehr grün, sondern blau, was Anna passender fand. Dazu lag auf jedem Tisch eine blauweiß karierte Tischdecke. Darauf standen die gläsernen Windlichter, gefüllt mit Sand, Muscheln und jeweils einer Kerze. Neben jedem Glas saß einer der Seehunde. Anna war anfangs, trotz des Köms, nicht so recht von der Idee eines Kaffeegartens begeistert gewesen. Doch allzu lange hatte es nicht gedauert, bis sie sich dazu überreden hatte lassen, und schnell war sie diejenige gewesen, die die konkreten Planungen vorangetrieben hatte und der es mit der Eröffnung gar nicht schnell genug hatte gehen können.

Heute Nachmittag waren nur Freunde der Familie und natürlich die Hausgäste geladen. Ab morgen würde der Kaffeegarten täglich bei schönem Wetter von vierzehn bis achtzehn Uhr geöffnet haben. So stand es auch in der Anzeige, die Anna in der *Sylter Kurzeitung* hatte veröffentlichen lassen und über deren Text sie einen ganzen Abend gebrütet hatten.

Bei dem Namen Hansens Kaffeegarten war es geblieben. Am Wattweg stand nun ein Wegweiser, den Matei mit folgendem Text beschriftet hatte: *Hansens Kaffeegarten. Feinster Kaffee und beste Friesentorte der Insel.* Dazu die Öffnungszeiten.

Besonders die Deklaration der Friesentorte zur besten der Insel schmeichelte Wiebke. Sie wohnte inzwischen ebenfalls im Friesenhaus. Ihre Kammer mit Alkovenbett lag gleich neben der Treppe und war winzig, gerade so passten eine Kleidertruhe, ein schmaler Tisch und ein Stuhl hinein. Anna hatte Wiebke eine der geräumigeren Dienstbotenkammern im Herrenhaus angeboten, doch Wiebke hatte abgelehnt. Schließlich lasse sich diese vermieten, und sie wolle nicht der Grund für eine Schmälerung der Einnahmen sein. Außerdem habe sie es kleiner und gemütlicher lieber. Anna hatte es sich nicht nehmen lassen und Wiebke fest als Mitarbeiterin angestellt. So hatte sie nun den offiziellen Titel Küchenmamsell inne, der hervorragend zu ihr passte. Die Zeiten von Wiebke Gehtherum waren ein für alle Mal vorbei.

Anna trat nach draußen. Sie trug einen hellgrauen Rock, dazu eine weiße Bluse mit einem hochgeschlossenen Spitzenkragen, der mit einer Brosche verziert war. Ihr Haar hatte sie hochgesteckt. Zur Feier des Tages hatte sie etwas Rouge und Lippenstift aufgelegt. Wohlwollend ließ sie ihren Blick über den Garten schweifen.

»Das habt ihr ganz wunderbar gemacht, Mädchen«, sagte sie. »Und was für ein Glück wir mit dem Wetter haben. Keine einzige Wolke ist weit und breit zu sehen, und es ist so herrlich warm. Ein Sommertag wie aus dem Bilderbuch. Das kann dem Start unseres Kaffeegartens ja nur Glück bringen. Hach, es wird ein herrlicher Sommer werden.« Sie klatschte freudig in die Hände.

Matei sah zu Elin, die ihren Blick einen Moment festhielt. Jede wusste, was die andere dachte. Es war schön, ihre Ziehmutter so fröhlich zu sehen. Bereits die Einrichtung der Gästezimmer im Haus hatte ihre Stimmung aufgehellt, doch der Kaffeegarten sorgte nun endgültig dafür, dass sich die dunklen Trauerwolken langsam verzogen.

Im nächsten Moment ließ lautes, aus der Küche kommendes Fluchen sie alle zusammenzucken.

»So'n Shiet!«, hörten sie Wiebkes Stimme. Sofort eilten sie in die Küche, wo sie schwarzer Rauch und ein verbrannter Geruch empfingen. Wiebke schleuderte ein Blech mit bis zur Unkenntlichkeit verbrannten Keksen darauf auf die Arbeitsplatte.

»Ich bin so ein Schussel. Da vergesse ich doch glatt das letzte Blech Kekse im Ofen. So was ist mir noch nie passiert.«

»Ach, das war doch nur ein Blech«, suchte Anna sie zu beruhigen. »Wir haben so viele Leckereien und Kuchen. Da lassen sich die paar Kekse verschmerzen.«

Wo sie recht hatte. Die letzten beiden Tage hatten sie zu viert in der Küche verbracht, um all die Backwaren für den heutigen Nachmittag herzustellen. Es gab gleich vier Friesentorten, drei Erdbeerkuchen, zwei Bleche Butterkuchen, drei große Tabletts Friesenkekse standen bereit, dazu Rosinenwecken, die sie heute Morgen gebacken hatten, denn Hefegebäck schmeckte am besten frisch. Verhungern würde niemand. Auf dem warmen Herd standen bereits einige gefüllte Kaffeekannen bereit.

Es klopfte an die Küchentür. Alle drei wandten sich um. Es war Friedrich Beck, der sich extra für den Anlass in Schale geworfen hatte. So hatte er sich jedenfalls ausgedrückt. Matei und die anderen Hausbewohner sahen bei seiner Garderobenwahl keinen großen Unterschied. Das graue Hemd steckte in zu kurzen dunkelblauen Hosen, die Hosenträger hielten. Seine braunen Schnürschuhe waren abgewetzt und sein Jackett mehrfach geflickt. Einzig und allein die leicht schief stehende Fliege um seinen Hals war neu.

»Die Damen. Ich hätte das erste Eintreffen von Gästen zu verkünden.« Er lächelte Anna versonnen an. Wiebke grinste. Es war ihr nicht entgangen, dass Friedrich Anna öfter mit einem ganz besonderen Blick ansah, den sie zu deuten wusste. Nur leider würde es bei der Schwärmerei bleiben. Friedrich Beck war wahrlich kein Mann für eine Frau von Format wie Anna Hansen. Anna selbst schien seine oftmals unbeholfen wirkenden Annäherungsversuche gar nicht zu bemerken.

»Ich danke Ihnen, lieber Herr Beck. Dann wollen wir mal hinausgehen. Es geht los, Mädchen.« Annas Stimme zitterte etwas. Gemeinsam verließen sie die Küche. Auch Wiebke, die wenig auf ihr Äußeres gab. Über ihrem dunkelblauen Rock und der weißen Bluse trug sie ihre Küchenschürze, die sie auch jetzt nicht ablegte.

Es waren Heinrich Jürgensen, Gesa und der kleine Fiete, die draußen auf sie warteten. Gesa hielt einen mit allerlei Produkten aus ihrem Laden gefüllten Präsentkorb in Händen, den sie Anna freudestrahlend überreichte.

»Wir wünschen euch alles Glück der Welt für euren neuen Kaffeegarten.« Zur Bekräftigung von Gesas Worten quietschte der kleine Fiete, Heinrich hatte seinen Sohn auf dem Arm, der kräftig mit den Beinchen zappelte.

»Das ist lieb von euch«, antwortete Anna. »Und ohne euch, oder besser gesagt ohne dich, meine liebe Gesa, würde es das alles gar nicht geben. Du hast unsere Matei ja erst auf die Idee gebracht.«

»Ach, da wärt ihr über kurz oder lang auch von selbst drauf gekommen«, erwiderte Gesa und winkte ab. Sie sah bezaubernd aus. Ihr blondes Haar hatte sie zu einem Zopf geflochten, und sie trug ein aus leichter Baumwolle gefertigtes hellblaues Kleid, das an den Ärmeln gerafft war, die Taille wurde mit einem dunkelblauen Samtgürtel betont.

»Ihr seid die Ersten«, sagte Matei. »Also habt ihr freie Platzwahl.«

Gesa betrachtete die eingedeckten und hübsch dekorierten Tische wohlwollend und nahm sogleich eine der kleinen Robben zur Hand. »Die sind ja niedlich. Ach, solch eine hätte ich auch gern.«

»Du kannst sie nachher mitnehmen«, sagte Elin. »Als kleines Dankeschön für die Idee.« Sie zwinkerte Gesa lächelnd zu.

Nach und nach trudelten weitere Gäste ein. Unter ihnen waren auch die Hausgäste, die inzwischen auf die Zahl von vier angewachsen waren. Zwei weitere Künstler waren am letzten Wochenende eingetroffen. Johannes Schleicher und Herbert von der Lauen. Johannes Schleicher hatte das Herz seiner Gastgeberinnen schnell mit seiner offenen Art erobert. Der leicht untersetzte Mittfünfziger sprach breites Berlinerisch und war nie um ein Späßchen verlegen. Seine Bilder, sie hatten eines von ihnen bereits bewundern dürfen, muteten eher sonderbar an. Die Friesenhäuser sowie das Meer waren nur schemenhaft und verschwommen gezeichnet, besonders Matei tat sich schwer mit dieser Art von Kunst. Da gefielen ihr die Bilder von Herbert von der Lauen schon besser. Der ältere Herr, dem nur noch wenige ergraute Haare auf dem Kopf geblieben waren, hielt die Landschaften und Stimmungen wunderbar fest. Matei war ganz begeistert. Auch mochte sie seine ruhige Art. Am Montag hatte er unweit vom Haus am Wattweg gesessen und die Abendstimmung eingefangen. Am liebsten wäre sie zu ihm gegangen und hätte ihm während der Arbeit über die Schulter gesehen. Doch leider hatte es zu viele Vorbereitungen für das Eröffnungsfest gegeben.

Max Thiedemann traf ein. Er hatte seine Staffelei und seine Malutensilien bei sich. Bereits in den frühen Morgenstunden hatte er sich zum roten Kliff aufgemacht, um das beste Licht einzufangen, wie er sich ausgedrückt hatte. Mit seinen hochgekrempelten Hosen und Hemdsärmeln und einem Strohhut auf dem

Kopf sah er aus wie der perfekte Sommerfrischler. Er strahlte über das ganze Gesicht und deutete vor Wiebke eine Verbeugung an. »Gnädigste«, sagte er. »Sie sehen heute ganz bezaubernd aus.« Er machte aus seiner Schwärmerei für sie keinen Hehl. Wiebke errötete und wiegelte ab. Sie war die Avancen eines Mannes nicht gewohnt. Matei und Elin grinsten. Max gesellte sich zu Friedrich, der sich einen der Tische in vorderster Front zum Watt gesichert und sich eben eine Zigarette angezündet hatte. Auch die beiden anderen Maler setzten sich zu ihnen. Es tauchten weitere Gäste auf. Der Gemüsehändler Siegfried mit seiner Gattin Ulla, die als Geschenk einen gut gefüllten Obstkorb mitbrachten, Hinnerk und seine Ehefrau Rieke kamen ebenfalls vorbei, um den neuen Kaffeegarten zu bewundern. Auch Carsten und seine Frau Moild erschienen. Sie hatten als Einweihungsgeschenk Stoffservietten und Tischtücher dabei. »Davon kann man in einem Kaffeegarten nie genug haben«, sagte Moild zu Anna und drückte sie überschwänglich an sich. Schnell waren sämtliche Tische besetzt, und es gab alle Hände voll zu tun. Ihre Kaffeevorräte waren rasch aufgebraucht, und es galt, neuen aufzubrühen, worum sich Wiebke kümmerte. Es wurde auch der für die Insel typische Pharisäer ausgeschenkt. Er bestand aus Kaffee, einem Schuss Rum und einem Sahnehäubchen. Besonders Hinnerk war dem Getränk zugetan und orderte bereits seinen zweiten Becher. Die Torten und Kuchen wurden durchweg gelobt, die Friesentorte war als Erste alle. Es war ein gelungener Auftakt. Vom Wattweg kamen bereits die ersten neugierigen Spaziergänger, und es wurde zusammengerückt.

Anna war in ihrem Element und gab die Gastgeberin. Sie wanderte von Tisch zu Tisch und plauderte mit den Gästen. Die Arbeit blieb an Matei, Elin und Wiebke hängen, denen das jedoch nichts ausmachte. Anna tat das, was sie am besten konnte: Sie unterhielt die Gäste. Darin war sie schon immer gut gewesen. Eine warmherzige Wirtin, die mit ihrer einnehmenden Art alle in ihren Bann zog, war für einen Gastronomiebetrieb wichtig. Wiebke war dieser Meinung und wurde nicht müde darin, diese immer wieder zu betonen: Wenn du unhöflich zu den Gästen bist, lässt du so ein Geschäft lieber gleich bleiben. Ein guter Wirt hat immer ein offenes Ohr, ist stets freundlich und geduldig und säuft seiner Kundschaft die Getränke, ganz besonders die alkoholischen, nicht weg.

Es waren erst zwei Stunden vergangen, als Matei verkündete, dass der Kuchen aus sei und es nur noch Friesenkekse gebe. Auch diese waren eine Stunde später alle aufgegessen und sämtliche Kaffeekannen geleert.

»Es war wohl ein voller Erfolg«, sagte Anna zu Wiebke in der Küche. Sie hatte eben einen Schwung gebrauchtes Geschirr hereingebracht und in die Spüle gestellt. Elin trat hinter ihr mit einer leeren Kaffeekanne ein. Sie sah nicht sonderlich glücklich aus. Anna kannte den Grund für Elins Verstimmung. Antje Pott war nicht gekommen.

»Antje ist bestimmt etwas Wichtiges dazwischengekommen«, sagte sie tröstend. »Sei nicht traurig. Sie kommt sicher bald vorbei, um sich alles anzusehen.« Sie tätschelte Elin die Schulter.

Elin nickte, ihre Miene blieb jedoch betrübt. »Ich hatte mich so sehr darauf gefreut, ihr endlich alles zeigen zu können. Nicht nur den Kaffeegarten, sondern auch das Haus. Sie war so lange nicht mehr hier. Und ich wollte mit ihr über den geplanten Andenkenladen reden.«

»Diese Idee von dir ist doch noch ganz frisch«, entgegnete Anna. »Wir wollten das alles erst einmal untereinander klären, bevor Außenstehende davon erfahren. Du hast gestern Abend zum ersten Mal darüber gesprochen. Und ehrlich gesagt bin ich mir noch nicht sicher, ob die Einrichtung eines solchen Ladens im Herrenhaus passend wäre. Der Kaffeegarten zieht Publikum an, das ist schon richtig. Aber ob sich der Verkauf von Pötten, Vasen und anderer Keramik tatsächlich für uns lohnen würde, wage ich ehrlich gesagt zu bezweifeln. Mir hat die Vorstellung, regelmäßige Ausstellungen oder Leseabende im Herrenzimmer und der Bibliothek zu veranstalten, bedeutend besser gefallen. Wir könnten für die Zeit der Nutzung von den Künstlern Miete nehmen oder uns mit einem gewissen Prozentsatz am Verkauf der Bilder beteiligen lassen. Ich hab mich die Tage länger mit Magnus Weidemann von der Gemäldegalerie unterhalten. Er nimmt von den Besuchern während der Besichtigungszeiten fünfzig Pfennige Eintritt, und in seinem Haus befinden sich ebenfalls zwei Fremdenzimmer. Die Ausstellung und die Gästezimmer stören sich gegenseitig gar nicht. Im Gegenteil: Er hat zumeist Maler als Gäste, und einige von ihnen haben seine Ausstellungsräume für ihre Gemälde genutzt. Das wäre bei uns ebenfalls vorstellbar, und dafür müssten wir keine größeren Umbauarbeiten tätigen.«

»Ich weiß ja, dass ich nicht viel mitzureden habe«, mischte sich Wiebke ein. »Aber mir gefällt Elins Idee ganz gut. Hübsche Pötte und Vasen sind ein nettes Mitbringsel. Und das eine schließt das andere ja nicht aus. Wir könnten in dem einen Raum Gemälde ausstellen und im anderen, vielleicht auch im Salon, die Pötte verkaufen. Das Haus ist wahrlich groß genug dafür.«

»Lasst uns doch später darüber reden«, schlug Anna vor. »Jetzt ist nicht der richtige Zeitpunkt. Wir müssen uns um unsere Gäste kümmern.« Sie nahm zwei Flaschen Sprudelwasser zur Hand und verließ die Küche. Elin sah ihr missmutig dreinblickend nach.

»Das wird schon«, tröstete Wiebke. »Wir bekommen sie sicher dazu überredet. Ich finde deine Idee großartig. Und vielleicht taucht Antje ja doch noch auf. Vermutlich hatte sie heute viel zu tun. Komm, lass uns nach draußen zu den anderen gehen.«

Die beiden folgten Anna in den Garten. Eine Weile darauf verabschiedeten sich die ersten Gäste. Es gab Umarmungen, mehrfach wurde Lob über das gelungene Einweihungsfest ausgesprochen, und alle wollten gern so bald wie möglich wiederkommen. Am Ende, die Sonne stand bereits tief am Horizont und tauchte das Wattenmeer in goldenes Licht, waren es nur noch die Hausgäste und ein junger Künstler, der vom Wattweg zu ihnen gestoßen war, die übrig geblieben waren und um einen Tisch in gemütlicher Runde, nun bei Wein und Salzgebäck, beisammensaßen. Der junge Künstler, er hatte die zwanzig eben erst überschritten, sein Name war Tom Staber, kam aus Hannover, und er hatte in Westerland Quartier bezogen. Er war attraktiv, hatte dunkelbraunes Haar und große, strahlend blaue Augen.

»Also dieses Keitum ist äußerst hübsch«, sagte er. »So ganz anders als Westerland. Wenn ich das gewusst hätte, ich hätte hier Quartier bezogen. Westerland bietet so gar keine Reize. Der Strand ist überfüllt, überall diese gebuddelten Löcher voller Menschen, Wimpel und Fähnchen, auch ist mir die geteerte Promenade ein Graus. Dazu diese scheußlichen Häuser und riesigen Hotels, Läden über Läden, Cafés, Restaurants und Trinkhallen. Ich kann nicht begreifen, wieso die Leute Freude daran finden. Wer auf eine Nordseeinsel fährt, möchte doch zur Ruhe kommen und besonders die gute Luft einatmen. So ist es mir jedenfalls von meinem Bekannten gesagt worden. ›Die Seeluft und die Friedlichkeit werden dir guttun‹, hat er zu mir gesagt, ›dort wirst du wunderbare Motive finden und wie ein Baby vom Lied der Möwen begleitet schlafen.‹ Und nun? Jeden Morgen um sieben hält der Milchwagen unter meinem Fenster, und der Lieferant bimmelt mit einer lauten Glocke. Der Gast über mir trampelt wie ein Nilpferd und kommt meist erst in den frühen Morgenstunden von irgendwelchen Vergnügungen, gern in Damenbegleitung, nach Hause. Was das zu bedeuten hat, möchte ich jetzt nicht näher erläutern. Und die Möwen singen keine Lieder, sondern kreischen gar scheußlich. Ich habe meinem Freund bereits einen Brief mit den tatsächlichen Verhältnissen zukommen lassen. Er antwortete mir recht geschockt, er sei vor zwanzig Jahren auf Sylt gewesen, habe in dem netten Ort Kampen gewohnt, und es sei genau so gewesen, wie er es mir geschildert habe.«

»Vor zwanzig Jahren war dat dort auch noch beschaulich«, meinte Wiebke. »Da hat Ihr Freund schon recht gehabt. Und auch in Westerland war es damals noch ruhiger. Hat sich viel verändert.« Sie seufzte und trank von ihrem Wein. Die Anspannung des Tages war nun gewichen, und langsam machte sich Müdigkeit unter allen Beteiligten breit.

»Wie sieht es denn mit einem Umzug aus?«, erkundigte sich Elin. »Wir vermieten ebenfalls Zimmer. Im Moment ist nur noch eine Kammer unter dem Dach frei, aber sie wäre sauber und gemütlich. Die Übernachtung kostet zwei Mark, Frühstück eins fünfzig.« Sie schenkte dem jungen Mann ein Lächeln. Seine Augen begannen zu leuchten. Matei entging nicht, dass sie einander eine Spur länger als sittlich ansahen. Sie sah zu Wiebke, die ihr vielsagend dreinblickend zunickte. Auch sie hatte den vertraulichen Austausch bemerkt.

»Das wäre zu überlegen«, antwortete Tom. »Ich habe mein Zimmer nicht im Voraus bezahlt. Ich werde sehen, ob ein Umzug möglich ist.«

Elin nickte lächelnd. Matei konnte es nicht lassen und stieß ihr leicht in die Seite. Sie grinste süffisant.

Inke Habermann trat näher. Sie schnaufte arg und sank dankbar auf einen Stuhl, den Wiebke ihr anbot.

»Es tut mir schrecklich leid, dass ich erst jetzt komme«, sagte sie. »Aber heute war irgendwie der Wurm drin. Meine Bekannte Frauke, ihr kennt sie doch, sie leitet einen kleinen Strandbasar in Westerland, hat sich das Bein gebrochen, und ich musste ihr zu Hilfe eilen. Und dann gab es ja noch dieses schreckliche Feuer bei Antje Pott. Das ganze Anwesen stand heute Morgen lichterloh in Flammen. Die Ärmste steht jetzt vor dem Nichts.«

7. KAPITEL

Westerland, 30. Juni 1914

Das sich auf der Wandelbahn in Westerland aufhaltende Publikum hatte sich für das in wenigen Minuten beginnende Konzert der Kurkapelle in Schale geworfen und pilgerte zur Konzertmuschel, wo die ersten Musiker bereits ihre Instrumente stimmten. Die zweimal am Tag stattfindenden Konzerte erfreuten sich bei den Kurgästen seit vielen Jahren großer Beliebtheit. Die Damen trugen meist helle, sommerlich anmutende Kleider, manch eine hatte zum Schutz vor der ungestört vom blauen Himmel scheinenden Sonne einen Sonnenschirm aufgespannt. Das Wetter war in diesem Jahr kurgastfreundlich. Zum hellen Sonnenschein gesellte sich seit Tagen nur ein laues Lüftchen, und von einem kräftigen Wellenschlag konnte wahrlich keine Rede sein. Elin und Antje Pott saßen in einem der Strandcafés und beobachteten die sich ihnen bietende Szenerie.

»Ein wenig werde ich den sommerlichen Trubel auf der Insel schon vermissen«, sagte Antje. In ihrer Stimme schwang Wehmut mit. Sie sah noch immer mitgenommen aus, was verständlich war, denn sie hatte in einer Nacht ihre gesamte Existenz verloren und nur ihr Leben retten können. Ihr Haus und auch das Nebengebäude mit ihrer Tonwerkstatt waren bis auf die Grundmauern abgebrannt. Das Geld für einen Wiederaufbau fehlte Antje. Auf dem Haus hatte eine Hypothek gelegen, die sie für einen Ausbau vor einigen Jahren aufgenommen hatte. Viel war es nicht mehr gewesen, was die Bank noch hatte haben wollen. Doch trotzdem hatte sie die ausstehende Summe nicht aufbringen können. Somit gehörte selbst das Grundstück nicht mehr ihr. Die Bank hatte es bereits weiterveräußert. Bei der Lage in Westerland war das kein großes Problem gewesen. Es war der Nachbar, Hans-Peter Westphal, der sofort zugeschlagen und es erworben hatte. Ein unangenehmer Geselle, den die Profitgier nach Sylt getrieben hatte. Er wollte seine Restauration um ein modernes Gästehaus erweitern. Antje wohnte jetzt bei Jette Olsen, einer Freundin, die ebenfalls Zimmer vermietete und im Erdgeschoss ihres Hauses ein kleines Café betrieb. Bereitwillig hatte sie ihr eines ihrer Gästezimmer zur Verfügung gestellt. Doch Antje spürte, dass sie für Jette nur eine Last darstellte. Sie konnte ihr für das Zimmer kein Geld geben. Ihre Ersparnisse hatten gerade so für die Anschaffung einer neuen Garderobe ausgereicht. Nach einigem Hin und Her hatte sie beschlossen, das Angebot ihrer Cousine Marin anzunehmen und zu ihr nach Husum zu ziehen. Marin und ihr Mann Jens hatten in Husum ein Lebensmittelgeschäft, und da Marins Tochter Lore eben erst geheiratet hatte und nun mit ihrem Gatten in Kiel lebte, kam ihr eine Unterstützung im Laden gerade recht. Marin hatte Antje bereits angeboten, dass sie im Geschäft auch ihre Pötte verkaufen und in einem der Lagerhäuser eine Werkstatt einrichten könnte. Elin gefiel Antjes Umzug gar nicht. Sie hätte der Freundin gern angeboten, zu ihnen ins Herrenhaus nach Keitum zu kommen, doch sowohl Matei als auch Anna waren von dieser Idee nicht begeistert gewesen. Der junge Künstler Tom Staber war bereits einen Tag nach dem Einweihungsfest zu ihnen umgezogen. Sämtliche Zimmer waren nun belegt, und auch im Friesenhaus gab es keine freie Kammer mehr.

»Und es gibt wirklich keinen Weg, dich zum Bleiben zu überreden?«, fragte Elin. Sie war untröstlich darüber, die Freundin zu verlieren. Husum hörte sich nach einer guten Lösung und vernünftig an. Doch vernünftig sein fiel nicht immer leicht.

»Du weißt, dass ich lange darüber nachgedacht habe, wie ein Bleiben möglich sein könnte«, erwiderte Antje. »Letzte Woche habe ich noch einmal bei einem der Ladenbesitzer der Strandstraße nachgefragt, wie hoch die Miete für ein solches Geschäft wäre. Als er die Summe genannt hat, war ich fassungslos. Und der Laden war nicht einmal sonderlich groß. Die kleine Wohnung darüber, sie besteht aus zwei Zimmern, müsste ich extra anmieten. Und Platz für eine Werkstatt hätte ich auch keinen. Es ist nun einmal, wie es ist. Ich kehre Sylt den Rücken. Vielleicht ist es auch besser so. Unser Inselchen verändert sich mit jedem Jahr mehr. Gerade Westerland ist kein besonders gutes Pflaster für Alteingesessene mehr. In Husum beginnt ein Neuanfang. Und du kannst mich dort gern besuchen kommen.«

Elin nickte. Sie wussten beide, dass das nicht so schnell, wenn überhaupt jemals passieren würde. Elins Heimat war Sylt, sie hatte die Insel noch nie in ihrem Leben verlassen. Husum war für sie eine von vielen auf dem Festland liegenden Städte, die sie nur vom Hörensagen kannte.

Ein lauthals plärrender Zeitungsjunge lief an ihnen vorüber. »Extrablatt, Extrablatt. Attentat auf den Erzherzog Franz-Ferdinand von Österreich. Extrablatt. Neueste Nachrichten zum Attentat von Sarajevo.«

Antjes Blick folgte dem Jungen, und sie schüttelte den Kopf. »Es ist schrecklich, was da passiert ist. Einer von Jettes Gästen ist Offizier. Ein Freiherr von irgendwas. Ich hab den Namen vergessen. Er hat die Nachricht heute Morgen bereits per Telegramm erhalten und davon gesprochen, dass sich durch dieses Attentat eine handfeste Krise ungeahnten Ausmaßes entwickeln könnte. Er hat mit einem anderen Gast, einem Medizinalrat aus Berlin, lange darüber debattiert. Mir ist bei den Weltuntergangsszenarien, die die beiden gestrickt hatten, angst und bange geworden. Er hat sogar gemeint, es könnte dadurch Krieg geben. Das wollen wir doch nicht hoffen.«

»Ach, da würde ich nicht so viel drauf geben«, erwiderte Elin und winkte ab. »Die vom Militär reden gern über ihre Kriege. Das hat Paul immer gesagt. Bestimmt wird der Kaiser mit Umsicht und Bedacht handeln.«

»Wollen wir es hoffen«, erwiderte Antje, trank den Rest von ihrem Kaffee und verzog das Gesicht. »Jetzt ist er kalt geworden.«

Elin lachte. »Ach, das bist du doch gewohnt. In der Werkstatt trinkst du nur kalten Kaffee, weil du ihn ständig vergisst.«

»Erwischt«, sagte Antje und lachte laut auf. »Wollen wir noch ein wenig am Strand entlanglaufen? Es ist gerade herrlich, und bald werde ich nicht mehr die Gelegenheit dazu haben.«

»Gern«, antwortete Elin.

Die beiden bezahlten und liefen zum nahen Strand, der mal wieder seinem während der Saison vorherrschenden Namen Burgenstrand gerecht wurde. Die von den Gästen geschaufelten Sandwälle, die einen privaten Bereich abtrennen sollten, türmten sich, soweit das Auge reichte, in die Höhe, überall waren Fähnchen und Wimpel zu sehen, manche Burg trug einen lustigen Namen, oder sie waren schon fast so etwas wie zweckorientierte Einrichtungen. Es gab Kartenleger-, Verlobungs- und Heiratsburgen. Sie liefen an einer sogenannten Junggesellenburg vorüber, und Elin musste über das aufgestellte Schild schmunzeln, auf dem in großen Lettern geschrieben stand: *Hier finden junge Damen liebevolle Aufnahme.* Innerhalb der Wallanlage saßen allerdings nur Herren, es waren sechs an der Zahl, die es sich mit Bier und Köm gut gehen ließen. Einer von ihnen winkte ihnen fröhlich zu. »Seht nur, was für Schönheiten an unserem bescheidenen Heim vorüberlaufen. Kommt näher, wird euer Schaden nicht sein.« Er hielt ein gefülltes Schnapsglas in die Höhe. Elin lehnte die Einladung dankend ab.

»Du liebe Zeit«, sagte Antje ein Stück weiter. »Wir haben noch nicht mal zwei Uhr nachmittags. Wenn die so weitermachen, müssen sie nachher vom Strand getragen werden.«

»Obwohl die Verkupplungen auf Sylt ja hervorragend funktionieren«, antwortete Elin. »Erst neulich stand in der *Kurzeitung*, dass allein im letzten Jahr siebzig Verlobungen auf der Insel registriert wurden.«

»Und wir dürfen die zahlreichen am Strand geschlossenen Kurzehen nicht vergessen«, fügte Antje grinsend hinzu. »Eine Heirat für wenige Tage, oftmals nur für eine Nacht. Und manchmal hält das Glück ein ganzes Leben.« Sie grinste. Elin dachte an Tom Staber, und in ihrem Magen breitete sich das herrlich warme und kribbelige Gefühl aus, das sie auch in seiner Gegenwart verspürte. Gestern Abend hatten sie sich länger unterhalten, und er hatte ihr seine Bilder gezeigt. Vertraulich hatte er seine Hand auf ihren Arm gelegt und ihr immer wieder Blicke zugeworfen. Er hatte so wunderschöne blaue Augen und ausgesprochen gute Manieren. Er gefiel ihr. Das musste sie schon sagen. Antje riss sie aus ihren Gedanken. »Sieh nur«, rief sie und deutete nach vorn. »Da haben wir den Fachmann, der sich mit dem Strandleben und auch in sämtlichen Liebesdingen Westerlands auskennt: unseren Süßen Heinrich.«

Nicht weit von ihnen entfernt stand Heinrich Heidtmann, der Süße Heinrich, wie er von allen genannt wurde. Er trug einen Zylinder auf dem Kopf, hatte eine weiße Bäckerjacke an und eine Schürze umgebunden. Der aus Magdeburg stammende Mann galt inzwischen als Institution am Strand. Tagsüber verkaufte er kandierte Walnüsse an die Badegäste, abends besuchte er im schwarzen Frack als Rosenkavalier die Westerländer Lokalitäten. Und so ein Rosenkavalier wusste stets über das Liebesleben der Badegäste Bescheid, hüllte sich jedoch, wie es sich gehörte, in dezentes Schweigen. Der Süße Heinrich war, wie gewohnt, von vielen Kindern umringt, die das süße Naschwerk gar nicht schnell genug in Händen halten konnten.

»Hast du ihm jemals etwas abgekauft?«, fragte Antje.

»Nein, natürlich nicht«, erwidere Elin. »Er ist doch für die Touristen und nicht für uns da.«

»So habe ich es auch immer gesehen«, erwiderte Antje. »Aber heute fühle ich mich ein wenig wie ein Tourist. Ich tue den ganzen Tag nichts, sitze im Café und gehe mit dir spazieren. Da könnten wir es uns doch erlauben und die Illusion mit dem Kauf von süßen Walnüssen weiter ausbauen. Was meinst du?«

»Dann kaufen wir ihm welche ab«, antwortete Elin und lächelte. Antje hatte schon recht mit dem, was sie sagte. Es fühlte sich tatsächlich ein wenig so an, als wären sie Touristen auf ihrer Heimatinsel. Sie tauchten in den bunten Trubel Westerlands ein und ließen sich zwischen Strandkörben und Sandburgen treiben. Also konnten sie auch kandierte Nüsse am Strand kaufen. Der Süße Heinrich kannte sie natürlich.

»Welch hochwohlgeborene Kundschaft sich heute bei mir einstellt«, sagte er scherzhaft. »Echte Sylterinnen. Das muss ich in den Kalender schreiben.« Doch seine Miene wurde rasch wieder ernst. »Ich habe von dem Brand gehört, liebe Antje. Das ist schrecklich. Es tut mir sehr leid. Was wirst du jetzt tun?«

»Danke dir, Heinrich. Ich werde Sylt verlassen und nach Husum ziehen. Nächste Woche schon.«

»Das ist schade. Wieder eine Eingeborene, die unser Inselchen verlässt. Obwohl ich ja auch ein Zugereister bin. Aber langsam habe ich das Gefühl, ich gehöre schon zum Inventar. Wir werden dich und deine Pötte vermissen.«

Ein kleines, blond bezopftes Mädchen, Elin schätzte sie auf sechs oder sieben, unterbrach das Gespräch.

»Ich hätte gern zweimal Nüsse«, sagte sie und zeigte kess ihre Zahnlücke. »Für meine Schwester Minna und mich.« Sie deutete zu einem nahen Strandkorb, vor dem ein weiteres Mädchen, vielleicht drei Jahre alt, im Sand buddelte.

»Hinten anstellen«, sagte der Süße Heinrich zu ihr, »die beiden Damen waren zuerst hier.« Er öffnete den Deckel der runden gläsernen Aufbewahrungskiste, die er mit einem Gurt um den Hals trug, holte zwei Stangen der kandierten Nüsse hervor und reichte sie Antje und Elin. »Ich wünsche guten Appetit.« Er zwinkerte grinsend und fügte mit gedämpfter Stimme hinzu: »Geht für alte Freunde aufs Haus.« Dann wandte er seine Aufmerksamkeit dem kleinen Mädchen zu.

Antje und Elin bedankten sich, setzten sich ein Stück weiter in den warmen Sand, knabberten ihre Nüsse, die unsagbar köstlich schmeckten, und beobachteten eine Gruppe junger Mädchen dabei, wie sie Arm in Arm und lauthals kichernd in die Wellen liefen. Wo sie wohl herkamen? Allesamt trugen knielange Badekostüme in bunten Farben. Rot und blau, weiß mit Punkten, eines war im Matrosenstil gehalten. Dazu Badekappen auf den Köpfen. Kreischend hüpften sie alsbald in den Wellen herum und hatten Freude daran, die anderen nass zu spritzen oder sich einfach nur ins seichte Wasser plumpsen zu lassen.

»Es sieht lustig aus«, sagte Antje mit vollem Mund. »Warst du jemals drin?«

»Nein«, erwiderte Elin. »Ich kann ja nicht schwimmen.«

»Ich auch nicht«, antwortete Antje. »Die wenigsten Insulaner können es. Mein Großvater war ein alter Strandräuber, und er hatte stets Ärger mit dem Vogt deshalb. Er war der Meinung, dass man nur an den Strand gehen müsse, wenn es dort etwas zu holen gebe. Er wäre niemals im Leben auf die Idee gekommen, im Meer zu baden.«

»Dann sind wir im Sinne deines Großvaters heute wenigstens nicht umsonst hier gewesen.« Elin grinste. »Es gab etwas zu holen, kostenlose kandierte Nüsse.« Sie hielt ihren Holzstab in die Höhe, an dem nur noch eine Nuss hing.

»Das stimmt«, Antje grinste und knabberte eine weitere Nuss von ihrem Stab. »Und vielleicht finden sich noch mehr Schätze. Man kann nie wissen. Wollen wir die Schuhe ausziehen und an der Wasserlinie entlang bis Rantum laufen? Heute ist so ein schöner Tag, und ich habe den Sand ewig nicht unter den Füßen gespürt. Wir könnten mit der Inselbahn zurück nach Westerland fahren. Was meinst du?«

»Gern«, antwortete Elin. Sie wusste, dass sie sich mit dieser Bummelei Ärger einfangen würde. Der Kaffeegarten würde schon bald seine Tore öffnen, und sie hatte versprochen, bis dahin zurück zu sein. Aber diese Schelte, vermutlich würde sie von Wiebke kommen, denn sie führte ein hartes Küchenregiment, war zu verschmerzen. Bald schon würde Antje fort sein. Es galt, die gemeinsame Zeit zu nutzen.

Die beiden vernaschten rasch ihre restlichen Nüsse, schleckten sich so gar nicht damenhaft die klebrigen Finger ab und machten sich daran, ihre Schuhe auszuziehen. Das Schuhwerk in Händen, liefen sie zur Wasserlinie. Elin raffte ihren Rock und ließ den weißen Schaum der Brandung über ihre nackten Füße laufen. Das Gefühl war herrlich, und plötzlich beneidete sie die jungen Mädchen darum, dass sie sich in die Wellen fallen lassen konnten. Vielleicht sollte sie es doch einmal tun. Sie wandten sich nach links und ließen die bunte Burgenstadt bald hinter sich. Am Ende des Westerländer Strandabschnitts begegnete ihnen eine Frau mit einem Kind, das auf einem Esel ritt. Ein junges Mädchen hielt den Esel am Zügel. Elin kannte sie und grüßte. Sie war die Tochter des Milchbauern Johann Petersen. Sein Esel Ludwig zog frühmorgens den Milchwagen durch Westerlands Straßen, am Nachmittag trug er geduldig die Kinder für fünf Pfennige durch den Sand. So versuchte eben jeder, sich mit den Touristen noch einen Obolus dazuzuverdienen.

Bald darauf wurde es einsamer. Linker Hand lagen die Dünen, rechter Hand das funkelnde Meer. Nur noch wenige Spaziergänger waren unterwegs. Sie entdeckten einen Künstler, der mit seiner Staffelei auf einer der Dünen saß. Ein anderes Mal war es eine Kindergruppe mit ihren Gouvernanten, die es sich am Strand gemütlich gemacht hatten. Die Kinder, es waren ungefähr zwanzig, beschäftigten sich mit Sandburgenbauen oder Ballspielen. Zwei kleine Mädchen, sie waren nicht älter als sieben oder acht, saßen auf einer Decke und spielten mit ihren Puppen Kaffeetrinken. Sie hatten dafür ein entzückendes kleines Teeservice aufgedeckt. Elin brachte ihr Anblick zum Lächeln. Ganz damenhaft schenkte eine der beiden ihrer ein rosa Rüschenkleid tragenden Puppe Tee ein. Ihr Gesichtsausdruck war geschäftig, sie hatte den kleinen Finger elegant abgespreizt und erkundigte sich, ob Zucker gewünscht sei. Woher die beiden wohl kamen? Es war schön, sie bei ihrem Spiel zu beobachten. Gewiss hatten sie eine Krankheit überstanden oder litten an einem Lungenleiden. Nach Sylt kamen viele Kinder zur Kur, oftmals blieben sie mehrere Monate. Auch in Keitum gab es seit einigen Jahren ein Sanatorium für Kinder. Elin kannte die Inhaberin, Henriette Ohlsen. Sie war früher Krankenschwester gewesen und hatte in einer Hamburger Klinik auf der Kinderstation gearbeitet. Ihr lagen die Kleinen am Herzen. So viele Kinder hatte sie über die

Jahre an Masern, Diphtherie oder Scharlach sterben sehen. Solche Krankheiten schwächten die Kleinen erheblich. Eine Kur auf Sylt stärkte die Körper der Kinder, und die meisten von ihnen kamen nach dem Aufenthalt in der frischen Seeluft gesund wieder nach Hause.

Elin winkte den beiden Mädchen zu, und sie winkten fröhlich zurück. Es ging weiter am Meer entlang. Möwen flogen durch die Luft und landeten vor ihnen in den Wellen. Strandläufer tippelten im feuchten Sand auf der Suche nach etwas Essbarem auf und ab. Hie und da hob Elin eine besonders schöne Muschel auf, um sie zu betrachten. Viel zu schnell erreichten sie den Dünenübergang nach Rantum.

»Ich könnte ewig hierbleiben«, sagte Elin und blickte aufs Meer hinaus. Ein Kutter war weit draußen zu sehen. »Ich hab schon fast vergessen, wie schön es auf dieser Seite der Insel und am Strand sein kann.«

»Ich auch.« In Antjes Stimme schwang Wehmut mit. »So ist es wohl meistens. Wenn man etwas ständig um sich hat, verlernt man, es zu schätzen. Jetzt werde ich es bald verlieren.« Sie seufzte. »Aber vielleicht hat es ja auch was Gutes. Ich kann als Touristin wiederkommen, und dann habe ich alle Zeit der Welt, um die wunderbare Natur mit all ihren Schönheiten zu genießen.«

»Das ist eine hervorragende Idee«, antwortete Elin. »Und natürlich quartieren wir dich bei uns im Herrenhaus ein. Du bekommst das ehemalige Lesezimmer. Von dort aus hat man einen besonders schönen Blick aufs Wattenmeer. Und weil wir Freunde sind, können wir bestimmt etwas am Preis machen.«

»Das Angebot nehme ich gern an«, erwiderte Antje. Einen Moment standen sie schweigend nebeneinander und blickten aufs Meer hinaus. Der Wind hatte etwas zugenommen, er schmeckte salzig und brachte Wolken aus Westen mit sich, einige von ihnen waren bedrohlich dunkel.

»Es sieht nach einem Wetterumschwung aus«, sagte Antje. »Ist vielleicht auch gut so. Wenn es weiter so schön sonnig bleibt, stehen wir hier noch zwei Stunden und verpassen am Ende die Bahn.« Sie sah auf ihre Uhr. »Und die kommt in einer halben Stunde. Also sollten wir besser zusehen, dass wir die Schuhe anziehen, denn wir müssen noch die Dünen hinaufkrabbeln und bis in den Ort hinunter.«

Elin nickte. Auch der schönste Strandausflug musste irgendwann ein Ende haben. Sie zogen rasch ihre Schuhe an und machten sich auf den Weg zum Strandübergang. Bald darauf hatten sie die Dünen hinter sich gelassen und erreichten den Ort. Oder das, was davon noch übrig war. Von den einstmals über zwanzig Häusern Rantums, auch eine Kirche hatte es gegeben, waren nur noch fünf übrig. Der Rest hatte dem Flugsand und den ständig herrschenden Sturmfluten nicht standhalten können. Eines der noch übrig gebliebenen Häuser war das Gasthaus Rantum Inge, an dem sie nun vorüberliefen. Vor dem Haus saß der alte Ole, der Vater des Wirts. Um ihn hatte sich eine Kindergruppe geschart, die Kinder lauschten seinen Ausführungen mit großen Augen. Auch Elin und Antje blieben stehen, um ihm zuzuhören.

»Ich sag euch, Kinder, nehmt euch vor den Meergeistern in Acht. Ganz besonders vor dem Ekke Nekkepenn. Das ist ein übler Geselle. Das könnt ihr mir gern glauben. Dem und seiner Rachsucht haben wir es zu verdanken, dass es in unserem schönen Rantum nur noch fünf Häuser gibt. Und das trug sich damals so zu: Zu Anfang waren er und seine Frau, die alte Rahn, noch hilfsbereit und halfen der Frau eines Sylter Kapitäns während eines Sturms bei der Geburt des Kindes auf hoher See. Die beiden gelangten später sicher und wohlbehalten mit ihrem Schiff in die Heimat nach Rantum auf Sylt zurück. Aber viele Jahre danach erinnerte sich der alte Ekke Nekkepenn an diesen Vorfall und an die Schönheit der Kapitänsfrau. Da beschloss er, sie anstatt seiner Rahn, die war ihm inzwischen zu alt und zu faltig geworden, zur Frau zu nehmen. Er ließ das Schiff des Kapitäns in einem Strudel versinken und ging als stattlicher Seefahrer hier in Rantum an Land. Doch auf dem Weg zu der Kapitänsfrau begegnete ihm deren jungfräuliche Tochter Inge, in die er sich auf den ersten Blick verliebte. Gegen ihren Willen hängte er ihr sogleich eine goldene Kette um den Hals, steckte ihr goldene Ringe an die Finger und erklärt sie zu seiner Braut. Sie war untröstlich und bat ihn, sie freizugeben. Da antwortete er, dass er das tun werde. Aber nur, wenn sie bis zum nächsten Abend seinen Namen sagen könne. Er verschwand. Inge fragte überall herum, doch niemand kannte den unbekannten Fremden. Doch dann geschah ein Wunder. Am nächsten Abend ging sie zum Strand, und da hörte sie eine Stimme, die sang:

›Heute soll ich brauen;

Morgen soll ich backen;

Übermorgen will ich Hochzeit machen.

Ich heiße Ekke Nekkepenn.

Meine Braut ist Inge von Rantum,

Und das weiß niemand als ich allein.‹

Somit kannte sie seinen Namen, und er musste sie freigeben. Dass er zum Narren gehalten worden war, machte ihn jedoch sehr wütend. Und so sucht er den Ort bis heute immer wieder mit Stürmen und Meeresfluten heim.«

Nun blickten die Kinder recht verschreckt drein.

Oles Tochter Merle trat nach draußen und sah ihren Vater streng an.

»Erzählst du wieder das Schauermärchen vom alten Nekkepenn? Glaubt ihm kein Wort, Kinder. Es gibt keine Meergeister, die Frauen zum Heiraten zwingen. Das sind alles nur alte Geschichten. Seemannsgarn, mehr nicht. Drinnen gibt es Kekse. Ich hab sie eben aus dem Ofen geholt. Wer welche haben möchte, kommt mit mir.« Das ließen sich die Kinder nicht zweimal sagen. Rasch folgten sie Merle ins Innere des Gasthauses.

Elin sah zu Antje. Auf ihren Lippen lag ein Schmunzeln. Die Geschichte vom alten Nekkepenn kannten sie natürlich bereits. Der klare Menschenverstand sagte einem, dass es nur ein Märchen sein konnte. Doch in jeder Sylter Seele gab es ein winziges Eckchen, das der alten Sage Glauben schenkte. Und Oles Vater war derjenige gewesen, der auf die Idee gekommen war, sein Gasthaus Rantum Inge zu nennen.

Ole begrüßte Elin und Antje. »Welch seltene Gäste in unserem kleinen Ort«, sagte er und griff nach seiner auf dem Tisch liegenden Pfeife. »Was führt euch beiden denn nach Rantum?«

»Wir sind nur ein wenig am Strand entlanggelaufen«, antwortete Elin.

Ole nickte und fragte: »Gab's was zu holen?«

Antje brachte die Frage zum Schmunzeln.

»Nein. Einfach so. Weil es schön ist.«

Oles Miene verfinsterte sich. »So ist dat also. Ganz neue Sitten. Jetzt laufen die Einheimischen schon am Meer wie die Touristen herum. Diese Welt steht kopf. Ich sag euch. Das ist erst der Anfang. Ich weiß es einfach. Ein großes Unglück rollt auf uns zu. Dat hab ich im Urin. Dagegen sind der Nekkepenn und seine Sperenzchen Kleinigkeiten.« Er hatte seinen Blick fest auf sie gerichtet. Elin schauderte, und sie wich instinktiv einen Schritt zurück. Der alte Ole war bekannt für seine Weissagungen. Viele Insulaner behaupteten, er sei ein Spökenkieker. Einer, der das zweite Gesicht habe und den Tod vorhersagen könne. Es war besser, ihm aus dem Weg zu gehen. Weshalb sagte er so etwas? Wieso sollte die Welt kopfstehen? Beklemmung lag plötzlich in der Luft, und Elin fröstelte. Plötzlich war das Pfeifen der Inselbahn zu hören.

»Oh, da kommt schon die Bahn«, rief Antje. »Wir müssen weiter. War nett, mit dir zu plaudern, Ole. Bis bald mal wieder.« Sie griff nach Elins Hand und zog sie mit sich. Sie eilten den sandigen Weg zu der behelfsmäßigen, mit einem windschiefen Unterstand ausgestatteten Haltestelle hinunter. Nur wenige Augenblicke später hielt die Bahn, und sie stiegen ein. Elin nahm am Fenster Platz und blickte noch einmal zur Rantum Inge zurück. Doch der alte Ole saß nicht mehr vor dem Haus.

8. KAPITEL

Keitum, 20. Juli 1914

Matei nahm den Kohlestift zur Hand und richtete ihren Blick auf das vor ihr liegende Friesenhaus, das sie sich als Motiv für ihr Bild ausgesucht hatte. Das Haus stammte aus dem 18. Jahrhundert und war eines der typischen alten Kapitänshäuser. Auf dem reetgedeckten Dach wuchs bereits Moos, es war weiß getüncht, die Fensterrahmen blau gestrichen. Die doppelseitige, blau-weiß gestrichene Tür war von einem Lichtbogen überspannt. Ein hübscher Garten umgab das alte Haus, in dem Fingerhut, Margeriten und Strandrosen wild durcheinanderblühten. Ein für die Insel typisches, aus Findlingen gebautes Mäuerchen säumte das Grundstück. Schatten spendeten zwei große Ulmen. Das Häuschen, es war einst vom alten Kapitän Sönk Nickelsen erbaut worden, wirkte verwunschen, als wäre es aus einem Märchen gefallen. Es strahlte eine besondere Art von Geborgenheit aus. Im Moment stand es leer. Die letzte Bewohnerin, Sönks Enkelin, war vor einem Monat an einem Schlaganfall gestorben. Was nun mit dem Haus werden würde, wusste niemand so genau. Die Erbin, ihre Tochter Anna, lebte längst nicht mehr auf der Insel. Angeblich in Braunschweig, sie hatte vor einigen Jahren einen Unternehmer geheiratet. Vermutlich würde das Haus verkauft werden. In Westerland hätte sich längst eine Horde Interessenten darum geschart. Doch hier in Keitum war dem nicht so. Es lag wie im Dornröschenschlaf, was es für Matei noch reizvoller machte. Es würde das erste Motiv werden, das sie einzufangen versuchte. Mit dem Kohlestift wollte sie beginnen. Für den Anfang sollten es Skizzen sein. So hatte es ihr Herbert von der Lauen erklärt. Letzte Woche hatte sie es über sich gebracht und ihn auf das Malen angesprochen, dass sie es selbst auch gern versuchen würde. Er hatte ihr daraufhin den Kohlestift und den Skizzenblock gegeben und ihr versprochen, sich ihre ersten Versuche anzusehen und sie zu bewerten. Matei hatte darauf gehofft, dass er sie bei ihren ersten Gehversuchen mit seiner Anwesenheit unterstützen würde. Doch er war der Meinung, dass jeder Künstler zuallererst allein seinen eigenen Weg und Stil finden musste. Ob jemand Talent hatte, sei früh zu erkennen. Matei richtete den Blick auf den Giebel des Hauses, atmete tief durch und setzte den Stift aufs Papier. Sie skizzierte das Dach, die Fenster, die Tür und die Blumen vor dem Haus. Voller Freude zeichnete sie die Äste der Bäume und deutete deren Blätter an. Rasch war das Steinmäuerchen vor dem Haus festgehalten. Der Stift flog nur so über das Papier. Immer wieder richtete sie den Blick auf das Motiv, zurück auf ihre Skizze. Hier ein Detail, dort ein Blütenblatt. Ein weiterer Ast hing noch etwas tiefer. Sie blickte erneut auf das Haus, betrachtete jede einzelne skizzierte Blume, korrigierte hier und dort noch eine Kleinigkeit. Sie war ganz vertieft in das, was sie tat. Es erfüllte sie mit einem besonderen Gefühl von Freude. Sie hatte früher bereits Skizzen angefertigt, als Kind stets gern gezeichnet. »Talent ist in einem, das kann man nicht lernen. Entweder du hast es, oder eben nicht.« Ihr alter Lehrer, Herr Olsen, er war schon viele Jahre tot, hatte das einmal zu ihr gesagt. Plötzlich sah sie sich selbst als kleines Mädchen. Wie sie mit ihrem Zeichenstift und Papier vor ihrem Elternhaus gesessen und die Schafe auf der nahen Weide gezeichnet hatte. Sie hatte vor Augen, wie sie die Maler in den Dünen beobachtet hatte, auf leisen Sohlen an sie herangeschlichen war, um sie bei ihrer Arbeit zu beobachten. Wieso hatte sie diesen Wunsch, diese in ihr schlummernde Leidenschaft all die Jahre hintangestellt? Es war wohl das Leben gewesen, das sie daran gehindert hatte, ihren Traum zu verwirklichen. Doch nun würde sie es endgültig wagen, und dieses Mal würde sie bei der Stange bleiben und weiterüben. Diese Skizze war ein erster Anfang. Sie war gespannt, was Herbert dazu sagen würde.

Sie klappte den Skizzenblock zu und machte sich auf den Heimweg. Es war später Nachmittag, und die Julisonne schien von einem beinahe wolkenlosen Himmel. Der betörende Geruch der Strandrosen hing in der Luft. Vor ihr hoppelten zwei Kaninchen über den Weg. Die Straßen Keitums wirkten verschlafen, keine Menschenseele war unterwegs. Das Herrenhaus kam in Sicht. Im Kaffeegarten war es heute ruhig. Nur zwei Hausgäste hatten es sich im Schatten der Ulmen gemütlich gemacht. Es waren Johannes Schleicher und Friedrich Beck, die sich mal wieder über Politik unterhielten. Auf dem Tisch vor ihnen lag eine aufgeschlagene Zeitung. Vermutlich war es das *Berliner Tageblatt*. Moild verkaufte es in ihrem Laden, und es war in den letzten Tagen, wie sämtliche anderen Tageszeitungen, stets innerhalb weniger Minuten ausverkauft gewesen.

»Es wird Zeit, dass die Österreicher den Serben zeigen, wo es langgeht«, sagte Friedrich. »Schon seit Jahren ist dieses kleine Land am Rande der Monarchie ein Unruhestifter. Die Brände, die es verursacht, sind nicht mehr tragbar. Hier steht, dass man bereits während der Annexionskrise 1908 klar Schiff hätte machen müssen, wenn auch mit Krieg. Aber dazu hat es den Österreichern an Mumm gefehlt, obwohl Deutschland als Verbündeter hinter ihnen gestanden hätte, auch gegen Russland. Ach, diese politischen Ränkespiele. Es ist schrecklich. Wir können

nur alle darauf hoffen, dass sich die Lage bald wieder beruhigt.«
Er schüttelte den Kopf.

»Nur, wie lange werden sie still sein? Die Serben werden so schnell keene Ruhe geben«, antwortete Johannes Schleicher. »Aber ick sag dir was. Det wird der Kaiser schon alles richtig machen. Det wird schon werden.«

Matei wandte sich ab. Seit dem Attentat auf den österreichischen Thronfolger drehten sich die meisten Gespräche der Männer um die Balkankrise. So wurde die Situation inzwischen in vielen Zeitungen bezeichnet. Es könnte sogar ein Krieg daraus werden. Deutschland hatte Bündnispflichten zu erfüllen. Heute Morgen im Gemüseladen hatte sogar jemand gemeint, die Engländer und Franzosen würden dann auch mitmischen, und der Russe sowieso. Aber was hatten die denn mit Serbien und den Österreichern zu tun? Das Wort Krieg jagte ihr Angst ein. Aber dazu würde es bestimmt nicht kommen. Wegen so einem kleinen Land wie Serbien, sie hatte es neulich auf einer Landkarte betrachtet, konnte doch nicht die ganze Welt verrücktspielen.

Sie betrat die Küche. Wiebke stand hinter dem Herd und rührte in einem großen Topf. Die Gerüche von Rosmarin und Thymian erfüllten den Raum, und ihr Magen begann zu knurren.

»Moin, Wiebke. Das riecht ja lecker. Was kochst du denn da Feines?«

»Kanincheneintopf. Hinnerk hat doch gestern drei Karnickel gebracht. Auf die hat er schon seit einer Weile Jagd gemacht. Die haben ihm seinen gesamten Vorgarten untertunnelt. Die Tiere sind ja recht niedlich, aber man kann sie bald in die Kategorie Schädling einsortieren. Mir haben sie neulich den ganzen Kohl im Gemüsebeet aufgefressen. Ich glaube, dat gibt einfach nicht genügend Füchse auf der Insel.« Sie seufzte. »Wie sieht es denn draußen aus? Gibt es neue Kundschaft? Ich hoffe nicht. Anna hat sich hingelegt. Sie plagt Migräne.«

»Nein«, erwiderte Matei. »Nur Friedrich und Johannes sind da, und sie debattieren mal wieder über Politik.«

»Das machen sie ständig«, antwortete Wiebke. »Überall gibt es in den letzten Tagen nur noch Politik. Ich hoffe, dat dämliche Gerede hat bald ein Ende und sie einigen sich endlich. Es ist so ein schöner Sommer, und dann müssen die da im Süden einem den ganzen Spaß verderben.«

»In der Zeitung steht was von Krieg.«

»Ach, in der Zeitung steht eine Menge Kram.« Wiebke winkte ab. »Morgen legen wir den Mülleimer damit aus, und sie schreiben wieder was anderes. Wird schon irgendwie werden.«

Matei nickte. Wiebke hatte recht damit, was sie sagte. Die Schlagzeilen von heute waren morgen schon wieder alt, und auf ihrem Inselchen ging sowieso alles seinen eigenen Gang. Die Welt auf dem Festland war weit fort.

»Du hast nicht zufällig Herbert gesehen?«, fragte Matei.

»Nein, leider nicht. Willst ihm deine Bilder zeigen, oder?«

Matei sah Wiebke verdutzt an. Sie hatte nicht mit ihr über ihre ersten Malversuche gesprochen.

»Ich wollte nicht lauschen«, erriet Wiebke ihre Gedanken. »Das Küchenfenster stand offen, und ihr habt auf der Bank darunter darüber geredet.«

»Schon gut«, antwortete Matei. »Es ist ja kein großes Geheimnis. Ja, ich wollte ihm eine erste Skizze zeigen.«

»Also, ich hab ja von Kunst nicht so die Ahnung«, sagte Wiebke. »Aber wenn du magst, kannst du das Bild auch gern mir zeigen.«

Matei überlegte kurz und entschied sich dafür. Es konnte nie schaden, mehrere Rückmeldungen zu erhalten. Und schließlich mussten ihre Bilder auch laienhaften Betrachtern gefallen und nicht nur Leuten, die etwas von Kunst verstanden.

Sie klappte ihren Skizzenblock auf und zeigte das Bild Wiebke. Wiebkes Augen wurden groß.

»Das ist aber hübsch«, sagte sie. »Und das hast wirklich du gezeichnet? Das ist das Haus vom alten Sönk, oder? Früher bin ich oft davor stehen geblieben, weil es mir so gut gefällt. Du hast es großartig eingefangen. Das Bild könntest du glatt verkaufen.«

Matei freute sich über das Kompliment. Wiebke mochte keine Kunstkennerin sein, aber sie war ehrlich. Wenn sie etwas an dem Bild auszusetzen hätte, würde sie es ihr sagen.

»Weil wir gerade von Bildern reden«, sagte Wiebke. »Es wird jetzt tatsächlich was mit der ersten Ausstellung in der Bibliothek. Die Hausbewohner machen alle mit, und auch einige Künstler am Ort wollen ihre Werke bei uns zahlender Kundschaft präsentieren. Schon nächste Woche soll die Vernissage, so nennt es Anna, weil es sich besser anhört, stattfinden. Vielleicht kannst du deine Skizzen dann ebenfalls zeigen. Schöner als die von dem Schleicher sind sie allemal. Dem sein Gekritzel find ich scheußlich.«

»Aber es ist doch erst ein Bild«, antwortete Matei. »Jeder Kunstkenner wird auf den ersten Blick sehen, dass es das Werk einer Anfängerin ist. Es ist besser, ich unterstütze Mama bei der Organisation. Vielleicht kann ich bei der nächsten Ausstellung ein Bild von mir beisteuern, das mehr als eine einfache Skizze ist.«

Wiebke nickte. »Dann eben so. Mir gefällt dat mit der Ausstellung oder Vernissage, wie auch immer. Dat bringt noch mehr Leben ins Haus. Sie soll am frühen Abend stattfinden, und wir wollen Häppchen reichen. Da hab ich was zu tun. Hilfe in der Küche wäre jederzeit willkommen.«

»Gern«, meinte Matei. »Elin hilft bestimmt auch. Wo steckt sie überhaupt? Ich hab sie heute noch gar nicht gesehen.«

»Ach, das hast du noch gar nicht mitbekommen. Sie ist vor einer Weile heulend ins Friesenhaus gerannt. Da liegt was im Argen.«

»Ich kann mir schon denken, was es ist«, antwortete Matei. »Gut aussehend und hat den Namen Tom Staber.«

»Könnte sein. Ist wohl nicht nur Künstler, sondern auch ein Herzensbrecher.« Wiebke seufzte, wischte sich die Hände an ihrer Küchenschürze ab, öffnete die Keksdose, nahm zwei Friesenkekse heraus und reichte sie Matei. »Seelentröster. Dann wird dat wieder.«

Matei lächelte. »Danke dir.« Sie ging zur Tür, doch ehe sie den Raum verließ, hielt sie inne und wandte sich um.

»Ich glaube, es hat dir noch keiner gesagt, Wiebke. Deshalb tue ich es jetzt. Es ist gut, dass du zu uns gekommen bist. Ich habe das Gefühl, du bist der neue Kapitän unseres Schiffes und hältst alles zusammen. Es ist schwer zu beschreiben. Ohne dich wären wir vermutlich längst untergegangen.«

»Ach wo«, antwortete Wiebke und winkte ab. Sie senkte den Blick, ihre Wangen färbten sich rot. Vermutlich kam es nicht oft vor, dass ihr jemand Komplimente machte. »Ihr seid nur ein wenig ins Schlingern geraten. Das ist alles. Ich hab doch gar nichts weiter gemacht. Büschen Kuchen und Kekse gebacken, dat kann doch jeder. Und jetzt sieh zu, dass du zu Elin kommst. Die Ärmste weint sich bestimmt die Augen aus.«

Matei nickte und verließ die Küche. Sie hatte ihre Gefühle nicht auf die Weise in Worte fassen können, wie sie es gewollt hatte, was sie bedauerte. Wiebke war wie ein guter Geist, ein wunderbarer Seelentröster. Wiebke Gehtherum. Sie war allgegenwärtig gewesen. So oft war sie ihr auf den Wegen Keitums in den letzten Jahren begegnet. Die einsam wirkende Frau, die ihren Halt im Leben verloren zu haben schien. Vielleicht war es ja Paul gewesen, der in diesem Fall Schicksal gespielt hatte. Matei glaubte eigentlich nicht an übersinnliche Dinge, und auch die Geschichten von Wiedergängern, Gongern oder irgendwelchen Klabautermännern gingen nicht an sie. Aber irgendeine höhere Macht musste es geben, die ihr Tun leitete. Und vielleicht hatte Paul dieser Macht einen kleinen Wink gegeben. Der Gedanke gefiel ihr.

Die beiden Männer im Garten debattierten noch immer. Sie bemerkten nicht, wie Matei an ihnen vorüberging. Sie betrat das Kapitänshaus und blickte in die gute Stube. Sie hatten sich alle Mühe gegeben, diese hübsch einzurichten. Es gab eine grün gepolsterte Sitzgruppe aus dunklem Holz, eine Vitrine, vollgestopft mit allerlei Porzellan. Der in der Ecke stehende Ofen konnte von der Küche aus beheizt werden, die Wände waren mit den blau-weißen Kacheln versehen, die Matei so sehr liebte. An den Fenstern hingen blau-weiß karierte Vorhänge, auf den Fensterbrettern standen Petroleumlampen und Modellschiffe. In dieser Stube hatten Pauls Vorfahren einst ihre Gäste empfangen. Gelebt war hier jedoch nicht worden. Das Familienleben hatte meist nebenan in der Küche stattgefunden. So war es auch in ihrem früheren Elternhaus gewesen. In die gute Stube hatten sie als Kinder niemals gedurft. Sie hatten sich stets in der Küche und in der Kammer nebenan aufgehalten. Dort hatte auch Mamas Spinnrad neben einem mit rotem Stoff bezogenen Kanapee gestanden. Ihre Hausaufgaben hatten sie am Küchentisch erledigt, bei schönem Wetter auf der Bank vor dem Haus. Matei spürte, wie sich der gewohnte Kloß in ihrem Hals breitmachte. Erinnerungen schlichen sich in den sonderbarsten Momenten an.

Heute nutzten sie die gute Stube ebenfalls nicht. Sie hielten sich die meiste Zeit im Haupthaus in der Küche auf und kamen nur zum Schlafen ins Kapitänshaus. Wieso hatten sie den Raum überhaupt eingerichtet? Vielleicht weil er dazugehörte. Und vielleicht würden sie ihn ja doch noch irgendwann nutzen.

Matei lief die Treppe nach oben. Die vierte Stufe knarrte wie gewohnt bedenklich. Sie mussten sie unbedingt bald kontrollieren lassen. Nicht, dass es noch ein Unglück geben und sich jemand verletzen würde. Sie fand Elin in ihrem Bett vor. Sie lag schräg darauf, ihr Kleid war nach oben gerutscht und zeigte ihre schlanken Beine. Ihre Füße steckten in weißen Schnürstiefeln. Sie hatte den Kopf im Kissen vergraben und schluchzte.

Matei setzte sich neben ihre Schwester auf die Bettkante.

»Elin, Liebes. Was ist denn geschehen?«

Elin schluchzte nun noch lauter. Matei strich ihr tröstend über den Rücken.

»Es hat mit Tom Staber zu tun, oder?«

»Dieser elende Schuft«, brachte Elin heraus.

Matei nickte. Sie und Wiebke hatten es bereits geahnt. Und derweil hatte zu Beginn alles so gut ausgesehen. Tom hatte nach seinem Einzug ohne Umschweife damit begonnen, Elin offenkundig den Hof zu machen. Er kam aus Hannover, wohlhabendes Elternhaus, der Vater leitete dort eine Klinik. Seine Mutter war adeliger Abstammung gewesen. Einfacher Landadel, aber nicht arm. Er hatte an der Universität Kunst studiert. So jedenfalls hatte er es Elin erzählt. Ob dies alles der Wahrheit entsprach, hatten sie natürlich nicht nachprüfen können. Noch gestern waren die beiden Händchen haltend am Wattufer spazieren gegangen, und Anna hatte bereits die Hochzeitsglocken läuten hören. Er wäre so eine gute Partie. Damit habe sie gar nicht mehr gerechnet. Hach, es wäre wunderbar, hatte sie geflötet. Matei war jedoch skeptisch geblieben. Ihr war das alles deutlich zu schnell gegangen.

»Willst du es mir erzählen?«, fragte Matei.

»Wieso denn noch? Ist doch sowieso alles dumm«, erwiderte Elin.

»So schlimm wird es schon nicht sein.«

»Doch, das ist es.«

Nun setzte sich Elin auf. Sie sah elend aus. Ihr blondes Haar war zerzaust, ihr Gesicht war vom vielen Weinen geschwollen, die Augen gerötet. Sie zog die Nase hoch und wischte sich die Wangen mit dem Zipfel ihrer Bettdecke trocken.

»Er hat eine andere. So eine Brünette. Ich hab ihn Arm in Arm in Westerland mit ihr über die Strandstraße laufen sehen. Oh, wie dumm ich doch gewesen bin. Und von so einem hab ich mich küssen lassen. Ich hab wirklich geglaubt, er liebt mich.«

Matei sog die Luft ein. Küssen lassen hatte sie sich auch noch. Lieber Herrgott, und das nach dieser kurzen Zeit. Also manchmal war ihre Schwester doch arg blauäugig. Sie behielt ihre Meinung jedoch für sich. Schelte machte es jetzt nicht besser. Und vom Küssen wurde man ja nicht gleich schwanger. Ihre ehemalige Köchin hatte das mal zu einem der Küchenmädchen gesagt. »Erst wenn er dir unter den Rock und zwischen die Beine greift, wird es kritisch. Also haltet immer brav die Beine zusammen. Sonst habt ihr schneller einen Braten in der Röhre, als euch lieb ist.« Matei überlegte, sich nach dem Rock und den Beinen zu erkundigen, unterließ es jedoch. Sie wollte Elin keine Angst einjagen.

»Weiß er, dass du ihn gesehen hast?«

Elin nickte. »Aber so was von. Ich hab nicht an mich halten können, bin hingegangen und hab ihm mitten auf der Straße eine Szene gemacht. Und ich hab ihm eine Ohrfeige gegeben. Ich war so verdammt wütend.«

Mateis Augen wurden groß. »Du hast was?«

»Ihn geohrfeigt. Und der dummen Ziege hab ich was gesagt, das kannst du annehmen. Die ist gleich davongelaufen, dieses Flittchen.«

»Na ja. Du weißt nicht, ob sie ein Flittchen gewesen ist. Vielleicht hat er sie ähnlich wie dich umgarnt. Du hättest nicht so ungerecht zu ihr sein müssen. Und vielleicht ein wenig diskreter. Bestimmt sind wir dadurch Inselgespräch, und das wird Mama ganz und gar nicht gefallen.«

Matei sah Elin missbilligend an. So etwas konnte auch nur ihre Schwester anstellen. Sie war schon immer impulsiv gewesen.

»Ich weiß.« Elin zog den Kopf ein. »Ich war eben wütend.«

»Das wäre ich an deiner Stelle auch gewesen. Wir haben da nur ein kleines Problem: Der junge Mann wohnt bei uns.«

»Bald nicht mehr. Wiebke hat mir versprochen, dass sie sich kümmern wird. Sie wirft ihn hochkant raus, hat sie gesagt. Diesen Hallodri. Und sie will es Mama schonend beibringen.«

»Unsere Wiebke«, antwortete Matei und lächelte. Sie hatte schon recht damit, was sie eben zu ihr gesagt hatte. Sie war der gute Geist dieses Hauses und schien für jedes Problem eine Lösung parat zu haben. »Sie hat mir Kekse gegeben.« Matei holte die beiden Friesenkekse aus ihrer Rocktasche. »Süßes gegen Kummer.« Sie reichte einen von ihnen Elin. Beide bissen hinein, und ihre Gesichtsausdrücke wurden selig. »Sie sind köstlich. Ich könnte Jahre backen, so gut würden sie bei mir niemals werden.«

»Das stimmt«, erwiderte Matei. »Aber dafür hast du andere Talente. Du töpferst hervorragend.«

»Ja, schon. Aber seitdem Antjes Haus abgebrannt ist, geht das auch nicht mehr. Ich vermisse sie so sehr. Und das mit dem Andenkenladen und der eigenen Töpferei im Haus wird auch nichts werden. Mama lässt sich einfach nicht dazu überreden, dass ich einen Verkauf im Herrenhaus einrichte.«

»Hm«, antwortete Matei und schluckte den letzten Rest ihres Kekses hinunter. Ihr kam die ungenutzte gute Stube im Erdgeschoss in den Sinn. Auf dem Tisch lag bereits eine Staubschicht.

»Und wenn du den Laden nicht im Herrenhaus, sondern hier im Kapitänshaus einrichtest? Die Stube würde sich hervorragend als Verkaufsraum eignen. Und im dahinter liegenden Stall könntest du deine Töpferwerkstatt haben. Das wäre perfekt.«

»Meinst du? Daran hab ich noch gar nicht gedacht. Ja, das wäre eine Idee. Aber Mama wird bestimmt wieder Nein sagen.«

»Ach, wir finden sicher einen Weg, um sie davon zu überzeugen. Und wir holen Wiebke mit ins Boot. Auf sie hört Mama in letzter Zeit. Du wirst schon sehen: Bald wirst du deine ersten eigenen Pötte verkaufen. Das wird wunderbar.«

Elin nickte und zeigte sogar ein Lächeln. Matei hatte es geschafft, sie von ihrem Kummer abzulenken.

9. KAPITEL

Keitum, 31. Juli 1914

Anna saß am Küchentisch, rührte in ihrem Kaffee und blickte nach draußen, wo es gerade hell wurde. Es war wolkenlos, kein Lüftchen regte sich. Bald schon würde die Sonne aufgehen, das Watt zum Funkeln bringen und Sonnenflecken über den Rasen vor dem Haus tanzen lassen. Wie sehr sich ihr Leben in den letzten Monaten doch verändert hatte. Der Schmerz über Pauls Verlust war noch immer ein Teil von ihr, und an manchen Tagen glaubte sie, in ihm zu versinken. Er war ihr Fels in der Brandung, ihr Halt, ihre große Liebe gewesen. Sie erinnerte sich daran, wie sie ihn zum ersten Mal gesehen hatte. Damals, in diesem Restaurant in St. Augustin. Er hatte am Tresen gestanden, ein Glas Whisky in der Hand. Ein stattlicher Seemann mit blondem Haar und strahlend blauen Augen. Sogleich war es um sie geschehen gewesen. Liebe auf den ersten Blick, niemals hätte sie geglaubt, dass ihr ein solches Glück geschehen könnte. Doch ihre große Schwester hatte es ihr einst prophezeit. »Einmal wird einer kommen, und du wirst ihn mehr lieben als alles andere auf der Welt. Selbst mehr als mich.« Sie hatte ihr damals nicht geglaubt. Sie waren eine Einheit gewesen. Anna und Marie, unzertrennlich. Bis Marie zu husten begonnen hatte und nach nur wenigen Wochen den Kampf gegen die scheußliche Krankheit verloren hatte. Nun hatte sie beide verloren. Die große Schwester, ihre Beschützerin aus Kindertagen, und die Liebe ihres Lebens, die sie auf die andere Seite eines Ozeans entführt hatte. Ein

Friese, ein von Heimweh geplagter Seemann war Paul gewesen, der unter der Sonne Floridas nicht glücklich hatte werden können. Sie hatte das Opfer für ihn gebracht und war mit ihm gegangen, hatte ihre Heimat und ihre Familie zurückgelassen. Das taten Ehefrauen, so hatte es ihre Mutter gesagt. Sie folgten ihrem Ehemann. Anfangs hatten sie und Sylt so ihre Probleme miteinander gehabt, doch inzwischen war ihr die Insel mit ihrer rauen Schönheit Heimat geworden. Sie verstand, weshalb Paul unbedingt hatte heimkehren wollen. Diese Insel machte etwas mit einem, es war ein Gefühl, das schwer in Worte zu fassen war. Der salzige Wind, das Meer, das ständig anders aussah, die Landschaft, karg und doch wunderschön. Anfangs war es schwer gewesen. Sie war die Fremde, die Amerikanerin, die Extrawürste haben wollte, der ein Kapitänshaus nicht genug war. Doch mit der Zeit hatte sie Freunde gefunden und war ein Teil der Dorfgemeinschaft geworden. Sylt befand sich in einem steten Wandel. »Die Insel schwimmt mit den Gezeiten«, so hatte es Paul einmal gesagt. Und ihre Bewohner schwammen mit und hielten sich irgendwie über Wasser. Wie ihre Heimat morgen aussehen würde, wusste niemand so genau. Ihr Blick wanderte zu der neben ihr liegenden *Kurzeitung*. Sie war von gestern, und die Titelseite thematisierte die Kriegsgefahr. Bald würde Fedder auf seinem Fahrrad kommen und die Ausgabe von heute bringen. Was wohl in ihr stehen würde?

»Du bist schon wach?«

Es war Wiebke, die sie aus ihren Gedanken riss.

»Ich konnte nicht mehr schlafen.«

»Ist wohl die Aufregung«, sagte Wiebke und band sich eine Küchenschürze um. »Ich hab auch kein Auge zugetan. Ständig hab ich überlegt, ob ich nix vergessen hab. Und derweil veranstalten wir nur eine Ausstellung, und das meiste ist schon vorbereitet.

Sogar die Bilder stehen schon in der Bibliothek. Nur die von Friedrich fehlen noch. Aber dat wundert mich nicht.«

»Wenn überhaupt jemand kommen wird.« Anna seufzte und deutete auf die Zeitung. »Jeden Tag wird damit gerechnet, dass der Kaiser die Mobilmachung verkündet. In Westerland herrscht deshalb bereits große Unruhe. Viele Gäste überlegen abzureisen. Die Männer müssen sich bei ihren Regimentern stellen. Wer kommt denn zu einer Kunstausstellung, wenn der Krieg ausbricht?«

»Am Ende ist dat doch alles heiße Luft«, sagte Wiebke. »Wenn du mich fragst, ist dat alles nur Säbelrasselei. Bestimmt ist in ein paar Tagen alles wieder abgeblasen.« Sie ging in die Vorratskammer und kam mit Milch und Hefe zurück. »Ich back uns jetzt erst einmal Rosinenwecken. Die haben alle gern. Und einen Milchpudding mach ich auch.«

»Ich helf dir«, sagte Anna, stand auf und band sich ebenfalls eine Küchenschürze um. »Arbeit vertreibt die Grübelei. Wir könnten auch noch Hörnchen und Kreppel backen und sie heute Nachmittag reichen. Letztens haben wir viel Lob für das Schmalzgebäck bekommen. Und etwas Süßes kann zu den deftigen Häppchen gewiss nicht schaden.«

»Na dann mal los«, antwortete Wiebke. »Ich hoffe, wir haben noch ausreichend Eier. Allein für die Hörnchen benötigen wir zehn Stück.«

Als hätte sie es gehört, stand plötzlich Gesa in der Tür.

Verdutzt sahen Wiebke und Anna die junge Frau an, die eine Stiege Eier in Händen hielt.

»Moin, ihr Lieben«, grüßte sie mit einem müden Lächeln. »Ich weiß, ich bin heute früh dran. Fiete bekommt Zähne und lässt sich seit über drei Stunden nicht beruhigen. Ich dachte, ein Spaziergang könnte ihn ablenken, und da ihr Eier bestellt habt, hab ich die gleich mitgenommen.«

Babygeschrei drang von draußen herein.

»Ach, du Ärmste«, sagte Wiebke und nahm Gesa die Eier ab. »Geh und hol doch rasch den Lütten ins Haus. Es ist noch Kaffee da. Der wird dir guttun. Um den Schreihals kümmern wir uns gern.«

»Aber ihr habt doch zu tun und müsst Frühstück für eure Hausgäste machen, und gewiss stehen noch Vorbereitungen für die Ausstellung an. Ich will euch keine Umstände machen.«

»Die machst du nicht, keine Sorge«, antwortete Anna. »Setz dich.« Sie rückte einen Stuhl zurecht. »Ich geh und hol den Kleinen.«

Anna verließ den Raum und kehrte nur wenige Augenblicke später mit dem kleinen Fiete auf dem Arm wieder zurück. Sein Gesichtchen war vom vielen Weinen geschwollen, die Augen gerötet. Sein Blick war leidend.

Anna setzte sich mit ihm neben Gesa, die gerade Milch in ihren Kaffee schüttete.

»Ach, du armer Jung«, sagte Wiebke. »So Zähnchen können einem aber auch den ganzen Tag verderben. Aber ich glaube, ich hab da ein Mittel für.« Sie nahm ein sauberes Tuch zur Hand, machte eine Ecke feucht und gab es Anna. Sie steckte es dem Kleinen in den Mund. Er begann, sogleich darauf zu kauen, und umfing das Tuch mit seinen kleinen Fingerchen. Angenehme Ruhe hielt Einzug.

»Endlich ist er still.« Gesa seufzte hörbar. Sie sank ein Stück in sich zusammen und lehnte sich nach hinten. »Was für ein einfacher Trick das doch ist. Das werde ich mir merken.«

»Ist nicht von mir«, antwortete Wiebke. »Man soll sich nicht mit fremden Federn schmücken. Eine Mutter im Café hat dat mal gemacht, und damals hat es ebenso Wunder gewirkt.« Sie wandte ihre Aufmerksamkeit ihrer Hefemilch auf dem Herd zu.

»Du liebe Güte. Die ist aber aufgegangen. Das werden heute besonders fluffige Rosinenwecken.«

»Oh, Rosinenwecken. Die hab ich besonders gern«, sagte Gesa, und ihr Blick wurde selig. »Mama hat sie früher öfter gebacken. Ich hab es auch schon versucht. Aber mir wollen sie einfach nicht gelingen.«

»Dann bleib doch noch ein Weilchen länger«, sagte Anna. »Du bist herzlich eingeladen, unsere Wecken zu kosten. Wir haben auch frisch eingemachte Marmelade. Sie schmeckt köstlich dazu.«

»Moin.« Alle drei blickten auf. Matei stand in der Tür und streckte sich gähnend. Sie trug einen dunkelblauen Rock und eine Bluse mit Streublümchen. Ihr Haar sah zerzaust aus und war locker im Nacken zusammengebunden. »Da haben wir also den kleinen Übeltäter, der zu nachtschlafender Zeit die Leute aus dem Bett plärrt.«

»Nachtschlafende Zeit«, wiederholte Gesa und schnaubte. »Es ist bereits sieben Uhr durch, also mitten am Tag.«

»Kaffee?«, fragte Anna.

Matei nickte, setzte sich neben ihre Ziehmutter und tätschelte dem kleinen Fiete das Ärmchen. »Na, Kleiner. Schmeckt der Lappen? Kaust ja mächtig darauf herum.«

»Er bekommt Zähne«, sagte Gesa.

Matei nickte. »Ist keine leichte Angelegenheit für so ein kleines Menschlein.« Sie nahm dankbar den Kaffeebecher entgegen, den ihr Wiebke reichte, und beförderte sogleich Milch und drei Löffel Zucker hinein.

Anna beobachtete ihr Tun kopfschüttelnd. »Mir ist schleierhaft, wie du die süße Plörre trinken kannst. Der schöne Kaffee wird vollkommen ruiniert.«

»Mir ist er ohne Zucker zu bitter.« Matei nippte an ihrem Becher.

»Das ist ja gerade das Gute daran. Am besten schmeckt er schwarz und stark. Ist Elin auch schon wach?«

Matei nickte. »Sie kommt bestimmt gleich. Sie wollte noch einmal in die Werkstatt und nach dem Rechten sehen.«

»Was gibt es denn da zu gucken?«, fragte Anna. »Der Ofenbauer soll morgen kommen, die Töpferscheibe soll erst heute geliefert werden.«

»Sie hat eben Freude daran«, antwortete Matei. »Wir haben gestern Abend im Bett noch lange Pläne geschmiedet. Elin könnte die Pötte herstellen und ich sie mit hübschen Motiven bemalen. Wir könnten sie dann noch zusätzlich in den Souvenirläden in Westerland anbieten. So ein Pott mit einem hübschen Inselmotiv darauf ist doch eine schöne Erinnerung an die Sommerfrische. Wir dachten, wir machen, wenn der Brennofen steht, einige Vorführmodelle und fragen ein bisschen herum.«

»Wenn es dann in Westerland noch Kundschaft gibt, die etwas kauft«, sagte Anna. »Es reisen doch bereits viele Gäste wegen der bevorstehenden Mobilmachung ab.«

»Also meiner Meinung nach wird es die nicht geben.« Sämtliche Anwesende im Raum blickten auf. In der Küchentür stand Friedrich Beck. Wie gewohnt sah er leicht verlottert aus. Sein graues Hemd hing aus seiner Hose heraus, es wies am Ärmel einige Farbflecken auf, am Kragen fehlte ein Knopf. »Vermutlich wird heute wieder alles anders sein. Seit Tagen geht es hin und her. Ich trage die Auffassung, dass sich die Lage bald wieder beruhigen und es keinen Krieg geben wird.«

»Moin, Herr Beck«, grüßte Wiebke. »Sie sind heute aber früh auf den Beinen.«

»Es war wohl der schöne, helle Sonnenschein, der in mein Zimmer fällt, und das Lied der Möwen, welches an mein Ohr drang, das mich aus dem Bett getrieben hat. Ich stand eine Weile am Fenster und habe die Wunder der Natur beobachtet. Allein dieser Blick ist bereits ein Gemälde wert.«

»Kaffee?«, fragte Wiebke.

Anna lächelte. Wiebke war für Friedrichs künstlerische Schwärmereien so gar nicht zugänglich und tat sie immer als Gesabbel ab.

Friedrich bejahte und nahm neben Gesa Platz. Matei verwunderte sein Tun. Es war das erste Mal, dass er sich in die Küche setzte. Normalerweise verzog er sich stets an seinen Tisch im Frühstücksraum.

»Wie sieht es denn mit den Gemälden für die Ausstellung aus?«, erkundigte sich Anna.

»Ich überlege ehrlich gesagt noch«, antwortete er. »Ich schwanke zwischen den Landschaftsbildern von Dünen und Strand und den Friesenhäusern, hauptsächlich aus Keitum. Ich werde wohl beide platzieren und sehen, welche besser ins Ambiente passen. Sie können mich gern beraten. Aber selbstverständlich nur, wenn Sie möchten.« Er schenkte Anna ein Lächeln, und seine Augen strahlten.

Anna sah zu Wiebke, die grinste. Beide dachten dasselbe. Friedrich Beck blieb hartnäckig. Das musste man ihm lassen. Wiebke beförderte das erste Blech Rosinenwecken in den Ofen. Bald schon würde deren verführerischer Duft den Raum erfüllen.

Es tauchten weitere Hausgäste auf. Johannes Schleicher fand Gefallen an Fiete und nahm ihn auf den Arm. Der kleine Junge kaute noch immer selig auf seinem feuchten Lappen herum und quietschte inzwischen hin und wieder fröhlich. Die Ablenkung der Küchengemeinschaft schien ihn den Zahnschmerz komplett vergessen zu lassen. Herbert von der Lauen ging Wiebke zur Hand. Sie hatte damit begonnen, den Tisch zu decken. Max Thiedemann tauchte auf und gesellte sich ebenfalls zu ihnen. Es wurden Stühle aus dem Salon geholt und zusammengerückt. Elin kam. Sie hatte Hinnerk im Schlepptau, der im Garten seine Schafe gesucht und Elins Kaffee-und-kurzer-Schnack-Angebot angenommen hatte. Bald waren die Rosinenwecken fertig. Noch warm kam die süße Köstlichkeit auf den Tisch. Dazu gab es Schwarzbrot, Rührei, Marmelade und reichlich Kaffee. Es wurde geklönt und gelacht. Die bevorstehende Kunstausstellung war das Hauptthema.

»Der halbe Ort will sich die Ausstellung ansehen«, sagte Hinnerk. »Carsten und Moid wollen auch kommen. Und Siegfried. Er hat Hausgäste, denen hat er Bescheid gegeben. Sie sind kunstinteressiert.«

»Inke und ihre neue Mitbewohnerin Marie wollen auch kommen«, sagte Wiebke. »Sie haben Bekannten in Westerland davon erzählt. Sie überlegen ebenfalls, vorbeizuschauen. Ich denke, das Haus wird voll werden.«

»Wollen wir es hoffen«, antwortete Anna.

»Und es wäre nett, wenn auch Käufer unter den Gästen wären«, meldete sich Johannes Schleicher zu Wort. »Vom Angucken allein wird kein Künstler satt, det sach ick euch.«

Alle Anwesenden pflichteten ihm bei. Anna hoffte ebenfalls auf Einnahmen. Sie nahm von den Malern keine feste Ausstellungsgebühr, sondern war prozentual an den Verkäufen beteiligt. Das eine oder andere Bild sollte schon verkauft werden, damit es sich rechnete. Immerhin hatten sie eine Menge Lebensmittel, Lachs, Pumpernickel und andere Dinge extra für die Ausstellung angeschafft.

Das gemeinsame Frühstück zog sich bis zur Mittagszeit. Der kleine Fiete war irgendwann eingeschlafen und träumte selig in Max' Arm. Noch immer wollte er sich nicht von dem Wonneproppen trennen. Anna betrachtete den Kleinen lächelnd. In der Küche herrschte eine ganze eigene Art von Geborgenheit, die niemand von ihnen so recht loslassen wollte. Vielleicht war es die Ungewissheit dessen, was morgen sein würde, die sie näher zusammenrücken ließ. Das Ende kam abrupt.

»Dat darf doch wohl nicht wahr sein. Diese elenden Viecher fressen unsere Tischdecken«, rief Wiebke aus und deutete aus dem Fenster. Sie sprang auf und lief nach draußen. Sämtliche Blicke wanderten in den Garten. Dort standen vier Schafe, die genüsslich an den Tischdecken knabberten.

»Ich nehme an, die Tiere gehören zu dir, Hinnerk?«, fragte Elin belustigt.

»Da sind ja meine vier Ausreißer«, sagte er und sprang ebenfalls auf. »Ich ersetze euch den Schaden«, rief er Anna zu und folgte Wiebke.

Gesa erhob sich ebenso. »Ich müsste dann auch mal wieder. Heinrich ist bestimmt schon von seiner morgendlichen Lieferrunde in Westerland zurück und wundert sich, wo wir abgeblieben sind.« Sie nahm Max den kleinen Fiete ab. Auch die anderen Frühstücksgäste verabschiedeten sich nun.

Die nächsten Stunden verbrachten sie mit Vorbereitungen für die Ausstellung. Sie backten und kochten, belegten Brote und polierten Gläser. Zur Feier des Tages sollte es Sekt geben. Nachdem alles so weit gerichtet war, machte Anna eine letzte Kontrollrunde durch die Bibliothek und den Salon, die als Ausstellungsräume dienten. Sie betrachtete noch einmal sämtliche Gemälde voller Wohlwollen. Jedes von ihnen zeigte Sylt auf andere Weise. Das Meer, die Dünen, auf einem Bild war Westerlands Burgenlandschaft eingefangen worden, ein weiteres zeigte die bunten Fischkutter am Hafen von Munkmarsch. Die meisten Bilder ähnelten einander, nur Johannes Schleichers stachen heraus. Anna konnte sich mit seinem verschwommenen Stil noch immer nicht so recht anfreunden. Aber Kunst hatte viele Facetten, und gewiss würde sich auch dafür jemand begeistern lassen. Matei trat ein. Sie hatte sich bereits zurechtgemacht und trug ein hellblaues, schmal geschnittenes Kleid. Ein dunkelblauer Samtgürtel betonte ihre Taille. Ihr braunes Haar hatte sie hochgesteckt, ganz gegen ihre Gewohnheit hatte sie etwas Rouge aufgelegt, und ihre Augen zierte ein Lidstrich. Sie sah erwachsen aus und war wunderschön. Wäre Paul nicht gestorben, vermutlich hätten sie längst einen Heiratskandidaten aus gutem Haus für sie gefunden, dachte Anna. Vielleicht sogar ein Adliger. Doch wer sollte das arme Mädel jetzt noch nehmen? Sie schob die Gedanken beiseite. Heute galt es nicht, über Verlorenes nachzusinnen. Und wer wusste schon, was die Zukunft bringen würde.

»Hier steckst du«, sagte Matei. »Ich habe nach dir gesucht. Ich wollte dich etwas fragen.« Plötzlich wirkte sie unsicher. »Ich weiß, das ist unsere erste Ausstellung, und es soll alles perfekt sein, und vermutlich ist es nicht passend. Aber ich habe überlegt, ob es nicht doch möglich wäre, meinen Skizzenblock auszulegen. Es sind nun bereits mehrere Bilder, allesamt von Keitum. Herbert findet sie gut, und er hat mich dazu ermutigt, sie in der Ausstellung zu zeigen. Er hat gemeint, es wäre für einen Künstler hilfreich, Rückmeldungen aller Art zu erhalten. Aber wenn du das nicht möchtest, dann ...«

»Du kannst deine Bilder gern präsentieren«, fiel Anna ihr ins Wort. »Du weißt, dass sie mir gefallen. Und vielleicht verkaufen wir ja eines davon. Es sind nur Skizzen, aber sie haben ihren Reiz. Gerahmt und an der richtigen Stelle aufgehängt, sind sie gewiss passend. Vorne, auf dem Tisch am Fenster, wäre ein guter Platz. Du müsstest dann aber noch rasch ein Schild schreiben, damit die Besucher wissen, von wem die Zeichnungen stammen.«

»Das mache ich. Danke dir.« Matei fiel Anna um den Hals und drückte sie fest an sich. »Ich hab dich lieb.«

Anna spürte die aufsteigenden Tränen. Mateis spontane Zuneigungsbekundung rührte sie. Wann hatten sie sich zuletzt umarmt, hatte sie jemals zu ihr gesagt, dass sie sie liebte? Sie war nur der Mutterersatz gewesen, dazu die fremde Frau aus Amerika, die keine eigenen Kinder hatte bekommen können. Paul hatte damals über ihren Kopf hinweg entschieden, die beiden aufzunehmen. War sie deshalb oftmals streng mit Elin und Matei gewesen?

Matei löste sich aus der Umarmung und ging zu dem Tisch am Fenster, legte ihren Skizzenblock darauf und schlug ihn auf, schob ihn nach links, nach rechts, blätterte die Seiten um. Anna beobachtete sie lächelnd dabei. Ihre Gedanken vom Morgen kamen zurück. Der Schmerz über Pauls Verlust saß tief, aber sie war nicht allein. Sie hatte Elin und Matei, die mehr für sie waren als Pflegekinder. Die beiden waren ihre Familie. Gemeinsam würden sie es schaffen und allen Veränderungen trotzen.

Von draußen drangen Stimmen herein. Es waren die von Friedrich Beck und Max Thiedemann.

»Wenn ick es dir doch sag. Ick hab ein Telegramm von meinem Bekannten aus Berlin bekommen. Der Kaiser hat den ›Zustand drohender Kriegsgefahr‹ ausjerufen. Det bedeutet Krieg. Da jibts nu nichts mehr dran zu rütteln.«

10. KAPITEL

Keitum, 2. August 1914

Elin blieb neben der Töpferscheibe in der alten Scheune stehen, legte die Finger darauf und setzte sie in Gang. Sie drehte sich erst schnell, wurde dann jedoch rasch langsamer. Sie war erst gestern geliefert worden, und nun stand in den Sternen, wann sie sie zum ersten Mal benutzen würde. Sie blickte auf die gegenüberliegende, weiß getünchte Wand. Heute sollte der Ofenbauer Martens eigentlich mit dem Bau ihres Brennofens, dem Herzstück ihrer Töpferwerkstatt, beginnen. Doch dies würde nun nicht geschehen, denn Martens und seine beiden Söhne zogen in den Krieg. Seit dem gestrigen Nachmittag herrschte endgültige Gewissheit, die allgemeine Mobilmachung war angeordnet worden. Sämtliche Urlauber mussten die Insel verlassen. Noch vor wenigen Wochen war das alles unvorstellbar gewesen. Man wäre ausgelacht worden, hätte man gesagt, der Russe sei der Todfeind. Es hatte Überredungskunst gebraucht, um Anna von der Töpfer-Werkstatt zu überzeugen. Und jetzt, da sie endlich zugestimmt hatte, musste sie ihren Traum wegen diesem gottverdammten Krieg beerdigen. Es war so ungerecht. In ihre Augen traten Tränen. Es war für Kaiser und Vaterland, das wusste sie. Und manchmal war ein Krieg nichts Schlechtes. Der Deutsch-Dänische hatte sie endgültig von der Herrschaft der Dänen befreit. Ihre Großmutter hatte oft von damals erzählt. Als während dieses Kriegs Sylt plötzlich zu Dänemark gehören sollte. Der damalige dänische Kapitänleutnant Hammer ging hart gegen deutsche Gesinnung vor. Er ließ Ratsmänner und Bauernvögte festnehmen und umstellte Keitum, den damaligen Hauptort der Insel. Mehrere Gefangene wurden nach Kopenhagen ins Gefängnis gebracht. Doch durch einen Trick von zwei Keitumerinnen, eine war Großmutters Freundin Inken Prott gewesen, gelang es, zu fliehen und von der Belagerung Keitums zu berichten. Rasch wurden die Festländer informiert, und am Ende waren es zweihundert Österreicher, die sich erfolgreich gegen Hammer durchsetzten und in Keitum an Land gingen. Sie wurden von der Bevölkerung euphorisch begrüßt und als Helden und Retter gefeiert. Die Österreicher waren noch drei Monate auf der Insel geblieben, manch einer für immer. Aufgrund dieser Rettungsaktion wurde jedes Jahr der Geburtstag von Kaiser Franz Josef auf der Insel mit einem Umzug, Ball, Festessen und Feuerwerk gefeiert. »Manchmal muss es krachen, das reinigt die Luft und klärt die Fronten. Und am Ende ist dann vieles geregelt und besser.« Wieder ein Spruch ihrer Oma. Elin seufzte. Sie war sich nicht sicher, ob das Krachen dieses Mal hilfreich sein würde, und die Luft war ihrer Meinung nach auch sauber genug. Aber was wusste sie schon von Politik und all diesen Dingen.

»Hier steckst du.« Matei riss sie aus ihren Gedanken. »Wir wollen frühstücken. Mama und Wiebke haben zur Feier des Tages, und weil es so schön warm ist, die Tische im Garten eingedeckt.«

»Zur Feier des Tages klingt seltsam«, antwortete Elin. »Was feiern wir denn? Dass der Krieg ausgebrochen ist?«

»So war es nicht gemeint«, erwiderte Matei. »Ich meinte natürlich, zum Abschied unserer Hausbewohner. Bald geht ihr Schiff. Wir wollten es ihnen noch einmal schön machen. Hinnerk hat versprochen, sie später nach Munkmarsch zu bringen, danach muss auch er sich melden. Er wird bei der Inselwache seinen Dienst tun. Ich werde mitfahren, um sie am Hafen zu verabschieden. Willst du uns begleiten?«

Elin nickte. Ihr Blick wanderte erneut zu der weißen Wand, die nun vorerst leer bleiben würde. »Was denkst du? Müssen wir uns Sorgen machen?«, fragte sie.

»Ich weiß es nicht«, sagte Matei. »Ich kenne mich mit Krieg nicht aus. Aber Friedrich meinte eben, dass das alles höchstens vier Wochen dauern würde, spätestens zu Weihnachten wären die Männer wieder zu Hause.«

Elin nickte. »Vier Wochen und Weihnachten ist ein Unterschied, oder? Aber nun gut. Hoffen wir mal, dass er recht behält. Vier Wochen, vielleicht fünf oder sechs. Das wäre zu überstehen. Und dann könnten mir Martens und seine Söhne doch noch in diesem Jahr meinen Ofen einbauen. Leider entgeht uns dadurch das Geschäft mit den Touristen in dieser Saison, aber wir könnten über den Winter vorarbeiten.«

»Ja, das könnten wir«, antwortete Matei. »Gemütlich in der warmen Werkstatt sitzen, während draußen Wind und Wetter brausen. Und im nächsten Jahr bestücken wir jeden Strandbasar und Souvenirladen der Insel mit unseren Pötten.«

»Und du machst deine erste eigene Ausstellung mit deinen Bildern«, sagte Elin. »Und bestimmt werden die Besucher sie dir aus den Händen reißen.« Sie legte den Arm um Matei und drückte sie kurz. »Ich hab dich lieb, Schwesterchen.«

Matei lächelte. Sie war weit entfernt von einer eigenen Ausstellung. Ihre Skizzen hatten während der Vernissage kaum Beachtung gefunden. Herbert von der Lauen hatte sie getröstet. Zwischen all den vielen aufgestellten Bildern seien sie auf dem Tisch nicht zur Geltung gekommen. Sie solle nicht den Kopf in den Sand stecken und weitermachen. Matei drückte Elin einen kurzen Kuss auf die Wange.

»Für was war der denn?«, fragte Elin verdutzt.

»Ach, einfach so«, erwiderte Matei. »Und jetzt lass uns flott zu den anderen gehen. Sonst futtern sie uns noch sämtliche Rosinenwecken vor der Nase weg.«

Eine Weile darauf, das gemeinsame Frühstück war beendet, half Elin Anna und Wiebke beim Abräumen des Geschirrs. Sie stellten alles auf große Tabletts und trugen diese ins Haus. Die Stimmung war gedrückt. Auf dem Weg in die Küche ging Anna eine Tasse zu Bruch. Sie rutschte in der Eingangshalle vom Tablett und fiel zu Boden. Sie hielt inne und blickte auf die Scherben. Jeder andere hätte ob des Missgeschicks geflucht, doch Anna begann zu weinen und regelrecht zu zittern. Max Thiedemann, der gerade seine Koffer die Treppe nach unten trug, wurde auf die Szenerie aufmerksam und eilte sogleich zu ihr.

»Gnädigste«, sagte er und legte die Arme um sie. »Was ist geschehen? Weshalb weinen Sie denn? Es ist doch nur eine Tasse, das bisschen Scherben.«

Er führte sie zu einem an der Wand stehenden Stuhl und nahm ihr das Tablett ab. Anna schluchzte noch immer, ihr Körper bebte. Sie konnte es nicht aufhalten, es war über sie gekommen. Die Anspannung der letzten Tage, die Vorkommnisse der vergangenen Monate.

»Paul«, brachte sie hervor.

Max sah sie hilflos an. Die Situation überforderte ihn.

Elin tauchte auf und eilte sogleich zu Anna.

»Mama«, sagte sie. »Was ist denn los? Wieso weinst du denn?«

Friedrich Beck trat mit besorgter Miene näher, ihm folgten die weiteren Hausbewohner. Johannes Schleicher und Herbert von der Lauen, der eben seine drei Koffer die Treppe heruntergebracht und bereits seinen Hut aufgesetzt hatte. Auch Matei und

Wiebke betraten nun das Treppenhaus. Matei eilte ebenfalls zu ihrer Ziehmutter und legte liebevoll den Arm um sie. Annas Schluchzen wurde weniger. Die Hausgemeinschaft sah sie bedröppelt an. Es lag eine eigenartige Stimmung im Raum. Dieser Abschied schmeckte niemandem, denn Ungewissheit lag vor ihnen. Doch Anna schienen diese Veränderungen besonders hart zu treffen. Eben erst war sie nach dem Tod ihres geliebten Ehemanns wieder aufgestanden und hatte einen Neuanfang gewagt. Und nun geriet erneut alles ins Wanken. Was morgen sein würde, wusste niemand.

»Es tut mir leid«, brachte Anna hervor und wischte sich die Tränen mit einem Taschentuch ab, das Elin ihr reichte. »Ich wollte niemanden erschrecken. Es ist nur, es kam ...«

»Uns müssen Sie nichts erklären«, sagte Friedrich Beck und tätschelte ihr die Schulter. Er sah auch heute wieder so herrlich schlampig aus. Die Hosen wie gewohnt zu kurz, ein Hosenträger war ihm von der Schulter gerutscht, sein Hemd hatte einen Marmeladefleck am Ärmel. »Es ist ja auch zum Heulen. Aber ich bin mir sicher, dass dieser Krieg nicht lange dauern und Deutschland siegreich daraus hervorgehen wird. Und ich verspreche Ihnen, dass ich auf jeden Fall im nächsten Sommer wieder Gast in Ihrem wunderbaren Haus sein werde. Noch nie habe ich mich in einer Unterkunft so wohlgefühlt wie in Ihrem so hübsch gelegenen Herrenhaus. Und dazu dieser entzückende Ort Keitum mit seinen so zauberhaften Kapitänshäusern. Ich werde davon träumen, bis ich endlich wiederkehren kann. Und bis dahin, wenn ich darf, werde ich Ihnen schreiben. So vergessen wir einander nicht.«

»Ich kann Friedrich nur beipflichten«, sagte auch Max Thiedemann. »Ich war schon mehrfach auf Sylt, doch so heimelig wie bei Ihnen war es in keiner anderen Unterbringung. Auch ich komme gern nächsten Sommer wieder. Bis dahin ist dieser Spuk gewiss vorüber.«

Auch Johannes Schleicher und Herbert von der Lauen versicherten, dass sie im nächsten Sommer zurückkehren würden.

»Dann will ich mir all Ihre neu entstandenen Gemälde der Insel ansehen«, sagte er zu Matei und zwinkerte ihr zu. »Darauf freue ich mich schon.«

»Und wir feiern ein großes Sommerfest zum Wiedersehen«, sagte Wiebke, die Tränen der Rührung in den Augen hatte.

Sämtliche Anwesende nickten. Annas Schluchzen hatte nun endgültig aufgehört, und sie lächelte sogar. Die tröstenden Worte der Männer nahmen ihr ein wenig von der Verzweiflung und der Sorge, die sie die letzten Nächte nicht hatten schlafen lassen. Gewiss hatten sie recht, und es waren nur wenige Wochen zu überstehen. Daran galt es festzuhalten. Spätestens bis Weihnachten würde alles vorüber sein, und im nächsten Sommer gab es ein Wiedersehen. Wiebkes Vorschlag, ein Sommerfest zu feiern, gefiel ihr.

Sie erhob sich und wurde nacheinander von allen Männern umarmt. Auch Elin und Matei wurden gedrückt, ebenso Wiebke. Jeder hielt den anderen eine Spur zu lang fest. Es war, als wollte man einander nicht loslassen. Es waren nur wenige Wochen gewesen, die sie gemeinsam im Herrenhaus verbracht hatten, und doch waren sie zu einer Gemeinschaft verwachsen. Elin drückte Friedrich Beck fest an sich und atmete den Geruch von Mottenkugeln ein, den er wie gewohnt verströmte. Sie blinzelte die aufsteigenden Tränen fort.

Es war Hinnerk, der die Umarmungsrunde durch sein Eintreten beendete.

»Moin zusammen«, sagte er. »Hier herrscht schon Abschiedsstimmung. Und dat an einem solch wunderbaren Tag. Ein

Wetterchen wie gemalt haben wir heute. Ein Jammer, dass Sie abreisen müssen. Es ist der perfekte Tag, um sich am Strand und in den Dünen eine rote Nase zu holen. Aber wir können es nicht ändern. Es gilt, fürs Vaterland in den Krieg zu ziehen, und Ihr Schiff, meine Herren, legt bald ab. Also sollten wir zusehen, dass wir weiterkommen.«

Die Koffer wurden nun nach draußen getragen, erneut gab es Umarmungen und die Bekundungen auf ein Wiedersehen im nächsten Jahr. Wiebke und Anna blieben zurück, während Matei und Elin mit auf den Wagen kletterten. Eigentlich hätten sie ebenso im Herrenhaus bleiben können. Doch sie wollten unbedingt mitfahren, um die Herren am Hafen zu verabschieden. Es war wohl auch ein wenig die Neugierde, die sie dazu trieb. Am Hafen sollte die Hölle los sein, und sie wollten gucken, was dort passierte.

Sie rumpelten mit ihrem Fuhrwerk die Munkmarscher Chaussee hinunter, vorbei an den alten Friesenhäusern, die, wie gewohnt verschlafen wirkend, im Licht der Vormittagssonne lagen. Im Garten von Jette Jansen hingen Schollenfilets zum Trocknen an der Leine. Siegfried Hindrichs, der Obst- und Gemüsehändler, winkte ihnen zu. Er war zur Inselwache beordert worden und trug bereits Feldmütze und Armbinde.

»Moin, Siegfried«, rief Hinnerk ihm zu und hielt kurz den Wagen an. »Bist schon unterwegs. Wo bist du denn stationiert?«

»In List. Weiß nur noch keiner, wo wir da alle untergebracht werden sollen. Hab davon gehört, dass sie Baracken bauen. Kommt ja eine Menge Volk. Wo musst du denn hin?«

»Nach Hörnum. Dort liegt wohl die fünfte Kompanie. Da müssen sie bestimmt auch Baracken bauen. Wir sehen uns. Viel Glück.«

Er nickte Siegfried zu und fuhr weiter. Rasch ließen sie Keitum hinter sich. Die Fahrt ähnelte der vor einigen Wochen. Als sie voller Zuversicht losgezogen waren, um Friedrich und Max am Hafen abzuholen. Damals hatte niemand von Krieg gesprochen. Rechter Hand der Straße standen Schafe auf einer Weide, Strandrosen blühten am Wegesrand in Hülle und Fülle, es wehte nur ein laues Lüftchen. Es war der perfekte Sommertag. Normalerweise würden sich die Kurgäste zu dieser Stunde in der Burgenstadt am Strand von Westerland tummeln, die Kurkapelle hätte bereits zum ersten Mal gespielt, gewiss wären sämtliche Plätze in den Strandcafés besetzt. Sie näherten sich Munkmarsch, das vollkommen verändert schien. Der kleine, sonst verträumt wirkende Hafenort glich einem Feldlager. Mit dem Fuhrwerk war alsbald kein Durchkommen mehr, und sie beschlossen, es am Wegesrand stehen zu lassen. Es schien, als wären sämtliche Kurgäste auf einmal hier. Tausende schienen es zu sein. Mütter mit Kindern an den Händen, Männer, die auf ihre Familien und das Gepäck achteten. Alle drängten Richtung Anleger. Dort spuckte ein Schiff gerade Unmengen an Soldaten in grauen Felduniformen aus. Es mochten ebenso viele sein wie Kurgäste im Hafen. Hinzu kamen unzählige Warenladungen, die kreuz und quer zwischen Pferdefuhrwerken standen und lagen. Sandsäcke und Bretter, Schaufeln und Hacken. Mateis Blick blieb an einem Schild hängen, das eine Ladung Schaufeln als *Welt-Pionier-Schaufel garantiert prima Qualität* auswies. Das Stimmengewirr glich dem Summen eines Bienenstocks. Wortfetzen drangen an Mateis Ohr.

»Mein Koffer. Hat jemand meinen Koffer gesehen?«, rief eine Frau.

»Hoffentlich erreichen wir den Badeschnellzug nach Berlin.«

»Gilt bereits der Kriegsfahrplan?«

»Wir werden wohl in der zweiten Klasse reisen müssen und sicherlich über vierzig Stunden benötigen.«

»Mein Hermann muss sich bis spätestens morgen bei seinem Regiment stellen. Es wird nicht zu schaffen sein.«

Die Soldaten drängten zur bereitstehenden Inselbahn. Dort wurden auch die vielen Waren verladen. Die Kurgäste hingegen schoben sich Richtung Anleger. Es war der Bäderdampfer Königin Luise, der sie nach Hoyerschleuse bringen sollte. Elin hatte in der Zeitung gelesen, dass sie für den Kriegseinsatz vorgesehen war. Nur noch die letzten Gäste von der Insel bringen, dann käme der vertraute Dampfer fort, den sie so oft dabei beobachtet hatte, wie er Gäste zur Insel oder von ihr fortgebracht hatte. Es galt zu hoffen, dass das Schiff die Kriegszeit ebenso überstehen würde wie die Menschen und es im nächsten Sommer erneut seinen gewohnten Dienst tun würde.

»Es ist besser, wir verabschieden uns hier voneinander. Das Gedränge ist bereits jetzt beinahe unerträglich, auf dem Anleger ist es unzumutbar«, sagte Friedrich neben Matei. Eine Frau rempelte sie an, sie zog ein weinendes Kind, es war nicht älter als vier oder fünf, hinter sich her. Matei nickte. Am Anleger schien bereits Krieg zu herrschen. Jeder wollte auf das Schiff kommen. Sie umarmte Max und Johannes, dann Herbert von der Lauen, zum Schluss Friedrich, der fest versprach, Briefe zu senden. Im Gegenzug würde er sich über die eine oder andere Skizze der Insel freuen. Erneut traten in Mateis Augen Tränen.

Schnell waren die Künstler im allgemeinen Gedränge verschwunden.

Auf der Rückfahrt herrschte Stille. Jeder hing seinen Gedanken nach. Das Watt funkelte im Licht der Sonne verführerisch, vor ihnen lag die St.-Severin-Kirche wie eh und je. Sie hatte den Jahrhunderten mit all ihren Ereignissen stets getrotzt. Sie würde es auch dieses Mal tun.

»Jetzt guckt nicht so traurig, ihr zwei Lütten«, versuchte Hinnerk, sie aufzuheitern. »Dat alles wird nur von kurzer Dauer sein. Wir werden dem Feind schon zeigen, dat er sich nicht mit uns Deutschen anlegen soll.«

Auf dem Weg vor ihnen liefen zwei Schwestern. Matei kannte die beiden. Sie waren zusammen zur Schule gegangen. Sie waren die Töchter des Toilettenfritz. Tat und Eike waren ihre Namen. Man mochte meinen, die Blondinen wären Zwillinge, aber dem war nicht so. Tat war achtzehn Monate älter als Eike und die Lebhaftere von den beiden. In wenigen Wochen sollte ihre Doppelhochzeit stattfinden. Auch Matei und Elin waren dazu eingeladen. Tat weinte bitterlich. Elin ahnte den Grund dafür. Gewiss hatten sie eben ihre Verlobten am Hafen verabschiedet. Nun waren sie Soldatenbräute. Hinnerk hielt den Wagen an.

»Moin«, grüßte Matei. »Wollt ihr mitfahren? Ist ja noch ein Stück.«

Die beiden nickten und kletterten auf den Wagen. Elin reichte Tat ein Taschentuch, Hinnerk trieb erneut die Pferde an, die heute ihre letzte Fahrt für ihn taten. Bereits morgen würden sie, ebenso wie ihr Herr, im Dienst der Armee stehen.

»Wo müssen sich denn Fiete und Paul melden?«, fragte Hinnerk.

»Fiete in Wilhelmshaven bei der Marine, Paul in Arkona«, antwortete Eike, die einen recht gefassten Eindruck machte. Matei und Elin nickten mit betroffenen Mienen.

»Ich fahr ihm nach«, brachte Tat zwischen zwei Schluchzern hervor. »Übermorgen, wenn die Touristen alle weg sind. Dann fahr ich nach Arkona und bleib bei ihm.« Sie schluchzte erneut auf. »Er hat versprochen, dass er mich dort heiraten wird. Er will gleich nach seiner Ankunft das Aufgebot bestellen.«

Verwundert sahen sowohl Matei als auch Elin Tat an. Dass eine Frau ihrem Liebsten folgte, hatten sie noch nicht gehört, und dann auch noch diese Form der Heirat. Das konnte eigentlich nur eines bedeuten. Mateis Blick wanderte zu Tats Bauch, der jedoch wie immer aussah. Sollte es tatsächlich sein, dass da bereits etwas unterwegs war? Du liebe Güte. Undenkbar war es jedoch nicht. Tat wäre nicht die erste Braut, die schwanger zum Altar geführt wurde. Und sollte Paul etwas zustoßen, was niemand hoffte, dann bekäme sie wenigstens Witwengeld. Doch so weit wollte Matei gar nicht erst denken. Gewiss würden all die jungen Sylter, die in die Welt hinauszogen, um das Vaterland zu verteidigen, mit heiler Haut zurückkehren.

Sie erreichten den Abzweig zu Hinrichs Haus, und die beiden Mädchen kletterten vom Wagen. Hinnerk sah ihnen kopfschüttelnd nach, seufzte tief, dann trieb er erneut die Pferde an. Sie bogen ein Stück weiter in den Uwe-Jens-Lornsen-Wai ab und erreichten bald darauf das am Kliff gelegene Herrenhaus. Es sah so friedlich aus, wie es umgeben von den Ulmen vor ihnen lag. Unter den Bäumen standen noch Tische und Stühle, eine der karierten Decken hatte der Wind ins Gras geweht. Sonnenflecken tanzten über die bekieste Auffahrt, die Schreie der Möwen waren zu hören. Plötzlich hatte Matei das Gefühl, all diese Dinge stärker wahrzunehmen als sonst. Die Friedlichkeit und Stille des Augenblicks taten ihr gut. Sie stiegen vom Wagen. Anna und Wiebke kamen nach draußen, um Hinnerk zu verabschieden.

»Dann mach es mal gut«, sagte Wiebke. »Und gib auf dich acht. Wir brauchen dich noch.« Er wurde von allen umarmt.

»Jetzt redet doch nicht so«, sagte Hinnerk und nahm seine Mütze vom Kopf, die er mit seinen großen, von jahrzehntelanger Feldarbeit gezeichneten Händen zerknautschte. Die Situation war ihm peinlich.

»Ich bleib doch auf Sylt. Und bestimmt laufen wir uns mal über den Weg. Auch meine Rieke werde ich regelmäßig besuchen kommen. Wir haben ja auch mal freie Tage. Wir kommen dann gern auf einen Kaffee vorbei. Und lang wird der Spuk bestimmt nicht dauern. Machen einen Wirbel wegen den paar Wochen. Gewiss ist bald alles wieder beim Alten.«

Alle nickten, doch die Mienen blieben betreten. Wiebke wischte sich sogar eine Träne aus dem Augenwinkel. Hinnerk kletterte zurück auf seinen Wagen, winkte ihnen noch einmal zu, wendete und fuhr vom Hof. Sie sahen ihm so lange nach, bis er außer Sicht war.

Matei legte den Arm um Elin, sie lehnte den Kopf an ihre Schulter. Eine neue Zeit brach an, und niemand wusste so recht, was damit anzufangen war.

11. KAPITEL

Keitum, 13. August 1914

Matei stand in dem im ersten Stock des Herrenhauses liegenden Lesezimmer und ließ ihren Blick durch den Raum schweifen. Die Möbel waren mit Laken abgedeckt, was das Zimmer sonderbar erscheinen ließ. Als wären die Bewohner dieses Hauses für immer fortgegangen. Wiebke hatte zu dieser Maßnahme geraten. Ansonsten müsse ständig alles abgestaubt werden. Und dazu habe wohl niemand so rechte Lust. Der Blick aus dem Fenster war jedoch unverändert und spendete Trost. Um diese Zeit, es war fünf Uhr nachmittags, fiel die Sonne warm in das Zimmer und brachte die geblümte Tapete auf besondere Art zum Leuchten. Das Wattenmeer schimmerte und funkelte, dass es eine Freude war. Wie gewohnt zogen Seevögel darüber ihre Kreise, landeten im seichten Wasser und suchten im ufernahen Schlick nach etwas Essbarem. Matei konnte nicht sagen, wie oft sie schon hier gestanden und diese Aussicht genossen hatte. Irgendwann, so möchte man meinen, musste man sie überhaben. Doch dem war nicht so. Stundenlang konnte sie hier stehen und dieses perfekte Gemälde betrachten, das von der Natur und den Jahreszeiten in immer neuen Facetten gezeichnet wurde.

Die letzten Tage hatten bereits viele Veränderungen gebracht. Das Seebad Westerland war offiziell geschlossen worden, und auch die letzten Fremden hatten die Insel verlassen müssen. Es wurden überall Barackenlager zur Unterbringung der vielen Soldaten gebaut. Hunderte waren es inzwischen, die von der

Inselbahn auf die Westseite der Insel gebracht wurden. Im Klappholttal waren schwere Geschütze aufgestellt worden, Minensperren sollten an der Nord- und Südseite gelegt werden, die Dünen und der Strand durften ab sofort von Zivilisten nicht mehr betreten werden. Schützengräben sollten entstehen, gestern hatte sie einen ganzen Wagen voller Stacheldraht gesehen. Anna war bei einer Freundin, Friederike Johansen, in Westerland gewesen, um sie zu trösten. Ihre beiden Söhne waren in den Krieg gezogen, für Kaiser und Vaterland wollten sie Helden sein. Der Dienst bei der Inselwache hatte ihnen nicht ausgereicht. Sie waren Richtung Frankreich abgereist. Friederike wusste nicht, wie es nun weitergehen sollte. Ihr Gästehaus stand leer, sie war Witwe. Die Touristen waren ihre Haupteinnahmequelle gewesen. Anna hatten die Worte gefehlt, um sie aufzuheitern. Sie hatte gehofft, dass ihre bloße Anwesenheit der Freundin Trost spenden würde. Doch Friederikes Mutlosigkeit hatte auf sie übergegriffen, und sie war froh darüber gewesen, sich nach einer Weile verabschieden zu können. Auf dem Rückweg war sie an geschlossenen Läden vorübergelaufen. Die Regale waren nicht, wie sonst im Herbst, leer geräumt. In einer Tür hatte noch der gefüllte Ständer mit den Ansichtskarten gestanden, auf einer Plakatwand waren die Konzerte und Veranstaltungen der nächsten Wochen angekündigt. Zu dem großen Tanzabend mit der Kurkapelle im Hotel Stadt Hamburg nächsten Samstag würde nun niemand mehr kommen. Selbst der Süße Heinrich hatte die Insel verlassen müssen. Er galt in den Augen der Behörden als Fremder, und doch war er jahrelang eine vertraute Konstante am Westerländer Burgenstrand gewesen. Anna hatte beobachtet, wie am Ostbahnhof eine Pferde- und Wagenmusterung stattgefunden hatte. Von der ganzen Insel wurden Pferde und Fuhrwerke für die Armee eingezogen. Die Stille in den Straßen hatte etwas Beklemmendes an sich gehabt. Der bunte Trubel war fort, und die Stadt wirkte wie eine Geisterstadt. In Keitum waren die Veränderungen noch kaum spürbar. Es herrschte jedoch eine ganz eigene Art von Ruhe, die in Matei Beklemmung auslöste. Noch vor wenigen Wochen hatte sie diese Ruhe geliebt, doch nun wirkte sie bedrohlich.

»Hier steckst du. Hab ich es mir doch gedacht.« Elin trat näher, blieb neben Matei stehen und blickte ebenfalls aufs Watt hinaus.

»Es sieht so herrlich friedlich aus«, sagte sie. »So, als wäre alles wie immer.«

Matei nickte. »Ich weiß nicht, wie ich fühlen soll. Alle sagen, der Krieg wird nicht lange dauern und wir werden siegreich und stärker daraus hervorgehen. Aber in mir überwiegt der Zweifel. Was ist, wenn es nicht gut ausgeht? Ich vertrau dem Kaiser und unseren Generälen. Sie werden schon wissen, was zu tun ist. Aber trotzdem ...« Sie brach ab.

»Mir geht es ähnlich«, erwiderte Elin und seufzte hörbar. »Vielen geht es vermutlich so wie dir, wie mir. Die jungen Männer singen Loblieder, in der Zeitung stand heute, dieser Krieg werde die Welt verändern. Es gibt bereits die ersten Toten zu beklagen.«

Einen Moment sagte keine von beiden etwas. Auf dem Wattweg lief eine Gruppe Gänse schnatternd und mit den Flügeln schlagend, ihnen folgten zwei Mädchen, die kräftig mit den Armen wedelten.

»Wollen wir hinuntergehen? Wiebke hatte mich geschickt, um dich zu holen. Es gibt Kaffee und Kuchen. Friesentorte, die magst du doch so gern. Gesa ist eben mit dem kleinen Fiete gekommen. Sie hält es allein zu Hause nicht aus. Heinrich hat sich bei einem Regiment auf dem Festland gestellt. Das Wetter ist schön. Sie haben draußen gedeckt.«

Matei nickte.

Im Garten angekommen, erwartete sie eine illustre Damenrunde, die es sich an zwei zusammengestellten Tischen gemütlich gemacht hatte.

Neben Anna und Wiebke saßen Gesa, die den kleinen Fiete auf dem Schoß hatte, Rieke und Inke Habermann. Von der Friesentorte war nur noch ein Stück übrig, doch immerhin gab es noch ausreichend Friesenkekse.

»Da seid ihr beiden ja endlich«, sagte Anna. »Wir haben euch schon vermisst. Kommt. Setzt euch zu uns.« Sie deutete auf zwei freie Stühle. Wiebke füllte Kaffee in zwei Pötte und stellte sie ihnen vor die Nasen.

»Also, ich finde die von der Inselkommandantur eingeführte Festsetzung von Höchstpreisen bei Lebensmitteln eine gute Sache«, sagte Inke. »Vorgestern wollte ich Mehl kaufen und sollte für ein Pfund fünfzig Pfennige bezahlen. Das ist der reinste Wucher. Anschreiben durfte ich auch nicht mehr. Und das bei Kramers. Moild wollte, dass ich sofort bezahle. Sie hat gesagt, sie könne nichts dafür. Es herrsche bereits jetzt Mangel, irgendwas mit falscher Bevorratung von Lebensmitteln während der Hochsaison. Ich hab es nicht ganz verstanden.«

»Mir soll es recht sein«, antwortete Wiebke. »Obwohl ich mich schon frage, wo das enden wird, wenn wir jetzt schon die Preise festschreiben lassen müssen. Aber wenigstens kostet das Pfund Mehl jetzt nur noch achtundzwanzig Pfennige. Die Stadtverwaltung in Westerland hat den Ernst der Lage immerhin erkannt, und es sollen allein fünfzigtausend Mark für Lebensmittel bereitgestellt werden. Und die Inselkommandantur hat die Beschaffung größerer Brennstoffmengen für den Winter angeordnet. Wenn das Watt zufriert, können wir ja keinen Nachschub ordern.«

»Ich dachte, der Krieg wäre spätestens an Weihnachten wieder vorbei«, sagte Elin.

»Daran mag wohl keiner mehr so recht glauben.« Gesa setzte Fiete auf das andere Knie. Der kleine Mann war recht munter und versuchte, einen Friesenkeks zu erobern, was ihm jedoch aufgrund der Kürze seiner Ärmchen nicht gelingen wollte. »Bei uns in der Nähe soll bald ein Verpflegungslager für die Armee gebaut werden«, fügte sie hinzu. »Unsere Hühnerfarm wurde bereits als Lieferant gelistet. Leider bezahlt die Armee nicht so gut wie die Hotelbetriebe in Westerland während der Saison. Aber es ist ausreichend, und die Abnahme findet auch im Winter statt. So werden wir gut über die Runden kommen.«

Anna nickte. »Du hast immerhin noch Eier, die du verkaufen kannst. Wir haben nur Zimmer vermietet, und der Kaffeegarten war eine Einnahmequelle. Ich war heute Morgen im Kohlenkeller. Ich glaube nicht, dass unsere Vorräte über den Winter reichen werden. Normalerweise hätten wir noch den gesamten August und den September Einnahmen gehabt. Das hätte ausgereicht, um die Kohlenvorräte aufzustocken. Aber so.« Sie seufzte. Sämtliche Anwesende nickten mit betretenen Mienen.

Ein mit Angehörigen der Armee besetzter Wagen fuhr auf den Hof und ließ sie aufblicken.

»Wat ist das denn nu?«, entfuhr es Wiebke. Auf dem Wagen befanden sich vier Soldaten. Einer von ihnen, seiner Kleidung nach schien er ein Hauptmann zu sein, trat sogleich näher, nahm seine Kopfbedeckung ab und grüßte mit einer knappen Verbeugung. »Die Damen«, sagte er und blickte in die Runde. Er war etwas dicklich, hatte einen Schnauzbart, eine Halbglatze, und eine Brille ruhte auf seiner breiten Nase.

»Oberleutnant Joachim Kühne mein Name. Es tut mir außerordentlich leid, dass wir Ihre gemütliche Runde stören müssen. Darf ich fragen, welche der Damen Anna Hansen ist?«

»Das bin ich«, antwortete Anna. »Wie kann ich Ihnen helfen?« Ihr Herzschlag beschleunigte sich. Was wollten die Männer hier?

»Wie schön. Gnädigste.« Er deutete erneut eine Verbeugung an. »Wir sind hier, um eine Prüfung des Anwesens durchzuführen. Es geht hierbei um die Errichtung eines Reserve-Lazaretts für unsere tapferen Soldaten. Mir wurde zugetragen, dass sich Ihr Haus durch seine Größe und Bauweise ausgesprochen gut dafür eignen könnte. Auch wäre die Lage im ruhigeren Keitum hervorragend, um eine rasche Genesung der Verletzten voranzutreiben.«

»Ein Lazarett«, sagte Anna verwundert.

»Richtig. Dürften wir dann?«

Der Mann deutete auf den Haupteingang. Anna nickte perplex. Sie sah zu Wiebke, die die Schultern zuckte. Bisher war nie die Rede davon gewesen, dass ihr Haus in irgendeiner Form für die Armee genutzt werden sollte. Sämtliche Einheiten waren doch an der Westseite der Insel untergebracht.

Die Männer gingen bereits zum Haupteingang. Anna, Elin, Matei und auch Wiebke folgten ihnen. Die anderen Damen wussten nicht so recht, was sie tun sollten, und blieben sitzen.

Im Inneren des Hauses zückte einer der Männer einen Notizzettel. Sein Nachname war Jansen.

Wohlwollend ließ der Oberleutnant seinen Blick durch die Eingangshalle schweifen und stolzierte dann, die Hände im Rücken verschränkt, in den Salon.

»Der perfekte Krankensaal«, sagte er. »Hell und lichtdurchflutet und diese herrliche Aussicht auf das Wattenmeer, hinzu kommt die Terrasse. Dort können sich die Kranken aufhalten und die gute Seeluft einatmen, die gewiss zu ihrer Genesung beitragen wird. Hier im Raum können wir mindestens zwanzig Betten aufstellen. Notieren Sie das, Jansen.«

So ging es durch die Räumlichkeiten. Im Herrenzimmer und der Bibliothek, die durch eine Schiebetür miteinander verbunden werden konnten, könnten weitere Betten Platz finden. Die Küche wurde für ausreichend groß befunden. In den Räumlichkeiten des Obergeschosses konnte das Personal untergebracht werden. Schwestern, Ärzte, die sanitären Einrichtungen seien exzellent. Anna und den anderen schwirrte alsbald der Kopf. Ihr Haus sollte ein Lazarett werden. Du liebe Güte. Anna fühlte sich überrumpelt. Sie folgten den Männern wieder nach draußen. Die anderen Damen waren inzwischen verschwunden. Kühne blieb vor dem Friesenhaus stehen und betrachtete es voller Wohlwollen. »Ich liebe diese alten Häuser. Sie haben einen ganz besonderen Reiz. Und in Keitum gibt es so viele von ihnen. Unweit von hier befindet sich ja auch das alte Kapitänshaus von diesem Kapitän und Inselchronisten Hansen zur Besichtigung. Ich war vor einigen Tagen aus Interesse dort. Es ist äußerst spannend, so vieles über die abwechslungsreiche Geschichte Sylts zu erfahren. Ich nehme an, dieses hier ist ähnlich eingerichtet? Kann es besichtigt werden? Gibt es Schlafmöglichkeiten? Gewiss diese netten Alkovenbetten. Es könnte weiteres Personal darin untergebracht werden.«

Anna sah ihn fassungslos an. Das Friesenhaus sollte ebenfalls genutzt werden?

»In dem Haus wohnen wir«, war Wiebke diejenige, die als Erste antwortete. »Sie wollen uns doch wohl nicht auf die Straße setzen, oder?«

»Oh, Verzeihung. Daran dachte ich nicht. Es tut mir leid, meine Teuerste. Natürlich möchten wir Ihnen Ihr Obdach nicht wegnehmen. Gewiss wird das Herrenhaus für unsere Belange vollkommen ausreichend sein. Sie könnten sich jedoch überlegen, ob Sie Ihre Arbeitskraft nicht in den Dienst der Armee stellen und im Lazarett tätig werden möchten. Damen mit einer solchen Tatkraft kann das Reich bestens gebrauchen.« Seine Stimme klang plötzlich schmeichelnd, und er schenkte Wiebke ein Lächeln. Sie sah ihn finster an und verschränkte die Arme vor der Brust. Sein Lächeln erstarb, und er sah zu Anna, die sich um Contenance bemühte. Vor ihr stand ein Oberleutnant der Armee, und ihm hatte man Respekt entgegenzubringen.

»Wann gedenken Sie denn, mit der Einrichtung des Lazaretts zu beginnen?«, fragte sie. »Ich hörte davon, dass die Eigentümer der ausgewählten Häuser in Westerland Quartiergeldsätze bezahlt bekommen. Ich nehme an, diese würden wir dann ebenso erhalten?«

»Gewiss doch«, antwortete Kühne. »Es gibt hierzu feste Regelungen. Jansen, bitte kümmern Sie sich darum, dass Frau Hansen die vorgesehenen Tabellen ausgehändigt werden. Mit der Einrichtung des Lazaretts sollte so schnell wie möglich begonnen werden. Nach dem jetzigen Prüfungsstand eignet sich das Gebäude hervorragend für diesen Zweck. Sie werden so bald wie möglich über die weiteren Vorgänge informiert.«

Der Oberleutnant und seine Männer verabschiedeten sich, und die Gruppe ging zurück zum Wagen.

Nachdem sie außer Sicht waren, ließen sämtliche Anwesende erleichtert die Schultern sinken.

»Was für ein Überfall«, sagte Wiebke und sank auf einen der Stühle. »Ein Lazarett in unserem schönen Herrenhaus. Du liebe Güte. Na, das kann ja heiter werden.«

Anna setzte sich neben sie, auch Elin und Matei nahmen Platz. Einen Moment herrschte betretene Stille.

»Wieso eigentlich Reserve-Lazarett?«, fragte Matei irgendwann. »Und kommen dann auch die Verwundeten von der West- und Ostfront zu uns? Oder ist das Lazarett nur für die Männer der Inselwache zuständig?«

»Wenn ich das wüsste«, antwortete Anna. »Vielleicht ja Letzteres. Sollte es einen Angriff der Engländer auf die Insel geben, könnte es viele Verwundete geben. Oder wir fungieren vorrangig als eine Art Krankenstation. Ich kann mir nicht vorstellen, dass Männer über Hunderte Kilometer hinweg von Frankreich bis nach Sylt transportiert werden.«

»Also ich habe neulich in der Zeitung gelesen, dass die Verwundeten aus den Feldlazaretten zur vollständigen Genesung durchaus in Lazarette in der Heimat verlegt werden sollen«, sagte Matei. »Und ich glaube, ich habe in dem Artikel auch den Begriff Reserve-Lazarett gelesen.«

»Das bedeutet also, wir bekommen richtig Verwundete«, sagte Anna. »Es könnten auch Männer bei uns sterben.«

»So weit würde ich nicht gehen«, meinte Wiebke. »Ich denke nicht, dass die dem Tode Geweihten noch nach Sylt geschickt werden. So eine lange Reise ist beschwerlich. Wir werden bestimmt die leichten Fälle bekommen. Und müssen wir das überhaupt? Mir gefällt das mit diesem Lazarett so gar nicht. Die werden unser schönes Herrenhaus komplett auf den Kopf stellen, sämtliche Zimmer umräumen. Jetzt haben wir doch erst alles für die Gäste fein gemacht. Und wo soll ich denn dann bitte schön für uns kochen? In der kleinen Küche im Friesenhaus über offenem Feuer? Na prosit. Da gibt es nicht einmal einen anständigen Backofen. Adieu, Rosinenwecken.«

»Mir gefällt die Sache auch nicht«, antwortete Anna. »Aber wir werden uns nicht weigern können. Es ist ja schon nett, dass sie uns noch im Kapitänshaus wohnen lassen. Vielleicht sollten wir es als Ehre ansehen, dass unser Herrenhaus für einen solchen Zweck ausgewählt worden ist. Es wird schon irgendwie gehen. Und immerhin haben wir dadurch eine Einnahmequelle generiert. Wir vermieten nun eben anderweitig Zimmer.«

»Zimmer!«, entgegnete Wiebke. »Wohl eher das ganze Haus. Die kommen mit ihren Armeestiefeln und mit dem ganzen Dreck. Die Männer rauchen doch ständig. Ich hab das gesehen, in Westerland. Überall sind Zigaretten. Und meine Freundin Trude hat gesagt, dass sie auf den Stuben Karten spielen und trinken. Wir haben doch überall den guten Teppich liegen. Der wird vollkommen ruiniert. Und die Möbel? Es sind teure Schränke darunter, das gute Porzellan. Am Ende geht noch etwas zu Bruch. Wird uns das die Kommandantur dann auch bezahlen? Und wer renoviert, wenn sie wieder weg sind? Dat muss doch alles geregelt werden. Du musst ganz genaue Verträge abschließen, Anna. Sonst tanzen die dir auf der Nase herum. Dat sag ich dir.« Wiebke rang die Hände. Sie hatte sich in Rage geredet, ihre Wangen waren gerötet. »Ich brauch jetzt einen Köm. Wer will auch einen?« Sie wartete die Antwort nicht ab und ging zum Haus.

Anna sah ihr seufzend nach. Sie sank in sich zusammen. »Aber was soll ich denn machen? Wir können die Zeit nicht zurückdrehen. Es ist nun einmal, wie es ist. Mir wäre es ja auch lieber, es gäbe keinen Krieg und alles ginge seinen gewohnten Gang. Ach, wenn Paul doch noch hier wäre. Er wüsste gewiss, was zu tun wäre.« In ihren Augen schimmerten Tränen.

Elin sah zu Matei. Ihre Miene war bedröppelt. Die Situation überforderte sie alle. Doch sie konnten es nicht ändern. Es galt, das Beste daraus zu machen. Elin legte den Arm um Anna und drückte sie kurz an sich. »Es kommt jetzt alles ganz plötzlich.

Aber wir werden uns schon daran gewöhnen. Und gewiss ist es nicht für lang. Nächsten Sommer geht bestimmt alles wieder seinen gewohnten Gang.« Sie versuchte, ihrer Stimme einen aufmunternden Klang zu verleihen. Doch so recht wollte es ihr nicht gelingen.

12. KAPITEL

Keitum, 1. September 1914

Elin steckte die letzte Haarnadel in ihren Dutt und betrachtete sich im Spiegel von allen Seiten. »So geht es. Nun noch die Haube.« Sie nahm die Schwesternhaube und steckte auch diese mit Haarnadeln fest. Skeptisch betrachtete sie das Ergebnis ihrer Bemühungen. »Ich weiß nicht recht. Ich und eine Krankenschwester. Über die Heilkunst weiß ich doch gar nichts. Am Ende mach ich noch alles falsch.«

»Wir sind ja auch nur Hilfsschwestern«, sagte Matei, die gerade die Schürze ihrer Schwesterntracht umband und einen Fussel von dem grauen Rock entfernte. Der Baumwollstoff kratzte etwas, aber sie würde sich schon daran gewöhnen. »Bestimmt werden wir bald alles Notwendige gelernt haben.«

Elin nickte. Überzeugt sah sie jedoch nicht aus. »Hoffentlich bluten die nicht schlimm«, sagte sie. »So ein kleiner Ritz macht mir nichts aus. Aber wenn das mehr wird … Weißt du noch, als damals Ole auf dem Heimweg von der Schule gestürzt ist und sich die Platzwunde an der Stirn geholt hat? Da ist ihm das Blut nur so über das Gesicht gelaufen, und mir ist ganz schwummrig geworden.«

»Bestimmt passiert das nicht«, antwortete Matei. Sie hoffte es jedenfalls. »Wir bekommen ja nur die Fälle zur vollständigen Genesung. Die Männer werden im Feldlazarett erstversorgt, und wenn sie so weit stabil sind, werden sie auf die Reserve-Lazarette in die Heimat verteilt. Da gibt es sicher nicht viel Blut.«

Elins Miene blieb skeptisch. Die beiden hatten sich nach einigem Hin und Her geeinigt, als Hilfsschwestern ihren Dienst im Lazarett zu tun. Rumsitzen und Nichtstun war ja auch keine Lösung. Anna und Wiebke hatten sich dazu bereit erklärt, die Verpflegung im Lazarett zu übernehmen. Ihnen oblag nun die Leitung der Küche. Als Hilfen waren ihnen zwei Küchenmädchen zur Seite gestellt worden. Der Arzt, sein Name war Doktor Herbert Grasbach, war bereits am Vorabend eingetroffen. Er kam aus Hannover, war Mitte sechzig, gedrungen, hatte einen gezwirbelten Schnauzbart und schien ein recht umgänglicher Geselle zu sein. Er hatte sich sogleich im Lesezimmer breitgemacht und die wunderbare Aussicht gelobt. Heute würde das restliche Pflegepersonal eintreffen. Zwei Krankenschwestern, dazu eine Oberschwester.

»Wollen wir es hoffen«, antwortete Elin, während sie den Raum verließen.

Als sie nach draußen traten, staunten sie nicht schlecht. Hinnerk fuhr mit seinem Wagen vor und strahlte über das ganze Gesicht. Er trug die graue Soldatenkleidung und winkte ihnen fröhlich zu.

»Moin, die Damen. Da guckt ihr, was? Als ich gehört habe, dass für das neue Lazarett in Keitum ein Hausmeister und Fahrer gesucht wird, hab ich mich gleich für den Posten beworben und ihn noch am selben Abend bekommen. Ist dat nicht fein? Jetzt kann ich bei meiner Rieke sein und muss keine Schützengräben in den Dünen mehr schaufeln, die der Wind eh ständig wieder zuweht. Ihr zwei Lütten seid jetzt also tatsächlich Krankenschwestern. Seht recht adrett aus mit euren Häubchen. Wenn ich das so sagen darf.«

Matei lächelte. Ihr wurde ganz warm ums Herz. Hinnerks Anwesenheit war wunderbar.

»Moin, Hinnerk. Wie schön, dich wieder hier zu haben. Wir wollten gerade zum Frühstück gehen. Kaffee?«

»Da sag ich nicht Nein. Obwohl ich nicht viel Zeit hab. Ich muss gleich nach Munkmarsch und das Personal abholen. Und die ersten Patienten sind auch schon angekündigt. Kommen aus einem Feldlazarett aus dem Westen. Sie sollen mit dem Dampfer am späten Nachmittag eintreffen.« Er kletterte vom Wagen.

»Ja, Hinnerk, mein Freund, was tust du denn hier?«, war plötzlich Wiebkes Stimme zu hören. Sie war in Begleitung von Anna nach draußen getreten.

»Die Damen«, er nahm seine Mütze ab und salutierte. »Stehe zu Ihren Diensten.«

Anna kicherte, und Wiebke verschränkte grinsend die Arme vor der Brust. Beide trugen Küchenschürzen und hatten ihre Haare hochgesteckt. An Annas Wange klebte etwas Mehl. Ihr schien der Trubel der letzten Tage gutgetan zu haben. Wie ein Wirbelwind war sie durchs Herrenhaus gefegt und hatte die Inselwächter und Arbeiter bei den Umbauarbeiten überwacht. Den Standort jedes Bettes hatte sie eigenhändig geprüft. Der kostbare Teppich war nach einer kurzen Beratung aus dem Treppenhaus entfernt und gemeinsam mit den wertvollsten Möbeln auf dem Dachboden des Hauses eingelagert worden. Auch das gute Porzellan hatte, in Kisten verstaut, dort oben Platz gefunden. Im Salon standen nun zwanzig weiße Metallbetten, neben jedem Bett standen ein Nachttisch und ein Stuhl. Dazu gab es Spinde an einer Wand, in denen die Patienten ihre persönlichen Dinge unterbringen konnten. In der Bibliothek (man hatte beschlossen, die Bücher in den Schränken zu lassen, nur die Möbel und der auch hier ausliegende teure Teppich waren entfernt worden) fanden zehn weitere

Betten Platz. Im Herrenzimmer nochmals fünf. In einem weiteren Zimmer im Erdgeschoss, es war zuvor von Anna als Schreibzimmer genutzt worden, war das Untersuchungszimmer eingerichtet worden. In den Abstellkammern befanden sich Unmengen an Bettpfannen, und auch Kleidung für die Patienten lagerte hier, ebenso weitere medizinische Instrumente, meist in Kisten verstaut. Dazu Desinfektions- und Verbandsmaterial.

Wiebke stand dem Lazarett noch immer skeptisch gegenüber. Anfangs hatte sie an allem etwas auszusetzen gehabt und rasch von den Arbeitern und Inselwächtern, die meisten waren junge Burschen von Föhr gewesen, den Spitznamen Hausdrachen bekommen. Doch inzwischen hatte sie sich mit der Situation abgefunden und etwas beruhigt.

Alle wanderten in die Küche. Dort saß Herbert Grasbach am Tisch. Er erhob sich, als die anderen eintraten.

»Guten Morgen«, grüßte er lächelnd. In seinem Bart hingen einige Krümel. »Oder wie man hier oben zu sagen pflegt: Moin.« Er reichte Hinnerk die Hand.

»Moin«, grüßte Hinnerk zurück. »Doktor Grasbach, nehme ich an?«

»Derselbige. Sie sind gut informiert.«

»Muss ich sein.« Hinnerk setzte sich.

Wiebke schenkte ihm Kaffee ein und kippte, ohne zu fragen, Milch und Zucker hinein. Sie kannte ihre Pappenheimer. »Ich bin der neue Hausmeister, Fahrer und Keitumer Urgestein.«

»Das ist fein«, antwortete der Arzt. »Zupackende Männer können wir in einem Lazarett gebrauchen.« Sein Blick wanderte zu Elin und Matei, die ebenfalls am Tisch Platz genommen hatten. Elin hatte bereits einen Rosinenwecken auf ihren Teller befördert.

»Die Damen tragen schon ihre Dienstkleidung. Das ist sehr löblich. Wie sieht es denn mit Ihrer Erfahrung in der Krankenpflege aus?«

Matei sah zu Elin, die das Messer sinken ließ.

»Nun ja. Eigentlich, wenn man es genau nimmt ...« Sie kam ins Stocken.

»Also noch grün hinter den Ohren«, sagte der Arzt. »Aber das macht nichts. Sie werden gewiss rasch das Notwendigste erlernen. Es ist eine Freude, dass Sie Ihre Dienste anbieten. Die neue Oberschwester wird Ihnen gewiss eine gute Lehrmeisterin sein. Ich habe gehört, dass sie aus Berlin zu uns stoßen wird. Bestimmt war sie dort an der Charité tätig. Und von dort hört man ja nur das Beste.«

Elin und Matei nickten.

Die Küchenuhr schlug neun Uhr.

»Kinners, wie die Zeit vergeht«, sagte Hinnerk. »Ich muss dann los. Sonst schaffe ich es nicht rechtzeitig zum Hafen. Dann wollen wir mal sehen, wat sich am Anleger so alles zum Aufsammeln findet.« Er stopfte sich die Reste seines Rosinenweckens in den Mund und spülte mit dem Kaffee nach.

Nachdem er den Raum verlassen hatte, erhob sich auch der Arzt. »Ich gehe dann noch einmal das Behandlungszimmer und besonders den Medizinschrank kontrollieren. Ich hoffe, es sind alle geordneten Medikamente geliefert worden. Besonders die Schmerzmittel sind wichtig. Wir wollen ja nicht, dass sich die armen Männer quälen. Wir sehen uns dann später bei der allgemeinen Besprechung und Einweisung. Die Damen.« Er neigte kurz den Kopf und verließ den Raum.

Nachdem er außer Hörweite war, sagte Wiebke: »Das ist schon ein feiner Herr, und er hat so gute Manieren. Da kann sich so mancher Insulaner ein Scheibchen von abschneiden.«

Anna sah sie irritiert an. »Du schwärmst doch nicht etwa für ihn?«

Matei musste lachen, verschluckte sich an ihrem Kaffee und bekam prompt einen heftigen Hustenanfall. Elin klopfte ihr mit einem breiten Grinsen kräftig auf den Rücken.

»Es scheint ja recht erheiternd zu sein, dass ich einen Mann interessant finden könnte«, sagte Wiebke und warf allen dreien einen finsteren Blick zu. Sowohl Anna als auch Elin und Matei zogen die Köpfe ein. Da war er wieder: der Drachentonfall.

»So war das doch gar nicht gemeint«, ruderte Anna zurück. »Und wieso solltest du nicht für ihn schwärmen? Er ist ein attraktiver Mann und hat eine warmherzige Ausstrahlung. Und noch dazu ist er Arzt. Er soll in Hannover eine eigene Praxis leiten. Er wäre also eine gute Partie.«

»Ich brauche aber keine gute Partie mehr«, entgegnete Wiebke und begann, den Tisch abzuräumen. »Ich bin bisher gut allein zurechtgekommen, also wird es auch weiterhin gehen. Männer machen doch nur Probleme. Und ich bin bald sechzig, also viel zu alt für Schwärmereien.«

»Für die Liebe ist man nie zu alt«, sagte Matei. »Unsere Oma war bis zu ihrem Lebensende in Jens Mommsen aus dem Nachbarhof verliebt und hat immer rote Ohren bekommen, wenn er aufgetaucht ist. Er hat sie aber nie haben wollen. Deshalb hat sie dann Opa geheiratet.«

»Seht ihr«, antwortete Wiebke. »Das sag ich. Männer und die Liebe machen nur Probleme. Den einen hat sie geliebt und nicht bekommen und zur Not dann den anderen genommen. Der arme Mann. Zweite Wahl will doch auch keiner sein. Hat er davon gewusst? Vermutlich nicht. Obwohl die meisten Ehen ja wenig mit Liebe zu tun haben. Ich würde sie eher als Zweckgemeinschaften bezeichnen.«

»Also mir hat die Liebe Glück gebracht«, sagte Anna. »Paul und ich hatten wunderbare gemeinsame Jahre.«

»Dir ist der richtige Kerl zur rechten Zeit über den Weg gelaufen«, antwortete Wiebke. »Aber bei mir ist jetzt nicht mehr die rechte Zeit. Ach, ist auch egal. Lasst uns zu klönen aufhören. Wird Zeit, dass wir an die Arbeit gehen. Das Essen muss vorbereitet werden. Die Neuankömmlinge bringen bestimmt Appetit mit. Wolltet ihr beiden nicht noch einmal die Kranken- und Gästezimmer kontrollieren?« Sie sah Elin und Matei an. »Nicht, dass die neue Oberschwester gleich am ersten Tag etwas zu beanstanden hat. Dat wäre unschön.«

Matei und Elin nickten und trollten sich.

Im Salon angekommen, ließen sie ihre Blicke über die aufgestellten Betten schweifen. Zehn davon standen auf der Fenster-, der Rest auf der Wandseite. Sämtliche Betten waren bezogen. Helles Sonnenlicht fiel in den Raum. Die Terrassentür stand offen, und die Rufe der Seevögel waren zu hören. Erneut war es ein schöner Tag.

»Hier sieht alles ordentlich aus«, sagte Elin. »Wollen wir noch ein wenig am Watt spazieren gehen? Wenn erst einmal die Verwundeten eingetroffen sind, werden wir kaum noch Zeit dafür haben.« Matei stimmte zu.

Draußen empfing sie nach Sommer und Salz duftende Luft. Ein sanfter Wind rüttelte an den Ästen der Ulmen. Noch waren ihre Blätter grün, doch bald schon würden sie sich verfärben. Heute war der erste September. Dieser Tag läutete normalerweise auf Sylt stets das Ende der Saison ein. Es wären jetzt noch viele Sommergäste auf der Insel gewesen. Doch der sich nähernde Herbst war bereits spürbar. Es wurde wieder früher dunkel, und es gab keine lauen Sommernächte mehr. Im September hatte es stets die Abschiedskonzerte gegeben, die Burgen am Strand von

Westerland waren mit jedem Tag weniger geworden. In einigen Wochen würden die ersten Herbststürme die Insel heimsuchen. Und vielleicht auch die Engländer. Wer wusste das schon. Jeden Tag kursierten Meldungen über großartige Siege der deutschen Armee, die die Hoffnung schürten, dass der Krieg ein rasches Ende finden würde. Sie liefen den Wattweg entlang, an den vertrauten Gärten der Häuser vorüber, in denen Rosen, Hortensien und andere Blumen blühten. Rechter Hand lag das Schilf. Das Wasser lief gerade wieder auf, keine Wolke war am Himmel zu sehen. Der vertraute Geruch des Schlicks hing in der Luft. Eine Eiderente saß am Wegesrand, als sie sich ihr näherten, watschelte sie ins Schilf. Dieser Sommer war einer der schönsten seit Jahren gewesen, doch nicht das ungewöhnlich stabile Wetter war es, was ihn in die Geschichte würde eingehen lassen.

Matei blieb stehen und atmete die salzige Luft tief ein.

»Es ist ein so herrlicher Tag«, sagte sie. »Ich wünschte, wir könnten einfach bis zum Morsum-Kliff weiterlaufen. Dort waren wir schon eine gefühlte Ewigkeit nicht mehr. Ich wollte es längst in einer meiner Skizzen festhalten.«

»Und wenn wir es einfach tun?«, fragte Elin. »Wir haben noch genügend Zeit. Die ersten Verwundeten werden erst am späten Nachmittag eintreffen.«

»Aber die Schwestern schon bald«, erwiderte Matei. »Da dürfen wir bei der Begrüßung nicht fehlen.«

»Wieso nicht?«, fragte Elin. »Anna und Wiebke werden sie schon gebührend in Empfang nehmen. Es ist so ein schöner Tag, und wer weiß, wann sich wieder eine Gelegenheit dazu bietet.«

Matei blickte zurück zum Herrenhaus. Elins Worte klangen verlockend. Sie überlegte zurückzugehen, um ihren Skizzenblock zu holen, verwarf den Gedanken jedoch wieder. Mit Elin an ihrer Seite war es nicht möglich, längere Zeit an einer Stelle stehen zu bleiben, um die Szenerie festzuhalten. »Also schön«, willigte sie ein. »Aber wir sollten die Schwesternhauben abnehmen. Am Morsum-Kliff müssen wir nicht wie Krankenschwestern aussehen, und wenn uns einer sieht, werden wir am Ende noch ausgelacht.«

Sie nahmen die Hauben ab und steckten sie in ihre Rocktaschen. Hand in Hand und kichernd liefen sie den Wattweg hinunter. Ein herrliches Kribbeln hatte beide erfasst. Es fühlte sich fast ein wenig wie früher an, als sie kleine Mädchen gewesen waren und gewusst hatten, dass das, was sie taten, etwas Verbotenes war.

Auf dem Weg begegnete ihnen niemand. Nur einmal nahmen zwei Kaninchen vor ihnen Reißaus. Sie erreichten das Morsum-Kliff und ließen ihre Blicke über die vor ihnen liegenden Gesteinsschichten auf das Wattenmeer hinausgleiten. Beide wussten aus dem Schulunterricht, dass das Kliff vor mehr als hundertfünfzigtausend Jahren durch Gletscherverschiebungen entstanden war. Ihr Lehrer hatte es als ein unschätzbares Naturdenkmal bezeichnet. Es beeindruckte durch seine Größe und die unterschiedlich gefärbten Steinschichten. Besonders schön sah es bei Sonnenaufgang aus, denn dann strahlte es in warmen Rottönen. Umgeben war das Kliff von der für die Insel typischen Heidelandschaft, die gerade in voller Blüte stand. Unzählige Schmetterlinge wirbelten über die Blüten. Matei konnte Zitronen-, Distelfalter und Pfauenaugen ausmachen. Hier waren wieder andere Vogelarten zu entdecken. Sowohl Matei als auch Elin konnten sie benennen.

»Dort vorn sind Sandregenpfeifer«, sagte Matei und deutete zum Spülsaum hinunter. Die kleinen Vögel waren durch ihr charakteristisch gezeichnetes Gefieder gut zu erkennen. Die Flügel waren braun, der Bauch weiß, am Hals und um die Augen befanden sich schwarze Streifen. »Ich hab sie besonders gern. Ich mag ihre Färbung.«

Sie liefen noch ein Stück weiter am Kliff entlang Richtung Osten. Zwei Brandenten kamen aus dem Heidekraut gewatschelt und folgten ihnen eine Weile. Die dreifarbigen Enten, ihr Gefieder war weiß, braun und schwarz gefärbt, waren Höhlenbrüter und brüteten ihre Jungen zahlreich am Morsum-Kliff aus. Der friesische Name für die Tiere war Bargente. Früher waren die Tiere sogar als Haustiere gehalten und ihnen waren künstliche Höhlen zum Nisten gebaut worden, natürlich nicht, ohne das eine oder andere Ei zu stehlen. Die beiden, die ihnen folgten (an ihrem Gefieder war zu erkennen, dass sie Männchen waren), waren recht zutraulich. Vielleicht waren sie Hausenten und wohnten auf einem der in der Nähe gelegenen Höfe.

»Na, ihr beiden«, sagte Elin lächelnd. »Ihr seid ja recht anhänglich. Ihr kennt wohl die Gefahr nicht, die von uns Menschen neuerdings ausgeht. Die Fleischpreise steigen. Da sind zwei Kameraden wie ihr ein willkommener Leckerbissen. Ich an eurer Stelle wäre vorsichtig, wem ich leutselig nachlaufe.«

Die vordere Ente wich, als hätte sie Elins Worte verstanden, ein Stück vor ihr zurück. Elin wedelte mit den Armen.

»Seht zu, dass ihr fortkommt, ihr zwei Schnatterer. Sonst landet ihr noch im Kochtopf.«

Die beiden Tiere trollten sich.

»Denkst du das wirklich?«, fragte Matei. »Ich hab noch nie eine Bargente gegessen. Nur deren Eier gab es manchmal. Bauer Friedrichs hat welche als Haustiere gehalten und ihnen ab und an welche gemopst. Ich hab nie so recht den Unterschied zwischen den Enten- und den Hühnereiern geschmeckt.«

»Ich hab auch noch nie eine gegessen. Aber ich weiß, dass in dem einen oder anderen Restaurant in Westerland Bargente angeboten wurde. Ich finde ja, sie sind zu schön zum Essen.« Sie blickten den beiden Tieren lächelnd nach, die sich durch die blühende Heide davonmachten.

»Es fühlt sich so normal an«, sagte Elin plötzlich. »Als wäre alles wie immer. Bargenten und Möwen, die Sonne und der faulige Geruch des Schlickwatts. Doch die Idylle ist nur vorgegaukelt. Ich hab Angst, Matei. Was wird werden? Am Ende kommen doch die Engländer auf die Insel. Ich will mir gar nicht ausmalen, was dann passieren wird.«

»Gewiss wird das nicht geschehen«, antwortete Matei. Sie hatte bisher stets versucht, ihre Ängste zu unterdrücken. Doch in den letzten Tagen gelang ihr das immer weniger. Der Ausbruch des Krieges war ihnen in den vergangenen Wochen als etwas Gutes verkauft worden. Die Luft würde dadurch gereinigt, das deutsche Volk gestärkt sein. Weihnachten seien sie alle wieder zu Hause. Sie wollte daran festhalten, obwohl die Zweifel in ihrem Inneren immer lauter wurden. Auch jetzt schlichen sie sich erneut an. Doch sie wollte sie nicht zulassen. »Sie reden doch von so vielen Erfolgen und Siegen. Du wirst sehen: Im nächsten Sommer kommen unsere Maler zurück, Wiebke und Anna backen wieder Kuchen für den Kaffeegarten, und ich werde meine erste eigene Kunstausstellung geben und du deine Töpferei haben.« Sie nahm Elins Hand und drückte sie fest. Elin antwortete nicht. Eine Weile blickten sie schweigend auf das Kliff.

»Ich könnte noch ewig hier stehen und es betrachten«, sagte Matei irgendwann und seufzte. »Aber wir sollten besser zurückgehen. Bestimmt ist Hinnerk mit den Krankenschwestern schon eingetroffen.«

Elin nickte. Sie hielt ihren Blick weiterhin aufs Watt gerichtet. Weit draußen waren nun zwei Schiffe zu erkennen. Ob es Kriegsschiffe waren? Vermutlich schon. Sie atmete tief durch. »Am liebsten würde ich hier stehen bleiben und warten, bis alles vorbei ist. Es scheint nur uns und die Natur zu geben.«

»Die allerdings in absehbarer Zeit recht ruppig werden könnte«, antwortete Matei. »So schnell wird der Krieg dann doch nicht enden, und bei einem ausgewachsenen Herbst- oder Schneesturm bin ich lieber zu Hause in der warmen Stube. Komm. Lass uns gehen.«

Als sie eine Weile danach das Herrenhaus betraten, wurden sie im Treppenhaus von einer korpulenten Frau, Matei schätzte sie auf Anfang fünfzig, mit schwarzem Haar und hellen blauen Augen begrüßt. Sie trug Schwesternkleidung und sah sie missbilligend an.

»Da haben wir ja die beiden Ausreißerinnen. So geht das nicht, meine Damen. Eine Krankenschwester hat stets ihren Dienst zu tun. Sollte so etwas noch einmal vorkommen, dann werde ich Sie bei der Kommandantur melden müssen. Das hier ist ein Lazarett, kein Kindergeburtstag. Haben wir uns verstanden?« Sie sah sie finster an.

Elin und Matei waren wie erstarrt. Herr im Himmel, wer war diese Person? Diese Frage beantwortete Wiebke, die aus der Küche kam.

»Da seid ihr zwei Hübschen ja wieder. Wir hatten euch schon vermisst. Darf ich euch Alwine Mertens vorstellen? Sie ist die Oberschwester und ab heute eure Vorgesetzte.«

Schlagartig wünschten sich die beiden zum Morsum-Kliff zurück.

13. KAPITEL

Keitum, 5. November 1914

Elin nahm Stift und Block zur Hand und ließ ihren Blick durch den in schummrigem Licht liegenden Krankensaal schweifen. Neben ihr auf dem Nachttisch brannte eine einzelne Kerze, für zusätzliches Licht sorgte eine auf dem Fensterbrett stehende Petroleumlampe. Die alte Standuhr hatte eben zwei Uhr geschlagen. Die meisten Männer schliefen oder dösten, einer schnarchte scheußlich laut, ein weiterer murmelte irgendetwas im Schlaf. Es roch nach Bettpfannen, dem Kohlgericht vom Abend und Desinfektionsmittel. Starker Wind tobte ums Haus, rüttelte an den Zweigen der Ulmen und schleuderte Regen gegen die Fenster. Es war nicht der erste Herbststurm, der die Insel in diesem Jahr heimsuchte. Bis Mitte September war es noch sonnig und mild geblieben, danach hatte das Wetter umgeschlagen, und es war kühl, regnerisch und windig geworden. Das Wetter drückte die Stimmung zusätzlich. Aus der anfänglichen Kriegseuphorie war rasch Kriegsalltag geworden. Schon längst sprach niemand mehr davon, dass bis Weihnachten alles vorbei wäre. Doch der unbedingte Siegeswille war geblieben, der Stolz auf das deutsche Vaterland und der Glaube an das Militär. »Deutschland, Deutschland über alles«, so wurde es immer wieder von den Männern gesungen. Vor ihr im Bett saß ein junger Mann, sein Name war Wilhelm Garmsen. Ebenso wie Elin fand er keinen Schlaf in dieser unruhigen Nacht. Er war vierundzwanzig Jahre alt und stammte aus Schwerin, wo er im normalen Leben als

Kaufmann tätig war. Er war attraktiv, hatte blondes, dichtes Haar, sein schmaler Oberlippenbart stand ihm gut. Er hatte schwere Verletzungen an beiden Armen erlitten, an der linken Hand hatten ihm drei Finger amputiert werden müssen. Trotzdem plante er, so schnell wie möglich an die Westfront zurückzukehren, wo er als Leutnant eingesetzt gewesen war. Erneut klatschte der Wind Regen gegen die Fenster, und lautes Brausen war zu hören. Besorgt blickte Wilhelm auf.

»Keine Bange«, suchte Elin ihn zu beruhigen. »Das ist nur der Blanke Hans. Der hört bestimmt bald wieder auf zu toben.«

»Der Blanke Hans?«, wiederholte er und sah sie verwundert an.

»Blanker Hans ist bei uns hier oben eine Bezeichnung für die stürmische See«, erklärte Elin. »Angeblich soll dieser Name auf den Reichsgrafen von Risum zurückgehen, der nach der Fertigstellung seines Deichs die Nordsee herausgefordert hat. Er hat laut gerufen: ›Trutz nun, Blanker Hans.‹«

»Und? Hat der Damm gehalten?«, fragte Wilhelm.

»Wohl nicht. Angeblich ist er kurz darauf bei der sogenannten Burchardiflut gebrochen. Aber das ist lange her. Es war im 17. Jahrhundert.«

Er nickte. »Ich mag solche alten Geschichten und Mythen, auch Märchen. Ich hoffe, ich kann sie irgendwann einmal meinem Sohn vorlesen. Ach, ich wüsste so gern, ob er bereits geboren ist.«

»Gewiss wird bald Post für Sie eintreffen«, sagte Elin tröstend. Wilhelm wartete seit seiner Ankunft im Lazarett vor einer Woche auf Nachrichten aus der Heimat. Der letzte Brief hatte ihn noch im Feldlazarett in Frankreich erreicht.

»Sie sind so nett, Fräulein«, sagte er und lächelte. »Und es ist sehr liebenswürdig, dass Sie für mich den Brief an meine Liebste verfassen.«

»Gern«, antwortete Elin. »Für solche Dinge bin ich doch da.« Sie hatte bereits einige Briefe dieser Art in den letzten Wochen geschrieben. »Dann wollen wir mal loslegen.« Elin unterdrückte ein Gähnen. Nun spürte sie doch die Erschöpfung. Wenn der Brief beendet war, würde sie rasch ins Kapitänshaus hinüberlaufen, in ihr Alkovenbett krabbeln und trotz des tobenden Sturms versuchen, noch ein wenig Schlaf zu finden. Sie war seit sechs Uhr morgens auf den Beinen, hatte Bettpfannen ausgeleert, Männer gewaschen, sie rasiert, ihnen beim Aufstehen, Hinlegen und Ankleiden geholfen. Sie hatte Essen serviert, einen von ihnen gefüttert. Der Alltag einer Krankenpflegerin war hart. Das Lazarett war voll belegt, und die Männer hatten die unterschiedlichsten Verletzungen, doch es waren keine Härtefälle unter ihnen. Die Mehrzahl der Männer sollte für den erneuten Fronteinsatz gesund gepflegt werden und sich erholen. Wilhelm überlegte kurz, dann begann er zu diktieren:

Meine liebste Anna,

ich hoffe, es geht Dir gut. Ich weiß Dich wohlbehütet im Schoß Deiner Familie. Das bedeutet mir viel. Du wartest gewiss schon sehnsüchtig auf Antwort von mir. Es tut mir leid, dass ich Dich so lange habe warten lassen, mein Herz. Ich wurde an die Nordsee in ein Reserve-Lazarett auf der Insel Sylt verlegt. Ja, Du hast richtig gelesen. Eine Insel in der Nordsee. Daran dachte ich beileibe nicht. Ich empfinde meinen Aufenthalt hier als großes Glück, obwohl der Sturm ums Haus fegt und die Wellen des Meeres auftürmt. Aber das Lazarett ist wunderbar am Ufer des Watts gelegen, und wir haben tagsüber eine herrliche Aussicht aufs Wasser. Ich hoffe, das Wetter bessert sich bald, dann könnte ich einen Spaziergang wagen. Meine Verletzungen an den Armen heilen weiterhin gut ab. Der Arzt ist äußerst zufrieden mit mir. Das sind wunderbare Neuigkeiten. So kann ich bald wieder zu meinen Kameraden an die Front zurückkehren. All meine Kraft möchte ich in diesen Krieg investieren, damit wir als Deutsche siegreich und voller Stolz daraus hervorgehen. Doch trotz meines Wunsches, bald wieder meinen Mann im Kampf zu stehen, habe ich um baldigen Heimaturlaub gebeten. Ich hoffe, er wird mir im Anschluss an diesen Lazarettaufenthalt genehmigt. Dann wäre Weihnachten. Wir könnten das Fest gemeinsam feiern. Das hattest Du Dir so sehr gewünscht. Ich möchte so gern unser Kind kennenlernen und ein wenig Zeit mit ihm verbringen. Ist es schon geboren? Ich denke, dieser Tage müsste es so weit sein. Du weißt, wie sehr ich mir einen Sohn wünsche. Und bitte, nenn ihn Adolf, nach seinem Großvater. Er wäre so stolz gewesen, seinen Enkel kennenzulernen, dessen bin ich mir gewiss. Sollte es ein Mädchen werden, lasse ich Dir bei der Namenswahl freie Hand. Es wäre nett, wenn Du mir noch einige Dinge zukommen lassen könntest. Ich bräuchte frische Hemden, drei bis vier Stück, dazu Wäsche und Strümpfe, sechs Paar wären gut. Bitte pack einen warmen Mantel ein. Und ich brauche eine neue Felduniform und Feldmütze. Auch Einsätze für Hosenträger wären wichtig und neue Taschentücher. Leider sind auch meine sämtlichen Toilettenartikel verloren gegangen. Bitte sende mir doch Rasierzeug, Nagelschere, zwei Handtücher, Waschlappen und Kamm, Haarbürste und Zahnpasta zu. Ich weiß, die Liste ist lang. Aber mir fehlt es hier an dem Notwendigsten. Ich hoffe, Du kannst die Dinge schnellstmöglich besorgen. Grüß mir bitte Mama und Papa und auch meine geliebte kleine Elsbeth. Ich weiß leider nichts von Heinrich, da er in einem anderen Regiment dient.

Aber gewiss wird er Elsbeth schreiben. Ich wünsche unserem süßen Backfisch nur das Beste.
Ich küsse und umarme Dich und hoffe auf baldige Nachricht

Dein
Wilhelm

Elin ließ den Stift sinken und blickte auf.
»Elsbeth ist meine Schwester«, glaubte er, erklären zu müssen. »Sie ist siebzehn und untröstlich, weil ihr Schwarm in den Krieg gezogen ist. Heinrich hat das Notabitur abgelegt und ließ sich nicht davon abhalten, sich freiwillig zu melden. In seiner Abschlussklasse haben das alle getan. Er wäre als Feigling dagestanden. Kurz zuvor hat er Elsbeth noch einen Heiratsantrag gemacht. Wenn er auf Heimaturlaub ist, soll die Hochzeit stattfinden.«
Elin nickte. Hoffentlich ist er bis dahin nicht tot, kam ihr in den Sinn. Die Listen der Gefallenen wurden mit jedem Tag länger. Sie wollte sich gar nicht ausmalen, welch schreckliche Angst die junge Frau jeden Tag um ihren Verlobten ausstand. Fiel er an der Front, war er als Held fürs Vaterland gestorben. Ein schwacher Trost. Für sie, für die Ehefrauen, für viele Kinder, die ihre Väter niemals kennenlernen würden. Auch Wilhelm könnte es beim nächsten Einsatz treffen. Sie schob den Gedanken beiseite. »Du darfst es nicht zu nah an dich heranlassen«, hatte eine der Krankenschwestern, ihr Name war Ina, und sie kam aus Kiel, zu ihr gesagt. »Sonst wirst du verrückt.« Sie spürte die Müdigkeit in sich. Bereits während dem Verfassen der letzten Zeilen des Briefes hatte sie sich darauf konzentrieren müssen, keine Fehler zu machen.
Sie erhob sich und gähnte. »Ich denke, wir sollten beide versuchen, noch etwas Schlaf zu finden. Gleich morgen wird der Brief in die Post gehen.«

Wilhelm nickte. »Haben Sie vielen Dank für Ihre Zeit und das Schreiben. Es muss seltsam sein, solch persönliche Worte eines Fremden zu notieren.«

»Machen Sie sich darüber mal keine Gedanken«, antwortete Elin. »Ich helfe gern, und ich hoffe, Sie können mit Ihrer Familie ein wunderschönes Weihnachtsfest verbringen. Jetzt schlafen Sie ein wenig.«

Sie nickte Wilhelm noch einmal lächelnd zu und entfernte sich. Während sie durch die Reihen der Betten ging, faltete sie den Brief zusammen und steckte ihn in ihre Rocktasche. Im Treppenhaus lief sie beinahe in Alwine Mertens hinein und schreckte zusammen. Die Oberschwester trug einen dunkelblauen Morgenmantel, eine weiße Nachthaube bedeckte ihren Kopf.

»Guter Gott, Fräulein Elin«, rief sie erschrocken aus. »Was schleichen Sie hier herum? Raus mit der Sprache. Sie treiben sich doch nicht etwa zu dieser späten Stunde bei den Herren am Krankenlager herum? Sodom und Gomorra. Das verbitte ich mir. Nur die diensthabende Nachtschwester hat sich dort aufzuhalten, wenn sie von einem der Herren zu Hilfe gerufen wird. Und das sind gewiss nicht Sie.«

Elin ging ihre schneidend scharf klingende Stimme durch und durch. Wieso musste sie ausgerechnet jetzt Alwine in die Arme laufen? Die Oberschwester hatte sich vom Tag ihrer Ankunft an keine Freunde im Haus gemacht. Sie war laut, herrisch und hatte einen fürchterlichen Befehlston, in dem sie sogar mit den Patienten sprach. Elin konnte sich nicht erinnern, sie jemals lächeln gesehen zu haben. Preußische Korrektheit, gute Erziehung und Keuschheit, Pünktlichkeit, Tugendhaftigkeit und Fleiß. Kein Murren und sich unabdingbar an Regeln halten. Ihre Predigt hatte es in sich gehabt. »Man lernt, vor ihr zu kuschen«, hatte Dora, eine der anderen Krankenschwestern, nach der ruppigen

Einweisung zu ihnen gesagt. Sie kannte die aus Berlin stammende Alwine Mertens bereits aus einem anderen Lazarett und hatte darauf gehofft, ihr durch die Versetzung nach Sylt zu entkommen. So konnte man sich irren.

»Ich war noch nicht müde und habe Herrn Garmsen den Gefallen getan, einen Brief in die Heimat für ihn zu schreiben. Er kann dies wegen seiner Verletzungen derzeit leider nicht selbst tun.«

»Das mag sein«, antwortete sie. »Aber das müssen Sie nicht um zwei Uhr morgens machen. Sie haben gegen die Regeln verstoßen. Also werden Sie morgen früh um sechs Uhr sämtliche Bettpfannen entfernen und reinigen. Haben wir uns verstanden?« Sie sah Elin direkt in die Augen. Unter ihrem strengen Blick hatte sie das Gefühl, ein ganzes Stück kleiner zu werden. Sie nickte und murmelte eine Zustimmung.

»Ich höre Sie nicht«, sagte die Oberschwester.

»Ja, wir haben uns verstanden«, sagte Elin lauter und verfluchte sich innerlich dafür, weshalb sie nicht Konter gab. Schließlich war das ihr Zuhause. Wieso kuschte sie vor dieser Frau? Sie war die Fremde auf ihrer Insel, eine Fremde in ihrem Zuhause. Doch sie brachte keine Widerworte über die Lippen.

»Gute Nacht«, sagte die Oberschwester und ging die Stufen wieder nach oben. Sie hatte sich im ehemaligen Schlafzimmer von Anna und Paul im zweiten Stock einquartiert.

Rasch huschte Elin über den Hof zum Kapitänshaus hinüber. Verwundert stellte sie fest, dass in der Wohnstube Licht brannte. Sie trat ein und fand Wiebke am Tisch vor. In Händen hielt sie ihr Strickzeug. Es waren Socken, an denen sie aktuell arbeitete.

»Du bist noch wach?«, fragte Elin erstaunt.

»Ich konnte nicht schlafen. Der Blanke Hans meint es heute Nacht gut mit uns. In meiner kleinen Kammer braust und saust es. Es hört sich an, als wehte der Sturm direkt in mein Bett. Da hab ich mir einen Tee gekocht, den Ofen angemacht und mich hierhergesetzt. Die Strümpfe sollen mit den nächsten Liebesgaben noch auf die Reise gehen. In zwei Wochen werden die Sachen an ein Regiment an die Ostfront verschickt. Die armen Jungs brauchen doch etwas Warmes zum Anziehen. Besonders im Osten. Da wird es im Winter richtig kalt, da bläst der Wind direkt aus Sibirien. Und wieso treibst du dich zu dieser nachtschlafenden Zeit noch herum? Ich hab noch Tee übrig. Magst einen? Er ist auch noch warm.«

»Ähnliches«, antwortete Elin. »Tee klingt wunderbar.« Sie holte sich eine Teetasse aus dem Geschirrschrank, setzte sich Wiebke gegenüber und kippte zwei Löffel Kluntje hinein.

»Du magst es heute aber süß«, konstatierte Wiebke und schüttete Tee darauf.

»Zucker hilft gegen Kummer«, sagte Elin und begann, in ihrem Tee zu rühren.

»Was denn für Kummer? Ist etwas passiert?«

»Nein, eigentlich nicht. Aber mir gefällt das alles nicht. Du weißt schon: der Krieg, das Lazarett. Ich will, dass es ein Ende hat. Und ich will, dass diese doofe Zicke von Oberschwester verschwindet. Wie solch ein herzloser Mensch in die Nähe von Kranken und Verletzten gelassen werden kann, ist mir ein Rätsel.«

Wiebke nickte und seufzte. Sie hatte die Reihe zu Ende gestrickt, drehte ihr Strickzeug um und nahm erneut den Faden auf. Ihre Brille rutschte auf ihrer Nase ein Stück nach unten.

»Hör mir mit dieser Frau auf«, sagte sie und winkte ab. »Die hab ich gefressen. Ständig mäkelt sie an meinem Essen herum. Es gäbe zu wenig Gemüse für die Kranken, zu viel Salz wäre in der Suppe, der Haferbrei wäre zu heiß gewesen. Und sie klaut Kekse.

Ich hab sie noch nicht auf frischer Tat ertappt. Aber ich bin mir ganz sicher, dass sie es ist.«

»Sie ist mir eben im Treppenhaus begegnet«, sagte Elin. »Jetzt muss ich morgen früh sämtliche Bettpfannen ausleeren und sauber machen, weil ich mich nicht an die Regeln gehalten habe und um diese Uhrzeit bei den Männern im Krankensaal gewesen bin. Das sei unsittlich.«

»Du liebe Zeit. Da hätte die Gute mal im Sommer den Burgenstrand in Westerland sehen sollen. Da sitzen die jungen Damen reihenweise in den Junggesellenburgen und lassen sich auch gern mal küssen.« Sie grinste und fragte: »Was hast du denn Unsittliches im Krankensaal gemacht?«

»Ich habe für Wilhelm Garmsen einen Brief an seine Frau geschrieben. Der arme Mann hat doch beide Arme im Gips und kann das nicht.«

»Ja, also wegen eines solch scheußlichen Vergehens ist Strafarbeit natürlich verständlich«, sagte Wiebke und lachte laut auf.

»Du hast gut lachen. Dich kann sie wenigstens nicht herumkommandieren.«

»Stimmt auch wieder.« Wiebke legte ihr Strickzeug zur Seite, erhob sich und ging zum Schrank. Sie holte eine Keksdose heraus, öffnete sie und fischte einen Friesenkeks heraus, den sie Elin hinhielt. »Die bunkere ich hier für Notfälle. Und ich denke, dat hier ist einer.« Sie nahm einen weiteren Keks aus der Dose, verschloss sie wieder und stellte sie in den Schrank zurück.

Elin grinste. »Hier sind sie vor der Oberschwester sicher.«

Die Tür öffnete sich, und Anna blickte mit kleinen Augen in den Raum. Sie trug ihr Nachthemd, ihre nackten Füße steckten in Schlappen, ihr graues, schulterlanges Haar war offen und zerzaust. Um ihre Schultern hatte sie ein braunes Wolltuch gelegt.

»Hat mich mein Gefühl also nicht getäuscht. Hier unten ist jemand.«

»Moin, Anna. Hat dich auch der Blanke Hans geweckt?«

»Ach, der weckt mich schon lang nicht mehr«, antwortete sie. »Es sind eher meine Gedanken, die mich nicht richtig schlafen lassen.«

»Das kenn ich«, sagte Wiebke. »Die dummen Gedanken. Die drehen sich manchmal im Kopf wie ein Karussell, und es lässt sich nicht stoppen. Hoffentlich waren sie nicht allzu böse. Magst dich zu uns setzen? Wir haben noch Tee, und es gibt Kekse.«

»Da sag ich nicht Nein.« Anna setzte sich neben Elin. Sie musterte ihre Ziehtochter näher. »Du siehst mitgenommen aus. Hast du überhaupt geschlafen?«

Elin schüttelte den Kopf. »Ist ähnlich wie bei dir. Dann noch der Blanke Hans. Und jetzt bin ich auch noch zum Bettpfannenauswaschen verdonnert worden. Das kommt davon, wenn man den falschen Leuten im Treppenhaus in die Arme läuft.« Sie stützte das Kinn auf die Hand und seufzte hörbar.

»Leg dich hin, Liebes«, sagte Wiebke, die wieder ihr Strickzeug zur Hand genommen hatte. »Anna hat recht. Du siehst müde aus. Und wenn es nur ein bisschen Ruhe ist. Morgen ist ein anstrengender Tag.«

»Das sind sie alle.« Elin streckte sich gähnend. »Hat irgendwer eine Idee, wie wir diese Alwine Mertens loswerden könnten? Ich meine, der Krieg ist schon schlimm genug, oder? Da braucht es doch nicht auch noch einen solchen Besen. Die Männer haben auch Angst vor ihr. Ich sehe es in ihren Blicken. Wir könnten ihr Juckpulver unterjubeln, oder du könntest ihr Abführmittel in die Suppe tun. Dann will sie vielleicht nicht mehr hierbleiben.«

»Nette Ideen«, antwortete Anna und grinste. »Aber ich denke, dass diese Sorte Lausbubenstreiche sie nicht vertreiben würden.

Und ganz nebenbei möchte ich nicht wissen, was sie mit uns macht, wenn sie uns als Täter ermittelt. Diese Frau ist meiner Meinung nach zu allem fähig. Sie hätte es vermutlich auch mit dem alten Ekke Nekkepenn aufgenommen. Wir werden lernen müssen, mit ihr zu leben. Auch wenn es uns nicht gefällt.« Anna zuckte die Schultern. »Und unser Arzt ist von ihren Kompetenzen äußerst überzeugt. Das hat er erst neulich wieder betont.«

»Ja, bei dem kuscht sie ja auch und klingt beinahe freundlich«, erwiderte Elin und rollte die Augen.

»Vielleicht ändert sie sich ja noch«, sagte Wiebke. »Harter Kern, weiche Schale oder so ähnlich. Wir sollten nicht vorschnell urteilen. Findet ihr nicht?«

»Wenn ihr das sagt«, antwortete Elin. »So recht will ich nicht daran glauben. Ich geh dann mal schlafen. Morgen früh warten die Bettpfannen auf mich. Welch eine Freude.« Sie trat zur Tür. Im nächsten Moment tat es einen lauten Schlag, und das Haus erzitterte. Alle drei zuckten erschrocken zusammen.

»Was war dat denn nu?«, fragte Wiebke. »Liebe Güte.«

Auf der Treppe waren Schritte zu hören, und die Haustür wurde aufgerissen.

»Das ist Matei. Sie läuft nach draußen«, sagte Elin.

Die drei verließen ebenfalls das Haus. Auf dem Hof angekommen, war der Grund für den lauten Schlag rasch ausgemacht. Eine der Ulmen war vom Sturm entwurzelt worden und aufs Kapitänshaus gestürzt.

14. KAPITEL

Keitum, 2. Dezember 1914

Wiebke stand am Herd und nieste. Einmal, zweimal, dreimal. Sie hielt sich ihr kariertes Taschentuch vor die Nase und schnäuzte kräftig. »Oh, dieser verdammte Schnupfen. Wenn er nur endlich weggehen würde.« Sie nieste erneut. »So kann doch kein Mensch arbeiten.«

Die erste Erkältungswelle des Winters hatte das Lazarett erreicht, und auch im Krankensaal wurde kräftig geniest und gehustet, einige der Männer hatten Fieber. Zu ihrem großen Glück hatte die Erkältung auch Alwine erwischt, und sie hütete auf Anweisung des Arztes seit einigen Tagen das Bett. Durch ihre Abwesenheit war eine ganz besondere Art von Harmonie eingekehrt. Ihre Vertretung, Schwester Ina, war eine ruhige und angenehme Person, die sich, wenn es vonnöten war, trotzdem Respekt verschaffen konnte.

»Vielleicht solltest du dich doch mal von Doktor Grasbach untersuchen lassen«, sagte Matei, die Tee für die Kranken holte.

»Von diesem Quacksalber!«, rief Wiebke aus. »Beileibe nicht. Der kann nur Knochen und so'n Zeug. Und ich hab es in der Nase.«

Matei unterdrückte ein Grinsen.

»Ich denke, ein Arzt erhält eine allgemeine Ausbildung. Und Doktor Grasbach ist sehr kompetent. Deine Wangen sind gerötet. Du hast bestimmt Fieber. Damit ist nicht zu spaßen. Du gehörst nicht in die Küche, sondern ins Bett.«

»Ins Bett, ins Bett. Da finde ich doch keine Ruhe. Hopsen ja den ganzen Tag die Jungen auf dem Dach rum, um es zu reparieren. Da wird ständig gehämmert und lautstark geplärrt. Wieso musste dieser Dösbaddel von einem Baum auch ausgerechnet auf unser Kapitänshaus fallen.«

Wie aufs Stichwort betrat Hinnerk die Küche. Er sah sich als oberste Aufsichtskraft der Baustelle und war stets über alles informiert. Der aus Kampen stammende Zimmermann und Dachdeckermeister Boy Friedrichs kümmerte sich mit zwei Aushilfskräften um die Renovierung des Daches. Seine beiden Lehrlinge und seinen Gesellen hatte ihm der Krieg genommen. Dieser Umstand sorgte dafür, dass die Reparaturen nur schleppend vorangingen und ständig geflucht wurde. Nicht nur einmal hatte einer der jungen Burschen, sie waren beide fünfzehn Jahre alt und stammten aus Tinnum, eine Ohrfeige kassiert.

»Moin, die Damen. Gäbe es noch Kaffee für die Arbeiter?«

»Der ist gerade alle«, erwiderte Wiebke in schnippischem Ton. Sie nieste erneut mehrere Male kräftig hintereinander. Hinnerk zog den Kopf ein.

»Vielleicht dann später. Muss ja nicht sofort sein.«

»Wie steht es denn mit den Bauarbeiten?«, fragte Matei.

»Sie kommen voran. Das Reet musste entfernt werden, um zu gucken, wat am Dach beschädigt ist. Es waren leider einige Balken betroffen. Die mussten erneuert werden. Es wäre schneller gegangen, wenn die Lieferung nicht so lange auf sich hätte warten lassen. Boy hat gemeint, er hätte noch einige weitere Sturmschäden zu bearbeiten, doch unserer wäre die größte Baustelle. Wir können von Glück reden, dat der Baum auf den Scheunenteil des Hauses gefallen ist. Regnet ja auch rein. Da hätte keiner mehr in den oberen Kammern schlafen können. Andererseits hat die Sache mit dem Baum auch was Gutes: Jetzt haben wir einen ordentlichen Vorrat an Feuerholz für den Winter. Dat ist doch fein.«

»Und wie lange wird es noch dauern?«, fragte Wiebke. »Dat geht schon bald einen Monat. So schwer kann es doch nicht sein, ein Loch zu flicken, oder?«

»Es dauert so lange, wie es eben dauert«, entgegnete Hinnerk. »In der derzeitigen Lage können wir froh sein, überhaupt jemanden zur Reparatur bekommen zu haben. Boy hat als einziger noch verbliebener Dachdecker auf der Insel gut zu tun. Bei vielen anderen Betrieben sieht es oftmals bitter aus. Sie fordern bezahlte Arbeit, keine Armeeunterstützung für einen Pfifferling. Stimmen werden laut, dass der vor Kriegsausbruch geplante Dammbau oder der Bau des in Westerland neu geplanten Bahnhofsgebäudes in Angriff genommen werden. Auch die Straßen nach Wenningstedt müssten ausgebaut werden. Aber bisher will niemand darauf eingehen.«

»Ich wollte nix von dem Dammbau oder den Straßen nach Wenningstedt hören. Ich wollte wissen, wann die Truppe da draußen endlich fertig ist«, antwortete Wiebke und nieste erneut.

Hinnerk warf ihr einen finsteren Blick zu. »Boy hat eben gemeint, wenn alles gut läuft, nächste Woche.«

Wiebke grummelte irgendetwas Unverständliches. Matei grinste. Das mit der nächsten Woche hörten sie nicht zum ersten Mal. Mal sehen, wie lange die Reparaturen tatsächlich noch dauern würden. Sie verließ, eine frisch gefüllte Teekanne in Händen, die Küche. Im Treppenhaus begegnete ihr Anna.

»Wie ist die Lage?«, fragte sie, legte ihren Mantel ab und nickte Richtung Küche.

»Unverändert. Hinnerk ist bei ihr und hört sich geduldig ihr Gemotze an. Sie niest fast durchgehend.«

Anna nickte.

»Wie lief es denn bei Moild? Haben sie frisches Gemüse geliefert bekommen?«, fragte Matei.

»Leider nicht sehr viel. So leer hab ich den Laden noch nie gesehen. Aber für uns als Lazarett gibt es Sonderzuteilungen. Heute Nachmittag trifft frische Ware ein. Weißkohl, Spinat und Wirsing. Wurzeln und Kartoffeln haben wir noch, ebenso von der guten Fleischbrühe und getrockneten Fisch. Daraus lässt sich ein recht ordentlicher Eintopf machen. Ich wollte mit den Küchenmädchen heute Nachmittag frisches Brot backen. Vielleicht kann ich Wiebke doch noch dazu überreden, sich ein wenig auszuruhen. Von einer kranken Köchin hat niemand etwas.«

»Na dann viel Glück«, antwortete Matei und ging in den Krankensaal. Dort begann sie, Teebecher zu füllen. Schwester Ina war anwesend und wechselte gerade den Kopfverband eines Mannes. Matei hatte die Mittzwanzigerin auf den ersten Blick gemocht. Sie hatten neulich ein wenig geschnackt. Bereits Inas Mutter war Krankenschwester gewesen, ihr Vater hatte als Irrenarzt gearbeitet. Sie war die Jüngste von sieben Kindern, allesamt Mädchen. Ihr Vater hatte sein Heim immer als Mädchenhaus bezeichnet. Ihre Schwestern waren verheiratet und über ganz Deutschland verstreut, alle hatten Kinder. Eine hatte es sogar bis nach München verschlagen. Sie schrieben einander, ein im September geplantes Schwesterntreffen hatte der Krieg verhindert. Ina war die Einzige, die noch unverheiratet war. Obwohl sie sehr hübsch war, wie Matei fand. Ihr Haar war weizenblond und leicht wellig. Ihre Augen strahlten in hellem Blau, ihr Gesicht war ebenmäßig, sie war eher klein und zierlich. Gewiss hatte es viele Männer gegeben, die ihr den Hof gemacht hatten. Aber vielleicht war der Beruf der Krankenschwester ihre Passion, und nicht jede Frau musste heiraten.

»Wärst du so lieb und würdest nach dem Ausschenken des Tees noch einmal das Fiebermessen übernehmen?«, fragte Ina und riss Matei aus ihren Gedanken. »Wir messen heute bei allen die Temperatur. Dieser scheußliche Virus breitet sich leider immer weiter aus. Da hilft die beste Hygiene nicht. Wie geht es denn Wiebke?«

»Sie niest und schimpft.«

Ina lachte. »Na, wenn sie noch schimpfen kann, dann kann es nicht so schlimm sein.«

Nachdem ihre Teekanne leer war, machte sich Matei ans Fiebermessen. Brav ließen die Männer die Prozedur über sich ergehen. Der letzte Patient, dem sie das Fieberthermometer in den Mund steckte, stammte von Amrum. Sein Name war Jan Bohn, und sein Vater betrieb auf der Insel eine Klempnerei. Er hatte sich in seinem jugendlichen Überschwang an die Front gemeldet, von der Inselwache hatte er nichts wissen wollen. Er war zur Infanterie gekommen und hatte seinen Dienst in Frankreich getan.

»Und, habe ich Fieber?«, fragte er nuschelnd. Das Fieberthermometer steckte noch immer in seinem Mund. Matei hatte Jan auf den ersten Blick gemocht. Er hatte weißblondes Haar, strahlend blaue Augen, und trotz seiner schweren Beinverletzung schenkte er ihr stets ein Lächeln, das etwas Spitzbübisches an sich hatte.

Sie nahm das Thermometer aus seinem Mund, kontrollierte die Temperatur und schüttelte den Kopf.

»Nein, alles in bester Ordnung.«

»Das ist fein«, antwortete er. »Der Arzt hat mir heute Morgen Bewegung verordnet. Ich darf das Bein mehr belasten, Spaziergänge sind ratsam. Ich dachte, ich laufe bisschen am Watt entlang. Gerade ist das Wetter schön. Allerdings könnte es glatt sein, und ich könnte stürzen. Mit den Krücken ist es nicht immer leicht. Möchten Sie mich vielleicht begleiten?« Er schenkte ihr ein unwiderstehliches Lächeln.

Ina, die gerade zwei Betten weiter einem Patienten beim Rasieren behilflich war, sah zu ihnen.

»Wieso nicht«, beantwortete sie noch vor Matei Jans Frage. »Wenn der Arzt Bewegung verordnet hat, sollte sich daran gehalten werden, und gegen die Begleitung einer Hilfsschwester ist nichts einzuwenden. Aber bleibt nicht zu lange fort.«

»Wir haben die Erlaubnis«, sagte Jan freudig und setzte sich auf. Er reagierte wie ein kleiner Junge, der Bonbons geschenkt bekommen hatte. In Mateis Magen breitete sich ein warmes Kribbeln aus.

»Ich gehe rasch meinen Mantel holen«, sagte sie. »Dann helfe ich Ihnen beim Ankleiden.«

Bald darauf liefen sie den Wattweg hinunter. Er ging auf Krücken, setzte jedoch immer wieder den Fuß auf, wie es ihm der Arzt gesagt hatte. Matei achtete darauf, dass er nicht ausrutschte. Es hatte über Nacht leicht geschneit, und die Pfützen auf dem Weg waren von einer dünnen Eisschicht überzogen. Die Sonne schien durch eine dünne Wolkenschicht und tauchte die Welt in warmes Licht. Ein leichter Wind rüttelte an dem am Ufer wachsenden Schilf. Er war eiskalt und färbte Mateis Wangen rot. Der Winter klopfte in diesem Jahr bereits recht früh an. Er würde lang und kalt werden, so hatte es Hinnerk prophezeit. Irgendeine Pflanze, die am Rand seines Ackers wuchs, habe ihre Blüten früh abgeworfen. Das sei ein Zeichen für üble Kälte. Die Prophezeiung habe bisher stets gestimmt. Mal abwarten, ob die Pflanze auch in diesem Jahr recht behalten würde.

»Es ist so schön bei uns an der See«, sagte Jan und blieb stehen. Er richtete seinen Blick auf das Wattenmeer. Es herrschte gerade Hochwasser, und die Sonne tauchte die Wasseroberfläche in funkelndes Licht. »Ich glaube, wir wissen gar nicht zu schätzen, wie schön unsere Heimat ist. Mein Jugendfreund Fietje ist mit mir nach Frankreich gezogen, wir waren beim selben Regiment und kämpften gemeinsam Seite an Seite. Er hatte Amrum so satt und wollte fort von der Insel, raus aus der Enge. Er wollte etwas erleben und ein Held fürs Vaterland sein. So haben wir alle geredet. Zur Inselwache nach Amrum oder Sylt hat es viele gezogen, doch wir dachten, dorthin gehen nur die Feiglinge. Das Fremde war es, was uns gereizt hat. Anfangs fühlten wir uns noch wie Helden. Vor einigen Wochen sind wir auf einem Feldweg außerhalb eines Dorfes unter Beschuss geraten. Es hat ihn voll erwischt. Ein Bauchschuss. Ich hab ihn noch zur Seite in den Graben gezogen, sein Blut klebte an meinen Händen. Er hat so sehr gezittert und immer wieder gesagt, dass er heim und das Meer sehen wolle. Da war er fort, der Heldenmut. Ich hab ihn in dem gottverdammten Graben zum Sterben liegen lassen müssen. Und später, als mir in den Schützengräben die Kugeln um die Ohren geflogen sind, als sie mich erwischt haben, da dachte ich, jetzt geht es dir wie Fietje, jetzt hat dein letztes Stündlein geschlagen, und du wirst die Heimat, du wirst das Meer niemals wiedersehen. Doch dann haben sie mich aus dem Dreck gezogen. Später im Lazarett war ich den Toten näher als den Lebenden. So hat man es mir gesagt. Und nun steh ich hier und sehe aufs Meer hinaus, höre die Rufe der Möwen und schmecke das Salz in der Luft. Es ist wie ein Wunder. Und ich hab so gottverdammte Angst davor, dass sie mich zurückschicken. Dass ich erneut in diese Hölle muss. Fietje wollte heiraten, er war verlobt gewesen. Die arme Göntje, sie hat sich gewiss die Augen ausgeweint.«

Er verstummte. Matei sagte nichts. Ihr fehlten die Worte. Es überraschte sie, dass Jan so offen mit ihr über seine Erlebnisse, über seine Ängste sprach. Die meisten Männer im Lazarett redeten davon, bald wieder an die Front zurückzukehren. Sie wollten dem Vaterland Ehre erweisen, Mut zeigen und den Engländern und den Franzosen »ihre Ärsche aufreißen«. Es waren oftmals markige Sprüche, die in den Krankenräumen die Runde machten. Doch nachts, wenn sie schreiend aus Albträumen erwachten und nach ihren Müttern riefen, wenn sie weinten und sie mit weit aufgerissenen Augen ansahen, dann zeigte sich in ihren Gesichtern das Bild des Schreckens, das dieser Krieg darstellte.

»Ich wünschte, ich hätte meine Zeichenmappe mitgenommen«, sagte Matei, nachdem sie eine Weile geschwiegen hatten. »Das Licht ist heute besonders schön. Im Winter ist es oftmals milder als im Sommer oder Frühling. Ich hätte gern das Schilf mit dem Watt dahinter eingefangen.«

»Du zeichnest?« Ohne zu fragen, war er zu der vertraulichen Anrede übergegangen.

Matei nickte. »Schon seit einer Weile. Vor dem Krieg haben wir Zimmer vermietet, und viele Künstler haben bei uns gewohnt. Einer von ihnen hat mir Talent bescheinigt und mir einige Kniffe beigebracht. Bei einer Ausstellung durfte ich sogar meine ersten Skizzen zeigen.«

»Darf ich sie mal sehen?«, fragte er. »Ich zeichne ebenfalls. Ich habe es bei unserem Nachbarn gelernt. Er leitet eine kleine Künstlerkolonie. Inzwischen zeichne ich sogar in Öl, und im letzten Jahr durfte ich mit meinen Bildern an einer Ausstellung in Wyk teilnehmen, die ein voller Erfolg gewesen ist.«

»Ich zeige sie dir gern«, antwortete Matei. »Und vielleicht können wir ja auch mal zusammen zeichnen. Ich habe sämtliche Utensilien, die wir benötigen.«

»Das wäre schön.« Er lächelte. Sie spürte erneut das wunderbare Kribbeln in ihrem Inneren. Er sah ihr direkt in die Augen und fragte: »Morgen?«

»Gern. Solange es mein Dienst zulässt. Sollte Oberschwester Mertens ihr Krankenlager verlassen, könnte es schwierig werden.« Sie zwinkerte ihm zu.

»O ja«, erwiderte er. »Sie führt ein hartes Regiment. Aber Oberschwestern müssen so sein. In unserem Feldlazarett gab es ein ähnliches Kaliber. Da gab niemand der Burschen Widerworte.«

Sie machten sich auf den Rückweg. Matei wünschte sich, sie könnten noch länger miteinander reden. Aber bald würde sich Doktor Grasbach auf den Weg zu seiner Sprechstunde in die Militärlager auf der Westseite machen. Puan Klent und Hörnum standen heute an. Elin sollte ihn heute begleiten. Matei musste sich dann zusätzlich um die Männer in der Bibliothek und im Herrenzimmer kümmern.

Sie betraten das Herrenhaus durch die Terrassentür. Matei brachte Jan zu seinem Krankenlager zurück und half ihm aus dem Mantel.

»Kommst du später und zeigst mir die Skizzen?«, fragte er.

»Gern«, antwortete sie. »Ich bin gespannt, wie sie dir gefallen.« Sie breitete die Decke über ihn aus.

Er legte seine Hand auf ihren Arm. »Es war schön draußen.« Sein Gesicht war nun ganz nah an dem ihren. Sie konnte seinen Atem auf ihrer Wange spüren.

»Ja, das fand ich auch.« Sie bebte innerlich, und das warme Glücksgefühl in ihrem Inneren schien überzuschwappen.

»Also, ich hätte nichts dagegen, auch mal so nett zugedeckt zu werden«, tönte es vom Nachbarbett herüber.

Abrupt richtete sich Matei auf, und ihre Wangen färbten sich rot. Der Mann im Nachbarbett hieß Albert Kohlstock und kam aus Magdeburg. Vor ihm galt es, sich in Acht zu nehmen, denn er hatte seine Hände stets dort, wo er sie nicht haben sollte.

»Sei mal still, du alter Schwerenöter«, sagte ein anderer Mann. »Hören Sie nicht auf den, Schwester. Der ist ein rechter Hallodri. Das sag ich Ihnen. Der hat schon im Feldlazarett nicht die Finger von den Schwestern lassen können.«

»Nun ist aber mal gut«, mahnte Ina. »Matei. Bitte sei doch so nett und sieh noch einmal nach der Oberschwester. Vielleicht benötigt sie noch etwas. Um diese Zeit trinkt sie gern ihren Tee.«

Matei nickte und verließ den Raum. Ina folgte ihr und hielt sie im Treppenhaus zurück.

»Ich weiß, er ist nett und sieht gut aus. Aber er ist einer unserer Schützlinge, also haben wir die Finger stillzuhalten. Das ist die oberste Regel einer Krankenschwester im Lazarett. Wir verlieben uns nicht in die Soldaten.« Sie sah Matei eindringlich an. Matei bemerkte irritiert, dass Inas Augen feucht waren.

Sie ahnte den Grund dafür. »Nicht doch«, sagte sie.

Ina wischte sich über die Augen und seufzte. »Sein Name war Martin, und er kam aus Chemnitz. Es ging ihm gut, er stand auf der Verlegungsliste in eines der Reserve-Lazarette, in dieses hier. Er ist der Grund dafür, weshalb ich hier bin. Zwei Tage vor seiner Verlegung hat er hohes Fieber bekommen. Es war Typhus. Eine Woche später war er tot. Und ich bekam die Zusage von Sylt.«

»Das tut mir leid«, antwortete Matei mit betroffener Miene.

»Tu es dir nicht an«, sagte Ina. »Beende es, bevor es richtig beginnt. Der Schmerz ist zu groß. Er wird bald wieder ins Feld ziehen, und du weißt nicht, ob er lebend zurückkommt. Ich hab es tagtäglich gesehen. Das schreckliche Leid, das Sterben. Tu es dir nicht an.« Ina sah Matei fest in die Augen. Matei nickte. Sie wusste, dass ihr Nicken eine Lüge war, denn ihr Innerstes fieberte bereits jetzt dem nächsten Moment mit Jan entgegen. Sie wusste nicht, was sie erwidern sollte. Die Situation überforderte sie. In Inas Augen stand so viel Schmerz und Kummer. Sie hatte den

Mann verloren, mit dem sie vielleicht den Rest ihres Lebens glücklich hätte werden können. Dort draußen verloren jeden Tag Frauen ihre Männer, Kinder ihre Väter, Schwestern ihre Brüder, Mütter ihre Söhne. Die Gefallenenlisten wurden jeden Tag länger. Doch es waren nur Namen von Unbekannten, Matei hatte bisher niemanden gekannt, der direkt betroffen gewesen war. Hier im Lazarett trafen die Männer ein, die nicht lebensbedrohlich verletzt waren. Das Grauen des Krieges war in Keitum nur bedingt angekommen. Bis jetzt. Nun hatte es Matei ergriffen, und ein eigentümliches Gefühl breitete sich in ihr aus, das sie zu lähmen schien. Auch Jan würde wieder zurückgehen. Und am Ende fallen, den Heldentod sterben, wie so viele. Vielleicht aber auch nicht, und irgendwann würde dieser Krieg ein Ende haben. Und dann könnten sie glücklich sein. Was für einen Unsinn sie sich doch erhoffte. Sie kannte ihn kaum, wenige Worte und Berührungen, ein kurzer Spaziergang, mehr war nicht gewesen. Und doch war da diese Vertrautheit, das Gefühl, als würde sie ihn bereits ewig kennen.

»Ich geh dann mal nach Schwester Alwine sehen«, sagte sie und ging die Treppe nach oben. Im zweiten Stock angekommen, blieb sie auf dem Flur stehen und atmete tief durch. Sie musste die Beklemmung abschütteln. Ein Satz von Paul kam ihr in Erinnerung. Sie wusste nicht mehr, bei welcher Gelegenheit er ihn zu ihr gesagt hatte. »Wenn du die Angst zulässt, hat sie bereits gewonnen.« Plötzlich wünschte sie sich nichts mehr auf der Welt als seine Anwesenheit. Er hatte ihr stets das Gefühl von Sicherheit vermittelt. Und diese Sicherheit war es, die in dieser schwankenden Welt so sehr fehlte. Niemand wusste, was morgen sein würde. Sie schloss für einen Moment die Augen und atmete tief durch. Selbst der vertraute Geruch im Haus schien fort zu sein. Er war durch etwas anderes, Fremdes ersetzt worden. Sie öffnete die Augen wieder. Sonnenlicht fiel durch das Flurfenster auf den dunklen Dielenboden. Sie sah zum Fenster, davor waren die kahlen Äste der Ulmen zu sehen. Der Anblick spendete Trost. Bald schon würde das Schwanken nachlassen, und über kurz oder lang würden sie wieder festen Boden unter den Füßen haben. Daran galt es festzuhalten. Sie straffte die Schultern und öffnete, gefasst darauf, dass ihr Alwines übliches Gezeter entgegenschlagen würde, ihre Zimmertür.

Die Oberschwester schlief jedoch. Sie hatte ein Buch gelesen. Es lag halb aufgeschlagen auf ihrer Decke. Behutsam nahm Matei ihre Lesebrille von der Nase und legte sie auf den Nachttisch, ebenso das Buch. Dann betrachtete sie Alwine einen Moment lang im Schlaf. Sie wusste kaum etwas über diese Frau. Sie kam aus Berlin. Sie schätzte sie auf Anfang fünfzig. Wie war sie zu dem geworden, was sie heute war? Wo kamen diese Härte und Unnahbarkeit her? Alwine öffnete die Augen, und Matei zuckte zurück. Sie kam sich ertappt vor, obwohl sie nichts getan hatte. Alwine blinzelte und sah sie verwundert an.

»Was machen Sie hier?«, fragte sie. Ihre Stimme klang verschlafen.

»Ich wollte nach Ihnen sehen und fragen, ob Sie Ihren Tee möchten. Sie trinken ihn immer um diese Zeit.« Mateis Stimme zitterte. Himmel, in der Gegenwart dieser Frau fühlte sie sich stets wie ein Schulmädchen.

Die Schwester sah sie irritiert an. Als wüsste sie mit ihren Worten nichts anzufangen. Doch dann meinte sie: »Tee. Aber gern. Diese Zeit, richtig. Es ist ja schon so weit. Danke Ihnen.«

»Auch Kekse?«, fragte Matei.

Alwine nickte, und Matei trat zur Tür. Sie hatte sie bereits geöffnet, da hielt die Oberschwester sie zurück.

»Wie läuft es unten?«, fragte sie.

»Gut«, antwortete Matei wahrheitsgemäß. »Ina hat alles im Griff. Doktor Grasbach und Elin brechen gleich zur allgemeinen Sprechstunde auf.«

»Alle sind froh, dass ich nicht da bin, oder?«

Matei sah die Oberschwester überrascht an. Mit einer solchen Frage hatte sie nicht gerechnet.

»Nun gucken Sie nicht so. Sie glauben wohl, ich bin dumm. Ich hör doch, was getuschelt wird. Keiner mag mich leiden. Und derweil liegt mir doch nur das Wohl unserer tapferen Soldaten am Herzen. Früher war es das der Kranken. Ach, was red ich. Sie sind ja nicht einmal eine richtige Krankenschwester. Was sind Sie eigentlich? Ein kleines Inselmädchen, das gestern noch ein Kind gewesen ist.«

In Matei regte sich Widerstand. Was bildete sich diese Person ein, sie so kleinzureden. Sie kannte sie kaum und hatte seit ihrer Ankunft auf der Insel nur harsche Worte für sie übrig.

»Ich bin eine Malerin«, antwortete sie und reckte ihr Kinn nach vorn. »Eine Künstlerin, die Ausstellungen gibt.« Gut, das war etwas geschwindelt. Aber ihre Skizzen waren bereits ausgestellt worden. »Und wir hatten unseren Kaffeegarten, unsere lieben Hausgäste. Elin wollte eine eigene Töpferei eröffnen, und sie wollte ihre Pötte in den Strandbasars und Souvenirläden der Insel verkaufen. Und nun ist Krieg, und alles ist anders. Ich mag gestern ein Kind gewesen sein. Doch heute bin ich eine junge Frau mit Hoffnungen und Träumen. Und ich stecke den Kopf nicht in den Sand, sondern mache das Beste daraus und helfe.«

Die Oberschwester sah sie verwundert an. Mit einer solch langen Rede hatte sie anscheinend nicht gerechnet. Widerworte war sie gewiss nicht gewohnt.

»Ach, Mädchen«, sagte sie. Ihre Stimme klang plötzlich milder. »Eine Malerin, wie schön. In Ihrem Alter hatte ich auch noch Träume und Hoffnungen. Aber es ist das Leben, das sie uns nimmt. Das ist das Erste, was wir lernen müssen. Es ist grausam, und man kann ihm nur mit Härte begegnen. Das werden Sie auch noch lernen. Und jetzt gehen Sie und holen meinen Tee. Und vielleicht auch einen dieser köstlichen Friesenkekse. Langsam kehrt der Appetit wieder.«

Zum ersten Mal, seit Matei Alwine kannte, zeigte sich so etwas wie ein Lächeln auf ihren Lippen. Sie überlegte nachzufragen. Was war es gewesen, das Alwine ihre Träume und Hoffnungen genommen hatte? Sie entschloss sich, es nicht zu tun. Die traurige Geschichte von Ina reichte ihr für heute. Alwines Andeutungen wiesen auf das nächste Drama hin, und diesem fühlte sie sich nicht gewachsen. Endgültig verließ sie den Raum.

In der Küche, die sie kurz darauf betrat, saßen Hinnerk und Elin am Tisch. Elin war so sehr in ihre Rede vertieft, sie bemerkte ihre Schwester nicht.

»Ole hat mir zugesagt, dass der Brennofen bis Weihnachten fertig sein wird. Sie hätten im Moment kaum Aufträge und wären froh um Arbeit, die nichts mit der Armee zu tun hat. Ist das nicht toll? Dann kann ich doch noch mit der Töpferwerkstatt beginnen. Und bestimmt endet im neuen Jahr der Krieg und wir bekommen im nächsten Sommer wieder Gäste auf der Insel. Hach, das wird eine Freude.« Sie klatschte übermütig in die Hände.

15. KAPITEL

Keitum, 15. Dezember 1914

Matei saß mit Anna in der Küche des alten Kapitänshauses und nippte an ihrem Tee. Es war noch früh am Morgen, graues Dämmerlicht lag über dem von einer Schneeschicht überzogenen Garten. Bald schon würde sie ihren Dienst im Lazarett antreten. Eben erst hatte sie Elin an einem der Fenster stehen sehen. Sie hatte gemeinsam mit Schwester Ina die Nachtschicht übernommen. Bald schon würde sie Feierabend haben und hundemüde unter ihre Decke krabbeln. Anfangs hatte Alwine sie nur für die Tagesdienste eingetragen, doch dieser Umstand hatte sich nach dem Weggang von Schwester Dora (ihre in Rostock lebende Mutter hatte einen Herzanfall erlitten, und sie musste sich kümmern) letzte Woche schlagartig verändert. Sowohl Matei als auch Elin mussten sich erst an den veränderten Rhythmus gewöhnen. Besonders Elin setzte es zu, dass die Männer oftmals schreiend aus ihren Träumen aufwachten. Auch hatte sich der Zustand einiger Patienten stark verschlechtert. Drei von ihnen plagte starkes Fieber, ihre Wunden waren schwer entzündet und mussten regelmäßig neu verbunden und gereinigt werden. Matei machte das nichts aus. Doch Elin litt darunter. Bereits mehrfach hatte sie während der Ausübung dieser Tätigkeit mit Übelkeitsattacken gekämpft, einmal war sie nach draußen gerannt und hatte sich übergeben müssen. Matei war schnell an ihrer Seite gewesen, hatte ihr das Haar aus dem Gesicht gestrichen und sie tröstend in den Arm genommen. Elin hatte geschluchzt, ihr Körper hatte gebebt. Sie ist nicht für diese Tätigkeit geschaffen, hatte Matei in diesem Moment gedacht. War sie selbst es? Ihr wurde beim Reinigen der Wunden nicht übel. Es waren eher die emotionalen Reaktionen der Männer, die sie aus dem Tritt brachten. Wenn einer von ihnen nachts schreiend aus einem Albtraum aufwachte und sie ihn so lange im Arm hielt, bis er sich wieder beruhigt hatte. Wenn sie plötzlich redeten und durch ihre Worte das Grauen des Krieges vor Mateis innerem Auge Gestalt annahm, sie die grausamen Bilder bis in ihre Träume verfolgten. Eben erst waren sie voller Überschwang losgezogen. Züge voller stolzer, junger Männer, Mädchen, die ihnen zugewinkt hatten, Fähnchen waren geschwungen worden. Die ersten Berichte waren positiv gewesen, Siege an der West- und Ostfront konnten verzeichnet werden. Meldungen über siegreiche Schlachten gab es auch heute noch. Aber die Realität, Ängste und vielerorts auch Zweifel hatten Einzug gehalten. Und beinahe täglich schien sich ihr Leben zu verändern.

Matei betrachtete Anna nachdenklich. Wie sehr auch sie sich in den letzten Monaten verändert hatte. Die mondäne Hausherrin, die stets auf ihre Kleidung bedacht gewesen war und Stunden in ihrem Ankleidezimmer und an ihrem Toilettentisch zugebracht hatte, schien vollkommen verschwunden zu sein. Anna trug eine schlichte hellgraue Bluse zu einem schwarzen, aus festem Baumwollstoff gefertigten Rock. Ein aus grüner Wolle gestricktes Tuch lag um ihre Schultern. Ihr graues Haar hatte sie zu einem Dutt hochgesteckt. Sie trug weder Rouge, noch hatte sie ihre Augen, wie sie es sonst stets getan hatte, geschminkt. Ihre Falten im Gesicht waren mehr geworden. Dunkle Schatten lagen unter ihren Augen. Es tat Matei in der Seele weh, sie so zu sehen. Es war doch erst gestern gewesen, als sie einer Elfe gleich durch den Salon geschwebt war, um die zahlreichen Gäste zu begrüßen, die zu einem ihrer auf ganz Sylt berühmten Feste gekommen waren. Wer zu den Hansens ins Herrenhaus nach Keitum geladen wurde, der gehörte zur Crème de la Crème der Insel und konnte sich etwas darauf einbilden. Doch das Gestern mit seinen gefüllten Champagnergläsern, den Klängen der Tanzkapelle und den mondänen Roben der Frauen war verblasst und zu einer Erinnerung geworden. Die Veränderungen, die der Krieg mit sich brachte, waren für sie alle schwer, doch Anna schienen sie besonders hart zu treffen. Sie bemühte sich darum, gute Miene zum bösen Spiel zu machen, aber es gelang ihr nicht immer. Auch heute wirkte sie müde und erschöpft.

»Paul hat den Winter auf der Insel immer gerngehabt«, sagte sie und blickte aus dem Fenster. In ihrer Stimme schwang Wehmut mit. »Besonders die Stille eines Wintermorgens wie des heutigen hat er geliebt. Ihm hat es gar nicht genug Schnee und Eis geben können. Als er jung gewesen ist, war er bei den Eisbootfahrern. Hat er dir jemals davon erzählt?«

Matei schüttelte den Kopf.

»Das war vor meiner Zeit auf Sylt. Im Jahr 1868. Da muss es einen lausig kalten Winter auf der Insel gegeben haben. Er war gemeinsam mit vier anderen Bootsmännern unterwegs. Sie machten sich von Hoyer aus mit ihrem Boot auf den Weg, hatten Post und Pakete dabei. Es ging über Eisschollen, sie brachen im Eis ein, schoben und zerrten an ihrem Boot. Ho-li und Ho-vorwärts, die üblichen Sätze zum Ansporn der Eisbootfahrer, waren die einzigen Worte, die während des beschwerlichen Wegs von der Truppe gesprochen wurden. Ab und an fanden sie ein Stück freies Wasser, wo es möglich war, das Boot zu benutzen. Bei eisigem Südostwind kamen sie in Morsum vollkommen durchgefroren an.« Die Erinnerung an seine Erzählung zauberte ein Lächeln auf ihre Lippen. »Er hat gern über die alten Zeiten gesprochen, auch über sein Dasein als Matrose. Er hat mich damit immer beeindrucken wollen. Da war er wie ein stolzer Pfau: Seht her, ich bin der Größte und Schönste von allen. Mit mir könnt ihr nicht mithalten.« Sie schüttelte den Kopf. »Mein Sylter Kapitän mit seinem großen Herzen. Er fehlt so sehr.« In ihren Augen schwammen Tränen.

Matei legte ihre Hand auf die von Anna. »Ich weiß. Mir fehlt er auch. Elin und ich, wir vermissen unsere Eltern jeden Tag. Doch ihr beide, du und Paul, ihr seid uns zur Familie geworden, ihr habt uns aus unserer Not gerettet. Wir waren so verzweifelt damals, und fühlten uns unendlich allein gelassen. Er war für mich wie ein zweiter Vater, du bist wie meine Mutter. Obwohl wir uns anfangs schwertaten. Weißt du noch?«

»Gewiss. Ich hatte mir immer Kinder gewünscht, Töchter, die mir ähneln, die ein Teil von mir sind. Doch der Herrgott im Himmel hat sie mir nicht schenken wollen, weshalb ich ihm lange Zeit grollte. Dann kamt ihr, und mir fiel es nicht leicht, euch anzunehmen. Ihr wart zwei traurige und manchmal auch wütende Kinder, die das Lachen erst wieder lernen mussten. Paul hatte die Geduld, die mir fehlte. Er hat stets gesagt, es brauche Zeit. ›Der Kummer wird gehen, die Wut auf das Schicksal weniger werden. Wir werden zusammenwachsen.‹« Eine Träne rann über ihre Wange. »Und nun? Was sind wir? Was macht das alles mit uns? Er ist fort und hat mich mit dem Kummer und der Wut auf das Schicksal zurückgelassen. Und dieses dumme Schicksal scheint es mit jedem neuen Tag schlechter mit uns zu meinen. Nun herrscht auch noch Krieg. Er hätte unseren Kaffeegarten gemocht. Er hätte deine Bilder und Elins Idee mit der Töpferei geliebt. Er liebte euch wie sein eigen Fleisch und Blut. Und ich weiß: Er hätte diesen Krieg gehasst.«

Matei nickte und trank erneut von ihrem Tee, der inzwischen nur noch lauwarm war. Eine Weile herrschte Schweigen. Sie blickte aus dem Fenster. Die Sonne ging auf und flutete den Garten mit goldenem Licht. Eine Schicht aus Schnee und gefrorenem Reif überzog die Äste der Ulmen. Sie funkelten märchenhaft schön. Die Natur malt stets die schönsten Bilder, dachte Matei. Sie konnten sich noch so sehr anstrengen. Vermutlich würden sie sie niemals in voller Pracht einfangen können.

Die Tür öffnete sich, und Wiebke guckte sie verwundert an.

»Moin, ihr beiden. Ihr seid aber heute früh dran. Gibt es dafür einen Grund?«

»Moin, Wiebke«, grüßte Matei. »Gibt keinen bestimmten Grund. Nenn es Schlaflosigkeit. Du bist noch hier? Ich dachte, du werkelst längst drüben in der Küche. Sonst setzt du um diese Zeit doch immer den Teig für die Rosinenwecken an.«

»Wenn es Hefe gäbe, dann würde ich das tun«, antwortete Wiebke mit säuerlicher Miene. »Aber sie ist schon den dritten Tag hintereinander nicht geliefert worden, und meine Vorräte sind nun endgültig aufgebraucht. Also wird es für die Männer Haferbrei zum Frühstück geben, dazu schwarzen Tee. Kaffee kam nämlich auch keiner. Da werden einige mal wieder murren. Aber ich kann es auch nicht ändern. Ist halt diese dämliche Seeblockade der Engländer. Die Preise steigen gefühlt stündlich. Ich sag euch: Wenn das nicht bald endet mit diesem Krieg, dann können wir uns alle noch warm anziehen, oder besser gesagt: den Gürtel enger schnallen.«

»Schon wieder kein Kaffee«, sagte Matei. »Was ein Jammer. Morgens trink ich ihn nicht so gern, aber gegen ein Tässchen am Nachmittag hab ich nichts einzuwenden. Auch die Rosinenwecken werden mir fehlen. Bis wann denkst du denn, wird es wieder Hefe geben?«

»Ich war gestern Nachmittag schon bei Kramers deswegen. Moild hat nur mit den Schultern gezuckt und ratlos dreingeblickt. Und wenn es weiterhin so kalt ist, dann können wir uns die Sonderlocken sowieso bald abschminken. Bin mal gespannt, wie die Armee die Versorgung auf der Insel sicherstellen will, wenn sie von einer dicken Eisschicht umgeben ist. Aber es gibt ja genug Föhrer und Sylter unter den Inselwächtern, die Erfahrung mit den Eisbootfahrten haben. Allerdings nehme ich an, dass Kaffee und Hefe dann bestimmt das Letzte sein wird, was die Männer auf die Insel bringen werden.« Sie winkte seufzend ab. »Obwohl ich an den Fortbestand des kalten Wetters nicht so recht glauben mag. Mir zwickt's im kleinen Zeh. Und wenn es dat tut, dann ändert sich was.«

Ein Klopfen an die Tür war es, das alle drei zusammenzucken ließ.

»Liebe Zeit«, sagte Wiebke und griff sich an die Brust. »Hab ich mich jetzt erschrocken. Wer kommt denn so früh am Tag schon zu Besuch?« Sie öffnete die Tür. Davor stand Jan, ganz ohne Krücken. Er nahm seine Mütze vom Kopf und erkundigte sich nach Matei.

Augenblicklich stand Matei neben Wiebke. Ihr Herz schlug wie verrückt. Jan war hier. Einfach so war er gekommen.

»Moin, Matei«, grüßte er und sah unsicher zu Wiebke. Ihre Gegenwart schien ihn einzuschüchtern. Sie schien diesen Umstand zu bemerken.

»Ich geh mal besser«, sagte sie, ein Grinsen auf den Lippen. Der Umstand, dass Matei und Jan einander zugetan waren, war niemandem im Haus verborgen geblieben. »Wir sehen uns dann nachher in der Küche, Anna.« Sie ging an Jan vorbei und stapfte zum Herrenhaus hinüber.

»Moin, Jan«, grüßte Matei zurück. »Was gibt es denn zu so früher Stunde?«

»Schönes Licht«, antwortete er. »Ich dachte, wir könnten ein Stück gehen und die Skizzenblöcke einpacken.«

In Matei breitete sich ein warmes Gefühl der Freude aus. Am liebsten hätte sie sogleich zugesagt, aber ihr Dienstbeginn stand an, weshalb sie zögerte. Er schien ihre Zweifel zu erraten.

»Ich habe eben mit Elin gesprochen und sie dazu überreden können, ihre Schicht um zwei Stunden zu verlängern. Heute Nacht war es eher ruhig, und Schwester Ina hat sie sogar eine Weile schlafen lassen. Bitte. Es ist so herrlich.«

Matei sah zum Herrenhaus. Gewiss würde in wenigen Minuten Oberschwester Alwine die Treppe nach unten kommen. Das Donnerwetter über die Planänderung hörte sie jetzt schon. Aber es gab ja immer irgendein Donnerwetter von Schwester Alwine. Was sollte es also. Zwei gestohlene Stunden Glück galt es auszunutzen.

»Ich geh rasch meinen Mantel und die Blöcke holen«, sagte sie.

Bald darauf liefen sie nebeneinander den Wattweg hinunter. Matei trug einen dunkelblauen Wollmantel und eine passende Mütze dazu. Um ihren Hals hatte sie einen weinroten Wollschal gewickelt. Ihre Hände steckten in Handschuhen. Es war windstill, die Luft war frostig. Doch Matei war warm, und alles in ihr kribbelte vor Freude. Jan humpelte nur noch ein wenig. Sie liefen Richtung St.-Severin-Kirche. Unzählige Möwen kreisten über dem in Ufernähe bereits vollkommen zugefrorenen Watt, das im Licht der Morgensonne wunderbar funkelte. Niemand begegnete ihnen.

»Hier ist es so wunderschön und friedlich«, sagte Jan. »Es scheint unvorstellbar, dass dort draußen Krieg herrscht. Gestern kam ein Brief meiner Mutter an. Meinen Eltern geht es so weit gut. Sie wohnen auf Amrum in dem Dorf Nebel. Der Ort liegt in der Inselmitte und hat, wie Keitum, viele alte Reetdachhäuser. Mama ist Mitglied im Frauenverein und strickt fleißig Liebesgaben, auch meine Mütze hat sie gemacht, die Handschuhe und den Schal.« Er lächelte. »Sie hat die Stricktreffen gern, hat sie geschrieben. Sie bringen etwas Abwechslung in ihr Leben. Touristen kommen ja keine mehr. Wir hatten die Scheune ausgebaut und Zimmer vermietet. Nicht viele, nur drei Stück. Aber Mama hatte die Gäste gern. Oft hat sie Kaffeekränzchen veranstaltet und so viel über die Welt außerhalb der Insel erfahren. Die meisten Hotels auf Amrum gibt es in Wittdün. Der Ort ist extra für den Fremdenverkehr gegründet worden. Mama hat geschrieben, dass er nun wie ein Geisterdorf sei. Wahrscheinlich ist es dort ähnlich wie in Westerland. Ach, wenn das alles hier vorbei ist, dann will ich dir das zeigen.«

Amrum, dachte Matei. Sie wusste kaum etwas über die Insel, obwohl sie nicht fern war. Auch auf Föhr war sie nie gewesen. Ihr ganzes Leben lang hatte sie Sylt nicht verlassen. Die Welt dort draußen war weit weg, und durch die vielen Gäste auf der Insel und den bunten Trubel, den sie alljährlich mit sich gebracht hatten, trotzdem nah gewesen.

Sie setzten sich erneut in Bewegung und blieben ein Stück weiter stehen. Hier lichtete sich das Schilf, und es gab freie Sicht auf das zugefrorene Watt. Eine Gruppe Enten hatte sich an einem noch offenen Stück Wasser versammelt.

»Die Enten wären ein hübsches Motiv«, sagte Jan.

Matei stimmte zu, und sie holte Skizzenblöcke und Stifte aus ihrer Tasche. Sie schlug ihren Block auf und hielt den Blick auf die Entengruppe gerichtet. Einige von ihnen schwammen auf der offenen Wasserstelle, eine schüttelte gerade ihr Gefieder, wieder andere sahen aus, als würden sie schlafen. Matei hatte Mühe damit, die Vögel einzufangen. Tiere waren nicht ihr Spezialgebiet. Bisher hatte sie eher Häuser oder Landschaften gezeichnet. Sie schielte auf Jans Block. Er skizzierte mit schnellen Strichen, immer wieder richtete er den Blick auf die Tiere. Liebe Güte. Er hatte in der kurzen Zeit bereits eine richtige Skizze gefertigt. Die Enten, das Wasser, das Eis. Es sah schon jetzt perfekt aus. Sie selbst hatte gerade mal einen der Erpel gezeichnet, und er sah nicht besonders gut aus. Er war zu dick geraten, der Hals zu lang, die Füße zu breit. Wie sollte sie die Proportionen zum Wasserlauf richtig hinbekommen? Sie kam sich wie eine blutige Anfängerin vor. Und das war sie ja auch. Einige Skizzen hatte sie bisher angefertigt, mehr nicht. Sie konnte weder in Öl malen noch mit Kreide zeichnen. Sie schämte sich. Was sollte er jetzt von ihr denken? Sie sah auf ihren halb fertigen Erpel und hätte am liebsten losgeheult. Er richtete seinen Blick auf ihren Block und zog eine Augenbraue in die Höhe.

»Ich hab es nicht so mit Enten«, sagte sie, und ihre Wangen färbten sich rot. »Ich male eher Häuser und solche Dinge.« Lieber Gott, wie redete sie denn? Solche Dinge. Sie kam sich wie eine Idiotin vor.

»Komm. Ich zeig es dir«, antwortete er, klappte seinen Skizzenblock zu und verstaute ihn wieder in der Tasche. Er trat hinter Matei und legte die Arme um sie. Sein Kopf war nun ganz nah an dem ihren. Sie spürte seinen Atem an ihrer Wange, er roch nach Rasierseife.

Er nahm ihre rechte Hand und begann, sie zu führen. Gemeinsam zeichneten sie nun die Enten. Sie entstanden wie durch Zauberhand. Drei Erpel, einer schlief, der Wasserlauf, eine Ente schwamm darauf. Das Eis und die Sicht auf den Himmel.

»So ist es gut«, wies er sie an. »Noch ein bisschen mehr das Gefieder betonen, die Schwanzfedern. Nun kommt der Schnabel.«

Sie waren ganz ineinander versunken. Irgendwann ließ er den Stift los und drehte sie zu sich. Sie ließ den Block sinken. Er schlang die Arme um sie und sah ihr tief in die Augen. Matei glaubte, innerlich vor Glück zu zerspringen.

»Ich hab das noch nie zu einem Mädchen gesagt«, sagte er. »Aber ich glaube, nein, ich weiß es. Ich liebe dich. Vom ersten Moment an hab ich es getan. Du bist mein Wunder, und ich will dich niemals verlieren. Sag mir bitte, dass du ebenso fühlst.«

Matei nickte. Tränen traten in ihre Augen. Sie brachte kein Wort heraus, es schien, als lähmten die in ihrem Inneren tobenden Gefühle ihre Zunge. Er hob ihr Kinn an, und seine Lippen berührten die ihren. Bereitwillig öffnete sie ihren Mund, und ihre Zungen fanden einander. Ihr erster Kuss. Ein unbeschreiblich schönes Gefühl von Wärme breitete sich in ihrem Inneren aus. Er zog sie noch enger an sich, ganz fest, als wollte er sie niemals wieder loslassen. Doch irgendwann würde er es tun müssen, und deshalb gesellte sich zu all den Emotionen des Glücks in ihrem Inneren ein Funken Angst. Es konnte sein, dass er schon morgen fortgehen und sie allein lassen würde – vielleicht für immer. Doch daran sollte sie jetzt nicht denken. Denn in diesem Moment war alles gut.

16. KAPITEL

Keitum, 24. Dezember 1914

Elin betrachtete die auf dem Tisch stehenden Pötte, die sie eben aus dem Brennofen geholt hatte, mit prüfendem Blick. Sie waren leicht bauchig geformt und hatten auf der Seite einen Henkel. Es waren die ersten Pötte, die sie in dem neu errichteten Ofen gebrannt hatte, und sie war mit dem Ergebnis zufrieden. Nachdem ihr Ole den Bau des Ofens zugesagt hatte, hatte es noch eine ganze Weile gedauert, bis er fertig gewesen war. Der Ofen war aus Reststeinen gemauert, die aus einem Abriss stammten. Er besaß insgesamt drei in der Höhe verstellbare Etagen und war mit einer Metalltür verschließbar. So konnte Elin gut und gerne zwanzig Pötte gleichzeitig brennen, aber auch für größere Gegenstände, wie Vasen oder andere Aufbewahrungstöpfe, war ausreichend Platz. Sie hatte ihre Töpferwerkstatt in der ehemaligen Scheune des Kapitänshauses eingerichtet. Das Dach war nun endgültig wiederhergestellt. Noch war es etwas karg. Leere Regale säumten die weiß geputzten Wände, ihre Töpferscheibe stand am Fenster, damit sie genügend Licht hatte. Über dem Tisch hing eine Petroleumlampe. Ein recht hübsches Modell mit einem Porzellanschirm. Sie hatten sie in der Abstellkammer gefunden. Auf der Fensterbank stand eine weitere, ähnliche Lampe. Der Boden war aus Lehm. Elin hätte gerne Holzdielen gehabt, doch diese Renovierung war zurzeit nicht möglich. Aber wenn sie die ersten Einnahmen generiert hatte und Baustoffe wieder freier verfügbar waren, klappte das bestimmt. Es hatte leider eine ganze Weile gedauert, bis ihre Tonbestellung auf der Insel eingetroffen war. Ganze zwei Wochen hatte sie auf die Lieferung warten müssen. Antje hatte ihr den Katalog einer in Hamburg ansässigen Firma zukommen lassen, bei der sie alles Notwendige hatte ordern können. Lasur und Spatel, Farbe zum Bemalen und Pinsel. Da die Firma auch Künstlerbedarf aller Art anbot, hatte auch Matei einiges mitbestellt. Ölfarben und Künstlerkreide, zwei weitere Skizzenblöcke und sogar eine Staffelei. Elin kannte den Grund für Mateis Bestellwahn von Künstlerutensilien. Er war blond, hatte blaue Augen und hieß Jan. Leider war der Umstand, dass Matei sich in den jungen Mann verguckt hatte, auch der Oberschwester nicht lange verborgen geblieben. Und Alwine Mertens zeigte überhaupt kein Verständnis für Liebesbeziehungen zwischen einer Krankenschwester und einem Patienten. Sie hatte das Gespräch mit Doktor Grasbach gesucht, der Jan sogleich vorzeitig gesundgeschrieben und zur weiteren Genesung einen Heimaturlaub angeordnet hatte. Die Nachricht über seine Abreise nach Amrum hatte Matei hart getroffen. Sie hatte ihn nicht einmal zum Hafen bringen und Abschied nehmen dürfen. Alwine höchstpersönlich hatte Jan aus dem Haus und zum Wagen gebracht. Matei hatte an diesem Nachmittag die Arztrunde in Westerland begleitet, und sie war nach ihrer Rückkehr untröstlich und wütend gewesen. »Gottverdammte Lazarettregeln«, hatte sie geflucht und mit dem Fuß gegen die Tür ihrer Kammer getreten. Blöde alte Ziege. Danach hatte sie sich auf ihr Bett geworfen und eine ganze Weile geweint. Elin hatte sich schweigend neben sie gelegt. So hatten sie es früher als Kinder stets gehandhabt. War die eine traurig gewesen und hatte geweint, war die andere an ihrer Seite gewesen, hatte still zugehört und durch ihre Nähe Trost gespendet. Und vielleicht war es ja besser so. Jan würde nach seinem Heimaturlaub zurück an die

Front nach Frankreich kommen. Das hatte er Elin während eines Verbandwechsels erzählt. In die Hölle, wie er sich ausgedrückt hatte. Am Ende kam er aus der Sache nicht lebendig raus. Wenn sie einander erst richtig liebten, würde es noch viel mehr wehtun. Aber ab wann liebte man jemanden richtig? Elin konnte diese Frage nicht beantworten. Sie nahm einen der Tonpötte zur Hand und betrachtete ihn von allen Seiten. Bald würde sie ihn weiß lasieren, und Matei würde ihn mit der hübschen Skizze des Herrenhauses verzieren, die sie im letzten Sommer entworfen hatte.

»Hier steckst du.« Matei trat ein und riss sie aus ihren Gedanken. »Ach, die ersten Pötte sind fertig.« Sie ließ ihren Blick über die Ansammlung auf dem Tisch schweifen und nahm einen von ihnen zur Hand. »Sie sind wirklich gut geworden. Die bauchige Form gefällt mir. Jetzt fehlt nur noch die Farbe.« Sie stellte ihn lächelnd zurück. Elin erleichterte ihre fröhliche Miene. Matei hatte ihre Schwesterntracht abgelegt. Sie wollte nicht mehr als Hilfsschwester arbeiten und unter der Fuchtel dieser kaltherzigen Frau stehen. Elin konnte das gut verstehen. Auch sie überlegte, ihren Dienst im Lazarett zu quittieren. Dann würde ihr mehr Zeit für die Töpferei bleiben. Noch immer hofften sie darauf, dass der Krieg bald ein Ende finden und im nächsten Jahr auf der Insel alles wieder seinen gewohnten Gang gehen würde. Doch konnte es das jetzt überhaupt noch? Der gewohnte Gang, ein Leben wie zuvor? So vieles war bereits zerstört, verändert. Tausende Männer hatten in den letzten Monaten den Tod gefunden. Und heute würden sie ihre erste Kriegsweihnacht feiern.

»Ich war gestern bei dem Maler Peter Gerster«, sagte Matei. »Er ist ja leider der letzte verbliebene Maler in Keitum. Ich habe ihn gefragt, ob er mir Zeichenunterricht gibt. Er war von der Idee begeistert. Direkt nach den Festtagen wollen wir beginnen.«

Elin nickte. »Das hört sich wunderbar an.«

»Ich hab es gleich Jan geschrieben«, sagte Matei. »Ich weiß, was du jetzt sagen willst. Lass es, er kommt nicht wieder. Aber vielleicht ja doch. Zwischen uns ist etwas. Eine Verbindung, die tiefer geht. Ich kann es nicht beschreiben. Sie war vom ersten Augenblick an da. Ich hab gestern mit Mama darüber geredet. Sie versteht es. Zwischen ihr und Papa war es genauso. Ein Blick, und es war um sie beide geschehen. Nur, damals gab es diesen elenden Krieg nicht.«

»Ohne den Krieg hättest du ihn jedoch niemals kennengelernt«, gab Elin zu bedenken. Sie schob die negativen Gedanken endgültig beiseite. Die Zweifel und die Angst um ihre Schwester, die durch diese Liaison unglücklich werden könnte. Vielleicht würde alles gut ausgehen und es gab ein glückliches Wiedersehen. Sie würde es ihr wünschen. Nicht jedem Menschen war es vergönnt, die Liebe auf den ersten Blick zu erleben.

Matei nickte. »Manches Mal scheint Unglück wohl auch Glück zu bringen. So ist das Leben, es hat stets zwei Seiten. Großmutter hat das immer gesagt, oder?«

Elin nickte. »Sie war gut darin, Weisheiten von sich zu geben.« Einen Moment herrschte Stille, und im Raum lag diese ganz eigene Stimmung, die stets kam, wenn sie über früher redeten. Nur wenige Sätze reichten aus, um die Erinnerungen an ihre Kindheit zu wecken und den Schmerz über den Verlust der Eltern zurückzuholen.

»Wir sollten zusehen, dass wir in die Küche kommen«, sagte Matei. »Wir wollten doch die Salzteigfiguren für den Jöölboom anfertigen.«

»Stimmt, die Salzteigfiguren. Das hatte ich komplett vergessen. Und gefrühstückt hab ich auch noch nicht. Ich hoffe, es gibt noch Rosinenwecken?«

Die beiden verließen die Scheune und liefen rasch durch den strömenden Regen zum Herrenhaus. Die bis zur Mitte des Monats vorherrschende Kälte hatte sich vor einigen Tagen verzogen und mildem, stürmischem Regenwetter Platz gemacht. Jeden Tag aufs Neue wehte ein böiger Westwind dicke Wolkenpakete über die Insel und ließ die Landschaft in grauer Tristesse versinken. In der Küche saßen die beiden Küchenmädchen Emmi und Luise am Tisch und waren damit beschäftigt, Enten zu rupfen. Überall flogen Federn herum, und Daunen tanzten über den Fußboden. Sie würden noch eine ganze Weile rupfen. In zwei großen Körben lag noch weiteres Federvieh, Elin schätzte die Zahl auf zwanzig Tiere. Emmi und Luise kamen aus Wenningstedt und waren Zwillinge. Die beiden vierzehnjährigen blonden Mädchen glichen einander wie ein Ei dem anderen, und es war bereits öfter zu Verwechslungen gekommen. Wiebke stand an der Arbeitsplatte und knetete einen Teig. Auch Anna war anwesend, die Kartoffeln schälte.

»Da seid ihr beiden ja endlich«, sagte Wiebke. »Wo trödelt ihr denn herum? Ihr glaubt wohl, das Weihnachtsessen macht sich von allein. Die Männer werden nach dem Gottesdienst Hunger haben.«

Der Tagesablauf war genau geplant: Es würde Kaffee mit Weihnachtsgebäck gereicht werden. Danach würde Pfarrer Johansen ins Haus kommen und mit den Männern Gottesdienst feiern. Um achtzehn Uhr sollte es das Weihnachtsessen geben. Entenbraten mit Kartoffelklößen, als Nachtisch Vanillepudding mit roter Grütze. Am Abend wollte man gemeinsam singen. Im Salon stand noch immer das Klavier. Elin konnte spielen und hatte auch eine recht hübsche Stimme. Gewiss würde es ein schöner Heiliger Abend werden. Wiebke wollte, dass alles perfekt war. Immerhin waren die Männer weit entfernt von der Heimat und ihren Liebsten. Da sollten sie es besonders zum Fest heimelig haben.

»Wir wollten die Salzteigfiguren für den Jöölboom machen«, sagte Elin.

»Na, ob es die noch braucht?«, fragte Anna. »Es soll einen richtigen Weihnachtsbaum für das Lazarett geben. Hinnerk ist schon vor einer Weile losgezogen, um sich um die Abholung am Hafen zu kümmern. Die Männer sind ja alle vom Festland und sind einen Weihnachtsbaum in der Stube gewohnt. Eben kam ein Bote und hat Dekoration für den Baum abgegeben. Stammt wohl aus einem der Hotels in Westerland. Dort haben sie damit ja schon vor einer Weile wegen der Kurgäste begonnen.«

»Aber ohne Jöölboom ist es doch kein richtiges Weihnachten«, antwortete Matei. »Er gehört zu Sylt. Und wir haben schon alles vorbereitet. Das Holzgestell steht bereit, und ich habe extra Buchsbaum für die Dekoration gesammelt. Es fehlen nur noch die Figuren und die Kerzen.«

»Sie hat recht«, sagte Wiebke. »Ohne Jöölboom in der Stube ist es kein richtiges Weihnachten. Am Ende bringt dat noch Unglück. Und dat können wir gar nicht gebrauchen. Deshalb stell ich heute Abend auch noch den Puken ihre Schüssel Grütze mit einem Stück Butter hin. Wir wollen ja nicht, dass sich auch noch die Hausgeister gegen uns verschwören.«

»Hausgeister? Welche Hausgeister?« Doktor Grasbach hatte die Küche betreten. Er hatte seine morgendliche Visite eben beendet und war, wie gewohnt, auf der Suche nach einer zweiten Tasse Kaffee.

»Na, die Puken«, erklärte Wiebke. »Das sind unsere Sylter Hausgeister, die man stets gut behandeln sollte. Sie wohnen in den Winkeln der Gebäude oder in den Scheunen. Wenn man einen Puk büschen betüdelt, dann fegt er in der Frühe gern mal die Scheune und füttert das Vieh.«

»Puken«, wiederholte der Arzt und sah Wiebke ungläubig an. »Aber wir haben weder Vieh noch eine Scheune.«

»Dat ist nicht wichtig«, wiegelte Wiebke ab. »Dann machen sie eben andere Dinge. Sie geben aufs Haus acht. Egal, wer darin wohnt. Also bekommen sie ihre Grütze mit Butter.« Ihre Stimme klang bestimmt.

Der Arzt sah zu Anna, die bekräftigend nickte. Sie war keine geborene Sylterin, aber sie war nie auf die Idee gekommen, die alten Sagen und Bräuche der Insulaner infrage zu stellen, und mochten sie noch so hanebüchen klingen. Und die Vorstellung, dass im Haus kleine Geister wohnten, die auf sie achtgaben, hatte ihr schon immer gefallen.

»Dann ist das eben so«, antwortete der Arzt. »Und gute Hausgeister können wir in diesen Zeiten wahrlich gebrauchen. Wir haben leider zwei Patienten mit Wundbrand und starkem Fieber. Ich kann nicht sagen, was die Infektionen ausgelöst hat. Wollen wir hoffen, dass sie es überstehen werden. Ich habe kein Interesse daran, den Männern Gliedmaßen abnehmen zu müssen.«

Die Augen sämtlicher anwesender Frauen wurden groß. Emmi und Luise hielten im Rupfen der Enten inne.

Der Arzt bemerkte, dass er mal wieder über das Ziel hinausgeschossen war. Er vergaß immer wieder, dass er es in diesem Haus nicht mit medizinischem Personal zu tun hatte, das mit solchen Äußerungen umgehen konnte.

»Es wird bestimmt alles gut werden«, suchte er sogleich zu beschwichtigen. »Wir haben die Lage im Griff. Ich geh dann mal. Es gilt, Schreibarbeit zu erledigen. Die Damen.« Er deutete eine Verbeugung an und verließ den Raum.

»Hach, wat muss er immer so reden«, sagte Wiebke, nachdem er außer Hörweite war. »Da wird es einem gleich ganz schwummrig.« Sie griff zum Küchenmesser und hackte beherzt einer der Enten den Kopf ab.

Anna sah zu Elin, die grinste. Matei wechselte das Thema.

»Wird es denn auch Futjes geben?«

»Aber natürlich«, antwortete Wiebke. »Ohne Futjes ist es doch kein richtiges Weihnachten. Ich will sie morgen zum Frühstück für die Männer backen. Da muss ich früh aufstehen, damit es auch für alle reicht. Ich werde sie mit Rosinen füllen. Davon haben wir noch in der Vorratskammer. Dem Herrn im Himmel sei Dank, gab es zum Fest Sonderzuteilungen für das Lazarett.«

»Ihr esst die Futjes schon an Weihnachten?«, fragte Emmi. »Mama backt sie immer erst an Silvester. Sie sagt, davor haben sie nichts auf dem Tisch zu suchen.«

»Da hat jeder seine eigene Regel«, antwortete Wiebke. »Wir haben sie stets am ersten Feiertag zum Frühstück gegessen. Hach, es ist jedes Jahr wieder eine Freude, in das weiche Gebäck zu beißen. Ich hoffe, sie gelingen gut. Die Männer werden sich gewiss darüber freuen, und für uns werden auch noch welche abfallen. Das verspreche ich.«

»Wollen wir es hoffen«, meinte Elin. Sie hatte inzwischen Mehl und Salz aus der Vorratskammer geholt. »Von den Rosinenwecken war leider keiner mehr übrig. Und ich hatte mich so sehr darauf gefreut.«

»Wer zu spät kommt, der bekommt auch keinen Wecken mehr«, sagte Wiebke. »Aber gleich ist das erste Blech Pfeffernüsse fertig. Du kannst gern eine haben.«

Elin nickte freudig.

Eine Weile herrschte traute Geschäftigkeit in der Küche. Emmi und Luise rupften weiter die aus der Vogelkoje stammenden

Enten. Anna beendete das Kartoffelschälen und kümmerte sich um das restliche Gemüse, und Wiebke produzierte inzwischen Unmengen an Keksen. Pfeffernüsse, Kringel und Friesenkekse. Auch stellte sie die für Sylt typischen Kukmantjis her. Diese Kuchenmännchen wurden aus gesüßtem Brotteig gebacken und mit Rote-Bete-Saft verziert. Matei und Elin kümmerten sich um die Salzteigfiguren für den Jöölboom.

Hinnerk war es, der die Runde durch sein Auftauchen störte.

»Moin, ihr Lütten«, rief er fröhlich und nahm seine Mütze vom Kopf. Er trug einen dunkelblauen Wachsmantel und war vollkommen durchweicht. »Was ein Schietwetter das heute wieder ist. Und so was an Weihnachten. Da wünscht man sich doch eher 'n büschen Schnee und Kälte. Aber egal. Wir haben den Baum. Ein Prachtstück von einer Fichte. Beinahe drei Meter hoch und gut verschnürt. Gleich wollen wir sie im Krankensaal aufstellen. Und dann bräuchte es einige helfende Hände zum Schmücken.«

»Wir übernehmen das gern«, erwiderte Matei und fragte: »Tee? Bist ganz durchweicht. Ist zwar kein Schnee, aber bei der Nässe friert man im Wind ebenso.«

»Da sagste was, min Deern«, antwortete er. »Da hab ich es lieber eiskalt. Zweimal mussten wir vom Bock steigen und den Wagen aus dem Dreck ziehen. Die Wege sind scheußlich verschlammt.« Er setzte sich an den Tisch und begutachtete die darauf liegenden gerupften Enten. Elin stellte einen mit Tee gefüllten Pott vor ihn, in den Wiebke zusätzlich einen Schluck Rum gekippt hatte.

»Na, da habt ihr in der Vogelkoje ja mächtig zugeschlagen. Meine Rieke und ich essen heute Abend auch einen feinen Entenbraten. Und wir haben natürlich einen anständigen Jöölboom, wie sich das für Sylter gehört. So ein neumodisches Zeugs

wie ein Weihnachtsbaum kommt uns nicht in die gute Stube.«
Er trank von seinem Tee.

»Wie geht es Rieke denn?«, fragte Wiebke. »Ich hab sie lange nicht gesehen. Was macht ihre Erkältung? Ist sie abgeklungen?«

»Es geht ihr besser, nur der Husten ist noch nicht ganz weg.«

»Dann richte ihr mal gute Besserungswünsche von uns allen aus. Sie soll nur rasch wieder auf die Beine kommen.«

»Werd ich machen.« Hinnerk leerte seinen Teebecher. »Aber jetzt stellen wir erst einmal den Baum auf.«

Wie aufs Stichwort war plötzlich lautes Gezeter zu hören, das eindeutig einer Person zuzuordnen war: Oberschwester Alwine.

»So geht das nicht. Sind Sie denn verrückt geworden? Das Gestrüpp kommt auf keinen Fall in den Krankensaal. Weiß der Himmel, welches Ungeziefer zwischen den Zweigen hängt.«

Hinnerk ging, verfolgt von der Küchentruppe, die sich das Schauspiel nicht entgehen lassen wollte, in den Flur. Zwei Inselwächter hatten den Baum in den Salon bringen wollen. Doch die Oberschwester versperrte ihnen den Weg. Sie hatte die Hände in die Hüften gestemmt, ihre Miene war finster. Sie sah aus wie ein Racheengel. Wäre sie keine Frau, sie hätte einen hervorragenden Feldwebel abgegeben. Die beiden Inselwächter hatten die Köpfe eingezogen. Hilfe suchend richteten sie ihre Blicke auf Hinnerk. Und der polterte nun los.

»Gestrüpp«, wiederholte er. »Ich glaube, ich hab mich verhört. Dat ist doch kein Gestrüpp, sondern der extra für das Fest bestellte Weihnachtsbaum, der den Männern Freude bereiten soll. Sind Sie noch bei Sinnen? Männer, schafft den Baum in den Raum und seht zu, dass ihr ihn aufgestellt bekommt. Oder hier passiert was. Ich fahr doch nicht im strömenden Regen über schlammige Wege und hör mir dann dieses Gezeter an. Beim Klabautermann, wenn es doch wahr ist.«

Die Oberschwester sah ihn mit weit aufgerissenen Augen an. Ihr fehlten die Worte. Elin sah zu Matei, die grinste. Es kam gewiss nicht oft vor, dass Alwine Mertens um eine passsende Antwort verlegen war.

»Was ist denn hier los?«, war nun die Stimme von Doktor Grasbach zu hören. Er war die Treppe nach unten gekommen und blickte erstaunt in die Runde.

In die Oberschwester kam Leben.

»Die Herren möchten diesen Baum im Krankensaal aufstellen. Ich bin jedoch der Meinung, dass ... also im Hinblick auf ...« Sie kam ins Stocken und sah zu Hinnerk, der sie wütend anfunkelte.

»Ich nehme an, das ist der bestellte Weihnachtsbaum. Ich freue mich, dass er endlich eingetroffen ist. Sein Anblick wird den Männern bestimmt Freude bereiten. Wieso liegt er denn noch im Treppenhaus? Wird Hilfe benötigt? Ich kann gern beim Aufstellen zur Hand gehen. Zu Hause habe ich das stets getan, und er stand immer kerzengerade.«

Hinnerks Miene hellte sich auf, und die der Oberschwester wurde schlagartig finster. Wenn Blicke töten könnten, Hinnerk wäre auf der Stelle tot umgefallen. Er bedankte sich freudig bei dem Arzt für die Hilfe, die er gern annahm. So schafften sie den Baum ins Krankenzimmer, wo sie mit einem großen Hallo der Männer in Empfang genommen wurden. Rasch waren einige Betten zur Seite gerutscht, und der Baum wurde mit vereinten Kräften aufgestellt. Die Patienten selbst hatten Freude daran, ihn zu schmücken. Und so war die bis zur Decke reichende Fichte alsbald voller Kugeln, Lametta und Kerzen. Es wurden bereits die ersten Weihnachtslieder angestimmt, einer der Männer, sein Name war Peter Hofmann, er kam aus Augsburg, konnte Klavier spielen. Die weihnachtlichen Melodien drangen bis in die Küche, wo die Küchentruppe wieder fleißig werkelte. Die Enten waren nun alle gerupft und wurden weiterverarbeitet. Die Kartoffeln waren geschält, das Gemüse klein geschnippelt. Wiebke summte fröhlich die Melodie von *Ihr Kinderlein kommet* mit, während sie in einer großen Schüssel rührte. Es entstand der für den Nachtisch vorgesehene Vanillepudding. Langsam versank der Tag im Dämmerlicht des späten Nachmittags. Es regnete noch immer. Die Pfeffernüsse, Kringel und Friesenkekse wurden freudig angenommen, dazu gab es mit Zimt verfeinerten Früchtetee. Unter dem Baum lagen nun auch allerlei Päckchen. Für viele der Männer war Post mit Liebesgaben aus der Heimat gekommen. Es war Ehrensache, dass die Geschenke erst zur Bescherung geöffnet wurden. Nach dem Tee dauerte es nicht lange, bis der Pfarrer eintraf. Zur feierlichen Messe wurden die Kerzen am Baum entzündet. Plötzlich herrschte eine besonders heimelige Stimmung im Krankensaal. In seiner Predigt sprach der Pfarrer von der Stärke der Liebe, dem Miteinander und dem Zusammenhalt, der besonders in diesen schwierigen Zeiten wichtig war. Als zum Abschluss alle gemeinsam *Stille Nacht* anstimmten, glaubte Matei, sogar in den Augen der Oberschwester Tränen zu erkennen. Nachdem die Messe zu Ende war, gab es die lang ersehnte Bescherung, und es wurden die Geschenke ausgepackt. Es gab Bücher, Strickwaren, Tabak und Lebkuchen. Elin reichte Matei lächelnd ein in schlichtes braunes Papier verpacktes Päckchen. Die Adresse des Absenders brachte Mateis Augen zum Leuchten. Es kam von Jan.

»Es ist gestern angekommen, und ich habe es gleich versteckt. Geschenke soll man erst zur Bescherung auspacken. Du hättest es gewiss nicht abwarten können.«

»Und ich dachte schon, er hätte mich vergessen«, sagte Matei und riss freudig das Papier auf. Das Paket enthielt einen Skizzenblock und Kohlestifte. Die erste Seite des Blocks zeigte bereits ein Bild. Es war ein Porträt von ihr selbst. Sie war fassungslos. Er hatte sie perfekt getroffen. Ihre Augen, ihr Haar, das sie zu einem Dutt hochgebunden trug, eine Strähne wellte sich sanft auf ihre Schulter herab. Sie lächelte. Es schien, als würde sie in einen Spiegel blicken. Es lag ein Brief bei, den sie mit zitternden Händen öffnete.

Amrum, 21. Dezember 1914

Liebste Matei,

ich hoffe, das Paket erreicht Dich noch pünktlich zur Bescherung. Ich wünsche mir, dass Du die vielen leeren Seiten des Blocks mit wunderschönen Bildern füllst, die ich eines Tages betrachten kann. Ich war so frei und habe die erste Seite bereits bemalt. Mit dem Schönsten, was ich jemals im Leben gesehen habe und was mir nicht mehr aus dem Sinn gehen möchte. Ich wünschte, ich könnte zu Dir nach Sylt zurückkehren und wir könnten zusammen sein, könnten einander besser kennenlernen. Obwohl ich das Gefühl habe, Dich bereits ewig zu kennen. Leider wird mein Wunsch so schnell nicht in Erfüllung gehen. Schon nach Neujahr werde ich Amrum wieder verlassen und zu meinem Regiment an die Westfront zurückkehren. Ich hatte den Antrag gestellt, zur Amrumer Inselwache versetzt zu werden, doch er ist leider abgelehnt worden. Du weißt, wie ich nun fühle, wie enttäuschend diese Absage für mich ist. Ich hatte so sehr darauf gehofft, dass ich als Amrumer problemlos auf der Insel bleiben könnte. Aber dem ist nicht so. Ich hoffe, den Einsatz im Westen heil zu überstehen und bald endgültig heimkehren zu können. Ich werde weitere Versetzungsanträge stellen, auch nach Sylt. Dort soll die Inselwache im neuen Jahr aufgestockt werden, und Insulaner, die sich mit der Nordsee und der Umgebung auskennen,

werden bevorzugt genommen. Es wäre herrlich, wenn die Versetzung klappen würde, denn dann wüsste ich Dich in meiner Nähe, und wir könnten uns an meinen freien Tagen sehen. Ich werde Dir auch von der Front schreiben und berichten. Ich hoffe, Du sendest mir Skizzen der Heimat zu. Das wäre wunderbar und würde meinen tristen Alltag in den Schützengräben freundlicher gestalten.
Ich wünsche Dir ein gesegnetes Weihnachtsfest und ein gutes neues Jahr, in dem wir uns hoffentlich bald wiedersehen werden, und sende Dir tausend Küsse.

Dein
Jan

Matei ließ den Brief sinken und blinzelte die Tränen fort, die sich in ihre Augen geschlichen hatten.

»Und? Was schreibt er?«, fragte Elin und sah sie abwartend an.

»Nach Neujahr muss er zurück zu seinem Regiment an die Westfront«, antwortete Matei und wischte sich eine Träne von der Wange. Plötzlich hatte sie das Gefühl, keine Luft mehr zu bekommen. Sie blickte auf ihr Antlitz auf dem Skizzenblock und schluckte, doch der dicke Kloß in ihrem Hals wollte nicht verschwinden. Sie spürte Elins Arme, die sie umschlangen, und lehnte sich an sie, atmete ihren vertrauten Geruch tief ein. Erneut begann jemand, Klavier zu spielen. Es war die Melodie von *Süßer die Glocken nie klingen*. Einige Männer begannen mitzusingen, auch Alwine sang, und sie traf keinen Ton.

»Es wird alles gut werden«, sagte Elin tröstend. »Das weiß ich bestimmt. Er wird zu dir zurückkommen, und dann werdet ihr für immer zusammenbleiben dürfen. An etwas anderes wollen wir gar nicht erst denken.«

17. KAPITEL

Keitum, 21. Februar 1915

Matei legte den Pinsel zur Seite und begutachtete ihr Werk von allen Seiten. Sie hielt einen von Elins Pötten in Händen. Er war bereits weiß grundiert gewesen. Eben hatte sie den letzten Pinselstrich des Motives gesetzt, das sie gewählt hatte. Es war ein altes Friesenhaus aus Keitum. Nur skizziert, und doch wirkte das reetgedeckte Häuschen plastisch. Matei gefiel ihre Arbeit. In den Regalen standen inzwischen einige Pötte in unterschiedlichen Größen und Formen. Sie hatten sich dazu entschlossen, ebenfalls Zuckerdosen und Tee- und Kaffeekannen zu produzieren. Matei hatte inzwischen zehn unterschiedliche Inselmotive entworfen, die sie mal mit Farbe, mal nur als Skizze auf den meist weiß grundierten Untergründen auftrug. Darunter waren Friesenhäuser aus Keitum, der Leuchtturm von Hörnum, Dünenlandschaften mit dem Meer im Hintergrund. Sylt bot so viele Motive. Bestimmt würde sich ihre Ware wunderbar an die Touristen verkaufen lassen. Nur leider gab es davon aktuell keine auf der Insel, und ein Ende des Kriegs war längst nicht in Sicht. Allerdings gab es Bestrebungen der städtischen Verwaltung Westerland, das Wirtschaftsleben auf der Insel durch die Wiedereröffnung des Bades im Sommer neu zu beleben. Vielleicht konnten sie dann erste Einnahmen erzielen. Elin hoffte darauf. Sie selbst stand diesem Vorhaben eher skeptisch gegenüber. Die Menschen im Reich hatten gewiss andere Sorgen und Nöte, eine Reise nach Sylt war vermutlich das Letzte, woran sie dachten. Und wie sollte der Alltag in Westerland dann aussehen? Der Strand war abgesperrt, und Stacheldraht lag in den Dünen, die von Gräben durchzogen wurden. Es würde keinen Burgenstrand, kein buntes Treiben und keine Konzerte geben. In den großen Hotels waren Inselwächter untergebracht, die am Strand ihre Manöver durchführten. Neulich hatten sie zu Übungszwecken die Kirche von Westerland bestiegen. Warum auch immer. Hinnerk hatte dieses Geklettere, wie er es bezeichnet hatte, eher lächerlich gefunden. Die Nahrungsmittel wurden mit jedem Tag teurer und rationiert abgegeben. Für die Bevölkerung wurden zentnerweise Wirtschaftsäpfel angeschafft, um den Bedarf an Obst zu decken. Inzwischen gab es in Westerland eine neu eingerichtete Fisch- und Fleischverkaufsstelle. Dort konnte man preiswert einkaufen. Auch die Bewirtschaftung der Kohle war von der Stadt übernommen worden. Um der wirtschaftlich weniger leistungsfähigen Gesellschaft unter die Arme zu greifen, waren eine Wochenhilfe für Frauen, deren Männer an der Front waren, eine Rechtsauskunftsstelle und eine Lesehalle eingerichtet worden. In einem solchen Umfeld wollte doch niemand Urlaub machen. Sie mussten der Realität ins Auge blicken. Eine wirkliche Veränderung und Besserung würde nur das Ende des Krieges bringen. Sie stellte den Pott auf den Tisch und legte den Pinsel zur Seite.

Elin betrat den Raum. »Hier steckst du«, sagte sie. »Hab ich es mir doch gedacht. Wir könnten Hilfe in der Küche gebrauchen. Die Unmengen an Grünkohl für das Biikebrennen bekommen wir kaum bewältigt. Es gibt auch frisch aufgebrühten Tee und Friesenkekse. Sie sind sogar noch warm. Wiebke hat sie eben aus dem Ofen geholt.«

»Das hört sich verlockend an.« Mateis Stimme klang wehmütig.

»Was ist los?«, fragte Elin.

»Weiß nicht«, antwortete Matei.

»Es ist wegen Jan, oder? Du machst dir Sorgen.«

»Das auch. Aber heute ist es auch noch etwas anderes. So ein ungutes Gefühl. Ich kann es schwer beschreiben. Als würde eine große Last auf meinen Schultern liegen. Ich sehe mir unsere immer volleren Regale an und frage mich, wann wir die vielen Pötte, Dosen und Vasen verkaufen werden. Ob überhaupt jemals wieder.«

Elin ließ ihren Blick über die Regale schweifen.

»Das habe ich mich gestern Abend auch gefragt, nachdem ich drei fertige Pötte aus dem Brennofen geholt habe. Aber wir dürfen den Mut nicht verlieren. Ich bin mir sicher, dass bald wieder bessere Zeiten kommen werden. Wenn wir den Krieg gewonnen haben, wird alles gut werden. Einer der Männer im Krankensaal hat das gestern gesagt. Das Deutsche Reich wird voller Strahlkraft aus dieser Schlacht hervorgehen. Und dann werden auch wieder die Touristen nach Sylt kommen, der Stacheldraht in den Dünen und all dieses militärische Zeug wird verschwunden sein, und es wird wieder die Burgenstadt und den Süßen Heinrich geben. Wir brauchen nur Geduld.« Sie legte den Arm um Matei und drückte sie kurz an sich.

Matei nickte. »Du hast ja recht. Ich sollte damit aufhören, Trübsal zu blasen. Es wird bestimmt bald alles gut werden. Und man hört ja auch von so vielen Siegen unserer Armee an allen Fronten. Gewiss ist bald alles vorbei und unsere tapferen Männer können heimkehren. Auch Jan.«

»Und dann werdet ihr heiraten und ganz viele Kinder bekommen, die ihre Tante allesamt mit Süßigkeiten verwöhnen wird«, sagte Elin lachend.

»Na, ich hoffe doch, dass du auch bald den Richtigen finden und ganz viele eigene süße Plagegeister bekommen wirst«, antwortete Matei.

»Ja, das wäre schön. Obwohl ich mir im Moment gar nicht so sicher bin, ob ich heiraten möchte. Eine Ehe würde mir meine Eigenständigkeit nehmen. Ein Mann könnte mir verbieten, meine Töpferei zu betreiben. Und wenn er nicht auf Sylt wohnen würde, müsste ich wegen ihm die Insel verlassen. Das fände ich schrecklich, denn Sylt ist mein Zuhause, und ich will es nicht aufgeben müssen. Gerade jetzt, in diesen unruhigen Zeiten, fühle ich mich auf unserer Insel geborgen. Sie ist von der Welt abgeschnitten und ein Kosmos für sich. Der Feind muss es erst über das Meer schaffen, um zu uns zu gelangen. Und er muss zusätzlich den Abwehrwall der Inselwächter überwinden. Das gibt mir das Gefühl von Sicherheit. Wir Insulaner haben schon so vieles gemeinsam überstanden, wir werden es auch dieses Mal tun.«

»Und ich hoffe, dass für den Abwehrwall im Westen noch mehr Männer gebraucht werden und Jan schnell zurückkehren darf. Dafür bete ich jeden Tag«, antwortete Matei.

»Ich bete mit«, sagte Elin. »Aber jetzt sollten wir zusehen, dass wir in die Küche kommen. Wiebke wartet bestimmt schon ungeduldig auf uns. Sie ist bereits seit drei Uhr morgens auf den Beinen und der reinste Wirbelwind.«

Die beiden verließen das Kapitänshaus. Draußen trafen sie auf Anna, die sie freundlich grüßte. An ihrem Arm hing ein Korb, der jedoch leer war.

»Moin, ihr beiden. Wo wollt ihr denn zu so früher Stunde hin?«

»Na, zu Wiebke in die Küche«, gab Elin verwundert zurück. Wieso frühe Stunde, dachte sie. Es war bereits nach elf Uhr morgens. »Den Grünkohl putzen. Das ging aber schnell mit dem Eierholen. Hast du sie schon abgegeben?«

»Eier? Welche Eier?« Anna sah Elin verdutzt an.

»Na, die zwanzig Eier, die du bei Gesa holen wolltest.«

»Ach du je. Die Eier. Das habe ich jetzt ganz vergessen. Ich geh gleich los und hole sie.« Sie wollte sich umdrehen, doch Matei hielt sie am Arm zurück.

»Warte. Ich kann das gern machen. Ich hatte sowieso überlegt, bei Gesa vorbeizugehen, um sie zu fragen, ob sie bei unserem kleinen Biikebrennen dabei sein möchte. Da kann ich auch gleich die Eier mitbringen. Geh du ruhig mit Elin in die Küche und gönn dir erst einmal einen warmen Tee. Du siehst ganz durchgefroren aus.«

Anna willigte ein. Elin legte den Arm um sie, und die beiden gingen zum Haupthaus. Matei beobachtete, wie sie die Treppen nach oben stiegen. Sorge breitete sich in ihr aus. Es kam nicht zum ersten Mal vor, dass ihre Ziehmutter etwas vergaß. Besonders in den letzten Wochen häuften sich solche und ähnliche Vorfälle. Mal waren es ihre Schuhe, die sie nicht fand, dann hatte sie ihre Lesebrille verlegt. Matei dachte an die alte Rahn, die Mutter ihrer Nachbarin aus Kindertagen. Sie hatte am Ende ihres Lebens alles vergessen. Die Namen ihrer Kinder und Enkel, dass sie auf Sylt lebte. Sie war im Nachthemd und barfuß auf die Straße gelaufen und hatte Weihnachten im Sommer feiern wollen. Aber Rahn war über achtzig gewesen, als dies alles passiert war. Der Arzt hatte gesagt, es liege am Alter. Da komme so etwas häufiger vor. Aber so alt war Anna noch nicht. Erst knapp über sechzig. Gewiss sah sie Gespenster. Für sie alle war die gegenwärtige Situation nicht leicht, da konnte man schon mal aus dem Tritt geraten und Dinge vergessen.

Bald darauf stand Matei auf dem Hof von Gesas und Heinrichs Hühnerfarm, und ein beklemmendes Gefühl breitete sich in ihr aus. Ein böiger Wind trieb ihr kalten Nieselregen ins Gesicht, und sie fröstelte. Gleich würde sie Gesa gegenüberstehen, deren

Mann im Krieg gefallen war. Der kleine Fiete hatte seinen Vater verloren und würde ihn niemals wirklich kennenlernen. Matei erinnerte sich daran, wie sie im Sommer hier gewesen war. Damals, als Gesa sie auf die Idee mit dem Kaffeegarten gebracht, als sie die beiden ausgebrochenen Hühner zurück auf den Hof gescheucht hatte. Wie einfach ihr Leben zu jener Zeit gewesen war. Sie hatten den Frieden nicht zu schätzen gewusst. In ihre Augen traten Tränen. Am Ende war Jan längst tot. Sein letzter Brief war vor zwei Wochen eingetroffen. Er war in einem kleinen Dorf namens Éply gewesen. Ihm selbst ging es gut, aber andere Männer waren bei dem Beschuss einer Mühle verwundet, einige auch getötet worden. Von seinem Versetzungsantrag nach Sylt hatte er noch nichts gehört. Éply, das klang so weit fort. War irgendwo in Frankreich, in Feindesland. Heinrich war an der Ostfront gefallen. Dort, wo die Russen erst vor wenigen Tagen über die ostpreußische Grenze zurückgedrängt hatten werden können. Über fünfzigtausend Russen waren gefangen genommen worden, Unmengen an Kriegsmaterial war in die Hände der Deutschen gefallen. Diese Neuigkeiten führten dazu, dass vor vielen Häusern die Fahnen wehten. Alle waren von dem Gedanken durchdrungen, dass Gott ihnen auch weiterhin den Sieg verleihen würde. Wenn es doch nur so kommen würde. Wenn das alles doch bald ein Ende hätte.

Die Tür des Wohnhauses öffnete sich, und Gesa erschien. Sie trug ein schwarzes Kleid, ihr blondes Haar war hochgesteckt, sie sah blass und müde aus.

»Matei, Liebes. Wie lange willst du denn noch im kalten Nieselregen stehen bleiben? Komm rein. Ich hab eben Tee aufgebrüht.«

In der Wohnstube empfing Matei wohlige Wärme. Die Einrichtung war für eines der alten Häuser Sylts typisch. Die Wände waren blau-weiß gekachelt, die mit Holz verkleidete Decke niedrig. Es gab ein Alkovenbett mit grün-weiß karierten Vorhängen, eine mit Geschirr vollgestopfte Anrichte, in einer Ecke stand ein Spinnrad, daneben lagen Wollknäuel in einem Korb. Eine Sitzgruppe mit Eckbank lud zum Verweilen ein. Der kleine Fiete saß in einem Laufställchen und spielte mit einem Stoffbären. Er schenkte Matei nur einen kurzen, desinteressiert wirkenden Blick.

»Es ist schön, dass du gekommen bist«, sagte Gesa und stellte eine blau-weiß gemusterte Teekanne auf ein bereitstehendes Stövchen auf dem Tisch. In einer Schale lagen Friesenkekse.

Matei setzte sich auf die Bank. Neben ihr lag eine bunt gefleckte Katze, die kurz den Kopf hob, sie aus verschlafenen Augen anblickte und den Kopf wieder ablegte.

»Na, Trudi. Ist unser Gast nicht spannend genug für dich? Dann schlaf mal ruhig weiter«, sagte Gesa und strich der Katze über ihr wuscheliges Fell.

Matei tat einen Löffel Kluntje in ihre Tasse, und Gesa füllte Tee darauf. Es war ein roter Früchtetee, der herrlich duftete. Matei entspannte sich ein wenig. Gesa erschien ihr gefasst, was sie verwunderte. Immerhin hatte sie die Nachricht über Heinrichs Tod erst vor wenigen Tagen erhalten. Sie schien ihre Gedanken zu erraten.

»Ich kann nicht den ganzen Tag wie ein Trauerkloß durchs Haus laufen, das Leben muss ja auch weitergehen«, sagte sie. »Heinrich und ich haben an Weihnachten darüber gesprochen, dass es passieren und er fallen könnte. Es war so schön, dass er über die Festtage bei uns gewesen ist. Er hat sich viel mit Fiete beschäftigt, aber auch von der Front erzählt. Gruselige Dinge. Er hat gesagt, ich sollte wissen, wie es wirklich ist. Vorgestern kam ein Brief von Hannes Peterson an. Er war mit ihm in derselben

Kompanie. Er hat mir von seiner Beerdigung erzählt, die sehr würdevoll gewesen sein muss. Er ist in einem Ort namens Niederburnhaupt bestattet worden. Ich war gestern extra in der Bibliothek in Westerland und habe im Atlas nachgesehen, wo das ist. Es liegt in Elsass-Lothringen und ist ein ganz kleiner Ort. Dass er tot ist, ist schon schlimm genug. Aber dass wir ihn nicht heimholen und in Sylter Erde beerdigen können, macht es noch schlimmer. St. Severin hätte gut über ihn gewacht.« Nun traten doch Tränen in ihre Augen. Sie wischte sie fort. »Ich weiß, er ist als Held für unser Vaterland gefallen. Ein schwacher Trost. Das erzähle ich auch Fiete, wenn er älter ist: Dein Vater war voller Stolz und Ehre. Und ich erzähle es auch ...« Sie kam kurz ins Stocken. »Ich erzähle es auch dem Kind, das ich unter dem Herzen trage. Seinem letzten Geschenk, wenn man es denn so nennen kann.«

»Du bist wieder schwanger?«, fragte Matei verblüfft.

»Achte Woche«, antwortete Gesa. »Ich war vor ein paar Tagen beim Arzt. Ich habe es ihm in meinem letzten Brief geschrieben. Da war er schon tot.« Nun begann Gesa doch zu weinen. Matei legte den Arm um sie und zog sie enger an sich. Gesa lehnte den Kopf an ihre Schulter und schluchzte, ihr Körper bebte. Dahin war die gespielte Stärke. Gesa durfte traurig sein, sie durfte um den Mann weinen, den sie geliebt hatte. Und Matei wusste, dass sie und Heinrich einander geliebt hatten. Es war keine arrangierte Ehe gewesen. Gesa richtete sich wieder auf und wischte sich die Tränen von den Wangen. »Es tut mir leid, ich wollte nicht ... Jetzt hab ich deine Bluse beschmutzt.« Sie wischte über Mateis Schulter, auf der ein feuchter Fleck prangte.

»Es ist schon gut«, erwiderte Matei. »Weinen reinigt die Seele.« Wieder ein Spruch ihrer Oma.

»Es ist schön, dass du gekommen bist«, sagte Gesa. »Es kommt im Moment kaum jemand. Normalerweise kommt Tatje montags immer auf einen Schnack vorbei. Aber sie kam nicht. Gestern war Sönk kurz da und hat seine bestellten Hühner abgeholt. Er hat sich mich kaum ansehen trauen und war wortkarg. Sonst redet er immer wie ein Wasserfall. Ich fühle mich, als hätte ich Aussatz. Derweil ist mein Mann gefallen. Wenn das Geschäft nicht wäre, würde vermutlich niemand mehr kommen. Heute Morgen waren zwei Inselwächter da. Keine Sylter, sie kamen von Föhr. Die beiden waren recht nett und haben die Eier für die Truppe abgeholt. Viel krieg ich dafür nicht mehr. Ständig werden neue Preise festgesetzt. Es sollen ja auch bald Lebensmittelkarten eingeführt werden. Als Erstes kommt eine Brotkarte. Moild hat neulich im Laden davon gesprochen. Das liegt alles an der Seeblockade der Engländer. Ich weiß, man darf es nicht zu laut sagen. Aber ich wünschte, dieser Krieg hätte endlich ein Ende. Ach, hätte er nur niemals begonnen. Dann wäre Heinrich noch bei uns. Und das alles nur wegen diesem kleinen Serbien.«

»Das mit der Brotkarte hat Wiebke heute Morgen in der Küche auch erzählt. Hinnerk wusste zu berichten, dass die Stadt Westerland dem Kartoffelanbau in diesem Jahr die größte Aufmerksamkeit schenken möchte, damit die Versorgung der Zivilbevölkerung gesichert ist. Jeden Tag gibt es Neuerungen. Aber wir reden und reden. Derweil bin ich aus einem bestimmten Grund zu dir gekommen. Erstens will ich die bestellten Eier abholen, und wir würden dich gern zu unserem kleinen Biikefest einladen. Ein großes Feuer wird es aufgrund des Krieges nicht geben, denn das wäre zu auffällig. Aber ganz wollen wir nicht auf den Brauch verzichten. Hinnerk plant, mehrere kleine Lagerfeuer im Garten zu entzünden. Das ist uns erlaubt worden. Dazu soll es natürlich das traditionelle Grünkohlessen geben. Wiebke und die anderen sind schon fleißig mit der Zubereitung beschäftigt. Auch andere Dorfbewohner wollen dabei sein.«

»Ich komme gern. Ich kann Tatje fragen, ob sie auf Fiete aufpasst. Das macht sie bestimmt. Sie hat einen Narren an dem Kleinen gefressen.«

»Fein«, antwortete Matei. »Wir starten um sieben Uhr. Es wird auch heißen Punsch geben. Ich müsste dann auch wieder los, denn es steht noch eine Menge Arbeit in der Küche an.« Sie stand auf. »Im Moment haben wir dreißig Mann im Lazarett, dazu das Personal und die Gäste. Wir putzen schon seit gestern früh Grünkohl.«

»Ich würde euch ja gern helfen.« Gesa erhob sich ebenfalls. »Aber ich muss noch die Auslieferung für Puan Klent fertig machen. Es wurden vierzig Eier und zehn Hühner geordert. Die Ware soll heute noch abgeholt werden.«

Die beiden traten in den Flur und verabschiedeten sich mit einer Umarmung voneinander.

Als Matei wenig später die Munkmarscher Allee hinunterlief, hellte es auf, und kurz bevor sie das Herrenhaus erreichte, brach die Sonne durch die Wolkendecke und tauchte das Anwesen in warmes Licht. Matei blieb stehen. Es sah so vertraut aus und schien wie immer. Sie spürte das Bedürfnis, es zeichnen und diesen wunderbaren Moment für immer einfangen zu wollen. Doch dieses einzigartige goldene Licht würde in wenigen Augenblicken wieder verschwunden und nur noch Teil ihrer Erinnerung sein. Sie dachte an Jan. Wie es ihm wohl gerade ging? Wo er war? Vielleicht immer noch in diesem Dorf, oder ganz woanders? In einem dieser schrecklichen Schützengräben? Vielleicht kam in seinem nächsten Brief die Mitteilung, dass er nach Sylt versetzt werden würde. Sie hoffte so sehr darauf. Die Sonne verschwand erneut hinter den Wolken, und ein böiger Wind wirbelte ihre Röcke auf. Sie schlug die Hände um den Oberkörper und ging zurück zum Haus. Die Grübelei machte es nicht besser. Heute sollte ein guter Tag sein, der in ihren Alltag etwas Fröhlichkeit brachte. Daran galt es festzuhalten. Sie betrat die Küche und registrierte verwundert, dass Wiebke nicht anwesend war.

»Da bist du ja endlich«, begrüßte Elin sie mit einem vorwurfsvollen Unterton in der Stimme. Sie saß mit den beiden Küchenmädchen am Tisch. Die drei putzten noch immer den Grünkohl.

»Wir dachten schon, du kommst gar nicht wieder. Wir brauchen dringend Unterstützung. Wiebke hat sich den halben Daumen der rechten Hand abgeschnitten und kann nicht weiterarbeiten.« Anna stand am Herd und sah leicht hilflos drein. »Ich hab keine Ahnung, wie man das macht. Mein Lebtag hab ich noch keinen Grünkohl mit Pinkel gekocht. Wiebke hat einen fürchterlichen Schock. Ich war eben noch mal bei ihr im Kapitänshaus. Schwester Ina kümmert sich um sie. Das wird nie was mit dem Grünkohlessen. Verflixt noch eins. Was sollen wir denn jetzt machen?«

»Jemanden fragen, der sich damit auskennt«, sagte plötzlich eine männliche Stimme hinter ihnen. Es war einer der Soldaten. Er war Ende dreißig und hatte braunes Haar, das bereits leicht schütter wurde. Er hatte an der Front eine üble Beinverletzung davongetragen, die jedoch recht gut heilte. Inzwischen konnte er wieder ohne Krücken laufen. Matei konnte sich nicht mehr an seinen Namen erinnern. Hannes, nein, Herbert. Oder war es Hans gewesen?

»Günter Kohlmann mein Name«, stellte er sich vor und deutete eine kurze Verbeugung an. »Ich helfe gern. Ich bin gelernter Koch und war bis zum Ausbruch des Kriegs in einem großen

Hotel in Hamburg als Küchenchef tätig. Wenn Sie möchten, kann ich Ihnen zur Hand gehen.«

»Ach, das wäre wunderbar«, antwortete Elin erleichtert. »Treten Sie näher.«

Günter Kohlmann humpelte in die Küche und verschaffte sich sogleich einen Überblick über die Lage.

»Gut, dann blanchieren wir weiter den geputzten Grünkohl. Damit wurde ja bereits begonnen. Wie sieht es mit den Zwiebeln aus? Sind die denn schon geschält und geschnitten?«

»Bin gerade dabei.« Emmi schniefte und wischte sich die Tränen von den Wangen.

»Kartoffeln?«

»Ach du je. Die haben wir vollkommen vergessen«, sagte Elin. »Die liegen noch in der Vorratskammer. Ich geh sie rasch holen und mach mich gleich ans Schälen.«

»Erst kochen, dann werden sie weiterverarbeitet«, sagte Günter und krempelte die Ärmel hoch. »Dann sind sie schmackhafter.«

Alle machten sich an die Arbeit. Es wurde Grünkohl blanchiert, Anna und Elin wuschen die Kartoffeln, alsbald kochten sie in zwei großen Töpfen. Die Unmengen an Grünkohl waren tatsächlich irgendwann fertig. Die Zwiebeln und auch etwas Speck, leider eine geringe Menge, davon war nicht viel zu bekommen gewesen, wurden in mehreren Töpfen angebraten, hinzu kam der Kohl. Alles wurde mit Salz und Pfeffer gewürzt und mit Brühe aufgegossen.

»Nun muss das Ganze ein Stündchen köcheln«, sagte Günter. »Nach dreißig Minuten kommen die Würste in die Töpfe und werden mitgegart. Die Kartoffeln müssten nach dem Kochen nur noch geschält und in einer Pfanne mit etwas Butter geschwenkt werden.«

Wiebke kehrte zurück. Sie war blass um die Nase, ihre rechte Hand war verbunden. Verwundert sah sie sich in der Küche um.

»Wiebke, meine Liebe«, sagte Anna und legte den Arm um sie. »Du siehst arg mitgenommen aus. Geht es denn? Möchtest du einen Tee?«

»Also bei der Gesichtsfarbe würde ich eher einen Schnaps empfehlen«, sagte Günter Kohlmann. »Machen Sie sich keine Sorgen, meine Teuerste. Hier in der Küche hat alles seine Ordnung. Es wird ein herrliches Grünkohlessen geben.«

Wiebke sank auf einen Stuhl und nickte.

»Wie steht es denn mit der Hand?«, fragte Matei. »Was sagt der Arzt?«

Wiebke gab ein undefinierbares Geräusch von sich.

Anna sah zu Matei, die die Schultern zuckte. Doktor Grasbach betrat die Küche und hielt die Nase in die Luft.

»Hach, hier duftet es bereits ganz wunderbar. Und Frau Olsen hatte schon Sorge, Sie kämen nicht zurecht. Ich freue mich schon sehr auf das Essen. Ich liebe Grünkohl mit Pinkel.«

»Das haben wir alles Herrn Kohlmann zu verdanken«, sagte Anna. »Ohne ihn wären wir nach Wiebkes Missgeschick aufgeschmissen gewesen.« Sie sah zu Wiebke, die den Kopf einzog.

»Mit Messern sollte man stets vorsichtig umgehen«, sagte der Arzt. »Allgemein passieren viele Unfälle im Haushalt. Wie schnell ist man von einer Leiter gefallen, hat sich die Hand verbrüht oder gar eine schlimme Schnittwunde zugezogen, wie es bei Frau Olsen der Fall gewesen ist.« Sein Blick blieb an Wiebke hängen. »Sie sind ja noch immer ganz blass, meine Liebe. Und derweil waren Sie so tapfer. Nicht jeder hält so still, wenn eine Wunde genäht wird. Und es waren immerhin acht Stiche. Aber ich bin mir sicher, es wird großartig heilen.«

»Bringt jetzt mal endlich einer den Schnaps?«, fragte Anna in die Runde. »Acht Stiche, du liebe Zeit.«

»Na ja«, antwortete der Arzt. »Es war ja auch der halbe Daumen ab.«

»So genau wollte ich es gar nicht wissen«, erwiderte Matei.

Anna stellte mehrere Schnapsgläser auf den Tisch und füllte sie allesamt. Sie nahm gerade ihr Glas in die Hand, als die Oberschwester mit grimmiger Miene den Raum betrat. Ihr Blick blieb an Günter Kohlmann hängen.

»Hier stecken Sie. Ich suche Sie bereits überall. Niemand konnte mir sagen, wo Sie abgeblieben sind. Wir sind ein Lazarett, kein Hotel. Hier gibt es Regeln. Und die oberste Regel ist, dass sich die Patienten schonen müssen. Sehen Sie mal besser zu, dass Sie flott wieder zu Ihren Kameraden kommen und die nachmittägliche Ruhezeit einhalten.«

»Jetzt seien Sie mal nicht so streng mit unserem Herrn Feldwebel«, antwortete Doktor Grasbach. »Sein Bein heilt großartig, und Bewegung ist für ihn von Vorteil. Und er hat unser Grünkohlessen gerettet. Kommen Sie, meine Liebe. Trinken Sie einen Schnaps mit uns. Das macht das Leben leichter.«

Alwine sah den Arzt irritiert an. So recht schien sie nicht zu wissen, wie sie reagieren sollte. Dahin war es mit ihrem selbstbewussten Auftreten. Anna hielt ihr ein Glas hin. Notgedrungen nahm sie es entgegen.

»Auf einen gelungenen Abend und ein schönes Biikebrennen in diesen schwierigen Zeiten«, sagte Anna und hielt ihr Glas in die Höhe. Alle leerten ihre Gläser, auch die Oberschwester. Sie schüttelte sich und verzog das Gesicht.

»Lieber Herrgott«, stammelte sie. »Das schmeckt ja scheußlich.«

»Sagen Sie bloß, Sie haben noch nie einen anständigen Schnaps getrunken?«, fragte Matei verdutzt.

»Natürlich nicht. Ich bin Krankenschwester. Da hat man all seine Sinne beisammenzuhalten. Ich habe seit vielen Jahren keinen einzigen Tropfen Alkohol getrunken. Den rühre ich nur zur Desinfektion von Wunden an.«

»Jetzt wissen wir auch, weshalb Sie immer mit einer solchen Sauertopfmiene durch die Gegend laufen«, rutschte es Günter heraus.

»Herr Kohlmann, also wirklich«, antwortete Doktor Grasbach. Er konnte ein Schmunzeln nicht unterdrücken.

»Das ist doch ... also ...« Alwine fehlten die Worte.

»Besser wir trinken noch einen«, sagte Wiebke und füllte mit der linken Hand erneut ihres und das Glas von Alwine. »Auf einem Bein kann man nicht stehen. Mein Vater hat immer gesagt: Schnaps heilt die Seele und nimmt den Schmerz. Also runter damit. Dann geht's uns beiden besser.« Sie hielt Alwine das Glas hin.

»Soll das etwa heißen, mit meiner Seele stimmt etwas nicht?«, fragte die verdutzt.

»Jetzt trinken Sie schon«, sagte Wiebke mit fester Stimme.

Alwine gehorchte. »Guter Gott«, sagte sie, nachdem das Glas geleert war. »Es brennt im Hals ganz fürchterlich. Aber das Gefühl im Magen ist herrlich warm.« Sie sah zu Günter, der breit grinste. Sie lächelte nun ebenfalls und senkte den Blick. Ihre Wangen färbten sich sogar ein wenig rot. Was so ein bisschen Alkohol alles bezwecken kann, dachte Matei. Wenn sie ihr noch drei Gläser geben würden, würde sie vermutlich Gassenhauer singend durchs Haus laufen.

Hinnerk betrat den Raum. Er sah in die Runde, und sein Blick blieb an der auf dem Tisch stehenden Schnapsflasche hängen.

»Also wirklich«, sagte er. »Hier drin wird gebummelt und gesoffen, während wir draußen arbeiten und die Lagerfeuer aufbauen. So geht das gar nicht.«

»Magst auch einen Schnaps?«, fragte Anna.

»Aber gern«, antwortete Hinnerk und grinste. Er füllte sich selbst ein Glas und leerte es in einem Zug.

»Ach Kinners, ich freu mich so«, sagte er und füllte das Glas erneut. »Sämtliche Lagerfeuer sind aufgebaut, bestes Treibholz und Reisig. Das brennt wie Zunder. Ist zwar kein großes Feuer wie sonst am Tipkenhoog. Aber es wird fein werden. Wir Insulaner lassen uns vom Krieg unsere Bräuche nicht wegnehmen. Dat wäre ja noch schöner. Da haben wir schon schlimmere Zeiten überlebt. Und auch wenn die Biikefeuer dieses Jahr nur klein sind, so wollen wir doch hoffen, dass sie das Böse in die Flucht schlagen werden.« Er rieb sich die Hände.

Alle Anwesenden in der Küche nickten. Matei dachte an Gesa. Ihr hatte der Krieg den Liebsten genommen. Und ein paar Lagerfeuer würden ihn ihr nicht wiederbringen. Aber vielleicht ein wenig Mut machen und in diesen dunklen Zeiten Trost spenden. Brauchtum und geregelte Abläufe waren wichtig, wenn die Welt aus den Fugen geriet. Sie nahm sich vor, Jan in ihrem nächsten Brief davon zu erzählen, und hoffte, dass sie ihm damit etwas Heimat in die Ferne brachte.

18. KAPITEL

Vilcey, 4. April 1915

Meine liebste Matei,

ich schreibe Dir diesen Brief leider noch immer aus Frankreich. Wir sind im Moment in Vilcey. Das ist ein kleines, dreckiges Dorf von etwa einhundertachtzig Einwohnern, von denen niemand mehr geblieben ist. Es befindet sich in einem Talgrund, und eine tiefe Waldschlucht führt zur Zufahrtsstraße. Einige Hundert Meter südlich von hier liegt man sich in Schützengräben nur zehn bis hundert Meter gegenüber. Gestern gab es erbitterte Kämpfe, und wir haben verlorenes Gebiet zurückerobern können. Leider haben wir dabei Verluste erlitten, und heute Morgen setzte unvermittelt eine Kanonade auf unsere Stellung ein. Ich lag in einem nur siebzig Zentimeter tiefen Grabenstück, mit Erde und Gestein überschüttet, und habe ehrlich gesagt den Tod erwartet. Nur sechs Schritte weiter wand sich der schwer verwundete Gefreite Munch, ohne dass ich ihm helfen konnte. Es folgte alsbald der feindliche Infanterieangriff. Die Franzosen liefen hundert Meter von uns entfernt gegen die Blockhäuser an, der Angriff brach jedoch unter unserem Feuer zusammen. Der Krieg bringt immer Eigenartiges mit sich. Als sich das Artilleriefeuer zurückzog, hörte ich ein Vöglein ganz in unserer Nähe das Abendlied singen, und mir stiegen die Tränen in die Augen. Ich weiß, ich sollte Dir solche Dinge nicht schreiben. Aber ich möchte, dass Du Anteil an meinem Leben hast, und es fühlt sich befreiend an, das alles aufzuschreiben. Wie lange ich noch hier in Vilcey und bei diesem Regiment bleiben muss, kann ich Dir nicht sagen. Mein erster Antrag auf Versetzung nach Sylt wurde, wie

du aus meinem letzten Brief weißt, leider abgelehnt. Aber ich will nicht aufgeben. Es muss sich ein Weg finden lassen. Ich überlege nun, eine Versetzung zur Nordarmee zu erreichen. Vielleicht gelingt mir über diesen Umweg doch noch die Rückkehr nach Sylt. Eine Versetzung nach Amrum habe ich aufgegeben. Dort ist es beschaulicher, und die Stationierungen sind überschaubar. Meine Mutter schrieb mir, dass die Männer sich recht langweilen würden. Auch meinte sie, wie sinnlos es sei, in den Dünen Gräben zu buddeln. Bisher sei noch kein Feind in Sicht gewesen. Ich würde lieber den ganzen Tag in den Dünen Gräben buddeln, als hier in dieser unheilvollen Umgebung auszuharren. Ich hoffe nun auf eine rasche Nachricht von der Nordarmee, und vielleicht gibt es dann bald ein Wiedersehen. Ich träume davon, dass wir beide eines Tages Seite an Seite stehen und das Meer mit all seinen Facetten auf die Leinwand bannen werden. Dass wir mehr sein werden als zwei Menschen, die sich einander nur für kurze Zeit zugetan sein durften.
Alles Liebe und ein Kuss aus der Ferne.

Dein
Jan

Westerland, 2. Mai 1915

Matei und Elin liefen die Strandstraße hinunter und ließen ihre Blicke über die oftmals mit Brettern zugenagelten Läden und Geschäfte schweifen. Normalerweise würde zu dieser Zeit bunter Trubel herrschen. Die Geschäfte und Strandbasare wären mit Touristen gefüllt, an einem sonnigen Tag wie heute hätten die Cafés und Restaurants ihre Stühle längst nach draußen gestellt, und das erste Konzert der Kurkapelle wäre gespielt worden. Es war zwei Uhr nachmittags. Um diese Zeit wäre es bereits schwer, noch einen Strandkorb für sich und seine Liebsten zu ergattern. Doch es gab kein touristisches Leben in Westerland. Die Konzertmuschel auf der Kurpromenade war verwaist, auf dem Strand befand sich keine Burgenstadt, sondern Unterstände für die Soldaten, die in den Hotels und Pensionen untergebracht waren. Die Inselkommandantur residierte standesgemäß im Hotel zum Deutschen Kaiser. Eine Gruppe Inselwächter marschierte in Reih und Glied an ihnen vorüber. Allesamt hatten sie die Köpfe nach links gewandt, als ob es dort etwas besonders Interessantes zu gucken gäbe.

Matei war froh, als sie außer Sicht waren. Sie tat sich mit dem vielen Militär auf der Insel noch immer schwer. Überall an der Westseite waren Barackenlager hochgezogen worden, auch auf dem früher verwaisten Ellenbogen. Das am nördlichen Ende der Insel gelegene List, das bis zum letzten Sommer nur aus zwei Häusern, dem Ost- und dem Westhof, bestanden hatte, hatte nun einen Hafen für Torpedoboote und eine Flugzeugstation erhalten. Auch die Bahnverbindungen sollten weiter ausgebaut werden. Wo sollte das alles nur enden? Die vielen Aufrüstungen ließen ein nahendes Kriegsende nicht vermuten, und auch der letzte Brief von Jan machte wenig Hoffnung auf eine Rückkehr zur Normalität.

»Dort vorn ist es«, sagte Elin und riss sie aus ihren Gedanken.

Sie blieben vor einem schmalen zweistöckigen Haus stehen, das nur wenige Schritte von der Promenade entfernt lag. Früher wäre eine solche Lage unbezahlbar gewesen. Die Fassade war in einem hellen Fliederton gestrichen, die Fensterrahmen weiß. Es war eine der für Westerland typischen Bauten, die in den letzten zwanzig Jahren entstanden waren. *Gästehaus Luisa* prangte in geschwungenen Lettern über der Eingangstür. Im Untergeschoss befand sich ein Ladengeschäft. In einem Blumenkasten unterhalb des verdreckten Schaufensters blühte Löwenzahn in Hülle und Fülle. In der im oberen Teil verglasten Eingangstür hing noch ein Plakat aus dem letzten Sommer, das eines der Kurkonzerte ankündigte. Die Veranstaltung hätte am 15. August stattgefunden. Da war die Insel längst zum Sperrgebiet erklärt und das Bad geschlossen worden. Nun sollte es jedoch tatsächlich wieder öffnen, und einige private Geschäftsleute und Einheimische versprachen sich etwas davon. Auch Elin gehörte zu ihnen, weshalb sie die Fühler nach einer Verkaufsmöglichkeit für ihre Tonwaren in Westerland ausstreckte.

Elin klopfte an die Tür. Es dauerte einen Moment, bis eine grauhaarige Frau auftauchte, die öffnete und ihnen bedeutete einzutreten. Sie ging leicht gebückt. Ihre Haare waren zerzaust und dünn, sie war hager, ihr Gesicht faltig. Das mädchenhaft wirkende weiße Kleid mit rosa Streublümchen darauf und Spitze an den Ärmeln und dem Dekolleté, das sie trug, wollte nicht so recht zu ihrem körperlichen Erscheinungsbild passen. Sie sprach recht laut, was darauf hindeutete, dass sie schwerhörig war.

»Also das wäre dann der Laden. Nicht groß, ich weiß. Aber er hat eine gute Lage. Regale sind noch da. Haben die Berliner hiergelassen, auch die anderen Möbel, den Tresen, sogar die Kasse. Können Sie gern verwenden. Wenn Sie es denn brauchen werden. Mein Gustav findet das alles lächerlich. Da kommt doch keiner, hat er gesagt. Wer will schon in einem Bad voller Soldaten und Stacheldraht Urlaub machen? Ich sehe das ähnlich. Aber bitte schön. Wenn es denn sein muss. Was wollen Sie gleich noch mal verkaufen?«

»Tonwaren«, antwortete Elin. »Pötte und Vasen, Zuckerdosen und Teekannen. Wir stellen die Sachen in Keitum her.«

»Und da will es keiner kaufen?«, fragte die Alte, die Jenni Jürgensen hieß.

»Wir dachten, wenn das Bad wiedereröffnet wird, dann wäre Westerland die bessere Wahl. Vielleicht kaufen auch einige der Soldaten und schicken unsere Waren an ihre Familien in der Heimat. Sie haben recht hübsche Nordseemotive.«

»Kann schon sein. Davon lebt Uwe Lornsen von gegenüber auch. Verkauft Buddelschiffe an die Soldaten. Natürlich ist er weit von seinen normalen Saisoneinnahmen entfernt, aber lieber die paar Kröten als gar nichts, hat er mir gesagt. Und vielleicht verschlägt es doch ein paar Leute zu uns auf die Insel. Auf Föhr haben sie ja auch noch Kurbetrieb. Und hier vorn, also im Bereich der Promenade, soll wohl das Aufstellen von Strandkörben wieder gestattet werden, und Privatleute dürfen sich in einem bestimmten Abschnitt auch wieder am Strand aufhalten. Mein Gustav hat heute Morgen gemeint, der Krieg könnte im Herbst vorbei sein. Er ist bestens informiert und liest jeden Tag die Zeitung. In Ypern haben wir glänzende Erfolge gegen die Engländer erzielt, und die Deutschen und Österreicher sollen sich in diesem Ort, ach, irgendwas mit G, ich hab es vergessen. Na, sie sollen sich hervorragend schlagen. Er hat gesagt, die Russen sind bald erledigt, und dann geht es überall schnell vorwärts. Gott gebe es, hab ich gesagt. Das ist ja alles kein Zustand.«

»Was soll der Laden denn nun kosten?«, fragte Elin und unterbrach Jennis Redefluss.

»Zwanzig Mark im Monat kostet das ganze Haus«, antwortete Jenni. »Oben sind zwei Gästezimmer, die können vermietet werden. Badezimmer auf dem Flur. Erdgeschoss mit dem kleinen Lager kostet zwölf Mark.«

»Wir benötigen nur das Erdgeschoss«, erwiderte Elin. »Wir möchten keine Gästezimmer vermieten.«

»Das dachte ich mir schon. Inge Olsen von nebenan hat angefragt, ob sie die Zimmer haben könnte. Sie will es mit der Vermieterei mal probieren, braucht aber den Laden nicht. Dann ist ja alles fein. Wann soll es losgehen?«

»So schnell wie möglich«, antwortete Elin. »Wenn es recht ist, dann noch diese Woche.«

»Dann wäre die Miete aber gleich fällig«, sagte Jenni und streckte ihre knochige Hand aus. Elin holte ihre Börse aus der Tasche und legte ihr die Miete abgezählt hinein. Ihre neue Vermieterin beobachtete mit Argusaugen, wie die Münzen in ihren Besitz übergingen, und ließ sie sogleich in ihrer Rocktasche verschwinden.

»Dann viel Freude mit dem Laden«, sagte sie. »Ich lauf gleich zu Inge. Die wird sich was freuen. Auf gute Geschäfte. Und vielleicht gefallen mir ja eure Pötte und ich kauf mir auch einen.«

Nachdem sich die Tür hinter Jenni geschlossen hatte, atmete Matei erleichtert auf. Jenni Jürgensen war nicht unhöflich oder unfreundlich gewesen. Doch sie hatte etwas an sich gehabt, was ihr ein unangenehmes Gefühl vermittelt hatte.

Die beiden blickten sich in dem kleinen Ladengeschäft um. Staubflusen tanzten über den Dielenboden, es roch muffig. Die Wände waren in einem hellen Blau gestrichen, die Regale weiß. Eine seltsame Stimmung hing im Raum. Es fühlte sich nicht wie ein Neubeginn an.

»Und du denkst wirklich, das ist eine gute Idee?«, fragte Matei.

»Jetzt haben wir den Laden gemietet«, antwortete Elin. »Also müssen wir ihn auch nutzen. Und Soldaten sind auch Kundschaft. Ich denke, wir beide brauchen diese Veränderung. Wir fühlen uns doch in Keitum wie eingesperrt. Ständig gehen wir dieselben Wege, führen dieselben Gespräche. Auch das Lazarett ist für mich nur noch schwer zu ertragen. Es war doch erst gestern, als wir unseren Kaffeegarten voller Zuversicht eröffnet haben.«

Matei nickte. Ihr ging es ähnlich. Inzwischen waren in ihrem Haus zwei Männer am Wundfieber gestorben. Einem Mann hatte das Bein amputiert werden müssen. So etwas schmerzte und drückte auf die Stimmung aller Beteiligten. Dazu kamen die Launen der Oberschwester, die dafür sorgten, dass das Personal ständig wechselte. Besonders bei den meist von der Insel stammenden Hilfsschwestern gab es Veränderungen. Die jungen Mädchen ließen sich das ewige Gängeln nicht sonderlich lange gefallen. Auch eine der Krankenschwestern hatte um Versetzung gebeten. Sie hatte Sylt letzte Woche verlassen. Nur Schwester Ina blieb geduldig und ertrug sämtliche Schikanen der Oberschwester. Elin bewunderte ihre Empathie. Sie und auch Matei bemühten sich inzwischen, so gut es ging, Alwine aus dem Weg zu gehen. Und der Laden war dafür eine hervorragende Möglichkeit.

»Gut«, sagte Matei. »Dann eröffnen wir. Hinnerk hat versprochen, dass er uns beim Transport der Waren behilflich sein wird. Ich könnte auch einige meiner Bilder aufhängen und mit Preisschildern versehen. Vielleicht kauft jemand eines von ihnen.«

»Das ist eine hervorragende Idee«, stimmte Elin zu. »Wir könnten unseren Laden ja vielleicht Pott und Kunst nennen. Was meinst du?«

»Hört sich nicht schlecht an«, antwortete Matei.

»Das sollten wir feiern«, sagte Elin. »Die Bäckerei gegenüber hat geöffnet. Vielleicht haben wir Glück und ergattern etwas Kuchen oder Kekse. Damit könnten wir uns in die Sonne setzen und ein wenig aufs Meer hinausblicken. Es ist so ein wunderschöner Tag.«

Matei willigte ein. Elins plötzliche Begeisterung gefiel ihr und schwappte auf sie über. Sie hatte recht. Es galt weiterzumachen und das Leben mit all seinen Hürden und Herausforderungen anzunehmen. Und gewiss kamen bald wieder bessere Zeiten. Was hatte Jenni eben gesagt? Bis Herbst könnte alles vorbei sein. Die Deutschen errangen Siege in ganz Europa, in West und Ost. Gewiss würden sie bald siegreich aus dieser Schlacht hervorgehen, und dann müssten die Grenzen Europas, so wie es Hindenburg gesagt hatte, neu gezogen werden. Es blieb zu hoffen, dass er recht behalten würde.

Sie verließen den Laden, und Elin schloss gewissenhaft die Tür ab. Als sie die Bäckerei betraten, ernüchterte sie der Anblick der leeren Kuchentheke. In den Regalen hinter dem Verkaufstresen lagen nur noch zwei Brote. Eine blonde Frau mittleren Alters in einem hellgrünen Kleid begrüßte sie mit einem Lächeln.

»Moin, die Damen. Was kann ich für euch zwei Hübschen an einem solch sonnigen Tag tun?« Ihre Stimme klang heiter, um ihre Augen lagen viele Lachfältchen. Matei verzauberte ihre herzliche Art sofort.

»Wir hatten gehofft, Kekse oder Kuchen bei Ihnen zu finden«, sagte Elin. »Aber leider ist nichts vorhanden.«

»Bedauerlicherweise ist dem so«, antwortete die Frau. »Die Mehlpreise sind erneut gestiegen, und oftmals ist es schwer zu bekommen. Und die Lieferungen an die auf der Insel stationierten Regimenter haben immer Vorrang. Aber ich hätte da was für euch. Wir haben uns gedacht, das bringt ein wenig das Gefühl der heilen Welt zurück und weckt Erinnerungen.« Sie holte ein Glas unter dem Tresen hervor und beförderte zwei Stangen glasierte Nüsse heraus.

»Ich weiß, ich bin nicht der Süße Heinrich«, sagte sie und zwinkerte Elin zu. »Aber ich verspreche, die Nüsse schmecken genauso gut. Eine Stange kostet zehn Pfennige.«

Elin bezahlte, und die beiden verließen den Laden in bester Stimmung. Auf der Promenade entschlossen sie sich, den Strand zu betreten. Das Absperrband war verschwunden, und die Unterstände der Soldaten waren in diesem Bereich bereits abgebaut worden. Die beiden setzten sich in den warmen Sand und begannen, an ihren Nüssen zu knabbern.

»Eigentlich ist es ganz schön so«, sagte Matei irgendwann und blickte nach links. Weit und breit war niemand zu sehen. Das Wasser lief gerade ab, sanft waren die Wellen. Strandläufer suchten am Flutsaum nach Essbarem, Möwen schwammen in den funkelnden Wellen. Weit draußen war ein Schiff zu erkennen. »So leer ist dieser Strandabschnitt sonst nicht einmal im Winter. Die Friedlichkeit ist wie Balsam für die Seele.«

»Ja, das ist sie«, antwortete Elin. »Zuletzt war ich mit Antje hier. Das war, kurz bevor sie die Insel verlassen hat. Sie fehlt mir so sehr. Die Gespräche, das Arbeiten in ihrer Tonwerkstatt. Sie hat auch länger nicht mehr geschrieben. Ich hoffe, es geht ihr gut. Wir haben damals dem Süßen Heinrich Nüsse abgekauft und sind bis Rantum gelaufen. Wir haben sogar die Schuhe ausgezogen. Das hab ich vorher nie gemacht. Ein Sylter Mädchen. Das muss man sich mal vorstellen. Aber wir Einheimischen gehen ja nie schwimmen. Wozu auch? Ich kann es nicht einmal. Ach, es war so ein wunderbarer Tag voller Heiterkeit und Frohsinn.«

»Ich bin noch nie bis Rantum am Strand entlanggelaufen. Und schon gar nicht barfuß«, sagte Matei. »Was würde ich dafür geben, es jetzt machen zu können.« In ihrer Stimme schwang Wehmut mit.

»Dann tun wir es jetzt«, sagte Elin. Sie hatte eben ihre letzte Nuss verspeist und schleckte sich die Finger ab.

»Aber der Strand ist doch für Zivilisten gesperrt«, wandte Matei ein.

»Was soll denn groß passieren?«, fragte Elin. »Im schlimmsten Fall begegnen wir einer Gruppe Inselwächter, die uns fortjagt.«

»Auch wieder wahr«, antwortete Matei. Plötzlich fühlte sie sich wie ein kleines Kind, das einen Streich ausheckt. Das Gefühl gefiel ihr und sorgte für ein aufregendes Kribbeln im Bauch. Verbotene Dinge zu tun, machte noch immer am meisten Spaß.

Sie begann, die Schnürung ihrer Schuhe zu öffnen. Bald darauf liefen sie an der Wasserlinie entlang. Immer wieder schwappten die Wellen über ihre nackten Füße. Matei hob Meeresschaum auf und blies ihn übermütig in die Luft. Elin sammelte Muscheln, ein besonders hübsches Exemplar wanderte in ihre Rocktasche. Sie beobachteten einen dicken Krebs, der im feuchten Sand behände auf und ab lief. Längst hatten sie die Häuser Westerlands hinter sich gelassen. Linker Hand erhoben sich die Dünen. Sie sahen wie immer aus, kein Stacheldraht war zu erkennen, niemand von den Inselwächtern zu sehen. Nur das Geschrei der Möwen war zu hören. Sylt gaukelte ihnen die perfekte Idylle eines schönen Frühlingstags vor, der sich bereits nach Sommer anfühlte.

Doch diese wurde ein Stück weiter jäh unterbrochen. Aus den Dünen kamen zwei Inselwächter, die auf sie zuhielten. Matei ahnte, was kommen würde, und zog den Kopf ein.

»Gud Dai, die Damen«, sprach sie einer der Männer an. Er war blond und hoch aufgeschossen. Ein Dreitagebart bedeckte seine Wangen. Seine Art zu grüßen zeigte, dass er von einer der Inseln stammte. »Sie wissen, dass der Strand an dieser Stelle

Sperrgebiet ist? Bitte entfernen Sie sich sofort von der Wasserlinie und kehren Sie ins Inselinnere zurück.«

»Aber es ist doch keine Gefahr in Sichtweite«, begehrte Elin auf. »Wir wollen nur bis Rantum laufen. Mehr nicht. Es ist so ein schöner Tag.«

Matei konnte kaum glauben, was sie hörte. Obwohl diese Reaktion durchaus zu ihrer Schwester passte. Wenn sie sich etwas in den Kopf gesetzt hatte, ließ sie sich kaum davon abbringen.

»Bitte, meine Damen. So seien Sie doch vernünftig«, antwortete der Inselwächter, dessen Miene sich merklich verfinstert hatte. Widerworte schien er gar nicht zu mögen. »Regeln sind nun einmal Regeln. Wenn Sie nicht Folge leisten, muss ich Ihnen ein Bußgeld auferlegen oder Sie gar einsperren.«

»Dann gehen wir eben.« Elin schnaubte verächtlich. »So ein Unsinn. Bisher war auf der Insel noch kein einziger Engländer überhaupt in Sichtweite.«

»Ich denke nicht, dass Sie die Tragweite der Gefahrenlage einschätzen können, meine Teuerste«, entgegnete der Inselwächter in scharfem Tonfall.

»Jetzt lass uns gehen«, sagte Matei und umfasste mit festem Griff Elins Oberarm. »Wir hätten niemals auf diese Idee kommen sollen. Nichts für ungut, die Herren. Wir sind schon weg.« Sie bemühte sich um ein Lächeln und zog Elin mit sich Richtung Dünen. Als sie außer Hörweite der Inselwächter waren, begann sie, loszuzetern. »Bist du denn verrückt geworden? Was ist nur in dich gefahren? So kannst du mit den Männern doch nicht reden. Am Ende stecken die uns noch ins Gefängnis.«

»Wenn es doch wahr ist«, maulte Elin. »Noch nix ist passiert. Ständig erzählen sie uns, wie gefährlich doch alles wäre, und überall rüsten sie auf. Aber bisher ist noch kein Engländer auch nur in die Nähe der Insel gekommen. Es gibt immer nur diese dämlichen Fehlalarme. Ich hab es so satt.«

»Besser, sie sind achtsam. Du weißt doch, was damals im Deutsch-Dänischen Krieg passiert ist. Ein besetztes Keitum möchte ich auf keinen Fall erleben müssen.«

Sie setzten sich in die Dünen und zogen ihre Schuhe wieder an. Matei blickte auf die mit Strandhafer und Heidekraut bewachsene Hügellandschaft, und ihr kam eine Idee. »Einen Vorteil hat es, dass sie uns vertrieben haben«, sagte sie. »Wir müssen jetzt durch die Dünen laufen, und wenn wir Glück haben, finden wir einige Möweneier. Die könnten wir uns heute Abend in unserer kleinen Küche im Kapitänshaus in die Pfanne hauen. Da haben wir es ruhiger als in der Herrenhausküche. Wir haben auch noch Brot, dazu von dem Rotwein, den uns Gesa zum Biikebrennen mitgebracht hat. Wir können es uns richtig gemütlich machen. Mama hat Möweneier auch gern.«

»Das ist eine wunderbare Idee«, antwortete Elin. »Ich habe ewig keine mehr gegessen, und sie schmecken köstlich. Komm. Wir sehen nach, ob wir Glück haben.«

Die beiden schlugen sich in die Dünen und machten sich auf die Suche. Die Hügel hinauf war es anstrengend, aber hinab rutschten sie auf ihren Popos, was ihnen großen Spaß bereitete. Kichernd kugelten sie am Fuß einer besonders hohen Düne durch den Sand und blieben nach Luft japsend nebeneinander liegen.

»Ich hab ganz vergessen, wie viel Spaß das macht«, sagte Elin. »Ich glaube, es ist bestimmt zehn Jahre her, dass wir das gemacht haben.«

»Mindestens«, antwortete Matei. »Nur leider haben wir noch keine Möweneier gefunden.«

»Ach, die finden wir schon noch.« Elin stand auf und klopfte sich den Sand von ihrem hellblauen Sommerkleid. Sie liefen weiter, dieses Mal durch einen der Dünengräben. Dahinter fanden sie verwaiste und halb mit Sand gefüllte Gräben, vor denen Stacheldraht angebracht war.

»Gräben in den Dünen buddeln. Auf die Idee muss man erst mal kommen«, sagte Elin und schüttelte den Kopf. »Der reinste Irrsinn. Ekke Nekkepenn würde sie alle auslachen.« Sie liefen weiter und fanden zwischen dem Heidekraut tatsächlich einige Möwennester, die mit den gesprenkelten Eiern gefüllt waren. Matei hatte eine Schürze umgebunden, die sie nun als Tasche zweckentfremdeten.

»Es ist ein ganzes Dutzend«, sagte Elin freudig. »Hach, das wird ein leckerer Schmaus.«

Bald darauf ließen sie die Dünenlandschaft hinter sich und folgten einem staubigen Feldweg Richtung Tinnum. Auf den Weiden standen Kühe und Schafe. Einige Gänse kreuzten schnatternd ihren Weg. Eine Weile begleiteten sie zwei Pfauenaugen, die miteinander in der Luft wie ein verliebtes Pärchen zu tändeln schienen. Neben einer alten Scheune stand ein großer, in voller Blüte stehender Fliederbusch, der sie mit seinem Duft betörte. Das Summen unendlich vieler Bienen war zu hören. Einer der Bauern, sie kannten ihn, sein Name war Jens Martensen, begegnete ihnen mit seinem Fuhrwerk und grüßte freundlich. Wieder erweckte alles den Eindruck von Normalität. Doch kurz vor Tinnum zeigte sich der Krieg erneut durch eine größere Gruppe Inselwächter, die sich um eine Feldküche geschart hatten.

Als sie bald darauf in Keitum am Herrenhaus eintrafen, kam ihnen eine hektisch winkende Wiebke entgegengelaufen.

»Da seid ihr beiden ja endlich. Wisst ihr, wo Anna ist? Wir suchen sie überall. Können sie aber nirgendwo finden.«

19. KAPITEL

Berlin, 29. Mai 1915

Liebe Frau Hansen,

mir sind gestern meine Gemälde in die Hände gefallen, die ich während meiner wunderbaren Zeit in Ihrem Haus zeichnen durfte. Und da schämte ich mich sogleich dafür, dass ich die ganze Zeit über nichts von mir hören habe lassen. Es grämt mich aber auch, dass aus einer Rückkehr nach Sylt in diesem Sommer nichts werden wird. Der fromme Wunsch unseres Volkes nach einem baldigen Kriegsende scheint sich leider nicht zu erfüllen. Am zweiten Pfingstfeiertag wurde in Berlin die Kriegserklärung Italiens an Österreich bekannt. Ehrlich gesagt, frage ich mich, wie das alles noch werden soll. Mein Nachbar, er ist als Pfarrer und Seelsorger in unserer Gemeinde tätig, meinte, dass der Krieg einen Abgrund von Hass, Rohheit, Dummheit und Lüge hervorbringe. Er bringt aber auch viel Armut und Not. Hier in Berlin leben so viele Kriegerfrauen, die jeden Tag die Nachricht erwarten könnte, dass ihr Mann gefallen ist. Auch werden die Lebensmittel immer knapper, und vor vielen Geschäften bilden sich inzwischen lange Schlangen. Neulich las ich in einer Zeitung von sechs deutschen Soldaten, die irgendwo in Flandern begraben sind. Man hat sie ermordet und beraubt aufgefunden. Auf ihrem Kreuz steht:

Gestritten gelitten für Deutschlands Ehr
Weiß niemand die Namen als Gott der Herr.
Sechs Soldaten, sechs Menschen mit Lebenswegen und Träumen, mit Angehörigen, die niemals Gewissheit über ihr wirkliches Schicksal erhalten werden. Es ist erschütternd.

Und doch will mich der Mut nicht verlassen. Es gibt weiterhin viele Siege unserer tapferen Soldaten zu verzeichnen, und auch wenn alles etwas anders vonstattengeht, wie wir es uns vorgestellt haben, so wird es gewiss ein gutes Ende nehmen. Dessen bin ich mir sicher. Und dann werde ich auch wieder zu Ihnen in den bezaubernden Ort Keitum mit seinen Friesenhäusern und Baumalleen zurückkehren. Es gab bisher keinen Platz auf Erden, wo ich mich so wohlgefühlt habe wie in Ihrem Herrenhaus am Watt. Bis es so weit ist, werde ich meine Gemälde von Ihrer zauberhaften Insel betrachten. Vorfreude ist ja bekanntlich die schönste Freude.
Ich wünsche Ihnen und Ihrer Familie nur das Beste und freue mich auf ein baldiges Wiedersehen.

Mit herzlichen Grüßen
Ihr
Friedrich Beck

Keitum, 16. Juni 1915

Matei betrachtete sich in dem kleinen Spiegel, der über der Waschkommode an der Wand hing. Wie stets zu dieser Jahreszeit hatte sie auch nun wieder die vermaledeiten Sommersprossen auf der Nase, die sie so gar nicht leiden konnte. Einmal hatte sie eine Tinktur aus der Drogerie ausprobiert, um sie wegzubekommen. Doch von dem sonderbar riechenden Zeug hatte sie einen scheußlichen Ausschlag bekommen, der noch viel schlimmer als die Sommersprossen gewesen und erst nach quälend langen vier Wochen wieder vollständig abgeklungen war. Seitdem fand sie sich mit den Punkten in ihrem Gesicht ab. »Sie sind eben eine Laune der Natur«, hatte Anna zu ihr gesagt und die Schultern gezuckt. Sie hatte leicht reden. Ihre Haut war stets weiß wie Porzellan und ebenmäßig. Dieser Umstand führte jedoch dazu, dass sie die Sonne mied wie der Teufel das Weihwasser. Und braun waren eh nur die Bauern, die auf den Feldern arbeiteten. Und Matei. Sie konnte gegen die »gesunde Gesichtsfarbe«, wie Wiebke es nannte, nichts machen. Es reichte aus, wenn sie nur wenige Male durch die Sonne lief.

»Du bist schon wach.« Anna riss Matei aus ihren Gedanken, und sie wandte sich um. Ihre Ziehmutter saß aufrecht im Bett.

»Moin«, sagte Matei und lächelte. »Gut geschlafen?«

Anna nickte und streckte sich gähnend. »Wunderbar. Und ich hatte einen solch herrlichen Traum. Ich war mit Paul auf einem großen Schiff, und wir haben gemeinsam den Sonnenuntergang von Deck aus beobachtet. Danach sind wir in einen prachtvoll eingerichteten Salon essen gegangen. Es gab köstlichen Hummer, Lachs, Kaviar und Champagner.«

»Das hört sich wirklich nach einem schönen Traum an«, antwortete Matei. In ihrer Stimme schwang ein Hauch von Wehmut mit. Die Veränderung an Anna war anfangs schleichend gewesen, und niemand von ihnen hatte sie so recht wahrhaben wollen. Hier und da hatte sie etwas vergessen, oder sie hatte nach Dingen gefragt, die sie eigentlich wusste. Doch im Alltag war niemandem aufgefallen, dass sich eine ernste Erkrankung angebahnt hatte, die sie vor neue Herausforderungen stellen würde. Stundenlang hatten sie nach ihrer Rückkehr aus Westerland nach ihr gesucht. An dem Tag, den Elin und sie als Neubeginn hatten ansehen wollen. Erst nachdem die Dämmerung hereingebrochen war, hatten sie sie am Hafen von Munkmarsch gefunden. Sie hatte auf einer Bank am Anleger gesessen und auf die

Rückkehr von Paul gewartet. Es war unendlich schwer gewesen, ihr klarzumachen, dass er nicht wiederkommen würde, dass er tot war. Sie hatte nicht gehen wollen, geschrien, geweint und sogar nach ihnen geschlagen. Wiebke war diejenige gewesen, die es geschafft hatte, sie zu beruhigen. Der Arzt hatte sie daraufhin lange untersucht und war zu dem Schluss gekommen, dass sie Demenz hatte. Dieser vom Arzt verwendete Fachbegriff war ihnen unbekannt gewesen, und sie hatten genauer nachgefragt. Doktor Grasbach hatte daraufhin erklärt, dass er erst vor einigen Jahren in einer Irrenanstalt tätig gewesen war und dort viele Fälle dieser Erkrankung zu beobachten gewesen waren. Ein Kollege von ihm, ein Doktor Alzheimer, bezeichnete sie als Krankheit des Vergessens. Sie würde sämtliche Erinnerungen verlieren und schon bald ihren eigenen Namen nicht mehr kennen. Auch ihre Gefühle würde sie nicht mehr kontrollieren können. Sie würde wütend und traurig, anderen gegenüber aber auch verletzend werden. Das Ende war meist schrecklich. Viele Betroffene konnten nicht mehr laufen, sie mussten gefüttert und gewickelt werden. Seine Diagnose war erschütternd gewesen. Wie lange welcher Zustand ihrer Verwirrung anhalten würde, war schwer zu sagen. Oftmals passierten Veränderungen in Schüben. Es sei alles zu viel für sie gewesen, hatte Wiebke nach der Diagnosestellung in der Küche gesagt. Pauls Tod, der Kriegsbeginn. Sie hatten alle am Tisch gesessen und waren wie betäubt gewesen. Niemand wusste so recht, wie es nun weitergehen sollte, am wenigsten Anna, die die Diagnose des Arztes wie ein Schlag ins Gesicht getroffen hatte. Tagelang hatte sie sich danach in ihrer Kammer eingeschlossen, und niemand hatte so recht gewusst, wie sie darauf reagieren sollten. Matei und Elin waren diejenigen gewesen, die das Heft in die Hand genommen und mit ihr geredet hatten. Anna sollte, solange es möglich war, das Gefühl von Normalität vermittelt bekommen. Jedoch musste sie im Auge behalten werden. Deshalb waren sie übereingekommen, dass sich Matei und Anna in Zukunft ein Zimmer teilen würden.

»Soll ich dir dein Haar flechten?«, fragte Matei.

»Aber das hast du doch gestern schon getan«, antwortete Anna.

»Ja, schon«, erwiderte Matei geduldig. Solche Antworten war sie bereits gewohnt. »Aber wir haben gestern Abend vor dem Schlafengehen den Zopf geöffnet, und du hast deine Schlafhaube aufgesetzt. Sie ist noch auf deinem Kopf.«

»Richtig, die Haube. Ach, ich bin so verwirrt.« Anna nahm die Haube vom Kopf und ließ sie auf den Boden neben das Alkovenbett fallen. Ihre Miene war missmutig. Ihr Haar sah zerzaust aus. Sie wirkte in ihrem schlichten weißen Hemd noch zerbrechlicher als sonst. Wie lange wird es dauern, bis sie mich nicht mehr erkennen wird, kam es Matei in den Sinn. Vielleicht noch lange. Es gab keinen festen Zeitplan für die Krankheit. Bei jedem Menschen verlief sie anders.

»So verwirrt bist du doch noch gar nicht.« Matei hob die Haube vom Boden auf und legte sie auf den Nachttisch. »Welcher Tag ist heute?«

»Dienstag«, antwortete Anna wie aus der Pistole geschossen.

»Richtig«, erwiderte Matei lächelnd. »Und von wem kam neulich der Brief an, über den du dich so gefreut hast?«

Anna überlegte nun etwas länger. »Von Friedrich aus Berlin«, gab sie die richtige Antwort.

»Genau. Von Friedrich Beck. Siehst du: Du weißt ganz viele Dinge. Und jetzt müssen wir uns flott zurechtmachen. Hinnerk hat versprochen, uns nach Westerland mitzunehmen. Heute sind wir mit dem Verkauf im Laden dran. Elin will neue Pötte anfertigen.«

Die beiden zogen sich an. Matei schnürte Anna das Korsett und half ihr in das hellgraue Kleid mit den Rüschen am Rocksaum, das Anna für den heutigen Tag gewählt hatte. Danach flocht sie ihr das Haar zu einem Zopf und steckte es am Hinterkopf hoch. Matei selbst entschied sich für einen altrosa Rock aus einem schimmernden Stoff und eine schlichte weiße Bluse. Schließlich musste man für die Kundschaft im Laden gut aussehen. Zum Abschluss legte Matei Anna noch etwas Rouge auf die Wangen, damit sie nicht so blass erschien.

»So ist es gut«, sagte sie. »So können wir perfekt in den Tag starten. Und jetzt lass uns schnell in die Küche hinübergehen und frühstücken. Wenn wir Glück haben, gibt es heute Rosinenwecken.«

Im Treppenhaus trafen sie auf Elin, die einen Brief in Händen hielt.

»Der hier ist eben für dich abgegeben worden«, sagte sie und wedelte damit vor Mateis Nase in der Luft herum. »Rate mal, von wem er ist? Rate? Rate?« Sie grinste breit.

»Von Jan. Oh, er hat geschrieben. Endlich. Ich war schon in Sorge. Nun gib ihn mir schon.« Sie griff gierig nach dem Brief.

»Welcher Jan?«, fragte Anna. Ihre Frage dämpfte sogleich die Stimmung.

Matei sah zu Elin. Ihr fehlte jetzt die Geduld, Anna zu erklären, wer Jan war. Elin verstand.

»Komm, Mama. Lass uns in die Küche gehen. Heute gibt es sogar Kaffee. Wir als Lazarett haben mal wieder Sonderzuteilungen erhalten. Diesen Genuss sollten wir uns auf keinen Fall entgehen lassen.« Sie legte den Arm um Anna und führte sie zum Ausgang.

»Du hast schon Kaffee gemacht?«, hörte Matei Anna fragen. »Das ist schön. Dann können wir ihn heute Nachmittag an die

Gäste im Kaffeegarten ausschenken. Wir könnten Friesentorte backen. Die hat Friedrich so gern.«

Die Tür schloss sich hinter den beiden, und Matei atmete tief durch. Heute war keiner ihrer guten Tage. Vielleicht sollte sie lieber bei Elin in der Töpferei bleiben. Dort konnte sie weniger Schaden anrichten. Obwohl im Laden sowieso nicht sonderlich viel los war. Sie öffneten das Geschäft täglich von neun bis eins. Hin und wieder verschlug es den einen oder anderen Inselwächter zu ihnen, der ein Geschenk benötigte. Anfangs waren einige Westerländer gekommen, um sich den Laden anzusehen, gekauft hatten sie nur wenig. Die meisten von ihnen waren knapp bei Kasse. Zahlungskräftigere Kurgäste blieben bisher aus, wie zu befürchten gewesen war. Mit den generierten Einnahmen deckten sie gerade so die monatliche Miete. Elin wollte trotzdem an dem Laden festhalten. Matei hatte das Gefühl, dass er für sie wie ein Zufluchtsort war. In dem mit ihren Pötten, Teekannen, Vasen und Zuckerdosen vollgestopften Geschäft spürte man keinen Krieg, es gab keine Verwundeten und keinen Lazarettbetrieb, der tagtäglich ihr Leben beeinflusste. Und solange die Einnahmen einigermaßen die Miete abdeckten, machten sie immerhin kein Minusgeschäft.

Matei öffnete den Brief und versank in Jans Zeilen.

Wilhelmshaven, 2. Juni 1915

Meine liebste Matei,

ich kann Dir gar nicht sagen, wie glücklich ich darüber bin, Dir mitteilen zu können, dass meine Versetzung zur Nordarmee geklappt hat. Am Ende ging es ganz schnell, und ich konnte binnen weniger Tage mit zwei weiteren Kameraden die Reise nach Wilhelmshaven antreten, wo wir jetzt bei der Marine dienen werden. Ich sitze, während ich diese Zeilen an Dich verfasse, an Deck eines Torpedoboots und beobachte den Sonnenuntergang über dem Meer. Möwen fliegen kreischend über mich hinweg. Das Geräusch weckt heimatliche Gefühle in mir. Nur die Luft will nicht so recht nach Salz schmecken. Es stinkt ständig nach Benzin und Öl. Ich habe auch bereits einige der Kameraden näher kennengelernt. Du wirst es kaum glauben, aber viele von ihnen haben mit der Seefahrt bisher nichts am Hut gehabt. Es gibt Bäcker und Zimmerer, Gärtner und Kneipenbesitzer. Einer ist Hufschmied von Beruf, ein anderer Dachdecker. Aber alle sind stolz darauf, ihren Dienst bei der Marine ausüben zu dürfen. Gestern sprach ich mit Alois Grasser. Er schläft unter Deck in der Hängematte neben mir und kommt aus einer Stadt in Oberbayern mit dem Namen Wasserburg. Er redet recht breiten Dialekt, aber nach einer Weile gewöhnt man sich daran. Er war als Drechsler tätig und ist äußerst stolz darauf, bei der Marine im Einsatz zu sein. Er hat in seinem Leben schon immer ans Meer gewollt. Inzwischen kotzt er auch nicht mehr bei den Ausfahrten, hat er gesagt. Der Dienst auf dem Boot ist erträglich, auch wenn das Essen scheußlich ist. Gestern gab es eine dünne Bohnensuppe und hartes Brot dazu. Leider sind die Offiziere, zumeist sind sie adeliger Herkunft, recht arrogant und behandeln uns wie Dreck. Das war im Feld anders. Besonders in unserem Regiment ging es stets gerecht zu. Aber damit kann ich leben. Hauptsache, ich muss in keinem Schützengraben mehr liegen und dem täglichen Sterben zusehen. Nun ist der Weg bis Sylt nicht mehr weit. Alois meinte, gestern Abend gehört zu haben, dass vielleicht ein großer Teil der Nordarmee bald auf die Insel verlegt werden soll. Ach, es wäre so wunderbar, wenn das wirklich geschehen würde, denn Du fehlst mir so sehr. Ich sende Dir auch in diesem Brief wieder eine Zeichnung mit. Ich habe ein

Bild eingefangen, das ich jeden Tag vor Augen habe. Die Möwen, wie sie am Hafen am Anleger sitzen und uns frech angucken. Sie sind wohl die wahren Herrschenden hier. Das haben wir nur noch nicht verstanden.
Bitte schreib mir so bald wie möglich. Jeder Brief von Dir ist ein Fest für mich. Ich will wissen, wie es Dir geht, wie Dein Tag aussieht, was Dich beschäftigt und wie Du mit dem Malen vorankommst. Dein letztes Bild hat mich so sehr erfreut. Du hast die Katze auf der Bank des alten Hauses so wunderbar eingefangen. Es war ein solch perfektes Bild der Friedlichkeit und hat mich tief berührt. Ich hoffe, ich kann ganz bald wieder bei Dir sein, Dich küssen, mit Dir reden und lachen. Aber das Ziel ist nah.

Es sendet Dir tausend Küsse
Dein
Jan

Matei las den Brief voller Glückseligkeit viermal hintereinander. Sie konnte es kaum glauben. Er war in Wilhelmshaven, also nicht mehr weit entfernt von ihr. Endlich war er nicht mehr an der gefährlichen Westfront in irgendeinem Schützengraben. Und eine Versetzung nach Sylt war nun denkbar. Sie spürte ein unbändiges Glücksgefühl in ihrem Inneren, es kribbelte so herrlich. Sie musste sogleich den anderen die guten Neuigkeiten erzählen.

Auf dem Hof begegnete sie Hinnerk, der sich damit beschäftigte, Tische und Stühle im Schatten der Ulmen aufzustellen.

»Moin, Hinnerk, was machst du denn da?«

»Moin, Matei«, grüßte Hinnerk. »Nach was sieht es denn aus? Wir eröffnen den Kaffeegarten wieder. Wiebke und ich haben das eben in der Küche beschlossen.«

»Wiebke und du«, wiederholte Matei.

»Ja, so ist es. Ich geb zu, es war eine spontane Idee. Das Wetter ist so herrlich. Da ist es doch für unsere Männer schön, wenn sie ein bisschen an die Luft können. Ich organisiere nachher noch Kartenspiele. Wiebke backt schon Butterkuchen, Friesenkekse haben wir noch, und wenn wir Glück haben, liefert uns Lorenzen Erdbeeren. Wir wollen heute Nachmittag eine Art kleines Einweihungsfest machen. Elin will eure Pötte mit dem Herrenhausmotiv dafür hergeben. Sie sind ja auch extra für den Kaffeegarten hergestellt worden. Du bist doch nachher auch dabei, oder?«

»Das ist eine ganz wunderbare Idee«, antwortete Matei. »Der Kaffeegarten wird unseren Patienten gewiss viel Freude bereiten. Nur was meint Schwester Alwine dazu?«

»Keine Ahnung. Es hat ihr noch keiner gesagt. Aber sie wird ihn schon mögen. Zur Not geben wir ihr Schnaps. Nach dem dritten Glas sagt sie zu allem Ja und Amen.« Er grinste breit.

Matei lachte laut auf. Hinnerks und Wiebkes herrliche Idee und Jans wunderbare Neuigkeiten waren wie Balsam für ihre Seele. Die letzten Tage und Wochen hatten sie aufgrund der Erkrankung von Anna wie in einer Schockstarre verbracht. Doch das Leben ging weiter, und es galt, das Beste daraus zu machen. Sie würden sich nicht unterkriegen lassen. Und Hansens Kaffeegarten war ab heute wiedereröffnet.

20. KAPITEL

Keitum, 5. August 1915

»Jetzt beeil dich«, drängelte Elin. »Wir wollen das Konzert doch auf keinen Fall verpassen.«

»Jaja«, antwortete Matei. »Ich komme ja schon. Ich muss nur noch rasch den Farbkasten schließen. Es trocknet doch sonst alles aus.« Sie klappte rasch den Deckel ihres Malkastens zu und wischte sich die Hände an einem Tuch ab. Dann nahm sie ihren auf einem Stuhl liegenden Strohhut zur Hand, und die beiden verließen den Laden. Elin schloss sorgfältig ab und steckte den Schlüssel in ihre Tasche. Es herrschte ein besonders bunter Trubel auf der Strandstraße. Inselwächter mischten sich mit Einheimischen und vereinzelten Kurgästen, die tatsächlich den Weg auf die Insel gefunden hatten. Sämtliche Häuser Westerlands waren mit Fahnen geschmückt, und auf der Strandpromenade herrschte dichtes Gedränge vor der Konzertmuschel, auf die bereits die Musiker traten.

»Hach, es ist so schön, dass heute mal wieder so viele Menschen unterwegs sind«, sagte Elin mit strahlenden Augen. »Es ist aber auch eine Freude, dass die bayerischen Truppen Warschau genommen haben. So viele Siege gibt es für unsere Truppen im Moment zu verzeichnen. Gewiss wird der Krieg jetzt bald ein Ende haben.«

Matei nickte. Sie war jedoch nicht ganz so euphorisch wie Elin. Ein Jahr dauerte dieser unselige Krieg nun bereits, der so vielen Menschen den Tod gebracht hatte. Erst gestern hatte sie einen der Männer im Lazarett sagen hören, dass ihn das Schicksal davor bewahren solle, noch mehrere Jahre Soldat spielen zu müssen. In seiner Stimme hatte Bitterkeit gelegen. Auch auf der Insel gab es inzwischen viele Familien, die den Tod eines Angehörigen zu verkraften hatten, besonders die Kriegerwitwen traf es hart. Ein wenig erinnerten diese Zeiten an damals, als die Sylter Männer raus in die Welt gezogen waren, um in der Seefahrt ihr Glück zu machen. Da waren die Frauen auch allein zurückgeblieben, und oftmals waren sie Witwen geworden und ihre Männer nicht mehr heimgekehrt. »Eine Sylterin ist es gewohnt, ihren Mann zu stehen«, hatte neulich die alte Göntje Lorenzen, sie hatte im letzten Jahr ihren vierundneunzigsten Geburtstag gefeiert, bei einem kurzen Schnack vor Moilds Laden zu ihr gesagt. Da mochte etwas dran sein. Doch machte es nicht einen Unterschied, ob der Mann auf See oder im Krieg starb? Matei konnte diese Frage nicht beantworten. Erst neulich war sie wieder bei Gesa gewesen. Sie war schon recht rund, der kleine Fiete tat seine ersten Schritte. Er war ein fröhlicher Junge, der seinem Vater wie aus dem Gesicht geschnitten war. Auf dem Hof herrschte der normale Alltag, sogar die beiden Ausbruchshühner machten sich wieder davon, wie Gesa ihr lachend berichtet hatte. Das Leben schritt unaufhaltsam voran. Es blieb nicht stehen. Daran änderte auch der Tod eines geliebten Menschen nichts.

Paul Warmbier von der Fisch-Räucherei war gestern bei ihnen im Kaffeegarten auf einen Schnack gewesen. Sein Sohn kämpfte in Frankreich. »Ständig will er neue Sachen haben«, hatte er gesagt. »Tabak und Wäsche, Schokolade und Schreibzeug. Ich schicke ihm alles. Hauptsache, er kommt heil wieder nach Hause. Der Jung soll doch den Betrieb übernehmen.« Es hatte mal wieder nur Muckefuck gegeben, den keiner so recht mochte. Dafür war ihnen das Wetter entgegengekommen. Es war weiterhin warm und sonnig, nur selten regnete es. Die Pflaumen waren reif, und es gab herrlich leckeren Pflaumenkuchen, sie kochten Unmengen an Kompott ein. Der verführerische Duft zog durch das ganze Haus bis zu den Männern in die Krankensäle und vermittelte ihnen ein Gefühl von Heimat. Und Matei war zusätzlich zu den Pötten eine weitere Geschäftsidee gekommen: Sie bemalte nun Postkarten mit Inselmotiven, die die Männer an ihre Liebsten nach Hause schicken konnten. Ihre Idee wurde begeistert angenommen, und sie zeichnete Tag und Nacht. Auch in ihrem kleinen Laden fanden die Karten reißenden Absatz, und viele Inselwächter, die wegen einer Postkarte zu ihnen kamen, erwarben zusätzlich einen ihrer Pötte, um ihn selbst zu nutzen oder ihren Liebsten in die Heimat zu schicken.

Wiebke und Anna lösten sich aus der Menge und kamen winkend auf sie zugelaufen. Die beiden hatten sich für den festlichen Anlass herausgeputzt. Wiebke trug ein hellgrünes Kleid mit Häkelspitze am Saum und an den Ärmeln, dazu einen hübschen Strohhut mit farblich passendem Hutband. Anna hatte sich für ein hellblaues Kleid mit Streublümchen darauf entschieden, das im Brustbereich eine Knopfleiste aufwies. Sie trug nur einen leichten weißen Sommerhut und nutzte zum Schutz gegen die Sonne einen Sonnenschirm. In den letzten Wochen hatte ihre Verwirrtheit etwas nachgelassen. Es gab Tage, da schien sie wieder vollkommen klar im Kopf zu sein. In Matei und Elin keimte die Hoffnung auf, dass das alles doch nur vorübergehend gewesen war und sich ihr Zustand weiter verbessern würde. Doch Doktor Grasbach, der inzwischen regelmäßige Untersuchungen mit Anna durchführte, machte ihnen nur wenig Hoffnung. Anna war nur besser darin geworden, ihre Gedächtnislücken zu tarnen. Das war in diesem Stadium der Erkrankung bei vielen Patienten der Fall. Er räumte allerdings ein, dass sie dafür durchaus ein besonderes Talent besaß. Die Zeit würde zeigen, wie es weiterginge.

»Was ein Glück, dass wir euch noch am Laden antreffen«, sagte Wiebke. »Ich hatte schon Sorge, dass ihr bereits auf die Promenade gelaufen seid. In dem Trubel hätten wir euch gewiss nicht mehr gefunden.«

»Ihr seid also tatsächlich gekommen«, sagte Elin. »Und wer kümmert sich um den Kaffeegarten?«

»Den haben wir für heute geschlossen. Es sind eh kaum Gäste da, und die Männer der Inselwache bekommen nachher von Schwester Ina Kekse serviert«, antwortete Wiebke. Sie war ungeduldig und reckte den Hals. »Aber nun lasst uns rasch zur Promenade laufen. Gleich wird die Kapelle zu spielen beginnen, und dat möchte ich auf keinen Fall verpassen.«

Sie schlugen sich ins Gedränge und trafen vor der Konzertmuschel ein, als die Kapelle gerade das erste Stück zu spielen begann. Es waren patriotische Weisen, die dargebracht wurden. Viele sangen bei dem einen oder anderen Lied den Text voller Inbrunst mit. Auch Matei stimmte mit ein, als *Heil dir im Siegerkranz* gesungen wurde. Neben ihr schmetterte Wiebke fröhlich mit. Leider traf sie keinen Ton. Matei musste grinsen, während sie die letzte Strophe des Liedes sang:

»Sei, Kaiser Wilhelm, hier
Lang deines Volkes Zier,
Der Menschheit Stolz!
Fühl in des Thrones Glanz,
Die hohe Wonne ganz,
Liebling des Volks zu sein!
Heil, Kaiser, dir!«

Als die Kapelle die letzten Noten des Liedes spielte, brandete Beifall auf, und Jubelrufe waren zu hören. Die Kapelle gab das nächste Stück, und Matei begann, über den eben gesungenen Text nachzudenken. War der Kaiser wirklich eine solche Zier für ihr Volk? Ja, er war ihr Kaiser und Anführer. Aber tat er deshalb immer das Richtige? War dieser Krieg richtig? Vor einem Jahr hatte er begonnen. Nur wenige Wochen, so hatte es geheißen, sollte er dauern. Dann hieß es: An Weihnachten sind wir wieder zu Hause. Doch nichts davon war eingetroffen. Jeder neue Sieg, Tage wie der heutige, schürten die Hoffnung, dass bald alles ein Ende finden und der Frieden kommen würde. Doch nichts geschah, und die Kämpfe gingen unvermittelt weiter. Plötzlich empfand Matei nur noch Abscheu für diesen Menschenauflauf, der Siege besang und keinen Gedanken an die vielen Toten verschwendete. Sie wollte nur fort von hier. An einen Ort, der ihr Frieden vorgaukelte, an dem sie zur Ruhe kommen konnte. Sie entfernte sich unbemerkt von den anderen aus der Menge und lief die Strandstraße hinunter. Bald schon hatte sie Westerland hinter sich gelassen, und es wurde ruhiger. Sie schlug den Weg Richtung Tinnum ein. Auf den Feldern wurden nun Kartoffeln angebaut. Doch sie wuchsen recht kümmerlich, denn es fehlte ihnen an Regen. Wieder war es ein trockener und sonniger Sommer. Wie der vor einem Jahr. Als sie bis zu dem folgenschweren Attentat auf den österreichischen Thronfolger in ihrer sommerlichen Blase der Glückseligkeit gelebt, als sie mit dem Neubeginn ihres Kaffeegartens eben erst wieder Hoffnung geschöpft hatten. Damals war es gleichgültig gewesen, ob Kartoffeln wuchsen. Sie waren kaum auf der Insel angebaut worden. Sylt hatte täglich Unmengen an frischen Waren erhalten, um den Hunger der vielen Sommerfrischler zu stillen. Hummer und Kaviar, feinste Südfrüchte und bestes Fleisch. Jeder Tag war ein Fest mit Champagner und Tanzabenden gewesen. Waren sie zu dekadent geworden? War dies die Strafe Gottes dafür? Sie dachte an die vielen Feste im Herrenhaus, die rauschenden Ballnächte. Sie vermisste sie nicht. Den Kaffeegarten, wie er vor Kriegsbeginn gewesen war, jedoch schon. Obwohl sie ihn nur wenige Wochen hatten haben dürfen, war er für sie zu einem Sinnbild des Friedens geworden, der ihr Geborgenheit vermittelt hatte. Vielleicht würde der Krieg die Insel auch in anderen Dingen verändern, und sie lernten, demütiger und mit kleineren Dingen zufrieden zu sein. Der Krieg hatte ihren Alltag so sehr durcheinandergewirbelt. Es schien unmöglich, dass der Tanz in hoffentlich bald kommenden Friedenszeiten einfach so wiederaufgenommen werden würde. Sie lief durch Tinnum und entschloss sich, an einer Kreuzung im Ort nicht den Weg nach Keitum einzuschlagen, sondern zu ihrem Elternhaus zu gehen. Sie war lange nicht mehr bei dem alten, am Ortsrand liegenden, halb verfallenen Friesenhaus gewesen.

Als sie dort eintraf, blieb sie ein Stück entfernt davon stehen und betrachtete es wehmütig. Das Reetdach wies Löcher auf, der Putz war von den Außenwänden abgeblättert, die Scheibe eines Fensters war eingeschlagen, der Garten verwildert. Mama würde weinen, wenn sie ihr Zuhause so sehen würde. Matei ging darauf zu und setzte sich auf die noch immer vor dem Haus stehende Holzbank, auf der sie bereits Hunderte Male gesessen hatte. Im Garten blühten Mohnblumen, Fingerhut, Stockrosen, Hahnenfuß und unzählige andere Pflanzen wild durcheinander. Bienen summten durch die vom Duft der Blumen erfüllte Luft, Schmetterlinge tanzten von Blüte zu Blüte. Der sanfte Sommerwind rüttelte an den Zweigen des alten Kirschbaums, der sie jedes Jahr mit Unmengen seiner süßen Früchte beschenkt hatte. Nun hing keine einzige mehr daran. Vielleicht hatten sich die Vögel oder Nachbarskinder reichlich bedient. Matei schloss die Augen und hielt ihre Nase in die Sonne. Endgültig verschwand die Beklemmung in ihrem Inneren. Dieser Ort ihrer Kindheit, ihr einstiges Zuhause, spendete Trost. Sie dachte an Jan. Sein letzter Brief war vor zwei Wochen eingetroffen. Es war ungewöhnlich für ihn, dass er so lange Zeit nicht schrieb. Seitdem er in Wilhelmshaven stationiert war, hatte er zuvor beinahe täglich geschrieben und ihr auch stets kleine Zeichnungen beigelegt. Sie hoffte, dass es ihm gut ging. Vielleicht war er nur beschäftigt und fand keine Zeit zu schreiben. Oder mochte er sie am Ende nicht mehr? Was war, wenn er in Wilhelmshaven ein Liebchen kennengelernt hatte? Dort gab es am Hafen Kneipen, wo sich bestimmt viele Frauen herumtrieben, auch leichte Mädchen. Es war kein Geheimnis, dass in der Nähe von Soldaten auch Huren waren.

»Na, wen haben wir denn da?«, sagte plötzlich jemand. »Die kleine Matei hat es mal wieder nach Hause geführt.«

Matei blickte auf. Am Gartenzaun stand der alte Magnus Nielsen. Er wohnte schräg gegenüber in einem winzigen, weiß getünchten Friesenhaus aus dem 18. Jahrhundert. Wie alt mochte er jetzt sein? Ende achtzig? Er stützte sich auf einen Spazierstock, sein Gesicht war faltig und von der Sonne gebräunt. Er trug ein kariertes Hemd, blaue Hosen, die von Hosenträgern gehalten wurden. Zwischen seinen Lippen hing eine Pfeife. Als er jung gewesen war, war er Kapitän auf einem großen Handelsschiff gewesen. Bis nach Australien hatte es ihn verschlagen, auch Südamerika hatte er gesehen. In seinem Haus gab es allerlei Souvenirs aus aller Herren Länder. Matei und Elin bezeichneten es gern als das Gruselkabinett. Denn die aus Afrika und Südamerika stammenden Masken, die in der Stube an den Wänden hingen, erschreckten sie. Seine Frau Inga war schon seit über dreißig Jahren tot. Seine beiden Kinder hatte ihm die Diphtherie genommen.

»Moin, Magnus«, grüßte Matei. »Wie geht es dir?«

»Wie es einem eben so geht, wenn einen die Gicht plagt.« Er deutete mit dem Spazierstock auf sein linkes Bein. »Und in den Händen ist es die Arthritis. Alt werden ist kein Spaß. Obwohl, jung sterben ist es auch nicht.« Er trat näher und setzte sich mit einem Stöhnen neben sie auf die Bank. »Ich darf dir doch ein bisschen Gesellschaft leisten, oder? Nimm es einem alten einsamen Kapitän wie mir nicht übel. Kommt selten vor, dass sich jemand für einen Schnack findet.«

»Aber gern«, antwortete Matei. Der Geruch seines Pfefferminztabaks hing in der Luft. Er seufzte tief.

»Ist schon schön bei uns auf dem Inselchen, nicht wahr? Als ich ein kleiner Jung war, da wollt ich gar nicht fort von unserem Sylt. Ich mochte es hier. Die Welt draußen hat mich nicht interessiert. Sie hat mir sogar Angst gemacht. Ich war vier Jahre alt, als mein Vater starb. Auf See, wo sonst. Sein Schiff ist bei einem Wirbelsturm in der Karibik gesunken. Ich hab Mama damals weinend am Küchentisch sitzen sehen. Meine Schwester Tad, sie war fünf Jahre älter als ich, hat gesagt, er kommt als Wiedergänger zurück. Bestimmt wird er das machen, hat sie gesagt. Er wird aufgedunsen und mit hervorstehenden Augen, in abgerissener Kleidung und tropfend in die Stube schlurfen und uns ansehen, vielleicht sogar anfassen. Ich hatte solche Angst, nächtelang Albträume. Und als ich dann später selbst zur See fuhr, da hab ich mir geschworen, dass ich heil aus der Sache rauskomme, dass für mich kein Ozean auf dieser Welt ein feuchtes Grab werden und ich kein grausliger Wiedergänger werden würde, der seine Frau und seine Kinder erschreckt. So ist es gekommen, und ich kam heil auf die Insel zurück.«

»Und?«, fragte Matei. »Hast du ihn gesehen? Kam er zurück?«

»Ja, das tat er. Aber nicht, als ich Kind war, sondern erst viele Jahre später. Und sein Besuch war nicht grauslig, er sah nicht abschreckend aus. Es war in einer kalten Winternacht, und der Sturm fegte den Schnee ums Haus. Ich hatte an jenem Tag meinen Jüngsten, Ricklef, er war drei Jahre alt, an den Stickhusten verloren. Ich hielt seinen kleinen Körper noch im Arm, als er plötzlich vor mir stand. Nass und tropfend, aber sonst sah er normal aus. Er sah mich an und nickte mir zu. Als wollte er mir Trost spenden.«

Matei stellte seine Worte nicht in Zweifel. Kein Sylter würde so etwas jemals tun. »Das hat er bestimmt getan. Es ist schön, dass er wiedergekommen ist.« Eine Weile schwiegen beide. Matei überlegte gerade, sich zu verabschieden, da sagte Magnus plötzlich:

»Die da draußen werden nicht wiederkommen. Es ist das große Sterben, und sie bejubeln es auch noch. Auf See, da war es ein fairer Kampf zwischen Seemann und den Naturgewalten. Aber Krieg ist nicht gerecht. Für niemanden. Er wird nichts Gutes bringen, auch wenn sie noch so jubeln und die Fähnchen schwenken. Das spür ich in den Knochen.«

Matei nickte. In ihrem Hals bildete sich ein Kloß, und sie schluckte. Doch er wollte nicht weichen. Magnus' Geschichte über die Wiedergänger war eine der üblichen über die Insel geisternden Erzählungen gewesen. Sie hatte, trotz ihrer Tragik, für Matei nichts Beängstigendes, sondern eher etwas Ermutigendes an sich gehabt. Doch seine letzten Sätze hatten das ungute Gefühl von eben wieder heraufbeschworen, und auch der anheimelnd wirkende alte Garten schaffte es nicht, es zu vertreiben.

»Ich muss dann mal wieder«, sagte sie und stand abrupt auf. »Es war nett, mit dir zu schnacken.«

Sie ging, seinen Abschiedsgruß im Ohr. Auf dem Feldweg nach Keitum beschleunigte sie ihre Schritte. Es begegnete ihr niemand. Auf den Weiden grasten Kühe und Schafe, eine Schar

Hühner hielt sich in einem Garten auf und gackerte lautstark. Sie erreichte Keitum und lief bald darauf die C.-P.-Hansen-Allee hinunter. Der Sommerwind rauschte in den Wipfeln der Bäume. Die alten Kapitänshäuser lagen wie gewohnt friedlich da. Die alte Rahn stand am Zaun und winkte ihr zu. Sie winkte zurück. Langsam verschwand das ungute Gefühl wieder. Als sie das Herrenhaus erreichte, waren dort viele der im Schatten stehenden Tische besetzt. Mit Patienten aus dem Lazarett, aber auch mit Inselwächtern und Dorfbewohnern. An die Schließung des Gartens hatte sich wohl keiner halten wollen.

Hinnerk, der an einem der Tische saß, winkte sie sogleich freudig näher. Neben ihm erhob sich ein blonder Mann in grauer Armeekleidung. Mateis Augen wurden groß, als er sich umdrehte. Es war Jan. Er war zurückgekommen. Sie rannte los und fiel in seine ausgebreiteten Arme. Ihre Lippen fanden sich, und Tränen der Freude rannen über ihre Wangen.

21. KAPITEL

Keitum, 22. September 1915

Elin fröstelte und zog ihr Schultertuch noch enger um sich. Es war kühl, und Morgennebel trübte die Sicht auf den blauen Himmel. Er hing über dem Watt und zwischen den Bäumen und zeugte davon, dass die Jahreszeit gewechselt hatte. Elin hoffte darauf, dass die noch immer recht kräftige Sonne das Grau bis zur Mittagszeit vertreiben würde. Sie stand neben Anna vor Pauls Grab. Unbedingt hatte Anna hierherkommen wollen, um ihm von Mateis heute stattfindender Hochzeit zu berichten. Elin hatte sie aus Angst, sie könne einen erneuten Anfall von Verwirrtheit haben, begleitet. Doch bisher hatte es den Eindruck, als sei heute einer von Annas guten Tagen, wofür sie dankbar war.

»Wir sollten nach Hause gehen«, sagte sie. »Es ist kalt, und die anderen werden sich gewiss wundern, wo wir abgeblieben sind.«

Anna nickte, antwortete jedoch nicht. Sie bückte sich und entfernte ein trockenes Blütenblatt von dem noch immer blühenden Rosenstrauch, den sie im Sommer auf das Grab gepflanzt hatten. »Es tut mir in der Seele weh, dass er heute nicht dabei sein kann«, sagte sie. »Er hat immer gesagt, dass er euch beide für seinen Freund wie ein Vater zum Traualtar führen wird. Und nun kann er es nicht mehr tun.« In ihren Augen schwammen plötzlich Tränen.

Elin legte den Arm um Anna und drückte sie an sich. »Er sieht uns bestimmt von dort oben zu und freut sich mit. Und er weiß, dass Hinnerk eine würdige Vertretung sein wird. Sie waren doch die besten Freunde. ›Auf meinen Hinnerk lass ich nix kommen‹, hat er stets gesagt.«

»Ja, das hat er«, antwortete Anna.

»Dann komm. Lass uns gehen.« Sie legte den Arm um Anna, und die beiden liefen an der Kirche vorbei zum Wattweg.

Elin ließ ihren Blick über das Meer schweifen. Das Wasser lief gerade wieder auf, und langsam begann sich der Nebel zu lichten. Seeschwalben und andere Wasservögel suchten im Schlick nach ihrem Frühstück. So recht wollte sich die Vorfreude auf das bevorstehende Fest bei Elin noch nicht einstellen. Vielleicht lag es daran, dass die Hoffnungen auf ein Kriegsende im Jahr 1915 immer mehr schwanden. Noch immer wurde an den Fronten im Osten, Westen und Süden gekämpft, und die Männer starben wie die Fliegen. Wieder stand ihnen ein Kriegswinter bevor. Wieder wurden Liebesgaben gestrickt, die sich von Deutschland kistenweise zu den unterschiedlichsten Regimentern auf den Weg machten. Erst neulich hatten sie erneut Kriegsanleihen gezeichnet. Auf Sylt war vom direkten Kriegsgeschehen noch immer kaum etwas spürbar. Es hatte einige Alarmnachrichten wegen etwaiger Fliegerangriffe gegeben, die sich jedoch allesamt als Fehlalarme herausgestellt hatten. Was sich hauptsächlich bemerkbar machte, war die immer schlechter werdende Versorgung mit Lebensmitteln. Über das Jahr hinweg waren weitere Rationierungen vorgenommen worden, und die Brot- und Mehlkarten gehörten inzwischen fest zu ihrem Alltag. Allerdings hatten sie im Herrenhaus mit der Lebensmittelversorgung noch Glück, denn durch die Unterbringung des Lazaretts erhielten sie stets Sonderzuteilungen der Armee. Neuerdings waren unter ihren Patienten auch drei Offiziere, was für zusätzlichen Luxus sorgte. »Der hochwohlgeborene Magen ist unserem Kaiser wohl mehr wert als der des einfachen Mannes«, hatte Wiebke in der Küche gefrotzelt, sich über die zusätzlichen Lieferungen von Butter, Fleisch und Mehl jedoch gefreut.

Jan war im Stellungsbau tätig und im Barackenlager Puan Klent untergebracht. Er hatte gehofft, eine Stellung in dem in Keitum eingerichteten Versorgungslager zu erhalten, aber dieser Wunsch hatte sich leider nicht erfüllt. So sahen sich Matei und er meist nur in den Abendstunden oder an seinen wenigen freien Tagen. Noch am Tag seiner Rückkehr nach Sylt hatte er ihr vor aller Augen im Kaffeegarten einen Heiratsantrag gemacht. Sogar einen Verlobungsring hatte er ausgepackt. Matei hatte sofort Ja gesagt. Elin hatte sich mit ihr gefreut. Doch sie hegte auch Zweifel. Ging das alles nicht zu schnell? Die beiden kannten sich kaum. Aber war das in dieser Zeit wichtig? Vermutlich nicht. Sie waren einander zugetan. Das war es doch, was zählte. Sie wussten alle nicht, was morgen sein würde. Und es war ein Geschenk des Himmels, dass er heil nach Sylt zurückgekehrt war. Jans Eltern und seine Schwester waren zur Hochzeit extra von Amrum angereist. Wiebke hatte die halbe Nacht an einer Hochzeitstorte gewerkelt. Ein riesiges Machwerk aus Biskuit und Sahne, mit Blumen aus Marzipan dekoriert. Seit mehreren Tagen hatte sie die Zutaten für die Torte regelrecht gehamstert. Sämtliche Händler Keitums hatten sie unterstützt. Schließlich heiratete mit Matei eine von ihnen, und es sollte ein unvergessliches Fest werden. Die Feierlichkeiten nach der Trauung in der St.-Severin-Kirche würden nicht im Herrenhaus, sondern im Saal des Landschaftlichen Hauses stattfinden, in dem zumeist die größeren Familienfeiern der Keitumer begangen wurden. Auch Matei und Elin hatten in dem im 18. Jahrhundert erbauten Gebäude bereits so mancher Festivität beigewohnt. Der eigentümliche Name rührte daher, dass in dem Haus früher die kommunale Vertretung Sylts, die sogenannte »Landschaft Sylt«

getagt hatte. Im Jahr 1864 war dann in dem Gebäude ein Gasthaus untergebracht worden.

Mateis Hochzeit war keine kleine Veranstaltung. So viel stand bereits jetzt fest. Beinahe ganz Keitum würde anwesend sein, dazu einige Inselwächter und die Angehörigen von Jan. Elin konnte es noch immer kaum glauben. Ihre kleine Schwester würde heiraten. Und das aus Liebe, keinen reichen Mann, der eine gute Partie und einen guten Versorger darstellte und den sie auf einem Tanzabend oder Kaffeekränzchen kennengelernt hatte. Nein, einen einfachen Sohn eines Klempners von der Insel Amrum. So änderten sich die Zeiten.

Sie trafen am Herrenhaus ein. Dort war Hinnerk gerade mit einem Fuhrwerk voller Kartoffelsäcke vorgefahren.

»Moin, die Damen«, grüßte er gewohnt fröhlich und sprang vom Kutschbock. »Gab frische Kartoffeln. Da wird sich Wiebke freuen. Leider fehlte mal wieder der Kaffee. Also gibt es wieder nur den elenden Muckefuck zu trinken. Das Zeug ist nur mit einem ordentlichen Schuss Rum zu ertragen. Wo steckt denn die Braut? Ich hab sie heute noch gar nicht gesehen. Meine Rieke ist schon ganz aus dem Häuschen. So eine Hochzeit haben wir ja nicht alle Tage in unserem Örtchen.« Er lud den ersten Sack Kartoffeln auf seine Schulter und ging zum Haus.

Wiebke trat nach draußen. »Da seid ihr beiden ja endlich. Ich dachte schon, ihr kommt gar nicht wieder. Ich hab Mehlpudding gebacken. Den habt ihr doch gern. Für so eine Hochzeit braucht man eine anständige Grundlage. Habt ihr Matei gesehen?«

»Oh, Mehlpudding. Wie schön.« Anna lief sogleich die Stufen zum Eingang hinauf. Die Frage nach Matei ignorierte sie.

»Ich schau mal, wo unsere Braut abgeblieben ist«, beantwortete Elin Wiebkes Frage. »Nicht, dass sie noch kalte Füße bekommen hat.« Sie ging zum Kapitänshaus, wo sie Matei vermutete.

Dort guckte sie in sämtliche Zimmer. Doch sie fand sie weder in der Küche noch in der guten Stube oder ihrer Schlafkammer. Sie hatte eine Vermutung, wo sie sein könnte. Diese bestätigte sich, als sie ihre Töpferwerkstatt betrat. Matei saß an einem der Tische und beschäftigte sich damit, eine ihrer Ansichtskarten zu zeichnen. Sie war ganz vertieft in ihre Arbeit und bemerkte ihre Schwester nicht. Elin blieb in der Tür stehen und beobachtete sie einen Moment. In ihrem Inneren breitete sich ein warmes Gefühl aus, das sie zum Lächeln brachte. Matei trug einen einfachen blauen Rock, dazu eine graue Bluse. Ihr Haar hatte sie am Hinterkopf zusammengebunden. Ihr achtzehnter Geburtstag lag noch nicht lange zurück. Elin sah plötzlich das kleine Mädchen vor Augen, das sie doch erst gestern gewesen war. Den Sonnenschein mit den Sommersprossen auf der Nase, das freche Grinsen und die Pausbacken. Die Pausbacken und das kindliche freche Grinsen waren mit den Jahren verschwunden. Doch die Sommersprossen waren geblieben. In diesem Moment wurde Elin sich bewusst, wie sehr sie Matei liebte, wie sehr sie ihre Nähe brauchte. Doch was würde nach der Hochzeit werden? Solange dieser Krieg andauerte und Jan auf Sylt stationiert war, würde sie vermutlich nicht fortgehen. Doch was kam danach? Ein Leben ohne Matei war für Elin nicht vorstellbar.

Sie machte durch ein Räuspern auf sich aufmerksam, und Matei blickte auf.

»Schon wieder bist du bei der Arbeit, und das an deinem Hochzeitstag«, sagte Elin. »Wie lange bist du denn schon hier?«

»Schon länger.« Matei ließ den Pinsel sinken. »Es war noch dunkel, als ich anfing. Ich glaube, ich hab vor lauter Aufregung gar nicht geschlafen. Und Mama hat geschnarcht.«

»Ach du je.« Elin setzte sich neben sie. »Nicht, dass du uns jetzt bei der Trauung einschläfst. Leider haben wir keinen Kaffee, der dich wach machen könnte. Aber Wiebke hat Mehlpudding gebacken. Wenn wir uns beeilen, dann ergattern wir noch ein Stück. Hast du schon was gegessen?«

»Ein paar Friesenkekse so um fünf«, antwortete Matei. »Da hab ich mit Wiebke Tee getrunken. Sie konnte ebenfalls nicht mehr schlafen. Ihre Hände haben beim Einschenken so gezittert, sie hat die Hälfte verschüttet. Sie hat sich mehrfach bei mir entschuldigt und gemeint, sie sei so aufgeregt. Man könnte meinen, sie heiratet heute.«

»Sie freut sich eben. Das tun wir alle.« Unbewusst schwang Wehmut in Elins Stimme mit. Matei, die stets ein gutes Gespür für Elins Gefühlsregungen hatte, reagierte darauf.

»Was ist los?«, fragte sie.

Elin setzte sich neben sie. »Wirst du Sylt verlassen? Ich meine, wenn der Krieg vorbei ist? Hast du mit Jan darüber gesprochen?«

»Ach, Elin«, Matei legte die Hand auf den Arm ihrer Schwester, »wir wussten beide, dass der Tag kommen würde, an dem sich unsere Wege trennen werden. Noch vor einiger Zeit waren es meist keine Insulaner gewesen, die in die engere Wahl für eine Heirat gekommen wären. So ist nun einmal das Leben. Die Frau geht immer mit dem Mann. Aber solange Krieg ist, werde ich natürlich hierbleiben. Und da Jan von Amrum kommt, bin ich ja nicht weit fort. Und vielleicht lernst du auch noch einen schmucken Amrumer kennen und lieben. Oder einen der Föhrer. Also ich finde, viele von ihnen sind hübsch anzusehen.« Sie stieß Elin in die Seite.

»Da ist was dran«, antwortete Elin. »Obwohl mir nicht der Sinn nach einem Föhrer Bauern steht.« Es entstand eine kurze Pause, und die Stille im Raum schien greifbar. Die Sonne schaffte es in diesem Moment, das Grau des Nebels zu durchdringen, und sandte ihre warmen Strahlen in den Raum.

Elin hob die Hand und strich Matei eine Haarsträhne aus der Stirn.

»Ich wünsch dir alles Glück der Welt, Kleines«, sagte sie. »Aber das wird schon werden. Das Schicksal, Gott, oder wer auch immer, hat ihn dir zurückgebracht. Das ist ein Wunder.« Sie lächelte. »Und die passieren nicht alle Tage. Sollte trotzdem jemals irgendwas sein, was es auch immer ist. Du weißt, dass du auf mich zählen kannst.«

Matei nickte mit Tränen in den Augen, und die beiden umarmten sich. Elin drückte sie, so fest es ging, an sich. Es war die Zeit gekommen, sich ein Stück weit loszulassen, sie wurden endgültig erwachsen. Sie lösten sich aus der Umarmung, und Matei wischte sich eine Träne von der Wange.

»Du hast vorhin etwas von Mehlpudding gesagt.«

»Ja, das habe ich«, antwortete Elin. »Dann lass uns schnell in die Küche laufen. Hoffentlich haben uns die anderen noch nicht alles weggefuttert.«

Einige Stunden später standen sie vor der St.-Severin-Kirche im hellen Sonnenschein. Die Hochzeitsgesellschaft und der Bräutigam erwarteten die Braut bereits in der Kirche. Nur Hinnerk, Anna und die beiden Blumenmädchen, Jans Nichten, waren noch bei ihnen. Die zwei waren vier und sechs Jahre alt und steckten in entzückenden rosa Kleidchen, geflochtene Blumenkränze zierten ihre blonden Lockenköpfe.

Elin würde gemeinsam mit Anna in die Kirche einziehen. Anna sah wunderschön aus. Sie trug ein altrosa Kleid, das im oberen Bereich mit einer filigranen Häkelspitze verziert war. Die Taille wurde von einem samtenen, schimmernden Gürtel betont. Der Rock war in Zweilagenoptik, was ihn zu einem Hingucker machte. Ihr graues Haar war von Annegret Kraushaar, die

Friseurmeisterin hatte sich um sämtliche Frisuren der Damen gekümmert, kunstvoll hochgesteckt worden, ein farblich passender Hut rundete das Erscheinungsbild ab. Elin hatte sich gegen eine Kopfbedeckung entschieden. Sie trug ein fliederfarbenes Kleid, das an der Taille abgesteppt war. An den Ärmeln und im oberen Bereich war beige Spitze aufgenäht worden. Ihr blondes Haar war nur halb hochgesteckt, Löckchen rahmten ihr Gesicht ein. Sie hatte ihre Augen betont und trug seit einer gefühlten Ewigkeit mal wieder Lippenstift und Rouge. Anna hatte ihre Kleiderwahl gelobt. Doch sie waren nichts gegen Matei. Sie war eine wunderschöne Braut und ihr Kleid atemberaubend. Es war aus elfenbeinfarbenem Brokatstoff gefertigt, den Stoff durchzogen goldene Fäden. Der Rock fiel fließend zu Boden, und das Kleid besaß eine kleine Schleppe. Die Taille war schmal geschnitten, der Brustbereich mit Spitze besetzt. Mateis Haar war in Wellen gelegt und seitlich aufgesteckt worden, ein Spitzenschleier fiel bis auf ihre Taille. Sie war dezent geschminkt, und in Händen hielt sie einen Strauß weißer Rosen.

Neben Matei stand Hinnerk. Er hatte sich für seine Verhältnisse in Schale geworfen und trug saubere graue Hosen, ein schwarzes Jackett, darunter eine weinrote Weste und ein weißes Hemd. Ein Zylinder rundete sein Erscheinungsbild ab.

Elins Herz schlug wie verrückt, und derweil war gar nicht sie diejenige, die heiraten würde. Sie hielt Anna den Arm hin.

»Wollen wir?«

Anna nickte, und die beiden verschwanden im Gotteshaus. Sie liefen, von den Blicken sämtlicher Anwesender verfolgt, den Mittelgang hinunter. Elins Blick war auf Jan gerichtet. Er stand in einem schwarzen Anzug und mit zurückgekämmtem Haar am Altar. Ihm war die Aufregung anzumerken. Er nickte Elin lächelnd zu. Elin und Anna traten in die erste Reihe. Nun wurde die Einmarschmusik gespielt. Es war ein Stück von Händel, das sich Matei und Jan ausgesucht hatten. Matei betrat am Arm von Hinnerk die Kirche, und ein Raunen ging durch sämtliche Anwesende. Sie strahlte über das ganze Gesicht. Die beiden Blumenmädchen streuten kräftig Rosenblätter auf den Boden, noch bevor sie den Altar erreichten, waren ihre Körbchen leer. Elin hatte nur Augen für ihre Schwester. Sie war die perfekteste Braut, die sie jemals im Leben gesehen hatte. Und sie hatte das Glück verdient. Und doch breitete sich in Elin auch das Gefühl von Wehmut aus. Wann würde sie die Liebe finden und heiraten? Sie dachte an die vielen Kaffeekränzchen und Tanzabende, die sie vor dem Krieg besucht hatte. Daran, wie sie stets nach der besten Partie Ausschau gehalten hatte. Das alles kam ihr nun kindisch vor. Matei hatte es ihr vorgemacht. Anna und Paul ebenso. Eine Ehe konnte nur eine einzige Grundlage haben: die Liebe.

Matei trat neben Jan, der mit strahlenden und feuchten Augen ihre Hand nahm und ihr etwas zuflüsterte. Nun liefen Elin endgültig die Tränen über die Wangen, und ihre Eltern kamen ihr in den Sinn. Ihr Papa hätte Matei gewiss voller Stolz zum Altar geführt, ihre Mutter hätte wie sie vor Rührung geweint. Gerade jetzt fehlten sie so sehr. Sie spürte Annas Hand, die sich in die ihre schob. Elin wandte den Kopf. Auch Anna liefen Tränen über die Wangen. Elin drückte Annas Hand ganz fest. Sie war bei ihnen, die Ziehmutter, die sie nie allein gelassen hatte und die heute einen ihrer guten Tage hatte. Sie hoffte, es würden noch viele weitere folgen. Und irgendwann, das spürte sie tief in ihrem Innern, würde auch sie selbst die Liebe finden. Es brauchte nur Geduld. Matei und Jan gaben sich nun das Jawort, und Elin lauschte andächtig den Worten ihrer Schwester.

»In der Kraft der Liebe Gottes will ich dir, Jan Bohn, vertrauen und dir treu sein. Ich will dich annehmen, wie Gott uns angenommen hat, und dir vergeben, wie Gott uns vergeben hat. Ich will dein Anderssein achten und nicht aufhören, dich zu suchen. In meiner Liebe zu dir will ich wachsen und dich tragen in traurigen wie in glücklichen Zeiten. Unsere Liebe gebe uns Kraft, auch für andere da zu sein und für die Welt, in der wir leben. So will ich dich lieben, mit Gottes Hilfe, am liebsten zwei Leben lang.« Matei hatte laut und deutlich gesprochen, kein einziges Mal hatte ihre Stimme gezittert. Die ganze Zeit über hatte sie Jans Hand gehalten und ihm fest in die Augen geblickt.

Der Trauspruch berührte Elin tief im Herzen. Er brachte aber auch die sorgenvollen Gedanken zurück. »Für die Welt, in der wir leben.« Es war eine grausame Welt, eine Welt, die aus den Fugen geraten war, wackelte und zu zerbrechen drohte. Eine Welt, in der morgen alles anders sein konnte. Doch gerade deshalb galt es, Momente des Glücks festzuhalten und sie im Herzen zu bewahren. Und heute war so ein Moment. Er überstrahlte alles. Matei tat es.

22. KAPITEL

Keitum, 20. Oktober 1915

Matei stand am Fenster des Kapitänshauses und blickte nach draußen. Goldenes Sonnenlicht flutete den Garten und ließ die gelb verfärbten Blätter der Ulmen leuchten. Der Herbst hatte sie in diesem Jahr mit warmen Temperaturen und milden Tagen verwöhnt. Bis Anfang Oktober hatten sie den Kaffeegarten in Betrieb halten können. Und die Männer des Lazaretts, aber auch viele Bewohner Keitums, hatten diesen Umstand genossen. Durch die Sonderzuteilungen, die das Lazarett noch immer erhielt, war es Wiebke weiterhin möglich, Kuchen und Kekse zu backen. Sie hatte sie mit Apfelstreuselkuchen beglückt, und ihre Friesenkekse hatten inzwischen den Ruf, die besten der ganzen Insel zu sein. Der Kaffeegarten war in den letzten Monaten zu einer kleinen Oase der Friedlichkeit und des Miteinanders geworden. Von Wehmut erfüllt, hatte Matei Hinnerk vor einigen Tagen dann doch beim Abbau der Stühle geholfen. Die Tagestemperaturen überschritten nun meist nicht mehr die zehn Grad, was draußen sitzen, besonders im Schatten, nicht mehr angenehm gestaltete. Matei beobachtete, wie Schwester Alwine das Haus verließ. Pünktlich auf die Minute trat sie ihre Pause an. Diese verbrachte sie gern an der frischen Luft, denn diese halte Geist und Seele zusammen. Sie sah ihr dabei zu, wie sie hinter der Hausecke verschwand. Gewiss würde sie sich wieder auf die an der Hauswand stehende Bank in die Sonne setzen und ihre Zigarette rauchen. Auch eine Oberschwester hatte so ihre Laster.

Inzwischen hatten sowohl Matei als auch Elin mit ihr ihren Frieden gemacht. Besonders die Krankheit von Anna hatte Alwine weicher werden lassen. Erst neulich hatte sie Matei erzählt, dass ihre Mutter ebenfalls an Altersvergesslichkeit erkrankt gewesen sei und sie als Angehörige sehr darunter gelitten habe. Am Ende habe sie sie alle nicht mehr erkannt. Als sie davon erzählt hatte, hatten in ihren Augen Tränen geschimmert. Harte Schale, weicher Kern, war es Matei in diesem Augenblick in den Sinn gekommen. Obwohl bei der Oberschwester die Schale wirklich arg hart war, schlimmer als bei einer Walnuss. Sie führte das Personal noch immer mit einem strengen Regiment, allein den Sommer über hatten zwei Krankenschwestern und vier Hilfsschwestern hingeworfen. Die Einzige, die mit einer Engelsgeduld ihre Allüren weiterhin ertrug, war Schwester Ina. Matei bewunderte sie dafür. Wiebke hingegen war da weniger geduldig. Sie hatte neulich, nachdem Alwine sie mal wieder wegen einer Kleinigkeit ermahnt hatte, ernsthaft überlegt, ihr Abführmittel in den Tee zu kippen. Rieke, die neuerdings mit ihr in der Küche den Kochlöffel schwang, hatte sie davon abbringen können. Es reiche schon, wenn draußen Krieg herrsche, hatte sie gesagt. Das Lazarett sollte ein friedlicher Ort sein, an dem sich die Männer erholen und zu Kräften kommen konnten. Zänkische Weiber waren da fehl am Platz. Wiebke hatte sich, wenn auch grummelnd, gefügt.

Matei wollte gerade vom Fenster wegtreten, als ihr Emmi auffiel. Das Küchenmädchen kam aus dem Haus gelaufen, eilte die Stufen nach unten und blieb an der Ecke des Kapitänshauses stehen, wo es sich übergab. Matei seufzte. Das Gesehene bestätigte den Verdacht, den sie hegte. Emmi war in der letzten Zeit recht blass um die Nase, und ihre Brüste waren eindeutig fülliger geworden. Auch war sie viel stiller als sonst. Sie lachte nicht mehr so fröhlich wie früher und wirkte in sich gekehrt. Wenn es wirklich das war, was Matei vermutete, dann war das arme Ding gewiss verzweifelt. Emmi war gerade mal fünfzehn, ein Kind war sicher nicht vorgesehen. Matei wusste um die Strenge ihrer Mutter. Sie beschloss, nach draußen zu gehen und mit ihr zu reden.

Als sie um die Hausecke kam, wischte sich Emmi gerade den Mund mit einem Stofftaschentuch ab. Mateis Auftauchen ließ sie zusammenzucken.

»Fräulein Hansen, oh, ich meine, Frau Bohn. Entschuldigen Sie bitte …«

»Du musst dich nicht entschuldigen«, beschwichtigte Matei und schenkte Emmi ein aufmunterndes Lächeln. »Ich habe beobachtet, dass es dir offensichtlich nicht gut geht, und wollte nach dir sehen. Eine Magenverstimmung?«

»Wenn es das doch wäre«, erwiderte Emmi und brach in Tränen aus.

Matei trat näher und legte den Arm um Emmi.

»Also stimmt meine Vermutung. Wie lange liegt denn deine letzte Blutung zurück?«

»So sieben oder acht Wochen«, antwortete Emmi und wischte sich die Tränen von den Wangen. »Sie dürfen es auf keinen Fall meinen Eltern sagen. Sie schlagen mich tot.«

Matei ging nicht auf ihre Aussage ein, sondern erkundigte sich stattdessen nach dem Vater.

»Einer von den Inselwächtern. Er hat, es ist …« Sie kam ins Stocken. »Er stand plötzlich hinter der Scheune, und ich hab, ich konnte nicht …« Sie brach erneut ab, schlug die Hände vors Gesicht und begann, laut zu schluchzen. Matei ahnte, was passiert war. »Es ist gut. Hörst du. Es wird bestimmt alles gut werden.«

Emmi löste sich aus der Umarmung. Sie schüttelte den Kopf. »Er hat mich festgehalten und mir gedroht, dass er mich umbringt, wenn ich schreie, wenn ich es wem sage. Es tat so weh, ich hab mich so geschämt. Was soll denn jetzt nur werden?«

Matei legte den Arm wieder um Emmi und drückte sie fest an sich. Emmi schluchzte, ihr Körper bebte regelrecht. Matei war fassungslos. Dem armen Mädchen war Gewalt angetan worden. Und nun? Was sollten sie machen? Dieser Widerling musste gefasst und bestraft werden.

Sie schob Emmi behutsam von sich und fragte: »Weißt du, wer er war?«

Emmi schüttelte den Kopf. »Ein Inselwächter, groß, blond.«

»Davon laufen hier viele rum«, sagte plötzlich jemand hinter ihnen. Matei wandte sich erschrocken um. Es war Oberschwester Alwine, die hinter ihnen stand.

»Entschuldigt bitte. Ich habe gelauscht«, gestand sie und trat näher. Ihr Blick war milde.

»Es tut mir so leid für dich, Mädchen. Keine Frau sollte so etwas erdulden müssen. Diesem Schwein sollte man …« Sie beendete den Satz nicht und machte eine kurze Pause. »Sie werden ihn nicht drankriegen«, sagte sie. »Und wenn doch, wird er aussagen, dass du es gewollt hast. Und er wird damit durchkommen. Ich kenne aus Berlin viele solcher Fälle.« Sie seufzte. Matei verwunderte Alwines mitfühlendes Verhalten. Besonders von der Oberschwester hätte sie ein solches Verständnis nicht erwartet. »Ich habe in Berlin an der Charité nicht nur als Krankenschwester, sondern auch als Hebamme gearbeitet. In Berlin passieren solche Dinge leider häufig.«

»Und was machen wir jetzt?«, fragte Matei.

Alwine atmete tief durch. Es schien, als würde sie einen Moment mit sich hadern.

»Wir tun, was getan werden muss«, antwortete sie und sah Matei ernst an. »Ich kann ihr helfen.« Sie wandte sich an Emmi.

»Komm heute Abend um zehn in meine Kammer. Dann habe ich alles vorbereitet.«

Matei wusste sofort, was Alwine tun wollte. Ihre Augen wurden groß.

»Sie wollen doch nicht etwa …«

»Was denn sonst?«, fiel ihr Alwine ins Wort. »Das Kind ist durch ein Verbrechen entstanden, das arme Mädchen wird sein Leben lang in Schande leben müssen, wenn es zur Welt kommt. Es ist besser, es macht jemand, der sich mit so was auskennt, bevor …« Sie vollendete den Satz nicht.

Matei verstand, was sie sagen wollte. Bevor sie es in ihrer Verzweiflung selbst versuchen und sich am Ende dabei umbringen würde. Es hatte einmal einen solchen Fall auf der Insel gegeben. Es war Jahre her. Das Mädchen, eine Dienstbotin in einem der Hotels, war verblutet, und die Gerüchteküche Westerlands hatte gebrodelt. Berlin, die Charité. Das war eine ganz andere, unvorstellbare Welt für Matei. Gewiss gab es in einer solch großen Stadt viele verzweifelte Mädchen.

Emmi weinte noch immer. Alwine nahm sie in den Arm und drückte sie fest an sich.

»Es ist gut«, sagte sie und strich ihr über den blonden Zopf. »Du hast nichts falsch gemacht. Wir kriegen das wieder hin.« In ihrer Stimme lagen so viel Wärme und Mitgefühl. Matei verwunderte dieser Umstand noch immer. Wo war die herrische Frau hin verschwunden, vor der sonst zumeist alle in Deckung gingen? Was hatte Alwine in Berlin erlebt, weshalb sie so reagierte? In Matei rangen jedoch zwei Stimmen. Die eine, die Alwines Handeln begrüßte. Das Kind wegzumachen, war die Lösung für Emmi. Danach konnte sie weiterleben, als wäre nie etwas geschehen. Und hoffentlich würde sie diesem Unhold niemals wieder über den Weg laufen. Doch die andere Stimme in ihrem Inneren redete von einer Sünde, einer Straftat, von Mord am ungeborenen Kind. Es musste doch auch auf andere Art Gerechtigkeit geben. Oder sah sie das zu naiv? Was war, wenn der Mann es wieder tat? Er konnte doch nicht ständig durch die Gegend laufen und Frauen schänden. Was war, wenn er die Nächste umbrachte?

Männliche Stimmen ließen sie aufmerken, und Matei blickte um die Hausecke. Es waren Jan und Hinnerk. Sie waren eben mit dem Fuhrwerk vorgefahren. Mateis Herz begann sogleich höherzuschlagen. Jan war hier. Aber wie konnte das sein? Er hatte doch Dienst auf dem Ellenbogen. Sie wollte sogleich zu ihm laufen, um ihn zu begrüßen, doch sie zögerte.

»Na, laufen Sie schon«, sagte Alwine. »Ich kümmere mich. Was hältst du von einem warmen Kräutertee, Mädchen?«, fragte sie Emmi. »Vielleicht bleibt ja auch ein Keks drin. Ist immer gut, wenn der Magen was zu tun bekommt.« Sie führte Emmi zum Herrenhaus. Matei blickte den beiden einen Augenblick mit einem flauen Gefühl im Magen nach. Hoffentlich würde alles gut ausgehen. Dann lief sie los, genoss keine Sekunde später Jans feste Umarmung und atmete seinen Geruch nach Tabak, Rasierwasser und Herbstlaub ein. Er trug einen Dreitagebart, seine Bartstoppeln kitzelten ihre Wange. Ihre Lippen fanden sich, und es folgte ein langer und intensiver Kuss. Matei spürte das unbändige Glücksgefühl in ihrem Inneren, das warme Kribbeln, das bis in ihre Finger- und Zehenspitzen reichte.

»Was machst du hier?«, fragte sie, nachdem sie sich voneinander gelöst hatten.

»Ich habe spontan einen Antrag auf zwei freie Tage gestellt, und er ist mir tatsächlich genehmigt worden. Ich wollte dir nämlich etwas zeigen. Es ist eine Überraschung.«

»Hach, ich mag ja solche Turteltäubchen, wie ihr es seid«, sagte plötzlich Hinnerk. Er stand auf der anderen Seite des Fuhrwerks und sah sie mit einem seligen Ausdruck in den Augen an. »Meine Rieke und ich, wir waren auch mal so. So frisch verliebt. Dat ist schon was Feines.«

Matei wollte antworten, doch sie wurde von Rieke unterbrochen, die nach draußen getreten war und laut rief: »Wo bleibst du denn mit dem Mehl, Hinnerk. Denkst wohl, wir haben den ganzen Tag Zeit. Da kriegt man endlich mal welches, und dann sind die Lieferanten unzuverlässig und trödeln herum.«

»Sie liebt mich noch immer«, sagte er. »Ich nehme es jedenfalls an.« Er zwinkerte ihnen zu und fischte den ersten von vier Mehlsäcken von der Ladefläche. »Ich komme ja schon«, rief er.

Matei und Jan sahen ihm lächelnd nach.

»Komm«, sagte Jan und nahm Mateis Hand.

Bald darauf liefen sie die C.-P.-Hansen-Allee hinunter. Die gelb gefärbten Blätter der Ulmen leuchteten im hellen Sonnenlicht, der Duft des trockenen Laubs hing in der Luft, das ein sanfter Wind über die Straße wehte. In den Gärten der Häuser blühten noch Rosen und Sonnenhut. In einem Garten wuchsen Unmengen an Fliegenpilzen auf der Wiese. Vor einem der Häuser saß die Inhaberin, die alte Wehn, in der Sonne und strickte, neben ihr auf der Bank schlief eine kleine Katze mit schwarz-weißem Fell. Sie erreichten den am äußersten Rand von Keitum gelegenen Ingiwai. An dessen Ende blieb Jan vor einem kleinen Friesenhaus stehen, das, umgeben von einem verwilderten Garten, wie verwunschen aussah. Die Hauswände waren rot gekachelt, auf dem mit Reet gedeckten Dach wuchs Moos. Die Fensterrahmen waren weiß gestrichen. An der Hauswand rankten die Äste eines Blauregens hinauf. Auf dem für die Insel typischen Steinmäuerchen aus Findlingen, das das Häuschen umgab, wuchsen Strandrosen in Hülle und Fülle. Im Garten hatten sich die Blüten der Rhododendren blass verfärbt. Im Frühjahr und Sommer waren sie gewiss sattrosa gewesen. Buntes Herbstlaub lag auf dem Rasen. Sonnenhut und die letzten Reste von Schmuckkörbchen blühten in den mit Unkraut zugewucherten Beeten. Ein im Garten stehender, knorrig wirkender Apfelbaum trug schwer an seiner Last.

Matei überlegte, wer der Besitzer des Hauses war. Es fiel ihr nicht ein. Sie konnte sich auch nicht daran erinnern, wann sie zuletzt in dieser Ecke von Keitum gewesen war.

»Was machen wir hier?«, fragte sie.

»Es gehört uns«, sagte Jan.

»Wie, es gehört uns?«, fragte Matei ungläubig.

»Ich habe es gekauft.«

»Gekauft?«

»Ja, gestern. Von der alten Witwe Jansen zu einem Spottpreis. Ich will hier auf Sylt sesshaft werden. Ich geh nicht mehr zurück nach Amrum. Wenn dieser Krieg vorbei ist, dann werden wir zwei hier unseren Traum leben und eine Künstlerkolonie aufmachen. Was meinst du?«

Matei konnte seine Worte kaum glauben. Jan wollte nicht nach Amrum zurückkehren. Sie würden in Keitum bleiben. Eine eigene Künstlerkolonie. Darüber hatten sie gesprochen. Allerdings hatte Matei stets geglaubt, sie würden diese auf Amrum eröffnen, denn dort lebte seine Familie. Oh, wie schön es doch war, dass sie nun hierbleiben würden. Doch war das Haus nicht etwas zu klein für viele Künstler? Und es sah renovierungsbedürftig aus.

Jan erriet ihre Gedanken.

»Das Grundstück ist groß. Wir können Anbauten machen, ein Nebengebäude mit Ausstellungsräumen errichten. Komm. Ich zeig dir alles.«

Er nahm ihre Hand und führte sie durch den Garten zum Eingang. Die Tür war nicht abgeschlossen. Sie quietschte in den Angeln. Den engen Flur überspannte eine dunkle Holzdecke, der

Boden war dunkelgrau gefliest. Es roch muffig. In der Küche befanden sich die für Sylt üblichen blau-weißen Kacheln an den Wänden, hier zeigten sie ein Blumenmuster. Die Decke war ebenfalls mit dunklem Holz vertäfelt. Die Feuerstelle war eingemauert und besaß noch einen sogenannten Nebenherd. Er war ein an die Feuerstelle angrenzendes Viereck, das zwei gemauerte Kochmulden besaß, in denen das Abendessen gekocht und das Frühstück aufgewärmt werden konnte. Einen solchen Nebenherd hatte es in ihrem Elternhaus ebenfalls gegeben. Mama hatte in den gemauerten Kochmulden stets den Mehlpudding gebacken. An den verdreckten Fenstern hingen grün-weiß karierte Vorhänge, eine dicke Staubschicht lag auf dem Fensterbrett und auf dem davorstehenden Tisch, an dem vier Stühle standen. Im hinteren Bereich der Küche gab es eine Tür, die vermutlich zur Vorratskammer führte. Neben der offenen Kochstelle stand noch immer der aus Dünenhalmen gefertigte Heidebesen, als ob er erst gestern dort hingestellt worden wäre. Auf Regalen standen, ebenfalls von einer dicken Staubschicht überzogen, Keramikdosen, eine Kaffeemühle und ein Bügeleisen. Matei kannte die Witwe Jansen nur vom Sehen. Sie wusste, dass sie kinderlos geblieben war, ihr Mann war vor einer halben Ewigkeit von See nicht heimgekehrt, geheiratet hatte sie nicht mehr. Wie alt mochte sie inzwischen sein? Über achtzig? Sie wohnte bereits seit vielen Jahren bei ihrer Base in Munkmarsch. Wer hier wohl zuletzt gekocht und am Küchentisch gesessen hatte? Das alte Haus, es war im Jahr 1764 erbaut worden, wie die Jahreszahl über der Eingangstür verriet, erzählte auf seine Weise Geschichten von seinen Bewohnern.

Sie gingen in die Wohnstube. Die Decke war auch hier niedrig und mit dunklem Holz verkleidet. Die gewohnten blau-weißen Kacheln, hier zeigten sie ein filigraneres Muster als in der Küche, zierten die Wände. Hinter dem schmiedeeisernen Ofen, der von der Küche aus beheizt werden konnte, bildeten die Kacheln sogar ein prachtvolles Segelschiff ab. Es gab eine aus dunklem Holz gefertigte Sitzgruppe, bestehend aus vier Stühlen und einem runden Tisch. In die Wände waren Schränke aus Holz eingebaut, die ebenfalls grün gestrichen waren, Muster verzierten sie zusätzlich. Engel mit Flügeln, dazu geschwungene Linien. Es gab ein Alkovenbett, die Bettwäsche lag noch darin, der Bezug war rot-weiß kariert. Einige Büschel Stroh waren zu erkennen. Neben dem Alkovenbett befand sich eine Babywiege, die auch grün gestrichen und mit einem blumigen Muster verziert war. Auf dem Fensterbrett stand eine Petroleumlampe mit einem weißen Porzellanschirm neben einem Schiffsmodell, ein Zweimaster, der einen verstaubten Eindruck machte.

Winzige Staubteilchen wirbelten durch die Luft und funkelten im Licht der durch das Fenster einfallenden Herbstsonne.

Der Raum strahlte die gewohnte Heimeligkeit alter Friesenhäuser aus, die Matei so sehr liebte. Sie fühlte eine besondere Art von Wärme in sich und strich über den hölzernen Rahmen der Babywiege.

»In ihr könnte bald unser Kleines liegen«, sagte Jan und schlang die Arme um sie. »Gefällt es dir?«

»Es ist wunderschön«, antwortete Matei. »Aber du bist verrückt!«

»Ja, verrückt vor Liebe, und ich weiß, dass dir der Weggang von Sylt und aus Keitum schwergefallen wäre. Mir ist es gleichgültig, ob es Amrum oder Sylt ist. Hauptsache, ich habe die Nordsee um mich. Und meine Familie hat dafür Verständnis. Ich bin ja auch nicht aus der Welt, hat Mama zu mir gesagt. Ich musste ihr nur versprechen, dass ich sie hin und wieder besuchen komme und es mir ja nicht einfallen lasse, zurück an eine dieser schrecklichen Kriegsfronten zu gehen. Das habe ich natürlich gern getan. Keine zehn Pferde bringen mich wieder in einen der Schützengräben. Das schwöre ich.«

In Mateis Augen traten Tränen der Rührung.

»Dass du das machst. Es ist so wunderbar. Und eine Künstlerkolonie. Von so etwas wollte ich schon so lange ein Teil sein.«

»Ich weiß«, antwortete er. »Und wir beide werden diesen Traum bestimmt bald leben. Wenn der Krieg vorbei ist, dann werden wir hier ganz viele Künstler begrüßen, wir werden ausbauen und die beste und schönste Künstlerkolonie der ganzen Welt erschaffen, von der noch in Hunderten von Jahren die Rede sein wird.« Plötzlich begann er, sich mit ihr übermütig im Kreis zu drehen. Der Raum flog nur so an Matei vorüber, ihr wurde ganz schwindelig.

»Ist gut, ist gut«, rief sie lachend.

Er hielt inne, und seine Augen strahlten vor Freude.

»Du bist mein größtes Glück«, sagte er und küsste sie. Er umarmte Matei so fest, sie glaubte, keine Luft mehr zu bekommen. Doch das war in diesem Moment gleichgültig. Sie wünschte, er würde sie niemals wieder loslassen und für immer bei ihr bleiben. Sie wünschte, der Krieg würde bereits jetzt enden, damit sie ihren Traum sofort verwirklichen könnten. Doch sie wusste, dass dieser Wunsch vorerst unerfüllt bleiben würde. Sie wusste, sie sollte demütiger sein und dankbar. Jan war bei ihr auf Sylt, er war nicht an der Westfront ums Leben gekommen. Sie war nicht zur Witwe geworden wie so viele Frauen dort draußen. Sie durfte ihren Liebsten bei sich haben, ihn umarmen und küssen, mit ihm von einer gemeinsamen Zukunft träumen.

Erst am nächsten Morgen kehrte Matei zum Herrenhaus zurück. Jan hatte sie schlafend im Alkovenbett des kleinen Häuschens zurückgelassen, das die Vergangenheit zeigte und die Zukunft spüren ließ. Sie fühlte sich beschwingt, spürte noch immer seine Nähe und Wärme, seinen Geruch auf der Haut. Doch dann sah sie auf den Stufen des Herrenhauses eine Gestalt sitzen, und das Glücksgefühl in ihrem Inneren schwand. Es war Alwine. Matei trat näher. Der Geruch von Zigarettenrauch hing in der Luft. Sie setzte sich neben die Oberschwester auf die Stufe, und beide schwiegen für einen Moment. Alwine war diejenige, die die sonderbare Stille brach: »Sie schläft jetzt. Sie hat es gut überstanden.«

Matei nickte. Sie schämte sich ein wenig. Sie war mit Jan fortgegangen und hatte eine glückliche Nacht in seinen Armen erlebt, während Emmi ihr Kind verloren hatte. Sie hätte ihr beistehen und an ihrer Seite sein müssen.

»Sie war erleichtert«, sagte Alwine. »Hat kaum geweint. Es ist ja doch ein Segen.« Sie blies den Rauch ihrer Zigarette in die Luft.

Matei nickte erneut, antwortete jedoch nichts.

»Ich war vierzehn, als ich zu einer Engelmacherin ging«, sagte Alwine plötzlich. »Es war ein verdrecktes Loch in einem der vielen Hinterhöfe Berlins. Sie war ruppig und gemein, und sie hat gepfuscht. Fast gestorben wäre ich. Aber ich hab es überstanden. Es war mein erster Dienstherr. Ein Ministerialdirektor, verheiratet, Familienvater. Zwei entzückende Töchter, einen Sohn, sein ganzer Stolz. Er hat mir im Esszimmer aufgelauert. So ging es vielen von uns. Und wenn wir schwanger waren, wurden wir entlassen. Bei mir war es die Köchin, die es herausgefunden hat. Ich hab, wie Emmi auch, ständig gekotzt. Nach Hause konnte ich nicht gehen. Meine Mutter war Witwe, hatte zehn Kinder zu versorgen. Eine Freundin hat mich in ihrer Kammer schlafen lassen. Ich hatte nach der Abtreibung so hohes Fieber, ich dachte, jetzt stirbst du. Als es überstanden war, stand ich oftmals an der Spree.

Ich dachte, jetzt springst du rein. Du bist eine Schande, dich will niemand mehr.« Sie zog an ihrer Zigarette und blies den Rauch in die Luft. Matei war schockiert ob Alwines Erzählung. Sie hatte oftmals darüber nachgedacht, was Alwine so hart hatte werden lassen. Nun wusste sie es.

»So war und ist die Gesellschaft bis heute in Berlin. Obwohl der Krieg dort bestimmt auch vieles verändert hat. Ich bin damals nicht gesprungen. Meine Freundin hat es tatsächlich geschafft, mich als Hilfsschwester an der Charité unterzubringen. Später absolvierte ich dann die Ausbildungen zur Krankenschwester und zur Hebamme. Und ja, ich hab es Hunderte Male getan. Ich habe ungeborenes Leben getötet. Ich war in Berlin eine Engelmacherin. Ich hab Mädchen wie mir geholfen, sie nicht krank gemacht und beinahe umgebracht, wie es diese Hexe in ihrem dreckigen Loch mit mir getan hat. Ich hab sie im Arm gehalten, wenn sie weinten, ich hab ihnen die Schande genommen. Manch eine ist trotzdem in die Spree gesprungen.« Sie zog erneut an ihrer Zigarette.

Alwine hatte leise gesprochen. Matei wusste nicht, was sie erwidern sollte. Eine Engelmacherin saß neben ihr. Sie hatte nicht viel über solche Frauen gehört. Wohl aber wusste sie, dass das, was sie taten, eine Sünde und gegen das Gesetz war. Oder doch nicht? War es nicht eher eine Sünde, wie mit den jungen Mädchen umgegangen wurde? Wer war mehr wert? Das ungeborene Leben oder die Mutter, die das ungewollte Kind austrug und darunter ihr Leben lang leiden würde? Konnte man ein solches Kind überhaupt lieben? Die Welt dort draußen mit all ihren Schatten, das wahre Leben griff nach Matei und überforderte sie.

Alwine schien ihre Gedanken zu erraten.

»Sie sind nie von hier fortgekommen, oder?«

Matei nickte.

»Dann seien Sie froh darüber, denn diese Insel ist ein ganz besonderes Fleckchen Erde. Mich hat der Gedanke, dass ich einmal im Leben das Meer sehen möchte, hierhergeführt. Und es ist noch viel schöner, als ich es mir erträumt hatte. Der Blick auf die See löst etwas in einem aus. Ein besonderes Gefühl von Freiheit, als würde man sich unendlich fühlen.« Sie seufzte.

Einen Moment sagte keine von beiden etwas. Sie beobachteten, wie die Sonne aufging. Ein sanfter Wind wehte Blätter von den Bäumen. Sie wirbelten im Licht der ersten Sonnenstrahlen auf den Rasen herab. Es duftete nach Erde und trockenem Laub, nach Salz und Schlick. Nur hier gab es diesen einzigartigen Geruch. Sylt tröstete sie mit seiner Schönheit und gab ihnen für einen Moment das Gefühl, alles wäre gut. Diese Insel war für Matei Heimat und Alltag zugleich. Doch nun begann sie zu begreifen, warum sie für die Menschen dort draußen ein Zufluchts-, ja, ein Sehnsuchtsort war: Sie brachte Ruhe und Frieden und bezauberte jeden Menschen auf ihre eigene Art.

Alwine erhob sich und atmete tief durch.

»Ich geh dann mal nach Emmi sehen. Wollen Sie mitkommen?«

Matei nickte, stand auf und folgte Alwine ins Haus.

23. KAPITEL

Berlin, 20. Dezember 1915

Liebe Frau Hansen,

ich sende Ihnen und Ihrer Familie die besten Weihnachtsgrüße aus Berlin. Hier ist es die Tage über recht kalt gewesen, und es hat auch geschneit. Doch die Freude darüber, dass wir auf eine weiße Weihnacht hoffen dürfen, hält sich in der Hauptstadt in Grenzen. Wieder steht uns eine Kriegsweihnacht bevor, und die Gesichter der Menschen sind noch viel ernster, als sie es im letzten Jahr gewesen sind. Wer mag es ihnen verübeln? Unsere Gedanken wandern doch vermehrt hinaus an die Front, aber auch zu den Abertausenden von Gefangenen, die das Fest in Feindesland, krank und ohne Liebe und Pflege, viele sogar sterbend, verbringen werden. Der Sohn meines Nachbarn ist ebenfalls in dieser Lage. Seine Eltern sind untröstlich darüber. Besonders die arme Ellen scheint dieser Umstand arg mitzunehmen. Ihr Martin ist der einzige Sohn der Familie.
Das Fest verbringen wir in unserer kleinen Hausgemeinschaft (ich bewohne ein Vierparteienhaus in Berlin-Wilmersdorf) gemeinsam in der guten Stube der Witwe Käthe. So ist niemand von uns allein. So werde ich auch Kinderaugen am Heiligen Abend unter einem geschmückten Baum strahlen sehen. Wenigstens die Jugend bringt uns den Frohsinn und die Festfreuden, die zu Weihnachten dazugehören, noch näher. Ich habe mich die Tage aufgemacht, um Geschenke für die beiden, ein Knabe und Mädchen, zu besorgen. Bücher, neue Kleider für die Puppe und Spielzeugsoldaten. Immerhin kommen von den Kriegsschauplätzen in diesen Zeiten noch gute Nachrichten. Im Westen halten wir die Grenze wohl fast so, wie es vor einem Jahr war, und das will was heißen, gegen

diese Übermacht. Und auch im Osten sind wir siegreich vorwärtsgekommen und halten nun dort die Grenzwacht. Serbien ist vollständig eingenommen. Unsere Feinde haben noch immer die feste Absicht zu kämpfen, bis sie uns vernichtet haben. Hier in Berlin fragen sich viele, woher sie diese Zuversicht nehmen. Unsere Sozialdemokraten wollten den Frieden anbieten, im Reichstag gab es deshalb eine große Debatte. Ich kann den Vorstoß der Politiker verstehen, denn die Not ist besonders in den armen Klassen groß, und des Blutvergießens ist genug geschehen. Aber sollten all die Opfer umsonst gebracht worden sein? Es ist eine komplizierte Angelegenheit. Und die ausländischen Zeitungen sind voller Hohn und Spott. Man kann all ihre Schlagzeilen nur als Lügenmeldungen abtun. Deutschland steht nach wie vor kraftvoll da, unser herrliches Vaterland, voller Stolz und Zuversicht, ungeschwächt und bereit durchzuhalten, was auch kommen mag. Die gerechte Sache muss und wird siegen.
Nun bin ich etwas in Rage geraten, und ich entschuldige mich dafür. Ich hatte so sehr darauf gehofft, im nächsten Jahr erneut nach Sylt fahren zu können, um einige Wochen, vielleicht sogar den gesamten Sommer in Ihrem wunderbaren Herrenhaus am Wattenmeer verbringen zu können. Bei Ihnen hätte ich gewiss die Ruhe wiedergefunden, die ich in der hektischen Großstadt Berlin verloren habe. Wollen wir dafür beten, dass das Jahr 1916 die Wende und den Sieg für Deutschland bringen wird. Aber ich bin in diesem Punkt äußerst zuversichtlich. Und dann wird es ein Wiedersehen geben. Ich wünsche Ihnen und Ihrer Familie ein wunderschönes Weihnachtsfest und ein gutes neues Jahr. Bleiben Sie gesund.

Herzliche Grüße
Ihr
Friedrich Beck

Keitum, 31. Dezember 1915

Matei fror, und das, obwohl sie sich in mehrere Schichten gehüllt hatte. Ihre in Wollhandschuhen steckenden Hände zitterten, und sie war kaum in der Lage, den Pinsel festzuhalten. Es war später Nachmittag, und sie stand vor einem Haus im Uwe-Jens-Lornsen-Wai. In den letzten Tagen hatte es geschneit, und auch heute Morgen waren noch viele Flocken vom Himmel gefallen. Der Wintereinbruch hatte am zweiten Weihnachtsfeiertag begonnen. In den Morgenstunden hatte es noch geregnet, dann war der Regen in Schnee übergegangen, tags darauf hatte das Thermometer selbst tagsüber die Null-Grad-Grenze nicht mehr überschritten. Keitum lag unter einer weißen Decke, die jeden Tag dicker zu werden schien, und das Meer fror immer weiter zu. Der Winter malte seine ganz eigenen, zauberhaften Bilder. Und diese galt es für einen Künstler einzufangen. Gerade jetzt herrschte eine einmalig schöne Lichtstimmung. Die Wolken hatten sich verzogen, und die tief stehende Sonne tauchte den Himmel in schimmerndes Rot. Er leuchtete über dem alten Friesenhaus, das von vielen Ulmen umgeben aussah, als wäre es in einen tiefen Winterschlaf gefallen. Auf den Rosenbüschen im Garten und auf dem Steinmäuerchen lag eine dicke Schneeschicht, auch die Äste der Bäume waren mit Schnee bedeckt. In den Fenstern spiegelte sich der rötliche Himmel. Es war wahrlich ein schönes Motiv. Doch Matei hatte Mühe damit, es gekonnt einzufangen. Sie stand nun bereits seit einer Stunde im Schnee. »Ein guter Künstler hat geduldig auf das richtige Licht zu warten«, hörte sie Jans Stimme. Nur war Geduld bei dieser Eiseskälte nicht gerade eine ihrer Stärken. Auch ihre Füße fühlten sich langsam wie Eisklumpen an. Matei mochte das Zeichnen im

Sommer eindeutig lieber. Selbst im Herbst, wenn der Wind das Meer auftürmte und sie die tosende See festhielt, war es besser. Obwohl es damals in den Dünen auch nicht gerade gemütlich gewesen war. Der ständige Flugsand war ihr zum Feind geworden. Sie hatte ihn auf der Leinwand, in den Augen und auf ihrer Farbpalette gehabt und sich über die Haarsträhnen geärgert, die sich aus ihrem Zopf gelöst hatten und ihr ins Gesicht geflogen waren. Sie war wahrlich keine Schlechtwettermalerin. Auch konnte sie inzwischen immer besser Porträts zeichnen. Jan hatte ihr die wichtigsten Tricks und Kniffe beigebracht. Neulich hatte sie Elin gezeichnet, und sie war begeistert gewesen.

Sie betrachtete ihr Werk skeptisch. Es waren Ölfarben, die sie dieses Mal gewählt hatte. Jan hatte ihr viel über Lichtstimmungen erklärt und wie man sie am besten einfing, besondere Nuancen setzte. Sie hatte ihn mit dem Bild überraschen und ihm zeigen wollen, dass sie eine gute Schülerin war. Doch selbst sie sah die vielen Fehler. Es war ein Jammer, das Motiv war so schön gewesen, und sie hatte es mal wieder in den Sand, oder besser gesagt in den Schnee gesetzt. »Es werden noch viele weitere Motive kommen«, hörte sie Jans tröstende Worte. So oft hatte er diese in den letzten Monaten ausgesprochen. Es redete sich leicht. Wenn er zeichnete, sah alles immer so einfach aus. Als würde es ihn gar nicht anstrengen. Ihr Blick wanderte zu ihrem Motiv. Das rote Licht verblasste immer mehr, die Sonne war bereits untergegangen. Sie beschloss, es für heute gut sein zu lassen. Vielleicht ließ sich ja mit einer Nachbearbeitung noch etwas verbessern. Sie packte ihre Malsachen und die Staffelei zusammen und machte sich auf den Rückweg zum Herrenhaus. Noch immer wohnte sie dort im Kapitänshaus. Jan war aktuell auf dem Ellenbogen stationiert und im dortigen Stellungsbau tätig. An Weihnachten hatte er freibekommen, und sie hatten das Fest erneut alle gemeinsam mit den Verwundeten im Lazarett gefeiert. Doch heute war er zum Wachdienst eingeteilt, was Matei traurig stimmte. Sie hätte so gern mit ihm gemeinsam das neue Jahr begrüßt und ihm vielleicht auch von ihrem Verdacht berichtet. Seit einigen Tagen war sie über die Zeit.

Im Kapitänshaus traf sie auf Elin und Anna, die es sich in der guten Stube mit Tee und Futjes gemütlich gemacht hatten.

»Da bist du ja wieder«, sagte Elin und lächelte Matei an. Sie beschäftigte sich mit einer Strickarbeit. Es sollte ein neues Schultertuch werden. »Und, ist das Bild etwas geworden?«

»Hm«, antwortete Matei, stellte ihre Malsachen in eine Ecke und legte ab. Sie setzte sich an den Tisch, und Elin füllte ihr einen Teebecher. Matei wärmte sogleich ihre Hände daran. Sie nahm einen der Futjes und steckte das kugelige Hefegebäck in einem Stück in den Mund.

»Köstlich. Sie sind wieder mit Rosinen gefüllt«, sagte sie nuschelnd.

»So hab ich es der Köchin auch aufgetragen«, sagte Anna. »Denn Paul hat sie mit Rosinen am liebsten. Du darfst ihm aber nicht alle wegessen. Ich frage mich, wo er bleibt.« Ihr Blick wanderte aus dem Fenster. »Hast du ihn vielleicht gesehen, Matei?«

Matei sah zu Elin, die mit den Schultern zuckte. Heute war mal wieder einer ihrer schlechten Tage. Die letzten Wochen war es oftmals schwierig mit Anna gewesen. Sie verlegte viele Dinge, fragte, wieso im Salon so viele fremde Männer seien, und sie hatte neulich nicht mehr gewusst, wer Schwester Alwine war. Als fremde Frau hatte sie sie bezeichnet, die in ihr Haus eingebrochen sei. Sie müssten die Polizei verständigen. Wiebke hingegen hatte sie akzeptiert, nachdem Elin ihr gesagt hatte, dass sie die neue Köchin wäre. Am zweiten Weihnachtstag war ein trauriger

Tiefpunkt gewesen. Da hatte Anna in der Bibliothek gestanden und die Welt nicht mehr verstanden, verzweifelt hatte sie zu weinen begonnen und war nur schwer zu beruhigen gewesen. Gestern hatte sie dann plötzlich wieder vom Kaffeegarten geredet und davon, wie schön er doch gewesen sei. Sie hatte sich über den Brief von Friedrich gefreut, der kurz vor Weihnachten eingetroffen war. An ihn hatte sie sich seltsamerweise erinnern können. Matei hatte sich fest vorgenommen, ihm zu antworten, um ihm von den Begebenheiten auf der Insel, aber auch von Annas Zustand zu berichten, war bisher aber noch nicht dazu gekommen. Die Tatsache, dass Anna nun doch vermehrt abbaute, trübte ihre Stimmung zusätzlich zu dem nicht enden wollenden Kriegsgeschehen. Weder Elin noch Matei wollten so recht daran glauben, dass der Krieg im neuen Jahr ein rasches Ende finden würde.

»Paul ist doch gestorben, Mama«, blieb Matei bei der Wahrheit.

Anna sah sie nachdenklich an.

»Aber das weiß ich doch«, erwiderte sie mit fester Stimme. »Du hältst mich wohl für dumm.«

»Nein, auf keinen Fall«, entgegnete Matei. In Annas Augen traten Tränen. Wieder einmal wurde sie sich ihres Zustands bewusst.

»Alle halten mich für dumm. Und das bin ich ja auch. Dummer Kopf, der nicht mehr richtig denken will.« Sie schlug sich selbst gegen die Stirn, die Tränen begannen über ihre Wangen zu laufen. Elin sah zu Matei. Erneut fühlten sie sich mit der Situation überfordert. Matei war diejenige, die Anna dieses Mal in den Arm nahm und wie ein kleines Kind wiegte.

»Es ist alles gut«, sagte sie. »Niemand hält dich für dumm. Und dein Kopf denkt doch viele Dinge noch ganz richtig. Wir bringen alle schon mal etwas durcheinander.« Matei sah zu Elin. Ihre

Miene war besorgt. Im Sommer waren sie noch voller Hoffnung gewesen, dass Annas Verwirrtheit nur von vorübergehender Natur gewesen war. Doch nun hatte sich diese zerschlagen. Doktor Grasbach hatte recht behalten. Es ging schubweise. Und niemand konnte wissen, wie lange welcher Zustand anhalten würde.

Anna löste sich aus Mateis Umarmung, hektisch wischte sie sich die Tränen von den Wangen. »Entschuldigt bitte«, sagte sie. »Es ist nur, manchmal ...«

»Du musst dich nicht entschuldigen«, antwortete Matei und lächelte. »Ich selbst war heute auch ein rechter Dummkopf. Bei der Kälte stell ich mich mitten auf die Straße, um ein altes Friesenhaus zu zeichnen.«

»Das macht man nicht.« Anna hob mahnend den Zeigefinger. »Da kann man sich den Tod holen.«

»Du sagst es«, antwortete Matei. Die Stimmung wirkte wieder gelöster.

Eine Bewegung auf dem Hof ließ Elin nach draußen blicken. Sie hörten das Knarren der Haustür, und Wiebke betrat den Raum.

»Da sitzen sie gemütlich in der Stube, während andere Leute hart arbeiten müssen«, sagte sie und stemmte die Hände in die Hüften. Trotz des immer weiter zunehmenden Mangels war Wiebke in den letzten Wochen noch etwas breiter geworden. Der Umstand, dass sie tagtäglich in der Küche arbeitete, zollte seinen Tribut.

»Ich nehme an, du hast Unmengen an Futjes gebacken«, sagte Elin.

»Tee?« Matei sah Wiebke fragend an.

»Gern. Auch die beste Köchin braucht mal eine Pause.« Wiebke setzte sich neben Elin und begutachtete sogleich ihr auf dem Tisch liegendes Strickzeug.

»Was soll das denn werden?«

»Ein Schultertuch«, antwortete Elin. Wiebkes prüfender Blick gefiel ihr so gar nicht. Wiebke war eine wahre Strickmeisterin. Sie konnte die tollsten Muster stricken und hatte in den letzten Monaten in Höchstgeschwindigkeit unzählige Schals, Handschuhe und Mützen zusätzlich zu ihrer Tätigkeit in der Küche gefertigt. Sie waren alle in die große Kiste des Frauenvereins gewandert und an die Ostfront versendet worden. Wiebke erhoffte sich durch ihre fleißige Mitarbeit bei den Liebesgaben eine Aufnahme im Verein. Doch es gab strenge Aufnahmekriterien. Eine davon besagte, dass Mitglieder mindestens fünfzehn Jahre in Keitum ihren Wohnsitz haben mussten. Wiebke würde wohl noch eine Weile länger stricken müssen.

»Du hast hier einen Fehler im Muster«, sagte Wiebke und deutete auf eine der oberen Reihen. »Und hier unten hast du arg locker gestrickt, dadurch wirkt es ungleichmäßig.«

»Es ist mein Schultertuch und muss keinen Schönheitspreis gewinnen«, entgegnete Elin eine Spur zu patzig. »Ich will es in der Töpferwerkstatt tragen, denn dort zieht es arg durch die Fenster.«

»Ich wollte es ja nur sagen«, antwortete Wiebke in leicht beleidigtem Tonfall. Sie nahm sich einen Keks und steckte ihn in den Mund. »Bald schon werden die Rummelpottkinder kommen«, sagte sie. »Ich freu mich schon so auf die Kleinen. Das bringt ein bisschen Abwechslung in unseren Alltag. Ihr kommt doch später zum Silvester feiern ins Herrenhaus? Oder wollt ihr lieber hierbleiben? Ich hab für heute Abend ein kleines Festessen geplant. Es gibt gebratene Flundern, die hat Paul Warmbier gestern gebracht, dazu Schwarzwurzelpüree und als Nachtisch rote Grütze mit Vanillesoße. Die Männer wollen einen musikalischen Abend machen. Einer von ihnen hat früher in einer Bar in Berlin jeden Abend Klavier gespielt. Ich hab ihn vorhin schon spielen hören. Einen Gassenhauer, den ich gar nicht kannte. Es könnte heiter werden.«

»Ach, Rummelpott«, sagte Anna. »Das ist immer ein solcher Spaß. In meinem ersten Jahr in Keitum sind wir auch gegangen. Zu späterer Stunde als die Kinder. Wir haben uns bis zur Unkenntlichkeit verkleidet und sind von Haus zu Haus getingelt. Der jeweilige Bewohner musste uns erkennen. Und es gab immer ein Gläschen Schnaps. Schwankend sind wir durch den Schnee heimgelaufen. Und am nächsten Morgen hat mir bös der Schädel gebrummt. Aber das ist es mir wert gewesen. Wollen wir nicht heute auch losziehen? Es wäre bestimmt lustig.«

»Wieso eigentlich nicht?«, antwortete Elin. »Es wäre mal etwas anderes. Wie sieht es aus, Wiebke? Würdest du auch mitgehen? Vielleicht so gegen neun? Dann ist das Essen so weit serviert, und in der Küche ist es ruhiger.«

»Aber ich bin noch nie Rummelpott gelaufen.« Wiebke war von dem Vorschlag sichtlich überrumpelt. »Und ein Kostüm hab ich auch nicht.«

»Ach, da findet sich bestimmt etwas«, antwortete Matei, der der Gedanke gefiel. »Ich geh nachher gleich mal gucken, was wir in der Kammer noch haben. Und auf dem Dachboden im Herrenhaus findet sich in den alten Kisten bestimmt auch noch das eine oder andere Utensil, das wir gebrauchen können.«

»Dann gehen wir also?«, fragte Anna und blickte erwartungsvoll in die Runde.

»Ja, wir gehen«, meinte Matei und sah zu Wiebke, die sich in ihr Schicksal fügte und nickte.

Eine Weile darauf herrschte in der Stube beste Stimmung. Man war übereingekommen, als Hexentruppe loszuziehen, denn es hatten sich auf dem Dachboden eine Menge alter Filzhüte gefunden, die perfekt passten. Von wem und aus welchem Jahr sie stammten, konnte Anna nicht sagen. Sie trugen allesamt dunkle Kleider, deren Röcke sie mit schwarzem Tüllstoff verziert hatten. Dazu Umhänge, an denen sie Spinnweben, diese bestanden aus Watte, befestigt hatten. Und Matei hatte es doch tatsächlich geschafft, aus Pappe gruselige Hexennasen zu basteln. Hexenbesen hatten sich ebenfalls in ausreichender Zahl gefunden. Die Augen waren mit Kohle schwarz betont worden, die Lippen blutrot geschminkt. Sie sahen wahrlich zum Fürchten aus.

»Oh, das wird ein Spaß«, sagte Wiebke und klatschte freudig in die Hände.

»Du wirst es lieben«, antwortete Anna mit vor Freude strahlenden Augen.

Matei tat ihre Ausgelassenheit gut. Die letzten Stunden hatte sie wieder ganz normal gewirkt. Als würde es das Vergessen nicht geben. Sie wünschte sich so sehr, dass es dabei bleiben und Anna wieder wie früher werden würde. Aber aus Erfahrung und durch die Diagnose von Doktor Grasbach wusste sie, dass es für Anna keine Heilung gab. Da galt es, diese besonderen Momente festzuhalten und das Miteinander zu genießen.

»Also ich glaube, meine Nase sitzt nicht richtig«, sagte Elin und blickte in den Spiegel. »Sie rutscht ständig nach unten. Könntest du sie bitte noch mal etwas fester binden, Matei?«

»Hör sie einer reden«, sagte Wiebke. »Die Nase sitzt nicht richtig und muss festgebunden werden. Dat ist aber auch zu komisch.« Sie prustete los. Die anderen stimmten in das Lachen mit ein. Nachdem sich alle wieder etwas beruhigt hatten, befestigte Matei Elins Nase und malte ihr auch noch eine dicke Warze darauf. Auch alle anderen Kostüme wurden noch einmal kontrolliert. Unter den Filzhüten trugen sie wollene Mützen gegen die Kälte, Handschuhe an den Händen, und jede von ihnen hatte einen dicken Schal um den Hals gewickelt. Elin kontrollierte den von Anna noch einmal, als wäre sie ein kleines Mädchen, auf das es achtzugeben galt. Dann griffen sie zu ihren Hexenbesen und zogen los.

Es schneite leicht, und ein böiger Wind wirbelte ihre Umhänge auf. Doch das kalte Wetter trübte ihre Stimmung nicht. Kichernd taperten sie zu ihrem ersten Ziel: Hinnerks Anwesen. Dort war es Hinnerk persönlich, der ihnen die Tür öffnete. Ihn plagte eine fiese Erkältung, weshalb er sich vom Lazarett fernhalten musste.

»Ja, du liebe Zeit«, rief Hinnerk mit rauer Stimme aus. »Wat für Gestalten haben sich denn hier vor unsere Tür verirrt?«

Matei wusste nicht so recht, was sie jetzt tun sollten. Als Kinder hatten sie an dieser Stelle immer das Rummelpottlied gesungen. Aber machten das die Erwachsenen auch? Sie konnte es noch und entschied sich spontan dazu, es von sich zu geben:

»Frau, öffne die Türe!
Der Rummelpott will rein.
Es kommt ein Schiff aus Holland.
Das hat kein guten Wind.
Kapitän, du musst weichen.
Bootsmann, du musst streichen.
Setzt das Segel ganz nach oben
und gebt mir was in den Rummelpott!«

Elin stimmte mit ein. Wiebke und Anna ebenso, obwohl sie den Text nicht richtig konnten, aber das fiel fast gar nicht auf. Auch einen Rummelpott hatten sie mit. Einen Korb, den Matei am Arm trug. Obwohl Erwachsene ja eigentlich gar keine Leckereien, sondern einen Schnaps bekamen.

Rieke trat hinter Hinnerk, während sie sangen. Sie klatschte Beifall, nachdem sie geendet hatten, und Hinnerk zeigte seine Freude durch ein dreifaches Niesen.

»Also, wen haben wir da wohl?«, fragte Rieke lächelnd. »Vier hübsche Hexen, die mir bekannt vorkommen. Und welch bezaubernde Nasen ihr doch habt. Ich nehme an, Matei hat sie gebastelt?«

»Wir sind erkannt«, sagte Wiebke lachend.

»Na, dann gibt es einen Köm für alle«, rief Hinnerk und winkte sie in die gute Stube. Dort hatten es sich die beiden am warmen Ofen gemütlich gemacht. Auf dem Tisch lagen die Zeitung und Riekes Strickzeug, Kekse in einer Schüssel, zwei Teebecher. Rasch waren die Schnapsgläser gefüllt und geleert, und Rieke legte ihnen auch noch Futjes in den Korb. »Wegzehrung«, sagte sie lächelnd.

Hinnerk nieste erneut kräftig.

»Ach Kinners«, sagte er, nachdem er sich die Nase geputzt hatte. »Ich wünschte, ich könnte mit euch gehen. Aber daraus wird leider nix. Dummer Schnupfen aber auch. Aber nächstes Jahr, da bin ich dabei. Darauf noch einen Köm?« Er hielt die Schnapsflasche in die Höhe und blickte in die Runde.

»Also, Hinnerk, wirklich«, ermahnte ihn Rieke sogleich. »Du kannst unsere Hexen doch nicht gleich beim ersten Haus abfüllen. Da kommen sie doch nicht weit.«

»Auch wieder wahr«, antwortete Hinnerk. »Dann trink ich eben allein und auf euer Wohl. Kann nix schaden. Alkohol desinfiziert.« Er schenkte sich noch ein Glas ein und leerte es in einem Zug. Danach lächelte er selig. Seine Wangen waren gerötet, wohl eher vom Fieber als vom Schnaps. Sie sollten zusehen, dass sie weiterkamen. Nicht, dass er sie noch ansteckte. Eine handfeste Erkältung gleich zu Beginn des Jahres wäre unschön.

Sie verabschiedeten sich mit warmen Worten und Gute-Besserung-Wünschen und liefen weiter. Bei Kramers wurden sie ebenfalls fröhlich begrüßt und sogleich erkannt. In ihren Korb wanderten Nüsse und Äpfel. Bei Paul Warmbier in der Fischräucherei gab es ein leckeres Likörchen aus Holunderbeeren, weil er der Meinung war, dass die Damen es gern süß mochten. Dazu wanderten ebenfalls Futjes in den Korb. Bei Hindrichs gab es, wie sollte es bei einer Obst- und Gemüsehandlung auch anders sein, Pflaumenschnaps zu trinken und Äpfel für den Korb. So ging es munter weiter. Von Haus zu Haus, sie sangen ihr Liedchen, schwankten immer mehr und alberten herum. Irgendwann liefen sie zu keinem weiteren Haus mehr, sondern beschlossen, es gut sein zu lassen. Matei hätte es gern bis zu Gesa geschafft, aber das Ende der Munkmarscher Allee schien in ihrem Zustand weit entfernt zu sein. Arm in Arm und lautstark das Rummelpottlied trällernd, zogen sie wieder Richtung Herrenhaus. Inzwischen hatte es stark zu schneien begonnen, und ihre aus Pappe bestehenden Nasen litten arg unter dem Übermaß an Nässe. Sie wurden matschig und rutschten nach unten. Als sie das Herrenhaus erreichten, blieben sie davor stehen und betrachteten es andächtig.

»Unser Zuhause. Ist es nicht schön?«, fragte Anna mit selig klingender Stimme.

»Ja, das ist es«, antwortete Matei.

»Wir müssen uns beeilen«, sagte Anna. »Gleich ist Mitternacht. Die Gäste und Paul warten schon auf uns. Wir verpassen das Beste. Bestimmt gibt es Champagner. In wenigen Minuten beginnt das Jahr 1914. Und ich weiß, es wird ein tolles Jahr werden. Ganz bestimmt. Eines der besten.« Überzeugung lag in ihrer Stimme.

Ihre Worte dämpften schlagartig die Stimmung.

»Ja, das wird es werden«, sagte Elin und nahm den Filzhut vom Kopf. »Eines der besten.«

Im nächsten Moment hörten sie das Schlagen der Kirchenglocken. Matei zählte mit. Es waren zwölf Schläge. Immerhin, in diesem Punkt hatte Anna recht behalten. Es waren tatsächlich nur noch wenige Minuten bis zum neuen Jahr gewesen. Doch es würde keinen Champagner geben. Es war der Beginn des Jahres 1916, und niemand von ihnen wusste, was es bringen würde.

24. KAPITEL

Westerland, 2. März 1916

Elin saß in ihrem Ladengeschäft und ließ ihren Blick über die leeren Regale schweifen. Es war ihr zum Heulen zumute, aber es ging nicht anders. Sie hatte eben Jenni Jürgensen die Kündigung überreicht. Der Laden lohnte sich einfach nicht. Zuletzt hatte Matei mit ihren Ansichtskarten die meisten Umsätze generiert. Doch diese konnte sie auch an den Kiosken für die Soldaten im Hotel zum Deutschen Kaiser, auf dem Ellenbogen und in Hörnum verkaufen. Pötte nahmen die Kioske keine an. So lag das Keramikgeschäft größtenteils brach, und dieser Umstand würde sich auch im nächsten Sommer nicht ändern. Dieses Jahr würde das Bad seine Tore geschlossen halten. Die Erfahrungen aus dem letzten Sommer hatten gezeigt, dass sich die Eröffnung nicht lohnte. Es war kaum jemand angereist. Auch verschlechterte sich die Ernährungslage auf der Insel weiterhin. Zusätzlich Touristen durchzufüttern, hätte sich als schwere Herausforderung gestaltet. In Westerland wurde der städtische Fleisch-, Fisch-, Waren- und Kohlenverkauf unter erheblichen Schwierigkeiten noch immer aufrechterhalten. Doch die Einführung fleischloser Tage und der Butterkarte zeigte, in welch prekärer Lage sie sich befanden. Auch der Mangel an für die Kriegsindustrie wichtigen Metallen machte sich auf der Insel bemerkbar. Es hatte in den letzten Tagen Beschlagnahmungen aller Kupfer-, Messing- und Nickelgerätschaften gegeben.

Matei trat ein. Sie trug einen Wintermantel, Mütze, Schal und Handschuhe. Es war noch immer bitterkalt, und eine dicke Schneeschicht überzog die Insel. Längst waren wieder die Eisgänger mit ihren kleinen Booten unterwegs. Von einem normalen Fährbetrieb konnte nicht die Rede sein. Dieser Umstand sorgte dafür, dass die Patientenzahl im Lazarett abgenommen hatte. Kurz bevor das Watt endgültig zugefroren war, waren zehn von ihnen noch abgereist. Die für zwei Tage später angekündigten Neuzugänge hatten die Insel bereits nicht mehr erreichen können. Besonders Wiebke genoss die ruhigeren Zeiten. Sie saß nun öfter mit Alwine bei Muckefuck (an Kaffeelieferung war selbst für das Lazarett nicht mehr zu denken) klönend in der Küche. Die beiden hatten sich nach dem unschönen Vorfall mit Emmi angefreundet. Emmi war nicht mehr bei ihnen im Lazarett. Ihr Vater war im Januar an einem Herzanfall verstorben, und sie stand nun ihrer Mutter bei.

»Was für eine Kälte das heute wieder ist«, sagte Matei und rieb sich fröstelnd die Hände. »Da will man sich am liebsten den ganzen Tag hinter dem warmen Ofen verkriechen. Aber es hat sich gelohnt, dass ich mitgekommen bin. Im Hotel zum Deutschen Kaiser waren sämtliche meiner Karten ausverkauft. Greta hat gemeint, sie würden wie warme Brötchen weggehen. Sie hat sich über meinen mitgebrachten Nachschub gefreut und mir zwölf Mark Verkaufserlös ausgezahlt. Ist das nicht toll? Wie sieht es denn hier aus? Hast du mit Jenni alles so weit geregelt?«

»Ja, hab ich.« Elin seufzte. Sie strich mit der Hand über die Kasse und den Verkaufstresen.

»Es ist so traurig. Ich hatte so sehr darauf gehofft, dass es funktionieren würde.«

»Wir wussten beide, dass es schwierig werden würde«, antwortete Matei. »Die Eröffnung des Bades von Westerland stand doch von vornherein auf wackeligen Beinen.«

»Ja, ich weiß«, sagte Elin. »Es liegt aber auch an Jenni. Hätte sie uns nicht über das ganze Jahr hinweg, sondern nur zur Saison die Miete abgeknöpft, hätten wir den Laden noch länger halten können.«

»Da ist was dran«, meinte Matei. »Allerdings haben wir den Laden ja auch außerhalb der Saison genutzt.«

»Wenn du die Ansichtskarten weiterhin hier verkaufen würdest, müssten wir vielleicht doch nicht zusperren.« Elins Stimme klang plötzlich trotzig, und sie reckte das Kinn nach vorn. »Damit haben wir ein gutes Geschäft gemacht, und hin und wieder hat einer der Männer einen der Pötte mitgenommen.«

»Das haben wir doch bereits mehrfach besprochen«, antwortete Matei. »Der Verkauf der Ansichtskarten läuft über die Kioske in den Lagern um ein Vielfaches besser. Im gesamten Januar haben wir im Laden drei Pötte verkauft, obwohl wir zu der Zeit noch den Ansichtskartenverkauf hier hatten. Und Jenni hat uns die Heizkosten zusätzlich in Rechnung gestellt, was bei den aktuellen Kohlepreisen durchaus nachvollziehbar ist, für uns aber ein großes Minus bedeutet hat. Mir gefällt es auch nicht, dass wir den Laden aufgeben müssen. Aber es ist das Beste so. Wenn der Krieg vorüber ist, kommen bestimmt wieder bessere Zeiten.«

Elin nickte. Ihre Miene blieb jedoch missmutig. »Wenn dieser dumme Krieg jemals vorüber ist. Er scheint endlos.«

»Irgendwann muss er zu Ende sein.« Matei trat neben ihre Schwester und legte ihr die Hand auf den Arm. »Er kann nicht ewig dauern. Und wenn es so weit ist, dann kannst du hier in Westerland wieder etwas anmieten und vielleicht sogar einen noch größeren Laden aufmachen.«

Elin nickte. Obwohl sie bezweifelte, dass es so kommen würde. Wie würde das Leben auf der Insel nach dem Krieg aussehen? Kamen dann wieder Erholungssuchende? Die Menschen im

Reich litten unter dem allgegenwärtigen Mangel, Hunderttausende Männer waren bereits gestorben. Der Glanz des Kaiserreichs verblasste immer mehr. Was würden die neuen Zeiten bringen?

»Es beginnt zu schneien«, sagte Matei und deutete nach draußen. »Wir sollten uns besser auf den Heimweg machen.«

Elin nickte. Sie schlüpfte in ihren Mantel und setzte ihre Mütze auf. Noch den Schal um den Hals gewickelt. Er war kunterbunt, Wiebke hatte ihn ihr aus allerlei Wollresten gestrickt. Sie traten nach draußen, und Elin schloss zum letzten Mal die Ladentür hinter sich. Den Schlüssel warf sie, wie mit Jenni abgesprochen, in den neben dem Eingang hängenden Briefkasten.

Sie liefen die verwaiste Strandstraße hinunter. Nicht einmal die Inselwächter trieb es bei diesem ungemütlichen Wetter aus dem Haus, es schneite nun immer heftiger, und ein unangenehmer Wind gesellte sich zu den Schneeflocken. Verlassen wirkten die vielen Logierhäuser und Geschäfte. Als wären sie in einen tiefen Winterschlaf gefallen. Doch in diesem Frühjahr würden sie nicht, wie sie es sonst stets taten, daraus erwachen. Der Großteil der Stadt würde weiter in Stille liegen und davon träumen, wieder der Mittelpunkt des Inseltreibens zu sein. Sie erreichten den Bahnhof. Hier war gerade eine Bahn eingefahren, und einige Inselwächter beschäftigten sich mit dem Abladen von großen Holzkisten. Matei wollte lieber gar nicht wissen, was in ihnen verpackt war. Vermutlich wieder Waffen. Überall auf der Insel wurde weiterhin aufgerüstet, obwohl das Frostwetter den Stellungsbau aktuell weitestgehend zum Erliegen gebracht hatte. So hatte Jan es ihr am Wochenende erzählt. Wenn er freihatte, zogen sie sich stets in ihr kleines Häuschen am Ingiwai zurück und genossen die gemeinsamen Stunden zu zweit. Jedes Mal, wenn er auf den Ellenbogen zurückmusste, war der Abschied schwer.

Dann würde es wieder lange zwei Wochen dauern, bis sie ihn wiedersah. Doch sie wusste auch, wie glücklich sie sich schätzen konnte, dass er auf Sylt stationiert war. So viele andere Frauen bangten jeden Tag um ihren Liebsten. Erst gestern hatte sie mit Poppe, der Tochter eines Gastwirts in der Nachbarschaft, darüber gesprochen. Ihr Ehemann Roluf (sie hatten während seines letzten Heimaturlaubs im Oktober geheiratet) diente bei einem Regiment an der Ostfront. Bereits seit drei Wochen wartete sie sehnsüchtig auf einen Brief von ihm, und die Angst, er könnte gefallen sein, wurde mit jedem Tag, an dem der Postbote kopfschüttelnd vor ihr stand, größer. In ihren Augen hatten Tränen gestanden, und Matei hatten tröstende Worte gefehlt. Sie hatte sich schuldig gefühlt. Schuldig deshalb, weil sie Jan bei sich haben durfte.

Nachdem sie Westerland hinter sich gelassen hatten, verstärkte sich der Schneefall erneut, und der Wind entwickelte sich zu einem regelrechten Sturm. Sie waren irgendwo auf freiem Feld. Alles um sie herum war weiß.

»Liebe Güte«, rief Elin aus. »Was ein Wetter plötzlich. Zu dumm, dass ausgerechnet heute der Bus wegen eines Motorschadens nicht fährt.« Sie schob ihren Schal bis zur Nase hoch, Matei tat es ihr gleich. Sie kämpften sich durch den frisch gefallenen Schnee auf dem Feldweg. Der Wind pfiff ihnen um die Ohren, zerrte an ihren Röcken und trieb ihnen die Flocken in die Augen. Doch sie schritten tapfer voran. Es war nicht der erste Schneesturm, den die beiden erlebten. Ein Sylter Mädchen war in Sachen raues Wetter Ungemach gewohnt, besonders wenn dieses mit Sturm daherkam. Nach einer gefühlten Ewigkeit erreichten sie Tinnum. Auch hier war die Dorfstraße menschenleer, und die Häuser lagen unter dicken Schneeschichten begraben. Sie hatten den Ort gerade hinter sich gelassen, da sahen sie zwei Gestalten, die ihnen entgegenkamen. Es waren ein Mann und eine Frau. Als sie sich ihnen näherten, erkannten sie sie: Hinnerk und Wiebke standen vor ihnen.

»Da seid ihr beiden ja«, schrie Wiebke regelrecht gegen den Sturm an. Sie war von oben bis unten komplett weiß. Hinnerk ebenso. »Wir suchen Anna. Sie ist wie vom Erdboden verschluckt. Ich dachte, sie wäre im Kapitänshaus in der Stube. Sie wollte an ihrer Stickarbeit weitermachen. Ich hab Kekse für die Männer im Lazarett gebacken. Als ich ihr welche bringen wollte, war sie weg. Wir haben sogleich beide Häuser abgesucht, sie aber nirgendwo gefunden. Am Ende ist sie irgendwo hier draußen in der Kälte. Sie hat ihren Mantel nicht angezogen. Er hängt noch im Flur. Rieke, Doktor Grasbach und Alwine helfen ebenfalls suchen. Wo kann sie nur hingelaufen sein? Auf dem Friedhof bei Pauls Grab waren wir schon. Dort ist sie nicht.«

Matei nickte. Panik ergriff Besitz von ihr.

»Ich hab es gewusst«, sagte sie. »Die letzten Tage war es so schlimm. Sie hat mich gestern Abend nicht einmal mehr erkannt und mich gefragt, was ich von ihr wolle.«

»Wart ihr schon bei Moild im Laden? Vielleicht glaubt sie, einkaufen zu müssen. So war es neulich doch auch«, sagte Elin. »Richtung Westerland ist sie nicht. Dann wären wir ihr begegnet.«

»Richtig. Moild. Daran haben wir gar nicht gedacht«, antwortete Hinnerk. »Dann kommt. Schnell.«

Sie kämpften sich über das freie Feld zurück nach Keitum. Der Sturm wurde immer heftiger, die alten Ulmen bogen sich unter ihm, die Schneeflocken kamen ihnen quer entgegengesaust und trafen sie in ihren gefrorenen Gesichtern. Mateis Augen tränten, sie sah kaum noch etwas. Als sie Lorenzens Geschäft erreichten, standen sie dort vor verschlossenen Türen. Verzweifelt hämmerte Hinnerk gegen die Eingangstür. Es dauerte eine halbe Ewigkeit, bis sich diese öffnete. Moild sah sie überrascht an.

»Ist Anna bei euch?«, fragte Matei mit zitternder Stimme. Moild schüttelte den Kopf. »Nein, ist sie nicht. Ach du je, ist sie mal wieder fortgelaufen?«

»Ja, leider«, sagte Wiebke.

»Liebe Güte. Und das bei dem Wetter. Ich hoffe, ihr findet sie bald. Und sollte sie hierherkommen, schick ich gleich Carsten zu euch ins Herrenhaus und halte sie so lange fest, bis ihr sie abholen kommt.«

»Hab vielen Dank«, antwortete Wiebke.

Die Suche ging weiter. Sie teilten sich erneut in zwei Gruppen auf und klapperten jedes Haus in ganz Keitum ab. Doch nirgendwo war sie. Elin spürte ihre Beine nicht mehr, als sie den Weg zu Gesas Hühnerfarm hinunterstapften. Ihr Gesicht war eingefroren, ihre Wimpern ebenso. Matei, die neben ihr lief, sah nicht viel besser aus. In ihnen tobten Angst und Verzweiflung. Mit jedem neuen Haus, mit jedem neuen Kopfschütteln und bedauernden Blick wurde sie größer. Wo war sie nur? Sie würde sterben, irgendwo jämmerlich erfrieren. Und das nur, weil sie nicht richtig auf sie achtgegeben hatten. Ich hätte nicht mit Elin nach Westerland gehen sollen, dachte Matei. Sie hätte den Laden auch allein schließen können. Wieso hatte Wiebke nur nicht besser aufgepasst? Oder Alwine, der Arzt, irgendjemand. Jeder im Herrenhaus wusste doch um ihren Zustand.

Sie erreichten das Wohnhaus des Hühnerhofs, und Elin hämmerte an die Tür. Es dauerte quälend lang, bis Gesa öffnete.

»Matei, Elin«, sagte sie. »Du liebe Zeit. Ihr seid ja komplett verschneit und durchgefroren. Wieso in Gottes Namen lauft ihr denn bei diesem scheußlichen Wetter durch die Gegend?«

»Moin, Gesa«, sagte Elin mit zitternder Stimme. »Wir suchen Mama. Ist sie zufällig bei dir?«

Gesa schüttelte den Kopf.

»Nein, hier ist sie nicht. Oje. Ist sie mal wieder fortgelaufen?«

Matei und Elin nickten. Matei war zum Heulen zumute. Es wurde dunkel, bald schon würden sie die Hand nicht mehr vor Augen sehen. Und sie hatten sie noch immer nicht gefunden. Aber sie mussten sie finden. Wenn sie doch nur wüssten, wo sie hingelaufen war. Doch ihre Gedankengänge waren so schwierig nachvollziehbar.

»Wollt ihr euch einen Moment aufwärmen?«, fragte Gesa. »Ihr seht schlimm aus. Wenn ich das so sagen darf. Lange haltet ihr nicht mehr durch.«

»Lieben Dank für das Angebot«, erwiderte Elin. »Aber wir müssen weitersuchen.«

Gesa nickte und wünschte ihnen viel Glück. Nachdem sie die Tür geschlossen hatte, sahen sich Matei und Elin fragend an. Beide zitterten erbärmlich. Matei hatte inzwischen das Gefühl, kaum noch sprechen zu können, so sehr setzte ihr die Kälte zu. Sie wussten nicht mehr, wo sie noch suchen sollten.

»Und was ist, wenn sie in Munkmarsch ist?«, fragte Elin. »Dort haben wir sie schon einmal am Hafen gefunden. Sie hat auf Pauls Rückkehr gewartet.«

»Könnte sein«, erwiderte Matei. »Aber bis Munkmarsch schaffen wir es heute nicht mehr. Jeder Schritt fällt mir schwer, und spätestens in einer halben Stunde werden wir nicht einmal mehr die Hand vor Augen sehen. Vielleicht haben wir ja Glück, und die anderen haben sie gefunden. Hinnerk und Wiebke waren noch einmal auf dem Friedhof. Vielleicht war sie ja doch dort.«

Elin nickte. Auch sie spürte ihre Gliedmaßen kaum noch. Ihr Gesicht war vollkommen eingefroren. Sie beschlossen, zurück zum Herrenhaus zu gehen.

Als sie dort eintrafen, war es endgültig dunkel geworden. Der Schneesturm tobte weiterhin mit voller Macht. Sie betraten die Küche voller Hoffnung, dort ihre Ziehmutter vorzufinden, doch dem war nicht so. Am Tisch saßen Hinnerk, Wiebke, Alwine und Doktor Grasbach. Rieke füllte gerade Tee in Becher. Es herrschte eine gedrückte Stimmung.

»Da seid ihr ja endlich«, sagte Wiebke. »Wir waren bereits in Sorge. Kommt. Zieht rasch die gefrorenen Sachen aus und setzt euch zu uns. Der warme Tee wird euch guttun.«

Elin sah die vor ihr sitzende Gruppe einfach nur an. Sie fühlte sich wie erstarrt. Da saßen sie in der warmen Küche bei heißem Tee, und dort draußen in der Kälte, im Schneesturm, war irgendwo ihre Ziehmutter. Sie würde erfrieren. Sie mussten sie suchen, durften nicht aufgeben.

»Wir können jetzt nicht nachlassen«, brachte sie mit zitternder Stimme heraus. Ihr Körper bebte vor Kälte. Ihre Gesichtshaut begann zu brennen.

»Vielleicht ist sie wieder in Munkmarsch am Hafen. Dort haben wir sie schon einmal gefunden. Wisst ihr noch?«

Niemand gab Antwort. Mit betretenen Mienen sahen sich alle Anwesenden an. Elin sah zu Hinnerk. »Bitte«, flüsterte sie.

»Es geht nicht«, antwortete er. »Wenn es irgendwie machbar wäre, ich würde sofort losfahren und am Hafen nach ihr suchen. Aber es wäre in der jetzigen Situation reinster Selbstmord. Es schneit zu fest, der Sturm ist zu heftig. Es kommt kein Wagen durch, wir würden erfrieren.«

Wiebke erhob sich, trat neben Elin und legte den Arm um sie. »Liebes. Ich weiß, es ist schlimm, und ich mache mir solche

Vorwürfe, nicht besser achtgegeben zu haben. Du weißt, dass ich die Erste wäre, die sofort nach Munkmarsch laufen und sie suchen würde. Aber ich muss Hinnerk recht geben. Es wäre der reinste Selbstmord, sich jetzt auf den Weg zu machen. Wir können nur darauf hoffen, dass sie irgendwo Unterschlupf gefunden hat. Komm. Zieh die nassen Sachen aus, setz dich an den Ofen und wärm dich auf. Anna ist nicht damit geholfen, wenn wir in Panik verfallen.«

Elin wusste, dass Wiebke recht hatte. Doch in ihrem Inneren sträubte sich noch immer alles dagegen aufzugeben. Nur widerwillig ließ sie zu, dass Matei ihr den Schal abwickelte. Matei selbst hatte bereits mit trauriger Miene abgelegt. Ihr Haar war feucht und zerzaust, ihre Wangen gerötet. Ihre Finger schmerzten von der Kälte.

»Komm schon, Elin«, sagte sie. »Sei vernünftig. Wir können nichts mehr für sie tun. Hinnerk hat recht. Bis Munkmarsch schaffen wir es nicht. Wir müssen positiv denken. Gewiss hat sie irgendwo Unterschlupf gefunden. In Munkmarsch kennt sie doch jeder. Bestimmt sitzt sie längst bei Arthur im Hotel Munkmarsch am warmen Ofen. Sein Haus ist doch gleich am Hafen, und er hat einen guten Blick auf den Anleger. Wenn sie dort gewesen ist, dann hat er sie ins Warme geholt. Dessen bin ich mir sicher.«

Elin gab nach. Alles tat ihr weh, besonders ihre Gesichtshaut schmerzte, ihre Hände kribbelten in den feuchten Handschuhen. Sie zog sie aus und bog die Finger, was schmerzte. Tränen rannen über ihre Wangen. Auch Alwine fand nun tröstende Worte.

»Es wird bestimmt alles wieder gut werden«, sagte die Oberschwester. »Eure Mutter mag verwirrt sein, aber sie ist nicht lebensmüde. Bestimmt hat Matei recht und sie sitzt längst in irgendeiner warmen Stube bei einem heißen Grog und erfreut sich bester Gesundheit.« Sie erhob sich. »Ihr entschuldigt mich. Danke für den Tee, Wiebke. Ich muss nach den Patienten sehen.« Sie verließ die Küche. Elin sank auf einen der Stühle. Rieke stellte einen gefüllten Teepott vor ihre Nase. Der Tee duftete stark nach Alkohol.

»Ich hab einen ordentlichen Schuss Rum reingemacht«, sagte sie. »Das wärmt schön von innen.«

Elin zitterte wie Espenlaub, und die Tränen begannen über ihre Wangen zu rinnen. Sie fühlte sich wie ein Häufchen Elend. Da war sie wieder: diese gottverdammte Hilflosigkeit. Damals, in jener Nacht, als sie ihre Eltern verloren hatten, war sie ebenfalls da gewesen und hatte sich in ihr ausgebreitet, sie fest umklammert und ihr den Atem geraubt. Matei rückte mit ihrem Stuhl ganz nah an Elin heran und legte die Arme um sie. Elin spürte ihr nasses Haar auf der Wange, atmete ihren nach Rum riechenden Atem ein.

»Es wird alles wieder gut werden«, sagte Matei, auch sie weinte nun. »Ich weiß es bestimmt. Einen anderen Gedanken lassen wir nicht zu.«

Wiebke sah zu Hinnerk, der die Schultern zuckte. Wie ein Häufchen Elend sah er aus, wie er da auf seinem Stuhl saß, noch immer hatte er seinen Hut auf. Rieke trat hinter ihn und legte ihm die Hände auf die Schultern. Sie seufzte schwer, zwischen ihren Augenbrauen hatte sich eine tiefe Falte gebildet. Hoffentlich behielt Wiebke recht und sie hatte sich wirklich irgendwo verkrochen. Elin begann, in Gedanken das *Vaterunser* zu beten. Brach jedoch bei der Hälfte ab und flüsterte leise: »Herr im Himmel. Tu uns das nicht an.«

25. KAPITEL

Keitum, 15. April 1916

Elin saß auf der Bank hinter dem Herrenhaus und beobachtete, wie die Sonne aufging. Sie hatte sich in ein wollenes Tuch gewickelt, denn der Morgen war noch kühl. Die ersten Strahlen der Sonne fluteten den Himmel, brachten das Wasser des Meeres zum Funkeln und erreichten ihr Gesicht mit ihrer Wärme. Sie schloss die Augen und hielt ihre Nase der Sonne entgegen. Ihre Lippen schmeckten leicht salzig. Die Rufe der Seevögel drangen an ihr Ohr. Hunderte von ihnen schienen den Himmel auszufüllen. Sie feierten die Rückkehr des Frühlings. Wie in jedem Jahr erwachte die Natur zu dieser Zeit endgültig zu neuem Leben. In den Gärten der alten Friesenhäuser wuchsen Narzissen, Krokusse und Gänseblümchen, Forsythien strahlten in ihrem gelben Blütenkleid. Elin empfand den Frühling stets als Zeit des Aufbruchs. Die langen Monate der Kälte und der Dunkelheit waren endlich vorüber, und überall blühte und grünte es, Vögel zwitscherten und bauten ihre Nester, in den Gärten würden bald kleine Kaninchen herumhüpfen, auf den Feldern unzählige Lämmchen. Doch in diesem Jahr fühlte sie nicht so. Sie war wie betäubt. Stunden, Tage, Wochen. Sie liefen an ihr vorüber, und sie konnte und wollte nichts tun. Ihre Töpferwerkstatt stand still. Jahreszeiten, der Wechsel der Gezeiten, Tag und Nacht. Was bedeutete das schon? Sie war es leid, war müde, gefangen in ihrer Trauer, die anfangs von Wut begleitet gewesen war. Die Wut war fort, doch die Leere blieb. Sie hatten Anna erst zehn Tage nach ihrem Verschwinden gefunden. Als der meterhohe Schnee wieder getaut war und den Blick auf das freigegeben hatte, was er unter seiner eisigen Schicht begraben hatte. Sie hatte tatsächlich nach Munkmarsch gewollt, war dort jedoch nie angekommen. Am Wegesrand hatte sie gelegen. Blau gefroren, nur ihr Kleid tragend, an den Füßen Schlappen, keine Stiefel. Hinnerk hatte sie nach Hause gebracht. Sie hatten es zu diesem Zeitpunkt bereits gewusst, darauf gewartet, dass sie ihre Leiche endlich finden würden. Wer am Leben war, verschwand auf Sylt keine zehn Tage einfach so. Ihre Beerdigung hatte bei kaltem Nieselregen stattgefunden. Ganz Keitum war gekommen, um von der Herrin des Herrenhauses Abschied zu nehmen. Von der Fremden, die sie einst ausgrenzten und die mit der Zeit zu einer der Ihrigen geworden war.

»Dachte ich mir doch, dass ich dich hier finde«, sagte plötzlich Matei und riss sie aus ihren Gedanken. Sie setzte sich neben Elin und hielt ihr einen dampfenden Teebecher hin.

Elin nahm ihn wortlos entgegen. Mateis Blick wanderte aufs Meer hinaus, und sie seufzte wehmütig.

»Ich kenne diesen Ausblick in- und auswendig, doch stets verzaubert er mich aufs Neue. Und dieser Geruch. Heute riecht es arg nach Schlick. Manch einer nennt es Gestank, ich bezeichne es eher als Eau de Meer.« Sie lächelte und nippte an ihrem Tee. Elin schwieg weiterhin. Matei sah sie sorgenvoll an. So ging das nun bereits, seitdem sie Anna gefunden hatten. Elin war abgemagert, blass, ihre Wangen eingefallen, dunkle Schatten lagen unter ihren Augen. Es schien, als wäre sie mit ihrer Ziehmutter gestorben. Matei fiel es schwer, Elins Reaktion auf Annas Tod nachzuvollziehen. Elin hatte, ebenso wie sie selbst, ein inniges Verhältnis zu Anna gehabt, sie hatten sie als Mutter anerkannt. Aber so sehr wie ihre leibliche Mutter hatten weder sie noch

Elin Anna geliebt. Es musste also noch ein anderer Grund hinter Elins Verhalten stecken. Vielleicht war es die grausame Art, wie Anna zu Tode gekommen war. Oder Elin machte sich noch immer Vorwürfe, nicht besser auf sie geachtet zu haben. Mehrfach hatte sie nach ihrem Verschwinden darüber geredet, immer wieder gesagt, sie hätten besser aufpassen, sie nicht allein lassen sollen. Aber diesen Vorwurf machten sie sich alle. Ob Wiebke oder Hinnerk, selbst Oberschwester Alwine hatte neulich gemeint, sie hätte ein besonderes Auge auf sie haben sollen. Doktor Grasbach sah das nüchterner, obwohl auch ihn ihr Tod getroffen hatte. Menschen, die diese Krankheit hatten, waren oftmals nicht berechenbar. Jeder Tag, manchmal jede Stunde, musste neu bewertet werden. Sie hatten es selbst erlebt. An einem Tag schien sie vollkommen klar gewesen zu sein, am nächsten hatte sie mitten im Oktober Weihnachten planen und Pfeffernüsse backen wollen.

»Wiebke hat vorhin gefragt, ob wir den Kaffeegarten wieder aufmachen wollen. Am Nachmittag ist es bereits schön warm, und da die Bäume noch keine Blätter tragen, könnten die Gäste in der Sonne sitzen. Was meinst du? Das wäre doch nett.«

Elin gab wieder keine Antwort. Matei spürte, wie die gewohnte Ungeduld in ihr aufstieg. Sie wollte Elin am liebsten schütteln und sie anschreien. Nun war es gut mit dem Traurigsein. Es galt, nach vorn zu blicken, so schwer es ihnen allen auch fiel. Das Leben ging weiter, es kannte das Wort Stillstand nicht. Doch sie unterdrückte ihre Gefühle. Es würde Elin nicht helfen, wenn sie laut wurde. Behutsamkeit und Geduld waren angesagt. So hatte Wiebke es gesagt. Jeder Mensch ging anders mit Verlusten um. Sie mussten ihr, auch wenn es schwerfiel, Zeit zur Verarbeitung des Verlustes lassen. Doch Matei war noch nie ein geduldiger Mensch gewesen. Sie vermisste die Gespräche mit ihrer

Schwester und verabscheute ihr Schweigen, ihren immer gleichen Gesichtsausdruck.

»Es gibt noch weitere Neuigkeiten«, sagte Matei. »Jan ist endlich ins Versorgungslager nach Keitum versetzt worden. Es soll in den nächsten Wochen weiter ausgebaut werden, weshalb sie hier mehr Personal benötigen. Ist das nicht toll? Jetzt hab ich ihn endgültig jeden Tag bei mir in der Nähe.« Matei spürte das warme Glücksgefühl in ihrem Inneren, das sie stets empfand, wenn sie an Jan dachte oder über ihn sprach. Ihre Liebe füreinander wurde mit jedem Tag größer. »Und vielleicht klappt das mit dem Kind dann auch endlich.« Sie legte die Hand auf ihren Bauch. Bereits zweimal hatte sie für wenige Tage zu hoffen gewagt, dass es hätte sein können. Doch jedes Mal war sie durch ihre eintretende Blutung enttäuscht worden. »Bei dem einen geht es schneller, beim anderen dauert es eine Weile«, hatte Gesa sie zu beruhigen versucht. Sie hatte leicht reden. Bei ihr war es stets schnell gegangen. Es war sogar gemunkelt worden, dass sie schon auf dem Weg zum Altar guter Hoffnung gewesen war.

»Jan, Jan, Jan«, platzte Elin heraus. »Ein Kind, euer gemeinsames Haus. Hör dich doch reden. Es geht nur um dich. Um deine Zukunft, dein Leben. Du bist verheiratet, du darfst glücklich sein. Du hast jemanden. Aber was wird aus mir? Hast du dich das überhaupt jemals gefragt? Ich hab niemanden mehr. Selbst meine Zieheltern sind nun tot. Ich bin ganz allein auf dieser elenden Welt. Ich darf nicht lieben, nicht eigenständig sein. Ich darf nichts. Verstehst du. Nichts.« Sie sah Matei eindringlich an. Tränen begannen über ihre Wangen zu laufen.

Matei fühlte sich von Elins Gefühlsausbruch überrumpelt. Sie wusste nicht, was sie antworten sollte. Aus dieser Sicht hatte sie es noch nie gesehen. Aber Elin hatte recht. Sie war eine Waise und unverheiratet. Alleinstehend und ohne eine Perspektive in dieser kalten Welt. Aber dann auch wieder nicht. Das war doch Unsinn. Sie hatten einander. Geschwister blieb man für immer. Blut war dicker als Wasser.

Matei umfing mit ihren Händen Elins Oberarme und sah ihr fest in die Augen. »Du bist nicht allein«, sagte sie. »Sag das niemals wieder. Du hast mich. Und ich werde immer für dich da sein. Was auch passiert. Es ist jetzt gut mit dem Selbstmitleid. Hörst du! Es ist genug damit. Und ich sag dir etwas. Du bist nun die Herrin hier. Du leitest jetzt sämtliche Geschicke im Herrenhaus. Und ich weiß, dass du das großartig machen wirst. Denn du bist stark. Und du wirst lieben dürfen. Das weiß ich bestimmt. Hör auf, dich zu verstecken. Mamas Tod war ein großes Unglück. Aber das Leben geht weiter. Sie hätte nicht gewollt, dass du traurig bist.«

Elins Anspannung wich, und sie sank in sich zusammen. »Es ist, ich meine ... Es ist nur ...« Sie zog die Nase hoch und wischte sich die Tränen von den Wangen.

»Ich weiß. Es ist schwer. Ich bin auch traurig, und ich vermisse sie. Ich vermisse sie alle. Unsere Eltern und Paul. Wäre er hier, alles würde um ein Vielfaches leichter sein. Gewiss wäre Anna dann noch am Leben, und sie wäre vielleicht niemals verwirrt geworden. Er war ihr Halt im Leben, ihre große Liebe. Aber wir können es nicht ändern. Es ist passiert und Teil unserer Vergangenheit, die wir akzeptieren müssen. Aber heute ist ein schöner Tag. Die Sonne scheint, der Frühling bringt uns Blumen und macht Mut auf neues Leben mit milder Luft und dem Gezwitscher der Vögel. Wir dürfen uns nicht unterkriegen lassen.«

Elin nickte. Matei schloss sie in die Arme und drückte sie an sich. Sie hielten einander für einen Moment ganz fest. Matei tat diese Umarmung gut. Sie war wie ein Versprechen, dass sich etwas ändern und Elin wieder fröhlicher werden würde. Nachdem sie sich voneinander gelöst hatten, wischte sich Elin die Tränen von den Wangen. Sie zeigte nun sogar ein kleines Lächeln. »Ich sehe bestimmt schlimm aus. Ganz verheult.«

»Wie eine Vogelscheuche«, antwortete Matei. »Aber das kriegen wir schon wieder hin.«

Elin strich sich eine Haarsträhne nach hinten.

»Da sitzen sie auf der Bank in der Sonne, während andere Leute die ganze Arbeit haben«, war plötzlich Wiebkes Stimme zu hören. Sie war um die Hausecke gekommen und sah sie mit missbilligendem Blick und kopfschüttelnd an. »Hinnerk hat eben eine Fuhre Erbsen gebracht. Die müssten zu Suppe verarbeitet werden. Und da mein neues Küchenmädchen, diese unzuverlässige Deern, mal wieder nicht aufgetaucht ist, sitz ich mit der ganzen Arbeit allein da. Ich könnte also Hilfe gebrauchen, sonst wird das nix mit dem Mittagessen.«

»Und was ist mit Rieke?«, fragte Elin.

»Das weißt du nicht? Sie ist vorgestern im Treppenhaus gestolpert und mitsamt dem Wäschekorb die Stufen hinuntergefallen. Ihr rechtes Handgelenk ist gebrochen, und sie hat arg Kopfweh, eine Gehirnerschütterung, hat Doktor Grasbach gesagt und ihr Bettruhe verordnet.«

»Du liebe Zeit«, antwortete Elin. »Ich werde sie später besuchen. Die Ärmste.«

»Wir haben ihr ein Bett im Herrenhaus angeboten, eines der Zimmer im zweiten Stock ist ja noch frei. Aber sie will partout nicht ihr Haus verlassen. Eine der Hilfsschwestern und Oberschwester Alwine gucken nun regelmäßig nach ihr, und Hinnerk natürlich. Aber er hat im Moment gut zu tun. Eben ist er mit drei genesenen Männern weg, die das Schiff nach Hoyerschleuse bekommen müssen. Und er soll später noch Eier von Gesa nach Westerland ins Hotel zum Deutschen Kaiser bringen. Helft ihr mir jetzt mit den Erbsen? Und was ist denn nun mit dem Kaffeegarten? Machen wir auf? Wir haben ja das große Glück, dass Johannes von Luckenstein und dieser andere Graf von sonst was, ich kann mir den Namen nicht merken, Patienten im Lazarett sind. Dann kriegen wir noch mehr Sonderzuteilungen. Ich werd nie begreifen, weshalb der Hintern von so einem Adeligen mehr Mehl, Butter und Fleisch wert ist. Aber es soll mir recht sein. Hauptsache, wir bekommen anständige Lieferungen. Gab heute Morgen Margarine und drei Pfund Mehl extra. Ich hab Butterkuchen und Kekse gebacken. Kaffee haben wir keinen, aber langsam gewöhn sogar ich mich an den Muckefuck.«

»Ja, wir machen auf«, antwortete Elin und stand auf.

Wiebkes Blick spiegelte Erleichterung wider, und sie nickte.

»Gut, dann soll Hinnerk später die Stühle und Tische aus dem Schuppen holen. Hach, dat wird eine Freude. Wir könnten Streuselkuchen backen und natürlich Friesenkekse. Ohne die kann es eine Eröffnung des Kaffeegartens niemals geben.« Sie drehte sich um und lief eiligen Schrittes zurück zum Haus. Elin und Matei folgten ihr grinsend.

Einige Stunden später standen Tische und Stühle wieder unter den Bäumen. Matei hatte grün-weiß karierte Tischtücher daraufgelegt, als Dekoration dienten kleine Keramiktöpfchen aus Elins Werkstatt, in denen Vergissmeinnicht blühten. Hauptsächlich saßen Männer aus dem Lazarett an den Tischen, doch auch einige Dorfbewohner hatten sich eingefunden. Paul Warmbier war unter ihnen, dem die Krümel des Butterkuchens im Bart hingen. Bei ihm am Tisch saß Johannes von Luckenstein, der sich voller Geduld Pauls Seemannsgarn von einer Handelsreise nach Indien anhörte, auf der sie mit Müh und Not einem Piratenschiff entkommen waren. Sowohl Hinnerk als auch Wiebke wussten, dass

Paul in seinem ganzen Leben über das Wattenmeer nicht hinausgekommen war. Aber das mussten sie dem hochwohlgeborenen Herrn, der Pauls Ausführungen interessiert folgte, nicht auf die Nase binden. Er war kein unattraktiver Mann. Mitte dreißig, ein Schnauzbart zierte seine Oberlippe, sein dunkles Haar war noch füllig. Er war bisher noch nie auf Sylt gewesen. Vor dem Krieg war er öfter nach Binz an die Ostsee gereist. Nun überlegte er jedoch, nach dem Krieg mit seiner Gattin und seinen beiden Kindern, ein Junge und ein Mädchen, wiederzukommen.

»Dieses Sylt ist schon ein ganz besonderer Flecken Erde«, betonte er vollmundig.

Moild saß an einem der Tische und schnackte mit Gesa. Ihr hatte Hinnerk von der heutigen Eröffnung des Kaffeegartens erzählt, und sie hatte sich spontan zu einem Besuch entschlossen. Sie hatte Fiete und die kleine Jette dabei. Fiete lief munter durch die Gegend, beschäftigte sich damit, Steine aufzuheben, und brachte sie den Gästen, die sich lächelnd beschenken ließen.

Auch Oberschwester Alwine und Schwester Ina gönnten sich eine Pause im Kaffeegarten. Alwine futterte bereits ihr drittes Stück Streuselkuchen. Der immer größer werdende Mangel an Lebensmitteln war ihr weiß Gott nicht anzusehen. Sie schien immer runder zu werden. Elin ließ ihren Blick über die Anwesenden schweifen und lächelte. Sie hatte sich zurechtgemacht. Ihr Haar gewaschen, geflochten und aufgesteckt, kaltes Wasser ins Gesicht gespritzt, gegen die dunklen Schatten unter den Augen half etwas Puder, Rouge sorgte für Farbe auf den Wangen. Sie trug einen dunkelblauen Rock, dazu eine hellblaue, hochgeschlossene Bluse mit Spitze am Hals. Matei saß bei Gesa am Tisch, auf ihrem Schoß die kleine Jette. Das Mädchen war zuckersüß und seiner Mama wie aus dem Gesicht geschnitten. Elin musterte ihre Schwester seit langer Zeit mal wieder genauer. Sie schien reifer geworden zu sein und wirkte richtig erwachsen. Der Backfisch war verschwunden. Matei hatte ihr braunes Haar locker im Nacken zusammengebunden, einige Strähnen fielen in ihr Gesicht, auf dem sich die von ihr so verhassten Sommersprossen zeigten. Sie trug ein hellblaues Kleid, das im oberen Teil geknöpft wurde. Ein dunkelblaues Tuch lag über ihren Schultern. Matei erzählte etwas, wie immer redete sie zusätzlich mit den Händen, sie lachte laut auf. Elin lächelte, und ein warmes Gefühl von Zufriedenheit breitete sich in ihrem Inneren aus, das die Trübsal, die sie bis vor Kurzem noch empfunden hatte, endgültig vertrieb. Matei hatte recht. Sie war nicht allein. Sie hatten einander. Eltern starben, so war nun mal das Leben. Aber sie wusste, dass sowohl ihre leiblichen Eltern als auch Paul und Anna stets über sie wachen würden. Wie Schutzengel. Ihr Blick wanderte zum Eingang des Herrenhauses. Sie war nun die Herrin hier. Es war ein sonderbares Gefühl. Noch diente das Haus der Armee als Lazarett. Doch dieser Krieg würde nicht ewig dauern, und dann könnte sie das Herrenhaus zu etwas ganz Besonderem werden lassen. Sie dachte an die prunkvollen Feste, die Anna und Paul einst gegeben hatten, sah die vielen luxuriös gekleideten Gäste im Salon und durch die Räumlichkeiten schlendern, es schien, als hörte sie die Klänge der Tanzkapelle, das Lachen der Damen. Doch diese Zeiten waren unwiederbringlich vorüber. Das Herrenhaus war bereits jetzt zu einem anderen Ort geworden. Sie ließ ihren Blick über den Kaffeegarten schweifen. Die wenigen unter den Bäumen stehenden Tische waren wie eine Art Zufluchtsort. Hier schien die Welt eine andere zu sein, und der Krieg mit all seiner Bedrohlichkeit war weit fort. Die Luft schmeckte nach Salz, es roch nach Schlick, die Rufe der Möwen waren zu hören, zwei Eiderenten watschelten unweit der Tische vorüber. Bald würden die alten Ulmen wieder Schatten spenden und der Wind ihre Blätter zum Rascheln bringen. Der Blick vom Garten aufs Wattenmeer hinaus verzauberte sie alle jeden Tag aufs Neue. Dieser Ort war ihr Zuhause, und sie würde alles dafür tun, um ihm eine gute Herrin zu sein. Die beste Herrin, die das Herrenhaus jemals gesehen hatte.

26. KAPITEL

Wiesbaden, 7. Mai 1916

Sehr geehrte Frau Bohn,

zuallererst möchte ich mich für die hübschen Postkarten mit den Inselmotiven bedanken, die Sie Ihrem letzten Brief beigelegt haben. Ich habe mich so sehr darüber gefreut und muss Ihnen ein Kompliment machen: Sie sind wahrlich wunderbar gezeichnet und fangen die Stimmung der bezaubernden Insel Sylt perfekt ein. Heute schreibe ich Ihnen nicht aus Berlin, sondern aus dem hübschen Kurstädtchen Wiesbaden, das so schön am Ufer unseres Vater Rhein liegt und einen mit seinem Charme verzaubert. Ich besuche hier meine Schwester Sieglinde für einige Tage und entfliehe unserer Hauptstadt mit all ihren Sorgen. Meine Schwester wohnt in einer hübschen Stadtvilla mit einem großen Garten, in dem bereits die ersten Rosen blühen. Das Klima ist mild, wir haben viele sonnige Tage, und ich beschäftige mich damit, meinen Nichten und Neffen, es sind vier an der Zahl, das Malen näherzubringen. Die Jüngste ist gerade mal drei Jahre alt, und es ist eher eine bunte Kleckserei. Aber ihre Lebensfreude und ihr Lachen sind wie Balsam für meine Seele. Der Älteste, Simon, ist zehn und recht begabt. Aus ihm könnte mal etwas werden. Obwohl sein Vater, er ist im Osten stationiert und im normalen Leben als Jurist tätig, gewiss eine andere Zukunft für seinen Sohn vorgesehen hat. Malen ist für ihn eine brotlose Kunst.

Der Alltag in Wiesbaden gestaltet sich freundlich. Gestern fand der große Wiesbadener Opfertag bei schönstem Wetter statt. Auf dem Hof von Simons Schule wurde eine Eiche gepflanzt, es fuhren mit Blumen bekränzte Wagen. Die Kinder trugen Gedichte vor, dann sangen wir Deutschland, Deutschland über alles und andere patriotische Lieder. Am Abend waren wir noch im Rheingau und sind in eine Straußenwirtschaft, so werden hier Gasthäuser genannt, die regionalen Wein ausschenken, eingekehrt. Es spielte eine Tanzkapelle, und ich schwofte auf meine alten Tage sogar noch einmal über das Parkett. Solch fröhliche und unbeschwerte Tage sind in diesen Zeiten besonders wertvoll, denn noch immer ist kein Kriegsende in Sicht, und die Fronten scheinen verhärtet. Wo wird das alles nur enden? Darauf kann uns vermutlich nicht einmal unser Kaiser eine Antwort geben. Ich hatte so sehr darauf gehofft, in diesem Sommer zu Ihnen auf die Insel reisen zu können. Aber wieder wird die Reise an die Nordsee nur ein schöner Traum bleiben. Sylt soll ja zu einer regelrechten Festung ausgebaut worden sein. Noch immer steht ein Angriff der Engländer zu befürchten. Ich hoffe, es wird nicht so kommen und Sie können weiterhin, soweit es die Zeiten ermöglichen, in Frieden leben.

Mich berührt auch noch immer der Tod Ihrer werten Frau Mama. Es ist so traurig und unbegreiflich. Auch bedanke ich mich nochmals dafür, dass Sie mich so ausführlich über alles in Kenntnis gesetzt haben. Manches Mal geht das Schicksal sonderbare Wege, die wir uns nicht erklären können. Dieser ist wohl ein solcher. Ich hoffe, Sie können gut damit umgehen und den Verlust verarbeiten. So ganz tut man das nie im Leben, und es wird immer eine Lücke bleiben. Gerade in diesen Zeiten sind es so unendlich viele Lücken, die tagtäglich dazukommen. Lücken, die ausgefüllt waren mit Lebenswegen, Gesichtern und Stimmen. Es bleibt zu hoffen, dass dieser Wahnsinn bald ein Ende finden wird und wir nicht zu einer Gesellschaft werden, der die Kraft fehlt, um diese Lücken mit neuem Lachen zu füllen. Oder können wir das überhaupt noch? Was wird Deutschland nach Kriegsende für ein Land sein? Ich weiß es nicht. Aber es bleibt die Hoffnung. Auf den Frieden und auf ein Wiedersehen in Keitum, in Ihrem schönen Herrenhaus am Watt, von dem ich meiner Schwester tagtäglich vorschwärme.

Es grüßt Sie
Ihr
Friedrich Beck

Keitum, 1. Juni 1916

Matei zuckte zusammen und ließ den Stift sinken. Erneut war das bereits seit Stunden andauernde Dröhnen heftiger geworden, die Wände des Hauses schienen zu zittern, und das Geschirr in den Schränken klirrte. So ging das nun bereits seit Stunden. Sie blickte aus dem Fenster. Es war noch dunkel, doch im Osten zeigte sich bereits das Morgenrot. Sie saß schon seit einer ganzen Weile in der Küche des Herrenhauses und beschäftigte sich damit, neue Postkarten für die Inselwächter anzufertigen. An Schlaf war bei dem Lärm sowieso nicht zu denken. Waren es die Engländer, die nun kommen würden? Die Männer im Lazarett mutmaßten, es könnte eine Seeschlacht sein. Nur wie weit war sie fort? Gewiss ganz nah. Matei spürte die Angst in sich aufsteigen. Was würde passieren, wenn die Engländer die Insel stürmen würden?

Wiebke betrat die Küche. Matei sah sie verwundert an.

»Wiebke. Was machst du denn hier?«, fragte sie. »Du sollst dich doch ausruhen.«

»Ausruhen, ausruhen«, erwiderte Wiebke unwirsch. »Wie soll das bei dem Gedröhne und Geschepper denn bitte schön gehen? Kein Auge kriegt man zu. Was das wohl ist? Geht ja schon seit Stunden. Ist noch Tee da?«

»Ich hab eben frischen aufgebrüht. Kamille, der ist gut für den Magen«, antwortete Matei.

»Kamille«, erwiderte Wiebke brummelnd. »Da spuck ich gleich wieder. Gibt's auch Pfefferminz?« Sie trat an den Ofen und steckte ihre Nase in die bereitstehenden Teekannen. Seit einigen Tagen grassierte im Lazarett ein übler Magen-Darm-Infekt. Eine der Hilfsschwestern hatte zuerst mit dem Erbrechen begonnen, dann nach und nach die Patienten und das Personal. Schwester Ina lag schon seit drei Tagen flach. Die Übelkeit hatte sich am Vortag gelegt, doch sie war noch zu schwach, um aufstehen zu können. Auch Elin hatte es erwischt. Doch sie erbrach seit dem gestrigen Nachmittag nicht mehr. Eben erst hatte Matei nach ihr gesehen. Sie lag selig schlafend in ihrer Kammer. Das Dröhnen und Rumpeln schien sie gottlob nicht zu stören. Oberschwester Alwine hatte eine Nacht über der Schüssel zugebracht, doch nun ging es wieder, und sie bemühte sich um die Männer im Lazarett. Wiebke hingegen sah noch arg mitgenommen aus. Sie eilte von den Teekannen direkt zur Spüle und begann erneut zu würgen. »Herrgott noch mal!«, brachte sie zwischen zwei Würgeanfällen heraus. »Jetzt ist aber auch mal gut.«

Matei, die bisher als Einzige von der Krankheit verschont geblieben war, fühlte sich hilflos.

Es rumpelte erneut, das Geschirr klirrte, und die über dem Herd hängenden Pfannen und Kochutensilien stießen gegeneinander.

»Und dazu dieses elende Gerumpel und das Dröhnen. Kann das nicht mal aufhören? Ich sag dir. Dat ist der Klabautermann persönlich. Der kommt uns jetzt holen, weil wir so dumm sind und Krieg spielen müssen.« Sie würgte erneut und gab weitere Flüche von sich. Ihre Hände umklammerten den Rand des Spülbeckens, ihr graues Haar hatte sie zu einem Dutt hochgebunden, der im Begriff war, sich aufzulösen.

Matei erhob sich, trat neben Wiebke und legte beruhigend den Arm um sie. »Es wird schon alles irgendwie werden. Du solltest dich nicht aufregen. Das macht es nicht besser. Komm, setz dich. Ich hol dir eine Schüssel und koch dir Pfefferminztee. Wir haben auch noch Zwieback.«

»Und wer soll bitte schön das Frühstück für die Männer richten?«, ging Wiebke nicht auf Mateis Worte ein. »Sie brauchen doch was Anständiges zu essen. Ach, ich würd ihnen so gern Rosinenwecken backen.« Sie ließ sich von Matei zum Tisch führen.

»Ich halte Rosinenwecken für keine sonderlich gute Idee«, antwortete Matei. »Hefe ist nicht besonders magenschonend.« Matei ließ weg, dass der Mangel an Mehl das Backen der Rosinenwecken ebenfalls verhinderte. Sie hatte sich schon vor einer Weile einen Überblick über die Bevorratung gemacht, und das Mehl war genauso leer wie Kartoffeln, Zucker und Fett. Hoffentlich würde bald eine neue Lieferung eintreffen. So konnte es doch nicht weitergehen. Die Männer mussten zu Kräften kommen, und mit der Schmalhanskost, die sie im Moment produzierten, würde das schwer werden. So junge Burschen benötigten doch Fleisch und Fett, Nudeln oder Reis. Nahrhafte Lebensmittel und nicht dünne Gemüsesuppe, die sie erst gestern auf den Tisch gebracht hatte.

»Ich dachte, wir könnten Haferbrei machen und diesen mit etwas Honig süßen. Was meinst du?«

»Haferschleim. Bäh«, antwortete Wiebke. »Den musste ich als Kind immer essen. Da könnt ich grad schon wieder kotzen.«

»Jetzt ist aber mal gut«, sagte Matei. Sie verlor langsam die Geduld mit ihrer Patientin. »Der Haferbrei wird gekocht. Ob es dir gefällt oder nicht. Ich bin heute die Herrin der Küche, und ich entscheide, was gemacht wird. Haferbrei zum Frühstück und heute Mittag Graupensuppe. Davon hab ich noch drei Säcke in der hintersten Ecke der Speisekammer gefunden. Und jetzt koch ich dir deinen Pfefferminztee, und ich will keine Widerworte mehr hören.« Sie sah Wiebke finster an. Wiebke zog den Kopf ein und warf Matei einen bösen Blick zu. Oberschwester Alwine betrat den Raum und streckte sich gähnend.

»Moin, die Damen«, grüßte sie. »Was für eine Nacht. So schnell konnte ich gar nicht laufen und die Spuckschüsseln austauschen und reinigen, wie sich die Männer übergeben haben. Aber jetzt scheint sich die Lage etwas beruhigt zu haben. Die meisten sind eingeschlafen. Dazu das ständige Dröhnen und diese Erschütterungen. Liebe Güte, was das wohl sein mag? Hört sich an, als ob die Insel bald überrollt wird.« Ihr Blick blieb an Wiebke hängen.

»Wiebke, meine Liebe. Du bist ja wieder auf den Beinen. Wie geht es dir?«

Wiebke antwortete nicht. Eine weitere Übelkeitsattacke übermannte sie genau in diesem Moment, und sie beugte sich über die Schüssel, die Matei ihr hingestellt hatte. Oberschwester Alwines Blick wurde mitleidig. Wiebke fing sich rasch wieder und wischte sich mit einem Tuch den Mund ab. »Oh, dieser elende Magen. Wenn er doch endlich mit diesem Gerumpel aufhören würde. So was hatte ich noch nie. Oder doch, vielleicht als Kind. Grassierte damals in der Schule.«

»Das grassiert in allen Schulen irgendwann einmal.« Alwine setzte sich Wiebke gegenüber. »Das einzig Gute an einem solchen Infekt ist, dass er meist schnell kommt und auch schnell wieder geht.«

»Also meiner bleibt schon viel zu lang«, antwortete Wiebke grummelnd. »Und er hätt auch gar nicht schnell zu kommen brauchen.«

»Ist Muckefuck da?«, fragte Alwine Matei hoffnungsvoll. Matei schüttelte den Kopf. »Selbst der ist aus. Kamillentee?«

»Bloß nicht«, Alwine winkte ab, »davon muss ich wieder spucken.«

Nun grinste Wiebke, und auch Matei lächelte. »Pfefferminztee?«

»Besser«, antwortete Alwine. »Obwohl ich so gern mal wieder ein anständiges Tässchen Kaffee trinken würde. Hach, was wäre es schön, den Duft von frisch gemahlenen Bohnen in der Nase zu haben. In Berlin habe ich mich früher immer mit einer Freundin in einem Kaffeehaus am Potsdamer Platz getroffen. Bisschen schnacken, wie man hier im Norden so schön sagt. Bereits wenn man es betreten hatte, wehte einem der Duft der Kaffeebohnen um die Nase. Mmh, was war das herrlich. Und Torten hatten die da. Ein Traum. Besonders der Frankfurter Kranz war zu empfehlen.« Ihr Blick wurde selig.

»Frankfurter Kranz hab ich früher in meinem Café auch angeboten«, erzählte Wiebke. »War immer recht aufwendig zu backen. Am besten hat sich aber unsere Friesentorte verkauft. Die war meist schon am frühen Nachmittag ausverkauft.«

»Du hattest ein Café?«, hakte Alwine nach.

»Ja, in Westerland«, antwortete Wiebke. »Nichts Großes, nur so ein Pavillon. Aber die Leute mochten es. Eine Sturmflut vor ein paar Jahren hat das gesamte Haus und meine Existenz weggespült. Ich hatte all mein Erspartes in eine Renovierung gesteckt.« Sie seufzte. »Nach dem Unglück hab ich tatsächlich darüber nachgedacht, wieder zurück nach Hause zu gehen. Aber die Schmach wäre zu groß gewesen. Meine Eltern betrieben damals noch eine Bäckerei in Stade. Das Bäckerhandwerk hab ich von meinem Vater in der Backstube gelernt. Lang hab ich gedacht, ich würde den Betrieb übernehmen dürfen. Ich bin eine gute Bäckerin und kann besser mit Zahlen als jeder Buchhalter. Aber dann wollten sie, dass ich heirate. Den Sohn einer anderen Bäckerei, so einen eingebildeten Schönling und Weiberhelden haben sie ausgesucht. Es war eine abgemachte Sache. Damit wollten sie die Betriebe zusammenlegen und vergrößern, weitere Filialen eröffnen. Ich hab geschrien und getobt, gezetert und gebettelt. Aber mein Vater ist hart geblieben. Er hat gemeint, eine Frau könne niemals einen Betrieb leiten. Dafür wären wir einfach nicht geschaffen. Oh, wat hab ich ihn für diesen Satz gehasst. Mama hat mich getröstet und dabei gleich in die nächste Wunde gestochen. Ich könnte froh sein, dass mich der Martin nehmen würde, hat sie gesagt, denn als der Herrgott die Schönheit vergeben hat, hätte ich nicht in der ersten Reihe gesessen.«

»Und solch eine Aussage von einer Mutter. Wie gemein«, sagte Alwine und schüttelte den Kopf.

»Na ja. Sie hatte schon recht damit. Ich war nie schön. Nicht so wie andere Mädchen. Zart und mit schmalen Schultern, hübsches Beiwerk für den Mann. So wie es eben sein soll. Zu breit, zu groß, zu laut. Mein Vater nannte mich stets Trampelchen. Martin, dieser Bäckergeselle, hat bei unserem ersten Aufeinandertreffen gleich gesagt, dass er mich nie lieben und mir nur der Pflicht halber Kinder machen würde. Er war äußerst direkt.«

»So kann man es ausdrücken«, sagte Alwine mit entsetztem Blick. Matei stellte Teebecher auf den Tisch und gesellte sich zu den beiden.

»Am selben Abend bin ich davongelaufen. Ich hab Geld aus der Kasse genommen. Ein hübsches Sümmchen. Es stand mir zu. Immerhin war ich die Tochter des Hauses, und ich habe hart im Betrieb mitgearbeitet. Am Bahnhof hab ich dann ein Plakat von Sylt gesehen. Es hing an einer Litfaßsäule. Eine Werbung von einem der Hotels mit einem Bild vom Meer. Ich hab niemals zuvor im Leben das Meer gesehen, und mir gefiel die Idee, einfach hinzufahren. Die ersten Jahre hab ich mich als Dienstmädchen in den Hotels durchgeschlagen. Doch dat war mir dann irgendwann zu blöd. Selbst mich hässliches Entlein haben die männlichen Gäste begrapscht, und zweimal hab ich mich mit einer der Hausdamen angelegt. Denen ihre dämlichen Regeln waren nix für mich. Irgendwann bin ich beim alten Piet in seinem Pavillon gestrandet und dort geblieben. Und als er gestorben ist, hat er ihn mir vermacht. Er hatte ja sonst niemanden, dem er das gute Stück hätte geben können. Er war wie ein Vater für mich.« In ihren Augen schimmerten plötzlich Tränen.

»An den alten Piet kann ich mich auch noch erinnern«, sagte Matei und stützte die Hand aufs Kinn. »Er hat uns Kindern immer Kekse geschenkt und Scherze mit uns gemacht. Papa hat irgendwann einmal erzählt, dass er eigentlich Kapitän auf einem der großen Handelsschiffe hatte werden wollen. Aber dann hatte er diesen scheußlichen Unfall und sein rechtes Auge verloren, sein Knie war auch steif. Da war es vorbei mit den Seemannsträumen. Hin und wieder ist er auf einem der Krabbenkutter mit rausgefahren. ›Büschen Planken unter den Füßen und das Schaukeln spüren‹, hat er immer gesagt.«

»So ist das wohl mit Lebenswegen«, sagte Alwine. »Läuft nicht immer alles so, wie man es gern hätte.«

Die ersten Sonnenstrahlen fluteten den Raum. Der neue Tag war endgültig angebrochen. Es war der erste Juni, der Geburtstag ihrer leiblichen Mama, kam es Matei in den Sinn. Sie wäre neunundvierzig Jahre alt geworden. Wie sie heute wohl aussehen würde? Wie wohl ihr Leben heute wäre, wenn ihre Eltern noch da wären? Sie würden ihren Geburtstag im Garten feiern. So hatten sie es oft getan. Mit Kuchen und den Nachbarn, vielleicht mit einem weiteren Geschwisterchen. Sie hatte sich mehr Kinder gewünscht, das wusste Matei. Sie blinzelte die aufsteigenden Tränen fort. Später würde sie zum Friedhof gehen und ihr Blumen bringen, ein bisschen mit ihr und Papa reden und ihnen von ihrem Leben erzählen. Längst hätte sie das tun sollen. Heute war ein guter Tag dafür.

Es dröhnte erneut, und der Boden erzitterte. Alwine hielt sich vor Schreck an der Tischplatte fest.

»Hach, was ist das nur Scheußliches?«, rief sie aus.

»Eine Seeschlacht«, beantwortete Jan ihre Frage, der eben den Raum betreten hatte. »Moin, die Damen.« Er ging zu Matei, beugte sich zu ihr hinunter und drückte ihr zur Begrüßung ein Küsschen auf die Wange. »Soll oben beim Skagerrak sein. So hat es im Versorgungslager geheißen. Angeblich haben die Engländer die gesamte Grand Fleet aufgeboten. So wie es rumpelt, ist das auch anzunehmen. Das sind die ganz großen Schlachtschiffe, sonst würden wir das hier gar nicht mitbekommen. Ich kann nur hoffen, dass unsere Flotte gut aufgestellt ist. Ein Sieg wäre wünschenswert.«

Matei spürte sogleich das warme Glücksgefühl in ihrem Inneren aufsteigen, das sie jedes Mal empfand, wenn Jan in ihrer Nähe war.

»Geht es dir endlich besser, Wiebke?«, fragte Jan und musterte Wiebke näher. »Bist noch etwas blass um die Nase, wenn ich das sagen darf. Wie sieht es allgemein aus? Bei uns im Lager geht es jetzt auch los. Zwei der Männer liegen seit gestern flach.«

»Wird langsam wieder«, antwortete Wiebke.

»Und Elin?« Jan sah Matei fragend an.

»Sie bricht seit gestern nicht mehr«, gab Matei zurück. »Vorhin hat sie tief und fest geschlafen. Ich hoffe, das bleibt so und das Gedröhne und Gerumpel stört sie nicht. Schlaf ist noch immer die beste Medizin.«

Jan nickte. »Ich hab frische Ware mitgebracht. Drei Säcke Mehl, Zucker, Dosenfleisch, Zwiebeln, Muckefuck, Wurzelgemüse, Margarine und Kartoffeln. Zwieback ist leider aus. Aber wir haben ihn nachbestellt. Und dann hätte ich noch einen kleinen Schatz im Angebot. Oder besser gesagt, einen großen Schatz. In der letzten Lieferung war echter Bohnenkaffee dabei, und für das Lazarett gibt es eine Sonderzuteilung.«

»Echter Bohnenkaffee«, sagte Alwine mit großen Augen. »Du liebe Zeit. Dann mal rein damit, junger Mann. Aber flott. Hach, was für eine Freude. Ich helf auch gern beim Tragen.«

Sie erhob sich.

»Moin, alle zusammen.« Hinnerk betrat den Raum. »Also dat nenn ich mal einen Lärm heute. Der ganze Boden wackelt. Da kann ja kein Mensch schlafen. Ich dachte, gehste mal gucken, was im Herrenhaus so los ist.«

»Jetzt stehen Sie mal nicht im Weg rum, guter Mann«, sagte Alwine und schubste ihn zur Seite. »Es gibt eine wichtige Lieferung. Die muss sofort ins Haus gebracht werden.« Sie lief an Hinnerk vorbei ins Treppenhaus. Verdutzt sah er ihr nach.

»Echter Bohnenkaffee«, beantwortete Matei seine unausgesprochene Frage.

»Dat ist nicht dein Ernst«, rief Hinnerk. »So richtig, dat schwarze Zeug? Kein Muckefuck?«

»Doch, es ist so. Sogar drei Pakete«, erwiderte Jan grinsend.

Alwine kam zurück. Sie hatte alle drei Pakete in den Armen und schnaufte arg. Die Freude über den Kaffee ließ sie plötzlich Berlinerisch reden, was Matei noch nie von ihr gehört hatte.

»Das ick das noch erleben darf, wa?«, sagte sie fröhlich und legte die Pakete auf den Küchentisch. »Jetzt müssen wir ihn aber flott mahlen und aufbrühen. Dann jibt et ein lecker Tässchen für alle.« Sie lächelte selig.

Matei grinste. Sie holte rasch eine der Kaffeemühlen vom Regal und machte sich an die Arbeit. Auch bei Wiebke schien die Aussicht auf richtigen Bohnenkaffee endgültig die Lebensgeister erweckt und die Übelkeit vertrieben zu haben. Nachdem Hinnerk und Jan das Mehl in die Küche gebracht hatten, beschloss sie, Rosinenwecken zu backen, und krempelte die Ärmel hoch.

»Zu so einem lecker Kaffee braucht es doch eine richtige Beilage. So eine Delikatesse kann man doch nicht mit Haferschleim servieren. Das wäre eine Schande.«

So werkelten sie fröhlich in der Küche, und da der Tag so wunderbar sonnig war, machte sich Matei daran, die Tische im Garten einzudecken. Sie war gerade damit fertig, auf den letzten Tisch das Tischtuch zu legen und das dekorative Windlicht mit den Muscheln zu stellen, als Elin aus dem Kapitänshaus trat. Sie trug einen hellblauen Rock, dazu eine dunkelblaue, schlichte Bluse. Ihr blondes Haar hatte sie gebürstet und zu einem Knoten im Nacken zusammengebunden. Sie sah schon viel besser aus und trat lächelnd näher.

»Na, ausgeschlafen?«, fragte Matei.

»Ja, es war herrlich.«

»Du hast also nichts von dem Lärm bemerkt?«, fragte Matei erstaunt.

»Welcher Lärm?«, fragte Elin.

Matei wollte antworten, kam jedoch nicht dazu. Denn plötzlich kamen alle aus der Küche gerannt.

»Zeppeline!«, rief Hinnerk aufgeregt und deutete aufs Watt hinaus. »Ganz viele von ihnen.«

Alle traten vors Herrenhaus, auch viele der Männer des Lazaretts hatten sich auf der Terrasse versammelt, um das Schauspiel zu bewundern. Matei hielt die Hand schützend gegen die Sonne vor die Augen.

»Es sind mehr als zehn Stück«, sagte Jan. »Das hat bestimmt etwas mit der Schlacht zu tun. Sie fliegen Richtung Westen. Mit Sicherheit sind sie Beobachter. Könnte sein, dass sich die Engländer zurückziehen.«

»Das Dröhnen und Zittern hat auch schon vor einer Weile aufgehört«, sagte Alwine. Sie stand neben Matei und betrachtete ebenfalls voller Ehrfurcht die Luftschiffe am Himmel. »Was für Meisterwerke der deutschen Ingenieurskunst diese Zeppeline doch sind. Es ist bewundernswert, was unser Volk mit gutem Blut und Fleiß jeden Tag aufs Neue leistet. Lasst uns dafür beten, dass wir siegreich aus dieser Schlacht hervorgegangen sind.« Alle Anwesenden nickten.

Die Zeppeline wurden immer kleiner. Bald schon waren sie nur noch winzige Punkte am dunstigen Himmel in der Ferne. Jan legte den Arm um Matei und zog sie enger an sich. Sie lehnte ihren Kopf an seine Schulter. Es war ein besonderer Moment, der sie einte. Der Kampf schien geschlagen, die Schlacht war vorüber, und friedliche Stille war eingekehrt. Die Sonne schien vom Himmel, Möwen zogen wie gewohnt über dem Watt ihre Kreise. Matei atmete tief die salzige Luft ein. Es war eine Schlacht von vielen, vielleicht einer von vielen Siegen. Doch was würde er am Ende bringen? Wann würde überhaupt ein Ende kommen?

»Wie sieht es denn nun mit unserem Kaffee aus?«, fragte Alwine und durchbrach den andächtigen Augenblick.

»Ach du je«, rief Wiebke aus. »Ich hab noch Rosinenwecken im Ofen. Ich Dösbaddel aber auch. Die sind jetzt bestimmt

Briketts.« Sie eilte davon, und alle anderen folgten ihr lachend. Auch die Männer des Lazaretts gingen wieder ins Haus zurück.

Nur Matei und Elin blieben zurück. Elin trat neben Matei. Ihr Blick war aufs Meer gerichtet. »Heute ist Mamas Geburtstag«, sagte sie.

»Ich weiß«, murmelte Matei.

»Wollen wir ihr Blumen bringen?«

»Jetzt?«, fragte Matei.

»Wieso nicht?«, antwortete Elin mit einer Gegenfrage.

»Ja, wieso eigentlich nicht.« Matei lächelte, nahm Elins Hand und drückte sie fest. »Schön, dass es dir wieder besser geht. Ich geh nur rasch zurück ins Haus und sag Bescheid. Und vielleicht haben wir Glück und die Rosinenwecken sind nicht verbrannt. Dann gibt es Wegzehrung.«

In der Küche empfing Matei der herrliche Duft von frisch aufgebrühtem Kaffee, die Rosinenwecken waren nicht verbrannt. Oberschwester Alwine füllte sich gerade mit leuchtenden Augen einen der Pötte.

»Wo ist Jan?«, fragte Matei und sah sich suchend nach ihm um.

»Der ist eben mit Hinnerk weg«, antwortete Wiebke. »Ich soll dich lieb grüßen. Die Fähre legt bald an, und es kommt doch heute der neue Arzt für unser Lazarett an. Wird auch Zeit. Unser Doktor Grasbach ist jetzt schon fünf Tage weg. Die Erkrankung seiner Gattin ist aber auch bedauernswert. Es bleibt zu hoffen, dass es ihr bald besser geht. So kann ein Lazarettbetrieb doch nicht aufrechterhalten werden. Kaffee?«

»Kannst du ihn in eine Kanne füllen und mir vielleicht auch zwei Rosinenwecken einpacken? Elin und ich wollen …« Sie stockte kurz. Einen Ausflug machen, hatte sie sagen wollen. Doch das würde Wiebke gewiss missbilligen. Sie wirkte im Moment recht fidel, doch dieser Umstand konnte sich rasch wieder ändern. Noch vor Kurzem war sie über der Schüssel gehangen.

»Zu Mama und Papas Grab gehen«, sagte Matei die Wahrheit. »Mama hat heute Geburtstag, und wir wollen ihr Blumen bringen.«

»Ach, was für eine nette Idee«, antwortete Wiebke. »Richtig. Der erste Juni. Kinners, wie die Zeit vergeht. Ich packe dir rasch alles ein.« Wiebke füllte den Kaffee in eine kleine Kanne und steckte diese in einen gehäkelten Kannenwärmer, dazu noch zwei Pötte, die Rosinenwecken wurden in Servietten gewickelt, alles wanderte in einen Korb. Matei bedankte sich.

»Aber bleibt nicht zu lange fort«, sagte sie und hob mahnend den Zeigefinger. »Ich geb es nicht gern zu, aber heute könnt ich schon so 'n büschen Hilfe in der Küche gebrauchen. Ich fühl mich doch noch wackelig.«

»Wir sind bald zurück. Und dann übernehmen wir die Arbeit.« Matei drückte Wiebke fest an sich. »Danke dir. Hab vielen Dank.« Sie nahm den Korb und verließ die Küche. Vor dem Herrenhaus wurde sie bereits von Elin erwartet. Arm in Arm zogen sie los, und während sie an den alten Friesenhäusern mit ihren blühenden Gärten vorüberliefen, fühlte es sich wieder ein wenig wie früher an, als sie noch Kinder gewesen waren, unbedarft und den Kopf voller Träume. Sie waren nicht in Erfüllung gegangen. Matei dachte an Alwines Worte. Lebenswege. Sie liefen nicht immer so, wie man es gern gehabt hätte. Doch das bedeutete nicht, dass sie schlecht waren. Jedenfalls nicht immer.

27. KAPITEL

Keitum, 18. August 1916

Moild füllte Erbsen in einen braunen Papierbeutel und legte sie der alten Tatje Jakobsen in den Einkaufskorb. Darin befanden sich bereits Eier, einige Pflaumen und das abgewogene Mehl.

»Und wat ist mit dem Fett?«, fragte Tatje.

»Ist leider aus. Dafür hättest du eher kommen müssen. Ich hab heute früh eine Lieferung bekommen, aber es war nicht viel. Innerhalb von einer Stunde war alles weg. Neue Lieferung gibt es erst wieder übermorgen.«

»Hättest mir ruhig was zurücklegen können«, grummelte Tatje. »Schließlich bin ich Stammkundin. Gibt es wenigstens noch Dosenfleisch?«

Moild schüttelte erneut den Kopf. »Schon. Aber ich führe genau Buch, wer wann was bekommen hat, und du hast deine Menge an Fleisch für diese Woche schon erhalten. Erst nächste Woche kann ich dir wieder eine Dose für eine deiner Marken geben.«

Tatjes Miene wurde noch finsterer. »Dat ist doch alles doof. Dat mit den Marken. Sind alle Dösbaddel, ja, dat sind sie. Verhungern werden wir alle. Kein Fett, kein Mehl, kein Kaffee. Nix gibt's angeblich mehr. Aber ich weiß es besser. Die Bille hat mir erzählt, dass die feinen Herren Offiziere im Hotel zum Deutschen Kaiser jeden Tag fürstlich dinieren. Die haben alles, sogar Kaviar hat es neulich gegeben. Und echten Bohnenkaffee. Da is' nix mit

Einschränken und Brotmarken. Die wollen uns doch alle für blöd verkaufen.«

Moilds Miene zeugte von Hilflosigkeit. Matei, die hinter Tatje in der Schlange stand, tat sie fast ein wenig leid. Gewiss wurde sie am Tag häufiger wegen des Mangels auf diese oder ähnliche Weise angemotzt. Und Tatje hatte schon recht mit dem, was sie sagte. Gerecht ging es weiß Gott nicht zu. Auch bei ihnen im Lazarett gab es Sonderzuteilungen, wenn Offiziere unter den Patienten waren.

»Ich könnte Brühwürfel anbieten«, sagte Moild. »Davon hab ich noch reichlich. Fünf Stück? Dazu noch vier Kartoffeln? Ich mach dir auch einen Sonderpreis.«

»Wegen mir«, antwortete Tatje. »Aber beim nächsten Mal legste mir was von dem Fett zurück, und mein Dosenfleisch. Sei so lieb. Ich hab doch noch den Ricklef daheim, und der muss versorgt werden. Ganz dünn ist er schon geworden.« Ihre Stimme klang sorgenvoll. Moild nickte und kassierte endgültig ab. Genau auf den Pfennig zählte Tatje den Betrag ab. Dann nahm sie ihren Einkaufskorb zur Hand und drehte sich um. Tatje war bereits über achtzig. Matei kannte sie zeit ihres Lebens nur als altes Mütterchen. Ihr Haar war inzwischen schlohweiß, ihr Gesicht ein einziges Faltenmeer. Sie und ihr Mann, der alte Kapitän Ricklef, er war in diesem Jahr neunzig Jahre alt geworden, bewohnten ein großes Anwesen im Erich-Johannsen-Wai. Ihr Vater hatte das Haus errichtet. Er war als Seemann zu Reichtum gekommen. Auch Ricklef hatte gutes Geld in der Ferne verdient. Ein Schlaganfall vor einigen Jahren hatte ihn jedoch bedauernswerterweise dauerhaft ans Bett gefesselt. Kinder waren dem Paar verwehrt geblieben. Vor dem Krieg hatte Tatje Fremdenzimmer vermietet. Da diese Einnahmequelle versiegt war, war sie nun nur noch am Jammern. Obwohl sie gewiss nicht arm war, wie

Wiebke munkelte. Bestimmt saß sie auf einem dicken Bankkonto, das geizige Weib.

»Matei, min Deern«, grüßte Tatje lächelnd. »Schön, dich mal wieder zu sehen. Ich hab gehört, dein Ehemann hat das Haus von Witwe Jansen am Ingiwai gekauft. Er ist Amrumer, nicht wahr? Arbeitet er nicht in der Versorgungsstelle?«

Matei bejahte die Fragen.

»Kann das jetzt mal vorwärtsgehen?«, nölte hinter ihnen ein weiterer Kunde. Es war Paul Holzwurm. Eigentlich hieß er Petersen, aber da er als Möbelschreiner tätig war, nannte ihn jeder seit Jahren nur Holzwurm.

»Ist ja schon gut«, Tatje verzog das Gesicht, »man wird wohl noch höflich sein dürfen.«

»Ich müsste dann auch mal«, antwortete Matei. »Es gibt noch viel zu tun. Nachher findet doch im Landschaftlichen Haus das Fest zu Ehren von Kaiser Franz Joseph statt, und es gibt noch einiges vorzubereiten.«

»Ach, ist es mal wieder so weit«, rief Tatje aus. »Wie alt wird er denn?«

»Sechsundachtzig«, antwortete Matei.

»Ein gesegnetes Alter. Ach, der gute Kaiser. Ich hab ja ein Bild von ihm und seiner Elisabeth in der Stube hängen. Dat war eine schöne Frau. Ein Jammer, dat sie so grausam zu Tode gekommen ist. Dat muss ihn hart getroffen haben.«

»Was denn nu?«, war wieder Pauls Stimme zu hören. »Ich muss dann mal weiter. Dat ist doch nich' zu glauben. Schnacken könnt ihr auch draußen.«

»Ist ja schon gut. Komm doch mal auf einen Tee bei uns vorbei, min Deern«, sagte Tatje und legte Matei vertrauensvoll die Hand auf den Arm. »Dann können wir 'n büschen klönen. Mein Ricklef würd sich freuen. Er kann ja nicht mehr, wie er will. Bis bald dann.« Sie ging mit einem lauten Schnauber an Paul vorbei. Als sich die Tür hinter ihr geschlossen hatte, trat Matei sogleich an den Tresen.

»Die bestellten Pflaumen. Ich weiß«, sagte Moild. Sie verschwand kurz im Hinterzimmer und kam mit einem gut gefüllten Korb zurück. »Dazu hätt ich noch frische Zitronen für dich und sauren Rahm. Da lässt sich bestimmt was Feines draus zaubern. Bei dieser Wärme sucht man doch immer was Erfrischendes. Ach, ich freu mich ja schon so auf das Fest. Es soll auch eine Tanzkapelle aufspielen. So etwas hatten wir lange nicht in Keitum. Vorhin war Gesa da. Sie freut sich auch schon. Und unter uns gesagt«, Moild beugte sich über den Tresen und sprach im Flüsterton weiter: »Ich glaube, sie ist wieder guter Hoffnung. Ihre Wangen sind runder und obenrum, du weißt schon ...« Sie machte eine eindeutige Handbewegung. »Und derweil ist die Hochzeit mit ihrem Föhrer ja erst nächsten Monat. Hach, es ist so ein Segen, dass sich die beiden kennengelernt haben. Und was für ein Zufall es doch ist, dass er auf einem Geflügelhof aufgewachsen ist. So etwas kann man sich nicht ausdenken.« Matei nickte. Wo Moild recht hatte ... Die schnelle Ankündigung der Verlobung von Gesa mit Tam Boysen von der Insel Föhr vor drei Wochen war für sie alle überraschend gekommen. Der hoch aufgeschossene Föhrer arbeitete im Versorgungslager, und er hatte bei Gesa wohl öfter Eier abgeholt. So wusste es jedenfalls Jan zu berichten. So schnell konnte es gehen, und es wurde aus einer trauernden Witwe eine glückliche Braut. Matei gönnte ihr das unverhoffte Liebesglück, und auch sie hegte den Verdacht, dass Gesa wieder guter Hoffnung sein könnte. Allerdings nicht wegen eindeutiger Rundungen, sondern weil sie sie gestern früh dabei beobachtet hatte, wie sie spuckend am Straßenrand gestanden hatte. Die Tatsache, dass es bei Gesa so einfach war, sie in andere

Umstände zu versetzen, hatte ihr einen kleinen Stich gegeben. Bei ihr schien es so gar nicht zu gelingen. Jeden Monat hoffte sie aufs Neue, und jedes Mal wieder wurde sie enttäuscht. Am Ende stimmte etwas mit ihr nicht und sie würde Jan keine Kinder schenken können. Würde er sie dann noch lieben? Er redete oft davon, was er mit seinem Sohn alles unternehmen würde. Am Ende würde es niemals geschehen.

»Dat darf doch wohl nicht wahr sein«, meckerte Paul und riss Matei aus ihren Gedanken. »Jetzt geht das Getratsche munter weiter. Jetzt macht mal hinne, Kinners. Ich muss heute noch Ware ausliefern.«

»Jetzt pluster dich hier mal nicht so auf, Paul«, beschwichtigte Moild. »Man wird mit seiner Kundschaft ja wohl noch ein paar Worte wechseln dürfen. Es geht gleich weiter. Wir sehen uns dann nachher im Landschaftlichen Haus, Matei. Ich freu mich schon. Und richte bitte Grüße an Wiebke und Elin aus. Und jetzt zu dir, Paul.« Sie winkte den Schreiner näher.

Einige Stunden später stand Matei neben Elin im großen Saal des Landschaftlichen Hauses und ließ ihren Blick über das aufgebaute Büfett schweifen. Das gesamte Dorf hatte sich daran beteiligt. Rollmops und Krabben auf Pumpernickel, hübsch mit Essiggürkchen dekoriert, lagen auf silbernen Servierplatten. Paul Warmbier hatte geräucherten Fisch beigesteuert. Es gab Kartoffelsalat, Nudelsalat mit Tomaten, den hatte Margarete Hindrichs ebenso zubereitet wie den Reissalat mit Erbsen und den Krabbensalat mit hausgemachter Mayonnaise. Jenni Gerdsen hatte frisches Brot mitgebracht, und natürlich gab es auch eine große Schüssel mit roter Grütze. Wiebke, Elin und Matei hatten den gesamten Tag mit Backen zugebracht. Pflaumen- und Apfelkuchen, dazu kleine Zitronencremetörtchen, die durch Moilds

Freigiebigkeit entstanden waren. Wiebke hätte nur allzu gern Friesentorte gebacken, aber es hatte ihr an Sahne gefehlt. So mussten die Gäste ohne diese Leckerei auskommen, dafür gab es immerhin jede Menge Friesenkekse als Ersatz.

»Ich denke, wir werden alle sattbekommen, oder?«, fragte Matei und klaute sich einen der Friesenkekse. Backen war erlaubt, Essen verboten gewesen. Da kannte Wiebke kein Pardon. Matei war schon ganz übel vor lauter Hunger, und ihr Magen knurrte jämmerlich. Dazu war ihr etwas schwummrig. Elin hatte ihre Taille arg eng geschnürt, sie bekam kaum Luft, und derweil hatte sie in ihrem fliederfarbenen, aus einem schimmernden Brokatstoff gefertigten Kleid mit Spitze am Saum und den Ärmeln durchaus noch Platz gehabt. Bereits das Ankleiden war ein Fest gewesen und hatte sowohl sie als auch Elin an frühere Zeiten erinnert. Sie hatten sich gegenseitig die Korsetts geschnürt, die Haken der Kleider geschlossen, sich die Haare frisiert und eine halbe Ewigkeit die passenden Schuhe ausgesucht. Elin trug ein hellblaues Brokatkleid, dessen Stoff mit silbernen Fäden durchwirkt war. Im oberen Bereich war es etwas freizügiger als das von Matei geschnitten und zeigte Dekolleté. Dieser Umstand konnte aufgrund von Elins Junggesellinnendaseins gewiss nicht schaden. Auch die in Keitum stationierten Männer der Inselwache wollten sich das Fest nicht entgehen lassen, und vielleicht fand sich unter ihnen ja doch noch ein Heiratskandidat. Man konnte nie wissen.

Wiebke trat näher und stellte eine mit gebackenem Seelachs belegte Platte auf den Tisch. Sie hatte sich für ihre Verhältnisse ebenso in Schale geworfen. Ihr graues Haar war von Elin geflochten und am Hinterkopf kunstvoll hochgesteckt worden. Sie trug ein dunkelblaues, hochgeschlossenes Kleid, Blickfang waren die silbernen Knöpfe und die hübsche Brosche mit einem

Blumenmuster, die den Kragen zierte. Sie hatte nur leider Probleme gehabt, in das Kleid, das sie einige Jahre nicht getragen hatte, hineinzukommen. Mehrfach hatte Matei das Korsett enger schnüren müssen, damit es am Ende geklappt hatte.

»Es sieht alles so köstlich aus«, sagte sie. »Aber ich glaube, ich werde davon nichts essen können. Ich kann kaum atmen. Liebe Zeit. Und da reden sie von Mangel. An mir ist der wohl vorübergegangen.« Sie griff sich an den Bauch. »Mir ist schon ganz schummrig. Ich hätte das Kleid wohl besser nicht anziehen sollen. Schön wollte ich eh noch nie sein.«

Hinnerk und Rieke betraten den Saal. Rieke sah ganz bezaubernd in ihrem sandfarbenen Kostüm aus. Der Rock war schmal geschnitten, die Jacke tailliert. Dazu hatte sie ihr von grauen Strähnen durchzogenes Haar elegant hochgesteckt. Auch Hinnerk sah für seine Verhältnisse manierlich aus. Er trug dunkelblaue Stoffhosen, ein sauberes Hemd und sogar eine Fliege, die jedoch leicht schief saß. Auf seinem Kopf thronte ein Zylinder.

»Die Damen«, grüßte er und deutete sogar eine Verbeugung an. »So ein Festchen ist doch mal eine schöne Ablenkung, nicht wahr? Und zu Ehren des lieben Franz Joseph, des alten Knaben, ist es doch gleich noch viel besser. Wollen wir die Gläser darauf heben, dat ihm noch viele gute Lebensjahre vergönnt sind.«

»Moin, ihr beiden«, grüßte Wiebke und umarmte Rieke. »Was für ein hübsches Kostüm du trägst. Und es sieht so aus, als würde da noch 'n büschen Essen reinpassen. Du Glückliche bist zu beneiden.«

Matei schmunzelte. Jan betrat gemeinsam mit einigen anderen Inselwächtern den Saal. Er trat sogleich zu ihnen, verteilte Komplimente an die Damen, legte den Arm um Matei, hauchte ihr einen Kuss auf die Wange und raunte ihr ins Ohr, dass sie selbstverständlich die Schönste von allen sei. Die Männer waren heute Abend in Zivil gekleidet und mischten sich unter die Dorfbewohner, die immer zahlreicher erschienen. Alles, was in Keitum Rang und Namen hatte, ließ sich hier blicken. Viele Inselwächter hatten für den heutigen Abend extra freibekommen. Unter den Gästen waren auch Carsten und Moild. Moild sah in ihrem dunkelgrauen Seidenkleid sehr elegant aus. Es kam auch Paul Warmbier in Begleitung seines Nachbars Heinz Husen. Der Blumenhändler Niclas Lausen kam mit seiner Gattin Luise, die durch ihre helle Haut und ihre zierliche Figur immer ein wenig kränklich wirkte. Edda Hennningsen, sie besaß eine Bäckerei und hatte Brötchen zum Büfett beigesteuert, war seit einigen Jahren Witwe, weshalb sie mit ihrer Freundin Inga kam. Auch einige Kinder waren mit von der Partie. Die Mädchen trugen meist weiße Kleider und Blumenkränze im Haar, die Jungen kurze Hosen und Kniestrümpfe. Selbst Oberschwester Alwine und Schwester Ina konnten an dem Fest teilnehmen, denn im Lazarett war aktuell nur ein Patient anwesend. Ein Friedrich Laumann, den seine Schulterverletzung nicht daran hinderte, ebenfalls den Feierlichkeiten beizuwohnen. Ihn begleitete der neue Lazarettarzt Martin Graber. Er war ein recht umgänglicher Mittsechziger mit einem gezwirbelten Schnauzbart, der stets einen Scherz auf den Lippen hatte – und eine Schwäche für Wiebke besaß. Seit seiner Ankunft wurde er nicht müde darin, in ihrer Gegenwart Süßholz zu raspeln, und er bekam jedes Mal einen ganz besonderen Blick, wenn er ihrer ansichtig wurde. »Dann glotzt er wie die Kuh Elsa von Bauer Nickelsen«, hatte Wiebke gesagt, der die Annäherungsversuche des Witwers, er hatte schon drei Ehefrauen verschlissen, so gar nicht zusagten. Auch Gesa tauchte auf. Sie trug ein roséfarbenes Kleid, das ihr hervorragend stand. Ihr blondes Haar hatte sie nur im vorderen Bereich zurückgenommen, ihre Locken umschmeichelten ihre schmalen

Schultern. Sie wurde sogleich von ihrem Führer mit Überschwang begrüßt, er küsste sie sogar lange und voller Leidenschaft, und das in aller Öffentlichkeit. Doch sie sah so glücklich aus, ihre Wangen glühten. Es war schön, sie so strahlen zu sehen.

Auf der Bühne hatte bereits die Tanzkapelle ihre Instrumente aufgebaut. Der Saal war mit bunten Girlanden und Sonnenblumen geschmückt. Das Licht der untergehenden Sonne fiel in den Raum.

Nun trat der Bürgermeister, Rasmus Jansen, vor. Er bewohnte mit seiner Frau Marga ein altes Kapitänshaus am Ortsausgang Richtung Tinnum und hatte sich in den letzten Monaten sehr zurückgezogen, was ihm jedoch niemand krummnahm. Sein einziger Sohn war im Februar im Westen gefallen. Somit zählte dieser Krieg nun bereits fünf Keitumer Opfer. Das jüngste Opfer war gerade mal neunzehn Jahre alt gewesen.

»Liebe Keitumer«, setzte Rasmus zu einer Rede an. »Es ist mir eine besondere Freude, dass wir gemeinsam dieses Fest zu Ehren von Kaiser Franz Joseph feiern können, der heute das stolze Alter von sechsundachtzig Jahren erreicht hat. Ich muss nicht näher ausführen, wieso wir Sylter, und ganz besonders wir Keitumer, dem österreichischen Monarchen und dem Bündnispartner Österreich zu Dank verpflichtet sind. Ohne ihn und seine tapferen Soldaten hätte die Besetzung Keitums durch die Dänen damals ganz anders ausgehen können. Sie waren wahrlich Retter in der Not für uns. Ich selbst bewundere den Kaiser ganz besonders. Er scheint die Last der Jahre umso leichter zu tragen, je mehr die Verantwortung für die Zukunft seines Staatswesens wächst. Mit unerschütterlichem Gottvertrauen sieht der greise Herrscher dem Ausgang dieses grausamen Völkerringens mit dem Wissen entgegen, dass der größte Schlachtenlenker, Gott der Herr im Himmel, seiner gerechten Sache zum Sieg verhelfen wird. Wie der Kaiser es tut, so wollen auch wir auf einen baldigen und ehrenvollen Frieden hoffen. So hebe ich nun mein Glas auf den Kaiser Franz Joseph von Österreich. Meinen herzlichen Glückwunsch zum Geburtstag. Und mögen ihm noch viele weitere glückliche und gesunde Jahre beschieden sein.«

Er trank von seinem Glas, es wurde ein Tusch gespielt. Viele der Anwesenden hatten Tränen in den Augen.

Es wurden die Gläser gehoben, zur Feier des Tages gab es selbstverständlich Sekt. Das Büfett wurde gestürmt, und innerhalb kürzester Zeit waren sämtliche Platten leer geräumt.

Die Tanzkapelle sorgte für Stimmung. Matei schwebte in Jans Arm über das Parkett. Sie sah Elin, die mit Paul Warmbier tanzte. Wiebke war ebenfalls auf der Tanzfläche. Tatsächlich hatte sie sich von dem Arzt zu einem Tänzchen überreden lassen. Moild tanzte natürlich mit ihrem Carsten. Auch einige Kinder hopsten fröhlich auf der Tanzfläche herum. Irgendwann führte Jan Matei durch eine Seitentür aus dem Saal. Draußen empfingen sie Dunkelheit und das Zirpen der Grillen. Die Luft war schwülwarm. Das helle Licht des Vollmonds tauchte die Umgebung in silbernes Licht. Hand in Hand liefen sie die C.-P.-Hansen-Allee hinunter. Vor ihnen huschten einige Kaninchen über den Weg.

»Wollen wir noch ans Meer runterlaufen?«, stellte Jan die Frage, die auch Matei auf der Zunge lag. Sie stimmte lächelnd zu. Es kam so oft vor, dass sie dasselbe dachten und gleichzeitig sagten. Er war der Richtige für sie. Ihre große Liebe. Der Mann, dem sie blind vertrauen konnte.

Sie erreichten das Meer. Das silbern schimmernde Licht des Mondes spiegelte sich auf der Wasseroberfläche.

Matei atmete tief die salzige Luft ein.

»Wollen wir sehen, ob es Meeresleuchten gibt?«, fragte Jan. »Der Abend wäre perfekt. Es ist noch mild genug.«

»Aber dafür müssen wir ins Wasser und Wellen machen. Sonst funktioniert es nicht. Wie soll ich das mit dem hübschen Kleid denn bitte anstellen?«

»Dann ziehst du es eben aus«, antwortete er.

Matei sah ihn entsetzt an.

»Es ist doch niemand da«, meinte er. »Nur ich. Komm schon. Es wird lustig. Ich hab das Meeresleuchten zuletzt als Kind gesehen. Es wäre so schön, wenn es klappen würde.«

Matei überlegte kurz. Sie würde ja nicht vollkommen nackt ins Wasser steigen, trug sie doch ihren Unterrock und dieses unselige, viel zu eng geschnürte Korsett.

»Also gut«, stimmte sie zu. Er öffnete ihr Kleid. Nachdem sie es ausgezogen hatte, lockerte er auch die Schnürung ihres Korsetts. Sie atmete erleichtert auf. »Oh, Gott sei Dank. Jetzt bekomme ich endlich wieder Luft«, sagte sie und entschloss sich dazu, es auszuziehen. Nun trug sie nur noch Hemd und Unterrock. Ihre Schuhe und Strümpfe lagen neben ihrem Kleid im Gras. Jan hatte seine Hose hochgekrempelt und hielt ihr die Hand hin. Gemeinsam gingen sie ins Wasser und wateten am Ufer entlang. Sie kreisten die Füße, damit sich das Wasser bewegte. Lange mussten sie nicht auf das wundersame Meeresleuchten warten. Es war wie ein Zauber. Das Wasser schimmerte um sie herum plötzlich blau-grünlich. Es schien regelrecht zu funkeln. Ein Lichtermeer war wie durch Magie entstanden und tanzte um ihre Beine.

»Es funktioniert«, sagte Matei voller Freude. »Sieh nur, wie schön es ist. Es ist wie ein Wunder.«

»Ja, das ist es«, antwortete Jan. »Es ist so einzigartig, solche Bilder schafft nur die Natur, kein Künstler der Welt kann es jemals einfangen.«

»Meine Freundin Tad hat erzählt, dass kleine Feen für das magische Leuchten mit ihren Zauberstäben verantwortlich sind«, sagte Matei. »Unser Lehrer war da weniger romantisch. Er hat uns erklärt, dass es Einzeller wären, die das Schauspiel verursachen würden.«

»Die alten Germanen dachten, es wäre der Meeresriese Ägir«, berichtete Jan. »Dessen prunkvoll geschmückter Palast am Meeresboden soll im Meeresleuchten zu sehen gewesen sein. Ägir hat gern ausgelassene Feste gefeiert. Der Glanz des Goldlichts schimmerte aus der Tiefe bis auf die Oberfläche der See.« Er lächelte. »Diese Geschichte gefällt mir viel besser als die Einzeller.«

»Ich mag die Feen immer noch am liebsten«, antwortete Matei. »Tad hat gemeint, ihren Zauber zu sehen, bringe Glück. Und Glück können wir im Moment gut gebrauchen, oder?«

Jan nickte. Sie blieben stehen, und er legte die Arme um sie. Eine Weile sahen sie einander nur an. Sie standen still, weshalb das Leuchten des Meeres aufgehört hatte. Nur der Mond warf noch sein helles Licht auf die Wasseroberfläche, im Schilf hinter ihnen raschelte es.

»Ich liebe dich«, sagte Jan. »Mehr als mein Leben. Und ich brauche keine Feen, die mir das Glück bringen, denn du bist mein Glück. Dass wir diesen Moment erleben dürfen, ist Glück.«

Matei nickte. Sie spürte die aufsteigenden Tränen. Es waren Tränen der Freude, die ihre Wangen hinunterkullerten, während sich ihre Lippen fanden. Jan zog sie eng an sich, umschlang sie mit seinen Armen. Sie bewegten sich ein wenig, sofort leuchtete das Wasser wieder. Der zauberhafte blau-grüne Schimmer, der magisch schien. Sie sahen ihn in diesem Moment nicht.

28. KAPITEL

Keitum, 21. September 1916

Elin betrachtete das Meisterwerk der kleinen Bente von allen Seiten. Es war eine Schildkröte, die die Kleine, sie war sieben Jahre alt, angefertigt hatte. Der Hals war etwas krumm. Aber vielleicht guckte sie ja gerade nach rechts. Sie hatte große Kulleraugen und einen dicken Panzer auf dem Rücken. Und sie lächelte.

»Das ist eine sehr hübsche und fröhliche Schildkröte«, lobte Elin. »Wollen wir sie in den Brennofen stellen?«

»Ich weiß nicht recht«, antwortete Bente. »Wird es ihr da nicht zu heiß werden? Am Ende verbrennt sie noch.«

»Nein, ganz bestimmt nicht«, erwiderte Elin. »Tonschildkröten verbrennen nicht im Brennofen. Sie werden dadurch fest und gehen niemals wieder kaputt.«

»Das ist gut«, meinte Bente. »Denn ich will sie meiner Mama schenken. Sie kann sie auf die Fensterbank in der Küche stellen. Dann passt sie immer auf sie auf.«

»Das ist eine hervorragende Idee. So eine aufpassende Schildkröte in der Küche sollte jeder haben.«

»Ich wäre dann auch fertig«, rief ein weiteres Kind. Es war Nils Brodersen. Der strohblonde Junge hatte einen Drachen angefertigt. Elin betrachtete auch sein Werk und lobte die Arbeit. Weitere Kinder wollten ihre Rückmeldung zu ihren Katzen, Einhörnern und anderen Tieren und Fabelwesen. Das war das Motto des heutigen Töpferkurses gewesen. Elin bot diese Kurse für die

Grundschüler Keitums bereits die dritte Woche an, und es machte ihr große Freude. Der Lehrer der Keitumer Schule hatte Elin vor einiger Zeit bei einem Besuch im Kaffeegarten gefragt, ob ein Töpferkurs für die Grundschüler möglich sei. Dies wäre doch eine schöne Abwechslung für die Kleinen. Sein Name war Heinrich Jansen, doch alle nannten ihn bereits seit Jahren Lehrer Lämpel, weil er, ebenso wie der Lehrer in den Lausbubengeschichten von Wilhelm Busch, als Organist tätig war, und eine gewisse Ähnlichkeit zu der Figur in den Büchern war erkennbar. Elin hatte sich über seine Anfrage gefreut und sogleich zugesagt. Nun bevölkerten zehn Grundschulkinder im Alter von sieben und acht Jahren ihre Töpferwerkstatt. Natürlich gab es auch Talente, die herausstachen. Dazu gehörte ohne Zweifel die kleine Frauke. Sie hatte ein entzückendes Einhorn geschaffen. Elin selbst hätte es nicht besser gekonnt.

Matei betrat, verfolgt von dem neuen Küchenmädchen, ihr Name war Fenja, den Raum. Beide hatten jeweils ein Tablett in Händen. Auf dem von Matei befanden sich zwei Kaffeekannen und Pötte, auf dem von Fenja stapelte sich ein Berg Friesenkekse.

»Moin zusammen«, grüßte sie fröhlich in die Runde. »Die Chefin aus der Küche schickt uns. Sie hat gemeint, es wäre Zeit für eine Pause und für eine Stärkung. Wer möchte Kakao und Friesenkekse?«

»Ich, ich, ich«, riefen die Kinder sogleich wild durcheinander und ließen ihre Töpferarbeiten im Stich. Sie scharten sich um Matei und Fenja und drängelten regelrecht. Jeder wollte der Erste sein, der etwas abbekam. Die beiden hatten Mühe damit, den Kakao einzuschenken, ohne etwas zu verschütten.

»Ist ja gut«, sagte Fenja und hielt die Kanne in die Höhe. »Es bekommt jeder etwas. Wenn ihr schubst, verschütte ich doch alles.« Sie füllte die Becher, die rasch geleert wurden, innerhalb weniger Minuten waren sämtliche Kekse vertilgt. Matei betrachtete, während die Kinder aßen, die vielen entstandenen Kunstwerke. Besonders das Einhorn hatte es ihr angetan. Es war so hervorragend und detailreich ausgearbeitet. Bewundernswert. Elin trat neben sie. »Es ist wunderschön, oder? Frauke hat es angefertigt.«

»Dachte ich mir schon«, antwortete Matei. »Da fällt der Apfel nicht weit vom Stamm.«

Elin nickte. Fraukes Vater war Bildhauer und Restaurator. Sein Talent schien er an seine jüngste Tochter vererbt zu haben. »Vielleicht kannst du sie ja fördern«, sagte Matei. »Es wäre schade, wenn ein solch großartiges Talent verloren gehen würde. Wir wissen ja, wie es um die Förderung gerade von Töchtern bestellt ist. Frauke hat drei ältere Brüder. Auf ihnen liegt gewiss das Augenmerk des Vaters.«

Elin nickte. »Das denke ich auch. Ihre Förderung wäre eine gute Idee. Ich kann ja mal mit Antje reden. Sie wird bestimmt nichts dagegen haben.«

»Die Idee mit den Töpferkursen gefällt mir«, sagte Matei. »Ich könnte eigentlich auch Kurse für die Schüler anbieten.«

»Das ist eine hervorragende Idee«, antwortete nicht Elin, sondern Lehrer Lämpel. Unbemerkt von den beiden war er näher getreten. »Die anderen Schüler haben gerade Pause, und da dachte ich, geh ich doch mal rasch nachsehen, was meine Töpfertruppe so macht. Malkurse wären ebenso herzlich willkommen. Und diese könnten wir dann ja auch in den Räumlichkeiten der Schule durchführen.«

»Ich würde mich freuen«, gab Matei zurück. »Wir können gern die Tage darüber sprechen«, sagte der Lehrer. »Aktuell stehen ja auch noch die Sammelaktionen für die Kriegshilfe an. Dieser zeitliche Aufwand muss natürlich in den regulären Stundenplan integriert werden. Die Lehren der deutschen Sprache und der Mathematik dürfen auf keinen Fall vernachlässigt werden.«

Sowohl Elin als auch Matei beeilten sich zu nicken. Plötzlich fühlten sie sich wieder wie seine Schülerinnen. Und beide hatten nicht gerade in Mathematik geglänzt. Lehrer Lämpel hatte die siebzig bereits überschritten und war als Ersatz für Wilhelm Martensen und Nannig Thaysen, die beide bei der Inselwache ihren Dienst taten, wieder in den Dienst zurückgekehrt. Ihm zur Seite stand seine Frau Eike, die sich um die Grundschüler bemühte, während er die älteren Schüler unterrichtete. Es war bewundernswert, wie das in die Jahre gekommene Ehepaar die Herausforderung jeden Tag aufs Neue meisterte.

»Also ich finde Mathematik doof«, sagte plötzlich die kleine Bente. »Ich werde mal Prinzessin. Und die müssen nicht rechnen können.«

Lehrer Lämpel sah die Kleine mit hochgezogener Augenbraue an. Sein Gesichtsausdruck veränderte sich von mild zu streng. Gleich würde eine Ermahnung kommen. Matei kam dem Lehrer zuvor.

»Aber Bente«, sagte sie und beugte sich zu der Kleinen hinunter. »Prinzessinnen müssen sehr wohl rechnen können. Denn sie müssen ja für ihre Untertanen ein gutes Vorbild sein. Es will doch kein Volk eine dumme Prinzessin haben. Sie muss in allem besser sein.«

Bentes Miene verfinsterte sich. »Hm«, machte sie. »Dann werde ich eben keine Prinzessin. Vielleicht eine Fee? Müssen die auch rechnen können?«

Nun musste auch Lehrer Lämpel schmunzeln.

»Feen müssen das nicht können.« Er grinste verschmitzt. »Aber bist du schon mal einer begegnet? Weißt du, wo sie wohnen?«

»Na, im Feenland. Und da ist es wunderschön«, antwortete Bente prompt. »Sie wohnen in einem riesigen Baum, und der funkelt von oben bis unten. Uroma Tad hat uns das erzählt. Und sie weiß auch, wo er steht. Sie will ihn uns bald zeigen.«

Oma Tad mal wieder, dachte Matei. Sie war eine der ältesten Bewohnerinnen Keitums und bereits stolze siebenundneunzig Jahre alt. Sie war Kapitänswitwe, ihre vier Töchter hatte sie gut verheiratet bekommen, drei von ihnen hatten die Insel verlassen. Nur ihre Älteste, Marlies, war geblieben, und die kleine Bente war die Erstgeborene ihrer Tochter Inka.

»Also ich weiß, dass die Feen keine fremden Leute einfach so bei sich wohnen lassen«, mischte sich Elin in das Gespräch ein. »Und schon gar keine Menschenkinder. Feen bleiben lieber unter sich.«

Diese Antwort schien Bente nicht zu gefallen, denn ihre Miene verfinsterte sich.

»Können wir jetzt das Einhorn in den Ofen schieben?«, fragte Frauke. »Bevor es noch kaputtgeht?«

»Das machen wir«, antwortete Elin und klatschte in die Hände, um auch die Aufmerksamkeit der restlichen Kinder auf sich zu ziehen. »Die Pause ist beendet. Dann mal rasch zurück an eure Arbeiten. Und wer so weit fertig ist, kann mir sein Kunstwerk aushändigen. Der Brennvorgang wird den ganzen Nachmittag dauern. Bemalen könnt ihr eure Figuren also erst beim nächsten Mal.«

Alle Kinder machten sich wieder an die Arbeit.

Lehrer Lämpel verabschiedete sich. »Die Pause in der Schule ist gleich zu Ende, und es gilt noch zwei Stunden Biologieunterricht abzuhalten.«

Matei beobachte, wie er durch den kalten Nieselregen davonging. »Er sieht müde aus«, sagte sie. »Findest du nicht?«

»Ein wenig«, meinte Elin. »Der tägliche Unterricht ist für ihn gewiss eine Belastung. Er wird nächstes Jahr fünfundsiebzig. Und er beteiligt sich zusätzlich noch an den Sammelaktionen für die Kriegshilfe. Bewundernswert.«

Matei nickte. »In der Schule hab ich ihn nicht gemocht. Ich fand ihn immer zu streng.«

»Ja, durch Herzlichkeit ist er nie aufgefallen«, antwortete Elin. »Obwohl ich finde, dass ihn das Alter milder hat werden lassen.«

»So ist es wohl meistens«, murmelte Matei.

»Ich wäre dann fertig«, meldete sich erneut eines der Kinder zu Wort. Elin widmete sich wieder den Kleinen, und Matei sammelte die geleerten Kakaopötte ein.

Als sie wenig später die Küche im Herrenhaus betrat, war diese von Rauch erfüllt. Es roch verbrannt. Wiebke war arg am Schimpfen.

»Dat gibt es ja wohl nicht«, sagte sie. »Diese Dinger treiben mich noch in den Wahnsinn.«

Matei stellte das Tablett auf dem Tisch ab, öffnete das Fenster und erkundigte sich, was geschehen war.

»Diese dämlichen Rübenpuffer sind angebrannt.« Wiebke kratzte mit einem Kochlöffel verkohlte Reste eines Puffers aus der Pfanne. »Dat sind halt Rüben und keine anständigen Kartoffeln.«

»Waren wieder keine bei der letzten Lieferung dabei?«, fragte Matei.

»Nein, waren sie nicht«, antwortete Wiebke. »Und so schnell werden wohl auch keine kommen. Durch den vielen Regen der letzten Wochen sind den Bauern die Dinger auf den Feldern größtenteils verfault. Dat gibt eine Katastrophe. Dat sag ich dir. Und die Fettration haben sie mir schon wieder reduziert, dazu die fleischfreien Tage. Wie sollen denn da die Männer bitte schön wieder zu Kräften kommen? Und wir verhungern auch und sitzen diesen Winter im Kalten und im Dunkeln. In der Inselzeitung hat gestanden, dass sie Kohle und Petroleum ebenfalls reduzieren wollen. Wo soll dat alles nur enden?« Sie schleuderte die Pfanne in den Spülstein. Matei wusste nicht, was sie antworten sollte. So hatte sie Wiebke noch nie erlebt. Wenn jemand in diesen schwierigen Zeiten stets die Fahne hochgehalten hatte, dann war sie es gewesen.

Martin Graber betrat die Küche, in den Händen einen Kaffeepott.

»Moin, die Damen«, grüßte er fröhlich. »Die erste Visitenrunde wäre beendet. Nun ist es Zeit für die erste Kaffeepause.«

»Gibt aber keinen Kaffee«, erwiderte Wiebke ruppig, ohne den Arzt eines Blickes zu würdigen.

»Das weiß ich doch, meine Teuerste«, meinte der Arzt. »Dann wird es eben Zeit für eine Muckefuckpause. Langsam hab ich mich an den Geschmack gewöhnt. Obwohl gegen einen anständigen und frisch aufgebrühten Bohnenkaffee nichts einzuwenden wäre.«

Wiebke gab ein undefinierbares Brummen von sich. Sie stand noch immer an der Spüle.

Matei erbarmte sich des Arztes, holte die mit Muckefuck gefüllte Kanne von der Herdplatte und schenkte ihm ein.

Er bedankte sich mit warmen Worten.

»Ich habe vorhin die vielen Kinderchen auf dem Hof gesehen«, sagte er. »Ihr Lachen und ihre Fröhlichkeit sind doch immer wieder erhebend. Finden Sie nicht auch, Fräulein Wiebke?« Er sah Wiebke hoffnungsvoll an. Matei konnte nicht anders: Sie musste grinsen. Der Arzt hatte wahrlich einen Narren an Wiebke gefressen. In seinem Gesicht ging jedes Mal die Sonne auf, wenn er ihrer ansichtig wurde, und er wurde nicht müde darin, das Gespräch mit ihr zu suchen. Nur leider wiegelte Wiebke jedes Mal ab und war arg ruppig zu ihm. Es war ihr sichtlich peinlich, dass es tatsächlich jemanden gab, der ihr gegenüber Annäherungsversuche startete.

»Hm«, machte Wiebke. Sie drehte den Wasserhahn auf und nahm die Scheuerbürste zur Hand.

»Was haben denn die Kleinen heute Hübsches in der Töpferwerkstatt von unserem Fräulein Elin kreiert?«, wandte sich der Arzt an Matei.

»Tiere und Fabelwesen«, antwortete Matei. »Es sind richtige kleine Kunstwerke entstanden. Süße Kätzchen, ein dickes Huhn, aber auch Drachen und Einhörner. Du solltest nachher mal hinübergehen, Wiebke, und sie dir ansehen. Besonders das Einhorn von der kleinen Frauke ist sehenswert. Sie hat ein großes künstlerisches Talent.«

»Wegen mir«, grummelte Wiebke. »Ein Einhorn, sagst du. Die mochte ich schon immer ganz gern.«

»Wenn Sie möchten, können wir später gemeinsam in die Töpferwerkstatt hinübergehen und die Meisterwerke der Kinder betrachten«, sagte der Arzt und schenkte Wiebke ein besonders warmes Lächeln. Seine Ausdauer war wahrlich bewundernswert.

Es dauerte einen Moment, bis Wiebke antwortete. Man sah ihr an, wie sehr sie sich wand. Sie sah zu Matei, dann auf den Boden und wischte sich die Hände viel zu hektisch mit einem Tuch trocken.

»Also gut. Aber erst muss ich aufräumen.«

Hinnerk betrat die Küche. Und er hatte, welch ein Wunder, einen großen Kartoffelsack über der Schulter liegen, den er auf dem Boden ablegte.

»Moin, Wiebke. Sieh mal, wat bei der letzten Lieferung dabei gewesen ist. Und ich hab noch fünf weitere Säcke auf dem

Wagen liegen. Ist eine Sonderzuteilung für das Lazarett. Mehl hab ich auch, und Fett.«

»Ja, Hinnerk. Das ich dat noch erleben darf«, rief Wiebke freudig. »Sechs Säcke Kartoffeln und Fett. Du bist ein Held.«

»Lob nicht mich, sondern die Männer von der Versorgungsstelle. Die haben ordentlich Druck gemacht. Nur leider fehlt es weiterhin an Fleischkonserven. Aber wenn wir Glück haben, kriegen wir da noch weitere Zuteilungen.«

»Ach, dat krieg ich schon hin«, antwortete Wiebke. »Dann gibt es heute doch noch anständige Kartoffelpuffer mit Apfelmus für die Männer. Dat haben sie so gern. Und morgen mach ich Eintopf. Brühwürfel hab ich noch reichlich und grüne Bohnen und Wurzeln, dazu Krabben, die hat gestern Paul vorbeigebracht. Da werden alle schön satt werden. Gab es auch Hefe?«

»Die war leider in der Warenlieferung nicht dabei«, meinte Hinnerk. »Aber frag doch mal bei Moild im Laden. Vielleicht hast du ja Glück.«

»Könnt ich machen«, antwortete Wiebke. »Dann gäb es für die Männer mal wieder Rosinenwecken zum Frühstück. Manch einer von den Jungs kennt die noch gar nicht. Wär mal eine nette Abwechslung zum üblichen Haferschleim.«

Oberschwester Alwine betrat den Raum.

»Moin zusammen. Da die Visite jetzt beendet ist, will ich schnell zur Sparkasse und Kriegsanleihen zeichnen. Ist mein letztes Erspartes, das ich dafür opfere. Aber was tut man nicht alles fürs Vaterland. Habt ihr schon gezeichnet?« Sie sah fragend in die Runde.

Es herrschte betretenes Schweigen.

»Nun ja«, war Hinnerk der Erste, der sich zu Wort meldete. »Ich hab gehört, dass dat gar keine solch sichere Anleihe sein soll. Rieke hat gesagt, wir überlegen uns dat noch, oder geben dieses Mal weniger.«

»Also Hinnerk«, sagte Wiebke. »Du wirst doch nicht diesen Verschwörungstheorien glauben, die über die Insel geistern. Angeblich sollen die vom Feind kommen. Mit der Anleihe hat dat schon seine Richtigkeit. Also ich wollte heute Nachmittag auch noch zeichnen gehen. Ich hab nicht viel, aber Kleinvieh macht bekanntlich auch Mist. Ich würd mein letztes Hemd dafür geben, um unser Vaterland ehrenvoll zu unterstützen. Und bestimmt tragen die Kriegsanleihen dazu bei, dass es bald Frieden geben wird, und für einen ehrenvollen Sieg. Was ist mit dir, Matei? Du zeichnest doch auch, oder?«

»Gewiss«, beeilte sich Matei zu antworten. Auch sie war dieses Mal eher zögerlich. Sie hatte, ebenso wie Hinnerk, gehört, dass die Anleihe keine gute Geldanlage sei. Auch Jan hatte das neulich gesagt. Und ob die Sammlungen wirklich den Sieg des Deutschen Reichs und den Frieden bringen würden, konnte letztlich keiner sagen. Sollte das schlimmste Szenario von allen eintreffen und sie würden diesen Krieg verlieren, dann wäre ihr gesamtes Geld fort. Und damit auch ihre Zukunftspläne mit dem Ausbau des Hauses am Ingiwai. Doch Matei sprach ihre Bedenken nicht so frei aus, wie Hinnerk es tat, der öfter mal das Herz auf der Zunge trug. Nicht alles für das Reich, den Sieg und das Vaterland zu tun, konnte einem schnell zum Nachteil ausgelegt werden. Keitum war ein kleines Dorf. Sie würde wohl oder übel zur Sparkasse gehen und eine Anleihe zeichnen müssen.

»Jetzt bring ich erst einmal die restlichen Kartoffeln in die Vorratskammer«, sagte Hinnerk. »Und dann geh ich zu meiner Rieke zum Mittagessen heim. Heute gibt's die Reste vom Karnickeleintopf und Rübengemüse dazu. Ich hab für uns auch ein kleines Säckchen Kartoffeln erobern können. Da wird sich Rieke freuen. Und dann gehen wir in Gottes Namen eben zur Sparkasse und zeichnen Anleihen. Hast ja recht, Wiebke. Man soll nicht jedes Gerücht glauben.«

Er verließ die Küche. Auch der Arzt verabschiedete sich. »Ich muss mal nach Friedrich gucken. Seine Beinwunde gefällt mir so gar nicht«, murmelte er. Oberschwester Alwine füllte sich einen Pott mit Ersatzkaffee und sah mit hochgezogener Augenbraue auf ihre Armbanduhr. »Schon nach halb zwölf. Um elf hätte eine neue Hilfsschwester zum Vorstellungsgespräch kommen sollen. Angeblich aus Kampen. Diese jungen Dinger heutzutage werden immer unzuverlässiger.« Sie schüttelte den Kopf und ging ebenfalls. Matei setzte sich an den Küchentisch. Elin tauchte auf.

»Hui, jetzt fängt es richtig an zu schütten«, sagte sie und gesellte sich zu Matei an den Tisch. »Diesen Herbst sind wir weit von einem schönen Altweibersommer entfernt. Es ist zu schade. Ich hätte gern den Kaffeegarten noch länger offen gehalten. Es war auch in diesem Jahr wieder so wunderbar, mit den Gästen zu klönen. Mir vermitteln diese Nachmittage stets ein wenig das Gefühl von Normalität. Auch wenn wir weit davon entfernt sind.« Sie stützte das Kinn auf die Hand und seufzte.

»Wenn der Krieg vorbei ist, dann könnten wir den Kaffeegarten doch erweitern«, schlug Wiebke vor. »Wir könnten ein richtiges Café, ja, vielleicht sogar eine Bäckerei daraus machen. Mit dem Verkauf von Brötchen und Brot und einer riesengroßen Kuchentheke. Groß genug ist das Haus. Es müssten natürlich einige Dinge umgebaut werden. Wir würden eine richtige Backstube und anständige Öfen benötigen. Mit dieser kleinen Küche könnten wir das nicht stemmen. Aber das wäre machbar. Platz haben wir weiß Gott genug. Den Salon könnten wir zum Gastraum umfunktionieren. Durch die schönen großen Fenster hat man einen herrlichen Blick aufs Wattenmeer. Und du könntest für deine Tonarbeiten einen Verkaufsladen einrichten. Auch die Fremdenzimmer könnten wir beibehalten und weitere Ausstellungen geben. Vielleicht sogar Tanztees veranstalten. Die Leute lieben Tanztees.« Es sprudelte plötzlich nur so aus Wiebke heraus.

»Ein richtiges Café und eine Bäckerei«, wiederholte Elin. »Daran dachte ich noch gar nicht. Aber wieso eigentlich nicht? Du hast schon recht. Der Salon würde sich hervorragend als Gastraum eignen. Dann könnten die Gäste den Blick aufs Wattenmeer das ganze Jahr bei einem leckeren Stück Kuchen und dann hoffentlich wieder richtigem Bohnenkaffee genießen. Wir könnten überall auf der Insel Werbung machen. Hansens Kaffeegarten. Schönster Ausflugsort mit einmaligem Blick aufs Wattenmeer, oder so ähnlich.«

»Na, das hört sich doch großartig an«, sagte Matei. »Und unser Anwesen am Ingiwai wird die gefragteste Künstlerkolonie von ganz Sylt werden, und wir schicken all unsere Künstler jeden Tag zu euch zum Kaffeetrinken, holen unsere Brötchen bei euch und Kekse und Kuchen. Und unsere Ausstellungen können wir dann bei euch geben.«

»Kinners, dat gefällt mir«, sagte Wiebke fröhlich. »Pläne schmieden macht doch immer wieder Freude. Und wisst ihr was? Darauf trinken wir jetzt einen feinen Köm.« Sie holte die Flasche vom Regal und stellte drei Gläser auf den Tisch. »Wenn man so etwas nicht anständig begießt, dann wird dat am Ende nämlich nix. Dat hat schon mein alter Großvater immer gesagt. ›Haste nicht ordentlich drauf angestoßen, kann es noch schiefgehen.‹« Sie füllte die Gläser und hob ihres in die Höhe. »Darauf, dat dieser Krieg bald siegreich enden wird und wir bald den besten Kaffeegarten von ganz Sylt haben werden. Prost!« Sie leerte ihr Schnapsglas in einem Zug und stellte es schwungvoll zurück auf den Tisch. Matei und Elin waren da etwas zögerlicher, tranken dann aber ihre Gläser leer. Keine von beiden wollte Wiebke die Laune verderben. Und sie hatte schon recht damit, was sie sagte: Neue Pläne mussten begossen werden. So hatte es Paul auch stets gehandhabt.

29. KAPITEL

Berlin, 22. November 1916

Meine liebe Frau Bohn,

ich kann Ihnen gar nicht sagen, wie sehr ich mich über Ihren letzten Brief gefreut habe. Und dazu haben Sie mir wieder diese netten Postkarten mit den Eindrücken meines geliebten Sylts beigelegt. Die Bilder zu betrachten, bringt etwas Seelenwärme in diesen kalten und grauen Zeiten. Zusätzlich freut es mich, von Ihren Plänen einer Künstlerkolonie zu hören. Dazu die geplante Erweiterung des Kaffeegartens. Dies alles klingt so herrlich positiv. Es ist eine Freude, darüber zu lesen, dass Sie noch immer guter Dinge sind und einer besseren und friedlichen Zukunft voller Hoffnung entgegenblicken. In Berlin wird die Stimmung tagtäglich betrüblicher. Die Schlangen vor den Lebensmittelgeschäften wollen kein Ende nehmen, die Listen der Gefallenen werden mit jedem Tag länger. Auch meine Nachbarin, die gute Erna, ist nun Witwe. Eben erst hat sie ein Kind geboren. Einen ganz bezaubernden kleinen Jungen, der den Namen seines Vaters erhalten hat. Sie weint viele Stunden am Tag und weiß nun gar nicht, wie es weitergehen soll. Ihr Heinz hat vor dem Krieg als Angestellter bei einer Versicherung gearbeitet und sogar Beförderung in Aussicht gehabt. Er war einfacher Infanterist, ihre Witwenrente ist nun arg mager. Und dazu das Kind. Es ist ganz schrecklich. Solche und ähnliche Geschichten geistern überall durch Berlin. Dazu sehen wir tagtäglich das Elend der Kriegsversehrten.

Sie sitzen bettelnd auf den Straßen, es ist oftmals zum Gotterbarmen. Und dann erfahren wir aus den Zeitungen heute Morgen, dass unser geliebter und vom deutschen Volk verehrter Kaiser Franz Joseph verstorben ist. Eine weitere niederschmetternde Nachricht. Ich hätte ihm gegönnt, dass er, der immer voller Stolz, aber auch streitbar gewesen ist, ein ehrenvolles Ende dieses Krieges hätte miterleben dürfen. Aber es hat nicht sein sollen. Nun trägt ihn seine Nation zu Grabe, und er wird neben seiner geliebten Elisabeth die ewige Ruhe finden.

Das Jahr 1916 neigt sich dem Ende entgegen, und niemand weiß, wie es im neuen Jahr weitergehen wird. Ich dachte neulich daran, wie wir in Ihrer gemütlichen Küche im Herrenhaus beieinandergesessen haben. Wie fest waren wir damals doch davon überzeugt, dass der Krieg nur wenige Wochen andauern würde. Spätestens Weihnachten sei alles wieder vorbei, hatten Sie gesagt. Wir haben Pläne geschmiedet für ein baldiges Wiedersehen. Und nun wird es eine erneute Kriegsweihnacht geben. Und sie wird düsterer und trauriger werden als jemals zuvor. Aber vielleicht findet sich ja doch ein Ausweg. Ein unverhoffter Frieden, ein Weg, um die versteinerten Fronten aufzuweichen. Ich setze auf die Amerikaner. Die Übermacht von der anderen Seite des Atlantiks, die vielleicht intervenieren könnte. Wir werden sehen. Es wäre uns allen zu wünschen. Ich gebe es zu: Ich könnte inzwischen auch sehr gut mit einem Verständigungsfrieden leben. Aber laut darf man diesen Wunsch nicht aussprechen. Noch nicht. Was zählt heute noch ein Sieg, nachdem so viele Menschen ihr Leben verloren haben?

Aber ich schweife wieder zu sehr in die Politik ab. Ich werde jetzt Ihre wunderbaren Postkarten zu den anderen über meinem Schreibtisch hängen und sie jeden Tag voller Sehnsucht betrachten. Es wird ein Wiedersehen auf Sylt geben. Daran will ich glauben. Bitte richten Sie allen meine besten Grüße und Wünsche aus. Und bleiben Sie in diesen schwierigen Zeiten weiterhin so guten Mutes.

*Ihr
Friedrich Beck*

Keitum, 5. Dezember 1916

»Also, meine Schafe mögen keinen getrockneten Seetang«, sagte Hinnerk. »Dat hab ich gleich gesagt. Die sind Feinschmecker. Feinstes Heu wollen sie haben. Aber nicht einmal dat gibt es mehr in ausreichenden Mengen. Ich musste den Großteil an die Inselwache für deren Pferde liefern. Und vom Festland kommt auch nix nach. Wenn das so weitergeht, werde ich welche schlachten müssen.«

Er saß bei Wiebke in der Küche, die mal wieder von ihrer alljährlichen Spätherbsterkältung geplagt wurde und eine gerötete Nase und vom Fieber glänzende Augen hatte. Doch Ausruhen kam für sie nicht infrage.

»Ich wollt als Schaf auch keinen Seetang essen«, antwortete sie und putzte sich erneut die Nase. »Aber vielleicht gewöhnen sie sich noch daran. Hatschi! Herrgott noch mal!« Sie putzte sich erneut die Nase. »Bei uns gibt's ja auch nur noch Schmalhans-Küchenkost. Seit über einer Woche gab es jetzt kein Fleisch, ich weiß gar nicht mehr, wann ich zuletzt Rosinenwecken gebacken hab, und den Haferbrei koch ich jeden Tag mit mehr Wasser als Milch, Fett kommt da schon lange keines mehr rein. Wenn ich im Frühjahr und Sommer nicht so viel Gemüse und Obst eingemacht hätte, dann würd dat alles noch viel schlimmer aussehen. So kriegen die Männer wenigstens mal ein Schälchen rote Grütze und Bohneneintopf mit Zwiebeln, den auch mit bisschen Fett und Brühwürfeln gemacht. Und Muscheln haben wir noch, Trockenfisch und Krabben. Das bringt wenigstens etwas Abwechslung auf den Speiseplan. Worum es mir am meisten leidtut, ist der fehlende Kuchen. Den hab ich den Männern immer so gern zum Nachmittagstee gebacken. Aber nun ist das Kuchenbacken ja verboten. Wie ist dat eigentlich mit Pfeffernüssen und all dem Weihnachtsgebäck, oder unseren geliebten Futjes? Hatschi!«

Doktor Graber betrat die Küche mit ernster Miene, zwischen seine Augenbrauen hatte sich eine tiefe Falte gegraben. Er sah mitgenommen aus. Wiebke ahnte den Grund dafür.

»Nicht doch«, sagte sie.

Der Arzt nickte mit hängenden Schultern.

»Er ist gestorben. Die Infektion hatte sich zu stark ausgebreitet.«

»Der Herrgott im Himmel sei seiner Seele gnädig«, sagte Wiebke und bekreuzigte sich. Sie schob einen Nieser hinterher. Es ging um den jungen Offiziersanwärter Paul Stellmann. Er war vor vier Wochen aus einem Lazarett an der Westfront zu ihnen nach Sylt gekommen, mit einer schweren Beinverletzung. Anfangs hatte alles gut ausgesehen, doch dann hatte sich die Wunde entzündet, und er hatte hohes Fieber bekommen.

»Er war erst zweiundzwanzig Jahre alt«, sagte Hinnerk und schüttelte mit betroffener Miene den Kopf.

Schwester Ina trat ein. Sie sah ebenfalls mitgenommen aus und setzte sich an den Küchentisch. Tränen schimmerten in ihren Augen. »Er ist unser erster Toter im Lazarett«, sagte sie und schniefte. »Letzte Woche hat er mir noch von seiner Verlobten

Gerda erzählt. Er hatte für die Zeit nach dem Lazarettaufenthalt Heimaturlaub beantragt, damit sie endlich heiraten konnten. Und nun ist er tot.« Sie schlug die Hände vors Gesicht.

Wiebke tätschelte ihr tröstend die Schulter. Sie nieste erneut und zog die Nase hoch. Einen Moment sagte niemand etwas. Der Tod stand im Raum und verbreitete eine beklemmende Stille.

»Was passiert denn nu mit ihm?«, fragte Hinnerk irgendwann. »Ich meine, wat machen wir denn mit ihm? Wird er auf Sylt beerdigt oder in die Heimat geschickt?«

»Das muss noch geklärt werden«, antwortete der Arzt. »Ich muss seinen Tod noch der Inselkommandantur melden. Sie wird entscheiden. Aber in der Regel werden Tote nicht mehr zu ihren Angehörigen nach Hause gebracht. Sonst würden ja nur noch Züge voller Leichen ...« Er brach ab. »Entschuldigung«, sagte er. »Ich wollte nicht pietätlos sein.«

»Was soll an Ihrer Aussage pietätlos sein?«, fragte Schwester Ina. »Es ist doch nur die Wahrheit. Ich glaube, das macht es für die Angehörigen noch schlimmer. Sie haben keinen Ort zum Trauern und können nicht richtig Abschied nehmen. Es kommt ein Brief, der Name steht auf einer ausgehängten Liste. Ehrenvoll für das Vaterland gestorben. Dafür kann sich eine Witwe auch nichts kaufen.« Ihre Stimme klang bitter. Jeder im Raum wusste, wieso sie so reagierte. Ihre Schwester, die sie vor einigen Wochen besucht hatte, war zur Witwe geworden und hatte fünf Kinder und das Geschäft, der Familie gehörte eine Kurzwarenhandlung in Kiel, nun allein zu versorgen. Der Name ihres Schwagers hatte auf einer der ausgehängten Listen am Rathaus gestanden. Obergefreiter Johann Paulsen, die Nummer des Regiments. Mehr Informationen hatte es nicht gegeben. Vier Tage später war ein Brief von einem Kameraden eingetroffen. Darin hatte man der Witwe sein Beileid ausgesprochen und von einer würdevollen Trauerzeremonie berichtet. Johann war gemeinsam mit anderen Männern im Kampf gefallen. Weitere Informationen, wie er zu Tode gekommen war, hatten auch in diesem Brief nicht gestanden. Es war wohl besser so.

»Sollte er auf Sylt beerdigt werden, wovon ich ausgehe«, sagte Doktor Graber, »dann werden wir ihn mit allen nur erdenklichen Würden auf dem Friedhof St. Severin bestatten, und ich werde der Witwe höchstpersönlich davon berichten. Immerhin bleibt ihr die Möglichkeit, auf diese Weise die Grabstätte ihres Mannes eines Tages besuchen zu können.« Er erhob sich seufzend.

Wiebke nieste erneut kräftig und putzte sich die Nase. Der Arzt musterte sie mit besorgter Miene.

»Ich weiß, Sie wollen es nicht hören, meine Liebe. Aber Sie gehören ins Bett und nicht in die Küche.«

Wiebke antwortete mit einem Schnauben. »Im Bett sterben die Leut«, erwiderte sie, »dat wird schon wieder werden. Den Schnupfen hab ich alle Jahr um diese Zeit, und er hat mich noch nie umgebracht.«

Matei trat ein und erkundigte sich nach dem Verbleib von Oberschwester Alwine. Verdutzt sah Wiebke sie an und fragte:

»Seit wann suchst du denn nach Alwine?«

»Sie ist heute im Lager Klapholttal, um den dortigen Arzt bei der Untersuchung der Männer zu unterstützen. Ihm ist seine Arzthelferin mit einer starken Erkältung ausgefallen. Vor heute Abend wird sie nicht wieder zurück sein«, beantwortete Schwester Ina ihre Frage.

»Danke für die Auskunft«, sagte Matei.

Im nächsten Moment bekam Wiebke einen erneuten Niesanfall. Dieses Mal schien sie gar nicht mehr aufhören zu wollen. Als sie endlich geendet hatte, war es Hinnerk, der aussprach, was alle Anwesenden im Raum dachten. »Dat ist ja nicht mehr mit anzusehen. Du siehst jetzt zu, dass du ins Bett kommst, Wiebke. Du bist die reinste Krankheitsschleuder. Und wenn du nicht freiwillig gehst, dann trag ich dich eigenhändig in deine Koje.« Seine Stimme klang streng.

Matei sah ihn verwundert an, und auch Wiebke fand keine passenden Widerworte. Matei sprang Hinnerk bei.

»Hinnerk hat recht«, sagte sie und sah zu Doktor Graber, der zustimmend nickte. »Du gehörst ins Bett und musst dich auskurieren. Ich werde mich heute gemeinsam mit Elin und Fenja um die Küche kümmern. Sie hat noch zwei Stunden einen Töpferkurs bei sich, aber dann wird sie mir bestimmt zur Hand gehen.«

»Ist ja gut«, gab Wiebke ihren Widerstand auf. »Ich geh mich ausruhen. Aber wehe ihr veranstaltet ein Küchenchaos.« Sie hob mahnend den Zeigefinger und nieste erneut.

»Wenn es Ihnen recht ist, untersuche ich Sie vorher noch«, sagte Doktor Graber. »Sicherheitshalber würde ich gerne Ihre Lunge abhören und auch die Temperatur messen.«

»Dat is' mir nich' recht«, antwortete Wiebke prompt. »Ich hab Schnupfen, mit meinen Lungen ist alles in bester Ordnung. Lassen Sie mal gut sein und kümmern Sie sich lieber um die Patienten mit Knochen und so 'nen Krams.« Sie verschränkte die Arme vor der Brust und streckte angriffslustig das Kinn nach vorne.

Doktor Graber sah zu Matei, die, ein Grinsen auf den Lippen, die Schultern zuckte. Wiebke und Ärzte, das war so eine Sache. Und bei Martin Graber kam noch hinzu, dass er nicht müde darin wurde, ihr immer wieder Komplimente zu machen, womit Wiebke sich nach wie vor schwertat. Niemals würde sie den intimen Moment einer ärztlichen Untersuchung zulassen.

Doktor Graber gab es auf.

»Also gut. Ich geh dann mal und führe die notwendigen Telefonate wegen unserem Verstorbenen.« Er verließ seufzend den

Raum. Sein Satz sorgte dafür, dass erneut betretene Stille einkehrte. Wiebke schämte sich sogar ein wenig. Da war eben erst in diesem Haus ein junger Mann gestorben, und sie benahm sich wie ein kindischer Dösbaddel wegen eines Schnupfens. Sie öffnete ihre Küchenschürze.

»Mir brummt wirklich arg der Schädel. Ich wollt heute Bohneneintopf mit Zwiebeln und Scholle machen. Du findest alles Notwendige dafür in der Vorratskammer, Matei. Auch genügend Brot zum Tunken. Dann ist es wenigstens ein bisschen nahrhafter, wenn schon der Speck fehlt.« Sie winkte ab. »Mach's du auch gut, Hinnerk.« Sie klopfte dem alten Bauern im Vorbeigehen auf die Schulter. Sie wirkte nun, da sie den Widerstand gegen ihre Küchentätigkeit endgültig aufgegeben hatte, erschöpft.

Nachdem sie gegangen war, eilte Matei schnellen Schrittes zur Spüle und übergab sich schwallartig. Hinnerk zuckte erschrocken zusammen.

»Grundgütiger«, rief er aus. »Wat is' dat denn nu, min Deern?«

Matei richtete sich auf und wischte sich den Mund mit einem Tuch ab. »Das ist der Grund, weshalb ich mit Oberschwester Alwine sprechen wollte. Ich hege den Verdacht, schwanger zu sein.« Nun war es raus. Und das vor Hinnerk. So war das nicht geplant gewesen, dachte Matei und verfluchte sich selbst für ihre schnelle Rede.

Hinnerks Augen wurden groß. »Oh«, sagte er. Die Neuigkeit überforderte ihn sichtlich.

»Und du bist der Erste, mit dem ich darüber spreche«, fügte Matei hinzu.

Hinnerk nickte, noch immer mit großen Augen. »Also dat is' … Ich meine, min Deern. Ach du je …« Er nahm seine Mütze vom Kopf und strich sich durch sein graues Haar.

»Musst nix sagen.« Seine Unbeholfenheit brachte Matei zum Lächeln.

»Es ist ja auch noch nicht ganz sicher. Deshalb wollte ich zu Oberschwester Alwine. Sie ist auch Hebamme. Mit ihr rede ich lieber darüber als mit dem Arzt. Ist doch eher so ein Mädchending.«

Hinnerk nickte.

»Du darfst es aber noch keinem verraten. Und schon gar nicht Jan.« Matei hob mahnend den Zeigefinger.

»Kein Sterbenswort sag ich«, antwortete Hinnerk. »Fest versprochen. Bis du es sagst, natürlich, min Deern. Ach, wat ist dat für eine Freude. Endlich gibt es mal gute Nachrichten. Jan wird ganz aus dem Häuschen sein, wenn er davon erfährt.«

»Ja, das wird er.« Matei strich sich mit einem ganz eigenen Glanz in den Augen über ihren noch flachen Bauch. Hinnerk rührte diese Geste. Genau dieses besondere Strahlen hatte auch seine Rieke in den Augen gehabt, als sie schwanger gewesen war. Leider hatte sie nur eines ihrer Kinder gesund zur Welt bringen können. Aber diesen Umstand musste er Matei ja nicht auf die Nase binden.

»Also ich finde, wir sollten diese Neuigkeit begießen«, sagte er. »Und so ein Köm tut ja auch dem Magen gut.«

»Oh, lieber nicht«, antwortete Matei. »Ich mache mir einen Kräutertee. Den vertrage ich noch am besten.«

Hinnerk nickte seufzend. Es war offensichtlich, dass er den Köm gern getrunken hätte.

»Gut, dann geh ich mal wieder.« Er stand auf. »Ich muss mal nach meinen Schafen sehen. Vielleicht haben sie sich ja inzwischen an den Seetang gewöhnt. Grüß mir Elin recht lieb.« Er trat zur Tür, Matei hielt ihn zurück.

»Und bitte auch kein Wort zu Rieke«, sagte sie. »Wenn sie es weiß, wissen es bald alle.«

»Willst du damit etwa sagen, dat meine Rieke eine Klatschtante is'?«, fragte Hinnerk.

»Nein, das will ich nicht. Aber du weißt doch, wie das mit guten Neuigkeiten ist. Die kann man schlecht für sich behalten. Und dieses Mal würde ich sie gern persönlich verbreiten.«

»Dat versteh ich. Ich schweige wie ein Grab«, antwortete Hinnerk und fuhr mit seiner rechten Hand über seine Lippen. »Der Mund ist fest verschlossen.«

Matei beobachtete, wie er wenige Augenblicke später über den Hof davonging. Es hatte zu schneien begonnen. Dicke weiße Watteflocken fielen vom Himmel. Es war der erste Schnee dieses Winters. Und auch wenn er Kälte und Frost bedeuten konnte, was bei dem Mangel an Kohlen in diesem Jahr durchaus ein Problem darstellen würde, konnte sie nicht umhin, sich über die Flocken zu freuen. Sie legte die Hand auf ihren Bauch, lächelte versonnen und sagte leise: »Es ist so schön, dass du da bist, mein Kleines.«

30. KAPITEL

Keitum, 24. Dezember 1916

»Also bei uns gibt es Ente«, sagte Tesje Brodersen. »Die hat mein Hauke aus der Vogelkoje mitgebracht. Schön aus dem Ofen. Ich hab extra immer etwas Fett für den Braten abgezweigt. Dazu Rübenpüree. Kartoffeln waren leider nirgendwo zu bekommen. Selbst bei dir nicht, Moild. Und derweil bist du doch immer so gut sortiert.« Tesjes Stimme klang verschnupft. Sie ließ ihren Blick über die größtenteils leeren Regale des Ladens schweifen. Es gab noch einige der verhassten Kohlrüben, Gewürze, etwas Grieß, verschiedene Teesorten, Muckefuck und eingelegtes Gemüse, hauptsächlich Gurken. Milch, Eier und Mehl waren aus. Neben der Kasse lagen in einem Korb kleine Geschenktütchen, die hausgemachte Bonbons enthielten. Lakritz und Himbeere waren besonders beliebt.

Moilds Miene verfinsterte sich.

»Kartoffeln sind aktuell so schwer zu bekommen wie Goldklumpen«, antwortete sie. »Und du wirst an den Rüben bestimmt nicht sterben, Tesje.«

»Sicher nicht, aber langsam hängen sie einem zum Hals heraus, und so nahrhaft wie Kartoffeln sind sie auch nicht. Auch fehlt es an Fett und Sahne, die machen so ein Püree doch erst richtig gut. Und die von dir versprochene Gemüselieferung kam auch nicht. Du hast gesagt, heute gäbe es frische Wurzeln. Und wo sind sie? Alles leer. Das nenn ich mal ein Weihnachtsfest. Backen ging auch nicht, weil mir das Mehl und das Fett fehlten.

Ein Weihnachten ohne Futjes. Dass ich das erleben muss. Es ist nur noch traurig. Ich weiß, man darf es nicht zu laut sagen, sonst kommt man in Teufels Küche. Aber es ist jetzt mal genug mit dem ständigen Krieg. So kann das ja nicht weitergehen.« Sie wandte sich zu der hinter ihr stehenden Elin um. »So siehst du das doch auch, oder, Elin? Ich meine, bei euch das mit dem Lazarett. Das ist bestimmt belastend, ständig die Verletzten zu sehen. Neulich ist ja auch einer der jungen Männer gestorben. Aber sag mal: Ihr bekommt doch Sonderzuteilungen. War da Mehl darunter? Ich kauf es euch auch ab. So ein Pfund vielleicht?«

»Über die genauen Lebensmittelbestände des Lazaretts kann ich dir leider keine Auskunft geben«, antwortete Elin. »Da hat Wiebke die Hand drauf.« Sie empfand es als bemerkenswert, wie rasch Tesje von dem Toten, er war auf dem Friedhof von St. Severin im kleinen Kreis bestattet worden, auf Futjes zu sprechen kam.

»Ach, Wiebke. Die gibt niemandem etwas«, maulte Tesje und winkte ab.

»War es das dann?«, fragte Moild. Ihre Stimme klang ungeduldig. »Wir sperren gleich zu.« Sie blickte demonstrativ auf ihre Armbanduhr.

»Ja, das war es dann«, grummelte Tesje und bezahlte ihre zwei Päckchen Bonbons.

Nachdem sie den Laden verlassen hatte, atmete Moild erleichtert auf.

»Entschuldige, Elin, dass du so lange warten musstest. Tesje wird mit jedem Tag anstrengender.«

»Nimm es ihr nicht krumm«, antwortete Elin. »Für uns alle sind die zunehmenden Einschränkungen schwer zu verkraften. Und ich kann Tesje schon irgendwie verstehen. Gerade an Weihnachten will man es nett haben.«

»Da ist was dran. Bei uns gibt es heute ebenfalls Entenbraten. Gottlob haben wir unsere Vogelkoje auf der Insel. Und, man darf es gar nicht laut sagen, ich weiß, aber ich hab uns bei der letzten Lieferung zwei Kartoffeln zur Seite gelegt. Die stampf ich gleich nachher unter die Rüben. Und zum Nachtisch gibt es rote Grütze und Friesenkekse. Ich hab neulich doch glatt im Keller ganz hinten im Vorratsschrank in einer Dose noch Mehl gefunden. Da hab ich gleich gebacken. Die werden wir uns zu einem feinen Pott Punsch schmecken lassen. Wie sieht es denn im Lazarett aus?«

»Gibt ebenfalls Ente. Dazu Püree aus Rüben und Kartoffeln. Wir haben vor einer Woche einen Sack Kartoffeln als Sonderzuteilung erhalten. Wiebke hütet ihn wie einen Goldschatz. Dazu gab es zwei Säcke Mehl, allerdings ist davon nicht mehr viel übrig. Sie hat Pfeffernüsse und Friesenkekse für die Männer gebacken. Sollen immerhin ein bisschen weihnachtliche Freude haben, wenn sie schon im Lazarett liegen, hat sie gesagt. Futjes können wir auch nicht machen. Uns fehlt das Fett zum Ausbacken, auch Hefe haben wir keine bekommen. Wiebke ist deshalb arg traurig. Sie hat vorhin gemeint, ohne Futjes wäre es kein richtiges Weihnachten.«

»Wo sie recht hat. Aber es sind ja nicht nur die Futjes. Es fehlt so vieles.« Sie seufzte. »Aber immerhin schneit es. Das ist für die Kinder schön. Weiße Weihnachten haben wir ja nicht jedes Jahr. Ich hab deine Bestellung schon vorbereitet. Dreimal Lakritz-Bonbons und viermal Himbeere. War sonst noch was?« Moild legte die Bonbonpackungen auf den Verkaufstresen.

»Nein, das war alles«, antwortete Elin. »Hab vielen Dank. Sehen wir uns später in der Kirche?«

»Sicher doch. Ich sing noch immer im Chor. Immerhin, der Weihnachtsgottesdienst ist uns geblieben. Und vielleicht hilft ja das ganze Beten und der Herrgott hat ein Einsehen und der Krieg endet bald.«

Elin nickte, bezahlte die Bonbons und verabschiedete sich endgültig.

Draußen empfingen sie kalte Luft und dichter Schneefall. Die Flocken wirbelten nur so vom Himmel, und die Friesenhäuser sahen aus, als wären sie in Watte gepackt. Elin stapfte durch den Schnee und begann, *Ihr Kinderlein kommet* zu summen. Eigentlich hätte die Kälte, die nun bereits seit über einer Woche anhielt, kein Grund zur Freude sein sollen. In ihren Schlafkammern war es eisig, denn es fehlte an jeglicher Form von Heizmaterial. Väterchen Frost malte Eisblumen an die Fenster. Letzte Woche hatte sie schweren Herzens ihre Töpferwerkstatt geschlossen. Es war nicht mehr zu verantworten, den Brennofen in Betrieb zu halten. Auch mit dem Petroleum mussten sie inzwischen sparsam umgehen. So saßen sie nun öfter bei Kerzenlicht abends in der Stube, und Wiebke wurde nicht müde zu schimpfen, dass ihr das schlechte Licht die Augen verderbe. Auch im Lazarett musste mit dem Heizmaterial gespart werden. Es wurden nur noch der Krankensaal, die Küche und das Arztzimmer beheizt. Alle anderen Räume im Haus blieben kalt.

Elin erreichte das Herrenhaus. Und sie hielt trotz des kräftigen Schneefalls an, um es zu betrachten. Der vertraute Anblick vermittelte ihr das Gefühl von Geborgenheit. Das alte Kapitänshaus sah aus, als würde es im Schnee versinken, in der Stube brannte Licht. Sie sah Matei am Fenster sitzen. Sie hatte einen Pinsel in der Hand, den Blick konzentriert auf etwas gerichtet. Elin wusste, dass Matei sich damit beschäftigte, die neuen Figuren für den Jöölboom zu bemalen. Sie hatte sie vor einigen Tagen aus Ton angefertigt und sie in ihrem Küchenofen gebrannt. Der Anblick sorgte dafür, dass sich ein wohlig warmes Gefühl in Elin ausbreitete. Matei war da. Ihre Schwester, die einzige Familie, die ihr noch geblieben war. Und im neuen Jahr würde sie Tante werden. Elin konnte es noch gar nicht glauben. Gestern waren sie doch noch Kinder gewesen, und heute waren sie erwachsen, hatten Verantwortung, Matei wurde Mutter. Die Jahre liefen dahin, und sie liefen mit. Ein Windstoß wirbelte Elins Röcke auf und fegte den Schnee vom Dach. Sie fröstelte. Ein warmer Tee würde ihr bestimmt guttun. Und vielleicht konnte sie Matei beim Bemalen der Figuren ja noch ein wenig behilflich sein.

Als sie die Küche betrat, blickte ihre Schwester auf.

»Liebe Güte, Elin«, sagte sie. »Du siehst ja aus wie ein Schneemann.«

»Es schneit auch wie verrückt draußen. Es scheint, als wollte der liebe Gott all die nassen und verregneten Weihnachtsfeste der letzten Jahre mit einem Schlag wiedergutmachen. Er übertreibt es gerade ein wenig.« Sie lächelte, schälte sich aus ihrem Mantel und hängte ihn, sowie Schal, Mütze und Handschuhe, sogleich über die Ofenstange zum Trocknen.

Matei schenkte ihr Tee ein, und Elin gesellte sich zu ihr an den Tisch. Sie ließ ihren Blick über die bemalten Figuren schweifen. »Du bist ja schon fast fertig. Und ich dachte, ich könnte dir helfen.«

»Na ja. Viel ist es nicht, was bemalt werden muss.« Matei lächelte. »Ich male dem Hahn jetzt nur noch einige Federn, und er bekommt ein Auge. Die Figuren sind doch eher neutral und nicht kunterbunt.« Sie zwinkerte Elin zu. »Der Jöölboom steht auch schon in der Stube. Wenn du magst, können wir ihn nachher gemeinsam schmücken.«

Elin nickte und erkundigte sich nach Jan.

»Er kommt gegen Abend. Heute hat er Dienst am Hafen. Es muss die neu eingetroffene Ware entgegengenommen und nach Westerland gebracht werden.«

Elin fiel auf, dass Mateis Hände plötzlich zitterten. Sie lächelte.

»Du willst es Jan heute endlich sagen, oder?«, fragte sie.

»Ich hätte es längst tun sollen«, antwortete Matei. »Aber bisher hat sich keine Gelegenheit ergeben. Ständig war er unterwegs. Wir haben uns in den letzten Wochen immer nur kurz gesehen. Und so etwas kann man doch nicht zwischen Tür und Angel sagen.« Sie malte dem Hahn sein Auge auf. »Ich dachte, vielleicht auf dem Weg zur Christmette. Da können wir ein Stück hinter euch laufen. Was meinst du?«

»Gute Idee«, meinte Elin.

Eine Bewegung auf dem Hof ließ die beiden aufmerken. Es war Hinnerk, der mit seinem Fuhrwerk vorfuhr.

»Da kömmt der Weihnachtsbaum für das Lazarett«, sagte Matei. »Wollen wir beim Schmücken helfen?«

»Wieso nicht«, antwortete Elin. »Das hat die letzten Male immer großen Spaß gemacht. Unseren kleinen Jöölboom können wir danach immer noch dekorieren.«

Die beiden wickelten sich rasch in wollene Tücher und eilten durch den noch immer starken Schneefall zum Herrenhaus hinüber. Dort trafen sie im Treppenhaus auf Hinnerk. Er legte gerade den in ein Netz gehüllten Baum ab und klopfte sich den Schnee von seinem Mantel.

Wiebke kam aus der Küche. Sie sah etwas zerzaust aus, ihre Wangen waren gerötet, und ihre Schürze wies einige Flecken auf. In der Hand hielt sie einen Kochlöffel.

»Moin, Hinnerk. Da bist du ja endlich. Wir dachten schon, dat wird dieses Jahr mit dem Baum nix mehr.«

»Wäre es auch fast nicht«, antwortete er. »Dat ist aber auch ein Schietwetter da draußen. Gleich dreimal bin ich mit dem Wagen stecken geblieben. Ich weiß, weiße Weihnachten und die

Romantik und das Gedöns. Aber wegen mir hätte es dat heute nicht gebraucht.«

Oberschwester Alwine tauchte auf.

»Ach, da ist der Baum ja endlich«, sagte sie und erntete dafür einen solch finstern Blick von Hinnerk, dass sie den Kopf einzog. Elin musste grinsen.

Martin Graber trat aus seinem Behandlungszimmer, ihm folgte einer seiner Patienten auf Krücken. Es war Paul Weingart. Er war an der Ostfront verletzt worden, und sein rechtes Bein hatte gerade so gerettet werden können. Ob er jemals wieder richtig laufen würde können, stand in den Sternen. Doch der junge, aus Erfurt stammende Mann, er war gerade mal zwanzig Jahre alt, redete von nichts anderem, als zu seinem Regiment und seinen Kameraden zurückkehren zu wollen. Er glaubte tatsächlich noch an einen Siegfrieden und hatte erst neulich mit einem seiner Kameraden, der kriegsmüde war, einen handfesten Streit angezettelt, sogar handgreiflich waren die Männer geworden. Matei ließ sein Anblick an die erst neulich gesprochenen Worte des amerikanischen Präsidenten Wilson denken, die ihnen allen Mut auf ein baldiges Kriegsende gemacht hatten. Er hatte sämtliche Kriegsparteien aufgefordert, ihre Kriegsziele und Friedensbedingungen offenzulegen. Dass so offen über den Frieden gesprochen wurde, gab Hoffnung. Es wäre doch zu schön, wenn der Krieg im neuen Jahr endlich ein Ende finden würde.

»Da ist ja der Weihnachtsbaum. Wie wunderbar«, sagte der Arzt. »Soll ich beim Aufstellen behilflich sein? Ich bin gut darin.«

Hinnerk nahm das Angebot an. So wanderte der Baum in den Krankensaal und wurde an dem bereits freigeräumten Eck am Fenster platziert. Martin Graber nahm es mit dem geraden Stehen des Baums äußerst genau.

»Ein Stück nach rechts, nein, nach links. Wir müssen ihn noch justieren, nein, so nicht. Ja, besser. So geht es.« Hinnerk kam unter dem Baum hervorgekrochen. Seiner Miene war anzusehen, dass ihm der Perfektionismus des Arztes so gar nicht passte. »Also dat ist jetzt gut so«, sagte er. »Dat geht nicht mehr anders. Dat ist ein Weihnachtsbaum und keine Wissenschaft.«

»Also der steht kerzengerade«, sagte einer der Patienten. Andere stimmten zu. »Und er ist gut gewachsen. Kein dürrer Asten.« Dieser Kommentar kam von einem aus Hessen stammenden Burschen, der leider eine üble Gesichtsverletzung erlitten hatte und sein Leben lang von schweren Narben gezeichnet sein würde.

»Dann können wir ja mit dem Schmücken beginnen«, sagte Matei freudig. Sie liebte es, die schimmernden Kugeln, Kerzen und das Lametta am Baum zu verteilen.

Die Kisten mit dem Schmuck standen schon bereit, und sie öffnete eine von ihnen. Gerade als sie die erste Packung Kugeln öffnete, sprach Hinnerk sie an.

»Matei, kann ich mal kurz mit dir schnacken? So unter vier Augen?«

Sie sah ihn verwundert an, folgte ihm dann aber ins Treppenhaus.

»Es ist so«, begann er und trat unsicher von einem Fuß auf den anderen. »Ich hab vorhin Jan am Hafen getroffen, und es könnte sein, dass ich mich da so ein kleines bisschen verplappert …« Weiter kam er nicht.

»Nein«, rief Matei fassungslos. »Du hast mir fest versprochen, nichts zu sagen.«

»Ja, schon. Aber wer kann denn ahnen, dat du es so lange Zeit für dich behältst?«, versuchte sich Hinnerk rauszureden. »Ich meine, dat ist doch eine schöne Neuigkeit. Dat muss er doch wissen.«

»Er war doch nie da, und wenn, dann nur ganz kurz«, antwortete Matei. »Wie soll ich ihm denn bitte so etwas sagen, wenn wir uns nur wenige Minuten sehen?« Wut stieg in ihr auf. Dass Hinnerk ihr das antun musste. Aber sie war auch selber schuld. Sie hätte sich ihm gegenüber nicht verplappern dürfen. Es hatte ja so kommen müssen. »Ich wollte es ihm heute Abend auf dem Weg zum Gottesdienst sagen. Jetzt ist er bestimmt enttäuscht.« Tränen stiegen in ihre Augen. Sie hatte sich alles so schön ausgemalt. Sie wären mit Abstand zu den anderen gelaufen, er hätte den Arm um sie gelegt. Sie wäre stehen geblieben, sie hätte es ihm gesagt, er hätte sie in den Arm genommen und geküsst. Bereits die Vorstellung des Augenblicks hatte für ein warmes Gefühl in ihrem Bauch gesorgt. Und nun würde es diesen Moment nicht geben.

Hinnerk zog den Kopf ein. »Dat tut mir jetzt echt leid. Aber gefreut hat er sich. Dat kann ich dir sagen. Bitte nicht weinen.«

Matei heulte trotzdem. Die Tränen ließen sich nicht aufhalten. Sie kullerten über ihre Wangen, und ihre Nase begann zu laufen.

Die Eingangstür öffnete sich. Jan trat ein. Das jetzt auch noch. Sie hatte keine Minute Zeit gehabt, sich auf die neuen Gegebenheiten einzustellen. Sein Blick blieb an ihr hängen. Doch er war nicht wütend oder gar böse. Er kam auf sie zugelaufen und nahm sie in die Arme. Sie schrie auf, denn er war von oben bis unten mit Schnee bedeckt.

»Matei, Liebes. Stimmt es, was Hinnerk gesagt hat? Wir bekommen ein Kind? Endlich bekommen wir ein Kind?«

Matei nickte vollkommen perplex. »Ja, es stimmt«, antwortete sie. »Wir bekommen ein Kind. Es ist, ich habe …« Er ließ sie nicht ausreden.

»Was für eine Freude. Habt ihr gehört?«, rief er übermütig in die Runde. Die Aufregung im Flur hatte die anderen näher treten lassen. Elin, Wiebke, Oberschwester Alwine, Doktor Graber und sogar einige Patienten standen nun im Treppenhaus. »Wir bekommen ein Kind. Ich werde Vater.« Er drückte Matei freudig an sich und gab ihr einen Kuss. Sie wusste gar nicht, wie ihr geschah. Alle Umstehenden klatschten Beifall, und es wurde gratuliert. Selbst Elin fiel Matei, von der im Raum liegenden Stimmung mitgerissen, freudig um den Hals, obwohl sie längst von dem Baby wusste.

Wiebke hatte es noch nicht gewusst und drückte Matei fest an sich.

»Ich muss blind gewesen sein«, sagte sie. »Normalerweise hab ich doch für so was immer ein Auge.«

Auch Alwine gratulierte noch einmal und zwinkerte Matei verschwörerisch lächelnd zu. Sie hatte ihr gestern nach einer Untersuchung (Matei war wegen eines Ziehens im Unterleib unsicher gewesen) versichert, dass alles in bester Ordnung sei.

Hinnerk wirkte erleichtert. »Dat ist aber auch schön«, sagte er. »Solche Nachrichten sind gut für die Seele. Und dat an Weihnachten. Dat sollten wir betrinken. Wat meint ihr? So ein kleiner Köm?«

Sämtliche Anwesende stimmten zu, und Wiebke trollte sich in die Küche, um rasch Gläser und den Kümmelschnaps zu holen. Bald darauf wurde angestoßen, sämtliche Männer im Lazarett, es waren zwanzig an der Zahl, tranken freudig mit. Matei nippte an ihrem Glas und spürte, wie sich die Wärme des Alkohols in ihrem Magen ausbreitete. Jan hielt sie noch immer im Arm. Es schien, als wollte er sie gar nicht mehr loslassen. Er strahlte über das ganze Gesicht. Hundert Male hatte sie sich in den letzten Tagen ausgemalt, wie sie ihm sagen würde, dass er Vater wurde. Und nun war alles anders gekommen. Doch es fühlte sich in diesem Augenblick richtig und wunderschön an. Sie legte die Hand auf ihren Bauch und spürte ein ganz neues Gefühl in ihrem Inneren. Es war wie ein Kribbeln, das in jeden einzelnen Winkel ihres Körpers drang. Ein Lächeln umspielte ihre Lippen. Bald schon würden sie eine Familie sein, und sie eine Mutter. Sie konnte es kaum erwarten.

31. KAPITEL

Keitum, 27. Januar 1917

»Ich weiß, es ist Kaisers Geburtstag«, sagte Wiebke im Flüsterton zur neben ihr sitzenden Matei. »Und er muss gefeiert werden. Aber ich finde, dat ist der blanke Hohn. Habt ihr das Kuchenbüfett gesehen? Da steht sogar eine Friesentorte mit echter Sahne. Wisst ihr, wie lange ich in meiner Küche keine echte Sahne mehr gehabt habe? Sogar Milch ist inzwischen häufig Mangelware. Und es gibt Streuselkuchen und Hefegebäck.«

»Die Bäckereien auf der Insel haben extra zur Feier des Tages Sonderzuteilungen erhalten«, antwortete Matei mit vollem Mund. Auf dem Teller vor ihr lag ein Stück Friesentorte.

»Dafür gibt es dann plötzlich Extrawürste. Und vorher lassen sie uns wochenlang am ausgestreckten Arm verhungern«, entgegnete Wiebke. »Und den ganzen Kram haben sie dann auch noch mit den Eisbooten auf die Insel geschafft. Dat muss man sich mal vorstellen. Für Sahne und Hefe müssen sich unsere Insulaner in Lebensgefahr begeben. Über die restliche Dekadenz rede ich gar nicht. Heute gibt es lecker Kuchen, und morgen müssen wir wieder Muckefuck trinken und Kriegsbrot essen. Dat Fest hätten wir uns sparen und die guten Lebensmittel besser an die Bedürftigen verteilen sollen.« Sie sprach nun nicht mehr mit gedämpfter Stimme. Matei sah sich mit besorgter Miene um. Solch ein Gerede hörte gewiss nicht jeder gern. Doch im Raum herrschte ein hoher Lärmpegel, zusätzlich spielte eine Tanzkapelle. Niemand nahm von Wiebke Notiz. Sie befanden sich im festlich geschmückten Saal des Landschaftlichen Hauses, wo heute des Kaisers Geburtstag gefeiert wurde. Girlanden hingen an der Decke und den Wänden, und es brannten Kerzen auf den Tischen. Es war auch ordentlich eingeheizt worden. Damit hatte es die Wirtin, ihr Name war Tatje Johansen, allerdings etwas übertrieben. An Heizmaterial wurde heute nicht gespart. Matei wedelte sich Luft mit einer Serviette zu. Abends sollte es ein Büfett und Tanz geben. Auf der Karte standen Fisch- und Krabbenbrote, auch warme Speisen wie Hühnchen in feiner Soße mit Schwarzwurzelgemüse. Das Geflügel stammte von Gesas Hof. Dort waren einige Hühner dem Kaisergeburtstag zum Opfer gefallen. Als Nachtisch war rote Grütze vorgesehen. Zu späterer Stunde würde dann auch der Alkohol in großen Mengen fließen. Wein und Bier standen bereit, ebenso Schnaps, Köm und süßer Likör für die Damen. Zu Kaisers Geburtstag wurden, so wie es schien, auch noch die letzten Vorräte aus den Kellern geholt.

Beinahe ganz Keitum hatte sich eingefunden und in Schale geworfen. Kinder hüpften auf der Tanzfläche herum, Jenni Gerdsen lachte mal wieder wie eine Ziege. Hinnerk, der am Nachbartisch mit einigen anderen Keitumern beisammensaß, gönnte sich bereits jetzt das erste Bierchen. Seine Rieke hatte sich einige Tische weiter zu den Damen des Keitumer Frauenvereins gesellt. Wiebke blickte immer wieder in deren Richtung. Ihre Freundin Inke war ebenfalls Mitglied im Frauenverein und saß bei den Damen am Tisch. Wiebke hatte in den letzten Monaten auch darüber nachgedacht, dem Verein beizutreten. War ja ganz nett. Es gab Strickabende, manche der Damen trafen sich zum Kartenspiel, man half sich gegenseitig und organisierte Feierlichkeiten. Es gab nur leider ein Problem: Die Leitung hatte Trude Peters inne, und mit der konnte Wiebke so gar nicht. Wegen ihr hatte sie einen heftigen Streit mit Inke gehabt, und seitdem redeten die beiden kein Wort mehr miteinander. Es tat Matei in der Seele weh, Wiebke dabei zu beobachten, wie sie immer wieder zu dem Damentisch hinüberblickte. Sie wollte ja eigentlich nur dazugehören. Aber genau dieser Umstand gestaltete sich nicht einfach. Laut Trude konnte nur jemand zum Keitumer Frauenverein gehören, der mindestens fünfzehn Jahre in dem Ort lebte. Sonst könnte ja jeder zugelaufene Westerländer Tourist meinen, er könne hier Mitglied werden und in die Traditionen reinreden. Da war Trude stur. Und da Wiebke noch keine fünfzehn Jahre in Keitum lebte und dazu eine Zugereiste vom Festland war, fand sie in ihren Augen keine Gnade. Und das, obwohl Wiebke diejenige gewesen war, die für die Pakete mit den Liebesgaben am allermeisten gestrickt und sich mit großem Einsatz an den beiden Wohltätigkeitsbasaren für die Kriegshilfe beteiligt hatte. Inke hielt zu Trude. Und Regeln waren nun einmal Regeln. Die ließen sich nicht so einfach umgehen. Gab es einmal eine Ausnahme, gab es sie immer. So konnten Wiebke der Frauenverein und Inke nun gestohlen bleiben. Sollten sich dünne machen mit ihrer Vereinsmeierei. Doch ihr Geschimpfe täuschte nicht darüber hinweg, dass sie traurig war und sich ausgeschlossen fühlte. Und nun saß sie hier und blickte sehnsuchtsvoll zu den Frauen hinüber, die sich gerade köstlich über irgendetwas zu amüsieren schienen und wie die Hühner gackerten.

Eine Gruppe Inselwächter betrat den Raum und zog Mateis Aufmerksamkeit auf sich. Doch Jan war, wie von ihr erhofft, nicht unter ihnen. Sie ließ die Schultern sinken. Bereits den ganzen Tag wartete sie voller Sehnsucht auf ihn. Er hatte sich vor drei Tagen einer Gruppe Eisschiffer angeschlossen, die von Munkmarsch aus Richtung Hoyer aufgebrochen waren. Schließlich gehörte er zur Versorgungstruppe, und als Insulaner kannte er sich hervorragend mit dem gefrorenen Watt aus. Nicht zum ersten Mal ging er dieser Tätigkeit zur Warenbeschaffung nach. Doch nachdem er gestern Abend nicht zurückgekehrt und auch heute Morgen nicht aufgetaucht war, mehrte sich in Matei die Besorgnis. Hoffentlich war den Männern bei der gefährlichen Überfahrt nichts zugestoßen.

Elin, die neben Matei saß, schien ihre Gedanken zu erraten. Beruhigend legte sie die Hand auf ihren Arm. »Er wird bestimmt bald hier sein. Die Männer sind doch öfter mehrere Tage weg. Sie sind allesamt erfahrene Insulaner, die nicht zum ersten Mal mit den Eisbooten rausgefahren sind. Es wird bestimmt alles gut gehen.«

»Hast ja recht«, antwortete Matei. »Es wäre eben schön gewesen, ihn heute zu dem Fest an meiner Seite zu haben. Aber vielleicht kommt er ja noch.« Sie bemühte sich um ein Lächeln und strich Elin eine Haarsträhne aus der Stirn. Ihre Schwester sah heute ausgesprochen hübsch aus. Sie hatte ihr blondes Haar zu mehreren Zöpfen geflochten und diese kunstvoll am Hinterkopf festgesteckt. Nur wenige Locken ringelten sich auf ihre Schultern herab. Sie trug ein hellblaues, eher schlicht gehaltenes Kleid. Ein samtener Gürtel betonte ihre Taille. Elin war der Mangel anzusehen. Sie war in den letzten Wochen schmaler geworden, ihr Kinn spitzer. Dünner sollte sie nicht mehr werden, hagere Frauen mochte kein Mann. An den richtigen Stellen brauche es Kurven, so hatte es Anna öfter zu ihnen gesagt. Matei selbst hatte sich nach langem Hin und Her für ein schlichtes weinrotes Samtkleid entschieden. Es stammte aus Annas Nachlass, und sie hatte es erst vor Kurzem bei der Schneiderin ändern lassen. Den Saum etwas kürzer, die goldenen Knöpfe waren durch schwarze ausgetauscht worden. Hinzu kam ein neuer Taillengürtel, ebenfalls in Schwarz. Elin hatte Mateis Haar am Hinterkopf hochgesteckt und unter ein schwarzes Haarnetz geschoben, das mit funkelnden schwarzen Steinen verziert war. Einige Strähnen fielen in ihr Gesicht. Elin war im Gesicht hagerer geworden, Mateis Wangen durch die Schwangerschaft voller.

»Du siehst strahlend schön aus«, hatte Elin zu ihr gesagt und sie mit einem ganz besonderen Blick angesehen, der Matei verlegen gemacht hatte. Seitdem sie schwanger war, hatte sich ihr Miteinander verändert. Matei konnte nicht beschreiben, was es war. Aber Elin ging anders mit ihr um. Oder bildete sie sich das nur ein? Sie hatte mit Gesa darüber gesprochen. Schließlich war sie ebenfalls schwanger, und das schon zum dritten Mal. Also war sie in Mateis Augen eine Fachfrau, die man mit den seltsamsten Fragen löchern konnte. »So eine Schwangerschaft lässt einen gern mal launisch werden«, hatte Gesa lachend geantwortet. Da solle sie nicht zu viel darauf geben. Sie war inzwischen im siebten Monat und bereits recht rund.

Lehrer Lämpel betrat die geschmückte Bühne. Er hatte sich dem Anlass entsprechend herausgeputzt und trug Frack und Fliege, auf seinem Kopf thronte sogar ein Zylinder. Er wirkte etwas nervös und schob seine nach unten gerutschte Nickelbrille nach oben. Hinter ihm versammelten sich die Kinder der zweiten Klasse. Auch sie waren hübsch zurechtgemacht. Die Mädchen trugen ihre feinsten Kleider und Schleifen in den Haaren. Die Jungen hatten saubere Hemden an, und die meist blonden Haare waren ordentlich gekämmt. So fein gekleidet kannte man die Racker kaum, die ansonsten eher mit kurzen Hosen, wuscheligen Haaren und mehr oder weniger schmutzig auf den verwinkelten Gassen und Wegen Keitums spielten und tobten. Nun waren ihre Mienen ernst, und sie standen wie die Zinnsoldaten. Nur Ole Martensen tanzte etwas aus der Reihe und zog mal wieder Grimassen.

»Meine lieben Freunde«, erhob Lehrer Lämpel das Wort. »Ein Jahr ist vergangen, und erneut feiern wir Kaisers Geburtstag. Mögen unserem lieben Kaiser weiterhin Gesundheit, Glück und

Freude beschieden sein. Ich persönlich wünsche ihm ganz besonders Zuversicht im Kampf gegen den Feind und Erfolg. Lasst uns darauf hoffen, dass uns sein neues Lebensjahr den ersehnten Frieden und den Sieg unseres so wunderbaren Landes bringen wird.«

Es ertönte kurz Beifall, und Zustimmungsrufe waren zu hören. Matei klatschte ebenfalls, jedoch nur halbherzig. Frieden wäre wunderbar, aber einen Sieg benötigte sie nicht mehr. Ihr würde es reichen, wenn sich die Kriegsparteien irgendwie auf einen Verständigungsfrieden einigen könnten, wobei natürlich jede Nation ihr Gesicht wahren sollte.

»Es ist ja nun bereits seit Längerem Tradition, dass die Schüler der zweiten Klasse dem Kaiser ein Ständchen singen. Und so ist es auch in diesem Jahr nicht anders. Also räume ich nun die Bühne für die wunderbaren jungen Sänger und wünsche Ihnen allen noch ein schönes Fest.« Er verneigte sich kurz. Erneut wurde geklatscht. Als es wieder ruhig geworden war, begannen die Kinder, ihr einstudiertes Lied zu singen:

»Heut lasst uns stramm marschieren,
weil wir Soldaten sind.
Dem Kaiser gratulieren,
das wollen wir geschwind.
Ein Wünschlein weiß ein jedes
aus unsrer Kinderschar.
Das bringen wir voll Freude
dem Kaiser Wilhelm dar.
Viel können wir nicht sagen,
drum rufen alle noch:
Der liebe deutsche Kaiser,
er lebe dreimal hoch.
Hoch, hoch, hoch!«

Sämtliche Anwesende stimmten in die Hochrufe mit ein, und es wurde fleißig Beifall geklatscht. Die Kinder verbeugten sich mit strahlenden Augen. Es war ein gelungener Auftritt. Matei legte ihre Hand auf den Bauch. Dieser war noch immer flach. Doch es würde nicht mehr lange dauern, bis sich die erste Wölbung zeigen würde. Sie hatte nun die kritischen ersten drei Monate überstanden, und auch die Übelkeit hatte nachgelassen. Hin und wieder zog es ein wenig im Bauch, aber das sei normal, hatte ihr Alwine erklärt. Schließlich wachse in ihr ein kleines Menschlein heran, das immer mehr Platz einnehme. Ein kleines Menschlein, das irgendwann wie diese Kinder vielleicht auf der Bühne stehen und dem Kaiser ein Geburtstagslied singen würde. Matei wünschte sich ein Mädchen, Jan wollte natürlich einen Jungen. Er hatte die frohe Kunde sofort den künftigen Großeltern auf Amrum mitgeteilt, die nun ganz aus dem Häuschen waren und so bald wie möglich zu Besuch kommen wollten. Ein erstes Geschenk, selbst gestrickte Babyschühchen, sie waren in neutralem Gelb und Grün gehalten, war letzte Woche von ihrer Schwiegermutter eingetroffen und hatte Matei zu Tränen gerührt.

Die Tanzkapelle begann erneut zu spielen, und die ersten Gäste entschlossen sich dazu, das Tanzbein zu schwingen. Ein junger Mann näherte sich ihrem Tisch. Er hatte hellbraunes Haar und leuchtend blaue Augen. Keiner von ihnen hatte ihn bisher in Keitum gesehen. Er forderte Elin zum Tanz auf. Sie ließ sich von ihm auf die Tanzfläche führen. Es war ein Straußwalzer, der gespielt wurde. Matei und Wiebke beobachteten mit Argusaugen, wie sich die beiden im Kreis drehten.

»Hast du den schon mal hier gesehen?«, fragte Wiebke.

Matei schüttelte den Kopf. »Von der Inselwache scheint er nicht zu sein, denn er trägt keine Uniform.«

»Er sieht gut aus«, sagte Wiebke.

»Ja, das tut er«, antwortete Matei.

Der Straußwalzer endete, und es wurde ein langsamerer Tanz gespielt. Elin und der Unbekannte tanzten weiter. Sie schienen sich gut zu unterhalten, denn Elin lachte.

»Er scheint nett zu sein«, sagte Wiebke.

»Ja, dem ist wohl so«, erwiderte Matei.

Elins Augen strahlten regelrecht. Matei kam Anna in den Sinn. Sie hatte immer davon geredet, dass es zwischen ihr und Paul Liebe auf den ersten Blick gewesen sei. Vielleicht war es in diesem Fall ebenso.

Matei dachte daran, wie sie Jan zum ersten Mal begegnet war. Sogleich hatte sie sich zu ihm hingezogen gefühlt. War es eher Sympathie, eine gewisse Form von Anziehungskraft? Liebe auf den ersten Blick klang romantischer. Der Tanz endete, und die Kapelle kündigte eine Pause an. Der junge Mann brachte Elin zurück an den Tisch und verabschiedete sich mit einer Verbeugung. Als er außer Hörweite war, begann Matei, Elin sofort auszufragen.

»Wer ist das?«

Elin war von dem Tanz ganz außer Puste und trank erst einmal von ihrem Wasser. Matei sah sie ungeduldig an. Sie platzte bald vor Neugierde.

»Jetzt red schon, min Deern«, sagte nun Wiebke.

»Sein Name ist Gerhard Bömer. Er kommt aus Berlin, ist Journalist und arbeitet als Kriegsberichterstatter. Er weilt bereits seit einigen Wochen auf der Insel, hält sich aber zumeist bei den Fliegern auf dem Ellenbogen auf. Ein befreundeter Inselwächter hat ihn heute nach Keitum mitgenommen.«

»Ein Kriegsberichterstatter also. Was will der denn bei uns auf der Insel?«, fragte Wiebke. »Tun zwar alle immer recht wichtig und ständig wird irgendwo was Neues aufgebaut, aber bisher haben wir noch nicht viel Krieg gesehen. Bestimmt gibt es anderswo spannendere Dinge zu berichten.«

»Bedeutet das etwa, dass du dir Kampfhandlungen auf der Insel wünschst?«, sagte Matei.

»Nein, natürlich nicht«, erwiderte Wiebke. »Dat is schon gut, dass die Engländer fortbleiben. Aber was berichtet der junge Mann denn dann? Wie die am Ellenbogen die Flieger und Boote putzen? Im Moment steht wegen der Kälte und dem Eis auch noch alles still.«

»Vielleicht finden die in Berlin es ja interessant, wie es auf den Inseln so ist«, antwortete Elin. Ihr Blick wanderte immer wieder zu Gerhard, der an einem Tisch der Inselwächter saß und sich mit den Männern gut zu unterhalten schien. »Für Festländer ist so ein Inselbetrieb ja gänzlich unbekannt.«

»Da ist wat dran«, meinte Wiebke. »Was wir langweilig finden, finden die bestimmt spannend.«

Die Tanzkapelle begann kurz darauf wieder zu spielen. Der Lazarettarzt Martin Graber näherte sich ihrem Tisch und blieb mit hochroten Wangen und schüchternem Blick vor Wiebke stehen. »Darf ich um diesen Tanz bitten?«, fragte er und hielt ihr die Hand hin. Wiebke sah ihn verdutzt an. Damit, dass sie aufgefordert wurde, hatte sie weiß Gott nicht gerechnet. Sie sah zu Matei, die sich ein Grinsen nicht verkneifen konnte.

»Wissen Sie, wie lange ich nicht mehr getanzt habe?«, fragte Wiebke. Die Tanzaufforderung war ihr sichtlich unangenehm, und ihr Blick wanderte zu den Damen des Frauenvereins. Gewiss würden sie sich über sie das Maul zerreißen. Eine Dame ihres Alters schwofte nicht mehr einfach so mit einem Verehrer über das Parkett. Andererseits empfand sie auch Genugtuung. Sollten sie ruhig neidisch sein. Mit den alten Hühnern tanzte doch schon lange keiner mehr.

»Ich bin ebenfalls etwas aus der Übung«, gab er zu. »Aber gemeinsam mit Ihnen werde ich diese Herausforderung gewiss meistern. Bitte, seien Sie so freundlich. Es wäre mir eine Ehre.« Sein Blick bekam etwas Flehendes.

Wiebke sah noch einmal zum Tisch des Frauenvereins. Die Damen waren etwas stiller geworden. Inke beobachtete die Tanzpaare und nippte an ihrem Weinglas. Sollten sie doch reden. Sie nahm die Aufforderung des Arztes an und erhob sich. Mit strahlenden Augen führte er sie auf die Tanzfläche und legte den Arm um ihre Taille. Die beiden setzten sich in Bewegung.

»Sie sind nicht ganz im Takt der Musik«, bemerkte Elin nach einer Weile.

»Ach, das ist nicht wichtig«, antwortete Matei lächelnd. »Jetzt ist sie ihm auf den Fuß getreten.«

»Ja, das ist sie. Er steckt es gut weg. Ein richtiger Gentleman.«

»Ja, das ist er«, erwiderte Matei und stützte das Kinn auf die Hand. »Wie romantisch. Vielleicht verlieben sie sich ja ineinander. Ich würde es Wiebke gönnen.«

Die beiden tanzten die gesamte Runde miteinander. Wiebke schien gar nicht genug davon bekommen zu können. Auch Elin wurde von Gerhard erneut aufgefordert. Matei blieb allein am Tisch zurück und fühlte sich etwas verlassen. Selbst Gesa tanzte noch, obwohl sie so rund war.

Während der nächsten Tanzpause wurde das von fleißigen Helfern aufgedeckte Abendbüfett eröffnet, und es begann im wahrsten Sinne des Wortes die Schlacht ums Essen. Besonders die Landfrauen bewiesen dabei Ellbogenkunst. Jede von ihnen schleppte einen gut gefüllten Teller zum Tisch. Matei hatte es gerade so geschafft, sich einen Hühnerschenkel und etwas Schwarzwurzelgemüse zu erobern. Elin hatte zwei Krabbenbrote auf dem Teller liegen, und Wiebke hatte sich ein Schälchen rote Grütze gesichert. »Die ist mir sowieso am liebsten«, sagte sie und löffelte die süße Nachspeise in sich hinein. Elin schenkte Wein nach. Sie hob ihr Glas und blickte zum Tisch von Gerhard hinüber. Er sah ebenfalls zu ihnen, hielt sein Weinglas in die Höhe und prostete ihr zu. Elin spürte ein wunderbares Kribbeln in ihrem Inneren, das sie so noch nie empfunden hatte. Sollte es wirklich sein, dass es nun so weit war und sie sich verlieben würde? Aber es war doch nur ein wenig Getändel. Das kannte sie bereits von den vielen Tanztees und Abendveranstaltungen, die sie vor Pauls Tod erlebt hatte. Aber solche Gefühle hatte bisher noch kein Mann in ihr ausgelöst. Würde sie ihn wiedersehen? Wie lange würde er noch auf der Insel bleiben?

Im nächsten Moment sprang Matei auf, lief zum Eingang und fiel Jan, der in Begleitung einiger Kameraden eben den Saal betreten hatte, mit einem lauten Quietschen um den Hals und küsste ihn übermütig.

»Ich hab doch gesagt, dat der Jung heil wiederkommen wird«, sagte Wiebke neben Elin.

Elin antwortete nicht. Die Tanzkapelle begann erneut zu spielen, und Gerhard stand auf und kam auf sie zu. In ihr kribbelte alles, ihre Hände zitterten, und ihr Herz schlug wie verrückt. Er führte sie erneut auf die Tanzfläche und legte den Arm um sie. Des Kaisers Geburtstag, dachte Elin. Vielleicht brachte ihr dieser Tag endlich das lang ersehnte Liebesglück, worauf sie nicht mehr zu hoffen gewagt hatte.

32. KAPITEL

Keitum, 10. März 1917

Elin nahm das weinrote Kleid zur Hand, trat vor den Spiegel und hielt es sich vor den Körper. Ihre Miene war skeptisch.

»Ich weiß nicht recht«, sagte sie. »Die Farbe lässt mich blass erscheinen, oder? Vielleicht doch besser die Kombination dunkelblauer Rock, weiße Bluse und beige Jacke?«

»Gefiel mir von Anfang an besser«, meinte Matei. »Du solltest dich auch langsam beeilen. Sonst fährt der Bus nach Westerland ohne dich ab. Und du willst doch nicht zu spät kommen.« Sie befanden sich in ihrer Kammer im alten Kapitänshaus. Matei saß an dem kleinen Tisch am Fenster und beschäftigte sich damit, Lakritze zu essen. Eigentlich hatte sie die nie gemocht. Aber seitdem sie schwanger war, konnte sie nicht genug davon bekommen.

»Dann ist es entschieden«, antwortete Elin und legte das weinrote Kleid zur Seite. »Kannst du das Korsett noch etwas enger schnüren? Ich will ja nicht wie eine Planschkuh aussehen.«

»Aber ich hab es doch schon so eng geschnürt, wie es ging«, erwiderte Matei. »Du sollst auch noch Luft bekommen. Außerdem bist du in den letzten Wochen nicht dicker, sondern dünner geworden. Guck doch mal in die Spiegel. Wenn du so weitermachst, wirst du noch ein richtiges Skelett. Lakritz?« Sie hielt Elin die Tüte hin.

»Hast ja recht.« Elin nahm sich eines der Bonbons. »Das liegt an dieser Schmalhans-Küchenkost, die wir ständig serviert bekommen. Es gibt kein Fleisch, kein Fett, kein Mehl. Und ich vertrage zu allem Übel diese elenden Kohlrüben nicht. Die Dinger bekommen meiner Verdauung so gar nicht. Da esse ich lieber gar nichts. Und dann dieses scheußliche Kriegsbrot. Moild hat mir erzählt, dass sie da Sägemehl untermischen. So schmeckt es auch. Ganz widerlich.« Sie schüttelte sich. »Selbst Milch ist Mangelware. Alles muss von den Bauern abgegeben werden. Gesa hat gesagt, ihr werden abgezählt die Eier für den Eigenbedarf gelassen. Das muss man sich mal vorstellen.« Sie schüttelte den Kopf, schlüpfte in Rock und Bluse und setzte sich an den Toilettentisch. Kritisch musterte sie ihr Spiegelbild. »Ich sehe aus wie eine Leiche, diese dunklen Ringe unter den Augen. Als ob ich drei Nächte nicht geschlafen hätte.« Sie griff zur Puderdose und begann, ihr Gesicht abzupudern. Matei fiel auf, dass Elins Hände zitterten. Sie lächelte. Elin war nervös. Sie schien tatsächlich etwas für den jungen Mann zu empfinden. Matei gönnte ihr das Glück, und vielleicht würde tatsächlich mehr daraus werden.

»Was hat Gerhard denn geplant? Weißt du was?«, fragte sie.

»Gar nichts«, antwortete Elin. »Auf der Karte stand etwas von einer Überraschung. Er will mich um fünfzehn Uhr in Westerland an der Bushaltestelle abholen.«

»Das klingt spannend«, erwiderte Matei. »Ich mag Überraschungen.«

»Ich weiß ehrlich gesagt noch nicht so recht, was ich davon halten soll.« Elin schminkte sich die Augen.

»Was schon«, meinte Matei. »Er macht dir den Hof. Das ist offensichtlich. Er ist aber auch gut aussehend, und er hat hervorragende Manieren. Mama hätte ihn auf den ersten Blick gemocht.«

»Ja, das hätte sie«, antwortete Elin. »Obwohl sie ihn vermutlich erst einmal nach seiner Herkunft und seiner finanziellen Situation ausgefragt hätte. Davon weiß ich noch gar nichts. Als wir neulich am Watt spazieren waren, haben wir ständig über mich und über Sylt geredet. Erst nachdem wir uns voneinander verabschiedet hatten, ist mir aufgefallen, dass wir die ganze Zeit nur von mir geredet haben. Vielleicht ist das ja ein schlechtes Zeichen und er ist ein armer Schlucker.«

»Das glaub ich nicht«, warf Matei ein. »Arme Schlucker tragen nicht solch feine Anzüge und haben keine guten Manieren. Und das schon gar nicht, wenn sie aus Berlin kommen.«

»Seit wann kennst du dich mit Berlinern aus?«, fragte Elin. Sie öffnete ihren Zopf und bürstete ihr Haar aus.

»Ich hab mit Alwine darüber geredet.«

»Du tratschst also hinter meinem Rücken.« Elin rollte ihr Haar am Hinterkopf auf und steckte es gekonnt mit einigen Haarnadeln fest. Sie prüfte das Ergebnis von allen Seiten und war zufrieden. Noch rasch eine Strähne an der Seite wieder herauszupfen, sonst sah sie zu streng aus.

»Ich mache mich nur kundig«, versuchte sich Matei herauszureden. »Und sag nicht, du hast hinter meinem Rücken nicht über Jan und mich geredet.«

»Vielleicht ein wenig«, antwortete Elin. Sie stand auf und drehte sich zu Matei um. »Wie sehe ich aus?«

Matei bat Elin, sich einmal im Kreis zu drehen, und nickte. »Perfekt. Genau richtig für den Anlass. Nicht zu schick, nicht zu alltäglich oder gewöhnlich.«

»Fein, dann will ich mal los.« Elin griff nach ihrem wollenen dunkelblauen Mantel und setzte einen passenden Filzhut auf. Auch ein Schal musste sein, denn es war noch kühl. Erst gestern hatte es in dicken weißen Flocken geschneit. So recht wollte der Frühling in diesem Jahr noch nicht einkehren.

»Ich begleite dich bis zur Bushaltestelle«, sagte Matei und stand auf. »Ich will ins Haus am Ingiwai und mal nach dem Rechten sehen.«

»Wann zieht ihr denn dort endgültig ein?«, fragte Elin und nahm ihre Tasche. »Jan ist ja jetzt schon seit einer Ewigkeit in Keitum stationiert. Dann könnt ihr doch dort gemeinsam wohnen.«

»Das dachten wir auch. Aber so einfach ist das nicht. Als Teil der Inselwache muss er auch nach Feierabend bei der Truppe bleiben. Und er hat verschiedene Dienste. Mal hat er Nachtschicht, dann ist er wieder einige Tage in Munkmarsch am Hafen eingeteilt, um sich dort um die neu eintreffenden Waren zu kümmern. Wir sind mit unserer Vorstellung von einem halbwegs geregelten Privatleben zu naiv gewesen.« Matei seufzte und legte die rechte Hand auf ihren Bauch. Sie sah aus, als würde sie gleich in Tränen ausbrechen. »Ach, wenn doch nur dieser dumme Krieg ein Ende finden würde. Dann könnten wir endlich ein normales Leben führen, und niemand würde uns mehr Vorschriften machen.«

»Ach Liebes«, Elin legte ihre Hand auf die von Matei, »es wird bestimmt bald alles vorbei sein. Die Rufe nach Frieden werden doch immer lauter. Sicher wird sich bald eine Lösung finden. Ich bin fest davon überzeugt, dass wir in diesem Jahr keine Kriegsweihnacht mehr feiern werden.«

»Darauf will ich hoffen«, antwortete Matei. »Es wäre zu schön.« Sie wischte sich über die Augen. »Ach, ich bin schon wieder so sentimental.« Sie bemühte sich um ein Lächeln. »Komm. Wir müssen los. Gleich fährt dein Bus.« Sie griff ebenfalls nach ihrem Mantel, und die beiden verließen die Kammer und eilten die Treppe nach unten.

Bald darauf saß Elin am Fenster des Busses und blickte auf die ersten Häuser Westerlands, die an ihr vorüberzogen. Es waren allesamt neu erbaute Gästehäuser. Inselfremde Architektur, von Zäunen und Gärten umgebene Anwesen, die so gar nichts mit dem alten Sylt zu tun hatten. In geschwungenen Lettern standen meist die Namen der Häuser über dem Eingang, auf den Hauswänden. *Haus Rohloffs, Rosenhaus, Villa Edith.* In den Anzeigen warben die Vermieter mit fließendem Wasser, Meeresaussicht und billigen Preisen. Paul hatte früher oft gesagt, der Tourismus sei Fluch und Segen zugleich. Einerseits bringe er der Insel nie gekannten Wohlstand, doch er verändere Althergebrachtes unwiederbringlich. Sylt verlor sein gewohntes Gesicht und wurde von Fremden überschwemmt. Doch durch den Krieg war alles anders geworden. Die meisten Gästehäuser lagen still da, die Gärten waren verwaist, viele der Geschäfte waren geschlossen und würden auch während der nahenden Saison nicht öffnen. Die Terrassen der Caféhäuser und Restaurants würden leer bleiben, die täglichen Kurkonzerte nicht stattfinden, und erneut würde der bunte Burgenstrand fehlen.

Sie erreichten den Westerländer Bahnhof. Hier herrschte etwas Betrieb. Eine Gruppe Inselwächter beschäftigte sich damit, Waren auf bereitstehende Fuhrwerke zu verladen. Die Männer in den grauen Felduniformen waren inzwischen zu einem gewohnten Teil der Insel geworden. Der Bus hielt, und der Fahrer verkündete, dass dies die Endstation sei und sie alle aussteigen müssten. Elin, die in einer der hinteren Reihen gesessen hatte, erhob sich mit klopfendem Herzen. Gerhard erwartete sie direkt vor dem Bus und begrüßte sie mit einer Verbeugung und einem Handkuss. Sittsam, wie es sich in der Öffentlichkeit gehörte. In Elin kribbelte alles, sie glaubte, kaum Luft zu bekommen, und wusste nicht so recht, was sie sagen sollte. Nach der Begrüßung ließen sie den Bahnhof rasch hinter sich, liefen am Kurhaus vorüber und die Strandstraße hinunter. Es waren nur wenige Passanten unterwegs, aus einem der Kolonialwarengeschäfte traten zwei ältere Frauen und grüßten freundlich.

»Du fragst dich gewiss, was die geplante Überraschung ist«, sagte Gerhard. »Wir haben sie gleich erreicht.«

Elin wusste noch immer nicht, was er meinte. Ein Café, ein Restaurant? Wollte er sie zum Essen einladen? Doch dann blieben sie vor dem Kino stehen.

»Ich dachte, etwas Abwechslung zu dem üblichen Inselalltag könnte uns guttun. Es wird eine Komödie gegeben. *Schuhpalast Pinkus* mit Ernst Lubitsch. Ich hoffe, du magst das Kino.«

»Und wie ich das mag«, erwiderte Elin freudig. Er hatte genau ins Schwarze getroffen. »Matei und ich waren früher öfter im Kino. Aber seit Kriegsbeginn sind wir nicht mehr dazu gekommen. Ach, das ist eine wunderbare Idee. Und dann auch noch eine Komödie mit Ernst Lubitsch. Die sind immer besonders lustig.«

»Dann darf ich bitten.« Er hielt ihr den Arm hin, und sie hängte sich freudig bei ihm ein. Sie betraten das Foyer. Es war nicht besonders groß, dafür hübsch dekoriert. Die Wände waren mit golden schimmernden Seidentapeten tapeziert, der Boden mit einem roten schimmernden Teppich ausgelegt. In Schaukästen hingen Filmplakate. Zigarettenrauch waberte durch die Luft. Normalerweise war es hier recht warm, doch heute war es ausgesprochen kühl. Die Inhaberin des Kinos, die Mittfünfzigerin Bente Johansen, saß wie gewohnt in dem kleinen Kartenverkaufsraum. Normalerweise achtete sie auf ihr Äußeres und trug ihr graues Haar stets akkurat hochgesteckt, doch heute sah sie etwas zerzaust aus. Sie trug seit dem Tod ihres Gatten Hauke, ihn hatte ein Schlaganfall vor drei Jahren aus dem Leben gerissen, nur noch Schwarz.

Sie begrüßte Elin mit einem Lächeln.

»Moin, Elin. Dat ich dich auch mal wieder hier sehe. Wie geht es Matei? Hab gehört, dass sie in anderen Umständen ist?«

»Moin, Bente«, grüßte Elin. »Ja, das ist sie. Das Kleine soll im August kommen.«

»Ist von diesem Amrumer, gell? Einer von den Inselwächtern. Die Jungen sorgen für ganz schön Wirbel unter den Deernen. Matei ist nicht die Erste, die einen von denen heiratet.« Ihr Blick blieb an Gerhard hängen. Er wirkte etwas hilflos, grüßte jedoch freundlich. Es traten weitere Kinobesucher ins Foyer. Zwei Pärchen, Elin kannte eine der Frauen. Rahn war ebenfalls in Tinnum aufgewachsen. Sie hatte sie noch nie leiden können und grüßte mit einem gequälten Lächeln. Rahn hatte ihrer eigenen Meinung nach das große Los gezogen und vor einigen Monaten den Leiter der ortsansässigen Sparkasse geheiratet. Piet Mortensen kam aus Tondern und lebte erst seit zehn Jahren auf der Insel.

»Elin Hansen. Sieht man dich auch mal wieder«, sagte Rahn und musterte Elin mit hochgezogenen Augenbrauen von oben bis unten. »Wie geht es dir denn? Ich habe gehört, dass die Sache mit dem Souvenirladen nicht geklappt hat. War ja auch zu erwarten, oder nicht? In diesen Zeiten.« Sie grinste, und in ihren Augen lag ein gehässiger Ausdruck.

»Das Geschäft läuft auch so gut«, war Elin um eine Antwort nicht verlegen. »Ich verkaufe jetzt direkt in Keitum.«

»In Keitum also. In diesem verschlafenen Nest. Verschlägt es da überhaupt Kundschaft hin?« Ihr Blick blieb an Gerhard hängen. »Du bist in Begleitung?«

»Nu müssen wir aber mal hinnemachen«, sagte nun Bente. »Zwei Karten kosten eins fünfzig. Die Vorstellung fängt gleich an. Da ist keine Zeit für Geklöne.«

Elin erleichterte Bentes ruppige Einmischung. So konnte sie Rahn eine Antwort schuldig bleiben. Diese blöde Kuh, wie Matei sie gern bezeichnete, ging es weiß Gott nichts an, in wessen Begleitung sie ins Kino ging.

Sie erwarben bei Bente die Karten und betraten den Kinosaal, der einhundert Personen Platz bot. Die Kinosessel waren mit rotem Samt bezogen, ein dunkelgrauer Teppichboden dämpfte die Schritte. Lampen an den golden schimmernden Wänden sorgten für warmes Licht. Noch verbarg ein weinroter Vorhang den Blick auf die Kinoleinwand. Es war kühl, geheizt wurde aufgrund der allgemeinen Sparmaßnahmen nicht, weshalb Elin ihren Mantel lieber anbehielt. Langsam füllten sich die Reihen, doch viele Plätze blieben unbesetzt.

»In Berlin haben wir Kinos mit über eintausend Sitzplätzen«, sagte Gerhard.

»Tausend Menschen in einem Kino. Liebe Güte. So viele Einwohner hat ganz Keitum nicht.«

»Es ist eben Berlin. Da muss es immer etwas größer, höher und weiter sein.« Gerhard lächelte.

Elin erwiderte nichts. Was hätte sie auch sagen sollen? Sie kannte Berlin nur vom Namen her, aus einigen Erzählungen von Alwine, Schilderungen aus Friedrichs Briefen, die sich jedoch nicht so euphorisch angehört hatten wie die Ausführungen von Gerhard. Jede Medaille hatte zwei Seiten.

Die Klaviermusik setzte ein. Am Klavier saß, wie gewohnt, der in die Jahre gekommene Piet Clausen, der von allen jedoch nur der Klimperer genannt wurde. Der Vorhang wurde zur Seite gezogen, und der Film begann. Schnell zog der Schauspieler Ernst Lubitsch sie in seinen Bann. Er spielte den faulen Schüler Sally Pinkus, der es in dem Film durch einige Irrungen und Wirrungen schaffte, der wohlhabende Inhaber seines eigenen Schuhpalasts zu werden. Es war zu komisch, wie er sich des Öfteren anstellte. Der Film wurde in drei Akten aufgeführt, und das Ende war dann doch recht vorhersehbar. Sein Schuhpalast wurde ein voller Erfolg, und er machte der Frau, die er liebte, einen Heiratsantrag.

Nachdem der Film geendet hatte, verließen sie das Kino als Letzte. Elin wollte es so, damit sie nicht erneut Rahn in die Arme liefen. Draußen empfing sie Sonnenschein. Die graue Hochnebelschicht, die seit Tagen über der Insel gelegen hatte, hatte sich endgültig verzogen.

»Wollen wir noch ein Stück spazieren gehen?«, fragte Gerhard. Elin stimmte zu, und sie schlenderten die Strandstraße in Richtung Uferpromenade hinunter. Es waren nur wenige Passanten unterwegs. Der Großteil der Läden hatte geschlossen. Die leeren Schaufenster wirkten seltsam trostlos. Plötzlich hatte Elin das Gefühl, sie müsse erklären, weshalb Westerland so war, wie es war.

»Während der Saison herrscht hier normalerweise bunter Trubel. Und viele der Händler kommen sogar aus Berlin zu uns. Dann haben wir oftmals dreißigtausend Besucher. Sämtliche Betten in den Hotels und Privatpensionen sind dann belegt, und es gibt Konzerte und Tanzveranstaltungen und Theateraufführungen. Tagsüber spielt die Kurkapelle dann jede Stunde auf der Promenade. Nur leider ist jetzt wegen dem Krieg alles anders. Aber wenn er vorbei ist, wird es bestimmt wieder wie früher werden.« In ihrer Stimme schwang Hoffnung mit. Sie wusste, dass es nicht so kommen würde. Der Krieg hatte das Land bereits so sehr verändert, in seinen Grundfesten erschüttert. Im Angesicht der Gewalt und dem täglichen Sterben an den Fronten, dem Hunger und der Not der Bevölkerung schien es unvorstellbar zu sein, dass die Menschen bald wieder auf der Insel dem Luxus frönen, Champagner trinken und Austern essen würden. Aber die Hoffnung starb ja bekanntlich zuletzt.

Sie standen nun auf der Kurpromenade, und das Meer lag vor ihnen. Die Wellen schlugen an den menschenleeren Strand, ein böiger Wind rüttelte an Elins Mantel. Sie atmete die salzige Luft tief ein. Möwen zogen kreischend ihre Kreise über dem Wasser und liefen am Flutsaum entlang.

»Es ist so schön hier«, sagte Gerhard plötzlich neben ihr. »So friedlich und still.«

»Ja, das ist es«, antwortete Elin. Die Sonne stand bereits tief über dem Meer und zauberte rotgoldenes Licht auf die Wasseroberfläche.

»In Berlin haben wir auch viel Wasser. Die Spree und viele Seen, wie den Wannsee. Er ist riesengroß, und dort gibt es sogar ein Strandbad. Dorthin pilgern im Sommer Hunderte Sonnenanbeter. Irgendwann werde ich dir das alles zeigen.« Er legte den Arm um sie. Elin ließ es zu und genoss seine Nähe. »Im Moment lebe ich noch bei meinen Eltern in Charlottenburg«, sagte er. »Aber wenn der Krieg vorüber ist, dann will ich mir meine eigene Wohnung zulegen. Berlin würde dir gefallen. Die Stadt ist so voller Leben und scheint nie zu schlafen.« Seine Stimme klang begeistert. Er legte nun beide Arme um sie und drehte sie zu sich. Sie sah ihm in die Augen. Sie strahlten so herrlich, sie konnte sich in ihnen verlieren. Ihr Herz schlug nun wie verrückt. Er strich ihr eine Haarsträhne aus der Stirn und lächelte. »Du bist so wunderschön«, sagte er. »Berlin mag groß und voller Frauen sein, doch keine dort ist wie du.« Seine Lippen näherten sich den ihren und berührten sie sanft. Sie ließ zu, dass seine Zunge in ihren Mund eindrang und die ihre berührte. Seine Umarmung wurde fester, und sie glaubte, in ihr zu versinken.

33. KAPITEL

Keitum, 8. April 1917

Matei knöpfte ihre Bluse zu und betrachtete sich im Spiegel, erst von vorn, dann drehte sie sich zur Seite und legte prüfend die Hand auf ihren Bauch. Sie trug eine weiße Bluse, dazu einen dunkelblauen Rock, den sie vor einigen Tagen bei der Schneiderin weiter hatte machen lassen. Doch bereits jetzt war er wieder schwer zu schließen. Es schien, als würde ihr Bauch täglich wachsen. Die Wölbung war nun nicht mehr zu verbergen. Sie spürte das kleine Wesen in ihrem Inneren auch bereits. Anfangs hatte es sich wie ein Flirren angefühlt, das sie nicht zuordnen hatte können. Doch nun waren es eindeutig Bewegungen, die sie wahrnahm. »Die werden noch heftiger«, hatte Gesa ihr erklärt. »Am Ende treten sie dir so fest in die Rippen, da bist du froh, wenn sie endlich ausziehen.« Sie hatte vor vier Wochen ein gesundes Mädchen mit stolzen acht Pfund zur Welt gebracht. Die Kleine war auf den Namen Wehn getauft worden und hielt ihre Eltern ordentlich auf Trab. Erst neulich war Gesa auf einen kurzen Schnack bei ihnen gewesen und hatte sich über die ständige Schreierei beschwert. So unleidig seien die beiden anderen nie gewesen. Sie komme kaum noch dazu, sich um die Hühner und den Verkauf der Eier zu kümmern. Matei spürte erneut eine Bewegung in ihrem Bauch und legte die Hand darauf. Sie lächelte. »Du bist bestimmt kein Schreihals, nicht wahr, mein Kleines? Wir zwei werden uns schon vertragen.«

Elin trat ein. Sie hatte das Glätteisen in Händen und hielt eine ihrer blonden Locken in die Höhe.

»Oh, ich bin aber auch zu dumm«, sagte sie. »Jetzt ist mir das Eisen zu heiß geworden. Sieh nur, was geschehen ist.«

»Ach du je«, sagte Matei. »Das musste ja mal passieren.« Sie betrachtete Elin näher. »Und es ist auch noch an einer recht blöden Stelle geschehen. Direkt am Pony. Das lässt sich schlecht verstecken.« Sie betrachtete das abstehende, leicht angekokelt aussehende Haarbüschel über Elins Stirn.

»Was mach ich denn jetzt?«, fragte Elin und sank auf einen Stuhl. »So kann ich unmöglich unter die Leute gehen. Und das ausgerechnet heute. Wo wir doch den Kaffeegarten mit unserem so hübsch geplanten Osterfest wiedereröffnen wollen. Und jetzt sieht die Hausherrin aus wie ein verdammter Dösbaddel.« Sie war den Tränen nahe.

»So schlimm ist es auch wieder nicht«, versuchte Matei, Elin zu trösten. »Haare wachsen doch wieder.«

»Ja, nur leider nicht in drei Stunden«, erwiderte Elin. »Gerhard kommt auch. Und ich sehe so hässlich aus.«

»Ach, er kommt heute schon wieder? Ich dachte, er will vier Wochen auf Amrum bleiben«, sagte Matei.

»Wollte er auch. Aber auf der Insel scheint es recht eintönig zu sein. Die dortige Inselwache langweilt sich mehr oder weniger den ganzen Tag.«

»Na ja. Wenn man es genau nimmt«, antwortete Matei, »macht die unsrige ja auch nichts anderes. Sie tarnen ihre Untätigkeit nur besser. Die Inselkommandantur tut immer recht wichtig, baut ständig die Befestigungsanlagen aus, schafft Waffen und anderen Kram auf die Insel und veranstaltet irgendwelche unsinnigen Manöver in den Dünen und am Strand. Hinnerk hat erzählt, dass die Männer sich viele Stunden am Tag langweilen würden, es wird auf den Stuben gesoffen und geraucht, aus Langeweile spielen sie Skat, auch in den Unterständen in den Dünen. Angeblich sollen in Kampen Schafe gestohlen worden sein. Es wird die Truppe dahinter vermutet.«

»Das ist ja abscheulich«, Elin schüttelte den Kopf, »auf Sylt hat noch nie jemand Schafe gestohlen.«

»Ja, das ist eine große Sauerei«, erwiderte Matei. »Leider sind die Diebe bisher nicht erwischt worden. Aber das alles ist für einen Kriegsberichterstatter weniger spannend. Wen interessiert in einer Berliner Zeitung, dass auf Sylt Schafe gestohlen werden oder sich die Männer beim Skat in den Dünen langweilen?«

»Ich weiß«, Elin seufzte, »aber er will trotzdem wieder nach Sylt zurückkommen und einige Wochen hierbleiben. An den Fronten war er schon, und die dortigen Zustände haben ihn sehr belastet. Er arbeitet zusätzlich an einem Roman und möchte damit vorankommen.«

»Oder er hat sich in ein Sylter Mädchen verguckt und sucht deren Nähe.« Matei zwinkerte Elin zu. »Ich bin gespannt, wann er dir einen Antrag macht. Und vielleicht wird er ja eines Tages ein berühmter Schriftsteller. Wer weiß.«

»Vielleicht«, antwortete Elin. Sie behielt ihre Bedenken in Bezug auf einen Antrag von Gerhard für sich. Ein Teil in ihrem Inneren wünschte sich nichts sehnlicher als das. Er sollte vor ihr auf die Knie sinken, die magischen Worte aussprechen und ihr den Ring an den Finger stecken. Doch was würde dann werden? Er kam aus Berlin und bewohnte dort mit seinen Eltern ein Anwesen in Charlottenburg. Sie waren anscheinend wohlhabende Leute. Das wusste Elin von Alwine. Wer in Charlottenburg ein Anwesen besaß, gehörte nicht zu den einfachen Arbeitern. Die Frau folgte in der Regel dem Mann. Also müsste sie nach Berlin gehen. Doch was würde dann aus dem Herrenhaus werden? Jan und Matei wollten im Ingiwai ihre Künstlerkolonie eröffnen und eigene Wege gehen. Und sie plante, nach dem Krieg gemeinsam mit Wiebke ein Café und eine Bäckerei zu eröffnen. Ein richtiges Unternehmen sollte es werden. Mit Angestellten und Fremdenzimmern. Sie wollte ihre Töpferei weiter ausbauen, Kurse anbieten, Souvenirs verkaufen, vielleicht wieder einen zusätzlichen Laden in Westerland anmieten. Sylt war ihr Zuhause. Berlin war weit fort, eine Stadt auf dem Festland, auf unbekanntem Terrain.

Schritte auf der Treppe ließen sie aufmerken. Keine Sekunde später öffnete sich die Tür. Es war Wiebke, die, ohne anzuklopfen, eintrat und sofort loszeterte.

»Dat glaubt ihr nicht«, sagte sie. »Keike hat gekündigt. Dat muss man sich mal vorstellen. Dat ist nun der Dank dafür, dass ich sie eingestellt habe, obwohl sie sich bereits beim Probearbeiten so dämlich angestellt hat. Aber ich hab gedacht: Versuchste es mal, wird schon werden, bestimmt ist sie lernfähig. Ach, wenn doch nur Fenja geblieben wäre. Sie war so eine verständige und fleißige Deern. Aber nein, sie musste ja unbedingt zurück auf den heimischen Hof, um ihrer Mutter zur Hand zu gehen. Und das nur deshalb, weil ihr Bruder meint, er muss an der Westfront den Helden spielen.« Sie schüttelte den Kopf. »Tote Helden haben wir doch weiß Gott genug.«

»Also, an Keikes Stelle hätte ich vermutlich auch gekündigt«, antwortete Matei. »So wie du sie neulich runtergeputzt hast. Und das, obwohl sie sich den halben Finger abgeschnitten hat.«

»Ja, aber sie hat das frisch gestampfte Püree vollkommen ruiniert, und es bestand zum Großteil aus Kartoffeln. Wie kann man auch so dämlich sein und seinen verletzten Finger direkt über die Schüssel halten?«

»Sie stand unter Schock.«

»Unter Schock, wegen der kleinen Schnittwunde?«

»Das nennst du eine kleine Schnittwunde?«, fragte Elin. »Die Fingerkuppe des Zeigefingers hing seitlich runter, und sie war kurz vorm Umkippen.«

»Gut. Dann war dat eben eine büschen größere Schnittwunde. Aber trotzdem hätte sie nicht das Püree versauen müssen.«

Elin und Matei gaben es auf. Zwischen Wiebke und Keike hatte es von Beginn an nicht funktioniert. Da waren zwei Sturschädel aufeinandergeprallt. Es war besser, dass Keike die Notbremse gezogen hatte, denn Wiebke hätte es gewiss nicht getan. Sie war nicht gut darin, Schlussstriche zu ziehen.

Wiebke betrachtete Elins Haare näher.

»Da steht ja ein Büschel ab«, stellte sie fest. »Ist ganz verkokelt. Dat sieht nicht gut aus. Mitten auf dem Kopf. Dat wird ein Weilchen dauern, bis dat wieder nachwächst. Die Dinger sind lebensgefährlich. Dat sag ich euch.«

Elin antwortete nichts auf Wiebkes Worte.

»Und nu?«, fragte Wiebke. »Mit dem komischen Büschel kannst du den Gästen nicht unter die Augen treten. Die lachen dich ja aus.«

»Das muss sie auch gar nicht«, sprang Matei Elin bei. »Es ist, trotz der Sonne, recht kühl draußen. Elin kann einen hübschen Hut oder eine Mütze tragen. Da sieht niemand, dass da ein Büschel ist.«

»Stimmt«, antwortete Elin. »Daran dachte ich noch gar nicht. Wobei wir gleich beim nächsten Punkt sind, der mir Sorge bereitet. Denkt ihr, es kommt überhaupt jemand? Das Thermometer hat eben gerade mal acht Grad angezeigt. Wer setzt sich denn da in einen Kaffeegarten? Ach, wir hätten die Eröffnung zu Ostern erst gar nicht planen sollen. Das Fest liegt dieses Jahr einfach zu früh.«

»Wieso nicht?«, fragte Matei. »Wir Friesen sind doch kühles Wetter gewohnt. Es gibt kein schlechtes Wetter, nur schlechte

Kleidung. Papa hat das immer gesagt. Weißt du noch?« Sie sah zu Elin und lächelte.

»Hast ja recht«, antwortete Wiebke. »Dat mit Keike hat mich ganz durcheinandergebracht. Hinnerk überlegt, ein paar Feuerchen anzumachen. Er hat eben gemeint, er hätte noch 'n büschen Treibholz in seinem Schuppen, das jetzt endlich mal getrocknet sein müsste. Und wir könnten Pharisäer und Sylter Welle ausschenken. Dat wärmt schön von innen. Und denkt an den Eierwerfenwettbewerb, den wir veranstalten wollen. Dat wird bestimmt lustig. Einige der Männer im Lazarett möchten auch teilnehmen, und Alwine ebenso. Sie hat sich vorhin schon ihr Gewinnerei in der Küche ausgesucht. Und ich hab eben den ersten Streuselkuchen aus dem Ofen geholt. Friesenkekse sind auch schon fertig. Hach, es ist großartig, dass das Kuchenbackverbot auf der Insel wieder aufgehoben worden ist. Dat wird bestimmt ein großer Spaß.« Sie klatschte freudig in die Hände. Ihre eben noch schlechte Laune war plötzlich wie fortgewischt.

»Dann geh ich mir mal eine Mütze suchen«, sagte Elin und stand auf. »Und danach muss ich mir auch mal ein Ei in der Küche sichern. Sonst sind die guten alle weg.«

Einige Stunden später waren die Tische im Garten eingedeckt und mit kleinen Ostersträußen aus Weidenzweigen und blühenden Forsythien dekoriert. Neben jeder Blumenvase saßen kleine Schäfchen und Hasen, die aus Elins Werkstatt stammten. Matei hatte sich die Mühe gemacht und die Dekorationsartikel liebevoll bemalt. Die Figuren hatten große Kulleraugen und lachten fröhlich. Auf der Wiese wuchsen Krokusse und Schneeglöckchen. Die Sonne schien von einem weiß-blauen Himmel, und der vom Meer kommende Wind brachte den vertrauten Geruch des Schlickwatts mit. Eine Gruppe Eiderenten war eben durch den Garten gewatschelt. Sie waren die ersten Gäste, entschieden sich jedoch nicht dazu, an einem der Tische Platz zu nehmen, sondern trollten sich schnatternd Richtung Wattweg. Die ersten menschlichen Besucher waren Gesa und ihr Mann Tam. Sie hatten nur den kleinen Fiete dabei.

»Gesa, meine Liebe. Wie schön, dich zu sehen«, begrüßte Elin sie mit einer Umarmung. Gesa trug einen dunkelblauen Wollmantel, ihren Hals umhüllte ein lila Schal, auf dem Kopf trug sie eine im selben Muster gestrickte Mütze. Sie lächelte, sah aber müde aus. »Grüß dich, Tam. Schön, dass du auch gekommen bist.« Elin schüttelte dem Föhrer die Hand. Gesas Erstgeborenen konnte sie nicht mehr begrüßen, denn der rannte bereits fröhlich quietschend einem kleinen Lämmchen hinterher, das anscheinend von Hinnerks Weide ausgebüxt war und aufgrund des kreischenden Kleinkinds rasch das Weite suchte.

»Er ist im Moment so lebhaft. Ein wahrer Wirbelwind und kaum zu bremsen«, sagte Gesa lachend. »Und er ist gut im Unsinn machen. Ständig muss man auf ihn achtgeben.«

»Wo habt ihr denn eure kleinen Damen gelassen?«, fragte Elin. Sie war ein wenig traurig, denn sie hätte gerne das Baby bewundert.

»Tams Mutter ist zu Besuch und passt auf die beiden auf. Sie ist eine großartige Hilfe. Ohne sie wüsste ich oftmals nicht, wo mir der Kopf steht. Sie hat uns auch dazu ermuntert herzukommen. Sie hat gemeint, ich solle mal wieder an die Luft und unter Leute kommen.«

»Das ist eine gute Idee. Wir haben alles, was das Herz begehrt. Pharisäer, Sylter Welle, heißen Kakao oder einfach nur Muckefuck mit Milch. Getränke gibt es bei Wiebke.« Sie deutete zum Haus. Dort stand Wiebke an einem Tisch, auf dem Wärmeplatten mit gefüllten Kannen und Becher bereitstanden. Die nächsten

Gäste trafen ein. Paul Warmbier, Moild und Carsten, die Hefezopf als Gastgeschenk mitbrachten. Auch der Klempner Hinrichs kam mit seiner Familie, er und seine Frau Vollig hatten vier Buben im Alter zwischen fünf und elf Jahren, die sich ganz besonders auf das Eierwerfen freuten. Jeder von ihnen hatte selbstverständlich sein eigenes Wurfgeschoss dabei. Paul Holzwurm kam ebenso mit Familie. Auch Hinnerk war anwesend. Er schnackte fröhlich mit einigen anderen Keitumer Bauern, allesamt hatten bereits ihre ersten Pharisäer geleert. Rieke hatte sich zu Wiebke gesellt und half ihr beim Ausschenken und beim Kuchenverkauf. Martin Graber unterhielt sich hervorragend mit dem Keitumer Dorfarzt, Doktor Martensen, den alle nur Doktor Hinkebein nannten, weil er seit einem Unfall vor einigen Jahren sein rechtes Bein nachzog. Auch einige Patienten des Lazaretts kamen nach draußen. Schnell gab es keine Sitzplätze mehr. Es wurde geklönt und gelacht. Kinder sprangen fröhlich durch den von Holzrauch erfüllten Garten. Matei unterhielt sich mit Gesa. Elin beschäftigte sich damit, die leeren Teller einzusammeln. Immer wieder blickte sie hoffnungsvoll Richtung Garteneingang. Doch Gerhard tauchte nicht auf. Er wollte doch heute zurückkommen. Wo steckte er nur? Sie brachte die Teller in die Küche. Dort traf sie auf Wiebke, die erneut die Kaffeekannen auffüllte.

»Pharisäer ist heute besonders beliebt«, sagte sie freudig. »Hätte ich gar nicht gedacht, weil er ja mit Muckefuck gemacht ist. Wann wollen wir denn mit dem Eierwerfen beginnen? Die Kinder werden langsam ungeduldig.«

»Gern sofort«, erwiderte Elin. »Jetzt sind die meisten ja erst einmal verköstigt.«

»Und viele angeheitert«, antwortete Wiebke. »Der eine oder andere hat bereits seinen dritten Pharisäer intus. Das wird ein lustiges Eierwerfen.« Sie grinste.

Die beiden traten wieder nach draußen. Elin folgte Wiebke jedoch nicht in den Garten, sondern blieb auf dem oberen Treppenabsatz stehen und klatschte in die Hände, um auf sich aufmerksam zu machen.

»Liebe Gäste«, sagte sie, nachdem die Gespräche verstummt waren. »Ich bedanke mich für euer zahlreiches Kommen zu unserem kleinen Osterfest. Ich weiß, das Kuchenangebot hielt sich leider ein wenig in Grenzen, auch mir fehlt unsere heiß geliebte Friesentorte, die unsere Wiebke besonders gut backen kann.« Es wurden zustimmende Zwischenrufe laut. »Gewiss werden bald wieder bessere Zeiten kommen, und dann werden wir in unserem Kaffeegarten das Angebot erweitern. Wir haben viel vor und schmieden bereits Pläne, wie es nach dem Krieg mit unserem Kaffeegarten und dem Herrenhaus weitergehen kann. Wir hoffen darauf, diese bald umsetzen zu können.« In diesem Moment sah sie ihn. Gerhard. Er stand neben Hinnerk. Sogleich verstärkte sich ihr Herzschlag, und ihre Hände begannen zu zittern. Er war da. Endlich war er gekommen. Sie hatte kaum noch zu hoffen gewagt. Und er hörte ihre Rede über Zukunftspläne. Was mochte er jetzt denken? Sie atmete tief durch. Jetzt war nicht der Zeitpunkt, um sich darüber Gedanken zu machen. »Der diesjährige Eierwerfenwettbewerb kann nun beginnen. Wir möchten alle Teilnehmer bitten, auf die Wiese hinter dem Herrenhaus zu kommen. Darauf, dass das stabilste Ei gewinnen möge.«

Sie lief die wenigen Stufen in den Garten hinunter und wurde an deren Ende von Gerhard in Empfang genommen. Freudig schloss er sie in die Arme und gab ihr vor aller Augen einen Kuss. In Elin schwappte das warme Glücksgefühl über. Sie spürte seine feste Umarmung, seine Wärme und Nähe, atmete seinen Geruch ein. Er war wieder bei ihr, war endlich zurückgekommen.

»Moin, meine Liebste«, sagte er, nachdem sie sich voneinander gelöst hatten. Noch immer hielt er sie im Arm. Seine Augen strahlten regelrecht.

»Moin«, antwortete Elin. Sie wusste nicht, was sie noch sagen sollte. Jedes Wort kam ihr belanglos vor. Die Welt um sie herum nahm sie nur noch verschwommen wahr.

»Ein Eierwerfenwettbewerb. Kannst du einem Nichtsylter erklären, was es damit auf sich hat?«

»Das ist schnell erklärt«, antwortete sie, erleichtert darüber, über etwas Vertrautes sprechen zu können. Das gab ihr ihre Sicherheit wieder. »Alle Teilnehmer werfen ihre Eier, und dasjenige, das am Ende am heilsten geblieben ist, ist der Sieger. Es treten heute immer fünf Eierwerfer gegeneinander an. Komm. Es geht gleich los.«

Die beiden folgten den anderen, und bald darauf begann das Spektakel. Hinnerk fungierte als Schiedsrichter. Die erste Gruppe bestand aus drei Kindern und zwei Erwachsenen. Die Eier flogen fröhlich durch die Luft, zwei stießen aneinander. Es war das Ei von Piet Hansen, das gewann. So ging es munter weiter. Alwine gewann mit ihrem Ei, Mateis buntes Ostergeschoss hatte leider das Pech, mit einem Konkurrenten zusammenzustoßen, und wurde dadurch schwer beschädigt. Sie nahm es mit Humor. Die ganze Zeit über hatte Gerhard die Arme um Elin gelegt. Sie genoss seine Wärme und Nähe, liebte sein Lachen und den herben Geruch seines Rasierwassers. Nachdem auch das letzte Ei geflogen und der letzte Sieger gekürt worden war, zog er sie mit sich zum Wattweg, und sie entfernten sich vom Herrenhaus. Die Sonne stand nun bereits tief am Horizont. Keine Wolke war am Himmel zu sehen. Im Schilf raschelte es hie und da, es wehte nur ein leichter Wind. Unzählige Wasservögel suchten im Schlickwatt nach etwas Essbarem.

Eine Weile liefen sie schweigend nebeneinanderher. Er hielt ihre Hand. Es fühlte sich an, als würde sie ihn ewig kennen. Als hätte das Schicksal ihn für sie bestimmt. Oder war das Unsinn? Gab es das Schicksal überhaupt?

»Ihr schmiedet also bereits Pläne für die Zeit nach dem Krieg«, sagte er irgendwann.

»Ja, das tun wir«, antwortete Elin. Seine Frage irritierte sie. Wieso stellte er sie ausgerechnet jetzt? »Wir wollen nach dem Krieg ein richtiges Café und eine Bäckerei einrichten, und ich möchte einen Souvenirladen eröffnen, vielleicht sogar mit einem Ladengeschäft in Westerland. Leider mussten wir unseren ersten Versuch eines solchen abbrechen, da die Wiedereröffnung des Bades nicht funktioniert hat und sich der Laden nicht lohnte.«

»Viele Pläne«, antwortete er und blieb stehen. »Und was wäre, wenn es anders käme?« Er nahm ihre Hand und sah ihr in die Augen. Seine Miene war plötzlich ernst. »Ich hatte auf Amrum solche Sehnsucht nach dir und habe die Tage bis zu einem Wiedersehen gezählt. Es klingt verrückt, aber ich kann nicht mehr ohne dich sein.« Er ging plötzlich vor ihr auf die Knie und holte eine kleine Schmuckschatulle aus seiner Jackentasche. Sie beobachtete es fassungslos. Er öffnete sie, und ein wunderbarer Ring mit einem Diamanten kam zum Vorschein.

»Willst du meine Frau werden, Elin? Ich weiß, es kommt etwas plötzlich und wir kennen uns erst kurz. Aber ich liebe dich. Das tue ich seit unserem ersten Augenblick. Willst du mit mir gemeinsam durchs Leben gehen?« Er sah sie hoffnungsvoll an.

Elin nickte mit Tränen in den Augen. »Ja, aber ja doch.«

Er erhob sich, schloss sie in seine Arme, und ihre Lippen fanden sich. Elin war überwältigt. Er hatte es tatsächlich getan und ihr einen Antrag gemacht. Doch der Satz, den er eben gesagt hatte, schlich sich, trotz des romantischen Moments und des überschäumenden Glücksgefühls in ihrem Inneren in ihre Gedanken und schürte Zweifel: Und was wäre, wenn es anders käme?

34. KAPITEL

Berlin, 10. April 1917

Meine liebe Frau Bohn,

ich bedanke mich sehr für Ihren freundlichen Brief und entschuldige mich dafür, dass ich so lange nicht geschrieben habe. Es freut mich zu hören, dass Sie in Sylt guter Dinge sind und sogar eine Hochzeit geplant ist. Und dann auch noch mit einem Berliner Mitbürger und einem Journalisten und Schriftsteller. Also ein Künstler des Wortes. Dazu kann ich nur gratulieren. Erst gestern fiel mir mal wieder eine Ihrer wunderbaren Postkarten in die Hände. Sie zeigt den Strand auf der Westseite der Insel, die tosenden Wellen. Ich betrachtete das Bild so eingängig, dass ich glaubte, ich könnte das Salz in der Luft schmecken und die Rufe der Möwen hören. Meinen Worten entnehmen Sie, wie groß die Sehnsucht nach Sylt ist. Nach der kargen Dünenlandschaft, aber auch dem bezaubernden Ort Keitum, der einem mit seinen alten Kapitänshäusern das Herz warm werden lässt. In mir lebt noch immer die Hoffnung, dass der Krieg noch in diesem Jahr enden wird. In Russland brodelt es, und der Zar musste abdanken, was die Ostfront schwächt. Und die USA haben dem Deutschen Reich nun endgültig den Krieg erklärt. Unsere Führer wollen uns glauben machen, dass deren Teilnahme auf Jahre hinaus nicht fühlbar sein wird. Aber ich sehe das anders. Ich weiß, ich kann Ihnen vertrauen und meine Vermutungen niederschreiben. An einen Siegfrieden will ich nicht mehr glauben. Ich hoffe und bete für einen Verständigungsfrieden. Darauf wird immer wieder gedrängt. Das Sterben soll endlich ein Ende finden. Aber ich schweife wieder in die Politik und das Kriegs-

geschehen ab und langweile Sie gewiss. Bitte richten Sie dem werten Fräulein Elin meine besten Grüße aus. Ich wünsche ihr für ihren großen Tag nur das Beste und Glück und Segen. Und ich hoffe darauf, ihren Auserwählten bald kennenlernen zu dürfen. Natürlich auf Sylt, meinem Sehnsuchtsort.

*Herzliche Grüße
Ihr
Friedrich Beck*

Keitum, 15. Juni 1917

Matei stand im Garten des Hauses am Ingiwai vor ihrer Leinwand und betrachtete ihr Werk skeptisch. Es zeigte den Eingang des alten Reetdachhauses und einen Teil des Gartens. Der an der Hauswand hochrankende Blauregen blühte in Hülle und Fülle. Die Hortensienbüsche standen in voller Blüte und zeigten ihr hellblaues und rosa Kleid. Von der neben dem Eingang stehenden Holzbank blätterte die blaue Farbe ab. Löwenzahn, Margeriten und Wiesenschaumkraut überzogen die Wiese. Der knorrige Apfelbaum hatte seine Blütenblätter bereits abgeworfen. Wenn sie Glück und die Bienchen reichlich ihren Dienst getan hatten, konnten sie auf eine reiche Ernte im Herbst hoffen. In dem hinter dem Haus liegenden Gemüsegarten hatte Matei hauptsächlich Kartoffeln, aber auch Wurzeln, Salat und Kräuter angepflanzt. Erst vor einigen Tagen hatte sie die Erdbeeren und Himbeeren geerntet. Auch Johannisbeeren hatte es in großer Zahl gegeben. Wiebke hatte es gefreut. Sie hatte Unmengen an roter Grütze eingekocht. Dieser Ort war wirklich ein kleines Paradies. Das Häuschen wirkte mit seinem mit Moos und Gräsern bewachsenen Reetdach ein wenig müde. Es hatte ja auch schon über zwei Jahrhunderte auf dem Buckel und konnte gewiss viele Geschichten erzählen. Matei versuchte, es so gut es ging, einzufangen. Sie wollte den Ist-Zustand festhalten. Jan hatte große Pläne mit dem Haus. Er wollte das Dach erneuern, den Giebel ausbauen. Er überlegte einen Anbau, in dem sie ihr Atelier unterbringen konnten. Große Fenster, durch die viel Licht in den Raum fiel. Dazu das Gästehaus im Garten, in dem die Mitglieder der Künstlerkolonie untergebracht werden konnten. Dieser Ort, der Geschichte zu atmen schien, würde durch den Umbau nicht mehr der gleiche sein. Matei schmerzte dieser Gedanke. Sie hing an dem Althergebrachten, an dem Charme der reetgedeckten Kapitänshäuser, jedes stand für sich, und doch waren sie durch ähnliche Erlebnisse ihrer Bewohner über Jahrhunderte geprägt worden. Seemänner, Kapitäne, sie waren in die Welt gefahren, hatten Tausende Kilometer von der Heimat entfernt ihr Glück gesucht, so manch traurige Witwe hinterlassen, Ruhm, Ehre und Reichtum nach Sylt gebracht. Die Frauen waren die meiste Zeit des Jahres die Herrinnen auf der Insel gewesen, waren stets voller Kraft und meisterten jede Herausforderung. Und davon gab es auf der Insel viele. Auch in diesen Zeiten wieder. Matei seufzte und legte die Hand auf ihren Bauch. Eben hatte sie wieder einen Fußtritt gespürt. Das Kleine war recht lebhaft, besonders nachts, wenn sie zur Ruhe kommen wollte, legte es meist erst richtig los. Ihr Bauch war schon ganz schön rund, durch die Wärme waren abends ihre Knöchel geschwollen. Alwine meinte, das sei normal. Matei hätte niemals gedacht, zu dieser Frau, die sie anfangs so schrecklich unsympathisch gefunden hatte, jemals ein solches Vertrauen haben zu können. Doch Alwine hatte sich während ihrer Zeit auf Sylt gewandelt. Sie überlegte inzwischen sogar, Berlin für immer den Rücken zu kehren und hierzubleiben. »Ich glaube, ich habe mich in diese Insel verliebt«, hatte sie erst neulich wieder gesagt. »Hier ist es so herrlich ruhig und nicht so hektisch wie in Berlin.« Matei würde Alwines Bleiben begrüßen. Und genügend Arbeit gäbe es für die versierte Krankenschwester und Hebamme auf der Insel allemal. Die in Keitum ansässige Ortshebamme, Talke Knudsen, hatte die achtzig bereits überschritten und war auf ihre alten Tage etwas tüdelig geworden. Sie vergaß gerne mal Dinge, und mit ihren Augen stand es auch nicht mehr zum Besten. Nur ihr Starrsinn war geblieben. Zur Ruhe setzen kam für sie nicht infrage. Matei hatte Talke noch nie leiden können. Die hochgewachsene Frau, deren Haar mit den Jahren schlohweiß geworden war, hatte ihr stets das Gefühl gegeben, in ihrer Gegenwart minderwertig zu sein. Auch galt sie bei den Geburten als nicht gerade feinfühlig. Zumeist saß sie strickend und ihren Tee mit Rum trinkend neben der Gebärenden und wartete ab, bis endlich die Presswehen einsetzten. Als Alwine diese Schilderungen zum ersten Mal gehört hatte, war sie entsetzt gewesen.

»Hier steckst du«, sagte plötzlich jemand. Matei wandte sich um. Wiebke stand vor dem steinernen Mäuerchen, das das Haus umgab, Unmengen an Strandrosen wuchsen darauf und blühten verschwenderisch schön. »Elin hat nach dir gefragt. Heute stand die letzte Anprobe ihres Brautkleids an. Sie sieht wunderschön darin aus. Aber dat ist ja auch kein Wunder, bei einer so hübschen Deern.«

»Oje. Den Termin mit der Schneiderin habe ich vollkommen vergessen«, antwortete Matei. »Und derweil hab ich fest versprochen, dabei zu sein. Ist Vollig noch da?«

»Nein, sie ist schon weg. Der Saum muss noch etwas gekürzt werden, und Elin war es an den Ärmeln dann doch ein wenig zu viel Spitze. Ich bin für dich eingesprungen.« Wiebke zwinkerte Matei zu. »Dat mit dem Vergessen sind die Hormone. Bei einer Freundin von mir war das auch so.« Wiebke betrachtete das unfertige Gemälde. »Es sieht hübsch aus. Du hast perfekt die Stimmung des alten Hauses eingefangen«, lobte sie. »Dat ist schon toll, wenn einer solch ein Talent hat.«

»Danke dir«, antwortete Matei. »Es ist noch nicht ganz fertig. Mir gefällt es auch ganz gut. Obwohl ich mit den Ölfarben noch immer meine Probleme habe. Jan ist viel besser darin, mit ihnen zu arbeiten. Möchtest du einen Tee? Ich hab vorhin frischen aufgebrüht.«

»Ich tät schrecklich gern Ja sagen«, meinte Wiebke. »Aber wir eröffnen doch in einer Stunde den Kaffeegarten. Bei dem schönen Wetter verirrt sich bestimmt der eine oder andere Gast zu uns. Ich hab extra Rhabarberkuchen gebacken.«

Matei nickte. Sie hätte ihre Hilfe anbieten sollen, tat es jedoch nicht. Der Kaffeegarten, dachte sie. Was würde aus ihm und dem Herrenhaus werden, wenn Elin mit Gerhard nach der Hochzeit nach Berlin ginge? Matei hatte es bisher vermieden, das Thema anzuschneiden. Das Herrenhaus war ihrer beider Erbe, auch sie stand in der Verantwortung. Der Gedanke, dass Elin gemeinsam mit Wiebke dort ein Café und eine Bäckerei eröffnen würde, hatte ihr gefallen. Doch was würde werden, wenn Elin fortginge? Jan war nicht gewillt, das Anwesen am Ingiwai wieder zu verkaufen. Er wollte auf eigenen Beinen stehen und unabhängig sein. Und was würde aus Wiebke werden, wenn es keinen Kaffeegarten mehr gäbe? Was würde aus dem Herrenhaus werden?

»Denkst du, sie geht weg?«, fragte Wiebke. Matei sah sie verdutzt an. Konnte Wiebke etwa Gedanken lesen?

»Ich weiß es ehrlich gesagt nicht«, gab Matei zu. »Sie liebt

Gerhard, und er hat Pläne für ein Leben in Berlin, dort liegt sein Lebensmittelpunkt. Und die Frau folgt stets dem Mann. Es könnte also durchaus sein, dass sie fortgehen wird.«

»Du hast noch nicht mit ihr darüber geredet, oder?«

Matei schüttelte den Kopf.

»Traust dich nicht, was?«

»Mir könnte die Antwort nicht gefallen«, erwiderte Matei. »Sylt ohne Elin ist schwer vorstellbar. Sie ist die einzige Familie, die mir noch geblieben ist.«

»Du denkst also, sie geht mit ihm nach Berlin? Aber was wird dann aus den Plänen für den Kaffeegarten? Ich habe schon alles vor mir gesehen. Und nu?« In ihren Augen schimmerten plötzlich Tränen.

»Ach Wiebke«, Matei nahm Wiebke tröstend in den Arm. »Nicht weinen. Irgendeine Lösung wird sich schon finden. Ich bin ja auch noch da. Und vielleicht geht Elin gar nicht fort und überredet Gerhard dazu, auf Sylt zu bleiben. Er weilt sowieso schon viel länger auf der Insel, als er geplant hatte. Vielleicht überlegt er es sich anders und wird bei uns in Keitum sesshaft.«

»Ja, aber er ist doch so ein Schreiberling. So einer hat ja gar keine Ahnung vom Geschäft.«

»Dafür haben du und Elin sie, und am Ende überrascht er uns und es stellt sich heraus, dass er nicht nur ein Schreiberling, sondern auch ein guter Unternehmer ist«, antwortete Matei. Sie nahm sich vor, ganz bald mit Elin zu reden. Noch vor der am nächsten Wochenende stattfindenden Hochzeit mussten sie Gewissheit darüber haben, wie die Zukunft aussehen sollte.

Wiebke nickte seufzend. »Wird schon alles irgendwie werden. Dat wird es ja immer. Kommst du bald? Ich hab extra für dich ein paar Friesenkekse zur Seite gestellt.«

»Das ist lieb von dir«, antwortete Matei. »Ich komm sie mir später holen. Ich will noch ein bisschen an dem Bild weiterzeichnen. Es soll schließlich bald fertig werden.«

»Gut, dann später«, sagte Wiebke. »Und danke fürs Zuhören. So ein büschen Schnacken hilft manchmal schon, nicht wahr?«

»Ja, das tut es.« Matei lächelte, und Wiebke verabschiedete sich endgültig. Matei sah ihr so lange nach, bis sie außer Sicht war. Wiebke hatte recht. So ein bisschen Schnacken half. »Geteiltes Leid ist halbes Leid.« So hatte es Anna öfter gesagt, oder war es doch ihre Großmutter gewesen?

Matei wandte sich ihrem Bild zu und vertiefte sich wieder in das Zeichnen. Hier noch etwas mehr Farbe am Himmel, die Rosen konnten noch einen satteren Rotton gebrauchen. Es fehlten noch die Margeritenblüten unter der Bank. Sie wechselte die Pinsel, mischte Farben an, betrachtete ihr Werk, setzte hie und da noch Farbnuancen. Lautes Donnergrollen war es, das sie irgendwann erschrocken aufsehen und Richtung Westen blicken ließ. Der Himmel war kohlrabenschwarz.

»Du liebe Zeit«, rief sie aus und legte rasch Pinsel und Farbpalette zur Seite. Als Erstes schaffte sie das Bild ins Haus und lehnte es in der guten Stube gegen die gefliese Wand. Als sie erneut nach draußen lief, um die Farben zu holen, fielen bereits die ersten dicken Tropfen vom Himmel, und ein starker Wind hatte eingesetzt. Eilig packte sie die Farben in den Farbenkoffer, warf die Farbpalette hinterher und eilte zurück zum Haus. Nun begann es auch noch zu hageln. Liebe Güte. Erneut donnerte es heftig. In der Stube angekommen, sank sie erschöpft und nach Atem ringend auf einen Stuhl. Es war düster im Raum. Sie blickte nach draußen. Hagel und Regen wurden von einem böigen Wind über den Garten gefegt. Die Äste der Bäume und Büsche bogen sich, Blätter wurden abgerissen und wirbelten durch die

Luft. Ein Blitz nach dem anderen durchzuckte die Dunkelheit. Es donnerte heftig. Das Gewitter schien direkt über ihnen zu sein. Und es wollte nicht so schnell weichen. Matei hatte darauf gehofft, dass es nur kurz seiner Energie freien Lauf lassen und sich das Schlimmste bald wieder legen würde. Doch dieser Wunsch erfüllte sich nicht. Es stürmte und regnete, blitzte und donnerte. Matei musste mit ansehen, wie der Sturm von dem alten Apfelbaum im Garten einen großen Ast abriss. Der Rückweg zum Herrenhaus war bei diesem scheußlichen Wetter nicht möglich. Sie seufzte. Die schönen Friesenkekse. Hier hatte sie nichts zu essen. Wie auf Kommando knurrte plötzlich ihr Magen. Aber immerhin Tee hatte sie. Sie ging in die Küche, um die Kanne vom Herd zu holen. Es war ein Früchtetee aus Moilds Laden, den sie heute aufgebrüht hatte. Sonnige Glückseligkeit hatte Moild ihn getauft. Sie mischte sämtliche im Laden erwerbbare Teesorten selbst und gab ihnen neuerdings die unterschiedlichsten Namen. Morgentau, Frische Brise, Abendlust oder Winterzauber. Ein besonders lauter Donner ließ sie zusammenzucken, beinahe hätte sie die Kanne fallen gelassen. »Verflucht noch eins«, sagte sie leise. »Und das ausgerechnet heute.«

Sie trat zurück in die Stube und entschloss sich dazu, die am Fenster stehende Petroleumlampe zu entzünden, um etwas mehr Licht zu haben. Nun galt es abzuwarten und darauf zu hoffen, dass sich das Gewitter bald legen würde. Sie schenkte sich Tee ein und setzte sich mit einem Buch in einen mit grünem Stoff bezogenen Lehnstuhl. Irgendwann nickte sie über ihrer Lektüre ein.

Einige Stunden später schreckte sie aus dem Schlaf auf und sah sich erschrocken um. Der komplette Raum war mit Rauch erfüllt, und die Vorhänge standen lichterloh in Flammen. Sie fraßen sich durch die Holzverkleidung der Wände und Decke, gleich hatten sie die Flurtür erreicht. Sie sprang auf und begann sogleich zu husten. Was war geschehen? Sie konnte sich kaum noch orientieren, der Rauch brannte in ihren Augen. Sie hustete und hustete. Sie hielt sich ein Tuch vor Mund und Nase und versuchte, zur Tür zu gelangen. Doch sie fand sie nicht, die Orientierung fiel ihr schwer. Der beißende Rauch ließ ihre Augen tränen, sie glaubte zu ersticken. Es war so schrecklich heiß. Die Flammen loderten nun bereits über die gesamte Decke. Die Lampe musste es gewesen sein. Gottverdammtes Petroleum.

»Hilfe«, brachte sie hervor und sank auf die Knie. »Hilfe. Hört mich jemand.« Sie hustete erneut. »Irgendjemand. Bitte.« Und da war er plötzlich. Der stechende Schmerz in ihrem Unterleib. Sie schrie auf, hielt sich die Hände an den Bauch. Alles krampfte sich zusammen. Es tat so weh. Nein, schoss es ihr durch den Kopf. Nein, bitte nicht. Mein Baby, mein Kleines. Nein, bitte nicht. Es ist zu früh. Es darf nicht sein. Bitte, bitte nicht. Im nächsten Moment spürte sie Arme und hörte Jans Stimme, dann wurde alles schwarz um sie herum.

35. KAPITEL

Keitum, 3. August 1917

Elin ließ ihren Blick über die Grabsteine schweifen. Der Friedhof von St. Severin hatte sie stets beruhigt. Hier war es so wunderbar still, und die Gedanken ließen sich ordnen. Auf den Gräbern blühten zahllose Blumen, und ihr berauschender Duft vermischte sich mit dem salzigen Wind, der vom Meer zu ihnen herüberwehte. Es war ein warmer Sommertag, der Himmel wolkenlos. Ein Tag zum Eierlegen und Touristen ärgern. So hatte es Paul manchmal gesagt und schelmisch gegrinst. Für den Seebädertourismus hatte er nie viel übriggehabt. Doch niemandem war im Moment zum Eierlegen zumute, und Touristen zum Ärgern gab es auch nicht. Elin konnte nicht sagen, wie sie die letzten Wochen überstanden hatte. Nach der Verzweiflung, dem Hoffen und Bangen, war die Trauer gekommen. Sie hüllte sie ein, lähmte sie und ließ die Tage und Wochen irgendwie vergehen. Neben ihr stand Matei und blickte auf das kleine, aus Stein gefertigte Kreuz hinab, auf dem der Name ihrer Nichte stand. Unter dem Namen stand ein Spruch, den Jan hatte einprägen lassen:

Du Blume Gottes, viel zu früh
brach dich des Gärtners Hand.
Er brach sie nicht, er pflanzte sie
nur in ein besseres Land.

Matei sah schrecklich aus. Ihr fettiges Haar hatte sie achtlos im Nacken zusammengebunden, ihre Augen waren umschattet. Sie war abgemagert, ihr Kleid hing wie ein Sack an ihr. Sie hatten das nicht lebensfähige Mädchen auf den Namen Sieke, nach ihrer Großmutter mütterlicherseits, getauft. Elin hatte Matei gesagt, dass sie im Himmel gewiss auf den kleinen Engel achten werde. Auf das winzige Mädchen, das in jener fürchterlichen Gewitternacht still zur Welt gekommen war. In jener Nacht, in der Matei irgendwo zwischen Leben und Tod gewesen war. Jan war die ganze Zeit über nicht von ihrer Seite gewichen. Er hatte geweint, geschwiegen, ihr vorgelesen, erzählt, und war irgendwann erschöpft eingeschlafen. Elin hatte ihre tote Nichte eine ganze Weile im Arm gehalten. Ein Hauch von Mensch, zart und klein. Doch perfekt und wunderschön. Blonder Flaum auf dem Kopf, winzige Fingerchen und Zehen. Es war zu früh gewesen, ihr hatte die Kraft zum Atmen gefehlt. Matei war erst Tage später aus ihrer Bewusstlosigkeit erwacht und erholte sich gesundheitlich wieder. Doch die seelischen Verletzungen wogen schwer. Der Verlust ihres Babys hatte sie zum Schweigen gebracht. Sie lief wie ein Geist herum, wirkte oftmals ruhelos. Dann war sie wieder ganz still, saß stundenlang in einer Ecke und starrte vor sich hin. Jan war derjenige gewesen, der sie aus den Flammen gerettet hatte. Nachdem sie nicht im Herrenhaus aufgetaucht war, hatte er nach dem Rechten sehen wollen. Er wirkte häufig hilflos, überfordert und machte sich Vorwürfe. Er hätte eher gehen und nach ihr sehen sollen, hatte er besonders in den Tagen nach dem Unfall immer wieder gesagt. Er hatte seinen Dienst im Versorgungslager wieder angetreten. »Irgendwann muss es ja weitergehen«, hatte er zu Elin gesagt. Er sah aus wie ein geprügelter Hund und klammerte sich an alltägliche Abläufe, die Sicherheit boten. So hatte es Alwine gesagt, die in jener Nacht alles dafür getan hatte, um Matei zu retten. »Das Leben geht voran, und wir müssen, trotz der Trauer, der Wut und der Verzweiflung in unserem Inneren mitgehen. Erst kleine, dann größere Schritte. Und irgendwann können wir wieder lachen.«

Elin blieb an Mateis Seite. Sie lief mit ihr, sie schwieg mit ihr. Sie lag neben ihr im Bett und lauschte ihren regelmäßigen Atemzügen. Sie hielt sie im Arm, wenn sie nachts schreiend aufwachte. Seit dem Brand hatte der Kaffeegarten geschlossen, selbst unter den Männern im Lazarett herrschte eine gedrückte Stimmung. Elins Hochzeit war abgesagt worden. Wann sie stattfinden würde, wusste niemand. Gerhard zeigte Verständnis. Er weilte im Augenblick bei der Truppe in List. Die Fliegerstaffel war dort weiter ausgebaut worden, man befürchtete Luftangriffe der Engländer. Dort gab es etwas zu berichten. Seit Tagen hatten sie sich nicht gesehen. Oder gingen sie sich bewusst aus dem Weg? Kurz vor dem Brand waren sie übereingekommen, Sylt den Rücken zu kehren. Sie würden in seinem Elternhaus in Charlottenburg eine Etage im ersten Stock bewohnen, sein Vater war ein hoch angesehener Staatsanwalt. Elin hatte sich von Gerhards Schilderungen der Hauptstadt mitreißen lassen. Von den Promenaden, Kaufhäusern, dem Nachtleben, voller Kinos und Varietés. Berlin sei eine grüne Stadt, der Tiergarten eigne sich hervorragend zum Flanieren, an warmen Tagen gehe es an den Wannsee. Dort fuhren Ausflugsboote, zur Ostsee war es nicht weit. Sie könne Ahlbeck und andere Seebäder kennenlernen. Mehr sehen als Sylt. Sie könne Teil einer mondänen Gesellschaft werden. Aber war dem wirklich so? Auch in Berlin war der Krieg spürbar. In der Zeitung war neulich ein Bericht darüber gewesen. Die Menschen standen vor den Geschäften in langen Schlangen, das Straßenbild prägten Kriegsversehrte. Doch der Krieg würde vielleicht bald enden. Dann wäre auch Berlin wieder anders. Oh, sie hatte doch gar keine Vorstellung von solch einer großen Stadt. In ihrem ganzen Leben hatte sie keinen richtigen Wald gesehen, war niemals durch einen Park gelaufen. Gerhards Ausführungen hatten verlockend geklungen. Andererseits war da Sylt, die Heimat, die Sicherheit bot. Konnte sie das wirklich alles hinter sich lassen? Sie hatte gedacht, sie würde es schaffen. Sie liebte Gerhard, war ihm Stütze und Partnerin. Doch nun war alles verändert. Das Haus am Ingiwai war komplett abgebrannt und mit ihm all die wunderbaren Pläne, die Jan und Matei gehabt hatten. Matei hatte ihre Tochter verloren und brauchte jemanden, der Halt gab. Und Elin gab ihr diesen. Sie war die einzige Familie, die Matei geblieben, die Schwester, die immer für sie da gewesen war. Sie würde vorerst nicht nach Berlin gehen, sondern an Mateis Seite bleiben.

»Wollen wir gehen?«, fragte Elin.

Matei erwiderte nichts.

»Es ist schon nach fünf. Jan wollte später kommen, und Wiebke hat versprochen Mehlpudding zu backen. Den hast du doch so gern.« Immerhin, diesen Luxus gab es jetzt wieder. Der Sommer hatte eine kleine Verbesserung der Ernährungslage gebracht. Der Kartoffelanbau im Reich schien in diesem Jahr ertragreicher zu sein, durch die Eroberung deutscher Truppen im Osten gab es wieder mehr Zucker und Mehl. Nur Fett und Fleisch blieben häufig Mangelware. Inzwischen mussten sogar fleischfreie Wochen eingelegt werden. Immerhin hatten sie auf den Inseln noch Fisch und Muscheln. Obwohl auch die Fänge der Fischer zum größten Teil abgeliefert werden mussten. Es wurde auch zu Spenden von Frauenhaar aufgerufen. Da es kaum noch Kamelhaar gab, wurde dieses für Treibriemen, Filzplatten und Dichtungen verwendet. Elin überlegte, ihr Haar zu spenden. Eine kürzere Frisur wäre praktischer in der Pflege. Inzwischen gab es nur noch aus minderwertigen Zutaten gefertigte Kriegsseife zu kaufen. Moild stellte sie selbst her und bemühte sich um eine halbwegs gute Beschaffenheit und einen ansprechenden Duft. Sie fügte Kamillenblüten oder Lavendel bei, rührte sie mit Regenwasser an, was angeblich besser für die Qualität war. Die Haare wurden trotzdem stumpf damit.

Matei wandte sich wortlos vom Grab ab und ging mit gesenktem Kopf Richtung Wattweg. Elin folgte ihr. Sie liefen an der Kirche vorüber, in der sie getraut hätte werden sollen. Sie hatten im Saal des Landschaftlichen Hauses zu einem Umtrunk geladen, von einer großen Hochzeitsfeier hatten sie aufgrund des Kriegsgeschehens Abstand nehmen wollen. Nun gab es keinen Umtrunk und keine Feier, ihr Hochzeitskleid lag in der Truhe. Wann sie es tragen würde, wusste sie nicht. Sie folgten dem Wattweg. Hunderte Male war sie ihn zu jeder Jahreszeit entlanggelaufen. Manchmal glaubte sie, jeden Schilfhalm zu kennen. Auf dem Keitumer Kliff war nie etwas von dem Tourismus von Westerland, Kampen oder Wenningstedt spürbar gewesen. Hier war Sylt noch ursprünglich und so, wie sie es gernhatte. In der hier herrschenden Einsamkeit konnte man Zuflucht suchen, sie spendete auf ihre ganz eigene Art Trost. Die Vogelschwärme lärmten wie gewohnt. Seeschwalben, Kiebitze, Austernfischer, Brandgänse und Möwen. Das Wasser war abgelaufen, der Geruch des Schlicks hing in der Luft. Elin atmete ihn tief ein und nahm Mateis Hand. Sie schüttelte sie nicht ab, was sie für ein gutes Zeichen hielt. Als sie kleine Mädchen gewesen waren, waren sie öfter Hand in Hand gelaufen. Die Hand der anderen gab Sicherheit. Wann hatten sie es zuletzt getan? Sie wusste es nicht.

Sie erreichten das Herrenhaus und liefen die Stufen zu dem Anwesen hinauf. Im Schatten der Ulmen saßen einige Lazarettpatienten beieinander und spielten Karten. Sie grüßten freundlich. Im Moment war das Lazarett wieder gut besetzt. Gestern hatte es zehn Neuzugänge gegeben. Allesamt waren sie von einem Lazarett an der Westfront zu ihnen verlegt worden. Zwei von ihnen hatten jeweils ein Auge verloren, einer seine rechte Hand. Geschiente Beine und Arme im Gips. Brandverletzungen im Gesicht. Anfangs hatten viele der Männer noch auf eine baldige Rückkehr zur Front gehofft. Sie wollten ihren Beitrag für das Vaterland leisten. Doch diese Stimmen waren größtenteils verstummt. In den ausgemergelten Gesichtern stand die Angst, viele von ihnen wurden von Albträumen geplagt. Sie hatten Kameraden, Weggefährten und Freunde auf grausamste Art und Weise verloren, oftmals hilflos zusehen müssen, wie sie an fürchterlichen Verletzungen gestorben waren. »Verdun ist die Hölle auf Erden«, hatte erst neulich ein junger Mann zu Elin gesagt. Sie hatte ihm geholfen, einen Brief an seine Frau zu verfassen. Er konnte es nicht tun, denn seine Hände waren verbunden. Verbrennungen, er hatte auch im Gesicht welche erlitten, sein rechtes Ohr fehlte. Er wollte nur noch in die Heimat, endlich seinen Sohn kennenlernen, der vor zwei Monaten zur Welt gekommen war. Wieder in seinem Schuhladen stehen, normale Dinge tun.

Hinnerk saß bei Wiebke in der Küche am Tisch. Er begrüßte sie mit seiner üblichen Unbedarftheit. Vor ihm standen ein Pharisäer und ein Stück Pflaumenkuchen.

»Moin, ihr Lütten. Ihr seid aber spät dran für die Kaffeezeit. Der Pflaumenkuchen ist köstlich. Da hat unser Baum ganze Arbeit geleistet.«

»Nicht nur euer Baum. Oder backt der neuerdings Kuchen?« Wiebke stemmte die Hände in die Hüften und sah Hinnerk finster an. Er zog den Kopf ein.

»Nein, natürlich nicht. Aber ohne den Baum könntest du keinen Kuchen backen. Und ich hab die Früchte geerntet. Dat ist jedes Mal eine Plackerei. Dat sag ich euch. Einmal wär ich fast von der Leiter gefallen. Rieke hat aus den meisten Früchten Kompott eingekocht. Dat ist was ganz Feines. Gabs gestern mit Reisbeuteln zu Mittag. Sie ist heute bei Moild. Die beiden wollen neue Früchteteemischungen für den Winter herstellen.«

»O wie schön. Die hab ich besonders gern«, antwortete Elin. Sie nahm Hinnerk gegenüber Platz und rückte Matei den Stuhl neben sich zurecht. Matei setzte sich. »Ich hab neulich mit Moild über ihre tollen Teekreationen gesprochen, und wir haben eine Zusammenarbeit überlegt. Zum Tee könnte man den passenden Pott verkaufen, dazu Kluntjes und anderen Schnickschnack.«

»Dat is' eine großartige Idee«, sagte Wiebke. »Tee und Pott passen immer gut zusammen.«

»Solange ich dann auch einen Schuss Rum reinkippen kann«, fügte Hinnerk mit vollem Mund hinzu. Elin musste schmunzeln. Sie sah zu Matei und bildete sich ein, ein kurzes Lächeln wahrgenommen zu haben.

»Jetzt gibt es für meine Lütten erst einmal ein großes Stück Mehlpudding und Kakao«, sagte Wiebke.

Elin musste lächeln. Wiebke bezeichnete sie als ihre Lütten. Als wären sie ihre Kinder. Sie stellte zwei Teller mit Milchpudding auf den Tisch, dazu die Kakaopötte, und gesellte sich, einen Pharisäer in Händen, dazu. »Gerade ist es etwas ruhiger. Abendbrot hab ich schon vorbereitet. Gibt Rollmops mit Gurken und Pumpernickel. Steht alles schon in der Speisekammer bereit. Und für morgen hab ich Pannfisch geplant. Gibt tatsächlich Kartoffeln dazu. Es geschehen noch Zeichen und Wunder. Bauer Ahlbeck aus Tinnum hat vier gut gefüllte Säcke für das Lazarett geliefert.«

Alwine trat ein und begann sogleich, lauthals zu schimpfen.

»Das muss man sich mal vorstellen. Das können sie doch nicht mit mir machen. Aber denen werde ich es zeigen. Ich habe auch Rechte, und ich kann meine eigenen Entscheidungen treffen. Verdammt noch eins. Ich brauch einen Schnaps. Oder besser gleich zwei, ach, was sag ich. Gebt mir einfach die ganze Flasche.«

Irritiert sahen alle Anwesenden Alwine an. So außer sich hatten sie sie noch nie erlebt. Und Alwine war schon des Öfteren außer sich gewesen. Sie schleuderte ein gefaltetes Papier auf den Tisch. Wiebke reichte Alwine die Flasche, und sie nahm einen tiefen Schluck. Ihre Augen wurden groß, sie lief kurz rot an und begann, nach Luft zu japsen. »Liebe Güte«, sagte sie keuchend und sah auf das Etikett. »Was ist das für ein Teufelszeug?«

»Hat Moild mir mitgegeben. Bauer Jürgensen brennt neuerdings selbst«, antwortete Wiebke.

»Ein besseres Zeug bekommt man auf der ganzen Insel nicht«, fügte Hinnerk hinzu.

Elin hatte inzwischen das gefaltete Papier zur Hand genommen und den darauf stehenden, mit Schreibmaschine getippten Text überflogen.

»Du wirst abkommandiert?«, fragte sie.

»Ja, einfach so. Das muss man sich mal vorstellen. Ich hab nicht um eine Versetzung gebeten. Ich soll in ein Lazarett an die Westfront, auch noch in die Nähe von diesem Verdun. Eine erfahrene Oberschwester wird dort dringend benötigt. Ich wäre von oberster Stelle empfohlen worden. Und wer soll sich dann bitte schön hier kümmern?« Sie nahm einen erneuten Schluck aus der Flasche und gab ein kehliges Geräusch von sich. »Ich kann doch Schwester Ina nicht allein lassen. Sie leistet hervorragende Arbeit, aber sie hat als Führungskraft keine Erfahrung. Ihr werden die Schwesternhelferinnen allesamt auf der Nase herumtanzen. Das sag ich euch. Die jungen Dinger haben ja keine Ahnung von Disziplin. Die müssen mit harter Hand geführt werden.« Sie nahm einen erneuten, recht kräftigen Schluck aus der Pulle, dann sank sie wie ein Häufchen Elend neben Hinnerk auf einen Stuhl.

»Und dagegen kann man nichts machen?«, fragte Wiebke.

»Nein, leider nicht. Befehl ist Befehl. Kommt ja von der Heeresleitung.« Nun war sie den Tränen nah. »Ich weiß, ihr habt mich alle anfangs nicht leiden können. Und es tut mir so leid, dass ich so streng mit euch beiden gewesen bin.« Sie sah zu Matei und Elin. »Und auch zu euch hätte ich netter sein können.« Sie sah zu Hinnerk und Wiebke. »Ich war ein Drachen. Ach, ich bin einer. Mit mir hält es doch keiner aus. Aber ihr habt das.« Sie heulte nun endgültig und nahm erneut einen Schluck. »Ihr habt mich so akzeptiert, wie ich bin. Ihr habt einen besseren Menschen aus mir gemacht. Ihr und diese Insel, dieser wunderschöne Platz mit seinen putzigen Häuschen und dem Blick aufs Meer. Wisst ihr, ich hab früher immer davon geträumt, mal den Ozean zu sehen. In einem vierten Hinterhof in Berlin kann es manchmal ganz schön düster sein.«

»Du kannst wiederkommen«, sagte plötzlich Matei. Alle Anwesenden sahen sie verdutzt an. »Sylt läuft nicht fort. Wenn alles vorüber ist, kommst du zurück. Wir werden auf dich warten.« Sie legte ihre Hand auf die von Alwine und nickte ihr zu. Sie lächelte nicht. Aber Alwine tat es nun. Sie wischte sich die Tränen von den Wangen und nickte.

»Ja, du hast recht«, sagte sie und tätschelte Mateis Hand. »Ich kann wiederkommen. Und ich werde es auch. Wenn es für mich eine Heimat geben kann, dann hier. Und diese alte Schreckschraube von Hebamme, wie war ihr Name noch gleich? Ach, egal. Die, die immer den Tee trinkt und nix sagt. Die schicken wir dann aufs Ruhebänkchen.« Sie stand auf, geriet arg ins

Schwanken und setzte sich wieder. »Oh, es dreht sich alles.« Sie rülpste unflätig. »Kinder, jetzt ist mir aber schlecht.«

»Dat war wohl doch 'n büschen zu viel Schnaps«, konstatierte Hinnerk. »Komm. Ich bring dich mal vor die Tür, min Deern. Bevor du uns hier noch in die Stube kotzt.« Er zog Alwine auf die Beine, und sie verließen den Raum. Keine Minute später drangen von draußen laute Würgegeräusche herein.

»Dat war knapp«, sagte Wiebke. »Beinahe hätte sie uns über den Tisch gespuckt. Dat wäre eine Sauerei gewesen.«

»Mir tut sie leid«, sagte Matei.

»Mir auch«, erwiderte Elin. Einen Moment herrschte betretenes Schweigen im Raum. Es wurde durch Gerhards Eintreten unterbrochen.

»Moin, die Damen«, grüßte er in die Runde. »Was ist denn mit der Oberschwester passiert? Ich hoffe, es ist nichts Ernstes. Nicht, dass ihr euch im Lazarett eine böse Magengrippe eingefangen habt. Also im Barackenlager in List, da ist …«

»Sie wird in ein Lazarett an die Westfront versetzt«, fiel Wiebke ihm ins Wort.

»Und deshalb hat sie etwas viel Schnaps getrunken«, fügte Elin erklärend hinzu. »Aber du bist sicher nicht gekommen, um mit uns über Alwines Befinden zu sprechen, oder?« Ihre Stimme klang kühl. Sie war aufgestanden. Wiebke sah zu Matei, die ein Schulterzucken andeutete. Keine von beiden wusste, weshalb Elin zu Gerhard so abweisend war.

Auch Gerhards Miene wurde ernst. »Wollen wir ein Stück laufen?«, fragte er. Elin stimmte zu.

Wenig später schlenderten sie nebeneinander den Wattweg entlang. Elin spürte einen Kloß im Hals. Was sollte sie sagen? In ihr tobte ein gottverdammter Krieg. Die eine Seite sagte ihr, dass sie ihn heiraten und ihr Leben leben sollte. Matei hatte Jan, sie konnte weiterhin Kinder bekommen. Sie würde sich langsam von dem fürchterlichen Schicksalsschlag erholen. Sie durfte lieben und mit Jan eine Zukunft planen. Im Herrenhaus gab es für eine Künstlerkolonie ausreichend Platz. Sie sollte Gerhard das Jawort geben und mit ihm nach Berlin gehen. Endlich Nägel mit Köpfen machen. Doch ein anderer Teil in ihr wehrte sich gegen diese Vorstellung. Mateis Rückkehr ins Leben stand auf wackeligen Beinen. Sie brauchte ihre Schwester. Und dann war da dieses andere Gefühl in ihrem Inneren. Dieser Schmerz, der sie jedes Mal traf, wenn sie daran dachte, die Insel zu verlassen. Sylt war ihr Zuhause, Keitum gab Geborgenheit. Hier kannte sie jedes Haus, jeden Bewohner, die alten Geschichten und Mythen. Ja, Sylt konnte auch grausam sein. Der Blanke Hans war oftmals unberechenbar. Doch Keitum lag geschützt an der Wattseite der Insel. Die alten Kapitäne hatten gewusst, weshalb sie ihren Hauptort und ihre schmucken Kapitänshäuser hier errichtet hatten. Sie hatte Pläne. Erst gestern hatte sie mit Moild über Teepötte gesprochen. Nachdem sie den Laden verlassen hatte, war ihr eingefallen, dass es diese Zusammenarbeit nicht geben könnte. Berlin war weit fort. Eine andere Welt. Liebte sie Gerhard wirklich so sehr? Durfte er von ihr verlangen, ihre Heimat aufzugeben? Matei aufzugeben?

»Es ist kompliziert, oder?«, fragte er, nachdem sie eine Weile nebeneinander hergelaufen waren.

Elin nickte.

»Ich habe nachgedacht«, sagte er und blieb stehen. »Ich glaube, es war doch alles etwas übereilt.«

Elins Herzschlag beschleunigte sich. Sie getraute sich nicht, ihn anzusehen. Sie riss ein Stück Schilf ab und zerknäulte es zwischen den Fingern.

»Ich habe mich dazu entschieden, an die Westfront zu gehen«, sagte er und atmete tief durch.

Elin sah ihn erschrocken an.

»Nicht als Soldat. Als Kriegsberichterstatter. Mein Redakteur liegt mir schon länger damit in den Ohren. Ich soll dorthin gehen, wo der Puls dieses Krieges schlägt, Tapferkeit der deutschen Soldaten dokumentieren. Das würde unsere Leser interessieren. Sollte ich das tun, würde er mein Manuskript einem befreundeten Verleger empfehlen. Ich dachte, ich meine …« Er kam ins Stocken und nahm Elins Hand, sah sie eindringlich an. »Ich kann nicht von dir verlangen, dass du mich nun heiratest. Wer weiß, ob ich heil aus Frankreich zurückkehren werde. Und ich habe noch etwas begriffen: Ich kann dir deine Heimat nicht wegnehmen.«

Elin wollte etwas sagen, doch er hob die Hand. »Ich sehe in deinen Augen, wie sehr du haderst und mit deiner inneren Zerrissenheit kämpfst. Du hast Sylt niemals verlassen. Diese karge Insel voller Schönheit ist dein Zuhause. Berlin ist eine fremde Welt für dich. Es könnte sein, dass du dort nicht zurechtkommst. Es vielleicht sogar hassen wirst. Die vielen Menschen, Häuser dicht an dicht.«

Elin traten Tränen in die Augen. »Ich weiß nicht …« Sie brach ab.

Er hob die Hand und strich eine Träne von ihrer Wange. »Der Verlust von Mateis Kind war ein großes Unglück. Aber vielleicht bewahrt es uns vor einem Fehler. Ich werde dich immer in meinem Herzen tragen. Aber ich denke, eine Ehe zwischen uns beiden wäre falsch. Ich will dich nicht verpflanzen, dir nicht das nehmen, was du am allermeisten brauchst. Diese Insel.«

»Dann bleib bei mir«, sagte Elin. »Wir könnten gemeinsam hier leben.«

»Das geht nicht«, antwortete er. »Sylt ist dein Platz, nicht meiner. Ich brauche die Rastlosigkeit der Großstadt, deren Anonymität. Ich brauche und vermisse Berlin. Das ist mir in den letzten Tagen endgültig klar geworden. Doch du wirst diese Stadt niemals brauchen. Es bricht mir das Herz, es aussprechen zu müssen. Aber es ist besser, wenn wir das, was wir hatten und teilten, die Momente des Glücks, in uns bewahren und es damit bewenden lassen. Es war mir eine Ehre, dich kennenlernen und lieben zu dürfen, Elin.« Er beugte sich zu ihr und drückte ihr einen Kuss auf die tränenfeuchte Wange. Dann drehte er sich um und ging. Elin hörte seine Schritte auf dem Kies, wie sie sich immer mehr entfernten. Er hatte es getan. Er hatte ihre Verlobung gelöst, er verließ sie. Die Tränen rannen über ihre Wangen, und doch verschwand der Kloß in ihrem Hals. Das Hadern hatte nun ein Ende. Berlin. Der Name dieser Stadt hatte den Schrecken mit einem Schlag verloren. Die Entscheidung war getroffen. Sie würde auf Sylt bleiben. Es war gut so.

36. KAPITEL

Keitum, 10. September 1917

Matei stand am Abzweig des Ingiwai und starrte auf den schmalen Feldweg. Seitdem das Unglück geschehen war, war sie nicht mehr hier gewesen. Die Sonne war gerade erst aufgegangen und streifte mit ihrem goldenen Licht die Wipfel der hier stehenden Ulmen und Kastanien. Es war noch kühl. Am Tag zuvor hatte es geregnet. Pfützen auf den Wegen zeugten davon. Sie wusste nicht, weshalb sie ausgerechnet jetzt hierhergekommen war. Vielleicht weil es sein musste, weil sie nicht immer davonlaufen konnte? Vor sich selbst, vor ihren Träumen, die sie beinahe jede Nacht verfolgten. Vor der Angst, sie könne Jan verlieren. Ihr Umgang miteinander war zerbrechlich, geprägt von dem Verlust ihres Kindes. Sie hasste sich dafür, ihn ablehnend zu behandeln, ihn nicht ansehen zu können. Doch sie ertrug ihn nicht um sich, zuckte jedes Mal zusammen, wenn er sie anfasste. Sie kannte den Ausweg, den Weg zurück nicht. Das Vertrauen in ihn war mit ihrer Tochter gestorben, ihre Unbedarftheit, das Glück und die Liebe schienen mit ihr für immer gegangen zu sein. Sie fühlte sich leer und müde, unverstanden und einsam. Die Blicke der anderen. Aufmunternd, freundlich, mitfühlend. Sie ertrug sie nicht mehr. Sie war die Frau, die ihr Kind verloren hatte, die beinahe gestorben wäre. Vielleicht wäre es besser gewesen, wenn sie in jener Nacht für immer gegangen wäre. Dann würde sie nicht diesen bitteren Schmerz in sich spüren, der nicht weichen wollte, der in ihr dieses abscheuliche Gefühl der

Gleichgültigkeit heraufbeschwor. Tag und Nacht, Regen und Wind, Sonnenschein. Der Geruch des Schlicks, die Rufe der Seevögel, der Blick aufs Meer. Alles schien unwichtig zu sein. Elin hatte sie neulich geschüttelt und angeschrien. Sie hatte ihr gesagt, dass es nun genug sei mit dem Traurigsein. Doch Elin war ebenso traurig. Gerhard hatte die Verlobung gelöst, er hatte Sylt den Rücken gekehrt. Sie hatte ihn wegen ihr verloren. Sie hatte so verdammt viel Schuld auf ihre Schultern geladen. Hätte sie doch niemals diese dumme Petroleumlampe ans Fenster gestellt, wäre sie doch nur nicht eingeschlafen. Sie hätte durch den Regen zum Herrenhaus laufen sollen. Sie hätte …

»Matei«, sagte plötzlich jemand hinter ihr. Sie kannte die Stimme und wandte sich um. Jan stand vor ihr und sah sie überrascht an. »Was tust du hier?«, fragte er.

Ausgerechnet er war hier. Sie ballte die Fäuste. Hatte er sie verfolgt? Wieso tat er das? Wieso ließ er sie nicht einfach in Ruhe?

Er machte einen Schritt auf sie zu, sie wich zurück und schüttelte den Kopf.

»Du willst zum Haus, oder?«

»Zu welchem Haus denn?«, fragte Matei. Tränen stiegen in ihre Augen. »Es gibt keines mehr. Ich hab es kaputt gemacht. Ich bin schuld. Ich hab sie umgebracht.« Sie schlug die Hände vors Gesicht und begann, laut zu schluchzen. Und da waren sie. Seine Arme. Sie spürte, wie sie sie umschlangen und hielten. Er drückte sie fest an sich, und sie klammerte sich an ihn. Sie atmete den vertrauten Geruch seines Rasierwassers, spürte den rauen Stoff seiner Jacke an ihrer Wange.

Er hielt sie fest und tröstete. »Scht«, sagte er und strich über ihren Rücken. »Scht.« Mehr fügte er nicht hinzu. Kein »Es wird wieder gut werden«. Wie es so viele tröstend sagten. Wie sollte es das denn auch? Sie hatten ihr Kind verloren.

So standen sie eine ganze Weile. Langsam wurde Mateis Schluchzen weniger, und irgendwann löste sie sich aus seiner Umarmung und wischte sich die Tränen von den Wangen.

»Wollen wir gemeinsam gehen?«, fragte er. Sie nickte. Er nahm ihre Hand, und sie liefen den Feldweg hinunter. Vor dem Grundstück blieben sie stehen. Noch immer umgab es das Steinmäuerchen, auf dem die Strandrosen wuchsen. Der bekieste Weg zum Haus, der Apfelbaum im Garten, die Hortensienbüsche waren noch da. Vom Haus waren nur noch verkohlte Reste geblieben. Matei ließ Jans Hand los und ging darauf zu. Sie betrachtete die rußigen Mauerreste, die schwarzen Balken.

Jan trat hinter sie.

»Ich hab es an dem Tag gezeichnet«, sagte Matei, bückte sich und hob eine zerbrochene und vom Ruß geschwärzte Wandfliese vom Boden auf. »Ich wollte es festhalten, so wie es war. Mit dem bemoosten Dach, den alten Fenstern, von denen die Farbe abblätterte, der schiefen Bank davor. Ich wollte uns die Erinnerung daran bewahren, seinen wahren Charakter einfangen, bevor wir es umbauen.«

»Eine schöne Idee«, sagte Jan.

»Ich war schon fast fertig. Doch dann kam das Gewitter. Das Bild ist verbrannt. Diese dumme Petroleumlampe. Ich hätte besser aufpassen müssen. Wir können doch damit umgehen. Wir wissen um die Gefahr, die von den Öllampen ausgeht. Und trotzdem ist es passiert.« Erneut stiegen Tränen in ihre Augen. »Ich bin schuld.«

»Nein, das bist du nicht«, antwortete Jan. »Es war ein Unfall. Es konnte doch niemand ahnen, dass die Lampe umfallen und die Gardinen Feuer fangen würden. So etwas kann tagtäglich überall auf Sylt passieren.«

»Außer in Westerland. Dort haben sie längst Strom«, antwortete Matei. »Dort muss niemand mehr mit dieser Angst leben.

Warum schaffen sie es nicht, auch Keitum an das Netz anzuschließen? Sind wir weniger wert, weil wir echte Insulaner sind? Es war mein kleines Mädchen. Ich hab nicht gut genug auf sie aufgepasst.«

Jan legte von hinten die Arme um sie, und sie lehnte sich an ihn. Erneut rannen die Tränen über ihre Wangen. »Dafür, was passiert ist, kannst du nichts. Und mich trifft ebenso Schuld. Ich hätte für euch da sein müssen. Aber ich war es nicht. Ich hab dich allein gelassen. Die ganze Zeit. Aber nun wird es besser. Ich verspreche dir, dass ich dich nicht mehr alleine lassen und besser auf dich achtgeben werde.«

Sie erwiderte nichts. Wie sollte er dieses Versprechen halten? Er musste weiterhin seinen Dienst im Versorgungslager leisten und war dort als Teil der Inselwache untergebracht. Er musste die Spielregeln anderer befolgen.

»Wir werden irgendwann wieder glücklich sein. Wir finden einen Weg. Da bin ich mir sicher. Und wir bauen das Haus wieder auf. Noch schöner, als es gewesen ist. Wir lassen uns unsere Träume nicht wegnehmen. Nicht von einem Feuer und nicht von diesem dummen Krieg.« Er drehte Matei zu sich um und sah ihr fest in die Augen. »Ich liebe dich, Matei. In guten wie in schlechten Zeiten. Wir halten zusammen.« Seine Lippen näherten sich den ihren und berührten sie. Sie ließ den Kuss zu, spürte seine Zunge in ihrem Mund. Seine Umarmung wurde fester, und er zog sie eng an sich. Er gab ihr in diesem Augenblick den Halt, den sie glaubte, für immer verloren zu haben. Erneut rannen die Tränen über ihre Wangen. Am liebsten hätte sie ihn niemals wieder losgelassen. Doch irgendwann lösten sie sich dann doch voneinander, und er lächelte. Sie lächelte ebenfalls, und zum ersten Mal seit Langem spürte sie wieder so etwas wie Wärme in ihrem Inneren, die für einen Augenblick das Gefühl der Leere vertrieb.

Es war Hinnerk, dem sie auf dem Rückweg zum Herrenhaus wenig später begegneten. Er lenkte gerade sein Fuhrwerk auf die Straße und winkte ihnen fröhlich zu. Er trug, wie gewohnt, seine graue Felduniform. Seine auf dem Kopf sitzende Kapitänsmütze wollte nicht so recht dazu passen. Die trug er, seit Matei denken konnte. Obwohl er eigentlich niemals Kapitän gewesen war, sondern zeit seines Lebens als Bauer gearbeitet hatte.

»Moin, ihr beiden. Dat ist heute ein Wetterchen, wat? Dat haben wir uns nach dem scheußlichen Tag gestern aber auch verdient.«

»Moin, Hinnerk«, grüßte Jan. »Wo willst du denn zu so früher Stunde schon hin? Gibt es wieder neue Patienten für das Lazarett abzuholen?«

»Nein, heute nicht. Alwine muss zum Hafen gebracht werden. Sie reist heute doch endgültig ab. Dat ist echt traurig. Und dat sag ich, wo ich mit ihr anfangs solche Schwierigkeiten hatte. Aber jetzt wird sie mir fehlen.«

»Das war heute? Liebe Zeit. Das habe ich glatt vergessen«, Matei schlug sich vor die Stirn. »Ich komme natürlich mit, um sie zu verabschieden.«

»Da bist du nicht die Einzige«, antwortete Hinnerk. »Das halbe Herrenhaus will mitkommen. Deshalb hab ich auch das große Fuhrwerk aus der Remise geholt. Wollt ihr schon mal aufsteigen? Die anderen warten bestimmt schon vor dem Haus.«

Matei und Jan stimmten zu und kletterten auf den Wagen. Als sie vor dem Herrenhaus vorfuhren, standen dort Alwine und ihr Verabschiedungskomitee tatsächlich schon bereit. Sie wurden mit einem großen Hallo begrüßt.

»Da ist die Deern ja. Matei, Liebes. Wo hast du bloß gesteckt? Wir haben überall nach dir gesucht«, sagte Wiebke. »Elin ist sogar zum Watt und bis zum Tipkenhoog gelaufen. Sie ist gerade im

Haus, rasch die Schuhe wechseln. Der Weg war arg schmutzig. Elin!«, rief Wiebke Richtung Kapitänshaus. »Matei ist hier.«

Elin tauchte auf. Erleichterung spiegelte sich auf ihrem Gesicht wider.

»Gott sei Dank. Ich war schon in Sorge.« Sie trat näher an den Wagen. »Wo hast du gesteckt?«

»Wir waren gemeinsam bei unserem Anwesen am Ingiwai, nur mal nach dem Rechten sehen«, beantwortete Jan ihre Frage.

»Es tut mir leid«, erwiderte Matei und sah zu Alwine, die aussah, als würde sie gleich in Tränen ausbrechen. Die Ärmste hatte in den letzten Wochen alles nur Erdenkliche versucht, um ihre Versetzung an die Westfront zu verhindern, aber keiner ihrer Anträge hatte Gehör gefunden. Zum Ende der Woche hatte sie sich bei ihrem neuen Arbeitgeber, einem Lazarett an der Westfront, zu stellen.

Das Verabschiedungskomitee, das Alwine zum Hafen begleiten wollte, hatte eine recht ordentliche Größe. Wiebke, Schwester Ina (die Aufsicht im Lazarett würde während Alwines Abwesenheit eine der beiden Hilfsschwestern führen), Rieke kam auch mit, und sogar einige Patienten hatten sich eingefunden. Die meisten von ihnen weilten bereits seit einigen Wochen im Lazarett und hatten die Oberschwester lieb gewonnen. Einer von ihnen, Hans Großlechner, er stammte aus einem kleinen Dorf in Oberbayern und sprach breiten Dialekt, trug sogar Alwines Gepäck. Auch Doktor Martin Graber fuhr zur Verabschiedung mit. Er hatte deshalb extra seine stets um Punkt neun Uhr stattfindende Sprechstunde verschoben.

»Dann mal alle rauf auf den Wagen«, sagte Hinnerk. »Sonst fährt die Fähre noch ohne Alwine ab.«

»Was kein Beinbruch wäre«, antwortete Wiebke, während sie mit Jans Hilfe auf den Wagen kletterte. Hans und Doktor Graber verstauten Alwines Gepäck. Elin setzte sich neben ihre Schwester, Jan kletterte zu Hinnerk auf den Kutschbock. Die Fahrt begann. Hinnerk lenkte den Wagen vom Hof und in den Uwe-Jens-Lornsen-Wai. Sonnenflecken tanzten über den Weg, der vom Meer kommende sanfte Wind rauschte in den Bäumen. In den Gärten der alten Kapitänshäuser grünte und blühte es, dass es eine Freude war. Matei genoss die Fahrt und ließ ihren Blick über die schmucken Anwesen gleiten. Jedes von ihnen kannte sie in- und auswendig, und doch entdeckte sie immer wieder Neues. Der alte Ole Nannig hatte seine Scheune frisch gestrichen, seine Frau Vollig hängte gerade Wäsche im Garten auf und winkte ihnen lachend zu. Im Nachbargarten war der Blauregen von Trinke Petersens Hauswand verschwunden, auf einer Leine hingen Schollenfilets zum Trocknen. Langsam schlich sich der Herbst in die Gärten. Die Rosen blühten nicht mehr so üppig wie noch vor wenigen Wochen, Sonnenhut und Dahlien zeigten nun ihre Blütenpracht in den Beeten. So mancher Fliederbeerenstrauch trug bereits schwer an seiner Last. In diesem Jahr würde es eine reiche Ernte geben. Fliederbeerensuppe war eines von Mateis Leibgerichten. Sie wurde mit einigen Apfelschnitten gekocht, mit Zucker und Zitrone gewürzt und mit einem Grießkloß serviert. Immerhin, dieses Leibgericht konnte ihr der Krieg nicht nehmen. Sie ließen Keitum hinter sich. Mateis Blick wanderte über die Felder. Auf einer Weide standen ein Schimmel und ein Esel unter Obstbäumen. Der Wind frischte auf, und sie zog ihr Schultertuch noch fester um sich. Alwine atmete hörbar neben ihr die salzige Luft tief ein und seufzte.

»Wie sehr ich diese Insel doch vermissen werde«, sagte sie. »Mit dem schönen Wetter macht sie mir den Abschied nicht gerade leichter.«

Im nächsten Moment war das Mähen von Schafen zu hören, und Hinnerk hielt den Wagen an. Keine Minute später waren sie von vielen wolligen Gesellen umringt, die laut blökten und sich dicht um den Wagen drängten.

»Dat kann doch jetzt nicht wahr sein«, schimpfte Hinnerk los. »Wat machen denn nu die ganzen Viecher hier auf dem Weg. Macht, dass ihr fortkommt, ihr Dösbaddel.«

Die Schafe, es waren unzählig viele, ließen sich von seinem Gemecker nicht stören.

»Wo kommen die denn alle so plötzlich her?«, fragte Wiebke. »Gibt es hier keinen Schäfer?«

»Bei uns auf der Insel?«, antwortete Hinnerk und sprang vom Wagen. »So wat haben wir hier nich'. Viele Schafe laufen sogar noch frei rum. Aber die Kameraden hier sind ausgebüxt. Und ich weiß auch, wo. Der alte Nannig ist nicht gut darin, seine Zäune instand zu halten. Und auf der anderen Seite schmeckt dat Gras halt immer noch am besten.« Er begann, mit den Armen zu wedeln, um die Tiere vom Weg zu verscheuchen. Was ihm jedoch nicht so recht gelingen wollte. Auch die anderen Mitfahrer beteiligten sich an der Schafverscheuchung.

»Komm schon«, sagte Matei zu einem besonders flauschigen Exemplar und klopfte ihm leicht auf die Rückseite. »Auf der Wiese nebenan gibt es viel bessere Grasbüschel. Das sind die reinsten Delikatessen.« Doch so recht wollte sich das Tier von ihrer verlockenden Essensankündigung nicht überzeugen lassen. Es blieb an Ort und Stelle stehen und knabberte lieber an einem am Wegesrand stehenden Gebüsch. Auch die anderen hatten wenig Glück mit ihren Vertreibungsversuchen. Jedes Mal, wenn einige Schafe vom Weg vertrieben waren, kamen andere. Das Fuhrwerk war und blieb zwischen den Tieren eingeschlossen.

Alwine guckte auf ihre Armbanduhr. »Noch eine halbe Stunde, dann legt das Schiff ab. Das schaffen wir niemals.«

Sie stand neben Wiebke. Die beiden hatten gerade erfolglos versucht, zwei der wollenen Gesellen zurück auf die benachbarte Wiese zu bugsieren. Das Problem lag darin, dass ein Weidezaun den Tieren den Weg auf die sattgrüne Wiese versperrte, die anscheinend ihr Ziel darstellte. Und dorthin, wo sie herkamen, wollten sie nicht mehr zurück. Es war ein Jammer. Immer dichter drängten sich die Tiere um das Fuhrwerk.

»So wird dat heute nix mehr«, sagte Hinnerk und schüttelte den Kopf. »Die Fähre fährt ohne dich, Alwine. Tut mir leid.«

»Also mir tut das nicht leid«, sagte Alwine und grinste. »Solch ein Pech aber auch. Da werde ich doch glatt einen Tag länger auf der Insel bleiben müssen.«

Im nächsten Moment war lautes Hundegebell zu hören. Zwei Schäferhunde tauchten auf und umrundeten sogleich die Schafe. Die Tiere schafften es innerhalb von Minuten, die Schafherde zu kontrollieren und den größten Teil von ihnen zurück auf die Weide zu scheuchen. Es war bewundernswert. Nun tauchte auch der Besitzer der Herde auf. Nannig Martensen war hochgewachsen, hager und hatte die siebzig bereits überschritten. Sein vom Wetter gegerbtes Gesicht war von vielen Falten durchzogen.

»Moin, Hinnerk«, grüßte er und lüpfte kurz seinen Hut. »Tut mir leid wegen der Umstände. Pedder, der Dösbaddel, hat das Gatter offen gelassen.«

»Moin, Nannig. Ja, kann schon mal vorkommen. Wir müssen dann weiter. Wenn wir Glück haben, erreichen wir die Fähre noch. Vielleicht ist sie mal wieder unpünktlich. Kommt in letzter Zeit ja häufiger vor.« Er kletterte wieder auf den Kutschbock und trieb die anderen zur Eile an. Alwines Miene wurde finster. Ihre

Hoffnung, ihren Aufenthalt auf der Insel unverhofft um einen Tag verlängern zu können, schwand dahin. Hinnerk bretterte nun regelrecht den Weg entlang. Hach, was das rumpelte und schaukelte. Es galt, sich festzuhalten. Munkmarsch kam in Sicht, und gerade legte das Schiff am Anleger an.

»Ist mal wieder nicht pünktlich«, rief Hinnerk. »Dat schaffen wir noch.« Er lenkte den Wagen direkt bis zum Anleger, auf dem bereits Hochbetrieb herrschte. Es waren hauptsächlich Soldaten, die die Insel verließen. Viele Männer der Inselwache waren in den letzten Wochen zur Unterstützung der Regimenter an die Westfront versetzt worden. Es wurde sich verabschiedet, Männer gingen an Bord, Waren wurden von der Fähre zur Inselbahn gebracht oder auf der Fähre verladen. Es herrschte das gewohnte Chaos. Alwine kletterte vom Wagen. Ihre Miene war bedröppelt. Sie sah aus, als würde sie gleich losheulen. Wiebke umarmte sie als Erste. Dann folgte der Rest. Zum Schluss drückte die Oberschwester Matei fest an sich.

»Dir ganz besonders alles Liebe, mein Kind, oder min Deern, wie ihr hier oben zu sagen pflegt. Und ich drück euch alle Daumen für ein neues Glück. Musst keine Angst haben. Neue Wunder helfen gegen Kummer.« Matei nickte. Sie hatte nun Tränen in die Augen. Sie wusste, dass Alwine eine erneute Schwangerschaft damit meinte.

Alwine lief winkend den Anleger hinunter. Hinnerk folgte ihr mit dem Gepäck und reichte es einem der Schiffsjungen. »Pass mir gut drauf auf, min Jung. Und gib mir auf die Deern acht. Dat ist eine von den Guten.«

»Wird gemacht«, antwortete der Schiffsjunge. Alwine ging an Bord. Die Leinen wurden gelöst. Es ertönte die Schiffshupe, und das Boot legte ab. Alwine stand an Deck und winkte. Alle winkten zurück. Jan hatte den Arm um Matei gelegt. Sie genoss seine

Wärme und Nähe und kuschelte sich enger an ihn. Vielleicht hatte Alwine recht und sie sollte keine Angst haben. Neue Wunder helfen gegen Kummer, wiederholte sie in Gedanken. Es konnte sein. Doch Matei wusste nicht, ob sie dazu schon bereit war.

37. KAPITEL

Berlin, 6. Dezember 1917

Liebste Frau Bohn,

ich bin in Sorge, da ich so lange nichts von Ihnen gehört habe. Ich hoffe, bei Ihnen auf der Insel steht alles zum Besten und es ist dem allgemeinen Kriegsgeschehen geschuldet, dass Sie nicht zum Schreiben kommen. Wie geht es Ihrer werten Schwester? Ich hoffe, ihre Vermählung verlief zu aller Zufriedenheit? Müsste nicht längst Ihr Kind geboren sein? Verzeihen Sie mir, wenn ich zu aufdringlich frage. Ihre freundlichen Briefe von der Insel Sylt waren in den letzten Jahren eine solch große Freude für mich. Ich nahm gern Anteil an Ihrem Leben, auch wenn es durch den Tod von Anna einen bitteren Beigeschmack bekommen hat. Ich gebe zu, ich schwärmte ein wenig für sie. Sie war eine bemerkenswerte Frau mit einem einnehmenden Charakter. Möge sie in Frieden ruhen.

Heute schreiben wir den 6. Dezember 1917, und es herrscht noch immer Krieg. Ich hatte so sehr darauf gehofft, dass wir in diesem Jahr keine Kriegsweihnacht mehr feiern würden. Aber nun ist dem so. Das Jahr 1917 hat so viele Friedensappelle von den unterschiedlichsten Seiten gebracht. Selbst Papst Benedikt hat mit einer Friedensnote an die Kriegsparteien appelliert, den Krieg zu beenden. Doch die Mächte lehnten den Vorschlag ab. Das zeigt, wie wenig Autorität die Kirche noch innehat. Es sind wohl zu viele Kanonen gesegnet, zu pathetisch ist der Heldentod besungen worden. Doch nun keimt in Berlin neue Hoffnung auf, die auch mich wieder an einen baldigen Frieden glauben lässt. In Russland überschlugen sich in den letzten Wochen die

Ereignisse, und der neue Führer des Arbeiter- und Soldatenrates, Lenin, hat den Mittelmächten den Waffenstillstand angeboten. Tatsächlich sollen nun in einer Stadt namens Brest-Litowsk die Friedensverhandlungen beginnen. Diese Ereignisse lassen mich und viele Bewohner Berlins hoffnungsvoll in das neue Jahr blicken. Ich will nicht zu pathetisch klingen. Aber 1918 könnte unser Schicksalsjahr werden.
Wieder schreibe ich über Politik und langweile Sie gewiss damit. Wie geht es mit dem Malen voran? Was machen die Pläne für die Künstlerkolonie? Ich hoffe, sie gedeihen und wachsen. Ich habe neulich in meinem Lieblingscafé mit einigen befreundeten Künstlern gesprochen, und sie waren von der Idee begeistert. Viele könnten sich einen längeren Aufenthalt auf Sylt, ganz besonders in dem wunderschönen Ort Keitum, ich schwärmte in höchsten Tönen, durchaus vorstellen. Es könnte also einen Ansturm auf Ihre Kolonie geben. Ich selbst würde, Sie werden es mir bestimmt verzeihen, nicht zu den Bewerbern zählen. Ich überlege inzwischen, meinen Hauptwohnsitz nach Kriegsende auf die Insel zu verlegen. Sylt bietet so viele Möglichkeiten für einen Künstler, und es streichelt die Seele mit einer Ursprünglichkeit, die ihresgleichen sucht. Ich male mir bereits jetzt in den schönsten Farben den Tag meiner Rückkehr aus und fiebere auf ein fröhliches und baldiges Wiedersehen in Ihrem so wunderschön am Meer gelegenen Herrenhaus hin.
Ich hoffe, bald wieder von Ihnen zu lesen, und vielleicht sind Sie so freundlich und legen mir wieder eine Ihrer hübschen Postkarten bei.

Mit besten Grüßen
Ihr
Friedrich Beck

Keitum, 5. Januar 1918

»Ich hab fast alle meine Röcke abgegeben«, sagte Moild, während sie die Ware abkassierte. »Dazu meinen feinen Mantel, drei Kleider und vier Blusen. Mein Sonntagskleid hab ich in der Truhe versteckt und den warmen Wollrock ebenso. Sollen sie mich dafür eben an den Pranger stellen, wenn sie wollen. In den dünnen Baumwollröcken, die sie mir gelassen haben, erfriere ich und hole mir den Tod. Der warme Rock leistet mir bei der Kälte gute Dienste. Heute Morgen hat unser Hausthermometer minus zwanzig Grad angezeigt. So kalt war es lange nicht. In Westerland werden jetzt ja neuerdings diese Kleider aus Papierstoff angeboten. Else Petersen hat schon eines davon gekauft. Sie traut sich damit jedoch zurzeit nicht auf die Straße, weil sie Angst hat, dass es sich durch die Nässe auflösen könnte.«

»Na, dat wäre ein Spaß«, antwortete Wiebke und kicherte. »Da hätten wir aber was zum Gucken. Dat mit dem Wollrock hast du schon ganz richtig gemacht. Wir haben auch Sachen in einer Kiste auf dem Dachboden versteckt. Dat das mit den Kleiderkontrollen auf unserer Insel so streng werden würde, hätte ich niemals gedacht. Da sieht man mal wieder, was man von der einen oder anderen Person und so manchem Verein zu halten hat.«

Moild nickte. Sie wusste, auf wen Wiebke anspielte. Auf Trude Peters. Der Frauenverein hatte sich die kriegswichtige Kleidersammlung auf die Fahnen geschrieben und terrorisierte mit seinen Kontrollen inzwischen sämtliche Bewohner Keitums. Kein Kleiderschrank und keine Truhe waren vor den neugierigen Blicken der Damen sicher. Moild, sie litt ebenfalls unter dem

Makel, eine Zugereiste zu sein, nickte beflissen. Auch sie empfand es als befremdlich, von den Damen ausgegrenzt zu werden. Als wäre man nur ein halber Mensch, weil man in Westerland oder Kampen geboren worden war. Auch Matei, die in Begleitung von Wiebke zu Moild in den Laden gekommen war, beeilte sich, zustimmend zu nicken. Sie und Elin hatten bereits mehrfach das Angebot einer Mitgliedschaft im Frauenverein abgelehnt. Beide waren keine Freunde von diesem Tratschklub, wie Elin ihn gern bezeichnete. Matei hatte inzwischen den Verlust ihres kleinen Mädchens ganz gut verarbeitet. Wie es mit dem Grundstück am Ingiwai weitergehen sollte, wussten Jan und sie jedoch noch immer nicht. Der Traum einer eigenen Künstlerkolonie war in weite Ferne gerückt. Aber immerhin hatte Matei ihr Lachen wiedergefunden, und sie malte auch wieder. Elin und sie verbrachten oftmals viele Stunden des Tages in der Tonwerkstatt. Matei zeichnete Entwürfe für Bilder, die auf die Pötte gedruckt werden konnten, sie fertigte auch wieder ihre Postkarten an und verkaufte sie an die Soldaten, die sie mit großer Freude in die Heimat zu ihren Liebsten sandten. Erst neulich hatte sie einige davon mit einem langen Brief an Friedrich Beck nach Berlin gesendet. Wiebke fand es bemerkenswert, dass der Künstler ihnen noch immer schrieb. Er war wahrlich eine treue Seele.

Die beiden waren zu Moild in den Laden gekommen, um die bestellten Waren für das Lazarett abzuholen. Einige Dosen Bohnen, Soda für die Seifenherstellung, Graupen und etwas Maismehl.

Moild musterte Matei näher.

»Du hast dir ebenfalls die Haare abgeschnitten. Was tut man nicht alles fürs Vaterland.« Sie schüttelte den Kopf und strich eine ihrer grauen Haarsträhnen nach hinten. Auch sie hatte ihre langen Haare, die sie stets hochgesteckt getragen hatte, geopfert.

»Dir steht der Kurzhaarschnitt hervorragend, meine Liebe. Aber ich sehe aus wie ein Wischmopp.« Sie zog eine Grimasse. »Soll es sonst noch wat sein?«

Die Frage mutete seltsam an, denn hinter Moild waren die Regale größtenteils leer. Nur das seitlich neben dem Regal stehende Teeregal stellte eine Ausnahme dar. Es war bestens mit allen nur erdenklichen Früchte- und Kräutertees gefüllt, denen Moild die üblichen kreativen Namen verpasst hatte. Aber von Tee allein wurde keiner satt. Es gab nur noch wenige Konserven, etwas Wurzelgemüse und Haferkleie. Fett war aus, ebenso Brot. Mehl und Milch gab es ebenfalls nicht. An Fleisch war bereits seit Wochen nicht mehr zu denken. Immerhin war im letzten Sommer die Kartoffelernte besser ausgefallen, weshalb sich davon noch einige Vorräte im Keller des Lazaretts befanden. Dazu Äpfel und getrocknete Fliederbeeren, eingemachte Gurken, eingelegter und getrockneter Fisch, Marmelade, Pflaumenmus und rote Grütze. Gesa lieferte dem Lazarett jede Woche eine Stiege Eier, und sie hatten eine größere Menge an Grieß und Haferflocken in der Vorratskammer gebunkert. Zum Frühstück gab es nun jeden Morgen Haferbrei mit Pflaumenmus oder Marmelade. Zucker war Mangelware, weshalb er ungesüßt gegessen werden musste. Dem Lazarett wurden zumeist Nudeln und Graupen zugeteilt. Auch Wintergemüse war auf der Insel verfügbar. Besonders Grünkohl, aber auch die verhassten Kohlrüben und Spinat. Wiebke war gut darin geworden, kreative Gemüsegerichte zu fabrizieren. Eintöpfe und Suppen wurden tagtäglich angeboten. Pilzauflauf, Sauerkraut mit Kloß, der aus einer sonderbaren Mischung aus Mehl, Eiern, Grieben und Gewürzen bestand. Oft gab es Fisch. Wiebke hatte das auf der Insel übliche Pannfischrezept kriegsgerecht abgewandelt. Der Fisch wurde mit Zwiebeln angebraten, Speck fehlte leider, die Milch war meist mit Wasser gestreckt, anstatt Kartoffeln wurden zumeist Streckrüben untergehoben, hin und wieder auch Schwarzwurzeln. Je nachdem, was der Vorratsschrank hergab. Labskaus stellte sie vom Klippfisch her, der öfter zu bekommen war und in allen möglichen Variationen auf den Tisch kam. Sonntags bemühte sie sich stets darum, etwas Besonderes zu servieren. Dann gab es auch mal Bratkartoffeln als Beilage zu Fischfrikadellen und als Nachtisch rote Grütze. Zu Weihnachten hatte es den gewohnten Entenbraten aus der Vogelkoje mit Kartoffelklößen gegeben. Auf die geliebten Futjes hatten sie auch in diesem Jahr wieder verzichten müssen.

»Hast du noch von deinen köstlichen Himbeerbonbons?«, fragte Wiebke hoffnungsvoll.

»Tut mir leid«, sagte Moild. »Tesje hat heute Morgen die letzten drei Packungen gekauft. Ihr Hauke hat die Bonbons wohl sehr gern.«

»Hm«, machte Wiebke. »Dat gierige Weib. Gleich drei Packungen. Der Hauke hätte auch Lakritz essen können.«

»Die ist schon länger aus«, antwortete Moild.

Eine weitere Kundin betrat den Laden. Es war ausgerechnet Trude Peters. Sie grüßte mit einem aufgesetzt wirkenden Lächeln und musterte Wiebkes Mantel näher.

»Den kenn ich ja noch gar nicht. Wo kommt das gute Stück denn plötzlich her? Die grüne Farbe wäre mir in Erinnerung geblieben. Du wirst doch nicht etwa Sachen beiseitegeschafft haben, meine Liebe? Das ist ein Verbrechen und muss gemeldet werden. Wir sind dazu verpflichtet, dass ...«

»Jetzt ist aber mal gut«, fiel Wiebke Trude ins Wort. »Hör auf, die Pflichtbewusste zu spielen. Und den Mantel hab ich dir sehr wohl gezeigt, meine Liebe. Wenn du dir nicht merken kannst, welche Klamotten die Leute in den Schränken haben, dann ist das ja wohl nicht mein Problem. Komm, Matei. Wir gehen.« Sie nahm Matei an der Hand und zog sie ruppig mit sich zum Ausgang.

Auf der Straße empfing sie eisige Kälte. Den ganzen Tag über hatte es immer wieder starke Schneeschauer gegeben, nun war der Himmel wolkenlos. Allerdings wehte ein böiger Wind, der ihnen den Schnee von den Dächern und Bäumen ins Gesicht fegte. Matei zog ihren Schal bis über die Nasenspitze. Wiebke zeterte.

»Dat is' aber auch eine dumme Ziege«, schimpfte sie. »›Dat ist ein Verbrechen und muss gemeldet werden.‹ Soll sich doch mal selber anschauen. Sie läuft mit ihrem schicksten Mantel durch die Gegend, die Madame. Aber anderen Leuten Vorschriften machen. Dat haben wir gern. Soll mir ruhig kommen. Aber dann kann sie was erleben. Dieses Biest.«

Matei murmelte zustimmende Worte. Der Wind war so kalt, sie glaubte, ihre Backen würden einfrieren. Und das trotz des Schals. Auch die Finger ihrer rechten Hand, die den Griff des Einkaufskorbs umschlossen und in Wollhandschuhen steckten, spürte sie kaum noch. Ihre Augen tränten. Liebe Güte, was für eine Kälte. Es schien, als käme sie direkt vom Nordpol zu ihnen. Wenn das so weiterging, würde das Watt bald wieder vollständig zugefroren sein, und die Eisboote müssten ihren Dienst aufnehmen. Das wäre für die allgemeine Versorgungslage der Insel eine Katastrophe.

Eine vermummte Gestalt kam ihnen entgegengelaufen. Erst als sie beinahe vor ihnen stand, erkannte Matei, dass es Jan war.

»Matei, Liebes. Ich habe nach dir gesucht. Wiebke«, er nickte Wiebke kurz zu. Sie grummelte einen knappen Gruß. »Ich würde dir gern etwas zeigen.« Er nahm ihre Hand. »Es ist aber nicht hier, sondern im Versorgungslager. Endlich ist es fertig. Ich kann kaum erwarten, was du dazu sagen wirst.« Er klang aufgeregt.

»Na, dann geht ihr Lütten mal«, sagte Wiebke und nahm Matei den Einkaufskorb ab. »Wenn dat so spannend ist. Aber erfriert nicht auf dem Weg.« Sie ging Richtung Herrenhaus davon.

Es dauerte nicht sonderlich lange, bis Matei und Jan das unweit von Gesas Hühnerhof gelegene Versorgungslager erreichten. Es war eines der typischen von der Armee errichteten Barackenlager. Es bestand aus zwei größeren Lagerhallen und vier Baracken. In einer von ihnen waren die Verwaltung und die Küche untergebracht. Dorthin zog Jan Matei nun. Im Büro trafen sie auf Tam, der Matei verwundert ansah.

»Moin«, grüßte er. »Damenbesuch. Was verschafft uns die Ehre? Lass das mal nicht den Hauptmann wissen.« Er sah zu Jan. Doch dieser winkte ab.

»Der ist doch heute in Westerland. Es geht mal wieder um den Neubau der Bahnstrecke zu uns nach Keitum und den Ausbau unseres Lagers. Mal sehen, was dabei rauskommt. Zurückkommen wird er bei dem Wetter bestimmt nicht mehr. Hast du Paul gesehen?«

»Der ist nebenan. Brütet über den Plänen für die Bahnstrecke. Ist als Architekt ja genau der richtige Mann für so ein Bauprojekt.«

Jan nickte und zog Matei mit sich in den Nebenraum. Paul Dierksen blickte auf. Matei schätzte den braunhaarigen Mann auf Ende dreißig. Er hatte einen dünnen Oberlippenbart, und eine schmale, silbern schimmernde Narbe prangte auf seiner rechten Wange. Er begrüßte Jan mit einem breiten Grinsen.

»Wusste ich doch, dass du ihr die fertigen Pläne gleich zeigen willst. Die Dame.« Er verbeugte sich kurz vor Matei. »Ihr seht durchgefroren aus. Kann ich Ihnen einen warmen Tee anbieten?«

»Welche Pläne?«, fragte Matei und ging nicht auf sein Teeangebot ein.

»Komm, ich zeig sie dir.« Jan durchquerte den Raum und holte aus einem Regal ein eingerolltes Papier, das er auf einem der Tische ausbreitete. Darauf war der Entwurf eines Friesenhauses abgebildet. Allerdings war es kein für die Insel typisches Haus. Es war größer, mit einem Innenhof, und sollte einen Wintergarten bekommen. Dazu gab es ein bewohnbares Nebengebäude. Matei ahnte, auf was sie blickte.

»Das wird unser neues Haus am Ingiwai werden«, sagte Jan voller Stolz. »Paul und ich haben es die letzten Wochen bis ins kleinste Detail geplant. Im Nebengebäude werden die Künstler untergebracht, in dem lichtdurchfluteten Wintergarten kann man hervorragend kreativ arbeiten. Im Sommer auf der davorliegenden Terrasse und im Garten malen. Der rechte Teil des Haupthauses und das Obergeschoss werden unser privater Bereich sein. Was meinst du? Ist es nicht perfekt?« Er sah sie mit strahlenden Augen an.

Matei wusste nicht, was sie erwidern sollte. Sie fühlte sich überrumpelt. Auch fragte sie sich, von welchem Geld sie das alles bezahlen sollten. Doch sie wollte in diesem Moment seine Freude nicht trüben. Er strahlte so sehr, und das wärmte ihr Herz.

»Ja, es ist perfekt«, antwortete sie und bemühte sich um ein Lächeln. Normalerweise würde er sie jetzt durchschauen und nachhaken. Doch er war so von seiner Idee überzeugt, dass er ihre Halbherzigkeit nicht wahrnahm. Er zog sie übermütig in seine Arme und küsste sie.

»Das wird unsere Zukunft, meine Liebste. Sobald der Krieg zu Ende ist, können wir mit den Bauarbeiten beginnen.«

38. KAPITEL

Keitum, 15. Mai 1918

»Moin, Hinnerk, du bist heute aber früh unterwegs«, sagte Elin. »Gibt es etwas Besonderes?« Sie kam gerade aus dem Kapitänshaus. Eben erst hatte die alte Standuhr in der Stube sieben Uhr geschlagen. Morgennebel hing über dem Watt, auf den Wiesen lag ein wenig Raureif. Die Eisheiligen machten in diesem Jahr ihrem Namen alle Ehre. Vor drei Tagen hatte es sogar noch einmal Schneefall gegeben. Das hatte den bereits in voller Blüte stehenden Fliederbüschen so gar nicht gefallen, und sie hatten ihre Zweige unter der Schneelast arg hängen lassen. Der Schnee war schnell wieder getaut, doch die eisigen Nächte waren geblieben. Heute war der Himmel wolkenlos, die Sonne war gerade aufgegangen, und ihre goldenen Strahlen ließen die überfrorene Nässe funkeln.

»Moin, Elin«, grüßte Hinnerk. »Wat mut, dat mut. Gleich fünf Männer müssen zum Hafen gebracht werden. Und es soll drei Neuzugänge geben, kommen aus einem Lazarett in Flandern.«

Die beiden liefen die Stufen zum Eingang des Herrenhauses hinauf. Genau in dem Moment, als Elin die Tür öffnete, hörten sie ein Poltern, dem lautes Schimpfen folgte, das nur einer Person in diesem Haus zuzuordnen war.

»So'n Schiet aber auch.« Vor ihnen auf der Treppe saß Wiebke. Auf den Stufen lagen ein Tablett und die Scherben einer Schüssel und eines Kaffeepotts.

»Wiebke, du meine Güte«, rief Elin aus und war sogleich an ihrer Seite.

»Ich Schussel hab doch glatt die Stufe übersehen«, schimpfte Wiebke. »Wie kann man nur blöd sein.« Sie hielt sich den Fuß. »Ich glaub, ich hab mir den Knöchel verdreht. Verflixt noch eins. Und das ausgerechnet heute. Ich wollte doch die Friesentorte für Matei backen.« Elin eilte zu ihr.

»Vielleicht ist es ja gar nicht so schlimm«, sagte Hinnerk, der ebenfalls näher getreten war. »Jetzt stellen wir dich erst einmal wieder auf die Beine, und dann gucken wir mal.«

Er und Elin halfen Wiebke beim Aufstehen. Als sie jedoch den Fuß aufsetzen wollte, schrie sie vor Schmerz auf und sank sogleich zurück auf die Stufe. »Tut das weh. Verdammt noch eins.«

»Was ist denn hier geschehen?«, war nun die Stimme von Martin Graber zu hören. Er stand auf dem obersten Treppenabsatz, und an seinem Kinn hingen noch Reste von Rasierschaum.

»Ich hab nicht auf die Stufe geachtet«, grummelte Wiebke. »Und jetzt ist der dumme Fuß kaputt. Und das ausgerechnet heute. Wo doch Matei Geburtstag hat.« In ihren Augen schwammen plötzlich Tränen.

»Ein Haushaltsunfall. Ja, so etwas kann vorkommen«, antwortete der Arzt. »Ich kann Ihnen gar nicht sagen, wie viele Fälle ich während meiner Zeit als Arzt bereits behandelt habe. Lassen Sie mich mal gucken. Vielleicht ist es ja gar nicht so tragisch. Welcher Fuß ist es denn?«

»Der rechte«, sagte Wiebke. Es gefiel ihr gar nicht, dass der Arzt sie nun untersuchen würde. Er streckte die Hand aus, um den Fuß abzutasten, da zog sie ihn zurück. »Au, das tut weh.«

»Ich hab ihn doch noch gar nicht berührt«, antwortete er.

»Bist aber auch 'n büschen zimperlich«, sagte Hinnerk. »Wir schaffen dich jetzt erst einmal von der Treppe und ins

Behandlungszimmer. Dann kann sich Doktor Graber den Fuß mal näher angucken.«

»Ich will in die Küche«, nörgelte Wiebke und verschränkte die Arme vor der Brust. »In dat Behandlungszimmer bringen mich keine zehn Pferde.«

Hinnerk sah zu Elin, die die Augen rollte. Wiebke hatte das Behandlungszimmer des Arztes noch nie betreten. Sie bezeichnete es abfällig als Folterkammer. Und damit hatte sie gar nicht so unrecht. Hin und wieder kamen aus dem Zimmer tatsächlich Schreie, die von unerträglichen Schmerzen zu zeugen schienen.

»Also dann in die Küche«, sagte der Arzt und seufzte. »Dort haben wir ja ebenfalls ausreichend Licht.« Mit vereinten Kräften schafften sie Wiebke in die Küche, und sie sank auf einen der Stühle. Elin zog ihr behutsam den Schuh aus. Der Knöchel war arg geschwollen.

»O weh«, konstatierte Elin. »Der hat ganz schön was abbekommen.«

Der Arzt tastete den Fuß vorsichtig ab und bog ihn nach links und rechts. Wiebke schimpfte, jammerte und winselte, doch sie war tapfer und zog ihr Bein nicht zurück.

»Gebrochen scheint nichts zu sein«, sagte Martin Graber. »Es ist eine starke Verstauchung oder Bänderdehnung. Der Fuß muss verbunden, gekühlt und hochgelegt werden. Sie werden einige Tage nicht laufen können, meine Teuerste.«

»Einige Tage«, Wiebke sah ihn entsetzt an. »Aber das geht doch nicht. Wer soll denn bitte schön für die Männer kochen? Und die Friesentorte für Matei … Haben Sie eigentlich eine Ahnung, wie schwierig dat gewesen ist, die Zutaten dafür zu besorgen?«

»Ich kann die Friesentorte doch backen«, schlug Elin vor.

»Na bravo. Dat kann ja heiter werden. Du kriegst ja nicht einmal anständige Friesenkekse hin«, entgegnete Wiebke. »Dat kapier ich eh nicht. Bastelt die feinsten Sachen aus Ton, aber beim Backen stellt sie sich an wie der erste Mensch.«

Elins Miene verfinsterte sich. »Wer soll es denn sonst machen? Unser neues Küchenmädchen wird heute nicht kommen.«

»Hm«, grummelte Wiebke. »Wieso muss sich die Deern ausgerechnet jetzt bei ihrem kleinen Bruder mit Windpocken anstecken? Kein normaler Mensch bekommt mit vierzehn noch die Windpocken. Die hat man doch als kleine Lütte.«

»Also ich kenne viele Fälle, die sie sogar noch im Erwachsenenalter bekommen haben, und dann ist mit dieser Kinderkrankheit nicht zu spaßen«, sagte Martin Graber und hob mahnend den Zeigefinger. »Und auch für das junge Fräulein wird es kein Vergnügen sein, die Erkrankung zu überstehen. Je älter man ist, desto schlimmer.«

»Soll ich nun die Friesentorte backen?«, fragte Elin. »Du könntest ja hierbleiben und mich anleiten. Den Fuß kriegen wir schon irgendwie hochgelegt.« Sie sah zu Martin Graber.

»Von meiner Seite spricht nichts dagegen. Der Fuß sollte nur nicht belastet werden. Ich gehe und hole Schwester Ina. Sie wird einen Salbenverband anlegen. Auch wäre es günstig, wenn der Fuß gekühlt wird, denn das lindert die Schwellung.« Er verließ den Raum.

»Wegen mir«, antwortete Wiebke unwirsch. »Wird schon irgendwie werden. Unsere Matei soll ja ihren Kuchen bekommen. Wann kommt sie gleich noch mal von Amrum wieder?« Sie sah zu Hinnerk, der mit ihrer und Jans Abholung betraut worden war. Die beiden waren vor einer Woche nach Amrum gefahren, um dort seine Eltern zu besuchen. Elin war schon ganz gespannt, was Matei über die Nachbarinsel berichten würde.

»Sie kommen mit der Zwei-Uhr-Fähre an«, gab Hinnerk zurück.

»Dann haben wir ja noch ausreichend Zeit«, sagte Elin. »Und wenn das Wetter so herrlich bleibt, können wir heute Nachmittag bestimmt im Garten sitzen. Ich glaub, wir haben noch irgendwo bunte Lampions, die können wir in die Bäume hängen. Gestern war ich bei Moild im Laden. Dort hab ich Gesa getroffen. Die beiden wollen auf jeden Fall zum Gratulieren kommen.«

»Na, Kinners, dann wird dat ja fein werden. Ich nehme an, für einen alten Friesen gibt es dann auch einen Pharisäer, wenn auch mit dem scheußlichen Muckefuck. Aber da kann man eben nix machen. Ich fahr dann nu. Die Männer sind eben rausgegangen und warten schon auf mich.« Hinnerk lüpfte seine Kapitänsmütze und verließ den Raum.

Schwester Ina erschien mit besorgter Miene.

»Ich habe gehört, hier gibt es eine Patientin zu verarzten. Meine liebe Wiebke. Was ist denn nur geschehen?«

»Ich kann keine Treppenstufen laufen«, sagte Wiebke.

»Ach, die dummen Stufen. Das hätte mir auch passieren können«, tröstete Ina. »Erst neulich wäre mir fast etwas Ähnliches passiert. Ich kümmere mich. Wir machen jetzt einen schönen Salbenverband. Du wirst sehen: Bald läufst du wieder munter durch die Gegend.«

Wiebkes Miene blieb finster.

»Vielleicht ein Schnaps für die Nerven?«, fragte Elin, die sich überfordert fühlte. Ausgerechnet heute musste Wiebke dieses dumme Missgeschick passieren.

Wiebke lehnte das Alkoholangebot ab. Es galt, sämtliche Sinne beisammenzuhalten. Schließlich musste sie einen absoluten Backanfänger anleiten, die perfekte Friesentorte zu fabrizieren.

»Dann kümmere ich mich mal um den Haferbrei für unsere Patienten«, sagte Elin und band sich eine Küchenschürze um.

»Immerhin da kannste nix falsch machen«, antwortete Wiebke. »Der steht schon fertig aufgewärmt auf dem Herd. Heute soll Pflaumenmus rein. Dat findest du in der Vorratskammer im Regal unten rechts.«

Elin hatte eine schnippische Antwort auf den Lippen, sprach diese jedoch nicht aus. Einen Streit mit Wiebke konnte sie jetzt nicht auch noch gebrauchen. Es galt, an einem Strang zu ziehen, damit es ein schöner Geburtstag für Matei werden würde.

Schwester Ina kümmerte sich um ihren Fuß, und er wurde auf einem der Stühle hochgelagert. Elin versorgte mit den Hilfsschwestern die Männer des Lazaretts mit ihrem Frühstück, im Moment waren zwanzig Betten belegt. Danach machte sie sich daran, die Zutaten für die Friesentorte zusammenzusuchen.

»Zusätzlich müssen wir auch noch einen Streuselkuchen backen«, sagte Wiebke. »Wir haben noch eingelegte Kirschen, die kannst du dafür verwenden. Dat ist auch ganz einfach. Nur der Hefeteig muss halt ordentlich aufgehen. Aber dat macht der ganz von allein. Wenn wir den Kaffeegarten aufmachen, weiß man ja nie, wie viele Gäste es werden. Friesenkekse hab ich gottlob noch. Ist schon gut, dass wir im Lazarett mal wieder einen Offizier als Gast haben. Wegen diesem Herrn von Brausewitz gab es wieder Sonderzuteilungen. Scheint ein ganz Wichtiger zu sein.«

»Sag das nicht zu laut«, erwiderte Elin und blickte Richtung Küchentür. »Am Ende hört er dich noch.«

»Kann er ruhig. Ist ja nix anderes als die Wahrheit. Der weiß dat bestimmt auch. Die Herren Aristokraten sind doch immer alle so gebildet. Wenn sie mit hochgekrempelten Hosen im Wasser stehen, dann sehen sie auch nicht anders aus als der einfache Bürger von nebenan.«

Elin sah sich in der Küche um. Sie wusste nicht so recht, mit was sie beginnen sollte. Und Wiebkes Geschwätz über Aristokraten machte es nicht besser. Ihr Blick blieb an der Schnapsflasche hängen. Vielleicht wäre ein winziges Gläschen gar nicht so schlecht, überlegte sie. Sie verwarf den Gedanken wieder und krempelte stattdessen die Ärmel hoch.

»Also gut. Dann fangen wir mal an. Wo ist denn das Rezept für die Friesentorte zu finden?«

»Na hier«, antwortete Wiebke und zeigte auf ihren Kopf. »Ich sag dir jetzt als Erstes die Zutaten. Du müsstest alles in der Speisekammer finden.«

Elin machte sich daran, den Teig für die Friesentorte herzustellen: Mehl, Backpulver, Zucker, Vanillin, saure Sahne, Salz und Pflanzenfett (Butter war leider nicht verfügbar) hatte sie zu verkneten. Dann mussten Streusel aus ähnlichen Zutaten angefertigt werden, hier kam jedoch noch etwas Zimt hinzu. Der angefertigte Knetteig musste gedrittelt werden. Jedes Drittel musste mit Streuseln bestreut einzeln gebacken werden.

»Du musst genau auf die Zeit achten«, sagte Wiebke mahnend. Sie hatte inzwischen eine Tasse Früchtetee vor sich stehen, in den sie sich nun doch für die Nerven einen Schluck Rum gekippt hatte. »Nicht, dass die Böden zu dunkel werden. Und einen der Böden musst du nach dem Backen sogleich in zwölf Stücke schneiden.«

Nachdem sämtliche Tortenböden gebacken und ausgekühlt waren, ging es daran, diese zu bestreichen. Mit Argusaugen beobachtete Wiebke, wie Elin das Pflaumenmus darauf gab. Danach galt es, mit einem Spritzbeutel die Sahne aufzubringen. Es gelang Elin nicht, die Sahnetuffs gleichmäßig aussehen zu lassen, wofür sie von Wiebke ein grummeliges Geräusch kassierte. Aber im Großen und Ganzen und dafür, dass sie es zum ersten Mal machte, sah es ganz ordentlich aus. Nun legte sie die beiden Böden aufeinander, verteilte weitere Sahnetuffs und legte die zuvor geschnittenen Tortenstücke des dritten Bodens darauf. Als sie ihr Werk vollendet hatte, betrachtete sie ihre erste selbst gebackene Friesentorte voller Stolz.

»Sie sieht gar nicht schlecht aus«, konstatierte Wiebke. »Dafür, dat du das zum ersten Mal gemacht hast. Jetzt bestäuben wir sie noch mit Puderzucker und dann ab damit in die kühle Speisekammer. Hach, Matei wird sich so was von freuen.« Wiebke klatschte freudig in die Hände. Ihre Wangen waren nun gerötet. Elin überlegte, wie viel Tee mit Rum sie wohl getrunken hatte.

Nachdem sie auch den Streuselkuchen gebacken hatte, dieser war wirklich um einiges einfacher herzustellen, ging es daran, das Mittagessen vorzubereiten. Heute sollte es für die Männer gebratene Maischolle (Paul Warmbier hatte diese gestern Abend vorbeigebracht) mit Bratkartoffeln geben. Von einem Mangel an Kartoffeln konnte im Moment nicht mehr die Rede sein. Dafür war es Fleisch, das fehlte. Auf den Tisch kamen seit Wochen nur noch Gemüse- oder Fischgerichte, auch Mehlspeisen waren bei den Männern beliebt. Rieke erschien. Hinnerk, der eben die drei Neuzugänge abgeliefert hatte, musste ihr erzählt haben, was geschehen war.

»Wiebke, meine Liebe. Was machst du denn für Sachen?«

»Wat wohl?«, entgegnete Wiebke. »Ich bin auf der Treppe umgeknickt. Nicht einmal mehr richtig gucken kann ich.«

»Ach du je«, rief Rieke. »Und das ausgerechnet heute. Wo doch Mateis Geburtstag ist. Kann ich irgendwie helfen?«

»Das wäre wunderbar«, antwortete Elin erleichtert. Sie hatte eben auf die Uhr gesehen. Es war bereits nach elf, und sie hatte noch nicht einmal mit dem Kartoffelschälen begonnen. Und wie genau man eine Maischolle richtig zubereitete, wusste sie auch nicht. Wiebke hatte schon recht: In der Küche war sie eine wahre Niete.

So werkelten sie bald in trauter Dreisamkeit. Wiebke schälte Kartoffeln, das ging auch im Sitzen. Elin schnitt Zwiebeln und heulte kräftig dabei, und Rieke zupfte aus der Scholle die restlichen Gräten, sollte sich ja niemand daran verschlucken oder an einem dieser kleinen Biester ersticken. Sie würzte die Scholle mit Salz und Pfeffer, wendete sie in Mehl und briet sie in heißem Fett goldbraun. Nachdem den Männern das Essen serviert war, begannen sie, den Garten zu schmücken. Sie hängten die Lampions in die Bäume und dekorierten die Tische liebevoll mit Windlichtern, Sand und Muscheln. Der sanfte Wind wehte den Geruch des Schlickwatts zu ihnen herüber, zwei Lämmchen kamen sie besuchen, eines der beiden war recht zutraulich und ließ sich von Elin streicheln. Bald darauf fuhr Hinnerk zum Hafen, um Matei und Jan abzuholen. Elin freute sich unbändig, Matei wieder bei sich zu haben. So lange Zeit waren sie niemals zuvor getrennt gewesen.

Die ersten Gäste tauchten auf. Es waren Gesa und Moild. Auch die alte Tatje erschien. Lehrer Lämpel mit seiner Frau Eike. Einige der Lazarettpatienten kamen ebenfalls nach draußen. Rieke und Elin schenkten Muckefuck und Kakao aus. Auch der beliebte Pharisäer wurde zahlreich bestellt. Immer wieder blickte Elin Richtung Einfahrt. Nun mussten sie doch bald zurückkommen. Die Fähre war bereits vor über einer Stunde in Munkmarsch angekommen. Am Ende saßen sie wieder in der Schafherde von Nannig fest. Auch Wiebke wurde langsam ungeduldig. Sie saß bei Gesa am Tisch und hatte den verletzten Fuß auf einen Hocker gelegt. Der kleine Fiete hatte sich zu Eike gesellt, die ihm mit großer Freude ein Fingerspiel beibrachte. In einem Kinderwagen neben ihr schlief ihre Jüngste selig.

»Wo bleiben die denn jetzt?«, fragte Wiebke. Elin zuckte mit den Schultern. »Hoffentlich wird dat heute noch was. Sonst ist doch die ganze Überraschung futsch. Und so eine Friesentorte hält sich wegen der vielen Sahne auch nicht ewig.«

Da endlich tauchte Hinnerks Fuhrwerk auf. Doch welche Enttäuschung. Er kehrte allein zurück. Mit bedröppelter Miene kletterte er vom Kutschbock.

»Es tut mir leid, Kinners. Aber der Fährbetrieb ist für heute eingestellt worden. Es sind wohl wieder feindliche Flieger in Sicht. Dat liegt alles an der großen Schlacht in Frankreich. Da ist auch in der Nordsee plötzlich mehr Betrieb. Aber dat ist jetzt schon ein Jammer. Ausgerechnet heute, am Geburtstag von der Deern.«

Elin nickte. Sie traf Mateis fehlende Rückkehr bis ins Mark, und ein dicker Kloß bildete sich in ihrem Hals, Tränen stiegen ihr in die Augen. In ihrem Zimmer lag das Geschenk für sie auf ihrem Bett. Sie hatte ihr ein neues Schultertuch in ihrer Lieblingsfarbe Hellblau und neue Aquarellfarben gekauft. Und dann war da ja auch noch der Kuchen. Ihre erste selbst gebackene Friesentorte.

»Ach, min Deern«, sagte Hinnerk. »Jetzt nimm dat mal nicht so schwer.« Er legte tröstend den Arm um Elin. »Wir können unserer Matei ja morgen auch noch zum Geburtstag gratulieren. Ich finde dat auch doof. Aber wir können es nicht ändern. Besser, sie bleibt auf Amrum in Sicherheit. Nicht, dass die doofen Engländer noch auf die Idee kommen, die Fähre anzugreifen.«

»Ach, die haben doch noch nie etwas angegriffen«, antwortete Elin und schniefte.

»Dat stimmt. Aber sagen kann man es nicht. Ist ja nu die große Schlacht in Frankreich.«

»Und was machen wir jetzt mit der Friesentorte?«, fragte Elin.

»Die eine Nacht wird das gute Stück in der kühlen Speisekammer schon überstehen«, tröstete Wiebke. »Komm, setz dich zu uns und iss einen Keks.« Sie rückte umständlich den Stuhl neben sich zurecht. Elin sank darauf.

»Ich geh dann mal Schnaps holen«, sagte Hinnerk. »Ich glaub, wir können jetzt ein Gläschen gebrauchen. Dat bringt uns unsere Matei zwar auch nicht, aber es ist gut für die Seele.« Er ging zum Haus.

Doch dann war plötzlich Mateis Stimme zu hören. Erstaunt blickte Elin auf. Da war sie. Ihr Schwesterchen. Sie und Jan betraten fröhlich den Garten. Elin sprang auf und fiel ihr freudestrahlend um den Hals.

»Matei, meine liebste Matei. Und ich dachte schon, du würdest nicht kommen, wegen der Fähre. Hach, was ist es schön, dich zu sehen.«

»Ja, das dachten wir auch«, erwiderte Jan. »Aber dann hat uns Tam Olsen nach Hörnum gebracht. Er bietet normalerweise Lustfahrten auf Amrum an und ist ein rechter Draufgänger. Ihm sind die englischen Flieger egal. ›Kommt ja eh keiner‹, hat er gesagt.«

»Ach, was ist das für eine Freude. Und stell dir vor: Es gibt Friesentorte. Und die habe ich gebacken.« Elin führte Matei freudestrahlend zu den Tischen, und sämtliche Anwesende begannen, *Alles Gute zum Geburtstag* zu singen.

39. KAPITEL

Westerland, 23. Juli 1918

»Hoppla!«, rief Matei.

»Oh, entschuldigen Sie, Fräulein«, rief der junge Inselwächter, dann lief er weiter. Matei blickte ihm kopfschüttelnd nach. Sämtliche Inselwächter Westerlands schienen in Aufruhr zu sein. Irgendetwas musste geschehen sein. Sie betrat das Hotel zum Deutschen Kaiser und blieb vor dem Kiosk von Greta Hansen stehen. Greta begrüßte sie mit dem üblichen Lächeln und öffnete ihr die seitlich des Verkaufsfensters liegende Tür. »Was ist denn heute los?«, fragte Matei die Kioskbesitzerin. »Alle sind so hektisch. Ist etwas passiert?«

»Auf die Luftschiffhalle bei Tondern hat es einen feindlichen Angriff gegeben, und die Fliegerstaffel vom Ellenbogen hat die Flugzeuge bis zu deren Flugzeugmutterschiff verfolgt. Es kann also durchaus sein, dass Sylt noch getroffen wird. Deshalb sind alle in Alarmbereitschaft.« Gretas Miene war besorgt. »Jetzt ist wegen der großen Schlacht an der Westfront ja auch mehr Unruhe in der Nordsee. Einer der Inselwächter hat mir vorhin erzählt, dass auf dem Ellenbogen noch eine zusätzliche Flakbatterie aufgestellt werden soll, um gegnerische Angriffe besser abwehren zu können.«

»Wie immer bist du bestens informiert. Aber denkst du wirklich, dass ein Angriff jetzt noch passieren wird? All die Jahre war nichts, und sie haben doch bereits im Februar mit der Demobilmachung begonnen. Hinnerk hat neulich erzählt, dass es bestimmt bald zu Friedensverhandlungen kommen wird.«

»Wer weiß das schon so genau. Bereits im letzten Jahr haben sie über Frieden geredet. Verständigungsfrieden, Siegfrieden, all diese Begriffe.« Sie zuckte die Schultern, öffnete eine Kiste und stapelte die sich darin befindlichen Zigarettenschachteln in eines der Regale. »Heute kam eine Menge Ware. Auf die Zigaretten hab ich schon ungeduldig gewartet. Die dürfen niemals zur Neige gehen. Und endlich wurde auch wieder Lakritze geliefert. Die ist bei den Männern besonders beliebt. Und natürlich deine Postkarten. Die gehen immer noch weg wie warme Brötchen.«

Matei nickte lächelnd. Ihre Postkarten mit den Inselmotiven waren wahrlich eine gute Geschäftsidee gewesen und zu einer festen Einnahmequelle geworden. Sie überlegte, das Geschäft auch nach dem Krieg weiter zu betreiben. Ansichtskarten wurden ja immer verschickt, und nach dem Krieg konnte sie gewiss einen höheren Stückpreis ansetzen. Während der letzten Monate hatte sie sich mit Greta angefreundet, und sie nutzten ihre Auslieferungszeiten stets für einen Schnack. Gretas Kiosk war im ehemaligen Pförtnerbereich eingerichtet worden. So hatte sie eine Art Verkaufsfenster zur Eingangshalle. Dieser Umstand gefiel ihr, denn so blieben die Männer auf Distanz. Sie waren ja meist recht nett, aber manch einer nahm es mit der Hygiene nicht zu genau und müffelte arg. Einmal hatte es Ärger mit einem Betrunkenen gegeben. Greta konnte nicht mehr zählen, wie oft ihr schon Avancen gemacht worden waren. Sie hatte Einladungen für das Kino, zu Spaziergängen und Cafébesuchen erhalten, und alles abgelehnt. Sie liebte nur einen. Ihren Uwe, der leider an der Westfront im Einsatz war, jedoch fleißig Briefe schrieb. Wenn er nach Sylt zurückkehrte, dann wollten sie endlich heiraten und die elterliche Pension übernehmen, die nicht weit vom Hotel zum Deutschen Kaiser in bester Lage im Dornröschenschlaf liegend auf das Kriegsende wartete.

»Heute hab ich einen ganz besonderen Schatz für uns«, sagte Greta und bedeutete Matei, ihr ins Hinterzimmer zu folgen. Die winzige Kammer besaß nur ein kleines Fenster, doch von diesem hatte man eine hübsche Aussicht auf die Strandpromenade. Eingerichtet war die Kammer mit einem Schreibtisch und einem Büroschrank. Hier erledigte Greta stets ihre Buchhaltung. Auf dem Tisch standen eine mit kleinen Keksen gefüllte Schüssel und eine auf einer Wärmeplatte stehende Kaffeekanne mit zwei Tassen. Matei hielt die Nase in die Luft und schnupperte. »Das ist doch nicht etwa ...«

»Richtiger Bohnenkaffee«, freute sich Greta. »Er stammt aus der Offizierskantine. Ich hab da neuerdings einen kleinen Handel mit einem der Küchenjungen angefangen. Er bekommt kostenlos Zigaretten, ich dafür Kaffeepulver. Und ich dachte, weil du heute kommst ...«

»Ach, das ist aber lieb von dir.« Matei hob den Deckel der Kaffeekanne und atmete den Geruch des frisch aufgebrühten Heißgetränks tief ein. »Ich hab schon beinahe vergessen, wie gut er riecht. Im Lazarett gab es diese Köstlichkeit eine gefühlte Ewigkeit nicht mehr.«

»Bei den Offizieren gibt es ihn immer wieder mal«, antwortete Greta und schenkte ihnen ein. »Sie bekommen ständig Extrawürste. Gestern gab es mal wieder Braten und dazu Kartoffelklöße. Und für die einfachen Männer den üblichen Eintopf ohne Fleischeinlage, dazu das Brot vom Vortag. Viele der Soldaten fühlen sich ungerecht behandelt, manch einer spricht seinen Unmut inzwischen sogar laut aus.«

»Oder sie bestehlen die Zivilbevölkerung«, meinte Matei.

»Gesa kann ein Lied davon singen. Bei ihr werden in letzter Zeit häufig Hühner gestohlen. Sie ist deshalb richtig wütend. Früher hat es solche Diebstähle auf Sylt nicht gegeben. Sie werden alle der Truppe zugeschrieben.«

»Das stimmt.« Greta nippte an ihrem Kaffeebecher. »Es ist ein Trauerspiel. Und hinzu kommen jetzt auch noch diese vielen Krankheitsfälle in letzter Zeit. Allein hier im Haus sind über Nacht zehn weitere Männer erkrankt. In Hörnum sollen es bereits über hundert Männer sein, die darniederliegen. Wie sieht es denn bei euch im Lazarett aus?«

»Noch keine Fälle«, antwortete Matei. »Aber es wird natürlich darüber gesprochen. Jan hat erzählt, im Versorgungslager wird es als Flandernfieber bezeichnet. Angeblich hat es diesen Namen, weil es von den Ausdünstungen der vielen Leichen kommen soll. Sie hatten bisher zehn Fälle, alle haben es gut überstanden. Unser Lazarettarzt ist im Moment auf allen Krankenstationen täglich im Einsatz. Er hat heute Morgen gemeint, dass die Grippe, wie er es bezeichnet, bereits wieder abflauen würde. Im Klappholttal ist während der letzten Tage kein weiterer Neuzugang zu verzeichnen gewesen, und auch auf dem Ellenbogen gibt es keine Neuerkrankungen.«

»Das hört sich gut an. Dann wird es bei uns in Westerland gewiss auch bald ein Ende damit nehmen. Ich desinfiziere meine Hände bereits zweimal am Tag. Dafür habe ich mir extra ein Präparat aus der Apotheke geholt. Man kann nie wissen. In der Zivilbevölkerung sind ja nur wenige Fälle bekannt. Wollen wir hoffen, dass es so bleibt.«

Matei nickte und leerte ihren Kaffeebecher. Ohne zu fragen, füllte Greta ihn erneut und erkundigte sich nach den Planungen für die Künstlerkolonie.

»Es läuft besser als gedacht«, sagte Matei. »Ich war ja zuerst skeptisch, als ich Jans Pläne für den Neubau gesehen habe. Das Ganze sieht schon sehr luxuriös aus.«

»Ich erinnere mich«, meinte Greta. »Du hattest dich gefragt, wie er das alles finanzieren möchte.«

»Das hat sich während unseres Besuchs auf Amrum geklärt. Jan hat einen Großonkel mütterlicherseits, der vor vierzig Jahren nach Amerika ausgewandert ist und dort recht erfolgreich eine Restaurantkette leitet. Er hat ihm einen Kredit zugesagt, einen Teil der Kosten will er sogar komplett übernehmen. Sein Onkel, sein Name ist Peter, hat seiner Zusage sogar ein Geschenk für mich beigelegt. Eine hübsche silberne Brosche, die mit kleinen Perlen verziert ist. Sie ist ganz bezaubernd. Er bedauert es sehr, dass er mich nicht persönlich kennenlernen kann. Jan hat erzählt, dass er ebenfalls gerne zeichnet. Eines seiner Bilder hängt in seinem Elternhaus. Es zeigt ein Segelschiff im Sturm. Er hat Talent. Liegt wohl in der Familie.« Matei trank von ihrem Kaffee und nahm sich einen der Kekse.

»Und wie sieht es …« Greta vollendete den Satz nicht, sondern blickte auf Mateis Bauch. Mateis Miene trübte sich schlagartig ein. »Bitte entschuldige. Ich hätte nicht fragen sollen«, sagte Greta sogleich und hob beschwichtigend die Hände. »Es war zu persönlich. Es ist nur, dass ich mich so sehr mit dir freuen würde, wenn …«

»Das weiß ich doch, meine Liebe«, antwortete Matei. »Aber es ist nichts. Und ehrlich gesagt, weiß ich auch nicht, ob ich schon dazu bereit bin.«

Greta nickte, ihr Blick war mitleidig.

Im nächsten Moment war die Ladenglocke zu hören. »Kundschaft«, rief sie. »Ich bin gleich zurück.« Sie verließ das Hinterzimmer. Matei stellte ihren Kaffeebecher auf dem Tisch ab und legte ihre Hand auf den Bauch. Bis heute Morgen hatte sie tatsächlich noch zu hoffen gewagt, denn sie war mal wieder einige Tage über der Zeit gewesen. Doch diese Hoffnungen hatten sich zerschlagen. Vielleicht war es besser so. Vielleicht würde sie gar kein Kind bekommen und das Schicksal hatte anderes mit ihr vor. Sie spürte den vertrauten Kloß im Hals, der immer kam, wenn sie an den Verlust ihres kleinen Mädchens dachte. Der Schmerz in ihrem Inneren war zurückgetreten, doch er war noch in Lauerstellung und kam in den sonderbarsten Momenten zurück.

Greta kam in Begleitung von Jan wieder.

»Sieh mal, wer eben gekommen ist«, sagte sie freudig.

Matei sah ihn verdutzt an. Er zog sie in seine Arme und küsste sie übermütig.

»Moin, meine Liebste«, grüßte er fröhlich. »Dachte ich mir doch, dass ich dich hier antreffe. Meine Deern lässt es sich mal wieder gut gehen.« Er hielt die Nase in die Luft. »Duftet das hier etwa nach Kaffee?«

»Leider schon leer«, antwortete Greta und grinste schelmisch.

»Was ein Jammer. Wo hast du denn dieses Luxusgut aufgetrieben? Gibt es den neuerdings bei dir zu kaufen?«

»Nein, leider nicht. Und über meine Quellen bewahre ich Stillschweigen.« Greta tat so, als würde sie ihren Mund verschließen.

»Würde ich an deiner Stelle auch machen«, gab Jan zu. »Schwarzes Gold gilt es in diesen Zeiten wie einen Schatz zu hüten.« Er wandte sich Matei zu: »Wollen wir? Gleich fährt die Bahn von Westerland nach Keitum. Die ist bedeutend schneller als der Bus.«

»Die Bahn fährt schon?«, fragte Greta.

»Ja, seit gestern. Wir haben mit ihr eben erste Waren nach Westerland gebracht. Es läuft alles reibungslos. Es sollen wohl weitere Männer aus den Lazaretten zu euch nach Keitum verlegt werden. Im Moment sind die Krankenstationen wegen der vielen Grippefälle arg überlastet.«

»Also bekommen wir jetzt auch Grippefälle?«, fragte Matei. Dieser Umstand behagte ihr so gar nicht. Sie war froh, dass das Herrenhaus bisher von dieser abscheulichen Seuche verschont geblieben war.

»Nein, keine Grippefälle«, antwortete Jan. »Andere Patienten, Verletzte von der Front. Hier in Westerland gibt es doch ebenfalls ein Reserve-Lazarett.«

»Da wird sich Schwester Ina nicht sonderlich freuen«, erwiderte Matei. »Wir haben erst gestern zehn Neuzugänge vom Festland erhalten. Allzu viele Männer können nicht zu uns verlegt werden.«

»Es wird ja nicht auf Dauer sein«, sagte Jan. »Ich denke, wir haben in spätestens zwei Wochen die Grippe überstanden, und dann geht alles wieder seinen geregelten Gang.«

»Dein Wort in Gottes Ohr«, antwortete Greta und zog eine Grimasse.

Jan und Matei verabschiedeten sich von ihr.

Draußen empfing sie kühle Luft, es nieselte leicht. Von schönem Sommerwetter waren sie in diesem Jahr weit entfernt. Den gesamten Juli über war es bisher kühl und regnerisch gewesen, die wenigen Sonnenstunden ließen sich an einer Hand abzählen. Sie liefen die Strandpromenade hinunter. Matei fröstelte. Das Meer war aufgewühlt und grau. Auf der Strandstraße waren kaum Menschen unterwegs. Am Bahnhof herrschte mehr Betrieb. Inselwächter luden Waren aus einem Zugwaggon auf bereitstehende Fuhrwerke um. In Käfigen flatterten einige aufgeregte Hühner. Mehlsäcke und Holzkisten unterschiedlicher Größe wurden verladen. Jan grüßte die Männer. Er und Matei stiegen in den einzigen Personenwagen, den der Zug nach Keitum hatte. Sie waren allein und sanken auf eine der Holzbänke. Kalter Rauch hing im Raum, es roch leicht muffig. Matei blickte nach draußen. Die Welt sah so traurig aus, wie sie sich plötzlich fühlte. Ihr kamen die Worte in den Sinn, die Jan eben gesagt hatte: In zwei Wochen ist die Grippe überstanden, und dann geht alles wieder seinen geregelten Gang. Aber es war doch nichts geregelt oder normal. Schon so lange Zeit herrschte nun Ausnahmezustand auf der Insel. Nun schrieben sie das Jahr 1918, und die Kämpfe gingen unvermindert weiter. Sämtliche Hoffnungen auf Frieden hatten sich immer wieder zerschlagen. Wo sollte das alles nur enden? Sie und Jan hatten Pläne, wollten eine Künstlerkolonie eröffnen, endlich ein gemeinsames Leben führen, endlich eine richtige Familie werden. Ob es jemals so kommen würde?

»Woran denkst du?«, fragte Jan und riss sie aus ihren Gedanken. Er nahm ihre Hand. »Du siehst traurig aus. Ist es das, was ich annehme?«

Matei nickte. »Heute Morgen. Aber das ist es nicht. Es ist … ich meine …« Sie brach ab. »Denkst du, es wird bald vorbei sein? Dieser Krieg, diese Ungewissheit?«

»Es könnte sein. Im Westen laufen die großen Angriffsschlachten. Es könnte sein, dass es die letzten sind. Es gilt zu hoffen, dass uns doch noch der Durchbruch gelingt. Ansonsten könnte es bitter werden. Ich will mir gar nicht ausmalen, was eine Niederlage für unser Land bedeuten würde. Hoffentlich wird es diese Schmach niemals geben.« Matei nickte, erwiderte jedoch nichts. Er drückte ihre Hand und strich ihr zärtlich über die Wange. »Ich liebe dich. Das ist es, was zählt. Und ich bin hier auf Sylt, und wir dürfen zusammen sein. Alles andere wird sich finden, dessen bin ich mir sicher.« Er gab ihr einen kurzen Kuss. Matei lehnte ihren Kopf an seine Schulter.

Der Zug setzte sich ruckelnd in Bewegung.

»Wir fahren«, sagte sie. »Von Westerland nach Keitum mit der Bahn. Im Lebtag hätte ich nicht daran geglaubt, dass das einmal passieren würde.« Sie blickte aus dem Fenster. Die Fahrt war eher gemütlich. So, wie sie es bereits von der Inselbahn gewohnt war. Diese kroch ja auch eher behäbig über die Insel. Sie ließen die Häuser Westerlands hinter sich. Die grauen Wolken hingen tief über den grünen Wiesen, auf denen einige Schafe standen, die einen eher traurigen Eindruck machten. Die Häuser von Tinnum zogen an ihnen vorüber. Trotz der geringen Geschwindigkeit erreichten sie die provisorisch eingerichtete Haltestelle, die auf der Höhe des Versorgungslagers lag, recht rasch. Sie verließen den Waggon. Der Regen hatte sich während der Fahrt verstärkt. Es schüttete nun regelrecht. Rasch eilten sie durch das verlassene Lager zur Verwaltungsbaracke. Dort trafen sie auf Tam, der an einem der Schreibtische über den Lagerbüchern saß.

»Moin, ihr beiden«, grüßte er. »Ihr seht leicht durchweicht aus. Das ist aber auch kein Sommer in diesem Jahr. Dieser ständige Regen und dazu der kühle Wind. Ich hab eben Tee aufgebrüht, wollt ihr einen Pott? Es wäre auch Rum da. Dann wärmt er anständig.«

Matei und Jan stimmten zu. Tam holte zwei weitere Pötte und schenkte ein. Mit dem Rum sparte er nicht.

»Ich hab neulich eine deiner hübschen Postkarten meiner Cousine nach Amerika geschickt«, sagte er zu Matei, während er sich wieder setzte. »Die Deern weiß ja gar nicht, wie ihre Heimat aussieht. Wird Zeit, dass sich das ändert.«

»Nach Amerika. Du liebe Güte«, antwortete Matei. »Da hat sie aber eine weite Reise vor sich.« Sie freute sich über Tams Worte.

Die Tür öffnete sich, und ein junger Inselwächter trat ein, der sofort hektisch losplapperte: »Tam. Du musst rasch im Lazarett anrufen und um Hilfe bitten. Sören geht es gar nicht gut. Er bekommt keine Luft mehr und läuft blau an. Wir brauchen einen Arzt. Ich glaube, er stirbt.«

40. KAPITEL

Berlin, 3. September 1918

Liebste Frau Bohn,

ich entschuldige mich dafür, längere Zeit nicht geschrieben zu haben. Ich hoffe, Ihnen und Ihren Lieben geht es gut. In Berlin neigt sich ein kühler und feuchter Sommer dem Ende entgegen, und die Stimmung ist so trüb wie das Wetter. Die Rufe nach Frieden werden immer lauter. Nachdem im August die Westfront zusammengebrochen ist, glaubt hier niemand mehr an einen ehrenvollen Sieg, und die Angst vor einer schmachvollen Niederlage geht um. Auch in unserer Wohngemeinschaft gibt es Kummer. Heinrich Baumann, mein Nachbar im Untergeschoss, ist nach einem langen Lazarettaufenthalt als gebrochener Mann heimgekehrt. Ihm fehlt der rechte Unterschenkel, und er hat schreckliche Verbrennungen erlitten. Sein Gesicht ist entstellt, er spricht nur nuschelnd. Seine Frau, die liebe Agathe, läuft seit seiner Rückkehr wie ein Geist durchs Haus. Die beiden haben fünf Kinder. Sie weiß gar nicht, was nun werden soll. Es ist ein Trauerspiel. Und zusätzlich zu den ganzen Kriegsnachwehen und dem Sterben an den Fronten hat sich auch noch diese schreckliche Seuche namens Spanische Grippe bei uns in der Stadt ausgebreitet. Anfangs war man noch guten Mutes, sie ohne größere Verluste zu überstehen. Die meisten Erkrankten erholen sich recht rasch wieder. Doch nun gibt es vermehrt schreckliche Verläufe, und die Menschen sterben innerhalb weniger Tage. Und es trifft seltsamerweise hauptsächlich junge Männer und Frauen. Die Kräftigen in der Gesellschaft. Mein Arzt meinte neulich, ich solle am besten zu Hause bleiben. Diesen Rat befolge ich gern. Bei dem

trüben Wetter und der täglichen Tristesse auf den Straßen treibt mich nichts nach draußen. Ich hoffe, Sylt ist bisher von dieser scheußlichen Krankheit verschont geblieben oder nur wenig betroffen. Bitte bleiben Sie gesund.
Ich bin so voller Hoffnung, dass eine Reise auf Ihre wunderschöne Insel im nächsten Jahr wieder möglich sein wird und ich in der Beschaulichkeit Keitums die Lasten des Krieges abschütteln werde können. In einer Welt ohne Krieg und in Frieden.
Ich wünsche Ihnen und den Ihrigen nur das Beste

Ihr
Friedrich Beck

Keitum, 7. Oktober 1918

Elin stand vor der weinenden Poppe und fühlte sich überfordert. Das arme Mädchen war an Armen und Beinen von roten Punkten übersät.

»Ricklef war es«, rief Tatje Petersen und deutete auf einen stämmigen blonden Jungen mit vielen Sommersprossen auf der Nase. »Ich hab genau gesehen, wie er Poppe geschubst hat.«

Elins Blick blieb an dem Jungen hängen, und ihre Miene wurde finster.

»Stimmt das?«, fragte sie und sah dem Jungen direkt in die Augen. »Hast du Poppe in die Brennnesseln geschubst?«

»Aber nur, weil sie mich Doofkopp genannt hat«, verteidigte sich der Junge. »Sie ist eine dumme Ziege.« Er streckte Elin die Zunge raus, dann rannte er davon. Elin resignierte. Sie stand mit zehn Kindern, die eigentlich zu einem ihrer Töpferkurse hätten kommen sollen, in der Nähe des alten Packhauses. Das 1829 errichtete Haus war das einzige Gebäude, das noch an den Keitumer Hafen erinnerte, der schon vor vielen Jahren aufgegeben worden war. Es hatte unterschiedliche Nutzungen erfahren. Die Königliche Zollstelle war darin ebenso untergebracht gewesen wie die erste Poststelle der Insel. Zuvor hatte man seine Briefe Reisenden oder Seefahrern mitgeben müssen, die sie dann in Hamburg oder Tondern aufgegeben hatten. In späteren Jahren hatte der Düneninspektor das Haus bewohnt, nun stand es schon seit einer Weile leer, und das Grundstück war von Brennnesseln zugewuchert, was ihnen entgegenkam. Lehrer Lämpel war am Vorabend an Elin herangetreten, ob sie mit der Töpfergruppe, anstatt zu töpfern, Brennnesseln sammeln könne. Es hatte einen weiteren Aufruf dazu gegeben, und man wolle ja das Reich unterstützen. Und die Kinder würden für ihre Arbeit entlohnt werden. Für je zehn Kilo wurden vier Mark bezahlt, und es gab dazu noch einen Wickel Nähgarn. Nur leider dauerte es ziemlich lange, bis man zehn Kilo Brennnesseln gesammelt hatte. Und diese Pflanze war durch ihre Beschaffenheit auch nicht gerade erntefreundlich. Und das schon gar nicht, wenn man Kinder zwischen acht und zehn Jahren um sich hatte. Elins Blick wanderte zu den mitgebrachten Säcken. Nur zwei davon waren ganz gefüllt, ein weiterer halb. Auch ihre Unterarme waren voller roter, juckender Flecken, ebenso ihre Waden. Sie hätte sich von Lehrer Lämpel niemals dazu überreden lassen sollen. Einsatz für das Reich hin oder her. Bei Brennnesseln hörte ihr Patriotismus auf. Poppe zog die Nase hoch. Ihre Freundin Tesje legte tröstend den Arm um sie. »Das wird schon wieder. Meine Oma sagt immer, Brennnesseln wären gut gegen Rheuma.«

»Das hab ich aber nicht«, antwortete Poppe. Sie betrachtete ihren von vielen roten Pusteln übersäten Unterarm.

»Dann kriegst du es jetzt auch nicht«, erwiderte Tesje. »Und ich auch nicht. Guck«, sie hielt ihren Arm in die Höhe. »Ich seh nicht viel besser aus. Und das, obwohl mich keiner geschubst hat. Es fängt schon an zu jucken.« Tesje begann, sich zu kratzen.

»Wespen. Ganz viele!«, riefen plötzlich die anderen, über die Brennnesselwiese verteilten Kinder. »Hilfe. Wespen!« Sie eilten zu Elin. »Hauke ist in ein Wespennest getreten. Nix wie weg«, rief ein Junge. Die Mädchen kreischten und traten sofort den Rückzug an. Mit wedelnden Armen rannten sie aus dem Brennnesselfeld und an Elin vorbei. Elin blickte sich um. Und da waren sie auch schon. Die aggressiven Insekten schwirrten in die Höhe.

»Ach du je«, rief sie erschrocken aus und rannte den Kindern hinterher. Sie liefen den Kirchenweg Richtung Ortsmitte hinunter.

»Wir laufen zum Kaffeegarten«, rief Elin. »Das ist näher als die Schule. Beeilt euch, rasch.« Sie blickte hinter sich. Waren da noch Wespen? Verfolgten sie sie? Wenn diese Insekten sich gestört fühlten, war mit ihnen nicht zu spaßen. Sie bogen in den Weg Am Kliff ab, und das Herrenhaus tauchte vor ihnen auf. Flott ging es die Stufen zum Eingang hinauf, und Ole riss die Tür auf. Elin schlug sie hinter ihnen zu und lehnte sich, vollkommen außer Atem, dagegen.

»Puh«, sagte sie. »Das ist ja gerade noch einmal gut gegangen.«

Wiebke kam neugierig aus der Küche.

»Was ist denn hier los?«, fragte sie.

»Wespen«, antwortete Elin und japste nach Luft.

»Hauke ist in ein Wespennest getreten«, sagte Tatje.

»Ach du je. Dat ist doof.« Wiebke sah zu Hauke Brodersen, der einen hochroten Kopf hatte, sein Haar klebte schweißnass an seiner Stirn. »Bist du denn gestochen worden?«

Darüber hatte sich Hauke bis zu diesem Moment noch gar keine Gedanken gemacht. Er blickte auf seine nackten, von vielen Blessuren überzogenen und äußerst schmutzigen Füße hinab. »Ich weiß nicht recht. Irgendwas brennt und juckt. Könnten aber auch die Stiche von den Brennnesseln sein.« Er kratzte sich am Arm, der ebenfalls von roten Pusteln überzogen war.

Wiebke schüttelte den Kopf. »Wie kannst du denn barfuß in die Brennnesseln gehen? Dat macht man doch nicht.«

»Aber wir müssen doch Leder sparen. Mama hat gesagt, ich soll erst wieder Schuhe anziehen, wenn der erste Frost da ist. Das macht man so als Patriot.«

»Da bin ich lieber feige«, sagte Poppe und kratzte sich am Arm. Sie hatte Schuhe an.

»Na, dann kommt mal zu mir in die Küche, und ich mach euch Rasselbande einen warmen Kakao. Wer möchte Kekse? Ich hab vorhin gerade ein Blech aus dem Ofen geholt.« Sie bedeutete den Kindern, ihr zu folgen.

Elin taperte hinterdrein. In der Küche angekommen, guckte sie aus dem Fenster, um nach den Wespen Ausschau zu halten. Doch sie entdeckte keine schwirrenden Insekten im Garten oder vor der Haustür. Nur zwei Eiderenten watschelten durch den Garten, ihnen leistete eines von Hinnerks Schafen Gesellschaft.

»Ich glaub jetzt doch, dass mich die Wespen gestochen haben«, hörte sie Hauke hinter sich sagen. »Am linken Bein, da tut es plötzlich ganz doll brennen.«

Elin wandte sich vom Fenster ab.

»Dann gucken wir mal, min Jung«, sagte Wiebke. »Aber vorher müssen wir den ganzen Dreck abwaschen.« Sie wandte sich Elin zu. »Kühlende Lappen sind für sämtliche Kinder angebracht. Ich halte von dieser Brennnesselsammlerei der Lütten ja so gar nichts. Wenn die feinen Industriebetriebe unbedingt Stoffe und

Papier aus dem Zeug machen wollen, dann sollen sie sich ihre roten Pusteln gefälligst selber holen.«

»Aber die Brennnesseln helfen gegen Rheuma«, sagte Tatje.

»Ach, Kindchen. Bis du Rheuma kriegst ...« Wiebke winkte ab.

Matei betrat die Küche und sah sich verwundert um.

»Was herrscht denn hier für ein Andrang?«

»Wir hatten ein kleineres Problem mit Brennnesseln und Wespen«, beantwortete Elin ihre Frage.

»Oh, das ist eine unschöne Kombination«, gab Matei zu. Ihr Blick blieb an Poppes Arm hängen. »Armes Kind. Aber es soll ja gesund sein, von Brennnesseln gestochen zu werden. Hilft angeblich gegen Rheuma.«

»Jetzt hört mir verdammt noch eins mit dem Rheuma auf«, begann Wiebke zu schimpfen. »Da tut mir ja gleich der ganze Rücken weh.« Sämtliche Anwesende lachten.

Die nächste halbe Stunde wurde damit zugebracht, die Rötungen zu kühlen, und Haukes Wespenstiche, es waren drei an der Zahl, allesamt am Knöchel, wurden ebenfalls versorgt. Jedes Kind erhielt einen Keks und einen Becher heißen Kakao. Beim bald darauf folgenden Abschied versprachen Hauke und Tatje, die liegen gelassenen Säcke mit den Brennnesseln zu holen und in der Schule abzuliefern.

»Und nehmt euch vor den Wespen in Acht«, sagte Elin zu den beiden und hob mahnend den Zeigefinger. »Nicht, dass sich die rachsüchtigen Biester noch irgendwo dort draußen rumtreiben.«

Beide Kinder nickten kräftig, dann trollten sie sich gemeinsam mit den anderen. Elin beobachtete, wie sie über den Hof davonliefen.

»Arme Lütten«, sagte sie und seufzte. »Ihre Kindheit verläuft nicht so unbeschwert, wie es auf unserer Insel eigentlich sein sollte.«

»So ist das Leben.« Die neben ihr stehende Matei zuckte die Schultern. »Es ist eben kein Wunschkonzert. Es kommen bestimmt bald wieder bessere Zeiten. Und auf Sylt haben sie es allemal besser als in einer großen Stadt.«

Hinnerk fuhr mit dem Wagen vor und hielt direkt vor dem Eingang des Herrenhauses. Er sprang vom Kutschbock und eilte die Treppen nach oben. Matei wunderte sich über seine ungewohnte Hektik. Da ist etwas passiert, dachte sie sogleich. Keine Sekunde später stand er in der Küche. Seine Miene war ernst.

»Matei, gut, dass ich dich hier antreffe«, sagte er ohne Gruß. »Es ist wegen Jan. Es geht ihm gar nicht gut. Er hat sich diese scheußliche Grippe eingefangen. Du solltest schnell ins Versorgungslager kommen.«

»Ach du je«, rief Wiebke. »Der arme Jung.«

»Aber was macht er denn im Versorgungslager?«, fragte Matei verdutzt. »Er hat doch diese Woche Dienst in Hoyerschleuse im dortigen Lager. Schon fünf Tage ist er auf dem Festland.«

»Da ist er nicht. Tam hat mich geschickt. Nu komm endlich.« Er zog Matei auf die Beine.

»Ich komme auch mit«, sagte Elin und erhob sich. Sie folgte Hinnerk und Matei nach draußen und kletterte hinter ihrer Schwester auf den Wagen. Hinnerk trieb das Pferd an. Mateis Herz schlug nun wie verrückt, sie glaubte zu ersticken. Jan hatte diese scheußliche Grippe.

»Es muss schlimm sein«, murmelte sie. »Bestimmt ist es schlimm. Sonst würde Tam mich nicht holen lassen.«

»Es wird sich gewiss alles aufklären«, tröstete Elin, die sich ebenfalls hilflos fühlte. Sie legte den Arm um Matei und drückte sie fest an sich. »Bestimmt meint Tam es nur gut. Vielleicht hat Jan nach dir gefragt und möchte dich in seiner Nähe haben.«

Sie fuhren auf den Hof des Versorgungslagers. Tam trat aus der Verwaltungsbaracke und half ihnen vom Wagen.

»Es tut mir so schrecklich leid«, sagte er. »Der Arzt war eben bei ihm. Es sieht nicht gut aus. Es kam kurz vor der Abfahrt nach Munkmarsch ganz plötzlich. Kommt. Hier entlang.« Er führte sie zu einer etwas kleineren Baracke, in der die Schlaf-, Wasch- und Speiseräume für die Inselwächter der Versorgungsstelle untergebracht waren. Jan lag allein in einem kleinen Raum auf einer Pritsche. Seine Augen waren geschlossen. Er schwitzte, sein blondes Haar klebte an seiner Stirn, seine Gesichtsfarbe war fahl.

Matei eilte sogleich an seine Seite und nahm seine Hand.

»Jan, mein Liebster. Ich bin da. Ich bin jetzt hier. Es wird alles wieder gut werden.« Er reagierte nicht auf ihre Worte. Sie berührte seine Wange und seine Stirn. Sie waren glühend heiß. Bei jedem seiner Atemzüge rasselte es in seiner Brust. »Er hat hohes Fieber. Hat er etwas bekommen? Aspirin, das wird es senken. Wieso hat ihn niemand versorgt? Was hat der Arzt gesagt? Wieso holt ihr mich erst jetzt?«

»Er hat schon mehrfach von unserer Hausmamsell, die auch für die Krankenpflege zuständig ist, Aspirin bekommen. Aber es hilft nichts. Der Arzt hat heute Mittag gemeint, wir sollten es mit Chinin versuchen. Das haben wir aber nicht hier. Ich habe es in der Apotheke geordert, und es wird uns noch heute vorbeigebracht.« Tam wirkte hilflos. »Jan wollte anfangs nicht, dass ich dich informiere. Er wollte dich nicht beunruhigen und hat gemeint, das würde schon werden. Aber da es jetzt so schlimm geworden ist, dachte ich ...«

Matei nickte, nun rannen Tränen über ihre Wangen. Elin wollte tröstend den Arm um sie legen, doch sie ließ es nicht zu und schüttelte sie ab. Sie wussten beide, was sein Zustand zu bedeuten hatte. Es war schlimm, sogar sehr schlimm. Bei ihnen im

Lazarett hatte es inzwischen ebenfalls Grippefälle gegeben. Zehn Männer hatten die Krankheit gehabt, ebenso eine der Hilfskrankenschwestern. Bei zwei Männern hatte es einen schweren Verlauf gegeben, und sie waren innerhalb weniger Tage gestorben. Schwester Ina hatte vollkommen hilflos gewirkt. Weinend hatte sie nach dem Tod des zweiten Mannes bei Wiebke in der Küche gesessen. Fassungslos darüber, dass all ihre Versuche, ihnen zu helfen, nichts gebracht hatten. Am Ende hatte sich ihre Haut bläulich schwarz verfärbt. Die Verfärbungen gingen mit dem durch die Lungenentzündung ausgelösten Sauerstoffmangel einher, so hatte es Doktor Graber erklärt, der ebenfalls mitgenommen gewesen war. Beide Männer hätten das Lazarett wenige Tage später gesund verlassen können.

Jan hustete, es hörte sich trocken und scheußlich an.

»Wir müssen etwas tun«, sagte Elin. »Das Fieber senken, ihm etwas gegen den Husten geben. Thymian hilft. Wir könnten ihm einen Brustwickel machen. Das hat Mama bei mir früher immer gemacht, wenn ich erkältet war. Wadenwickel gegen das Fieber. Wo ist die Hausmamsell?«

Als hätte sie Elins Frage gehört, tauchte eine dickliche Frau um die sechzig auf. Sie trug ein schlichtes blaues Kleid, darüber eine weiße Schürze. Ihr graues Haar hatte sie am Hinterkopf hochgesteckt. Matei und Elin kannten sie nicht.

»Guten Tag zusammen. Hildegard Obermann mein Name. Ich bin hier die zuständige Hausmamsell. Und wer sind Sie? Was hat das zu bedeuten?« Sie musterte Matei und Elin mit hochgezogenen Augenbrauen. »Damenbesuch ist in den Baracken der Herren nicht gestattet.« Ihre Stimme klang streng. »Herr Bohn benötigt, wie Sie sehen, absolute Ruhe.«

»Ich bin seine Ehefrau und nicht irgendein Damenbesuch«, antwortete Matei schnippisch. Was bildete sich diese Person überhaupt ein, so mit ihr zu reden? »Und das ist meine Schwester. Sie sind mir ja eine schöne Hausmamsell, wenn Sie sich so nachlässig um Ihre Schützlinge kümmern. Auf Jans Nachttisch steht nicht einmal ein Glas Wasser, geschweige denn Tee. Sieht in Ihren Augen so eine gute Krankenpflege aus?« Matei ballte wütend die Fäuste, in ihren Augen blitzte es. »Gehen Sie mir aus den Augen, bevor ich mich vergesse. Ich werde mich über Sie beschweren. Sie, Sie ...« Matei fiel kein passendes Schimpfwort ein.

»Beruhige dich.« Elin legte die Hand auf Mateis Arm. »Frau Obermann war gewiss gerade auf dem Weg, um alles Notwendige zu besorgen.« Sie sah der Hausmamsell eindringlich in die Augen. Diese nickte zögerlich. Sie war mit der Situation sichtlich überfordert.

»Wir brauchen Tücher für Wadenwickel, kaltes Wasser in Eimern und auch in einer Schüssel. Hinnerk, sei bitte so lieb und fahr zu Moild in den Laden. Sie hat nicht nur Früchte-, sondern auch hervorragende Kräutertees. Wir benötigen einen mit Thymian und Fenchel. Und danach fährst du zu Gesa. Sie stellt für Fiete, ihn plagt leider häufiger Husten, immer einen Sud aus Honig und Zwiebeln her, der Wunder wirken soll. Bestimmt hat sie davon einen Vorrat angelegt. Er wird Jan guttun.«

»Wird gemacht«, sagte Hinnerk, der froh darüber war, etwas zu tun zu haben und dem Raum entfliehen zu können.

Die Hausmamsell fügte sich und brachte alsbald die von Elin aufgetragenen Sachen. Matei und sie machten sich ans Werk und legten Jan die ersten Wadenwickel an. Während Elin alle paar Minuten das feuchte Tuch auf seiner Stirn auswechselte, lief Matei unruhig im Raum auf und ab. Hinnerk brachte den Tee und den Zwiebel-Honig-Sud. Er blieb nicht, sondern murmelte irgendetwas davon, Rieke mit den Schafen helfen zu müssen.

Sein schneller Abgang wirkte wie eine Flucht. Hinnerk und Krankheiten. Das hatte noch nie zusammengepasst. Matei und Elin versuchten, Jan den Tee und den Sud einzuflößen, doch es wollte nicht so recht gelingen. Der Husten schien sich zu verschlimmern. Auch das von einem Jungen gebrachte und in Wasser aufgelöste Chinin wollte er nicht trinken. Es war zum Verzweifeln. Sie wechselten die Wadenwickel, immer wieder legte Matei Jan die Hand auf die Stirn. Doch er glühte weiterhin. Tam kam, stellte eine Petroleumlampe ans Fenster und erkundigte sich nach Jans Zustand.

»Keine Besserung«, antwortete Elin. Sie wollte nicht laut aussprechen, dass es schlechter geworden war. Er nickte, blickte kurz sorgenvoll auf Jan, dann verließ er den Raum. Doktor Graber tauchte auf und untersuchte Jan. Er horchte eine gefühlte Ewigkeit seine Brust ab. Matei sah ihm mit klopfendem Herzen dabei zu. Sie wagte kaum zu atmen. Der Arzt nahm das Stethoskop aus den Ohren und schüttelte mit ernster Miene den Kopf. »Es sieht nicht gut aus. Die Lunge ist nicht frei. Und der Sauerstoffmangel macht sich bereits bemerkbar. Erste blaue Flecken zeigen sich auf der Haut. Es tut mir leid. Aber es wird nun bald zu Ende gehen.«

»Und wenn wir weitermachen und das Fieber gesenkt bekommen?«, fragte Elin. »Wenn der Tee und die Wickel doch noch helfen, dann könnte er wieder gesund werden, oder? Das könnte er doch?« Sie sah den Arzt fragend an. Ihre Wangen waren von der Wärme im Raum gerötet, ihr Haar zerzaust. Sie war den Tränen nah. Eben noch war doch alles gut, und ihre einzigen Sorgen waren ein Wespennest und Brennnesseln gewesen.

Der Arzt sah von ihr zu Matei. Auch ihr Blick war fragend. Er wünschte, er könnte den beiden sagen, dass ihre Hausmittel helfen würden. Dass sie es damit aufhalten würden können. Aber dem war nicht so. Der Verlauf war schwer, und mit Tee und Wadenwickeln konnte ihm nicht mehr geholfen werden.

Matei hielt seinen Blick fest. In ihren Augen schimmerten Tränen. Sie spürt den im Raum stehenden Tod, dachte er und seufzte innerlich. Wie sehr er solche Momente doch verabscheute. Er war Arzt, und doch stand er dieser schrecklichen Seuche ebenso machtlos wie all die anderen gegenüber. Der Arzt packte sein Stethoskop in die Tasche und tätschelte ihr die Schulter.

»Bleiben Sie bei ihm. Er sollte jetzt nicht allein sein. Es tut mir leid.« Er ging.

Matei sank auf den Stuhl neben dem Bett und nahm Jans Hand. Eine Weile sagte niemand etwas. Nur Jans rasselnder Atem war zu hören, sein trockenes Husten. Elin fühlte sich hilflos. Sollte sie gehen und Matei und Jan allein lassen? Sie fühlte sich wie ein Fremdkörper. Das hier war ein intimer Moment, der nur Jan und Matei gehören sollte. Oder vielleicht doch nicht? Ihr ganzes Leben lang hatten Matei und sie einander in schwierigen Situationen Trost gespendet. Wieso sollte es nun anders sein? Sie entschied sich, zu bleiben.

»Weißt du noch, wie wir auf Amrum auf dem Weg von Wittdün nach Nebel in den Regen gekommen sind?«, begann Matei leise zu reden. »Klitschnass sind wir geworden, und trotzdem haben wir die ganze Zeit gelacht. Das Haus deiner Eltern ist so hübsch. Direkt an der Wattseite gelegen, mit dieser wunderschönen Aussicht auf Föhr. Ich werde niemals vergessen, wie wir gemeinsam am Küchenfenster standen und den Sonnenaufgang über dem Meer betrachtet haben. Bis zu den Halligen konnte man sehen. Und dann die wunderbare Nachbarschaft. Dieses Honigparadies mit den vielen bunten Bienenkästen und dem süßen Honigwein, der Ort Nebel mit seinen hübschen Kapitänshäusern. Er erinnert an Keitum, hat nur weniger Bäume. Du hast eine solch schöne Heimat. Danke, dass du sie mir gezeigt hast und ich ein Teil von deiner Familie, ein Teil deines Lebens sein durfte.« Sie umklammerte seine Hand und hielt sie an ihre Lippen. Tränen liefen über ihre Wangen. Das Rasseln in seiner Brust verstärkte sich, jeder Atemzug musste ihn unendlich anstrengen. Elin blickte auf den Eimer mit den nassen Laken, auf die Teekanne, das Behältnis mit dem Sirup darin. All ihre Rettungsversuche hatten nichts geholfen. Er würde gehen.

»Ich werde weiterzeichnen«, setzte Matei ihre Rede fort. »Ich verspreche es dir. Und irgendwann kriege ich bestimmt auch die Enten auf dem Eis hin. Du hast mich damals nicht ausgelacht, obwohl sie krumm und hässlich waren. Deine waren so perfekt. Du bist perfekt.« Sie schniefte. »Und du bist müde. Ich weiß. Du kannst gehen. Hörst du? Du darfst loslassen. Ich liebe dich. Und das werde ich immer tun. Gottverdammt noch mal. Wie sehr ich dich doch liebe, Jan Bohn. Vom ersten Augenblick an habe ich es getan.« Sie verstummte. Die Abstände seiner Atemzüge verlängerten sich. Irgendwann dauerte es quälend lange Sekunden, bis er erneut Luft holte. Und dann kam der Moment, an dem er es nicht mehr tat. Bedrückende Stille lag im Raum. Regen hatte eingesetzt, ein böiger Wind wehte ihn an das Fenster. Von draußen drangen Stimmen herein. Schritte waren auf dem Flur zu hören. Matei saß am Bett und umklammerte noch immer seine Hand, hielt sie an ihre Lippen. Jan war von ihnen gegangen.

41. KAPITEL

Keitum, 25. November 1918

Matei lag auf ihrem Bett und lauschte Elins Stimme. »Moild war vollkommen aufgelöst«, erzählte sie. »In ihren Laden ist niemals zuvor eingebrochen worden. Sie haben die Scheibe der Eingangstür eingeworfen und sämtliche Regale leer geräumt. Sogar ihr Tee ist fort. Die Polizei hat den Einbruch aufgenommen, aber sie werden wohl nicht viel machen können. Die Diebe sind ja meist von der Truppe. Es könnte sein, dass sie bereits auf einem Schiff in die Heimat sind. Aber wer klaut denn um Gottes willen Früchte- und Kräutertee? Also so etwas hat es auf unserem Inselchen noch nie gegeben. Hinnerk hat heute Morgen berichtet, dass nun überlegt wird, extra eine besondere Polizeitruppe einzurichten, die sich um die immer weiter zunehmenden Diebstähle kümmern soll. Ach, und Wiebke hat wieder ihren üblichen Schnupfen. Sie ist, wie du dir denken kannst, unausstehlich.« Elin verstummte. Sie schien auf eine Antwort von Matei zu hoffen. Doch die kam nicht. Matei lag seitlich auf ihrem Bett, die Hand unters Kinn geschoben. Sie starrte auf die geschlossene Tür. Dahinter stand Elin. »Willst du nicht doch rauskommen?«, stellte sie die Frage, die sie in den letzten Wochen bereits so oft gestellt hatte. »So kann es doch nicht weitergehen. Wir würden uns freuen. Schwester Ina verlässt uns heute noch. Du musst dich doch von ihr verabschieden.« Matei gab keine Antwort. Es schien, als würden Elins Worte an ihr vorüberfliegen. Sie fühlte sich kraftlos, leer und müde. Jan war überall. In ihren Träumen, in ihren Gedanken. Selbst seinen Geruch glaubte sie oftmals in der Nase zu haben. Jede Faser ihres Körpers vermisste seine Nähe. Sie führte mit ihm in Gedanken Zwiesprache, schrie ihn an, schüttelte ihn, wünschte, er würde antworten, Widerworte geben, sie in seine Arme ziehen und küssen. Hunderte Male hatte sie ihn gefragt, weshalb er sie allein gelassen hatte. Eine Antwort würde sie nicht bekommen. An den Tag seiner Beerdigung konnte sie sich nicht mehr erinnern. Er lag im Schatten, ebenso die Tage danach. Sie waren irgendwie vergangen. Tage und Nächte verschwammen zu einem großen Ganzen, zu einer undefinierbaren Ansammlung an Zeit, die von nichts als Leere erfüllt war. Es war doch erst gestern gewesen, als er ihr voller Stolz die Baupläne für die Künstlerkolonie gezeigt hatte. Als er mit ihr gemeinsam, auf Krücken gestützt, am Wattufer spazieren gegangen war. Als er sie zum ersten Mal geküsst, als er von der Westfront heimgekehrt war und ihr einen Antrag gemacht hatte. Eben noch hatten sie gemeinsam um ihr verlorenes Kind getrauert. Nun trauerte sie um ihn. Er war auf dem Friedhof St. Severin im Grab seiner Tochter bestattet worden. Vater und Tochter waren für immer vereint. Ein schwacher Trost. Seit der Beerdigung war sie nicht mehr dort gewesen. Sie glaubte, den Anblick des Grabes nicht zu ertragen. Sie war die Zurückgebliebene, die trauernde Witwe, die Frau, die ein totes Kind zur Welt gebracht hatte. Sie ertrug die Blicke der anderen nicht, deren Mitleid, die mit Bedacht gewählten Worte. Selbst Elin hatte sie nicht an sich rangelassen. Auch ihre Nähe ertrug sie nicht. Doch Elin hatte einen Weg gefunden, um ihr trotzdem Halt zu geben. Täglich stand sie vor ihrer geschlossenen Zimmertür und redete, erzählte Alltägliches, nur dass dieser Tag nicht alltäglich war. Sie berichtete vom Aufstand der Matrosen in Kiel, davon, dass der Kaiser abgedankt hatte und die Republik ausgerufen worden war.

Sie erzählte davon, dass in List ein Soldatenrat gegründet worden war. Am 10. November hatte es einen Demonstrationszug der Revolutionäre mit über dreitausend Teilnehmern in Westerland gegeben. Der Waffenstillstand war unterzeichnet worden, der Krieg war zu Ende. Er war endlich vorbei. Die endgültige Demobilmachung auf der Insel hatte begonnen, vierzehnhundert Mannschaften waren entlassen worden. Auch das Lazarett wurde geräumt. Auf das Kriegsende hatten sie seit Jahren gehofft, nun war es endlich so weit, und sie konnte sich nicht darüber freuen. Das Leben lief weiter, Sekunden wurden zu Minuten, zu Stunden und Tagen, die ausgefüllt waren mit Begebenheiten, mit Ereignissen, die in die Geschichtsbücher eingehen würden. Und in ihrem Inneren fühlte sie nichts als diese grausame Leere, die nicht weichen wollte, die sie lähmte.

»Ich vermisse dich«, hörte sie Elin sagen. Matei hörte die Verzweiflung in ihrer Stimme. In ihre Augen traten Tränen, und in ihrem Hals bildete sich ein Kloß. Sie schluckte, doch er wollte nicht weichen. »Ich bin für dich da. Aber das weißt du ja. Das sind wir doch immer. Die eine für die andere. Sag doch was. Irgendwas. Ich würde so gern mal wieder deine Stimme hören.« Sie verstummte. Matei wusste, dass sie nun erwartungsvoll lauschte. Doch sie blieb stumm. Was hätte sie auch sagen sollen? Mir geht es gut? Ich bin traurig. Ich weiß nichts mehr. Die Stille war bedrückend. »Dann vielleicht morgen«, sagte Elin irgendwann. Matei hörte ihre Schritte auf der Treppe. Sie hatte sie erneut enttäuscht und hasste sich dafür. Doch ihr fehlte die Kraft, um ihr in die Augen zu sehen, um ihre Nähe zuzulassen. Um Menschen zu begegnen, ins Leben zurückzufinden. Eine Träne rann ihre Wange hinunter und auf das mit grün-weiß kariertem Stoff bezogene Kopfkissen. Neben ihrem Bett stand ein Tablett mit Essen. Haferbrei mit roter Grütze. Wiebke stellte regelmäßig Mahlzeiten vor ihre Tür. Sie rührte sie kaum an. Ihr Magen war wie zugeschnürt. Sie setzte sich auf. Ihr Blick fiel in den Spiegel des gegenüber dem Alkovenbett stehenden Toilettentischs. Sie sah scheußlich aus. Dunkle Schatten lagen unter ihren Augen, sie war blass, ihre Wangen eingefallen, ihr Haar war zerzaust und strähnig. Sie rutschte auf die Bettkante und setzte ihre nackten Füße auf den Dielenboden. Er fühlte sich kalt an und knarrte leicht, als sie aufstand. Sie nahm am Toilettentisch Platz und begann, ihr Haar zu frisieren, flocht es zu einem Zopf. So sah es schon besser aus. Nun noch Puder gegen die dunklen Schatten, etwas Rouge auf die Wangen. Warum tat sie das? Wieso legte sie Schminke auf und frisierte sich? Sie ließ den Rougepinsel sinken und blickte nach draußen. Es war ein grauer Herbsttag, dichter Nebel hing zwischen den Ulmen. Das Wetter hatte sich bereits vor einer Weile ihrer Stimmung angepasst. Sogar ein erster Herbststurm war über die Insel gebraust, hatte jedoch keine größeren Schäden angerichtet. Matei stand auf und öffnete den Kleiderschrank. Sie holte ihren dunkelblauen Wollrock und eine Bluse heraus und kleidete sich an. Plötzlich hatte sie das Gefühl, nach draußen gehen zu müssen. Endlich wieder frische Luft einatmen, irgendetwas anderes tun, als die Wände anzustarren. Sie knöpfte ihre Bluse zu, schlüpfte in ihre Schuhe, zog ihren Mantel an und setzte ihren Hut auf. Rasch noch den Schal gegriffen, gewiss war es kühl draußen. An der Tür blieb sie, die Hand auf der Klinke liegend, stehen. War es wirklich der richtige Zeitpunkt? Ihr Blick wanderte zurück zum Alkovenbett. Die Bettdecke war zurückgeschlagen, das Laken war zerknittert. Wollene Strümpfe lagen vor dem Bett auf dem Boden neben ihrem Nachttopf. Jan hätte ihr Tun verurteilt. Er hätte gewollt, dass sie ins Leben zurückfand. Nur, wie sollte es ohne ihn aussehen?

Sie atmete tief durch und drückte die Klinke nach unten. Im Flur empfing sie dämmriges Licht. Sie lief die Treppe nach unten, wie gewohnt knarrte die vierte Stufe von unten. Sie öffnete die Haustür. Kühle Luft schlug ihr entgegen. Sie trat nach draußen, ging über den Hof zur Straße und schlug den Weg zum C.-P.-Hansen-Wai ein. Es war so neblig, man konnte keine fünfzig Meter weit sehen. Die kahlen Äste der Ulmen ragten in das schemenhafte Grau, sie wirkten wie Arme, die nach ihr greifen wollten. Es war ein Tag für Gonger und Wiedergänger, kam es Matei in den Sinn. Sie würde vieles dafür geben, Jan würde auf diese Art noch einmal zu ihr zurückkehren. Er wäre gewiss nicht unheimlich oder beängstigend. Doch er war nicht auf See gestorben. Sie wusste um seinen Tod. Sie lief den vertrauten Weg hinunter und atmete die nach Holzrauch riechende Luft tief ein. Keitum lag still, wie schlafend wirkte das alte Kapitänsdorf. Die reetgedeckten Giebel der Häuser verschwanden im Nebel, hie und da war in einem der Fenster Licht zu sehen. Es begegnete ihr niemand. An einem solch nasskalten Tag blieben die Menschen lieber in ihren warmen Stuben. Sie erreichte den Abzweig zum Ingiwai und blieb stehen. Weshalb war sie ausgerechnet hierhergekommen? Der schmale Weg versank im Nebel. Sie konnte das Grundstück nicht sehen. Vielleicht war es besser so. Zuletzt war sie mit Jan Ende September dort gewesen. Hand in Hand waren sie den Feldweg hinuntergelaufen und hatten Pläne geschmiedet. Jan war auf dem Grundstück hin und her gelaufen. Hatte ihr gezeigt, wo er sich was vorstellte. Hier der Wintergarten, Richtung Süden, damit in die Räume genügend Licht fiel. Dort die Terrasse, das Wohnhaus und das Gästehaus. Von den oberen Fenstern sollte man das Meer sehen. Er hatte eine moderne Küche mit allem Komfort einbauen lassen wollen. Gewiss würde es auch in Keitum bald Strom geben. Davon war er überzeugt gewesen. Er hatte sie lachend in seine Arme gezogen und geküsst. Eine gefühlte Ewigkeit hatten sie nebeneinander im Gras gelegen und Pläne geschmiedet, sich vorgestellt, was für Maler kommen und wie sie aussehen würden. Sie hatten gekichert, er hatte sie gekitzelt, sie hatten sich geküsst. Matei glaubte, das Glücksgefühl dieses Nachmittags zu spüren. Nun hätten sie beginnen können, ihren gemeinsamen Traum zu leben. Und jetzt stand sie allein hier und starrte auf den im Nebel liegenden Weg. Es schien, als würde man ins Nichts laufen, in vollkommene Ungewissheit. Was sollte nun werden? Wieso stand sie hier? Was versprach sie sich davon?

Eine Gestalt löste sich aus dem Nebel. Es war Paul Dierksen, der auf sie zukam und vor ihr stehen blieb.

»Moin«, grüßte er und nahm seinen Hut ab. »Ich dachte nicht, dass ich Sie an einem solch nasskalten Tag hier antreffen würde. Ich hab mir das Grundstück noch einmal angesehen. Es ist wirklich schön. Das muss man sagen.« Er verstummte und schob seine Hände in die Manteltaschen. Unsicher trat er von einem Bein auf das andere.

»Ja, das ist es«, antwortete Matei, verwundert darüber, den Architekten hier anzutreffen.

»Wissen Sie denn schon, was nun werden soll?«, fragte er. »Mit den Plänen, meine ich. Wollen Sie das Haus noch bauen? Ich frage aus Interesse. Ich wäre in den nächsten Tagen sowieso auf Sie zugekommen, um mich zu erkundigen. Mir gefällt es hier auf Sylt, besonders gut in Keitum. Dieser Ort erzählt mit seinen alten Kapitänshäusern so viele Geschichten und ist doch um einiges beschaulicher als Westerland. Ich könnte mir gut vorstellen, mich dauerhaft hier niederzulassen, und das Gelände hat eine großartige Lage. Ich denke, ein guter Architekt könnte auf der Insel gefragt sein. Sollten Sie also mit dem Gedanken spielen, das Grundstück zu verkaufen, was in Ihrer Situation nachvollziehbar wäre, dann können Sie sich gern jederzeit an mich wenden. Ich werde noch einige Wochen auf Sylt bleiben. Sie erreichen mich in der Pension Jansen. Selbstverständlich würde ich Ihnen einen guten Preis für das Grundstück bezahlen. Oder möchten Sie es behalten und die Baupläne doch verwirklichen?«

Matei wusste nicht, was sie erwidern sollte. Darüber, was mit dem Grundstück werden sollte, hatte sie sich noch keine Gedanken gemacht. Die Künstlerkolonie war Jans Idee gewesen. Aber er war nicht mehr da. Paul Dierksen hatte das neue Anwesen nach seinen Wünschen entworfen. Es war sein Traum für sie beide gewesen. Doch ihr fehlten die Kraft und der Mut, um ihn allein weiterzuleben. Dessen wurde sie sich in diesem Augenblick endgültig bewusst. In ihre Augen stiegen Tränen. Sie blinzelte und senkte den Blick. Ihrem Gegenüber blieb die Veränderung ihrer Gefühlslage nicht verborgen.

»Oh, es tut mir leid. Ich wollte nicht …«, setzte Paul Dierksen zu einer Entschuldigung an. »Ich bin ein unsensibler Tölpel. Wenn Sie möchten, können wir gern ein andermal darüber sprechen.«

»Ist gut«, antwortete Matei. »Es freut mich, dass Sie planen, auf der Insel zu bleiben. Und als Architekt werden Sie hier gewiss ein gutes Auskommen finden. Neu gebaut wird hier immer irgendwo. Besonders in Westerland. Sie können das Grundstück gerne haben. Über den Preis werden wir uns gewiss schnell einig werden.« Sie wunderte sich darüber, wie selbstsicher ihre Stimme klang. Sie zitterte nicht, obwohl in ihrem Innersten alles bebte.

In Paul Dierksens Gesicht schien in diesem Moment die Sonne aufzugehen. Er lächelte, und seine Augen begannen zu strahlen. »Oh, welch eine wunderbare Nachricht an einem solch tristen Tag«, antwortete er. »Haben Sie vielen Dank. Sie wissen gar nicht, was für eine Freude Sie mir damit machen.«

Matei nickte. Seine Reaktion gefiel ihr. In diesem Moment fühlte sie sich nicht wie die trauernde Witwe, sondern wie ein Mensch, der normale Dinge tat. Ein winziges Stück schien die Leere in ihrem Inneren zurückgewichen zu sein. Alltägliches. Das Leben schritt voran, und sie ging langsam mit. Jan hätte es so gewollt.

Paul Dierksen erkundigte sich, ob er am nächsten Tag ins Herrenhaus kommen dürfe, um die Verkaufsmodalitäten zu klären. Matei stimmte zu, und er verabschiedete sich mit einer Verbeugung von ihr. Nachdem er fort war, blickte sie auf den im Nebel verschwindenden Feldweg. Wieso war sie hergekommen? Um eine Ruine zu sehen? Um den Schmerz zu fühlen und im Selbstmitleid zu versinken? Es war anders gekommen, und so war es nun. Sie machte sich auf den Heimweg. An der Einfahrt zum Herrenhaus traf sie auf Schwester Ina. Sie trug Mantel und Hut, neben ihr stand ein Koffer.

»Matei, Liebes. Was führt dich denn an einem solch grauen Tag nach draußen? Es ist schön, dich zu sehen. Jetzt kann ich mich doch noch persönlich von dir verabschieden.«

Matei sah sie verdutzt an. Eine passende Antwort fiel ihr nicht ein. Ihr Blick fiel auf Inas Koffer.

»Ich warte auf Hinnerk«, erklärte Ina. »Er bringt mich noch heute nach Munkmarsch. Dort werde ich die Nacht in dem Hotel am Hafen verbringen. Morgen geht es dann gleich mit der Sechs-Uhr-Fähre aufs Festland. Wenn alles klappt, bin ich bereits am frühen Nachmittag in Kiel. Meine Schwester freut sich schon, mich wiederzusehen. Nun ging doch alles schneller als gedacht. Martin Graber ist ja bereits heute Morgen gemeinsam mit unseren beiden letzten Patienten abgereist. Jetzt habt ihr das Herrenhaus endlich wieder für euch und könnt eure Ausbaupläne verwirklichen. Wiebke hat heute beim Frühstück von nichts anderem geredet.«

Matei nickte. Schwester Ina ging. Sie war in den letzten Jahren ein vertrauter Teil ihres Lebens gewesen. Doch zu wirklichen Freundinnen waren sie nie geworden. Vielleicht waren es die Umstände gewesen, die es so hatten kommen lassen. Plötzlich kam Matei in den Sinn, was Ina damals zu ihr gesagt hatte, nachdem sie mit Jan am Wattufer spazieren gegangen war. Es war einer der wenigen Momente gewesen, in denen Ina persönlich geworden war.

»Du hast gesagt: ›Tu es dir nicht an‹«, sagte sie, ohne auf Inas Worte einzugehen. In ihre Augen stiegen plötzlich Tränen. »Und du hattest recht damit. Ich hätte es mir niemals antun sollen.«

Inas Blick wurde mitleidig.

»Du hättest es nicht verhindern können«, antwortete sie. »Ich konnte es auch nicht. Es ist die Liebe, das Leben. So ist es nun einmal. Es kann strahlend schön sein und uns mit hellem Sonnenlicht betören, oder es bringt uns tiefste Dunkelheit und Kummer, der uns zu zerreißen droht. Es läuft nicht immer in eine Richtung und ist unberechenbar. Wir können nichts anderes tun, als zu versuchen, stets das Beste daraus zu machen. Und wenn die Liebe kommt, dann sollten wir zugreifen. Denn sie ist das Wunderbarste, was es gibt. Du hast alles richtig gemacht und sie festgehalten.« Ina lächelte.

Matei wusste nicht, warum, aber Inas Worte gaben ihr Zuversicht. Sie hatte recht. Es war das Leben, mit Licht und Schatten. Sie musste wieder daran teilhaben, auch wenn es schwerfiel. Der erste Schritt war getan. Weitere würden folgen.

Hinnerk fuhr mit dem Wagen vor und sprang vom Kutschbock. Er sah Matei verdutzt an.

»Moin, die Damen. Matei, min Deern. Wat machst du denn bei dem Schietwetter hier draußen? Du willst doch nicht etwa mit zum Hafen fahren, oder?«

»Sie wollte sich nur rasch von mir verabschieden«, antwortete Ina für Matei.

»Na denn«, Hinnerk lüpfte kurz seine Mütze und kratzte sich am Kopf. Die Tatsache, Matei nach der langen Zeit, in der sie sich in ihrer Kammer verkrochen hatte, einfach so auf der Straße anzutreffen, irritierte ihn offensichtlich.

»Ja, das wollte ich.« Matei drückte Ina an sich. »Komm gut nach Hause. Und danke für eben.« Sie löste sich aus der Umarmung.

»Nichts zu danken«, antwortete Ina. »Den Rest schaffst du allein, oder?« Matei nickte. »Und vielleicht komme ich euch bald mal besuchen. Ich hab meiner Schwester von diesem wunderbaren Fleckchen Erde so sehr vorgeschwärmt. Ich könnte mir vorstellen, dass sie es jetzt mit eigenen Augen sehen will. Diese Insel und besonders Keitum sind schon etwas ganz Besonderes.«

Ina kletterte auf den Wagen und nahm neben Hinnerk auf dem Kutschbock Platz. Er trieb das Pferd an, und sie winkte zum Abschied. Matei winkte zurück. Das Fuhrwerk schaukelte den Weg hinunter und verschwand im Nebel. Matei ließ die Hand sinken und wandte sich um. Vom Herrenhaus, den im Garten stehenden Ulmen und dem alten Kapitänshaus waren nur Umrisse zu erkennen. Trotzdem spürte sie plötzlich ein ganz besonderes Gefühl von Wärme in ihrem Inneren. Das hier war ihr Zuhause, der Ort, der ihr Sicherheit schenkte, zu dem sie gehörte. Sie lief an dem im Dunkeln liegenden Kapitänshaus vorbei und betrat die Küche des Herrenhauses. Dort wurde sie von Wiebke mit einem kräftigen Niesen begrüßt, das Matei zum Schmunzeln brachte. Auf Wiebkes Endjahreserkältung war Verlass.

Wiebke, die gerade ein Blech Kekse aus dem Ofen holte, sah Matei verdutzt an.

»Matei, min Deern. Wo kommst du denn her? Trägst Mantel und Hut. Du wirst doch an diesem nasskalten Tag keinen

Spaziergang gemacht haben? Hatschi! Verdammt noch eins. Hatschi!« Sie holte ein Stofftaschentuch aus ihrer Tasche und schnäuzte sich kräftig. »Magst einen Keks? Ich hab auch Muckefuck, eben frisch aufgebrüht. Hatschi! Ach, dieser dumme Schnupfen. Alle Jahr ist es dasselbe.«

»Wo steckt denn Elin?«, fragte Matei.

»Sie ist drüben im Salon, wie wir jetzt wieder sagen können. Obwohl ja der ganze Kram noch da ist. Nächste Woche wird wohl alles abgeholt. Hatschi!«

Matei wünschte Gesundheit. »Ich geh rasch zu ihr und frag, ob sie auch einen Keks will.«

»Hatschi«, gab Wiebke zur Antwort.

Matei verließ die Küche und betrat den Salon. Elin stand am Fenster und blickte in die Dunkelheit.

»Moin, Elin«, grüßte Matei. Sie fühlte sich unsicher. Zum ersten Mal seit Jans Tod betrat sie diesen Raum wieder. Das vierte Bett von links war seines gewesen. Nun war es leer, die Betten waren abgezogen.

Elin wandte sich um. Erstaunt sah sie ihre Schwester an.

»Matei, du hier?«

Matei trat neben sie und blickte ebenfalls nach draußen. Die Dunkelheit war nun endgültig hereingebrochen. Es hatte zu regnen begonnen. Erste Tropfen rannen die Scheibe hinunter.

»Ich hab eben Schwester Ina verabschiedet«, sagte Matei, nachdem beide eine Weile geschwiegen hatten. »Nun haben wir das Herrenhaus also wieder für uns.«

»Ja, das haben wir«, antwortete Elin. Sie sah Matei an und lächelte. »Es ist schön, dass du hier bist.«

Matei nickte und antwortete: »Ja, das finde ich auch.«

42. KAPITEL

Keitum, 4. Mai 1919

Elin stand neben Wiebke und blickte mit ihr gemeinsam auf das große Loch in der Küchenwand. Putzbrocken und Ziegelsteine lagen auf dem Boden, Staub hing in der Luft. Ihre Mienen waren ernst.

»Und sie kommen wirklich nicht mehr?«, fragte Wiebke noch einmal nach. »Die lassen uns jetzt einfach so mitten während der Umbauarbeiten sitzen?«

»So scheint es wohl. Das Telefon des Betriebs ist bereits seit Tagen tot, und in der Werkstatt erreicht man auch niemanden. Ich hab es geahnt. Bei dem günstigen Preis musste etwas faul sein. Wir hätten uns niemals darauf einlassen dürfen. Ich hätte den Betrieb ja nie beauftragt, wenn Dierksen ihn nicht empfohlen hätte.«

»Der guckt jetzt auch recht dumm aus der Wäsche. Dieser Lübbsche hätte ihm sein ganzes Haus bauen sollen. Er hat auch schon eine Anzahlung geleistet. Dat Geld ist weg. Dat waren ausgemachte Halunken, Betrüger. Denen sollte man die Polizei auf den Hals hetzen.«

»Das wird vermutlich nicht viel bringen. Bestimmt sind die schon über alle Berge. Unsere Anzahlung ist ebenfalls weg. Es war keine allzu große Summe, aber es tut trotzdem weh.« Elin seufzte.

»Und wat nu?«, fragte Wiebke. »In dieser Baustellenküche kann ich nicht arbeiten. Im ganzen Haus sieht es schlimm aus.

Sämtliche Wände sind aufgestemmt, weil ja auch die elektrischen Leitungen verlegt hätten werden sollen. Überall der Staub und der Dreck. So 'n Schiet aber auch. So wird das nix mit der Eröffnung unseres neuen Kaffeegartens in vier Wochen. Und wir Dösbaddel haben in sämtlichen Zeitungen dafür geworben.«

»Und neue Hausprospekte haben wir ebenfalls drucken lassen und auf der ganzen Insel ausgelegt. In denen preisen wir extra den Komfort des elektrischen Lichts an. Das kann ja heiter werden. Über die Handzettel für das Einweihungsfest rede ich erst gar nicht. Die können wir vermutlich alle wegwerfen.«

Es war alles so wunderbar geplant gewesen. Nachdem Anfang des Jahres im Nordfriesischen Gasthof bei einer Hochzeit zum ersten Mal elektrisches Licht in Keitum gebrannt hatte, war der Ausbau des Stromnetzes im Ort rasch vorangegangen. Durch den Grundstücksverkauf am Ingiwai hatten sie Kapital, das in den Umbau des Herrenhauses gesteckt worden war. Die Küche sollte durch den Nebenraum vergrößert, ein Durchbruch vom Herrenzimmer zum Salon geschaffen werden, was für einen größeren Gastraum sorgen würde. In der Bibliothek sollte ein Ausstellungsraum für Künstler entstehen. Die Zimmer im ersten und zweiten Stockwerk würden wieder an Hausgäste vermietet werden. Eine neue Inneneinrichtung war bei einem Restaurantausstatter in Hamburg geordert worden. Caféhaustische und Stühle, neue Lampen, die mit Strom betrieben werden konnten, Glühbirnen. Elin und Matei hatten den Winter über ein eigenes Keramiksortiment für den Kaffeegarten hergestellt und jeden Tag Stunden in der Werkstatt zugebracht. Matei hatte wunderschöne Bilder von Keitum angefertigt, die sie im Gastraum aufhängen wollten. Sogar an die Einstellung von Personal hatten sie in den letzten Wochen gedacht. Ein Zimmer- und Küchenmädchen, vielleicht ein Bäckerlehrling, der Wiebke in der Backstube zur

Hand ging. Bedienungen für den Kaffeegarten. Immerhin wurden sie jetzt zu einem richtigen Café, geplant war ein Ganzjahresbetrieb. Vorbei die Zeiten, in denen es nur wenige Tische bei schönem Wetter im Schatten der Ulmen gegeben hatte. Hansens Kaffeegarten sollte die Menschen von Westerland nach Keitum locken und ihnen die Schönheiten des alten Kapitänsdorfs und der Wattseite näherbringen. Sylt hatte viele Gesichter, dazu gehörten nicht nur Dünen und der Strand. Aber nun stand alles auf der Kippe.

Matei trat ein. Ihre Miene war ernst.

»Ich habe keine guten Neuigkeiten. Ich war bei Bendixen in Wenningstedt, bei Petersen in Westerland, und bei Jensen in Kampen hab ich es auch noch versucht. Doch da ist in den nächsten Wochen nix zu machen. Sie sind alle voll ausgebucht. Jensen hat gemeint, er könnte uns vielleicht Anfang August reinschieben.«

»Na bravo«, sagte Wiebke. »Dann ist die Saison schon fast rum. Dat is ja mal ein guter Neubeginn. Hätten wir doch bloß nicht auf diesen Architekten gehört. Jetzt haben wir den Salat.«

»Und unsere Rücklagen sind beinahe aufgebraucht«, sagte Matei und sank auf einen der staubigen Küchenstühle. »Wenn wir diesen Sommer nicht öffnen können, war es das mit dem Traum von Hansens Kaffeegarten.«

»Also so schnell würde ich den Kopf jetzt nicht in den Sand stecken, ihr Lütten«, sagte plötzlich Hinnerk. Er stand in der Tür. »Irgendwie geht dat doch immer weiter. Und Gäste habt ihr schon mal. Stehen draußen.« Er zeigte über die Schulter. »Ich hab die beiden durch Zufall am Hafen aufgegabelt, und sie sahen mir vertrauenswürdig aus.« Er grinste.

»Gäste? Welche Gäste?«, erwiderte Elin verdutzt. »Wir hatten doch gar keine Anmeldungen.« Sie sah zu Matei, die die

Schultern zuckte. Alle vier gingen nach draußen. Und da standen sie. Oberschwester Alwine und Friedrich Beck.

»Moin zusammen«, grüßte Alwine fröhlich. Sie trug ein dunkelgraues Reisekostüm und hatte um sich herum Unmengen an Gepäck verteilt.

Friedrich Beck nahm seinen Hut ab.

»Moin, die Damen. Da staunen Sie, was? Da ist die Überraschung aber gelungen. Hach, was ist das für eine Freude, wieder hier sein zu dürfen. Obwohl sich die Anreise dieses Mal doch recht abenteuerlich gestaltete. Der Weg nach Sylt führt ja neuerdings durch Feindesland. Aber die Dänen waren überaus freundlich und zuvorkommend. Und dann habe ich noch diese nette Bekanntschaft gemacht. Fräulein Alwine und ich haben uns glänzend verstanden.«

Elin konnte es nicht fassen. Da standen Alwine und Friedrich Beck. Der Maler sah wie immer leicht unordentlich aus. Seine grauen Hosen waren zu kurz, und seine Jacke war zerknittert.

»Was ist denn bei euch los?«, fragte Alwine und deutete auf den im Garten liegenden Schuttberg. »Kein Kaffeegarten heute? Und ich hatte mich schon so sehr auf deine leckeren Friesenkekse gefreut, Wiebke.«

»Umbauarbeiten«, antwortete Elin. »Wir eröffnen erst in einem Monat.«

»Oder auch nicht«, fügte Wiebke leise hinzu.

»Hach, es ist so schön, dass ihr gekommen seid«, sagte Matei. »Was für eine Überraschung.«

Sie stieg die Stufen des Eingangsportals hinunter und umarmte erst Alwine, dann Friedrich. Friedrich duftete nach Schweiß und Mottenkugeln, Alwine hatte anscheinend in Kölnischwasser gebadet. Wiebke und Elin folgten ihr, und es gab weitere Umarmungen.

»Aber Friesenkekse gibt es trotz der Umbauarbeiten«, sagte Wiebke. »Und wir haben sogar anständigen Kaffee. Die Muckefuckzeiten sind, dem Herrn im Himmel sei Dank, endgültig vorbei.«

»Ich stell gern Stühle auf«, sagte Hinnerk. »Das Wetterchen ist ja herrlich heute. Dann können wir büschen im Garten sitzen und schnacken. Ihr müsst unbedingt Wiebkes Pharisäer probieren. Mach einen ordentlichen Schuss Rum rein, Wiebke. Sonst ist dat ja nur Tüdelkram.« Er machte sich daran, das Gepäck ins Haus zu schaffen.

»Bring die Koffer ins Dachgeschoss«, wies Elin ihn an. »Da sind die Wände zum Glück noch nicht aufgestemmt.« Sie sah zu Alwine. »Leider sind die Zimmer nicht gerichtet. Aber ich kümmere mich gleich darum.«

»Das kann ich gern selbst machen«, antwortete Alwine. »Wie man Betten bezieht, weiß ich nur zu gut.« Sie zwinkerte Elin zu. »Aber wieso sind denn die Wände aufgestemmt?«

»Das würde mich auch interessieren«, sagte Friedrich.

Alle gingen ins Haus. Im Treppenhaus angekommen, betrachteten sie das Desaster. Die hölzerne Vertäfelung war entfernt und das darunterliegende Mauerwerk freigelegt worden. Dieses war an vielen Stellen aufgestemmt, hier sollten die Stromleitungen verlegt werden.

»Wir hatten angedacht, die Vertäfelung in Zukunft wegzulassen, dann ist es im Eingangsbereich heller. Das Treppenhaus sollte nach der Verlegung der Stromleitungen verputzt und in einem warmen Gelbton gestrichen werden.«

»Hübsche Idee«, antwortete Alwine. Ihr Blick fiel auf die Stufen der Treppe. Dort lagen überall Mauerreste und Staub. Sie zog eine Augenbraue in die Höhe. Im nächsten Moment nieste sie.

»Nur leider haben wir auf die falsche Baufirma gesetzt. Wir sind wohl betrügerischen Machenschaften aufgesessen. Wie es nun mit der Renovierung weitergehen soll, wissen wir noch nicht.«

»Das ist bedauerlich«, antwortete Friedrich. »Unseren Nachbarn ist mal etwas Ähnliches widerfahren. Ihr Haus sollte einen neuen Außenanstrich bekommen. Die Arbeiten waren zur Hälfte erledigt, da ging der Betrieb pleite, und die Männer kamen einfach nicht mehr. Da der Vermieter kein Geld mehr hatte, blieb das Haus über Jahre halb angestrichen. Es sah eigentümlich aus. Oben lindgrün und unten grau.«

»Jahrelang können wir dat aber nicht so lassen«, meinte Wiebke. »Und das schon gar nicht in meiner Küche. Oder besser gesagt Backstube, die es werden soll, wenn wir irgendwann einmal fertig werden.«

Sie betraten Wiebkes Reich. Hier sah es noch viel schlimmer als im Treppenhaus aus. Die Wand zum Nebenzimmer wies ein großes Loch auf. Die Möbel waren größtenteils entfernt worden, nur zwei Stühle standen eingestaubt am Fenster. Ein Teil der hübschen weiß-blauen Kacheln hatte dran glauben müssen und lag nun auf dem Boden. Staub hing in der Luft. Alwine musste erneut kräftig niesen.

»Du liebe Güte. Das ist ja schrecklich. Also so etwas. Diese Baufirma sollte sich was schämen. So geht man doch nicht mit seiner Kundschaft um.«

Hinnerk trat ein. »Ich hab den Tisch ums Haus rum aufgestellt. Da liegt kein Schutt, und wir haben einen schönen Blick aufs Watt.«

»Na, dann lasst uns mal dieses Elend für eine Weile vergessen und den Nachmittag genießen«, sagte Elin.

Sie gingen nach draußen. Dort wurden sie von zwei Lämmern begrüßt, die recht zutraulich waren und sich von Alwine und

Friedrich streicheln ließen. Ein sanfter Wind rüttelte an den Zweigen der Ulmen. In ihm lag der Geruch des Schlickwatts.

Friedrich atmete tief ein und lächelte selig.

»Hach, wie sehr habe ich diesen Duft doch vermisst, den Geschmack von Salz in der Luft. Es ist herrlich. Und dazu dieser wunderbare Blick. Es kommt mir vor wie im Märchen.« Er ging Richtung Wattufer davon. Elin sah ihm lächelnd nach. Seine Worte waren wie Balsam für ihre geschundene Unternehmerseele. Es war schön, den eigenwilligen Künstler, der ihnen all die Jahre die Treue gehalten hatte, wieder hier zu haben.

Bald darauf saßen sie am Kaffeetisch. In einer Schale lagen reichlich Friesenkekse, dazu gab es Kaffee und für Hinnerk seinen geliebten Pharisäer. Er hatte Rieke von den unerwarteten Neuankömmlingen berichtet, und sie war freudig zu ihnen gestoßen. Auch die beiden Lämmer waren geblieben. Ihnen leisteten inzwischen einige freche Möwen Gesellschaft, die es auf die Kekskrümel abgesehen hatten.

Gesa kam um die Hausecke. Sie war erneut schwanger und bereits kugelrund.

»Hab ich mich vorhin also doch nicht verguckt«, sagte sie lächelnd. »Das auf dem Wagen war tatsächlich Oberschwester Alwine. Und Herr Beck hat auch wieder zu uns auf die Insel gefunden. Wie schön.«

»Ich hab doch gesagt, dass ich wiederkommen werde«, antwortete Alwine. »Und jetzt bringt mich von der Insel keiner mehr weg. Das ›Oberschwester‹ können Sie in Zukunft gern weglassen. Ich habe vor, mich in Keitum als Hebamme niederzulassen. Mir hat ein Vögelchen gezwitschert, dass dies dringend vonnöten wäre, denn es herrsche Notstand. Achter Monat?«

Gesa bejahte und legte die Hand auf ihren Bauch.

»Und es tritt kräftig. Tam hofft auf einen Jungen, Fiete ebenso. ›Schwestern hab ich jetzt genug‹, hat er gemeint.«

»Setz dich zu uns, min Deern.« Wiebke rückte einen Stuhl zurecht. »Es sind auch noch Kekse da. Kaffee?«

»Gern«, antwortete Gesa und sank auf den neben Alwine stehenden Stuhl. »Dieses Mal ist es besonders anstrengend. Und meine Beine sind geschwollen. Ich pass bald in keinen Schuh mehr rein.«

»Dagegen hilft hochlegen und möglichst wenig stehen.«

»Wenn ich dazu die Zeit hätte.« Gesa seufzte. »Tam ist die ganze Zeit mit den Ausbauplänen des Hofes beschäftigt. Gibt ja einen weiteren großen Hühnerstall, dazu neue Auslaufflächen. Auch der alte Stall soll saniert werden. Sogar elektrisches Licht will er einbauen lassen. Deshalb ist heute extra ein guter Freund von ihm von Föhr mit seinen beiden Söhnen angereist. Nils Nickelsen. Der beste Elektriker von ganz Föhr, hat er gesagt. Wyk hat ja schon sehr lange eine Stromversorgung. Und Nils' Erstgeborener hat wohl eben erst die Bauunternehmung seines Onkels übernommen.«

Matei horchte auf. Elektriker und Bauunternehmer. Das war genau das, was sie dringend benötigten.

»Hätten dieser Nils und sein Sohn vielleicht noch etwas mehr Zeit übrig?«, erkundigte sie sich.

»Und dat am besten gestern«, fügte Wiebke hinzu. »Dieser Lübbsche hat uns sitzen lassen.«

Erneut kam jemand um die Hausecke. Dieses Mal war es Moild. Sie hatte einen großen blonden Mann im Schlepptau, der dunkelblaue Latzhosen und ein kariertes Hemd trug, und stellte ihn sogleich vor.

»Dat hier ist Nils Nickelsen. Ein Elektriker von Föhr. Er war so freundlich und hat mir die Eier in den Laden gebracht, und da sind wir 'n büschen ins Plaudern gekommen. Eigentlich ja nur, weil Tesje da gewesen ist. Die Ärmste ist doch auch auf diesen Lübbsche reingefallen. Immerhin hat er bei ihr noch nicht das halbe Haus auseinandergenommen. Aber sie hatte ihm bereits Geld im Voraus bezahlt. Angeblich hätte er sie dann vorgezogen. Und da stellt sich doch glatt heraus, dass Herr Nickelsen vom Fach ist. Hach, was hat Tesje sich gefreut, als er versprochen hat, sich die Sache mal anzusehen. Und da hab ich ihm gleich von eurem Kaffeegarten erzählt. Dat, was die mit euch gemacht haben, ist eine solche Sauerei. Das halbe Haus auseinanderbauen und sich dann einfach so vom Acker machen. Es ist nicht zu fassen.« Sie schüttelte den Kopf. Ihr Blick fiel auf die Keksschüssel, die Wiebke eben erst wieder aufgefüllt hatte, und bekam etwas Gieriges.

Nils Nickelsen grüßte in die Runde. Er wirkte nun fast ein wenig schüchtern. Elin konnte es nicht fassen. Bereits Gesas Erzählung hatte sie im wahrsten Sinne des Wortes elektrisiert. Jemand vom Fach war in Keitum. In ihr war die Hoffnung aufgekeimt, dass er ihnen vielleicht helfen könnte. Und jetzt stand dieser Nils vor ihr und wollte sich ein Bild von der Lage machen. Oder wollte er das wirklich? Vielleicht hatte er ja gar keine Zeit und war nur höflich? Immerhin sollte er für Tam und Gesa einen neuen, modernen Hühnerstall bauen, und bestimmt hatte er auf Föhr weitere Projekte. Jetzt nach dem Krieg wurde doch überall auf den Inseln neu gebaut und aufgehübscht.

»Es ist sehr freundlich, dass Sie sogleich zu uns gekommen sind«, sagte sie. »Aber haben Sie überhaupt Zeit für ein solch großes Projekt wie unser Haus? Soweit wir erfahren haben, sind Sie wegen einem ganz anderen Vorhaben auf der Insel, das selbstverständlich Vorrang hat.« Sie sah zu Gesa. Diese winkte jedoch ab.

»Papperlapapp. Unsere Hühner halten es noch ein Weilchen in ihrem alten Stall und ohne Luxusbeleuchtung aus. Euer Haus geht vor. Tam hat bestimmt nichts dagegen.«

»Da hörst du es«, sagte Wiebke. »Dann zeig dem jungen Mann doch gleich alles. Dann kann er sich ein Bild von der Lage machen. Ich sag Ihnen. Dat ist nicht schön. Kennen Sie zufällig die Firma Lübbsche? Kam aus Husum auf die Insel. Vater und Sohn.«

Nils verneinte. Er machte einen etwas bedröppelten Eindruck. So langsam schien ihm diese Vorführung seiner Person als Heilsbringer dann doch zu viel zu werden.

Hinnerk erhob sich.

»Wisst ihr wat?«, sagte er. »Jetzt machen wir dat alles mal 'n büschen entspannter. Ich zeig dem Nils jetzt mal, wie dat im Haus so aussieht. Bevor er eine Zusage machen kann, muss er doch wissen, um wat es genau geht. Und ihr klönt hier mal noch 'n büschen. Wenn dat alles klappt, dann heben wir nachher einen Köm drauf. Na dann komm mal mit, min Jung.« Er bedeutete Nils, ihm zu folgen, was dieser auch tat. Die beiden waren kaum um die Hausecke verschwunden, da tauchten zwei weitere Besucher auf. Ungläubig sahen Elin und Wiebke auf die beiden Herren. Es waren Johannes Schleicher und Herbert von der Lauen, die bestens gelaunt vor ihnen standen.

»Moin zusammen«, grüßte Johannes Schleicher fröhlich in die Runde. »Hach, was ick mich freue, wieder hier zu sein. Und da ist ja auch Friedrich. Mein alter Freund und Kamerad. Die Damen.« Er machte eine kleine Verbeugung. »Was für eine Freude. Und so ein schönes Wetterchen haben wir heute. So haben wir das bestellt. Ick weeß, wir kommen unanjemeldet, meine Fräuleins. Aber ick hoffe, Sie haben für zwei Künstler noch ein Zimmerchen frei. Und nehmt Herbert seine Schweigsamkeit nicht übel. Ihm ist die Überfahrt nicht gut bekommen. Ist eben eher eine Landratte. Nicht wahr, mein Freund? Da trinken wir jetzt gleich mal einen anständigen Köm. Der wird dir deinen Magen schon wieder zurechtrücken.« Er schlug Herbert von der Lauen auf die Schulter. Der arme Mann war wirklich etwas blass um die Nase.

Elin, Wiebke und Matei sahen die beiden fassungslos an. Was war das heute nur für ein Tag? Erst standen Alwine und Friedrich plötzlich vor ihnen, nun tauchten auch noch die beiden Künstler aus heiterem Himmel auf.

Friedrich erhob sich und schüttelte erst Johannes, dann Herbert die Hand. »Welch eine Freude, Sie beide doch noch anzutreffen. Ich hatte Sie auf der Fähre vermisst und hatte mir Gedanken gemacht. Wissen Sie«, wandte er sich Matei und Elin zu, »wir hatten die Fahrt schon länger geplant. Sozusagen als Überraschung. Damals, als der Krieg begann, da hatten wir uns dieses Wiedersehen doch in der gemütlichen Küche versprochen. Wir dachten, also ...«

»Das ist eine wunderbare Idee«, sagte Elin. In ihren Augen schimmerten Tränen der Rührung. »Es ist so schön, Sie alle wiederzusehen.«

»Und es ist fast so hübsch wie damals. Wenn man mal von dem Schutthaufen vor dem Haus absieht. Jibt es überhaupt Zimmerchen für uns? Ich hab jehört, Ihr Haus war im Krieg ein Lazarett. Bestimmt müssen Sie jetzt renovieren, wa? Das war bestimmt das schönste Lazarett von ganz Deutschland. Und haben Sie vielen Dank für die tolle Postkarte zum Fest, Fräulein Matei. Ich hab mich sehr darüber jefreut. Es ist so eine hübsche Zeichnung. Sie sind wahrlich eine großartige Künstlerin. Ich hätte es nicht besser machen können.« Er zwinkerte Matei zu.

Hinnerk und Nils kehrten zurück. Verwundert sah Hinnerk auf die beiden Neuankömmlinge.

»Dat gibt es ja nich'«, sagte er. »Wat is' denn heute nur los? Ständig kommen neue Gäste. Euch beide kenn ich doch.« Spontan umarmte er erst Johannes, dann Herbert. »Haben wir auch genügend Köm?« Er blickte in die Runde. »Sollte dem nich' so sein, dann hol ich noch rasch ein Fläschchen. Es gibt nämlich wat zu feiern. Unser Nils hier will den Auftrag annehmen. Er kann diese Woche schon mit den Arbeiten beginnen und hat gemeint, er kriegt das noch in dem von uns geplanten Zeitrahmen hin. Ist dat nich' fein?« Er sah mit strahlenden Augen zu Elin und Matei. Die beiden konnten ihr Glück kaum fassen, und ihnen fehlten die Worte. Wiebke war diejenige, die Antwort gab.

»Hach, dat ist aber eine Freude. Was für ein herrlicher Tag dat doch ist. So schnell kann es gehen, und Probleme können sich in Luft auflösen. Herr Nickelsen, ach, Nils, min Jung, Sie schickt der Himmel. Und ihr anderen, ach, ihr Lieben, es ist so schön, euch wieder bei uns zu haben. Und Köm ist genug für alle da.«

Auch Matei traten nun Tränen der Rührung in die Augen. Sie griff in ihre Rocktasche, ein Taschentuch darin vermutend. Doch es war einer der Handzettel, die sie überall auf der Insel verteilen wollten. Darauf stand geschrieben:

Hansens Kaffeegarten
Eröffnung am 6. Juni mit großem Gartenfest
Schönster Ausflugsort mit Blick aufs Wattenmeer
Genießen Sie feinste Torten und Kuchen
Das ganze Jahr geöffnet
Zentralheizung, WC/Gästezimmer mit
Frühstück, elektrisches Licht

Sie las den Text, und plötzlich spürte sie Wehmut in sich. Jan kam ihr in den Sinn. Wie weit sie jetzt wohl mit dem Haus am Ingiwai gewesen wären? Vielleicht wären sie auch auf diesen Lübbsche hereingefallen. Sie spürte eine Hand, die sich in die ihre schob, blickte auf und sah in Elins blaue Augen. Sie nickte ihr lächelnd zu. Matei lächelte nun ebenfalls und drückte Elins Hand. Plötzlich spürte sie eine ganz besondere Art von Wärme in ihrem Inneren, die sich wie eine Umarmung anfühlte. Sie waren Schwestern, eine Einheit, immer füreinander da. Gemeinsam bewältigten sie jeden Schicksalsschlag und würden die Zukunft meistern. Sie waren die Mädchen vom Herrenhaus. Das nun endgültig einen neuen Namen erhalten hatte: Hansens Kaffeegarten. Paul Hansen hätte es gefallen. Dessen war sich Matei sicher.

NACHWORT

In dem bezaubernden Ort Keitum auf der Insel Sylt gibt es tatsächlich einen direkt am Watt gelegenen Kaffeegarten, der den Namen Nielsens Kaffeegarten trägt. Der Besuch lohnt sich, denn dort gibt es noch immer besten Kuchen und eine herrliche Aussicht auf das Wattenmeer. Die Vorgeschichte des Kaffeegartens war es, die mich zu diesem Roman inspiriert hat.

Das Herrenhaus am Watt wurde im Jahr 1892 von dem Keitumer Kapitän Friedrich Petersen für sich und seine Ehefrau Agnes erbaut. Friedrich Petersen hatte seine Frau in Amerika kennen- und lieben gelernt und war mit ihr nach Keitum gezogen. Doch in dem kleinen, von seinen Ahnen erbauten Friesenhaus behagte es der Dame so gar nicht, war sie doch von zu Hause andere Wohnverhältnisse gewohnt. Nach der Fertigstellung des Herrenhauses direkt neben dem Friesenhaus avancierte das Haus zum gesellschaftlichen Treffpunkt. Es wurden rauschende Feste mehrmals im Jahr in dem Haus am Kliff gefeiert, und nur wer der Dame würdig war, erhielt eine Einladung. Nach dem Tod des Kapitäns und seiner Frau wurde das Haus im Jahr 1917 versteigert. Neuer Eigentümer wurde der Bäckermeister Nicolai Nielsen. Bis heute ist der Kaffeegarten in Familienbesitz.

Mich hat sogleich die besondere Atmosphäre Keitums für sich eingenommen. Keitum erzählt mit seinen vielen reetgedeckten Kapitänshäusern und seinen verwinkelten Wegen viele alte Geschichten. Der besonders grüne Ort (hier wurden viele Bäume, bevorzugt Ulmen, gepflanzt) atmet Historie und verzaubert auf besondere Weise. Bis Mitte des 19. Jahrhunderts galt Keitum als der Hauptort der Insel. Erst mit dem Einsetzen des Seebädertourismus stieg die Bedeutung von Westerland.

Der Erste Weltkrieg war auch auf der Insel Sylt spürbar. Obwohl die wahrlich zu einer Festung ausgebaute Insel niemals einen Angriff hat erleben müssen. Sylt hat damals hunderteinundsechzig seiner Söhne auf den unterschiedlichsten Schlachtfeldern verloren. Besonders die Härten der Kriegsbesatzung waren für die Zivilbevölkerung schwer zu ertragen, das Wirtschaftsleben lag nach dem Krieg vollständig darnieder.

Im Jahr 1918 gab es tatsächlich eine Kleinbahnstrecke von Westerland nach Keitum, die jedoch nach Kriegsende wieder abgebaut wurde. Heute besitzt Keitum einen eigenen Bahnhof.

Im Buch wird allerlei Leckeres gebacken. Wiebkes Rezepte sind oftmals traditionelle, für die Insel typische Backwaren. Einige ihrer Rezepte möchte ich hier gerne verraten. Ich wünsche viel Vergnügen beim Nachbacken. Auf bald in Hansens Kaffeegarten in Keitum.

REZEPTE

Friesenkekse

Zutaten:
- 250 g Mehl
- 1 Prise Salz
- 1 Päckchen Vanillezucker
- 75 g Zucker
- 150 g Butter
- 100 g Grümmel Kandis
- 2 Eier
- Etwas Grümmel Kandis zum Bestreuen

Zubereitung:
1. Zucker, Mehl, Salz, Vanillezucker und ein Ei in eine Schüssel geben. Butter in Stücken dazugeben und sämtliche Zutaten rasch zu einem glatten Teig verkneten.
2. Aus dem Teig zwei Rollen formen, in dem Grümmel Kandis wälzen, in Folie wickeln und eine Stunde im Kühlschrank ruhen lassen.
3. Rollen in ca. 7 mm dicke Scheiben schneiden, auf ein mit Backpapier belegtes Backblech legen und mit verquirltem Eigelb bestreichen. Noch etwas Grümmel Kandis darüberstreuen und dann bei Ober-/Unterhitze 180 Grad (Umluft 160 Grad) ca. 12–15 Minuten backen.

Mehlpudding

(Ist eher als ein Kuchen zu verstehen.)

Zutaten:
- 500 ml Milch
- 125 g Mehl
- 125 g Butter
- 125 g Zucker
- 6 Eigelb
- 6 Eiweiß

Zubereitung:
1. Milch, Mehl, Butter und Zucker werden über heißem Wasserdampf gerührt. Nach dem Erkalten kommen die Eigelbe und der aufgeschlagene Eischnee dazu. Das Ganze in eine Kuchenform umfüllen und eine Stunde im Ofen bei mittlerer Hitze backen.
2. Dazu schmeckt Preiselbeerkompott, aber natürlich auch rote Grütze.